LES
NOUVELLES
CONFESSIONS

Un Anglais sous les tropiques
Seuil, « Points », n° P10

Comme neige au soleil
Seuil, « Points », n° P35

La Chasse au lézard
Seuil, 1990
et « Points Roman », n° R480

Brazzaville Plage
Seuil, 1991
et « Points », n° P33

La Croix et la Bannière
à paraître

William Boyd

LES
NOUVELLES
CONFESSIONS

ROMAN

*Traduit de l'anglais
par Christiane Besse*

Éditions du Seuil

TEXTE INTÉGRAL

TITRE ORIGINAL
The New Confessions

ÉDITEUR ORIGINAL
Hamish Hamilton, Londres
© William Boyd, 1987

ISBN original : 0-241-12383-6

ISBN 2-02-023923-X
(ISBN 2-02-010083-5, 1ʳᵉ publication brochée
ISBN 2-02-011549-2, 1ʳᵉ publication poche)

© Éditions du Seuil, 1988, pour la traduction française
et 1995 pour la présentation

Non, pour commencer, la faute n'est pas à Rousseau mais à Percy Shelley, le poète (époux de Mary Godwin, la mère de Frankeinstein) sur lequel le jeune William Boyd, au début des années 70, planchait pour sa thèse de doctorat. Un poète menant à un autre et, en l'occurrence, Wordsworth ayant eu quelque influence sur Shelley, l'étudiant Boyd s'attaqua à l'abondante production du susdit. Venant de passer un an à Nice pour y apprendre le français, il se rappela que de mauvaises (?) langues, bien de chez nous, accusaient M. Wordsworth d'avoir puisé sans discrétion aucune aux œuvres de Rousseau. Curieux, le jeune Will voulut en avoir le cœur net et plongea dans *Les Confessions* du grand Jean-Jacques. Ce fut la révélation – et pas seulement du pillage (Wordsworth se garda bien de jamais citer l'auteur de ses emprunts). La révélation tout court. La découverte d'un homme « névrosé, vain », teigneux, tenace, et formidablement attachant. Un « homme moderne ». L'étudiant prit bonne note, passa son doctorat, commença à enseigner la littérature à Oxford et découvrit rapidement qu'il préférait la pratiquer. Un premier livre resta collé au fond d'un tiroir, un second, *Un Anglais sous les tropiques*, timidement présenté chez un éditeur en 1981, fut aussitôt accepté, publié et reçu avec enthousiasme par la critique qui, jamais à court de références, évoqua Evelyn Waugh, Somerset Maugham et Graham Greene. Le suivant, *Comme neige au soleil*, prodigieux récit d'une guerre ubuesque anglo-allemande en

Afrique orientale, fit explosion des deux côtés de la Manche. Et l'on commença à se rendre compte que Boyd était unique. *La Croix et la Bannière*, un livre mené tambour battant, prouva que son auteur savait aussi manier la pochade avec raffinement. Mais tout ceci n'était qu'un prélude. On le comprit à la sortie des *Nouvelles Confessions*, résultat d'une gestation de plusieurs années, version revue et très corrigée de l'original, un Jean-Jacques revisité, prétexte au portrait d'un enfant bien de son temps – il est cinéaste – un citoyen perclus de doutes et de soupçons, obsédé par des passions qui le mènent à sa perte. Maniant la plume comme une caméra, Boyd nous embarque dans un tour du XXe siècle à travers la vie de John James Todd, fils de la vieille Ecosse et du balbutiant Septième art. Un tour en Cinémascope, même s'il y est beaucoup question de noir et blanc et de muet. Une vie avec ses quelques hauts, ses multiples bas, ses énormes hasards, car l'affaire est entendue dès le début : l'existence est une somme d'accidents, cocasses ou tragiques, sur lesquels, en fin de compte, l'homme pèse bien peu. Et s'il croit parfois user de son libre choix, il y a toujours « une décision qui vous donnera le pire des mondes possibles ». « Il semble que j'ai le don de prendre celle-là, » constate le héros qui, exilé volontaire sur une île espagnole, entreprend, au soir de son existence (il a soixante treize ans) de nous raconter celle-ci. Par le menu détail comme le fit Rousseau, « sans omettre aucun méfait, du plus grand au plus petit : de l'abandon de ses enfants au fait de pisser subrepticement dans la soupière d'une voisine revêche au moment où celle-ci avait le dos tourné ». Faute de soupière, John James pisse dans un appentis pour contempler à loisir les grosses fesses d'Emilia la bonne espagnole elle-même en train d'officier. Mais n'anticipons pas...

« La mort de ma mère fut le commencement de tous mes malheurs ». Le ton est donné. Dès l'enfance, John James, courtise la catastrophe, l'attire parfois délibérément. La servante au grand cœur qui lui tient lieu de mère a des recettes d'éducation pour le moins originales ; son père indifférent au mieux, et souvent hostile, l'expédie dans une école pour surdoués en calcul (ce garçon qui ne ramène que des zéros semble avoir un certain don pour les chiffres) et en musique. Entre deux expériences de bizutage abominables, John James acquiert quelques vues sur le principe d'incertitude de Heisenberg et gagne l'amitié d'un véritable génie, Hamish Malamide. Affligé d'un épouvantable acné que rien ne guérira – pas même l'Émulsion contre les Verrues, le lupus, l'ataxie locomotrice et la danse de Saint-Guy –, Hamish est « un de ces mathématiciens qui voient la vie en images et non en chiffres, et qui tentent de discerner un peu d'ordre au sein du hasard, de séparer la logique des contingences. » On songe irrésistiblement à John Clearwater, le mathématicien fou de *Brazzaville Plage*, celui qui entend réduire les phénomènes hasardeux de la turbulence en une formule abstraite nette et précise, celui qui déplore que les choux ne soient pas sphériques et regrette que les mathématiciens ne puissent venir à bout des rugosités du monde naturel. De cette incursion dans un univers éthéré (que Boyd explore souvent) le jeune Todd conclut déjà que « logique, ordre, motif, signification... tout cela n'est qu'illusion ».

Puis, ayant conçu une folle passion pour sa jeune et jolie tante, et décidé à la lui déclarer, il s'évade de l'école à bicyclette avec la complicité de Hamish.

« J'ai toujours réagi vivement et instantanément, sans l'influence modératrice de la réflexion ou de la logique... C'est une tendance qui m'a valu les plus heureux moments de ma vie tout en faisant de terribles ravages... » Premier d'une longue série, ce coup de tête va en effet lui coûter cher.

Mesurant, à l'arrivée chez son innocente tante, le ridicule de son projet, et ne sachant quel prétexte inventer, il affirme être venu s'engager. Nous sommes en 1916. Il a 17 ans. Le voilà jeté dans la boue et l'horreur d'une atroce boucherie où le tragique ne cesse d'épouser la stupidité, et l'horreur de flirter avec le comique. Cadavres, jambes, moignons et dents fusent dans l'air autant que les obus (John James attrappe entre les deux yeux une molaire qui lui laissera une cicatrice à vie), les tanks amis achèvent ce que les canons ennemis ont entamé, le chaos règne. On tombe par milliers dans ces batailles où l'on se lance après avoir bu un grand verre de rhum, « un rhum qui me parut noir, malfaisant, épais comme de la mélasse... en deux gorgées et moins d'une minute je fus gravement ivre ». La mort rode. John James y échappe, définitivement convaincu que rien n'est plus hasardeux qu'une vie impliquée dans la guerre. On le croit sans mal. Et il se voit, par un aimable caprice du sort – toujours lui –, bombardé cinéaste aux armées. Avec son Aéroscope, il produit un *Après la bataille* assez éloigné de la ligne des films de propagande requis. Première censure, première révolte. « Je compris dès lors que ce que je voulais, c'était le contrôle. Le contrôle absolu. Et c'est de ce moment-là... que je date le début de ma carrière, de ma vocation, de mon œuvre, de ma ruine. » Le burlesque continue de le disputer au dramatique : John James décide de filmer, du haut d'un ballon, une scène de bataille : un coup de vent, une fausse manœuvre et il se retrouve prisonnier en Belgique occupée.

Entre les quatre murs d'une forteresse, il fait les rencontres déterminante de sa vie : Karl-Heinz, son gardien allemand et future vedette de ses films, et Jean-Jacques Rousseau. Le premier lui procurant (feuille par feuille ou presque) *Les Confessions* du second, en échange de (chastes) baisers, de plum-pudding et de bonbons à la menthe. Des *Confessions* qu'il dévore, savoure, rumine. Pareil à Rousseau sous son arbre, qui, entre Paris et le Donjon de Vincennes où il allait rendre visite à Diderot (incarcéré pour avoir écrit la *Lettre sur les aveugles*), fut bouleversé en découvrant le sujet proposé par l'Académie de Dijon pour le Prix de l'année suivante, « Si le rétablissement des sciences et des arts a contribué à épurer les mœurs. », John James a « l'impression d'être à l'orée d'une merveilleuse aventure et de tenir entre mes mains fiévreuses quelque chose d'immensément précieux...Un instant divin. » Désormais Rousseau ne le quittera plus. La guerre terminée, après un passage à Londres où il tourne des films du style *Petit Mac-Gregor gagne le sweepstake*, John James, entre-temps marié et père de famille, se retrouve sur le pavé, part pour l'Allemagne rejoindre Karl-Heinz devenu acteur, rencontre un producteur arménien, amateur de noix et de cinéma réaliste, qui lui donne carte blanche pour un film tiré de *La Nouvelle Héloïse* (toujours fourni par Karl-Heinz mais sans contrepartie cette fois). *Julie* lui rapporte la gloire, beaucoup d'argent et une passion fatale : la sublime et fantasque Doon Bogan, qu'il poursuit jusque dans des réunions du parti communiste, ce qui lui coûtera, vingt ans plus tard ou presque, une désopilante comparution devant la commission des activités anti-américaines. Et conçoit enfin « une entreprise qui n'eut jamais d'exemple » : porter les *Confessions* à l'écran. « Je tirerais du livre non pas un mais trois films de trois heures, une œuvre véritablement épique, un monument à la mesure de l'homme qui l'avait inspiré. » Seules verront le jour *Les Confessions* 1re partie, un chef-d'œuvre du muet. 5 heures 48 minutes dont la réalisation durera des années et dont la sortie sera sabotée par l'arrivée du parlant. John James refuse d'abandonner. Rien ne l'arrête, ni la crise économique, ni la montée du nazisme – d'ailleurs, tout à son film, il n'a rien vu et à peine entendu son producteur lui raconter que Goebbels l'a sommé d'expliquer la raison pour laquelle il était en train de faire un film sur le socialiste français notoire Jean-Jacques Rousseau...

Et c'est la pente folle : départ de l'Allemagne, disparition de Doon, trahisons des amis, Hollywood, le comportement erratique de John James lui-même, qui a déjà abandonné femme et enfants, les ridicules infamies du maccarthysme, tout contribue au plus fantastique des dérapages. Une autre guerre et onze westerns plus tard, ayant récupéré Karl-Heinz devenu ramasseur de mégots à Berlin, John James s'apprête enfin à tourner *Père de la Liberté*, la suite des *Confessions*. Le comité des activités anti-américaines ne l'entend pas de cette oreille. Rousseau est un bolchevik. La chasse aux sorcières commence... Paranoïa, réalité ? Une maladresse, un accident, un meurtre ?.. John James fuit et se retrouve sur son île espagnole, toujours poursuivi par des ennemis invisibles et d'autres qui le sont moins (tiens, tiens, ces trois vieillards cacochymes qui viennent le rosser, ça ne vous rappelle pas Hume Grimm, Diderot ?), à dresser le bilan d'une vie, de son séjour sur cette planète « profondément paradoxal et fondamentalement incertain ».

Et il s'interroge : En quoi est-il coupable ? N'est-il pas curieux qu'une vie poursuivie par la malchance, déchirée par les querelles, la déception et l'amertume soit plus ou moins considérée par le reste de l'humanité comme étant la faute de la malheureuse victime ? Alors qu'on ne contrôle pas la fatalité et que seuls le hasard, le petit bonheur dictent la manière dont va le monde. Acquitté John James, acquitté Jean-Jacques...Le hasard est seul coupable. Mais il a rudement bien fait les choses en organisant la rencontre Boyd – Rousseau.

William Boyd est né à Accra (Ghâna) en 1952. Il a fait ses études aux universités de Glasgow et de Nice, ainsi qu'à Oxford où il a également enseigné la littérature.

Il est l'auteur d'un recueil de nouvelles, La Chasse au lézard, *et de cinq romans, qui l'ont consacré comme l'un des écrivains les plus doués de sa génération. On lui doit également trois scénarios,* Mister Johnson, *d'après le roman de Joyce Cary,* La Tante Julia et le Scribouillard, *d'après celui de Mario Vargas Llosa et* Chaplin *pour Richard Attenborough.* Un Anglais sous les tropiques *vient d'être adapté à l'écran.*

William Boyd est marié et vit à Londres.

Pour Susan

Monsieur Rousseau m'étreignit. Il m'embrassa à plusieurs reprises et me retint dans ses bras avec une élégante cordialité. Ah, je n'oublierai jamais pareil traitement. ROUSSEAU : « Au revoir, vous êtes un excellent garçon. » BOSWELL : « Vous m'avez montré une grande bonté. Mais je la méritais. » ROUSSEAU : « Oui, vous êtes malicieux, mais c'est une plaisante malice, une malice qui ne me déplaît point. Écrivez-moi pour me donner de vos nouvelles. » BOSWELL : « Et vous m'écrirez ?... » ROUSSEAU : « Oui. » BOSWELL : « Adieu. Si vous êtes encore vivant dans sept ans, je reviendrai d'Écosse en Suisse pour vous voir. » ROUSSEAU : « Faites. Nous serons de vieilles connaissances. » BOSWELL : « Un mot encore. Puis-je me sentir lié à vous par un fil ne serait-ce que le plus ténu ? *(Arrachant un de mes cheveux)* Un cheveu ? » ROUSSEAU : « Oui. Rappelez-vous toujours que sur certains points nos âmes sont unies. » BOSWELL : « Cela suffit. Moi, avec ma mélancolie, moi qui me considère si souvent comme un être méprisable, un bon à rien qui devrait prendre congé de la vie – je serai soutenu à jamais par l'idée que je suis uni à Rousseau. Adieu. Bravo ! Je vivrai jusqu'à la fin de mes jours. » ROUSSEAU : « C'est là sans aucun doute une chose que l'on se doit de faire. Adieu. »

Les Journaux intimes de James Boswell.

1

Commencements

Mon premier acte en entrant dans ce monde fut de tuer ma mère. On me sortit de son ventre – huit livres robustes laquées rouge vif – un jour froid de mars 1899 à Édimbourg. J'aime à penser que, pendant quelques heures, elle sut qu'elle avait un autre fils, mais je n'en ai aucune preuve. La date de ma naissance est celle de sa mort et c'est ainsi que commencèrent mes malheurs. Mon père ? Mon père donnait une leçon d'anatomie à ses étudiants, à l'université. L'accouchement de ma mère lui fut immédiatement mandé, mais le messager – un concierge obtus du nom de McPhail – ne put réussir à entrer dans l'amphithéâtre. Mon père avait pour habitude de fermer les portes de l'intérieur et de refuser toute interruption. Je crois même que ce jour-là il avait un cadavre sur la surface de marbre devant son pupitre. McPhail, après avoir essayé d'ouvrir, jeta un coup d'œil par le hublot, vit le cadavre et, le cœur au bord des lèvres, décida d'attendre la fin de la leçon. Mon père émergea un peu plus tard pour apprendre la bonne et la mauvaise nouvelle. Quand il arriva à l'hôpital, j'étais vivant et son épouse morte.

Que ressentit-il ? Je peux pratiquement voir son visage osseux livide, les touffes épaisses de poils drus sur ses pommettes tandis qu'il se penche sur le berceau. Aucune émotion ne s'y lit – ni joie ni désespoir. Peut-être un léger relent de camphre et de formaldéhyde recouvre-t-il l'odeur de tabac qui s'accrochait normalement à ses vêtements (il fumait soixante cigarettes par jour). Et ses mains, fermes sur le rebord du berceau, sont parfumées aussi, au phénol, et ses ongles sont incrustés des résidus du talc qui protégeait le caoutchouc de ses gants chirurgicaux bruns, transparents.

Mon père était normalement un homme propre, jusqu'à l'obsession presque, et je n'ai jamais pu comprendre pourquoi il ne prenait pas le bout d'une allumette ou la pointe d'un canif pour nettoyer ses cuticules et en ôter la plage de talc qui s'y déposait. C'était un des deux traits qui ne cessaient de m'exaspérer chez lui. L'autre étant son refus de raser ces poils drus sur ses joues. Deux faucilles de barbe épaisse lui poussaient sous les yeux. Une affectation que j'ai souvent observée chez les Anglais, les officiers en particulier, et pourtant je dirais que mon père était pratiquement dépourvu d'affectations – alors pourquoi persistait-il à en faire preuve d'une aussi évidente ? Devenu plus vieux, cela parfois me rendait fou.

Lors des rares occasions où je voyais mon père endormi, je contemplais fixement ses traits cireux – à la fois lisses (à cause de la pâleur de sa peau) et rudes (à cause des angles aigus de son ossature) –, sincèrement tenté de m'essayer à un rasage clandestin. J'aurais pu au moins supprimer une de ces touffes ou l'endommager de telle sorte qu'il eût été obligé de raser l'autre. Bien entendu, je n'osai jamais, et les favoris demeurèrent.

Pourquoi insister là-dessus, me demanderez-vous, avec bonne raison... Laissez-moi vous expliquer. Quand vous vivez avec quelqu'un, quand vous contemplez chaque jour son visage et que vous ne l'aimez pas, le banal commerce des relations sociales n'est tolérable que dans la mesure où rien dans ce visage ou cette personne n'attire votre regard. Il peut s'agir d'une cicatrice, d'un strabisme, d'un tic, d'une verrue – n'importe quoi –, l'œil est irrésistiblement attiré. Vous savez comment parfois, au cinéma, un poil ou un bout de peluche se colle à la lentille du projecteur et s'agite follement sur le bord de l'écran jusqu'à ce qu'il se libère. Avez-vous jamais été capable, dans ce cas, de vous concentrer sur ce qui se passait sur l'écran ? Non. Un défaut agaçant sur le visage d'un compagnon permanent produit le même effet : il mobilise toujours une grande partie de votre esprit. Ainsi en allait-il dans mes rapports avec mon père. Il était d'ordinaire irrité par moi et j'étais agacé par lui.

Ergo, je n'aimais pas mon père... Je ne sais pas. Peut-être l'aimais-je, à ma façon. Jouer la doublure de l'Amour était certainement déjà bien compliqué. Je sais qu'il ne m'aima jamais, mais ceci, en ce qui me concerne, est de peu d'importance. Il ne m'aimait pas parce que, tout simplement, je lui rappelais son deuil en permanence. A mesure que je devins plus vieux, la corrélation, paradoxalement, se réaffirma. Une des dernières fois où je le vis – lui, octogénaire, moi la cinquantaine passée –, je surpris le reflet de son visage dans la porte vitrée légèrement entrouverte d'un buffet d'acajou (j'avais tourné la tête pour commander du thé). Un perceptible frémissement de narine, un discret hochement de tête dégoûté. Et je me rappelle m'être montré particulièrement gentil à son égard, en dépit de son irascibilité atterrante. Mais à ce stade de ma vie, rien – pas même lui – ne pouvait troubler ma sérénité de misanthrope. Ses derniers mots pour moi ce jour-là furent : « Pourquoi ne vas-tu pas te faire couper ces sacrés poils ? » Poils. Très à propos. Boucle bouclée. Je faillis lui dire que j'y consentirais s'il rasait, lui, ses foutus favoris ; que je serais venu le voir drôlement plus souvent au cours des trente et quelques dernières années s'il l'avait fait. Mais je me retins. Je revois ses yeux bleu pâle, durs et clairs, pris en sandwich entre ses sourcils hirsutes, inférieurs et supérieurs, et j'entends encore les intonations métalliques et précises de son accent écossais (j'avais alors perdu le mien, une autre source de mépris). « Oui, Pa, dis-je, tu as raison. » Cinquante-deux ans et m'efforçant encore de faire plaisir au vieux salopard. Dieu me garde.

Mais je m'égare. Laissez-moi vous parler un peu de cette aventure dans laquelle nous nous sommes tous deux – vous et moi – embarqués. Voici l'histoire d'une vie. Ma vie. La vie d'un homme au vingtième siècle. Ce que j'ai fait et ce qu'on m'a fait. Si parfois il m'est arrivé d'employer quelque ornement innocent, cela n'a jamais été que pour pallier un défaut de mémoire. J'ai pu quelquefois prendre pour un fait ce qui n'était guère plus qu'une probabilité, mais – et ceci est capital – je n'ai jamais fait passer pour vrai ce que je savais être faux. Je me montre tel que je fus : méprisable et vil quand je me comportai de la sorte ; bon, généreux et sublime quand je l'ai été. J'ai toujours observé de très près ceux qui m'entouraient et je ne me suis pas épargné ce même examen minutieux en ce qui me concerne. Je ne suis pas un cynique ; je n'ai pas de préjugés. Je suis tout simplement un réaliste. Je ne juge pas. Je note. Ainsi donc, me voici. Vous pourrez gémir sur mes incroyables gaffes, me maudire pour mes innombrables imbécillités et rougir jusqu'à la racine des cheveux de mes confessions, mais – mais – pouvez-vous, je me le demande, pouvez-vous vraiment mettre la main sur votre cœur et dire : « Je suis meilleur que lui » ?

Je m'appelle John James Todd. Mon père était Innes McNeil Todd, chirurgien en chef de l'Hôpital royal et professeur d'anatomie clinique à l'université. Quand je naquis, il avait trente-sept ans, un âge étonnamment jeune pour un homme dans son éminente position, une promotion rapide due à son goût ardent pour l'expérimentation et l'innovation. Il était un « moderne » dans le monde de la médecine, qu'il s'efforçait constamment de libérer de son passé moyenâgeux (encore dangereusement prévalant à la fin du dix-neuvième siècle). Il sentait se lever un jour nouveau et entendait en saluer l'aube. Il aurait tenté n'importe quoi pour en avancer la venue, si grand était son zèle, et certains de ses efforts furent récompensés.

Ma mère chérie était Emmeline Dale, la fille de Sir Hector Dale, de Drumlarish, Argyllshire, maître de vastes terres, de revenus médiocres et d'un intellect encore plus réduit. Cinquième enfant de Sir Hector (elle avait cinq ans lorsque sa propre mère mourut), elle comptait quatre frères aînés et une sœur cadette, Faye, qui vivait en Angleterre. Mes parents se marièrent en 1891. Ma mère était, au dire de tous, très amoureuse de mon père rencontré alors qu'il était venu cautériser une tumeur envenimée sur la gorge de Sir Hector. A cette époque-là, Sir Hector possédait une maison à Édimbourg, dans Ann Street (qui fut bientôt vendue, hélas), où la famille Dale passait les pires mois de l'hiver

16

avant de retourner dans la grande propriété de Drumlarish au printemps. Innes Todd épousa Emmeline Dale dans la paroisse de Saint-Mungo à Barnton, un village voisin d'Édimbourg d'où les Todd étaient originaires. Sir Hector pourvut sa fille d'une modeste dot, et le jeune couple s'installa dans l'immense appartement que mon père avait loué – pour des raisons connues de lui seul – dans le quartier peu élégant de High Street où, de l'avis général encore, ils vécurent un bonheur sans nuage – jusqu'à ce que j'arrive.

En 1892, quelque seize mois après le mariage, ma mère mit au monde son premier enfant, un garçon, mon frère. Au cours d'une précédente grossesse, elle avait fait une fausse couche à cinq mois. (Une fille, appris-je plus tard. Ah, ma sœur perdue, quelle différence aurais-tu fait !) Le nouveau bébé fut donc doublement attendu et l'angoisse autour de sa naissance multipliée d'autant. Non sans raison, en l'occurrence. L'accouchement fut difficile, douloureux, et si mon frère s'avéra sain et robuste, il fallut à ma mère plusieurs mois de convalescence. On appela l'enfant Thompson Hector Dale Todd. Curieusement, il était le premier petit-fils de Sir Hector (dont les quatre fils tous célibataires souffraient de déficiences dans nombre de domaines), et ce fait, ajouté à l'allusive nomenclature, valut à mon frère un heureux arrangement financier en provenance de la fortune grand-paternelle dépérissante (j'arrivai plusieurs années trop tard).

T.H.D. Todd, mon frère. Thompson Todd. Je crois que certains de ses amis lui donnent en fait du « Tommy », mais même dans ma plus tendre enfance, je le jure, je n'ai jamais pu l'appeler autrement que Thompson. Les noms sont importants pour moi, presque des talismans. Le prénom de Thompson semblait (et semble, car il vit toujours, ce misérable salaud) lui convenir parfaitement. La lourdeur, la solidité, les consonnes épaisses, l'impossibilité totale – de mon point de vue – de l'empreindre d'accents affectueux.

Allez à Édimbourg. Postez-vous sur l'esplanade du formidable château, le dos au corps de garde. Vous avez devant vous le Royal Mile, l'ancienne Rue Haute, l'épine dorsale de la Vieille Ville. Oubliez, si vous le pouvez, les façades décapées et l'amoureuse restauration d'aujourd'hui, le tape-à-l'œil et le remue-ménage. A ma naissance, la Vieille Ville était en fort mauvais état, les immeubles noirs et lépreux, sombres de nature mais obscurcis plus encore par la fumée et les escarbilles d'un million de cheminées, sans compter la suie vomie par la gare en bas dans la vallée. La rue elle-même était irrégulièrement pavée de pierres, vieilles pour certaines de deux cents ans, rondes et usées comme des galets. Par endroits, elles s'étaient effritées ou enfoncées et les trous avaient été comblés avec du sable ou de la terre. Ici et là apparaissaient des pavés neufs gris pâle en granit d'Aberdeen. De chaque côté, boutiques et maisons s'alignaient, noires et biscornues.

Tournez-vous maintenant pour regarder au nord vers l'estuaire de la Forth. Toute la dignité et le décorum d'Édimbourg se sont transportés au-delà de la vallée profonde de Waverley Gardens dans le quadrilatère net, élégant de la Ville Nouvelle. Ses squares feuillus ensoleillés, son assurance classique, sa parfaite symétrie géorgienne formaient un violent contraste avec la pente malpropre dévalant, toujours plus étroite, depuis le château sur son piton jusqu'au palais de Holyrood et son modeste parc.

Abandonnez à présent l'esplanade et empruntez High Street en direction de la cathédrale Saint-Giles. Restez sur la gauche. Traversez Lawnmarket et continuez. Vous passerez, en chemin, devant des portails surbaissés, des tunnels écrasés et sombres et qui mènent vers des gorges glaciales bordées de maisons. Comptez quatre ou cinq de ces portails et vous atteindrez le débouché d'une venelle nommée Kelpie's Wynd. Entrez. A partir d'un mètre soixante-dix de taille, il vous faudra baisser la tête. Prenez le tunnel et vous émergerez dans Kelpie's Court. Levez lès yeux. Les hauts pignons à redans se pressent au-dessus de vous, ne laissant entrevoir qu'un malheureux coin de ciel déchiqueté. Il faut le plein été pour que les vieilles dalles épaisses de la cour soient réchauffées par le soleil. C'est là qu'habitait la famille Todd. Deuxième porte à gauche. Numéro trois.

Curieuses bâtisses que celles qui bordent le Royal Mile. Imaginez la rue comme située sur une immense arête en pente. Côté sud, les maisons s'entassent et dégringolent n'importe comment vers Grassmarket et Victoria Street plus bas. Mais de l'autre côté, au nord, une descente abrupte conduit au chemin de fer, au fond de la vallée. Sur le côté nord de la Grand-Rue, une maison de quatre étages en façade peut fort bien, à cause de l'angle de la pente, en compter neuf ou dix à l'arrière. Depuis Princes Street, au-delà des jardins de la vallée, ces immenses blocs sévères vous font face comme des falaises de béton balafrées d'étroites fissures. A cette époque, ils avaient l'air de prodigieux édifices, des embryons de gratte-ciel en pleine croissance.

Certaines de ces vieilles maisons contenaient plus de vingt appartements, petits et grands. Le nôtre faisait partie des grands ; on avait, je pense, réuni à un moment deux logements en un seul. Il se composait d'un très vaste salon, d'une bibliothèque, d'une salle à manger, de six chambres et d'une salle de bains. Une cuisine spacieuse avec office, garde-manger et un placard-dortoir constituaient les quartiers domestiques. Depuis le quinzième siècle, des habitations existaient sur ce site. De temps à autre, elles s'étaient écroulées ou avaient brûlé, remplacées par d'autres édifiées sur leurs ruines. L'architecture de la Grand-Rue lui donnait l'allure d'un bidonville de pierre antique. Les maisons avaient grandi de bric et de broc, sans aucun plan, par additions et transformations. Les fenêtres avaient toutes les tailles – une diversité d'ailleurs agréable – et l'installation de toilettes et d'une plomberie moderne requérait une réelle ingéniosité.

Les escaliers et leur cage constituaient invariablement la partie la plus ancienne de l'édifice. De pierre et en spirale, ils survivaient aux destructions périodiques. Les marches, creusées des stigmates d'un million de bottes, s'étaient lissées. Elles desservaient des portes petites – plus faciles à défendre, je suppose, ou bien faites pour des Écossais d'autrefois, moins grands. L'obscurité régnait dans la cage d'escalier. Une faible lueur tombait d'un vasistas sur le toit. Ici et là sifflait un manchon à gaz. Un relent humide de légumes moisis enrobait ces lieux – l'odeur d'une vieille cave sombre : terreuse, moussue, fétide.

19

Notre appartement se trouvait au premier étage. La minuscule porte d'entrée s'ouvrait sur un hall parqueté, vide à l'exception d'une cheminée dans laquelle brûlait en permanence, hiver et été, un feu de charbon, comme pour protéger notre logis de la froide étreinte de l'escalier. A droite, une porte menait à la cuisine ; une autre, à gauche, aux chambres et salons. On avait l'impression de passer non seulement d'un climat à un autre mais d'une ère à une autre. D'un monde de pierre et d'acier (la rampe criblée de marques) à un univers de lambris, papiers peints, tapis et tableaux. Le salon s'ornait d'un beau plafond façonné, la bibliothèque d'un tapis d'Orient en soie. Les couloirs étaient lambrissés de chêne foncé, les chambres tapissées de papiers pochés à la main. Tout ceci étant l'héritage de la dernière et fatale grossesse de ma mère. Après sa mort, le caractère de l'appartement – jusqu'alors empreint de bon goût, de bien-être et de douceur – changea, me dit-on. La maison où je grandis était confortable mais sévère. Peu de traces y demeuraient de ma mère. Ou plutôt, au moment où je fus en âge de les remarquer, elles avaient été déjà altérées par le temps : platinotypes fanés par le soleil, papiers peints tachés d'humidité, tapis élimés. Mon père ne croyait pas au changement pour la seule vertu du changement. Dieu merci, ma mère avait fait installer une toilette avec chasse d'eau – nous pouvions au moins déféquer de manière civilisée. Il existait encore bon nombre d'appartements dans les « lands » (ainsi que ces grandes maisons de rapport étaient connues dans Édimbourg) plus loin dans la Grand-Rue, où une domestique rassemblait les pots de chambre de la maisonnée pour les vider dans un entonnoir infernal, creusé dans un coin du plancher de la cuisine, et par où les excréments tombaient cent mètres plus bas dans une fosse septique commune que vidaient, une ou deux fois par semaine, les éboueurs d'une corporation spécialisée.

Des fenêtres de notre salon, nous avions une vue animée : Princes Street, avec ses grands magasins et ses hôtels, bourrée de piétons, d'omnibus, de tramways et d'automobiles ; la National Gallery, le Scott Monument, la colline de Calton ; et juste en dessous de chez nous la luxuriante verdure de Waverley Gardens aux allées toujours très fréquentées.

Ils semblaient n'être jamais déserts ces jardins où se promenaient sans cesse en famille les habitants de la ville, contemplant les jets d'eau, écoutant les fanfares, admirant les plates-bandes banales. On aurait cru que ces gens n'avaient jamais vu de gazon ni d'arbres de leur vie tant ils fréquentaient assidûment l'endroit. Et pourtant, où qu'on se tourne, la ville abonde en panoramas campagnards. Postez-vous sur George Street et vous avez une vue imprenable sur la Forth et, par-delà le grand fleuve, sur les champs de Fife. Les hauteurs d'Arthur's Seat et de Salisbury Crags forment le décor d'arrière-plan à l'est. A l'ouest, les douces collines de Pentland...

Cette animation bienséante des jardins m'embêtait. J'ai de tout temps, aussi loin que je m'en souvienne, préféré la Vieille Ville – la pente inégale, noire, friable de la Grand-Rue, aussi sale et malodorante fût-elle. La plus modeste des pluies faisait déborder les caniveaux. Plus bas dans la descente, passé North Bridge, l'eau grise écumait le long des terrains livides de basse mer, les pubs sinistres, les cafés puants et les « hôtels garnis ». Là habitaient, travaillaient et tuaient le temps les ivrognes, les vagabonds et les prostituées. Un château à un bout, un palais à l'autre et une cathédrale au milieu. C'était l'épine dorsale de la ville, mais aussi son gros intestin, pour ainsi dire, étiré et enroulé autour des vertèbres – bile et os mélangés.

*

Ignorant des alternatives, l'enfant accepte son environnement, aussi bizarre soit-il, comme la normale Il me fallut longtemps avant de considérer mon éducation comme sortant de l'ordinaire. Fus-je heureux au n° 3 Kelpie's Court ? Je suppose que oui dans la mesure où je ne songeai jamais à me poser la question. Thompson et mon père étaient des compagnons irréguliers, l'un à l'école, l'autre à son travail. Je fus élevé presque entièrement par les soins et sous la responsabilité de notre femme de charge, Oonagh McPhie. Une série de filles de cuisine aidaient aux fourneaux, pré-

21

paraient les feux, balayaient et nettoyaient, et le mari d'Oonagh, Alfred, venait vérifier tous les jours le plein de la soute à charbon. Mais Oonagh contrôlait tout : du petit déjeuner au souper, la maison était son royaume et soumise à son seul pouvoir.

Elle devait avoir dans les vingt-cinq ans quand je naquis. Une belle fille plantureuse de l'île de Lewis. Des cheveux blond filasse, toujours relevés en chignon, et d'étranges grands yeux protubérants aux paupières lourdes. Illettrée mais l'esprit solide et vif. Alfred, son époux, était cireur de parquets, et ils n'habitaient pas loin, dans Grassmarket. Elle avait trois enfants, deux garçons et une fille, tous en âge d'aller à l'école, mais qui ne venaient jamais chez nous. Oonagh arrivait à six heures du matin et partait à huit heures du soir après le dîner. Comment menait-elle son propre ménage ? Qu'advenait-il de ses enfants ? On ne le lui demandait jamais. Je le faisais de temps à autre mais elle détournait ma question. « Oh, ils vont bien. Ils peuvent se débrouiller seuls », ou encore : « Pourquoi veux-tu visiter mon minuscule logis alors que tu as cette belle maison pour toi tout seul ? » Je n'insistai pas. A vrai dire, cela ne m'intéressait pas outre-mesure, tout ce qui m'importait c'était qu'Oonagh fût là, à la maison avec moi. Je ne me souviens pas qu'elle ait jamais pris de vacances.

Bien entendu, je l'aimais éperdument avec une violente et douloureuse passion qui me fait encore aujourd'hui monter les larmes aux yeux. Peut-on m'en blâmer ? Jamais dans ma vie je n'ai appelé quelqu'un « mère ». Quand je fus en âge de découvrir la vérité, il était trop tard. Je présumais que tout un chacun avait une « Oonagh » qui arrivait le matin et rentrait chez elle le soir. Que pouvais-je faire d'autre ? La mort de ma mère exerça sur moi ses funestes conséquences avant même que j'en fusse informé.

Premiers souvenirs. Le ver dans le fruit. Oonagh me serrant contre elle, disait quelque chose, roucoulant en gaélique, sa langue. Oonagh me regardant : « Pauvre petit bonhomme. Qui n'a pas de maman ! Je serai ta maman, Johnny. » Déboutonna-t-elle sa blouse rugueuse, sortit-elle un sein pour me le donner à flairer, tirer, embrasser ? D'où viennent ces idées ? Des souvenirs de nourrisson, enfouis profond ? A-t-elle jamais... Ai-je jamais pressé ma petite tête fiévreuse contre ces seins pâles et frais ?

Un jour – de ceci je suis certain –, je devais avoir sept ans, dans la cuisine, Oonagh épinglant sur sa blouse le bavoir de son tablier blanc immaculé, amidonné de neuf. Le relief de sa grosse poitrine. Ses mains rouges lissant autour le tissu craquant. Mes yeux écarquillés.

« John James Todd ! Qu'est-ce que tu regardes ?

– Rien, Oonagh... Je...

– Tu peux pas t'arracher les yeux de mes nénés, hein ? » Ses doigts défaisant les épingles. « Tu veux voir un peu ? »

Les oreilles en feu, le souffle coupé par l'embarras, je m'enfuis chassé par les éclats de rire ravis d'Oonagh.

Dieu, que de responsabilité porte Oonagh – comme chacun dans cette famille. En repensant au passé, je comprends maintenant que la fonction première d'une mère est de protéger et d'abriter le caractère malléable de son enfant. L'amour constant et sans réserve d'une mère fournit à l'enfant un terreau, fade mais fertile, de normalité et d'habitudes sur lequel grandir et s'épanouir. Quelle chance avais-je dans cette maison ? Mon étrange père, le cruel et dodu Thompson, Oonagh... Je *devais* me tourner vers Oonagh. Elle m'aima, tant bien que mal, mais j'étais l'enfant de son patron. Elle se soucia de moi, mais instaura des limites à son souci. Et la demande ne circula que dans un sens, de moi à elle. Heureusement, il semble que je l'amusais vraiment : ma présence, ma personnalité avaient un côté divertissant, et quand je réussissais à attirer son attention, elle s'occupait volontiers de moi.

Au début, je commis la faute enfantine de penser qu'il me suffisait de me conduire mal pour arriver à mes fins, mais Oonagh disposait de punitions puissamment dissuasives. Elle faisait claquer ses ongles courts et durs sur mes oreilles – lesquelles en restaient écarlates durant des heures. Elle me pinçait sous le bras, pressant la chair entre un index brutal et la jointure pointue du pouce. Elle me traînait d'une pièce à l'autre par le bord d'une narine. Elle me tapait sur la tête avec une certaine cuillère en bois – et mon crâne résonnait comme une cloche au son de basse – et, une fois, une fois seulement (une fois suffisait), à la suite d'un crime véritablement odieux (que diable avais-je fait ?), elle m'arrosa le pénis de soude de ménage. Trois jours d'agonie, de feu et de flammes qu'aucune eau ne put assouvir (comment aurais-je *pu* le dire à mon père ?).

Mes infractions étaient donc rares. Je pris l'habitude de me faire remarquer d'elle par la tournure singulière de mes propos, par l'invention d'histoires. Une fois ferrée, elle se mettait elle-même à bavarder et alors, parfois, venaient les tendresses – un baiser, un petit terme tendre de gaélique, une étreinte, le doux craquement à mon oreille d'un tablier amidonné, mon nez rempli du léger parfum d'oignon de son aisselle en sueur. Les embrassades diminuèrent à mesure que je grandissais, mais le besoin que j'avais de son amour ne décrut jamais.

Son affection étant si désintéressée, je n'éprouvai tout d'abord aucune jalousie quand elle attendit son quatrième enfant. J'avais six ans lorsqu'il naquit, un garçon – Gregor. Elle l'amenait avec elle au travail et l'installait dans un panier à bois dans un coin de la cuisine. Le nourrissait-elle au sein ? Est-ce là la source de mes propres souvenirs imaginaires ? C'était un gros bébé vilain quoique, Dieu merci, paisible. Me suis-je substitué mentalement à lui ? Est-ce alors que je vis ces seins ronds, pleins, veinés de bleu, le petit nez morveux de Gregor pressé contre leur fermeté de groseille ?... Très possible. J'étais un enfant jaloux. Je porte toujours en moi cette jalousie soudaine et ravageuse. Elle m'a coûté cher autrefois, comme vous le verrez. Ma neutralité à l'égard de Gregor s'évanouit rapidement. Je me mis à le détester. Il fut la première personne à être l'objet de ma haine.

J'ai dit qu'il était un bébé paisible : presque bizarrement muet, en fait. Une semaine, il eut la colique ou fit ses dents. Il piailla et grognassa toute la journée, son pitoyable vacarme m'écartant, même moi, de la cuisine. Oonagh le prenait dans ses bras, lui chantait une chanson, le berçait, lui tapotait le dos. Elle lui faisait d'autres choses aussi pour le calmer comme lui souffler dans la figure ou lui plonger les pieds dans de l'eau tiède – étranges coutumes des Highlands, je suppose. Je vins dans la cuisine prendre mon goûter – harengs, navets et cacao. Gregor vagissait dans son

24

coin, un pénible hurlement constipé, son gros visage blême d'effort, ses petits poings gras martelant l'air. Oonagh me tendit mon assiette.

« Petit démon, dit-elle. Ça ne va pas traîner. » Et à moi : « Vas-y. Mange. »

Elle sortit Gregor de son panier, lui défit son lange et le posa tout nu sur la table de la cuisine. J'observai avec un certain étonnement. Il braillait.

« Petit coléreux », dit Oonagh. A moi : « Ça va refroidir. » Je chargeai ma fourchette de hareng.

Oonagh se pencha sur Gregor et prit son minuscule pénis dans sa bouche. L'enfant se tut instantanément. Il gazouilla. Une menotte battit l'air. Ses yeux qui louchaient se tournèrent vers moi. Il remua la tête de droite à gauche comme pour résister à une passe hypnotique. Il ferma les paupières. Il s'endormit. Oonagh poursuivit une minute encore sa succion rythmée. Un instant, nos regards se croisèrent. La gorge sèche, ma fourchette à la main, je ne bougeai plus. Oonagh leva les yeux au ciel, l'air de dire : « Et voilà que ça recommence. »

Elle s'arrêta.

« Bon. T'es servi. » Le petit pénis rigide de Gregor luisait, un mince cône rose.

A moi : « Chut. Ne fais pas le moindre bruit. Allez, viens, finis ton goûter. »

Oonagh, Oonagh... M'as-tu jamais fait cela ? Fus-je jamais aussi grincheux que tu aies dû m'administrer semblable calmant ?... Mon Dieu, qu'elles sont dangereuses, ces années ! Quand je repense à mon enfance, l'influence d'Oonagh s'affirme de bien des manières la plus forte et la plus durable. Si l'enfant est le père de l'homme, alors c'est Oonagh qui m'a formé. Elle m'a éduqué. Elle est la première femme que j'aie jamais aimée, aveuglément, de toute mon âme et sans m'en rendre compte. D'un certain point de vue, Oonagh m'a fait.

Mais ceci n'est pas juste... Ce n'est pas sa faute si ma mère mourut, si mon père l'engagea ou si je devins le genre d'homme que je suis. Simplement, cela n'a rien arrangé. Et les bombes à retardement qu'elle déposa dans mon psychisme n'ont pas cessé d'exploser depuis*.

Je n'ai jamais vraiment aimé mon frère, Thompson Todd. C'était un garçon replet, avec un visage étrangement mûr, la mâchoire carrée et l'air renfrogné. Il ne perdit jamais sa corpulence. Il avait des cheveux châtain clair et des cils pâles. L'été, quand il faisait beau, Oonagh nous emmenait nous baigner sur la côte à Portobello. Dans le premier souvenir net que j'ai de Thompson – il avait douze ans, moi six, je suppose –, il me maintient plaqué sur la plage, mes petites épaules sous ses gros genoux et me barbouille avec délices la figure de sable. J'en eus plein les dents toute la journée. J'ignore absolument pourquoi il ne m'aimait pas. Normalement, avec six ans de différence, un frère aîné traite son cadet avec un enthousiasme attendri – comme un copain favori, un admirateur tout trouvé, un petit animal, presque –, mais l'attitude de Thompson, à l'époque, pour autant que je m'en souvienne, oscillait entre l'indifférence et l'irritation. Peut-être inconsciemment sentait-il déjà croître notre inimitié ; peut-être sentait-il la divergence de nature de nos personnalités.

Au contraire de Thompson, je fus un enfant séduisant dans mes années pré-pubères. Petit, brun de peau, mince avec une tête inhabituellement volumineuse, presque hors de proportion, une tignasse de cheveux brillants taillés par Oonagh droit sur le front en une frange sans compromis. Il existe une photo de moi, à sept ans, debout avec Thompson sur la plage de Gullane. A côté de sa grosse masse (ses seins quasiment de fille gonflant les raies horizontales de son maillot de bain), j'ai l'air d'une baguette de tambour, tout frêle contre le sable lumineux. Nous nous tenons par

* Plus tard dans ma vie (Paris, 1932, je crois), je rencontrai un anthropologue et lui parlai du calmant-bébé spécialité Oonagh. Il ne fut pas surpris. Il affirma connaître plusieurs tribus et sociétés primitives parmi lesquelles de telles pratiques étaient très communes. En fait, raconta-t-il sans se faire prier, pendant son enfance, sa mère le masturba chaque soir dans son bain jusqu'à l'âge de huit ans. Seigneur Jésus, pensai-je, le pauvre homme ! Quelle sorte de fosse aux serpents grouille-t-elle dans ce cerveau ?

la main, ce qui n'est pas dans nos habitudes. Je viens de sortir de l'eau, et mes cheveux mouillés sont plaqués en arrière. Ce changement de coiffure me fait ressembler à moi plus vieux, à vingt ans et quelques, à Berlin – maigre, ascétique, glacé, malmené. La brise aplatit l'herbe sur les dunes, les grains de sable me piquent les mollets tandis que, fasciné, candide, je regarde fixement ce séduisant objectif.

L'appareil est manié par Donald Verulam, une relation et collègue occasionnel de mon père à l'université. Donald avait dans les trente ans. Il était anglais, célibataire et professeur de lettres. Il faisait partie avec mon père de plusieurs comités universitaires, et une timide forme d'amitié s'était développée entre eux, au cours des années, et renforcée depuis la mort de ma mère. Donald s'intéressait professionnellement à l'histoire de la médecine, avait édité le *De Humani Corporis* de Vesalius et publié des monographies sur les théories classiques de la reproduction et de la circulation du sang. Très grand, plus d'un mètre quatre-vingt-cinq, avec ce dos un peu voûté commun à beaucoup d'hommes timides et de haute taille, il avait une élégante allure anguleuse gâtée seulement par un long cou et une pomme d'Adam très proéminente. Il portait ses cheveux – qu'il perdait – longs sur la nuque. C'était un homme aimable, modeste, qui venait dîner une fois par mois et jouait l'été au golf avec mon père sur les terrains qui abondent autour d'Édimbourg et la côte de Fife. Ce sont les seules sorties « en famille » de mes jeunes années dont j'ai conservé le souvenir. Oonagh, mon père, Donald Verulam, Thompson et moi. Nous allions à Long Nidry, Aberlady, Gullane et Musselburgh, et quelquefois, par le pont du chemin de fer de la Forth, à Crail, Anstruther et Elie. Nous devions former un curieux groupe : les deux messieurs graves, la robuste Oonagh traînant sans effort le panier du pique-nique (et parfois Gregor aussi), Thompson, boudeur, armé d'un lance-pierres ou d'un cerf-volant, et moi, fiévreux de plaisir anticipé. Et pourtant, ma joie était toujours assombrie par une vague tristesse comme si, conscient de la disparité de cet amalgame de personnalités, je m'étais rendu compte que son existence même évoquait une autre vie, celle qui aurait dû être la mienne si ma mère avait survécu au jour fatal de ma naissance.

Donald était un photographe amateur accompli. Il possédait un nouvel appareil, le Reflex Pliant Houghton, et, après leur partie de golf, mon père et lui revenaient nous chercher à la plage où nous avions pique-niqué. Alors, le plus souvent, Donald nous faisait poser devant son appareil. Thompson n'en avait jamais très envie ; soudain superstitieuse, Oonagh s'y refusait, mais je consentais obligeamment à grimper sur les rochers, à mimer un swing avec un club de golf de mon père ou à offrir du sucre aux ânes – tout ce qui aidait Donald dans ses compositions.

La seule photo de ma mère que nous possédions (encadrée d'ébène et d'argent, sur la table de chevet de mon père) avait été prise par Donald. Ce n'est que plus tard que je découvris qu'il en avait fait bien d'autres.

Académiquement parlant, je n'étais pas un enfant doué. J'étais alerte, vif, bavard et affectif, mais à l'âge de sept ans, c'est à peine si je savais lire un peu. Thompson fréquentait alors la Royal High School où mon père espérait m'envoyer plus tard. Mais il fut bientôt évident que mes difficultés à lire et à écrire rendaient incertaine mon admission dans ce sévère établissement. Thompson avait eu ma mère pour lui apprendre, et lui faire la lecture chaque soir. Oonagh, comme je l'ai dit, était analphabète. Petit, je passais mes journées avec elle, et c'est elle qui me couchait. Immanquablement, je lui réclamais une histoire et elle m'en racontait une. Elle le faisait en gaélique – de vieilles légendes populaires, j'aime à croire – mais j'étais totalement enchanté. La chambre obscure, la lueur de la lampe, Oonagh et sa croupe qui me tient chaud, son accent mélodieux avec ses tendres sonorités gutturales, son visage carré mimant le choc, la surprise, l'horreur, la joie délirante... C'était bien plus qu'il n'en fallait. Je suis certain aussi que là se trouve la clé de mon développement en tant qu'artiste, la raison pour laquelle ma personnalité prit son chemin de franc-tireur. A cette époque capitale de ma jeunesse, mon imagination ne fut formée par aucune tradition pédagogique ou littéraire orthodoxe. Les histoires fascinantes et incompréhensibles d'Oonagh, les expressions de son grand visage furent un aliment suffisant. Je suis convaincu que c'est ce facteur qui me sépare de mes confrères artistes et rend ma vision unique. Sons et expressions dramatiques rudimentaires furent les fondements de mon être créateur. Bon sens, logique, cohésion n'y jouèrent aucun rôle. La voix mystérieuse d'Oonagh et les audacieuses analogies de ses grimaces firent travailler mon esprit de manière indépendante. Je ne dois rien à aucun précurseur, aucune tradition ne m'a guidé. Ce que j'imaginais appartenait à moi seul.

Bien entendu, mon père était persuadé avoir un enfant retardé – un autre fardeau dont je l'accablais – et il chercha à résoudre le problème en m'expédiant, à l'âge de sept ans, à son ancienne école élémentaire, dans le village de Barnton, et au conseil d'administration de laquelle il appartenait. En sa qualité de plus fameux ancien élève, il n'eut aucune difficulté à m'y placer. Il s'entêta à croire, pour une raison quelconque, qu'elle pourrait instiller en moi la même discipline sévère et ambition résolue qui lui avaient valu sa rapide ascension des sommets académiques. Il eut tort. J'échouai aussi lamentablement là (et dans toutes les matières) que je l'eusse fait ailleurs.

Sa féroce conviction que l'école du village de Barnton représentait la solution eut l'irritante conséquence de m'imposer un long trajet aller-retour quotidien par train. Chaque matin, je prenais à la gare de Waverley le 6 h 42 pour Barnton (d'où j'avais encore quinze minutes à pied jusqu'à l'école), et le soir, si j'avais de la chance, j'attrapais le 16 h 30 pour rentrer. Thompson n'avait que dix minutes de tramway pour atteindre Regent Road alors que je passais deux heures par jour à faire la navette entre l'école et la maison. J'étais de surcroît un voyageur solitaire puisque je me déplaçais dans le sens contraire de la vague des banlieusards. La plupart du temps, je me retrouvais tout seul dans un compartiment enfumé de troisième classe tandis que le tortillard se traînait, poussif, à travers une banlieue sans intérêt.

Donald Verulam habitait Barnton et, une ou deux fois par mois, s'il avait travaillé chez lui avant d'aller dîner à son club ou assister à une réunion de la Société de photographie de l'université, nous nous rencontrions l'après-midi sur le quai de la gare. C'est Donald – pas mon père, pas Oonagh – qui me parla de ma mère.

« Tu as les yeux et le nez de ta mère », me dit-il un jour, avec une expression singulière sur le visage. Il repoussa ma frange. « Oui... Elle coiffait toujours ses cheveux en arrière. » Il pinça un peu les lèvres, sa pomme d'Adam s'agita. « Une âme tendre, Johnny... Une terrible, terrible tragédie. Tu aurais... » Il s'interrompit et regarda brusquement par la fenêtre.

Il emportait souvent avec lui son appareil photo dans son solide étui de cuir brun doublé de velours rouge, et parfois des enveloppes jaune clair contenant des plaques et des clichés. Il m'expliquait les principes élémentaires de la photographie, l'exposition, soigneusement calculée, du papier sensible à la lumière. Et un jour d'été, tandis que nous roulions avec fracas dans Blackhall, il sortit son appareil, déplia le soufflet de cuir de l'objectif et m'autorisa à regarder dans le viseur. Debout près de la fenêtre, les mains alourdies par l'encombrant appareil, je contemplai pour la première fois le monde à travers une caméra. Il ne s'agissait en l'occurrence que des jardinets et des lotissements de Blackhall, paysage que j'avais maintes fois observé, mais l'intervention de l'objectif, le rétrécissement du cadrage changeaient tout. Rien n'était plus pareil. Tout paraissait différent, spécial en quelque sorte, doué d'un certain potentiel... Les jardins et les maisons défilaient sous mes yeux.

« Vas-y, appuie, dit Donald. C'est facile. »

Quel moment choisir ? J'hésitai. Clic. Cet instant gelé dans le temps. Mon destin scellé.

Une semaine plus tard, Donald venu dîner me donna l'épreuve. Une masse confuse de maisons en fuite, d'ombre et de lumière, un triangle de haricots verts, le losange scintillant d'une serre.

« Pas mal, dit-il. Bonne impression de vitesse. On croirait que nous faisions du quatre-vingts à l'heure. »

Je montrai la photo à Oonagh. Elle la tourna et retourna, sa langue gonflant sa joue.

« Qu'est-ce que c'est ? s'enquit-elle.

30

– Ma première photographie. Je l'appelle : "Maisons en vitesse."

– C'est pas très bon. On voit pas grand-chose. »

Pour mes dix ans, je demandai un appareil photo. On me donna un minuscule Watson's Bebe, un appareil à main ou détective comme on les appelait. Mon père, heureux de voir une sorte d'intérêt se développer chez son fils, me l'acheta de bon cœur. Je prenais très peu de photos, par choix et non par nécessité (la chambre noire de Donald m'était toujours ouverte). Cette parcimonie de production d'images semble m'avoir poursuivi. Souvent, je partais me promener dans Édimbourg et revenais sans avoir sorti l'appareil de son étui. Quelles photos prenais-je donc alors ? Je photographiai un abri de cocher, dans Balcarres Street, décoré de deux marionnettes empaillées. Je photographiai le lugubre chameau galeux du zoo de Corstorphine. Je pris une photo de mon père, dans ses robes académiques, serrant la main de la reine Mary en visite à Édimbourg avec George V en 1911. Je surpris Thompson endormi sur un divan dans une pièce ensoleillée, la bouche bêtement ouverte, une main sur ses couilles. Je fis un portrait de Sandy Malcolm, un aveugle qui vendait des lacets à la grille de Waverley Market. Un écriteau pendait à son cou : « Achetez, s'il vous plaît. Suis aveugle suite à explosion dans usine Nobel Falkirk 1879. » Je pris un instantané d'Oonagh bavardant avec quatre autres femmes et leurs enfants devant la boutique d'une modiste dans Canongate. Tous portaient des châles écossais, même Gregor, cinq ans et nu-pieds. Je ne m'intéressais pas aux paysages, ni aux rues ni aux panoramas. Je photographiais des choses vivantes.

Notre passe-temps commun me rapprocha de Donald Verulam. En 1912, il présenta deux de mes œuvres (Sandy Malcolm et un tailleur de pierre au travail) à l'exposition de la Société universitaire de photographie, dans les locaux du Trade Hall sur Leith Walk. Le soir qui suivit la fermeture de l'exposition, un vendredi, et un peu en guise de récompense, je couchai chez lui à Barnton. Nous avions fait le projet d'aller le lendemain à Swanston avec nos appareils assister à la fenaison.

Donald habitait une grande maison de pierre, prolongée sur l'arrière par un jardin bien tenu. Je me rappelle un intérieur sombre, des murs couleur de papier brun et des tapis rugueux marron foncé et bleu marine. Après que sa femme de charge eut débarrassé la table, nous allâmes dans la bibliothèque. Donald alluma sa pipe. J'examinai son nouveau Ross Panross à pied avec lentille à panoramique vertical brevetée. Donald paraissait pensif, vaguement mélancolique.

« Quel âge as-tu, Johnny ?

– Presque treize ans.

– Mon Dieu ! Treize ans ! Est-ce possible ? »

Mon père ne mentionnait jamais mon âge. Je sais à quoi Donald pensait. Il me regarda. Il n'avait pas beaucoup changé depuis six ans que je le connaissais, sauf qu'il était maintenant presque chauve.

« J'aurais dû te les montrer depuis des siècles », dit-il. Il se leva et alla prendre dans une bibliothèque vitrée un album bleu indigo qu'il me tendit. Je l'ouvris.

Des photos de ma mère. Gros plans, portraits, instantanés. Je la scrutai comme un fiancé par procuration le portrait de sa lointaine promise. Je vis des cheveux ondulés plutôt blonds, un corps mince et de petits seins, des yeux et des sourcils semblables aux miens. Elle avait un sourire hésitant, sa lèvre supérieure un peu tendue au-dessus des dents. On en comprenait la raison en voyant ces mêmes petites dents plantées au milieu de gencives largement découvertes par un sourire, sur un instantané pris alors qu'elle sautait d'un poney attelé dans les bras de son époux. Étrange de voir mon père avec une femme, son visage des dizaines d'années plus jeune, son allure plus souple, plus agile.

Donald m'expliqua que mon père lui avait demandé un portrait de ma mère. Ils y avaient consacré plusieurs séances (une chambre inoccupée à l'étage servait de studio improvisé, ajouta-t-il), ce qui expliquait le grand nombre d'épreuves.

« Vous voulez dire qu'elle est venue ici, dans cette maison ?

– Très souvent. »

Ma colonne vertébrale se raidit étrangement. Je regardai par-dessus mon épaule. J'essayai d'imaginer ma mère dans cette pièce. Je me sentis bizarre. Je revins à l'album. Les autres photos provenaient d'excursions ou de balades qu'ils avaient faites en amis, tous les trois. Il devait y en avoir cinquante ou soixante en tout. (Donald me donna l'album qui devint l'une de mes possessions les plus précieuses et que je gardai avec moi à travers vents et marées jusqu'à ce que, dans une chambre d'hôtel de Washington, en 1954, un voleur s'empare de la valise où il se trouvait.)

« J'ai offert cet album à ton père après qu'elle..., dit Donald, mais il ne l'a pas... il a dit qu'il ne pourrait pas supporter de l'avoir. » Il sourit tristement.

Je le regardai. *Pourquoi as-tu rempli et gardé tout un album de photos de ma mère ?* pensai-je. Pourquoi ? Et comment compris-je alors, à treize ans presque, en ce soir d'été finissant à Barnton, que Donald avait aimé ma mère ? Qu'est-ce qui me le fit sentir ? Comment les enfants devinent-ils ces choses ? Je n'en ai aucune idée. Mais rappelez-vous. Je n'étais pas un enfant ordinaire. Déjà, à cette époque, mon esprit travaillait de manière tout à fait personnelle. Je ne sais pourtant pas expliquer pourquoi cette conclusion s'imposa à moi avec une force aussi singulière mais, tandis qu'au fil des pages je contemplai cette jeune et jolie inconnue qui m'avait donné la vie le jour de sa mort, je me sentis rempli moi-même d'une certitude nouvelle et libératrice. J'avais deviné quelque chose. Je possédais mon premier secret d'adulte. Je le laissai croître et s'épanouir en moi, chaud, exquis.

Cette découverte me permit de m'accommoder de la froideur de mon père à mon égard, froideur dont en grandissant je prenais chaque jour davantage conscience. Il ne se montrait jamais méchant ou cruel. Son attitude traduisait, plutôt que de l'antagonisme, un étonnement irrité. Il avait en face de lui son fils cadet, pas immense de taille, c'est vrai, mais en bonne santé, poli, plaisant, l'épaisse chevelure noire bien séparée à présent par une raie sur le côté gauche, le visage, avant les imminents ravages de la puberté, agréable, ouvert, apparemment intelligent et, sous certains angles, péniblement réminiscent de celui de sa défunte épouse. Pourtant, le développement intellectuel de cet enfant semblait irrémédiablement retardé. A l'âge de treize ans, je pouvais lire et écrire, encore que mon orthographe fût exécrable, mais je me montrais incapable de faire de vrais progrès dans aucune autre matière. « Mauvais », « paresseux », « entêté », « totalement stupide », telles étaient les épithètes qui figuraient sur mon bulletin scolaire. Excepté pour un seul sujet : l'arithmétique.

« Il y a un "excellent" ici, me lança mon père à travers la grande table de la salle à manger. Pourquoi ?

– Je ne sais pas. Je trouve ça facile, c'est tout.

– Eh bien, pourquoi ne trouves-tu rien d'autre facile, que diable !

– Je ne sais pas.

– Latin : "Aucun progrès." Rédaction : "Insatisfaisant, ne fait pas d'effort." Et puis, je lis : "Excellent." Que dois-je en penser ?

– Je ne sais pas.

– *Cesse de dire : "Je ne sais pas", espèce d'idiot !*

– Pardon. Mais...

– Il est évident que tu n'es pas un imbécile. Un imbécile n'aurait pas un "excellent" en mathématiques. » Il me fixa du regard. « Épèle-moi NIAIS. »

Ah. Ceci, je le savais, était un piège.

« N.I.E...

– *Non !* » Ses yeux se rétrécirent au-dessus de ses favoris. Il me contempla avec ce que je ne peux appeler que du désespoir. « Si tu ne t'améliores pas, John, je me verrai contraint de prendre des mesures qui t'obligeront à le faire. Je ne vais pas me laisser embobiner par un garçon de ton âge ! »

Ces « mesures », il y faisait allusion depuis deux ans avec une régularité croissante. Je n'étais pas certain de ce qu'il avait en tête. Je redoutais un précepteur ou un genre de boîte à bachot. Je baissai la tête avec l'humble respect filial qui convenait et quittai la pièce. Je n'étais pas aussi troublé que j'en donnais l'air. Depuis ma découverte de la passion de Donald pour ma mère, d'autres complications m'étaient venues à l'idée qui rendaient plus compréhensibles l'ire et l'hostilité de mon père. Et si l'amour de Donald avait été payé de retour ? En termes de séduction, il n'existait aucune comparaison entre les deux hommes. Je serrais contre moi mon secret comme une bouillotte. Il me protégeait : il établissait une distance entre mon père et moi. Donald Verulam et Emmeline Todd... cela paraissait entièrement naturel et vraisemblable.

Plein d'imagination, j'examinai mon visage dans la glace. Les yeux de ma mère, ses sourcils. Je crus détecter, dans le reflet du miroir, des traces du grand front de Donald. J'allongeai le cou et avalai ma salive pour essayer de faire ressembler ma pomme d'Adam à la sienne. Avait-il pu se passer quelque chose de plus ? Je tentai d'arracher un supplément d'information à Oonagh.

« Oonagh, est-ce que ma mère avait des amis ?

– Ouais, pour sûr. C'était une femme très populaire, très aimée.

– Par qui, exactement ?

– Toutes sortes de gens. Tout le monde. Famille, frères, cousins. Toujours en mouvement, toujours à rendre visite à droite et à gauche.

– Est-ce que mon père l'accompagnait en visite ?

– Ma foi, c'est qu'il avait beaucoup à faire, tu vois.

– Oui, je vois. »

Elle ne lâchait rien. Mais ses réticences me persuadèrent qu'elle en savait ou en soupçonnait bien plus.

Mon père était encore un homme fort occupé. Son travail à l'hôpital le retenait hors de chez lui pratiquement toute la semaine. Durant le week-end, il retournait souvent s'enquérir des progrès de ses malades. Il tenait un journal – un journal professionnel – et notait chaque soir ses observations.

Il ne cessait d'expérimenter de nouvelles techniques de traitement, et ces expériences furent la source du seul lien qui se forma entre nous. J'avais à peu près dix ans quand, événement rare, il entra un jour dans ma chambre.

« Johnny, dit-il avec raideur, veux-tu me donner un coup de main ? »

Il m'était difficile de refuser.

« Peux-tu me rendre un service, ce week-end ? Ne mange que des pommes et ne bois que de l'eau. Je te donnerai dix shillings. »

Il m'expliqua ce qu'il faisait. Le nombre de ses malades qui mouraient après une intervention chirurgicale l'inquiétait. Il était convaincu que la clé de leur survie se trouvait dans la purification de leur régime. Il visait à « un nettoyage complet de l'organisme ». Il faut lui rendre justice. A cette époque, avant les sulfamides, la pénicilline et nos antibiotiques modernes, tout au début de la stérilisation, il avait découvert quelque chose que les générations suivantes adopteraient. Mais il travaillait dans le noir.

« Tu comprends, Johnny, c'est la septicémie, j'en suis sûr. Il faut réussir à éviter l'infection de l'organisme. »

Un cas récent l'avait profondément affligé, celui d'une petite fille qui s'était piqué un doigt sur une épine de rose. La minuscule blessure s'était envenimée, et on lui avait appliqué des cataplasmes mais sans succès. Quand on avait amené l'enfant à mon père, son doigt – le majeur – avait doublé de volume et pris une vilaine couleur lie-de-vin. Père était un disciple de Pasteur et de Lister. Une propreté méticuleuse, telle était sa devise. Et c'est dans ces conditions qu'au cours des semaines qui suivirent il perça le doigt une première fois, puis une deuxième, avant de l'amputer, puis de couper la main de la petite fille et enfin son bras à la hauteur du coude. Il hésitait à sacrifier le membre tout entier quand l'enfant mourut.

« Et tout ça, simplement parce qu'elle s'est piquée avec une épine. Une minuscule épine... » Son regard traduisait une incompréhension stupéfaite, tandis qu'il me racontait cette histoire, pour lui un véritable affront qui illustrait cruellement son impuissance fondamentale et remettait en cause son métier de guérisseur. De là cette nouvelle obsession et mon rôle de cobaye.

Tout d'abord, je fus content de m'y conformer. Il ne

m'avait jamais montré autant d'intérêt. Je mangeai des pommes et bus de l'eau durant tout le week-end. Mon pouls et ma tension furent pris à chaque heure, mes selles et mes urines analysées.

« Comment te sens-tu ? s'enquit-il le dimanche soir.
– Bien.
– Aucune différence par rapport à la normale ? Pas un tout petit peu mieux que vendredi ? »

Je levai les yeux vers lui. Son regard bleu pâle, transparent. Papa, pensai-je, je veux t'aider.

« Oui, réussis-je à dire. Je crois que je me sens un tout petit peu mieux.
– Brave garçon. Voilà ta demi-couronne. »

Et c'est ainsi que, tous les deux ou trois mois, on m'appelait à la rescousse de la grande expérience du nettoyage de l'organisme. Il y eut le régime pain et lait. Le régime légumes à racines comestibles. Le régime viande. Le régime poisson salé. Pendant les vacances, je fus mis une semaine au régime riz au lait – riz au lait au petit déjeuner, au déjeuner et au dîner –, ce qui me valut une guinée de récompense.

« Comment te sens-tu ? Un peu plus de tonus ?
– Je crois que oui... Je me sens... Je me sens un peu plus d'entrain.
– Formidable ! Bravo Johnny ! Tiens, voilà ta pièce. »

Pendant le régime, je m'éclipsais subrepticement de la maison pour aller à Grassmarket m'acheter chez le boulanger un ou deux beignets bien poisseux. Je n'éprouvais aucun remords. Je faisais plaisir à mon père, ce qui réussit pour un temps à le distraire de mon cas personnel si j'ose dire. Aujourd'hui, je suis tout à fait désolé pour tous ces malades – les frêles amputés, les pensionnaires affaiblis du pavillon des contagieux – qui me furent redevables de l'inconfort supplémentaire d'avaler trois fois par jour des navets bouillis ou du poisson salé tandis qu'ils luttaient tant bien que mal pour survivre.

J'ai dû, en comparaison, être un enfant très seul. Périodiquement, mon père faisait un effort pour m'intégrer aux activités sociales des familles de ses collègues, mais aucune des amitiés qui en résultait ne semblait beaucoup durer. Je me souviens de jumeaux avec lesquels je jouai assez régulièrement pendant un an ou deux jusqu'à ce que l'un d'eux mourût de la diphtérie. Puis il y eut une petite fille – Lucretia Leslie – chez qui j'étais souvent invité. Je n'arrive pas à me rappeler grand-chose de Lucretia (une robe violette, un joli minois joufflu) : pourtant, nous fûmes pas mal de temps très amis, à ceci près que nous ne nous exhibâmes jamais réciproquement nos parties intimes. A l'école, j'étais raisonnablement populaire mais, comme je n'habitais pas Barnton, je ne pouvais pas prolonger mes relations avec mes camarades au-delà des heures de classe.

Pendant une certaine période, alors qu'il avait dans les quinze ans et que j'en approchais de dix, je rôdai autour de Thompson. Il ne me fit pas bon accueil. Il me toléra, sans plus. De toute manière, il abordait sa dernière année de lycée, et ses activités extra-scolaires lui prenaient beaucoup de temps. Il était à la tête du Club de débats de son établissement et jouait un rôle important dans une de ces organisations paramilitaires, quasi religieuses (j'ai oublié laquelle), qui semblent proliférer dans les cités écossaises. Il fut durant un certain nombre d'années un pratiquant assidu (cc que n'était pas mon père), et je me le rappelle partant en voyage pour participer à des synodes et autres assemblées. Une fois à Birmingham et une fois, je crois, à Anvers.

En repensant à l'indifférence de Thompson, je me demande si elle ne traduisait pas à mon égard un ressentiment inconscient, semblable à celui de mon père. Thompson avait six ans quand sa tendre mère lui avait été ôtée pour faire place à un petit frère braillard. Me blâmait-il quelque part en lui-même pour cette perte capitale ? La mort de ma mère fut le commencement de tous mes malheurs. Elle fit peut-être de Thompson ce qu'il était et ce qu'il est encore aujourd'hui : un béotien froid, égoïste, prétentieux, sans une goutte d'affection fraternelle dans le sang. Et très riche.

Je fus donc largement abandonné à mes propres ressources : Oonagh, mes rares amis, mon violon d'Ingres. Je me demande ce que je pouvais bien faire avant d'avoir mon appareil photo. Jouer avec Oonagh, je suppose. Elle était toujours là, semble-t-il, avec le petit Gregor – son dernier enfant, en fin de compte. Devrais-je vous en dire davantage au sujet de Gregor ?... Je le traitais assez comme Thompson me traitait. En fait, Oonagh me témoignait plus de gentillesse qu'à son propre fils. Elle appelait Gregor « Pif à morve » – la lèvre supérieure luisante de phlegme, il paraissait souffrir en permanence, été comme hiver, d'un rhume féroce. Gregor... Ça n'en vaut guère la peine. Il sortit de ma vie peu après. Plus tard, j'appris qu'il s'était marié et engagé dans la marine marchande. Est-il encore vivant ? Coucou, tu es par là, Gregor ?... Inutile de nous occuper de Gregor : il se trouvait dans les parages à l'époque, c'est tout, et il est une des rares personnes dans ma vie à qui je n'en veuille point.

Oonagh. Quoique je n'y aie jamais pensé à l'époque, Oonagh fut le doux centre de mon univers. Quand je revenais de l'école, essoufflé par la remontée depuis la gare, c'était dans la cuisine que j'allais.

« Le voilà », disait-elle et ça suffisait. Je m'asseyais, elle posait mon assiette devant moi et nous reprenions notre conversation là ou nous l'avions laissée.

A l'époque où j'appris l'histoire de Donald Verulam et de ma mère – l'été de 1912 –, il se produisit un changement léger mais discernable dans nos rapports, entre Oonagh et moi. Elle devait alors avoir dans les trente-cinq ans, une belle forte femme encore, ses yeux saillants aussi vifs et malins que jamais. Elle ronchonnait plus régulièrement au sujet du froid, de son dos, des faits et gestes de sa progéniture. Avec l'électricité désormais installée dans la maison, et les absences fréquentes de mon père et de Thompson, elle n'avait pas un labeur épuisant.

Quelle fut la cause de ce changement ? Un jour, une semaine, un mois, les choses furent différentes, c'est tout ce que je puis dire. Elle se montra davantage sur ses gardes, voilà la meilleure façon que j'aie de l'exprimer. Nos entretiens se poursuivirent avec la même aisance, mais je sentis désormais derrière ses propos une vigilance qui en avait été absente jusqu'alors. Ma croissance en fut la cause, j'en suis sûr. Rien n'échappait à Oonagh, et peut-être eut-elle conscience un beau jour du premier regard adulte dont je la gratifiai, peut-être perçut-elle dans mon amour pour elle une sensualité sous-jacente. A treize ans, je comptais mes poils pubiques à mesure de leur apparition, je scrutais mon menton et mes aisselles. Je participais avec enthousiasme, à l'école, au classique commerce d'obscénités et de cochonneries. Je fis irruption un jour dans la chambre de Thompson pour trouver celui-ci allongé dans son lit transformé en une petite tente vibrante, les yeux résolument fermés, une moue de plaisir ardent aux lèvres. Je compris ce qu'il faisait. Je m'y étais essayé frénétiquement en vain moi-même. Est-ce donc l'ombre de l'adulte qui s'interposa entre Oonagh et moi ? En tout cas, les choses ne furent plus jamais entièrement les mêmes entre nous.

« Oonagh ?
– Oui ?
– Tu connais Mr. Verulam ?
– Oui.
– Que penses-tu de lui ?
– Ma foi... je n'en pense pas grand bien.
– Pourquoi ?
– Il est anglais, pas vrai ? Me faut-il une autre raison ? Petit crétin.
– Est-ce que, euh, est-ce que ma mère l'aimait bien ?
– Aucune idée. Et maintenant, fiche-moi le camp d'ici avant que j' te tape dessus. »

Je ne la crus pas un seul instant et sa manière évasive de répondre confirma mes soupçons grandissants. Elle détestait Donald parce qu'elle savait que quelque chose s'était passé. Je compris aussi que je ne tirerais rien d'autre d'elle. Il me fallait une autre source d'information et je savais en qui la trouver – Mrs. Faye Hobhouse, la jeune sœur de ma mère.

Faye avait deux ans de moins que ma mère, mais elle s'était mariée plus tôt. Son époux, un Anglais, Vincent Hobhouse, juriste et magistrat, vivait et travaillait à Charlbury, une petite ville voisine d'Oxford, dans la vallée de l'Evenlode. Faye tenait de ma mère, mais en plus grande, avec un corps en forme de poire un peu disgracieux. Elle avait un joli visage aux traits réguliers auquel des yeux fortement cernés ajoutaient une séduction ambiguë. Aussi vif et alerte que fût son comportement, elle avait perpétuellement l'air de ne pas avoir dormi depuis trois jours. Ce qui semblait indiquer un côté autre, caché, de sa personnalité, une promesse latente de débauche sous ce vernis de vertueuse épouse et mère. Je devais finir par trouver irrésistible presque tout en elle – ses hanches lourdes, ses petits seins, ses cheveux bouclés châtains.

Nous ne les voyions pas beaucoup, ni elle, ni Vincent Hobhouse, ni leurs trois enfants, mes cousins Peter, Alceste et Gilda.

Je me rappelle seulement deux visites avant cet été 1912. Ils arrivèrent au début d'août. Vincent Hobhouse avait loué un pavillon près de Fort William, pour une partie de chasse. Vincent possédait un des plus gros visages que j'aie jamais vus, des bajoues prodigieuses lui faisaient la figure très ronde. De face, on ne pouvait pas voir son col, pas même le nœud de sa cravate. Je me demandais souvent comment il s'y prenait pour nouer celle-ci le matin, et je l'imaginais obligé de s'allonger sur le dos en travers de son lit, la tête rejetée par-dessus bord comme celle d'un cadavre, pour permettre à ses doigts le libre accès de sa gorge. C'était un homme calme, charmant, enclin à la mélancolie. Toujours corpulent, il avait apparemment, depuis son mariage, enflé comme un gros chanoine. Je ne réussis jamais à comprendre pourquoi il mangeait et buvait autant : cela semblait contraire à sa nature. Faye et lui formaient un couple bizarrement assorti mais qui paraissait idéalement content.

Faye témoignait d'un intérêt affectueux et sincère pour mon bien-être. Elle me gâtait en vérité beaucoup et, au contraire des autres membres de ma famille, sans jamais laisser soupçonner qu'elle me tenait pour responsable de la mort de ma mère. En fait, j'appris plus tard qu'elle avait offert de m'adopter mais que mon père avait refusé, affirmant que lui et Oonagh pouvaient fort bien se charger de m'élever.

Un soir qu'ils étaient avec nous, je montrai à Faye mon appareil et quelques-unes de mes photos.

« Elles sont superbes, John. Regardez, Vincent, elles sont extraordinaires !

– Sacrebleu ! » s'exclama Vincent Hobhouse, très surpris. Il me regarda avec une considération nouvelle. « Pourquoi ne te mets-tu pas à quelque chose de ce genre ? » dit-il à son fils Peter (de deux ans mon aîné, un parfait snobinard, à mon avis). Ils se penchèrent sur les photos. Je me tournai vers Faye et l'observai attentivement :

« C'est Donald Verulam qui m'a appris », dis-je doucement.

Un tressaillement perceptible.

« Ah... Donald Verulam.

– Vous le connaissez, Faye, j'en suis sûr », intervint mon père. Faye jeta un coup d'œil du côté de son époux. « Un de mes collègues. Nous nous fréquentons depuis des années.

– Oui, je pense en effet l'avoir rencontré, répliqua-t-elle vivement. Je... je crois, un jour, avec Emmeline. »

Le nom de ma mère provoqua l'habituelle crispation subliminale. Je n'en avais pas tant espéré.

Le lendemain, nous les accompagnâmes au train de Fort William. Vincent surveillait les porteurs et le chargement des bagages, fusils et autres paniers à provisions. J'étais à côté de Faye.

« Pourquoi ne m'écris-tu pas, John ? dit-elle. J'adorerais savoir ce que tu fais.

– Mon orthographe est nulle, j'en ai peur.

– La mienne aussi. Aucune importance.

– Bon, eh bien d'accord. » Je me tus un instant. « Tante Faye... à propos de Donald Verulam. Vous l'avez rencontré avec ma mère.

– Oui... » Une expression étrange. « Ils étaient bons amis, maintenant je me rappelle. Elle parlait souvent de lui.

– Quand ?

– Dans ses lettres surtout. Elle m'écrivait chaque semaine, vois-tu, Emmeline et moi – pendant des années... »

Elle se retourna. « Je crois que nous partons. » Elle se pencha et me regarda droit dans les yeux. « Pourquoi ne viens-tu pas nous voir, Johnny ? J'adorerais mieux te connaître. » Elle me prit les joues entre ses mains : « Es-tu déjà allé en Angleterre ?

– Pas encore. »

Je scrutai cet aimable visage, ces yeux battus, suggestifs. Elle m'embrassa. Sa joue frôla la mienne, une douceur de poudre, le parfum d'une fleur sauvage – musqué, mordant, chaotique.

*

Nous sommes installés, Donald Verulam et moi, dans un salon de thé, sur la Grand-Rue de Newhaven. Nous avons passé l'après-midi à photographier des pêcheurs et des marchandes de poissons autour du petit port. Nous buvons du thé, mangeons de grandes tartines de pain et de beurre, des scones et de la confiture, en attendant l'autocar qui nous ramènera à Édimbourg.

Donald remplit sa tasse avec la lourde théière brune. Il fronce légèrement les sourcils, semble réfléchir à quelque chose. Il se passe la main dans les cheveux – en aplatissant ses rares mèches sur son crâne. Son visage paraît plus mince, plus ascétique que de coutume. Il sort sa pipe, la remplit de tabac et l'allume. Des panaches de fumée lui sortent des narines.

Sur la chaise entre nous sont posés nos appareils dans leurs étuis (j'ai une Sanderson neuve), le cuir déjà écorché et terni à force d'usure, les coins racornis. J'étale de la confiture de framboise sur ma tartine beurrée. Les ligaments de ma mâchoire craquent bruyamment au moment où je mords dans une énorme bouchée. Sa pipe bien allumée, Donald se renverse sur sa chaise, croise une jambe de velours côtelé sur l'autre et desserre sa cravate. Un pied chaussé d'une botte tapote le plancher sur un rythme personnel secret.

La dame qui tient le salon de thé s'approche. Elle a un

visage aristocratique, les cheveux relevés en un chignon à l'ancienne. A l'instant où elle traverse un rayon de soleil, une broche d'agate clignote à son cou. Dehors, une charrette anglaise roule avec un bruit de petit trot métallique sur le pavé. Du jardin, derrière, s'élèvent des caquètements de poules satisfaites.

« Reprendrez-vous du thé, monsieur ? » Une voix agréable, cultivée, douce.

« Non, merci », dit Donald.

Elle me jette un coup d'œil.

« Non, merci. »

Nous nous sourions tous réciproquement. « Hummmmm... » fait Donald. Je regarde par la fenêtre. En face, une enseigne annonce : « LA FORGE DE W. & J. ANDERSON. QUINCAILLERIE. » Quelqu'un passe en poussant deux bidons de lait vides dans une brouette. Une sorte de bourdonnement paisible remplit mes oreilles. Je me rends compte pour la toute première fois que je suis heureux. Ce moment marque un grand tournant dans la vie de quiconque. C'est le commencement de la responsabilité.

« Monsieur Verulam, dis-je, avez-vous jamais rencontré la sœur de ma mère, ma tante, Faye Hobhouse ?

– Faye Hobhouse ?... Ah oui, Faye Dale. En fait, je l'ai connue avant ta mère. Vincent était dans mon collège à Oxford. »

Le bourdonnement se fait rugissement.

« Quand j'ai été nommé ici, Faye m'a présenté à ta mère et à ton père. »

Je n'avais pas besoin d'autres preuves. Je tenais là un tissu de mensonges et de mauvaise foi. Ils étaient amis intimes. Pourquoi Faye avait-elle prétendu ne pas le connaître ? Pour éviter de faire rougir mon père ? En outre, il semblait exister une certaine complicité entre les deux sœurs. Je demeurai perplexe. A l'époque, je me laissais guider par mon instinct, n'identifiant qu'à moitié les dérobades des adultes. Avec un peu plus d'expérience, j'aurais pu demander à Donald Verulam s'il avait connu ma mère à Oxford. Peut-être les deux sœurs étaient-elles allées voir là-bas le prétendant de Faye ? Ou encore, si Donald et Vincent se connaissaient si bien, peut-être Donald avait-il rencontré ma mère au mariage de Faye ? Mais tout ce que je savais vraiment, c'est qu'une sorte de courant passait dans l'air chaque fois que le nom de ma mère était prononcé en compagnie de celui de Donald Verulam. Capté par mes antennes juvéniles, il renforçait les illusions romantiques que je nourrissais à mon sujet. Un étranger dans ma propre maison, en marge de sa famille, ma profonde réticence – je devais l'admettre à présent – à reconnaître Innes Todd comme mon père naturel.

Je me sentis fortifié par ce que j'avais découvert. Des choses avaient été divulguées sans qu'on le sût, qui me permettaient d'affronter mon avenir avec plus de maîtrise et de respect de moi-même. Je commençai à me considérer comme le prisonnier d'une grande et fatale histoire d'amour. Peut-être les deux seuls êtres qui savaient ou avaient deviné la pleine vérité étaient ma mère et moi. Cette découverte m'électrisa. Par souci des convenances, la mascarade durait et durerait encore un bout de temps mais, tandis que nous repartions sur Édimbourg, en ce soir chaud et lourd d'août, je fus convaincu pour la première fois de ma nature unique. Je pouvais continuer à vivre encore un peu plus longtemps le mensonge John James Todd.

Cela vous paraît-il indûment précoce ? Exprimé de cette façon, oui, naturellement, mais les sensations que j'éprouvai ce soir-là, quoique inarticulées, furent exactement celles-ci.

Je me sentais différent des gens qui m'entouraient. Je sentais que je *pensais* différemment aussi. J'étais touché par des choses différentes. Ma découverte fortuite des amours de Donald Verulam avec ma mère ne faisait qu'expliquer la source de ces sentiments. Elle m'apporta un certain calme, me permit d'affronter mon avenir troublé avec une certaine sérénité.

Mon père et Thompson me faisaient face de l'autre côté de la table de la salle à manger. Thompson, à la veille d'entrer à l'université, s'était par anticipation laissé pousser la moustache, une petite chose molle et minable qu'il ne cessait de tripoter et de caresser comme un animal favori. Paradoxalement, elle le rajeunissait.

Nous avions mangé la soupe – du mulligatawny –, et Oonagh qui venait d'emporter le poisson – du maquereau pané – apportait le rôti de veau quand mon père dit :

« Vous nous servirez cela dans un quart d'heure, Oonagh, je vous prie. »

Oonagh me jeta un coup d'œil et sortit à reculons de la salle à manger. Elle savait déchiffrer les signes aussi bien que moi. Dès que nous nous étions assis, j'avais senti que quelque chose allait de travers. Mon père ne laissait rien paraître, mais Thompson n'arrêtait pas de le regarder avec un air d'expectative ni de m'adresser des remarques empreintes d'une sollicitude inhabituelle.

« Comment nous portons-nous aujourd'hui, John James ? En pleine forme ?

– *Nous* allons bien, merci, Thompson. Comment se porte notre moustache ? »

Normalement, mon insolence l'aurait piqué au vif. Il se contenta de sourire avec indulgence et de lisser la nappe sans nécessité.

Je savais de quoi mon père allait me parler. De mon examen d'entrée à la Royal High School, présenté une semaine auparavant. Je ne pipai mot. Nous mangeâmes les deux premiers plats dans un silence presque total. Puis Oonagh fut exilée avec son veau. Mon père extirpa un bout de papier de la poche de son gilet.

« Instruction religieuse : 2 sur 20. Géographie : 4 sur 20. Orthographe : 0 sur 20. Latin : 5 sur 20. Français : 4 sur 20. Arithmétique : 20 sur 20... "Cher professeur Todd, nous regrettons qu'au vu de tels résultats, et malgré le remarquable succès de votre fils en arithmétique, le jury soit dans l'impossibilité d'envisager favorablement sa candidature d'entrée... etc. peut-être l'année prochaine... des leçons supplémentaires... Le haut niveau des autres candidats... etc." » Il me regarda. Son expression marquait plus l'étonnement que la colère.

« Qu'est-ce qui cloche donc avec toi, mon garçon ? Tu

n'as pas besoin de faire des prouesses. La médiocrité suffirait. Aspire à ce niveau commun.

– Je ne veux pas être médiocre.

– Il préfère être totalement stupide. » Rire strident, satisfait.

« Je t'en prie, Thompson. » A moi : « Ne fais-tu aucun effort ?

– Mais si, mentis-je.

– Pourquoi, comment obtiens-tu 100 % en mathématiques ? Explique-moi ça ! » Il criait à présent.

« C'est facile. Je comprends ce que je suis censé faire.

– Mon Dieu... *Bon !* Je vais te dire ce que je vais faire de toi. Le fétu de paille auquel nous devons nous raccrocher est ton inexplicable talent pour l'arithmétique. J'ai parlé à un de mes collègues de la section mathématiques. Il y a un homme, Mr. Archibald Minto, qui dirige une école faite pour des talents bizarres comme le tien. Tu y entreras en septembre. »

Ce n'était pas une si mauvaise nouvelle.

« Quel est le nom de l'école ?

– L'Académie Minto.

– Je peux y aller en train ? »

Le seul avantage eût été la fin de mon perpétuel va-et-vient. Mon père sourit.

« Hélas, non. Tu seras pensionnaire. C'est à une quarantaine de kilomètres. Près de Galashiels. » Il me dévisagea avec gravité. « Tu t'es puni toi-même, John. Je ne souhaitais pas que tu partes, mais je refuse de continuer à te laisser faire ce que tu veux. » Il se retourna : « Oonagh ! Apportez-nous donc ce veau maintenant. »

Le lendemain, je pris le train pour Barnton. Il fallait que je parle à Donald. J'ignore totalement ce que je pensais qu'il en résulterait, mais j'éprouvais un très grand besoin de le voir et je savais qu'il serait désireux d'être mis au courant du changement décisif sur le point d'affecter ma vie.

Je descendis l'avenue verdoyante qui menait à sa maison. Les volets du premier étage étaient à moitié fermés.

J'aperçus dans la grande pièce du bas une femme de chambre qui faisait la poussière. Je pressai la sonnette.

« Est-ce que Mr. Verulam est là ?

– Désolée, fiston. Mr. Verulam est parti en vacances. Il est en Angleterre. »

Le reste de l'été passa à une vitesse affligeante. L'Académie Minto, m'apprit-on, n'avait pas d'uniforme, excepté le kilt, un vêtement que je n'avais jamais porté. Oonagh m'emmena chez Jenner, dans Princes Street, pour me faire prendre mes mesures et choisir le tissu de trois kilts : deux de lainage épais pour tous les jours, le troisième plus fin, un kilt de cérémonie. On m'acheta deux escarcelles de peau, deux vestes courtes en tweed avec gilet assorti et une veste de velours noir à boutons d'argent. Nous fîmes également l'emplette de chaussettes longues en laine grasse, de solides bottines et d'une paire de délicates chaussures lacées. Pour la première fois, j'affrontai l'attirail de mon costume national.

« Tu es superbe », dit Oonagh quand j'essayai le costume de cérémonie. Je ne fus pas convaincu. Moi, le petit citadin, j'avais l'impression d'être apprivoisé par une tribu primitive.

Il me restait trois jours avant de devoir prendre le train pour Thornielee près de Galashiels. De là, le cabriolet de l'école m'emmènerait à l'Académie à quelques kilomètres en amont de la Tweed, à côté d'un village appelé Laidlaw. Comme cela est apparemment la norme pour les catastrophes, le jour funeste fut précédé d'un temps magnifique.

Assis dans ma chambre, l'œil sur ma malle déjà faite, je tripotais ma caméra en me demandant si je devais prendre le risque de l'emporter avec mon album à l'école. Plus gravement, je me jurai une sombre revanche sur mon père, et je me considérai étrangement trahi par la malencontreuse absence de Donald. A la pensée que j'allais quitter l'appartement et Oonagh, je sombrai dans l'apitoiement sur moi-même. Je me sentis gonflé de larmes comme une éponge : une légère pression et l'eau jaillirait.

Je crois qu'Oonagh ressentait tout aussi fort cette séparation. Malgré son ironie et son affection mesurée, j'avais été son enfant treize ans durant. J'entrais et sortais de la cuisine, morose, un pauvre sourire aux lèvres, réfléchissant à mon avenir.

« Écoute, dit-elle. Allons nous baigner demain. On emmènera le mioche à Canty Bay. Comme autrefois. »

Oonagh, Gregor et moi prîmes un train tôt le matin à Waverley. Arrivés à North Berwick, nous traversâmes le village à pied et suivîmes le sentier escarpé jusqu'à la baie. Le ciel était d'un bleu de glace. Quelques nuages denses et joufflus y flottaient, leurs ombres obligeamment éloignées au-dessus de la Forth. D'une hauteur, j'aperçus le dôme inégal du Bass Rock se découpant dans l'air limpide. Une très légère brise se leva sur l'estuaire, et en dessous s'étendait la baie. Du côté de la ville, des baigneurs et des enfants s'agglutinaient autour des machines de bain en toile rayée et une jetée en caillebotis où s'amarrait une longue et étroite embarcation à vapeur annonçant : « Tour en bateau du Bass Rock – 6 pence. » Un petit bohémien tout tordu s'occupait de trois ânes poussiéreux destinés aux amateurs d'une promenade sur la grève. Nous avançâmes péniblement jusqu'à l'autre bout de la plage, loin de la foule. Nous fûmes surpris par un vieil homme robuste – ses coudes et ses genoux d'un rouge sanglant – qui émergea de la mer parfaitement nu et qui, en route à grands pas vers ses vêtements, croisa dignement notre chemin avec un allègre : « Fait beau ! » Nous trouvâmes un coin pour notre pique-nique dans un creux entre deux hautes dunes. Des sentiers serpentaient à travers les collines de sable frangées d'herbe épaisse avant de disparaître dans les buissons d'ajonc, au-delà. Nous étalâmes une couverture, déballâmes le pique-nique et dégotâmes un endroit frais pour les bouteilles de *ginger ale*. Gregor fut dépouillé de ses habits, hissé dans un maillot de bain et expédié au bord de l'eau avec son seau et sa pelle. J'allai derrière une dune me dévêtir lentement. Le beau temps n'arrivait pas à me remonter le moral. L'excursion était si manifestement un essai d'antidote que je ne pouvais rien voir au-delà de ses motifs cachés. Je regagnai les lieux du pique-nique en prenant plaisir à la manière dont l'herbe acérée égratignait mes jambes nues.

Oonagh était en train de se changer. Sa jupe et son jupon gisaient sur la couverture. Elle avait enfilé son costume de bain – un machin de laine rugueuse – jusqu'à la taille et s'efforçait maintenant d'en remonter le bustier sous sa blouse et sa camisole. Je m'assis par terre en poussant un soupir théâtral et entrepris de gratter, l'air morose, la croûte d'un bobo sur mon genou.

« Courage ! lança Oonagh en ôtant impatiemment sa blouse. C'est pas la fin du monde !

– C'est toi qui le dis. »

Elle jeta sa blouse sur la couverture et vint s'agenouiller près de moi.

« Allons, Johnny, dit-elle doucement, si tu te plais pas, tu le dis à ton père et y te ramènera à la maison.

– C'est ce que tu crois. »

Elle prit une expression exaspérée.

« Bon, eh ben, je vais pas perdre mon temps à me désoler pour toi si t'es tellement décidé à le faire tout seul. »

Tout en parlant, elle défit les boutons de sa camisole dont elle se débarrassa d'un mouvement d'épaule. Je levai les yeux et entrevis un instant ses gros seins blancs aux tétons bruns avant qu'elle ne passe les bras dans les manches de son costume de bain et n'en remonte le bustier par-dessus sa poitrine. Elle coiffa son bonnet et se mit à entasser dessous des petits frisons rebelles.

« Es-tu trop triste pour une baignade ? » Elle se leva.

Je courus avec elle au-devant des vagues.

J'ai une photo d'Oonagh prise plus tard ce jour-là, debout dans l'eau verte et mousseuse qui lui arrive aux genoux. Elle fait mouvement vers un Gregor hurlant que vient d'arroser une vague. Elle lève les bras pour se protéger du rouleau suivant sur le point de se briser sur sa hanche offerte. La serge trempée de son maillot colle à ses cuisses fortes et à ses seins lourds. Elle a la bouche ouverte – moitié sourire, moitié choc anticipé de la vague d'eau froide. Mais elle n'est pas suffisamment inquiète pour oublier le photographe qui capte les gros yeux bulbeux – vifs et malins – juste au moment où elle me regarde. La pose est à la fois candide et naturelle, mais le coup d'œil, l'attitude, les courbes pleines du corps exsudent une solide coquetterie. Tandis que nous nagions et jouions dans les vagues, emporté par sa vivifiante sensualité, je regardai Oonagh d'un œil neuf en me caressant. Pour la première fois, j'éprouvai l'ivresse intense d'une excitation purement sexuelle : elle s'empara de ma poitrine comme si deux mains puissantes soulevaient mes poumons. Au cours de cette journée parfaite à Canty Bay, Oonagh exerça une influence qui m'a dominé depuis... Bon Dieu, Oonagh, quand je repense à toi aujourd'hui... La terrible chose que tu m'as faite. Mais comment l'aurais-tu su ? Comment quiconque le saurait-il ? A partir de ce jour-là, ce qui m'excita chez les femmes que je connus et aimai (sauf une, sauf toi) fut tout élément d'Oonagh qu'elles évoquaient ou rappelaient.

Nous remontâmes en courant à la plage avec un Gregor haletant entre nous. Oonagh l'enveloppa dans une serviette pour le sécher, mais il se dégagea et s'enfuit à la recherche d'autres distractions balnéaires. Oonagh se retourna avec sa serviette vers moi qui, debout, poings fermés, bras tendus, faisais claquer mes dents avec un sourire idiot. Elle passa la serviette autour de mon cou et se mit à frotter vigoureusement mon dos et mes épaules, tout en se réchauffant elle-même. Je contemplai son large visage, la ligne de sa mâchoire, ses narines rougies par le froid, les absurdes volants cerise de son bonnet de bain.

« Voilà, c'est terminé, Johnny, dit-elle. Voilà, c'est terminé. »

Fut-ce le « c'est terminé » ? Ou bien la manière dont elle prononça mon nom ? Je me mis à pleurer. Elle me serra contre elle, m'embrassa le front, me tapota le dos, me trouva un mouchoir, m'inonda d'un flot d'impossibles assurances. Mais je vis bien ton rapide geste au coin de ton œil, Oonagh, ma chérie, ma perte. Tu savais que je partais et que rien ne serait plus jamais pareil.

Villa Luxe, 12 mai 1972.

Sur cette île où je suis installé depuis neuf ans, nous sommes en plein milieu d'une sécheresse hors de saison. Les pluies d'avril n'ont tout simplement pas eu lieu et le soleil cruel flamboie à des températures d'août.

Je loue cette vieille villa à Eddie Simmonette. Elle est confortable quoiqu'un peu délabrée et elle offre l'avantage d'une piscine. Une piscine qui est là devant moi, bleue, alléchante, vide. En mars, une fissure est apparue dans une des parois et il a fallu vider l'eau pour réparer. Croyez-le ou pas, les racines d'un figuier situé à dix mètres de là ont réussi à faire éclater les trente centimètres d'épaisseur de béton du bassin. Et maintenant, grâce à la sécheresse, il n'y a plus suffisamment d'eau pour la remplir à nouveau sans une autorisation spéciale du maire. J'en ai fait la demande et j'attends toujours une décision. De la terrasse de ma piscine, je contemple ce parfait rectangle de carreaux d'un bleu joliment dégradé d'où la chaleur semble s'échapper, palpable et rugissante. A mon âge, le seul exercice que je fasse consiste en quelques brasses paisibles vers midi avant mon premier dry martini. La villa possède une plage privée, mais celle-ci se trouve à vingt bonnes minutes de marche par un sentier qui serpente à travers la pinède, puis descend en zigzag vers la mer, au gré de la falaise. La Villa Luxe est bâtie haut sur le bord de la falaise qui, par-dessus la Méditerranée, fait face à l'Afrique. Elle a un jardin avec de grands arbres – surtout des pins et des caroubiers – et un peu trop de cactées pour mon goût. La villa est très isolée, à sept cents mètres du village par une piste de terre battue, ce qui est la raison pour laquelle elle me plaît et j'y habite.

Je me lève tôt, je prends mon petit déjeuner, puis je fais mon courrier et consacre le reste de la matinée au classement de mes papiers. J'avance régulièrement dans mes archives chaque jour – mes nombreux agendas, ma multitude de carnets de notes et de mémorandums, boîte après boîte de correspondance et quelques fragments d'une autobiographie. Je trie, je classe, je vérifie. J'essaie de les ranger dans un certain ordre, de découvrir un motif ou un thème sous-jacent au milieu de tout ce fouillis insensé. C'est un bon travail pour un vieil homme avec du temps à perdre (le misérable sage biblique qui décida d'opter pour soixante-dix ans de vie n'a rendu service à personne. C'est la limite la plus arbitraire – pourquoi pas quatre-vingts ans –, mais une fois que vous l'avez dépassée, une peur se déchaîne en vous comme un furet dans un terrier. On se croirait dans une ville en guerre, après le couvre-feu. Vous êtes hors jeu et c'est un bon moment pour mettre de l'ordre chez vous, pour ramasser les morceaux).

Vers midi, je m'arrête pour aller nager et prendre ensuite un verre. Emilia arrive peu après. Elle me prépare un déjeuner très simple et fait le ménage. Son jour de congé, je vais à pied jusqu'au petit café-bar du village. D'ordinaire, je prends ensuite l'autobus pour le bourg plus important à quelques kilomètres de là où se trouvent une banque et un bureau de poste. Je ramasse et expédie le courrier de la semaine. Je tente de m'occuper de mes revenus décroissants et des complications toujours plus grandes de mes affaires financières. Une fois par mois – peut-être – je m'aventure jusqu'à la capitale de l'île mais moins fréquemment en été à cause des touristes. Je connais une ou deux personnes là-bas – un journaliste et un compatriote écossais qui dirige une compagnie de locations de voitures. Parfois, Eddie arrive et m'envoie chercher en voiture (à ma requête, il ne vient jamais à la villa). J'aime beaucoup ces retrouvailles, nous sommes de vieux amis, il m'amuse – et réciproquement.

C'est une vie calme et solitaire, mais je ne m'en plains aucunement après tout ce qui s'est passé. Nous sommes bien loin d'Édimbourg en 1899. Je repense à mon enfance avec le mélange coutumier de plaisir et de regret. Dans le contexte de cette triste chronique, ma vie ici a des allures de paradis. J'ai des habitudes, une maison, pas d'ennemis, pas de persécution, pas de véritables soucis.

Dehors, le chant métallique des cigales atteint son apogée diurne. J'entends l'aimable pétarade de la mobylette d'Emilia. J'aimerais que la piscine soit pleine.

2

Une éducation sentimentale

Archibald Minto nous accueillit, moi et les deux autres garçons, avec un sourire.

« Je suis un homme juste », dit-il à la fin de son discours. Il avait une voix douce, enjouée. « D'aucuns diraient trop juste... Mais quand on me fâche, je fouette. Je fouette rarement. Je n'ai fouetté que cinq élèves dans les deux dernières années. Mais quand je le ferai », il continuait à sourire, « je vous rosserai à mort. Me fais-je bien comprendre ?

– Oui, monsieur », nous répondîmes. Les autres nouveaux avaient trois ou quatre ans de plus que moi. Ils ressemblaient à des hommes, et l'un d'eux portait une barbe.

« Vous êtes les bienvenus à l'Académie Minto et vous avez tous une sacrée veine d'être ici. N'oubliez pas d'en remercier vos parents. » Il regarda le barbu : « J'autorise la 'stache, Fraser, mais je ne peux pas supporter la barbe. Elle me fait trop penser à la crasse qu'elle dissimule. Débarrassez-moi de ça tout de suite.

– Oui, monsieur », dit Fraser, l'air surpris. Je partageai sa réaction étant donné que Minto lui-même était barbu. Personne ne fit le moindre commentaire.

J'ignore pourquoi, mais l'aimable menace de Minto produisait son plein effet. Durant mon séjour à l'école, il ne fouetta qu'une demi-douzaine d'élèves. En gros, nous nous tenions convenablement et, sinon, nous nous arrangions pour que Minto n'en sache absolument rien. En quoi nous jouissions de la complicité totale des élèves les plus anciens. Malgré sa bizarrerie, c'était une école heureuse.

Autrefois une propriété privée de taille moyenne, l'Académie Minto s'élevait sur une colline qui dominait la Tweed. Des jardins en terrasse – désormais recouverts de gazon – menaient de l'entrée principale au terrain de rugby. La maison elle-même était faite d'un grès gris pourpre qui, sous la pluie, tournait au mauve sale. Au centre d'une façade étirée mais élégante, à un étage, se trouvait un porche au fronton classique avec quatre colonnes cannelées. Le premier étage abritait les appartements de Mr. Minto et des trois professeurs employés par l'école. Le rez-de-chaussée comprenait une salle de réunions, une salle à manger, des cuisines, des vestiaires, des toilettes et trois grands dortoirs. Petite, l'école ne comptait jamais plus de soixante élèves. Derrière la maison, les écuries formaient un quadrilatère avec une cour et une tour d'horloge. Deux côtés du quadrilatère avaient été convertis en salles de classe, les deux autres étant encore occupés par des chevaux. Jusqu'à aujourd'hui, j'associe l'école à l'odeur du crottin. Au-dessus des salles de classe et des boxes vivaient les femmes de ménage et Angus, l'homme à tout faire de Minto.

Fondée en 1865 par le père de Minto, l'école était spécifiquement « destinée aux enfants doués en mathématiques et en musique ». Après la promulgation en 1892 de la Loi écossaise sur l'Éducation, Mr. Minto père refusa d'abandonner le contrôle de son établissement au conseil municipal de Galashiels et se battit désormais pour conserver son indépendance. En 1898, après que son père eut été terrassé par une attaque, Archibald Minto revint de l'université de Göttingen – où il étudiait les mathématiques sous Hibert – pour prendre la direction de l'école. Sous sa houlette, l'école prospéra modestement. Il vendit quelques terres et fit de la publicité à l'extérieur de la région, afin de vanter les facilités particulières de l'Académie qui accueillait non seulement les talents mathématiques et musicaux mais aussi quiconque – laissait entendre la brochure – incapable de s'adapter à un environnement scolaire orthodoxe.

Minto était un passionné de rugby et il avait décidé que le premier XV de l'Académie excellerait aussi en ce domaine. Il accordait donc des « bourses » à n'importe quel coureur agile ou malabar bien découplé qu'il convoitait pour son équipe. L'école triomphait régulièrement dans tous les championnats locaux le long de la vallée de la

Tweed. Cette obsession expliquait la présence de Fraser le Barbu – on en avait besoin en deuxième ligne de mêlée.

Nous formions un curieux groupe d'écoliers. Il y avait de véritables talents mathématiques et musicaux mais, durant mon séjour, un seul prodige. Et puis il y avait des gens comme moi dont les vagues talents semblaient reposer uniquement dans cette direction et dont les parents désespéraient de les voir s'éduquer. Puis il y avait les inadaptés, encouragés par le vaste manifeste de Minto. Des garçons qui dessinaient bien ; des garçons « adroits de leurs mains », des garçons qui couraient vite. Certains étaient à la limite du monstrueux. Il y avait un jongleur éblouissant. Il y avait un garçon à la vue exceptionnelle qui pouvait lire une page imprimée à trois mètres. Un autre, un type maigre aux longs bras, arrivait à lancer une balle de cricket à plus de cent mètres. Il y avait un prodigieux champion de saut en hauteur. Et ainsi de suite. Cette catégorie, la moins nombreuse, comptait rarement plus d'une douzaine d'individus. Elle constituait un groupe de types maussades et irritables (baptisés, Dieu sait pourquoi, les « black buns ») qui ne restaient qu'un trimestre ou deux. En dehors du programme classique, Minto les encourageait à travailler leur spécialité. Il croyait passionnément à l'excellence, et si elle se limitait à un lancer de balle de cricket, eh bien soit. Enfin, il y avait l'équipe de rugby. Des garçons du pays, cueillis à la ferme ou au moulin (le bruit courait que Minto les achetait à leurs parents), à qui on offrait le gîte et le couvert, un vague vernis d'éducation secondaire et, durant l'hiver et le printemps, autant de rugby qu'ils en pouvaient prendre.

La plupart d'entre nous étaient des matheux ou des musiciens moyens. Minto nous enseignait les maths, Mr. Leadbetter la musique – très compétent, l'orchestre de l'école donnait de vrais concerts dans les salles de mairies ou les bourses aux grains, le long de la vallée, procurant du même coup à l'Académie une source de revenus parallèles. Deux autres professeurs, des célibataires à l'air triste, un Mr. Fry et un Mr. Handasyde, tentaient d'enseigner les autres matières nécessaires à l'accréditation de l'Académie auprès du Conseil régional des écoles. Ces deux hommes, mornes et pensifs, paraissaient redouter Minto plus que nous, et nous nous demandions ce qui les retenait à leur corps défendant à l'école.

Quant à Minto, c'était un petit homme qui approchait de la cinquantaine. Il avait le poil roux foncé – rasé de près sur les joues, sec et frisotté sur le crâne. Il portait des lunettes rondes cerclées d'écaille et s'exprimait d'une voix claire et aimable avec une trace de rhotacisme : « Vaiment tès bien », disait-il en manière d'approbation. Il n'avait rien d'ostensiblement menaçant. Par exemple, n'importe quel membre de son équipe de rugby aurait pu le flanquer par terre, mais personne ne songeait à mettre en question sa discipline digne d'une caserne.

Après l'une de ses rares mais cinglantes rossées, je demandai à la victime (un charron de vingt ans, natif de Kelso) pourquoi il ne lui avait pas rendu la pareille. Son crime était d'avoir répondu avec insolence à Mrs. Leadbetter. Il me regarda comme si j'étais un demeuré :

« T' connais pas c't' Angus ? »

Angus était un gros type stupide à la démarche en canard très prononcée. Il avait pour mission de garder à l'œil les élèves les plus costauds. Selon la chronique locale, il avait tué de ses mains un homme au cours d'une bagarre dans un pub. Après sa peine de prison (homicide involontaire), Minto l'avait engagé. De temps à autre, me raconta-t-on, Angus administrait de sauvages dérouillées à tout membre de l'équipe de rugby qui questionnait l'autorité de Minto.

En dépit de ces actes de dissuasion – peut-être à cause d'eux –, l'école était un endroit tolérant et tolérable. Je ne fus maltraité qu'une seule fois par les élèves, et encore s'agissait-il d'un rite initiatique que chacun subissait.

C'était un bizutage appelé le « plat de cire-morve ». A son premier soir de dortoir, un nouveau se voyait obligé de consommer un repas symbolique composé de petites boulettes – genre mitraille – faites de cérumen et de morve. Les autres pensionnaires puisaient dans leurs orifices la matière première qu'ils s'empressaient de pétrir en petites boules. Réunies sur une assiette, celles-ci étaient alors présentées aux impétrants. Ça ressemblait à du caviar beige, un peu délité. Vous aviez le choix de les déguster séparément ou d'un seul coup. J'optai pour la seconde méthode.

Ce ne fut point trop déplaisant. Une déglutition, un rapide coup de langue autour de la bouche. Seul le goût amer de cérumen s'attarda une heure ou deux.

Je fus raisonnablement heureux à l'Académie Minto envers laquelle j'ai deux grandes dettes. J'y appris autant de mathématiques qu'il était possible dans une salle de classe et j'y connus le plus fidèle des amis que quiconque puisse avoir.

Hamish Malahide était le seul prodige *bona fide* de l'école. Il avait un an de plus que moi et deux ans d'Académie. Il était si bon en maths que Minto lui donnait des leçons particulières. Je le rencontrai peu après mon arrivée.

Un sombre dimanche après-midi, avant les prières du soir à la chapelle, un grand élève m'envoya chercher quelque chose dans le bâtiment des salles de classe. En revenant, j'aperçus un groupe de garçons – six ou sept – agglutinés autour des grilles, derrière la maison. Il y avait là un petit dégagement en sous-sol, à ciel ouvert, qui menait aux caves à charbon et à la chambre de chauffe – strictement interdites d'accès et placées sous la responsabilité d'Angus. En approchant, j'identifiai tous les garçons comme des « black buns ». Ils riaient à perdre haleine et, le kilt relevé, ils pissaient dans le puits, à travers la grille... Je baissai les yeux et vis une silhouette qui tentait d'éviter sans succès les arrosages. Elle trébucha. Les arcs d'urine se concentrèrent pour crépiter bruyamment sur les vêtements de la victime jusqu'à ce que celle-ci réussisse à se relever. Le supplice ne dura pas plus que le contenu des vessies des tortionnaires. Bientôt, les pisseurs renoncèrent et s'éloignèrent. Dans le puits, le garçon rajusta tant bien que mal ses habits trempés. Je fus frappé par le fait qu'il ne se plaignit point. Il leva la tête vers moi :

« Je suppose que tu veux y aller à ton tour, toi, maintenant ?

– Non, répliquai-je. Vraiment pas.

– Donne-moi un coup de main », dit-il en grimpant les marches.

J'attrapai sa main humide et l'aidai à passer par-dessus la grille. La porte était cadenassée.

« Merci. »

Il m'expliqua comment il avait été attrapé par les « black buns » et balancé dans le puits.

« Pourquoi ont-ils fait ça ?

– Qui le sait ? »

Nous rentrâmes par la porte de derrière. Une servante sortit de la cuisine et nous jeta un coup d'œil curieux en passant. A la lumière du manchon à gaz dans le corridor, j'examinai de plus près la victime. J'ignorais alors son nom, mais je reconnus son visage. Hamish Malahide était affligé de la pire acné que j'aie jamais vue alors ou depuis. Il était couvert du front au menton de boutons qui se concentraient en masse autour de son nez et sous sa lèvre inférieure et tapissaient d'éruptions le cou et la mâchoire. Il semblait même en avoir dans les cheveux. Son visage paraissait si enflammé, si douloureux, pour ne pas dire repoussant, qu'on avait envie de reculer. Plus tard, je vis dans son dos les furoncles, les gros bourgeons rouges, les kystes rose vif des pustules en formation.

Je ne reculai pas mais, de toute manière, il ne l'aurait pas remarqué, préoccupé qu'il était par l'état de ses vêtements.

« Il faut que je me change, dit-il. Les salauds !

– Pourquoi ne vas-tu pas tout raconter à Minto ? Il dit que nous devons lui signaler les brimades. »

Il me dévisagea :

« T'es nouveau ?

– Oui.

– Minto les fouetterait, je suppose, mais il fouette toujours aussi le type qui moucharde.

– Ah !

– Ça ne vaut pas le coup. Tu comprendras quand tu auras vu comment Minto fouette.

– Pourquoi rosse-t-il la victime ?

– C'est pas bête. Ça lui rend la vie plus facile. Il sait que quand on vient se plaindre, c'est vraiment grave. »

Il sourit. Il avait de grandes dents inégales. Ses cheveux blonds et sa peau blanche faisaient ressortir encore davantage son acné. Il était très laid.

« Comment t'appelles-tu ?

– Todd.

– Moi, Malahide. Merci de ne pas m'avoir pissé dessus. Todd. Je ne l'oublierai pas. Jamais. »

C'était une phrase étrange. Il sourit de nouveau et partit. Ainsi débuta la plus importante amitié de ma vie.

Les mathématiques. Pourquoi étais-je bon en maths et médiocre ou nul dans les autres matières ? Je crois que cette sorte d'aptitude, ou de talent, est liée à la tournure d'esprit d'un individu, qu'il s'agit de quelque chose d'inné, un *a priori*. Comment pouvais-je moi, dont l'imagination fut, à l'origine, stimulée par des histoires inconnues racontées dans une langue incompréhensible, avoir un don pour les mathématiques ? Précisément *parce que* mon imagination est stimulée de cette manière, voilà la seule réponse que je puisse fournir. J'arrivai à l'école l'œil clair, sans préjugé. Je me rappelle ma première leçon d'arithmétique. Le mur du fond était couvert de tables de multiplication.

« Bon, Todd, la table de six.

– Quelle table, monsieur ? »

Rigolade dans la classe. Je fus installé à un bureau séparé pour apprendre mes tables. Les chiffres se pressaient devant mes yeux. Je considérai la table de neuf. Je m'aperçus immédiatement, avec la clarté de l'instinct, que la somme des facteurs de chaque réponse donnait le constant résultat de neuf. 9 × 2 = 18, 1 + 8 = 9. 9 × 3 = 27, 2 + 7 = 9. Et ainsi de suite jusqu'à dix. J'attirai l'attention de mon instituteur là-dessus et reçus mes premières félicitations.

D'où vint que je fis cette remarque ? D'où vint que je m'aperçus de cette constante ? Et quel genre de tour de passe-passe se joue ici dans ce plus abstrait des mondes ? Je ne dis pas que je me sentis pourvu d'un don spécial, mais je considère qu'une sorte d'indication me fut offerte là. Depuis ce premier jour en classe et cette découverte, le royaume des mathématiques devint pour moi grouillant de promesses. Quels autres secrets y découvrirai-je ? Quelles autres perspectives ?

On dit qu'il existe deux types de mathématiciens. 90 % voient en chiffres, 10 % voient en images. Les plus brillants, les plus profonds viennent de ces 10 %. En ce qui me concerne, je crois que, pendant les quelques années du début, je vis le monde des nombres en images, que j'eus ce don jusque vers l'âge de dix ans et puis que, pour une raison quelconque, il se transforma en une simple compétence dans le maniement des chiffres. Mais les grands mathématiciens ne perdent jamais cette aptitude. Peut-être est-ce la raison pour laquelle les enfants prodiges n'existent que dans le monde des maths, de la musique et des échecs. Ces domaines peuvent être étudiés picturalement, des motifs et des formes peuvent s'y découvrir. L'ordre peut se discerner au milieu du hasard, la logique être séparée des contingences. Ou du moins, c'est ce que je pensais. Aujourd'hui, j'ai abandonné les explications. Les mathématiques et la physique m'ont conduit à des vérités bien plus troublantes que celles-ci, ainsi que je vous le révélerai. Logique, ordre, motif, signification... tout cela n'est qu'illusions.

Hamish Malahide faisait naturellement partie des fameux 10 %. J'aime à penser qu'il en va de même pour chacun de nous à la naissance, mais la *tabula rasa* est rapidement barbouillée de hiéroglyphes que nous ne réussissons plus jamais à effacer. J'eus de la chance. Je conservai cette vision candide quelques années supplémentaires. Hamish ne la perdit jamais. Il était extraordinaire. Les mathématiciens, comme les artistes, ont tendance à avoir leur période d'apogée. Ce fut le cas de Hamish qui, tout jeune, produisit les fameux Paradoxes I et II de Malahide. Il connut un autre bref éclat au cours des années quarante avec la découverte du Nombre de Malahide mais, passé trente ans, sa puissance créatrice diminua, un peu comme une forme de vieillissement. Néanmoins, son intellect demeura pointu et vigoureux jusqu'à la fin de sa vie désespérément malheureuse.

A l'Académie Minto, il me fallut un certain temps pour prendre la mesure de ses qualités. Son épouvantable acné en faisait un personnage impopulaire, objet d'injures. Même Mrs. Leadbetter, l'infirmière, abandonnait toute prétention d'impassibilité médicale dans ses vains efforts pour le soigner. Les narines pincées de dégoût, elle enfilait des gants de coton pour tamponner sa figure de lotions et de pommades. Des petits malins l'avaient surnommé Job, et le sobriquet lui resta. L'été, nous allions souvent nous baigner dans la Tweed, et Hamish était obligé d'aller nager en aval de notre groupe. Et moi aussi, son unique ami, je dus admettre que, nu, il était répugnant. Je me trouvais donc souvent divisé dans mon rôle. Beaucoup de choses en lui m'intriguaient puissamment, mais si je regardais de trop près ces pustules rouges encroûtées, mes cheveux se mettaient littéralement à se dresser sur ma tête et les larmes me venaient aux yeux. Mais Hamish, avec sa sensibilité caractéristique, sentit mon dilemme. Un jour, il me montra un petit pot d'onguent.

« Qu'est-ce que c'est ?

– Ma mère me l'a envoyé : "L'Émulsion du Dr Keith Harvey. Guérit les Verrues, l'Acné, le Lupus, l'Ataxie Locomotrice Progressive et la Danse de Saint-Guy." Elle m'envoie ces trucs une fois par mois. » Il sourit. « Pour mes saletés de furoncles.

– Ah, fis-je comme si je venais de les remarquer pour la première fois. Ce doit être un... » Je n'arrivai pas à trouver un mot – « problème » semblait un euphémisme si grotesque.

« Une malédiction, dit-il. Je suis maudit, je le sais. »

Sa franchise suffit à supprimer toute gêne entre nous. Après quoi, nous discutâmes souvent de ses boutons. Je lus même le livre de Job, dans la Bible.

« Ils partiront, dis-je. Mon frère en avait. Ils sont tous partis.

– Oui, mais à quoi ressemblerai-je après ? répliqua-t-il avec un singulier sourire. Je ne peux pas imaginer comment sera ma figure une fois nettoyée.

– Normale... non ?

– Je n'en suis pas si sûr. »

Mon amitié pour Hamish grandit au cours de ce premier trimestre. Bien que nous fussions tous deux des spécialistes de maths, il était tellement plus avancé qu'il aurait pu aussi bien faire n'importe quoi d'autre. Pour prendre un exemple d'architecture, alors que nous en étions à dessiner des abribus et des pissotières, Hamish bâtissait des cathédrales gothiques. De temps en temps, il parlait de maths et je commençai à pénétrer l'étrange et merveilleux fonctionnement de son esprit.

Minto avait assigné à notre classe la tâche de découvrir tous les nombres premiers jusqu'à un million. (Un nombre premier, pour ceux d'entre vous qui l'ignoreraient, est un nombre qui ne peut être divisé par aucun autre – sauf par lui-même et l'unité. 11 est un nombre premier, tout comme 19 ou 37.) Il s'agissait d'un projet à long terme qui durait depuis des années. Des générations d'élèves avaient servi d'enquêteurs à Minto, farfouillant parmi les chiffres de 1 à 1 000 000 pour ramener à la surface – tels des chercheurs d'or une rare pépite – un nombre premier. Nous inscrivions à mesure nos découvertes sur un grand tableau accroché au mur. Minto nous avait systématiquement organisés, attribuant à chacun de nous quelques milliers de nombres à trier. Le projet se termina peu après mon arrivée. Nous comptâmes 41 539 nombres premiers. Puis Minto, avec la mine d'un prestidigitateur sortant un lapin de son chapeau, nous montra comment calculer la quantité de nombres premiers entre deux chiffres donnés. Mais, fait intéressant, le résultat produit par la formule comportait une erreur de 67 chiffres en moins. Des vérifications établirent que le calcul, quoique très proche de la vérité, ne tombait jamais tout à fait juste.

« Pourquoi est-ce seulement approximatif, monsieur ? demanda Hamish. Pourquoi ne peut-on pas obtenir un résultat exact ?

– Parce qu'on ne le peut pas. » Minto parut irrité. « Telle est la nature des nombres premiers. »

Hamish tenta d'améliorer tout seul l'exactitude du calcul, mais sans succès.

« Je n'arrive pas à le rendre plus précis. Tout bonnement impossible, me dit-il un jour que nous regardions un match de rugby.

– Tant pis.

– Ça m'ennuie... Il doit y avoir quelque chose d'important dans ces nombres premiers – dans la manière précisément dont ils existent. Ça doit vouloir nous dire quelque chose.

— Tu crois ?

— Les nombres sont infinis, il doit donc y avoir un nombre infini de nombres premiers. »

Je ne comprenais rien à ce qu'il racontait.

« Mais ils ne forment aucun motif régulier. Ils surgissent sans aucun ordre. Ce calcul que nous avons effectué, il ne tombe jamais juste. Pourquoi ? Pourquoi ne peut-on pas les coincer ? Qu'essaient-ils de nous dire ?

— Mais qu'est-ce que tu as ?

— Pourquoi n'y a-t-il pas de motif régulier ? Il devrait y en avoir un.

— Est-ce que les nombres premiers existaient avant que nous y pensions ? » Je fus surpris moi-même par ma question, incertain de sa portée. Mais Hamish parut comprendre.

« Exactement, Todd, exactement. Songe au premier homme qui s'est mis à compter, qui s'est mis à additionner... Regarde où on en est maintenant. »

Cela n'avait aucun sens pour moi. Aujourd'hui, je comprends mieux ce que Hamish voyait avec ses yeux de quatorze ans. Pour lui, le monde de l'explication mathématique abstraite était comme une fascinante forêt enchantée pour un explorateur passionné. Déjà loin sur une piste au cœur de la jungle, il me faisait signe de le suivre.

*

Je m'installai bientôt dans ma routine à l'Académie Minto, mais mon amitié avec Hamish rendit un peu difficile l'établissement de rapports plus proches avec les autres garçons. Ce qui ne me dérangea point. Les brimades étaient rares, les dortoirs divisés par âges – avec un grand élève pour chef de dortoir, responsable du maintien de la discipline. Nous étions dix-huit dans notre chambrée. Nous couchions sur des lits en fer séparés par de minces armoires en bois. Hamish se trouvait à quatre lits du mien (oui, j'avais mangé sa cire-morve). Excepté un vigoureux onanisme, il existait peu de vices. Quelques garçons se glissaient dans le lit des uns et des autres, mais personne ne trouvait là matière à objection ou étonnement. La nourriture était abondante quoique dépourvue d'imagination. Porridge, lait et pain le matin, une pièce de viande rôtie – du mouton neuf fois sur dix – au déjeuner, et la même viande, froide, le soir avec des légumes, et du cacao pour boisson.

En fin de semaine, nous passions notre samedi à regarder l'équipe de rugby gagner soit sur place, soit à l'extérieur. Et le dimanche, un morne Mr. Fry ou un triste Mr. Handasyde emmenait l'école au complet faire une immensément longue promenade. Le temps passait et pas si lentement. Je découvris qu'au bout d'une semaine la maison ne me manquait plus. Mon seul regret était de ne recevoir que peu de lettres. Oonagh ne savait pas écrire, mon père était trop occupé pour le faire, et Thompson n'en avait aucune envie. Je songeai à accepter l'offre de ma tante Faye, mais n'en eus pas le courage. Je recevais parfois une carte postale de mon père. J'en possède encore une. Je la reproduis dans sa totalité.

> 3 Kelpie's Court
> Édimbourg
> 21 octobre 1913
>
> Cher John James,
> Merci de ta lettre. Oui, ton ami Malahide pourra me consulter si tu le désires mais il semble qu'un dermatologue serait peut-être plus indiqué. Je suis au regret de te dire que le régime riz n'a pas eu d'effet significatif sur mes malades. Merci de t'en être enquis.
> Thompson va bien, Oonagh t'envoie ses cordiales salutations.
> Ton père affect.
> I. M. Todd

J'écrivis une fois à Donald Verulam sous le prétexte d'une histoire de photos, et il me répondit sur-le-champ, longuement, en me demandant de lui écrire à nouveau. J'en avais l'intention mais ne le fis jamais. L'école n'était pas ce que j'avais redouté et, à mon vague étonnement, j'eus le sentiment d'y découvrir une sorte de liberté. A mesure que se cimentait mon amitié avec Hamish, je me découvris toute la compagnie et la stimulation requises. Je n'étais pas un enfant très sociable et je ne réclamais de mes camarades que d'être toléré.

A la fin de mon premier trimestre, il se passa quelque chose de singulier. Un soir, bien après l'extinction des feux, Hamish me réveilla. Tout le monde dormait, la maison était complètement silencieuse.

« Viens avec moi », chuchota-t-il.

Je me levai et le suivis hors du dortoir.

« Qu'y a-t-il ?

– Chut. »

Il me conduisit le long du corridor jusqu'au vestiaire. J'y pénétrai à sa suite. Soudain, il se retourna et me plaqua un chiffon humide sur la bouche. Ma tête se remplit d'une forte senteur chimique. Avant que je ne perde connaissance, la pièce tourna au jaune brillant puis à l'écarlate et enfin au pourpre. Je crus entrevoir le visage de mon père.

Je revins à moi, me raconta Hamish ensuite, une demi-heure plus tard. J'ouvris les yeux, frissonnant, en proie à la nausée. Il était accroupi à côté de moi. Ma tête retentissait de migraine. Je donnai à Hamish un faible coup de poing dans les côtes.

« Du calme, dit-il.

– Cinglé de Job ! » C'était la première fois que j'usais de son sobriquet. « Foutu dingue ! » Je m'assis sur le plancher, tête battante. Mon cerveau semblait baigner dans un breuvage chimique. Je me sentis soudain inquiet :

« Qu'est-ce que tu m'as fait ?

– Du chloroforme. Je t'ai chloroformé.

– Bravo. Tu ne m'as rien fait entre-temps ?

– Non, non. Je t'ai seulement observé. J'ai vérifié ton pouls de temps en temps.

– Nom d'un chien, Malahide, tu ne peux tout de même pas chloroformer les gens simplement quand l'envie t'en prend !

– Fallait que j'essaie. Je savais que tu ne serais pas d'accord. Il fallait que ça reste secret.

– Essayer ? Mais pour faire quoi ?

– Quelque chose l'année prochaine. Je te dirai après les vacances. »

L'école possédait un laboratoire où l'on enseignait des rudiments de chimie et de physique. Hamish y avait récemment passé pas mal de temps. Il m'expliqua qu'il avait fabriqué le chloroforme lui-même avec des produits chimiques commandés par un Minto sans méfiance. Il avait organisé son embuscade pour tester sur moi la puissance de sa potion.

Je le boudai deux ou trois jours, mais son insouciance me confirma que mon rôle de cobaye n'avait servi que les intérêts de la science. J'étais, en outre, terriblement curieux de savoir quel plan il avait en tête. Mais il refusa de me le dire et se contenta de m'assurer que tout me serait révélé le trimestre suivant.

Cette année-là, nous passâmes un Noël paisible. Thompson était absent pour je ne sais quelle raison et mon père semblait plus que jamais absorbé par ses malades. J'assistai, en compagnie d'Oonagh, à une assommante pantomime, au Théâtre royal, et, avec plus d'enthousiasme, à un bruyant spectacle de variétés au Pavillon de Leith. Les sombres nuits d'hiver et les épais jours gris semblaient maintenir Édimbourg dans une attitude de bossu, comme plaqué au sol par la couverture des nuages. Un vent d'est décapant fouettait les rues à toute heure du jour et de la nuit, vous paralysant le visage en trois secondes. Maintenant que j'en avais été éloigné pendant quelques mois, je me découvrais une étrange affection pour ma maison et j'étais content de n'en point sortir. Je reçus pour cadeau de Noël (mon père se sentait-il coupable ?) du matériel de développement plus un agrandisseur, et je transformai temporairement une des pièces inutilisées en chambre noire. De temps à autre, je m'aventurais dehors en quête de photos à prendre.

Hamish m'écrivit de Perth où habitait sa famille. Nous avions fait des projets de visite qui, en fin de compte, ne se matérialisèrent pas.

L'année nouvelle – 1913 – arriva et Donald Verulam fut le premier à venir nous présenter ses vœux. Nous passâmes une joyeuse soirée grâce à la venue de plusieurs collègues de mon père accompagnés de leurs épouses. Mon père but plus que je ne l'avais jamais vu faire. Aux douze coups de minuit, il vint me chercher. J'étais le seul membre de sa famille présent (Thompson était encore absent – à Birmingham je crois, pour affaires religieuses).

« Bonne année, Père. »

Il me serra la main et ne la lâcha plus. Je me rappelle très vivement la texture de sa poignée de main, sa paume fraîche, sèche, curieusement farineuse. Il me dévisagea, le regard un peu vitreux, larmoyant. Revoyait-il sa femme dans mon visage ?

« Comment vas-tu, mon garçon ?

– Bien.

– Comment va l'école ? Ce n'est pas si mal, pas vrai ?

– Ça va.

– Bravo ! Mon fils le mathématicien, hein ? »

Il fit alors quelque chose que je ne peux décrire que comme une tentative pour m'embrasser, encore que de mon point de vue cela tînt plus d'une esquisse de gifle mâtinée d'un coup d'épaule. En l'occurrence, il réussit à frôler brutalement certaines portions de mon corps avec certaines parties du sien. Un geste bizarre – je me rappelle l'avoir pensé déjà sur le moment – car nous ne nous touchions jamais, sauf pour nous serrer la main. Il s'éloigna, la femme d'un professeur s'empara de moi et l'on me fit quantité de frais. Dans ce genre d'occasions, les gens se laissaient aller à se sentir désolés pour moi – je devenais le catalyseur légitime d'un généreux altruisme. On m'embrassait, on me passait la main dans les cheveux, on me louait, on me flattait. Je me demandai si, avec la tête de Hamish, j'aurais eu droit à ce traitement. J'éprouvai soudain une intense affection pour mon curieux ami et vécus un instant par procuration ce que devait être son lot quotidien. A cette heure précise, les gens mettaient probablement à l'éviter autant d'empressement qu'on en mettait ici à me rechercher. Je ne pouvais pas imaginer la moindre femme de professeur pressant ses lèvres sur ses joues livides.

Un moment après, j'allai dans la cuisine. Assise sur une chaise, les jambes allongées et croisées, Oonagh buvait du whisky en grignotant un sablé.

« Viens par ici, mon chéri, dit-elle. Bonne année, Johnny. »

Sans se lever, elle m'attira vers elle. Je respirai son haleine douce, parfumée au whisky, sentis sa solide étreinte, entendis les froissements de son tablier amidonné. Elle m'embrassa à plusieurs reprises sur la tempe gauche en murmurant des petits mots tendres en gaélique. Je l'embrassai à mon tour, mon avant-bras pressant innocemment ses seins, mon visage écrasé contre sa joue. Je tendis mes lèvres. Mon premier baiser donné librement. Cette gentille pression lui fit tourner la tête et j'en profitai pour l'embrasser de nouveau, rapidement, en plein sur la bouche.

« Bonne année, Oonagh. Espérons qu'elle sera meilleure que l'année dernière. »

Elle garda un très court instant un silence entendu avant de répondre :

« Ouais. S'pérons. »

*

À tout prendre, les boutons de Hamish paraissaient plutôt pires par temps froid : le resserrement des pores faisait ressortir l'aspect noueux des pustules. Dans la lumière pâle et oblique de l'après-midi, sa peau ressemblait à de l'écorce ou à un bout de mur crépi.

Il était quatre heures, la nuit tombait vite. Nous étions accroupis derrière des buissons, frissonnant un peu tandis que nous attendions que s'éteignent les lumières des salles de dessin. Ces salles se trouvaient dans un petit cottage à une certaine distance des écuries. Hamish tenait un tampon de chiffon d'une main et une petite bouteille de son chloroforme-maison de l'autre. Nous guettions l'objet de sa vengeance.

Lequel était un garçon nommé Radipole. Possédant à la fois un talent pour le dessin et la capacité de courir très vite, il faisait partie des « black buns ». Un grand jeune homme plein de santé avec des cheveux rouquins et d'étranges yeux fendus en amande – à l'aspect presque oriental –, il répondait au spirituel surnom de « Chineto-que ». Il avait été apparemment l'instigateur en chef du déluge d'urine subi par Hamish le trimestre précédent. C'était lui qui avait encouragé ses copains à balancer Hamish par-dessus la grille et qui, le premier, soulevant son kilt, y était allé gaiement. Hamish n'avait ni oublié ni pardonné. Mais son esprit travaillait selon sa propre et froide logique. Il décida de remettre sa vengeance à plusieurs mois. Avec une mine de résignation amusée, il avait donc affecté devant Radipole d'accepter à contrecœur le canular – certes, l'affaire n'avait pas été très agréable mais enfin inutile de faire tout un fromage d'une petite farce sans malice. Et, en temps voulu, Radipole oublia l'histoire. Hamish et lui n'étaient pas amis, mais il n'existait entre eux aucune animosité. Tout ceci, raisonna Hamish, aurait pour effet, lorsque finalement il frapperait, de le mettre au dernier rang de ceux que Radipole soupçonnerait. Personne ne pouvait se rappeler une insulte vieille de quatre mois et Radipole, un bruyant malotru sans cœur, s'était fait beaucoup d'ennemis depuis.

« Il arrive », dit Hamish. La lumière s'était éteinte dans la salle de dessin. « Rappelle-toi. Compte jusqu'à trois après son passage. » Il s'éloigna sur la pointe des pieds.

Les lumières étaient maintenant presque toutes éteintes. Il restait une heure avant le dîner et l'appel. Les sapins et les frênes mélancoliques qui bordaient le sentier menant à l'école accentuaient l'obscurité de notre côté. Je vis Radipole arriver. Il sifflotait entre ses dents en flanquant des coups de pied dans les pommes de pins. Je m'accroupis derrière un arbre. Il passa devant moi. Un, deux, trois.

« Hé, toi ! » appelai-je d'une voix profonde.

Radipole s'arrêta et se retourna, l'air curieux. Hamish surgit derrière lui et lui plaqua son chiffon sur la bouche et le nez. Radipole frissonna, lança un bras en l'air et s'évanouit. Nous le tirâmes hors du sentier, à l'intérieur du petit bosquet. Nous le hissâmes contre un tronc et, tandis que Hamish le maintenait solidement, j'enroulai plusieurs fois une corde à linge autour de l'arbre et de Radipole, avant d'assurer le tout par un nœud. Nous nous reculâmes pour le contempler. A moitié debout, la tête pendante, il émettait des petits ronflements. Il avait cette mollesse inerte de la victime d'un peloton d'exécution. Un long filet de bave lui dégoulinait de la lèvre inférieure.

« Eh bien, dis-je, que fait-on maintenant ? On lui pisse dessus ?

– Non. Il ne faut pas lui rappeler ça. » Hamish regarda Radipole. « Je vais le tabasser un peu et puis lui couper les cheveux. »

Il gifla Radipole avec pas mal de brutalité, ce qui fit gicler la bave dans l'herbe, puis il lui flanqua un coup de poing dans la poitrine. Après quoi, il sortit une paire de ciseaux à ongles de sa poche et coupa rapidement – à la transversale – la moitié de la chevelure de Radipole, ne laissant qu'une brosse roussâtre et inégale.

« Filons », dit-il.

A l'appel, ce soir-là, on découvrit l'absence de Radipole. Minto expédia Angus et le cabriolet dans les deux gares de Galashiels et Thornielee pour demander si un garçon répondant à la description de Radipole aurait été vu prenant un train. Durant le dîner, Hamish fit courir le bruit (qu'il attribua à quelqu'un d'autre) que des garçons de l'orphelinat d'Innerleithen avaient été aperçus dans l'enceinte de l'école. Plus tard dans la soirée, vers neuf heures, une des servantes, dans le bâtiment des écuries, entendit les beuglements désespérés de Radipole qu'on alla libérer. Angus était déjà revenu de Galashiels, furieux de son voyage inutile.

Minto décida de fouetter Radipole : choqué par son apparence bizarre, il s'enragea de son incapacité à se rappeler quoi que ce fût hormis un cri rauque : « Hé, toi ! » Je suppose que Minto crut que Radipole mentait et, partant du principe que quiconque impliqué dans une incartade était puni, considéra qu'il pouvait aussi bien rosser immédiatement Radipole plutôt que d'attendre la preuve définitive de sa culpabilité. Laquelle, naturellement, ne fut jamais établie. Mais la rumeur concernant le gang des orphelins avait fait des ravages. Minto envoya une lettre virulente au directeur de l'orphelinat qui lui répondit en termes encore plus violents (l'accusant, je l'appris plus tard, d'être « dépourvu d'esprit chrétien »). Hamish et moi commisérâmes avec

Radipole sur son supplice et sa raclée (un bonus imprévu, reconnut Hamish) et aussi son renvoi de l'école jusqu'à la repousse totale de ses cheveux. Je sais qu'il ne nous soupçonna jamais. Il s'en prit à quelques garçons, mais le ton véridique de leurs hystériques protestations d'innocence le convainquit. Il finit par croire au bobard de Hamish et jura de se venger sauvagement sur tous les orphelins.

Je fus, je l'avoue, terriblement impressionné par le subterfuge de Hamish. Moins par l'audace et l'exécution sans bavure de son plan que par sa sinistre patience. De ce jour, je cessai de me faire du souci pour lui. Je regrette qu'il n'ait pas montré autant de confiance en lui-même que je le fis. Plus tard dans notre vie, alors qu'il était au plus bas, je lui remémorai l'affaire Radipole en espérant lui remonter le moral, la citant comme un exemple de sa maîtrise de soi.

« Mais j'étais un gamin alors, dit-il. C'est un monde différent, le monde des adultes – je n'ai jamais été fait pour lui. »

En tout cas, sa victoire sur Radipole fit de Hamish une sorte de héros à mes yeux. Il n'était pas simplement un grand mathématicien : je sentis qu'il avait en lui ce qu'il fallait pour devenir quelqu'un de formidable.

« Attends que tes boutons soient partis, lui dis-je. Ça changera tout.

– Non. Pas moi. *Toi.* C'est toi qui seras formidable. »

Il avait sa propre foi en moi, je m'en rends compte aujourd'hui, sans savoir cependant sur quoi il la fondait. Peut-être était-il influencé par notre amitié, par le fait que je ne sois pas repoussé par son masque de pustules. Après Radipole, un véritable lien se forma entre nous. Un lien qui survécut à bien des années et bien des séparations.

*

Les trimestres passèrent sans bouleversements majeurs. Au printemps 1914, Minto fouetta trois élèves en l'espace d'une semaine et nous crûmes un moment être à la veille d'un règne de terreur. Minto s'acheta une automobile, une

Siddley-Deasey, avec les bénéfices – chuchotions-nous –
de la tournée effectuée par l'orchestre de l'école dans six
villes d'Écosse. Angus se coupa deux doigts de la main
gauche en débitant du petit bois. Un élève mourut de la
méningite et Mrs. Leadbetter produisit des jumeaux.

A la maison, Oonagh, enceinte, fit une fausse couche.
« La volonté du Seigneur », commenta-t-elle avec un sourire épanoui. Mon père mit au point et breveta un pulvéri-
sateur destiné aux salles d'opération et qui répandait un fin
brouillard d'antiseptique sur la partie du corps à opérer. Je
passai de longues heures à jouer le docile « malade » tandis
que mon père perfectionnait le fonctionnement du méca-
nisme. Il avait à présent perdu sa foi dans le régime en tant
que facteur essentiel du combat contre la septicémie et se
montrait désormais convaincu qu'un extrait de résine de pin
était *la* panacée. Durant les étés 1913 et 1914, nous louâmes
une maison sur les terres de Sir Hector, à Drumlarish, où
je fus enrôlé comme ramasseur en chef de résine dans les
abondantes forêts de pins du voisinage. Notre appartement
d'Édimbourg s'imprégna de l'odeur de la résine mijotant
dans de grands chaudrons. Aujourd'hui encore, le parfum
de certains savons et désodorisants me donne la nausée. Par
miracle, mon père réussit à produire une solution résineuse
à la fois non adhésive et facile à vaporiser. Il publia un
article dans le *Lancet*, et une compagnie de produits chimiques de Peterborough lui acheta le droit de fabriquer pour
le commerce la Résine antiseptique Todd dont l'usage fut
assez répandu, je crois, à une époque, dans le Nord-Est de
l'Angleterre. Je reçus un drôle de choc dans une infirmerie
militaire de campagne près de Dickebush en voyant une
étagère entière de bouteilles de Résine antiseptique Todd.
Pour autant que je sache, le produit n'avait aucun effet
secondaire nuisible et fut peut-être même d'une certaine
utilité. Durant sa mise au point, personne chez nous
n'attrapa de rhume. Son principal avantage fut de profiter
à mon père qui en tira pas mal d'argent.

Hamish nous rendit visite à deux reprises. Une fois à
Drumlarish et une autre à Édimbourg où mon père l'envoya,
en vain d'ailleurs, chez d'éminents dermatologues. A la
grande joie de Hamish, un spécialiste fit prendre sa photo

pour la publier dans un manuel de médecine. Donald aussi vint nous voir sur la côte ouest au cours de l'été 1913. Nous fîmes ensemble de nombreuses promenades, visitant des petites fermes perdues où nous photographiâmes des scènes devenues rares de la vie des Highlands. Je me serais cru revenu à l'époque de la petite école de Barnton et notre intimité se rétablit très vite. Il m'assura que je pouvais l'appeler « Oncle Donald » si je voulais (il en avait demandé la permission à mon père) et je répondis oui. Mais je préférai ne pas le faire et, par conséquent, je ne l'appelai pas du tout. « Mr. Verulam » eût paru trop solennel après une telle invitation et je cessai donc d'user de son nom. Il sembla ne rien remarquer. Plusieurs fois, je songeai à le questionner directement au sujet de ma mère, mais j'en fus empêché – par ma jeunesse et ma timidité. Je sentais que mon instinct me dicterait le moment favorable.

Durant cet été-là, je devins pubère. Je ne me rappelle pas ma voix muant soudain : elle se fit graduellement plus profonde. Mes poils épaissirent et frisèrent autour de l'aine et, par une chaude après-midi, me masturbant *al fresco* étendu sur un souple lit de bruyère, mon imagination transformant en seins les nuages au-dessus de ma tête, je fus récompensé par une maigre giclée de sperme.

En septembre, à notre retour à Édimbourg, avant le commencement de l'année scolaire, Thompson me lança à travers la table du petit déjeuner :

« Débarrasse-toi de ces poils moches et dégoûtants que tu as sur la figure, veux-tu ? Ça me rend malade ! »

Oonagh m'accompagna pour aller acheter du savon à barbe, un blaireau, un rasoir et une provision de lames à double tranchant.

« Le parfait jeune homme », dit-elle en essayant de ne pas rire. Mais elle fut incapable de se retenir quand je sortis de la salle de bains pissant le sang par une douzaine de coupures et d'égratignures. J'avais l'air de m'être rasé avec une râpe à noix de muscade. Ainsi commença le martyre d'une vie. J'ai toujours détesté me raser et pourtant, à cause de la densité de mon poil, je suis obligé de le faire deux fois par jour si je veux être présentable le soir. De temps à autre, je me suis laissé pousser la barbe, mais je n'ai jamais réussi à ce qu'elle cesse de me démanger. Je suis condamné à être imberbe.

Mon père avait des cheveux châtains. Thompson aussi. Ma mère était blonde. Moi, au contraire, j'ai le teint exceptionnellement basané. Ma peau n'est pas olivâtre, mais elle est d'un curieux blanc teinté de brun. Rien de la translucide pâleur du Celte classique aux yeux bleus et aux cheveux noirs. Elle a un côté un peu boueux. De plus, enfant, j'étais conscient du fin duvet noir qui me recouvrait le corps. J'en avais même sur ma colonne vertébrale et, quand j'étais mouillé, on voyait une ligne très nette de poils courir de mon cou à mon coccyx. Après la puberté, ce duvet se mit à pousser : sur ma poitrine, mon ventre, mes jambes – mais aussi mes épaules, mes omoplates et mes fesses. En regardant mon père et Thompson, je remarquai la différence. (Je fis délibérément irruption un jour dans la salle de bains où se baignait Thompson et vis ses seins dodus de fille, les replis luisants de son ventre imberbe et son pénis étonnamment long, étonnamment mince. En représailles de mon manque de manières, j'eus droit à une paire de claques, deux crocs-en-jambe et un « bracelet » chinois.) Puis j'observai Donald Verulam, le genre de cheveux qu'il avait, et notai leur couleur brune. Il ne prenait jamais de bains de mer ou du moins ne le vis-je jamais dans l'eau, pas même quand il faisait très chaud à Drumlarish, mais quand il relevait ses manches dans la chambre noire, je remarquais sur ses avant-bras des poils noirs denses, brillants et frisés.

*

Nous étions en vacances à Drumlarish quand la guerre éclata en 1914. Donald et moi rentrions d'une expédition photo au Loch Morar. Mon père était venu à notre rencontre sur la route de Glenfinnan.

Je l'aperçus de loin agitant vers nous un télégramme, et je fus soudain persuadé qu'il nous apportait de mauvaises nouvelles, destinées à moi en particulier. J'éprouvai la certitude que Hamish avait été tué sans me demander une seule seconde pourquoi ses parents auraient pris la peine de me télégraphier. Nous rejoignîmes mon père sur nos montures et mîmes pied à terre.

« C'est la guerre en Europe, annonça mon père. Nous avons déclaré la guerre. Un télégramme de Thompson.

– Bon Dieu ! s'écria Donald.

– Le ciel soit loué, dis-je, immensément soulagé.

– Que veux-tu dire par là ? interrogea mon père.

– J'ai cru que c'était Hamish.

– Quel rapport avec Hamish ? Stupide garçon ! »

Il était sincèrement furieux de ce qu'il prit pour une attitude cavalière sans que je réussisse à le dissuader. On débattit pour savoir si nous devions abandonner nos vacances et retourner à Édimbourg, mais après mûre réflexion, il fut décidé que cela ne nous avancerait à rien. Nous restâmes donc à Drumlarish jusqu'à la fin août comme prévu. Je ne me rappelle pas avoir éprouvé d'appréhension ou de trouble, mais il fallut un certain temps à mon père et à Donald pour se calmer. Ils se rendirent tous deux à Fort Williams pour donner d'inutiles coups de téléphone et spéculèrent interminablement sur les événements à venir.

A l'école, la situation se présenta un peu différemment. Minto, un germanophile bon teint qui avait étudié en Allemagne pendant de nombreuses années, nous fit un discours empreint d'une émotion contraire à ses habitudes. Cette guerre était une grande tragédie, déclara-t-il, la pire à affliger l'Europe depuis la Révolution française. Elle était le résultat d'un complot entre les Russes et les Français. Les Russes voulaient la guerre pour distraire leur population de ses idées révolutionnaires, en quoi ils étaient encouragés par les Français parce que, si la Révolution éclatait en Russie, celle-ci refuserait de payer ses énormes dettes à la France. Dans toute l'Europe, dit Minto, seuls l'Allemagne et la Grande-Bretagne étaient des alliés naturels. Que ces deux pays fussent en guerre était une mascarade.

Ceci nous passait un peu par-dessus la tête et surtout n'était pas ce que nous, les élèves, voulions entendre, car nous étions violemment germanophobes et terriblement belliqueux. A mesure que l'année avançait, Minto mit une sourdine à sa futile propagande. Il tomba dans une profonde dépression dont il ne se releva jamais. Il se coupa la gorge en 1919.

La guerre ne devient que trop facilement lointaine pour ceux qui n'y participent pas ou n'en souffrent point et, en 1914 et 1915, la vallée de la Tweed prédisposait particulièrement à ce point de vue. Thompson tenta de s'engager mais fut refusé et renvoyé à ses études. Donald Verulam quitta l'université pour un poste tenu secret au ministère de la Guerre. A l'école, l'effet le plus évident se traduisit par une diminution du nombre d'élèves. Avant l'été 1915, le plus gros de l'équipe de rugby avait rejoint l'armée ou leurs places, devenues maintenant essentielles, à l'usine ou à la ferme. Nous ne fûmes bientôt plus qu'une trentaine, et l'ère des économies s'instaura. Le chauffage de l'eau se trouva plus souvent arrêté qu'en marche. Nous eûmes du mouton tous les deux jours puis seulement en fin de semaine. On nous compléta notre régime avec du boudin, une quantité accrue de féculents et des ragoûts d'un hachis de provenance douteuse, à la texture rugueuse et l'odeur faisandée.

En ce qui nous concerna, Hamish et moi, la pire conséquence de la guerre fut notre mobilisation dans l'équipe de rugby. Nous n'étions pas des sportifs enthousiastes bien que ni l'un ni l'autre ne fussions faibles ou fragiles, mais nos goûts pas plus que nos préférences n'avaient aucune influence sur Minto. Je fus assigné au poste de trois-quarts centre où je me trouvai relativement satisfait. Je me tenais à l'écart de la mêlée, je pouvais courir assez vite et je me débarrassais du ballon dès que je le recevais. Hamish joua tout d'abord ailier mais, après le premier match, Minto le fit passer talonneur. Il n'avait aucune aptitude pour cette position, mais son abominable acné eut un puissant effet de dissuasion contre la ligne avant adverse. Personne n'avait envie de se frotter aux joues de Hamish et, en conséquence, la mêlée rivale se relâchait dangereusement. Nous nous emparions beaucoup du ballon lors de la remise en touche et, avec les divers talents des « black buns », nous gagnâmes en fait quelques matches.

Hamish et moi, nous ne tirions aucun plaisir de ce surplus de rugby (un entraînement régulier, une rencontre chaque samedi et un entraînement supplémentaire le dimanche si nous perdions) qui empiétait considérablement sur notre temps libre. Normalement, le samedi, nous nous éclipsions discrètement du spectacle obligatoire du match maison et nous grimpions Paulton Law, la colline derrière l'école. Là, assis à l'abri d'un mur de pierres sèches, nous fumions et bavardions. Nous discutions de tout mais, immanquablement, Hamish ramenait le sujet des maths sur le tapis. Et c'était surtout lui qui parlait, déjà à son aise dans des mondes de concepts que je ne pénétrerai jamais. En fait, je me sentis au bout de mon rouleau dès que nous abordâmes les équations du second degré. Le don des maths m'abandonnait rapidement. L'horizon devant moi s'enveloppait d'une brume opaque. A ce moment-là, Hamish avait dix-sept ans. Je ne pouvais déjà plus le suivre, mais j'étais séduit par la manière dont son cerveau fonctionnait. Les mathématiques pour lui représentaient un terrain de jeux enchanteur. Un de nos derniers samedis après-midi, je me rappelle, l'idée que les nombres étaient infinis avait fini par l'obséder. Les nombres immensément grands le fascinaient toujours – un signe de l'abîme qui nous séparait : passé le million, mon cerveau semblait se paralyser.

Nous étions en octobre 1915, je crois. Le match du samedi avait été annulé pour cause de fortes gelées. Il faisait un temps vif, fissile. Un ciel bleu délavé et une vue bien dégagée de la Tweed au-delà de Thornielee en aval et jusqu'aux cheminées des usines de Galashiels en amont. Accroupis dans notre coin habituel, nous fumions des cigarettes turques et buvions des petits coups de rhum à une gourde introduite en douce par Hamish à l'école.

« Tu te rappelles, lança-t-il tout à trac, le jour où tu as dit : est-ce que les nombres premiers existaient avant que quiconque y ait pensé ?

– J'ai dit ça, moi ?

– Oui... eh bien, je réfléchissais : est-ce que les maths sont quelque chose que nous avons inventé ou quelque chose que nous avons découvert ? Et je me suis dit : nous n'avons pas pu inventer quelque chose d'aussi compliqué que les maths. L'histoire des maths, c'est l'histoire d'une exploration. On découvre à mesure qu'on avance. Tout est là-bas » – il fit un geste en direction du paysage – « attendant d'être découvert.

– Je suppose que oui.

– Et qu'est-ce que ça te dit à propos du monde ? »

Je ne répondis rien.

« Si les maths sont déjà là, d'une certaine manière. Qui les a créées ?

– Je ne sais pas... Dieu ?

– Oui. Peut-être. Peut-être les maths prouvent que Dieu existe. » Il me regarda. L'air froid produisait son malheureux effet habituel sur son visage, mais l'intensité de sa pensée agrandissait ses yeux. A mon étonnement, j'eus brusquement un peu peur.

« Ce que je crois, reprit-il lentement, c'est que les maths sont la clé de toute chose. Si on s'avance assez loin, peut-être y découvrira-t-on la signification de la vie. »

Je m'apprêtais à le railler, mais je le vis en proie à une étrange ferveur. Il but à la gourde. Il était ivre mais pas d'alcool. Tout l'après-midi, il continua à me parler d'un mathématicien nommé Georg Cantor, un homme, dit-il, qui avait mis de l'ordre dans l'infini. Il me parla de la théorie des ensembles, des nombres transfinis et irrationnels, de π et la racine carrée de 2, et de ce mystérieux et puissant aleph-zéro inventé par Cantor. Il me parla d'un tas de choses auxquelles, pour la plupart, je ne compris rien ou bien qui me sortirent promptement de l'esprit, mais je n'oublierai jamais la passion de son monologue. Un monologue imprégné d'une qualité rare et, pour la définir, bien qu'il puisse paraître bizarre d'associer ce mot à un sujet académique abstrait, je n'en peux trouver de meilleur que celui de « foi ».

*

C'est peu de temps après cette journée sur Paulton Law que mon oncle Vincent Hobhouse mourut, non pas, comme on aurait pu raisonnablement le supposer, d'une attaque d'apoplexie ou d'une crise cardiaque, mais en se faisant écraser par un autobus dans la Grand-Rue de Charlbury. J'écrivis une lettre de condoléances, empruntée mais sincère, à ma tante Faye. Elle me répondit sur-le-champ, disant combien elle avait été émue par mon intérêt et ma sympathie. Peut-être son deuil lui rappela-t-il le mien mais, quelle que soit la raison, elle commença à m'écrire régulièrement une fois par semaine. Tout d'abord, je trouvai la chose un peu étrange mais, peu à peu, j'en vins à attendre ses lettres avec impatience. Je me mis à lui répondre, et bientôt notre échange de correspondance battit son plein. Vous comprendrez que l'adolescent moyen de dix-sept ans maîtrise peu ou mal ses affections. Dans mon cas, il s'agissait d'une incapacité singulière. Je vis sous l'emprise de mes émotions. Même en tant qu'adulte, leur résister est un combat épuisant. Je ne possédais, à l'époque, aucune souplesse de caractère. Cette sorte de nature est à la fois un bonheur et une malédiction. Essayez de me comprendre tel que j'étais et ne me jugez pas trop durement quand vous apprendrez ce qui arriva ensuite.

J'ai toujours réagi vivement et instantanément, sans l'influence modératrice de la réflexion ou de la logique. Ma nature donne une impulsion et un motif à tout mon travail dont – aussi sévèrement qu'ils l'aient démoli – les critiques n'ont jamais nié qu'il fût ma première et plus précieuse qualité. C'est une tendance qui m'a valu les plus heureux moments de ma vie tout en faisant de terribles ravages. Oonagh fut le premier objet de mon amour et ma tante Faye le second. Elle fut à l'origine de mon premier discours adulte, d'égal à égal. Je tombai amoureux d'elle par correspondance. Je ne l'avais pas revue depuis ce jour où, en gare de Waverley, elle m'avait embrassé sur la joue. A présent, ces quelques secondes de contact revivaient en moi – et avec quel pouvoir de transformation. Je revoyais ses yeux noirs, battus, humides et vifs, je respirais l'odeur de son parfum, je sentais le doux contact de sa joue contre la mienne. Ravi, je compris, en y réfléchissant après coup, que je l'aimais sans le savoir depuis cet instant. Au moment de la distribution du courrier, je gardais la lettre sans l'ouvrir durant de longues minutes, mon cœur martelant mes côtes, le souffle douloureusement court. « Avec toute ma tendresse. Faye. » J'extrapolais cent nuances de ces dix syllabes incolores. Je vivais là ma première passion aveugle et je la célébrais seul physiquement chaque nuit.

Je commençai d'apporter plus de soin à la composition de mes lettres, transformant les ennuyeuses listes de nouvelles de l'école en ce que j'espérais être d'élégantes indications sur mon caractère et ma personnalité. Je lui parlais du pessimisme grandissant de Minto à l'égard de la guerre, des spéculations de Hamish sur les mathématiques en tant que clé de la nature tout entière ; j'exagérais et embellissais de façon saugrenue notre rôle dans l'équipe de rugby comme si nous étions une paire d'esthètes prétendant jouer aux sanguinaires par défi. Je me présentais à elle dépouillé de tout rôle secondaire défini – enfant, élève, neveu. Il s'agissait là d'une sorte de test, et je pris la franchise et l'intimité des réponses de Faye pour le signe de ma réussite.

Au printemps de 1916, je lui demandai une photo. Il me fallut un certain courage et, jusqu'à l'arrivée de la photo, je tremblai à l'idée d'avoir été trop loin. Mais je l'obtins – un instantané. Faye, à la campagne, appuyée contre une barrière, ses cheveux bouclés noués négligemment en chignon, ses yeux aux cernes de débauchée rétrécis par son sourire. Une main tenant la laisse d'un chien et l'autre la poignée noueuse d'une canne de prunellier. Au dos de la photo, elle avait griffonné : « Shipton-under-Whychwood, 16 mars. » Qui donc l'avait prise ? Peter, son fils, probablement. Une trop bonne composition pour être le travail de la petite Gilda ou d'Alceste. J'ouvris la lettre qui l'accompagnait et je lus :

> Cher John,
> Photographie dûment ci-jointe. J'espère qu'elle te plaira. C'est Donald qui l'a faite. Il vient de Londres presque chaque week-end. Je ne peux pas te dire le soutien et l'amitié qu'il m'a apportés depuis la mort de Vincent. Il s'occupe de tous les affreux problèmes de testament et d'héritage. Il t'envoie ses meilleurs vœux.

Il y en avait encore une tartine sur Donald, le gentil Donald, mais je fus incapable de continuer à lire. Je crus que j'allais éclater en sanglots. J'éprouvais un tel sentiment d'injustice que je pouvais à peine parler. De quel droit, j'exigeais de le savoir, Donald Verulam prenait-il place dans les faveurs de ma tante Faye ? Pour quelle raison assumait-il donc ces responsabilités ? Sous quel inconcevable prétexte s'insinuait-il dans les bonnes grâces d'un membre de *ma* famille et qu'il connaissait à peine ? J'étais outragé, débordant de chagrin et de désillusion – moi qui devais me contenter de lui écrire, je me voyais contraint d'accepter que la vie de Faye ne tournât point autour de mes lettres hebdomadaires comme la mienne autour des siennes. J'étais en proie à une jalousie d'une intensité telle que j'avais envie de vomir.

Nous aimons à nous moquer – n'est-il pas vrai ? – des passions baroques de l'adolescence, mais nous ne pouvons guère nier qu'elles nous contrôlent et nous guident durant ces quelques années fiévreuses et palpitantes. Il s'agit d'un pouvoir troublant, dominateur, un pouvoir que la plupart des gens ne ressentiront plus jamais de manière aussi violente, un pouvoir par lequel, en vérité, ils ne voudront plus jamais être aussi impitoyablement menés. La vie d'adulte, pour fonctionner un minimum, exige une modération de ces extrêmes. Pourtant, de temps à autre, ils explosent – la lave faisant éclater la pierre ponce – et règnent avec la même puissance ravageuse. Qu'est-ce que le désir, le désir adulte, sinon, après tout, l'envie de recapturer les grisantes sensations de la sensualité adolescente ?

Personnellement, je n'ai jamais perdu cette capacité juvénile de *sentir* à l'état brut. Dieu merci. C'est ce qui me situe à l'écart de la majorité des gens, paralysés par la bienséance et les conventions, étouffés par les notions de respect et de statut. Aujourd'hui encore, je peux revivre la jalousie de mes dix-sept ans, la sentir m'étreindre la gorge, me labourer les entrailles. Une jalousie aveugle, sans objet précis : je ne considérais pas Donald Verulam comme un rival, bien plutôt comme un intrus, détruisant un couple idéal. Mais une jalousie qui refusait de me lâcher. Je ne pouvais pas oublier mon amour pour Faye. Je ne pouvais penser qu'à une seule chose : que Donald était avec elle et que j'étais séparé d'elle. Une idée finit par dominer les autres dans ma tête : il fallait que je la voie, ne fût-ce que quelques heures. Il me fallait m'enfuir.

« Qu'est-ce que tu crois qui va s'passer ? dit froidement Hamish quand je lui exposai mon plan. Tu penses qu'elle va t'épouser dès qu'elle t'aura zyeuté ? »

C'était ce que je refusais d'entendre. Je savais qu'il avait raison. Faye Hobhouse, une charmante veuve, trouvait un réconfort dans son deuil, auprès de Donald Verulam. Ils étaient deux adultes, moi un gamin de dix-sept ans. Mais une crainte plus grave, un désarroi plus profond m'habitaient, inarticulés. Tout ce que je savais, c'est qu'il fallait que je la voie, que je me montre à elle tel que j'étais aujourd'hui, que j'efface l'image de l'enfant qu'elle avait embrassé en gare de Waverley. J'essayais de le faire comprendre à Hamish.

« Oui, et puis après quoi ? »

Je l'ignorais et le confessai. Tout ce que je savais c'est que je devais m'interposer entre Faye et Donald Verulam. Il fallait que je la voie et qu'elle me vît.

Quoique convaincu que j'étais un parfait imbécile, Hamish accepta de m'aider. En fait, je crois qu'il admira mon obstination, aussi absurdement motivée fût-elle. Nous élaborâmes des plans pour ma fuite. Nous réunîmes nos ressources financières qui se révélèrent plus que suffisantes. Le subterfuge était simple. Avant le dîner, le dimanche, nous avions, comme à chaque repas, un appel. Après le dîner, je filerais en bicyclette non pas sur Galashiels ou Thornielee, mais dans la direction opposée, et plus loin, sur Innerleithen. Là, je prendrais un billet pour Londres et le train de 10 h 30, ce qui, après deux changements, m'amènerait à Reston bien à temps pour attraper à 11 h 55 l'express de nuit Édimbourg-King's Cross, Londres. Je choisis Innerleithen pour devancer le plus possible tout renseignement sur ma destination. Les amateurs de billets pour Londres étaient une denrée assez rare sur toute la ligne de la vallée de la Tweed. On se souviendrait de moi aisément. Aussitôt mon absence découverte, Minto expédierait *illico* Angus en gare de Thornielee et de Galashiels. Je pourrais peut-être me donner un jour ou deux d'avance avant qu'ils ne songent à enquêter plus loin en amont ou en aval de la ligne.

Entre nous grandissait la certitude tacite que Hamish allait se compromettre. Il dissimulerait de son mieux mon absence dans le dortoir. Un simple mensonge – j'étais tombé malade et on me faisait coucher dans la petite infirmerie, au premier étage – suffirait. Notre chef dc dortoir, un brave type nommé Corcoran, ne penserait pas à mal, surtout si Hamish faisait semblant d'emporter là-haut ma brosse à dents et mon pyjama. Une telle complicité conduirait inévitablement à se faire rosser par Minto. A mesure que nous discutions des détails de l'évasion (où cacher une bicyclette, où se procurer assez de carbure pour la lampe – Innerleithen se trouvait à près de vingt-cinq kilomètres), je m'inquiétais de plus en plus du prix que Hamish aurait à payer.

« Il te fouettera, dis-je de but en blanc, n'y tenant plus.

– Ça devait bien arriver un jour.

– Écoute. Promets-moi de ne pas te laisser fouetter deux fois. Avoue tout, tout de suite.

– T'en fais pas. Je ne suis pas si courageux. »

J'aurais voulu pouvoir le toucher – lui témoigner mon immense gratitude – mais je savais qu'il n'en était pas question.

« Je n'oublierai jamais, Malahide, dis-je la voix un peu émue.

– Tu m'as aidé une fois, répondit-il. Je te repaie, c'est tout. »

Quinze jours après que Faye m'eut envoyé sa photo, je quittais l'école pour la rejoindre. C'était le 24 mai 1916. Ce soir-là, pour dîner, nous eûmes du bouillon de mouton, du lapin et des oignons. Hamish me donna le plus gros de sa part. Après le repas, nous avions une heure de temps libre. L'extinction des feux était à neuf heures.

Hamish et moi nous rejoignîmes près des écuries. Nous traversâmes le petit bois pour arriver, au-delà des salles de dessin, dans le bosquet où nous avions caché la bicyclette. La soirée était fraîche, le ciel haut et très nuageux. Une odeur de miel s'échappait des sycomores et une alouette des bois tournait en chuchotant loin au-dessus de nos têtes. Une lumière mate, bleuâtre baignait toute chose.

Je devais pédaler le long d'un chemin qui menait à la ferme de l'école, contourner celle-ci à pied en évitant ses chiens bruyants, puis descendre en roue libre la sente pentue qui tombait sur la route reliant Galashiels à Innerleithen. Si tout allait bien, j'arriverais à la gare juste après dix heures. Le seul obstacle que nous n'avions pas réussi à supprimer était celui de ma tenue : je portais encore mon kilt (Stewart de chasse) et ma veste. Nous arrivions à l'école en uniforme et en repartions de même : nos vêtements personnels étaient interdits. Désormais, mon kilt ne me gênait plus, mais c'était la première fois que je quittais l'Écosse pour l'Angleterre. L'idée de porter un kilt à Londres m'embêtait beaucoup. Mais nous n'y pouvions rien. J'avais un long pardessus et, avec un peu de chance, quiconque avisant mes jambes et mes bas penserait que je portais des pantalons de golf.

Je sortis la bicyclette de son buisson de fougères. Nous débattîmes de l'opportunité d'allumer la lampe à carbure, mais je décidai d'attendre qu'il fît plus sombre. Ma raison reprenant le dessus, je fus soudain saisi d'un mauvais pressentiment. Idiot, me dis-je, abandonne cette idée folle... Mais il était trop tard maintenant.

« Tu ferais mieux de te mettre en route, conseilla Hamish. Bonne chance !

– D'accord », dis-je. J'enfourchai la bicyclette. « Bon, rappelle-toi...

– Allez, va-t'en. » Il sourit, en montrant ses grandes dents. Je sentis mes yeux brûler de gratitude inexprimée. Il me donna une poussée et je démarrai sur le sentier bosselé en direction de la ferme. Je ne devais pas revoir Hamish pendant quatre ans.

Tout se déroula comme prévu, du moins de mon côté. Le trajet jusqu'à Innerleithen fut en vérité tout à fait enchanteur. La route suivait la Tweed et, à mes yeux excités, la rivière paresseuse et ses prés embaumés prenaient une beauté encore plus obsédante dans la lumière évanescente du couchant. Je pris mon billet pour Londres, un aller, troisième classe, prix : une livre quinze shillings, et attrapai sans problème ma correspondance à Reston.

Un peu après minuit, partageant un compartiment enfumé avec deux marins et un type qui ressemblait à un voyageur de commerce, je franchis la frontière anglaise. J'abandonnai l'Écosse derrière moi et, avec elle, ma jeunesse. Même à ce moment-là, cela me parut assez marquant. Je savais que rien ne serait pareil après cette singulière aventure. Je ne songeais ni à mon avenir ni à ma rencontre avec Faye. J'étais heureux dans le présent immédiat et rien n'existait dans mon passé, à mon sens, qui m'incitât à le chérir. Je me renfonçai dans le col de mon pardessus et m'efforçai de dormir. Il me fallut près d'une heure pour y réussir. Les marins bavardaient (ils rejoignaient un cuirassé à Southampton) et buvaient quelque chose à la régalade. Le commis-voyageur essaya de me faire la conversation, mais mon côté taciturne le découragea. Je contemplais la campagne obscure et tentai de mémoriser – comme une sorte d'inventaire talismanique – les noms étranges des gares que nous passions à toute allure – Pegswood, Morpeth, Croft et Nortallerton – en traversant l'Angleterre.

*

Je rapporte les événements suivants tels que je me les rappelle. Je ne cherche nullement à m'excuser, ni moi ni ma conduite bizarre. J'avais dix-sept ans. Ne l'oubliez pas, s'il vous plaît.

Le soleil brillait sur Londres. Je fus surpris de découvrir combien il faisait plus chaud qu'en Écosse. J'eus l'impression de pénétrer dans un autre climat. Je ne fus pas ébloui par la ville : à tout prendre, la circulation à Édimbourg me paraissait plus dense, encore qu'ici le bruit fût plus concentré et les rues nettement moins propres. Je pris le métro de King's Cross à Paddington. Mon kilt n'attira que peu de regards curieux. Je me rendis compte à Paddington, en voyant débarquer un bataillon de l'Infanterie légère des

Highlands, que les kilts étaient devenus choses assez banales au sud de la frontière.

Mais dans le train pour Charlbury, mon sang-froid commença à m'abandonner. Je contemplai par la fenêtre le paysage fade et banal et m'enjoignis de rester calme. Faye serait surprise mais contente de me voir, me rassurai-je. Tout irait bien.

A la gare de Charlbury, j'obtins d'un chauffeur de taxi les indications nécessaires pour me rendre à l'adresse des Hobhouse. Je montai à travers la petite ville en hauteur dont les bâtiments ocre mat me parurent singuliers, je m'en souviens. C'était juste après l'heure du déjeuner, et les magasins rouvraient leurs portes. Je n'avais pas mangé depuis la veille au soir et faillis m'évanouir d'inanition en passant devant une boulangerie. Je m'achetai une tranche de pâté veau-jambon en croûte et m'assurai que je me trouvais dans la bonne direction. Tout le monde paraissait savoir où avait habité Vincent Hobhouse.

Je continuai ma traversée de la ville en mangeant mon pâté. Mon pardessus me tenait trop chaud. Je l'ôtai. Le ciel était laiteux, le soleil invisible, la poussière sur les bas-côtés de la route blanche. Mes grosses chaussures faisaient crisser le gravier de la route non pavée. Un instant, deux petits galopins aux pieds nus me coururent derrière, se moquant de mon kilt et me criant des horreurs dans leur impossible dialecte. Je les menaçai de deux cailloux et ils détalèrent.

La maison des Hobhouse était une vaste et solide bâtisse de style géorgien tardif située sur une colline qui dominait la ville et la vallée de l'Evenlode. Elle possédait un jardin spacieux rempli de grands arbres – un cèdre lugubre, deux araucarias, des ormes et des tilleuls – et s'entourait d'une haute haie de bouleaux. Plus bas sur la colline, se trouvaient une petite clinique privée que je dépassais et, au-delà, une rangée de cottages. La maison était construite en retrait de ce que j'appris ensuite être la route d'Oxford. Derrière elle s'étendaient des champs et la campagne.

Je pris l'allée qui menait à l'entrée. Deux épagneuls bondissants suivis d'une petite fille en costume marin se précipitèrent à ma rencontre. Je fis halte. Je me sentis perceptiblement faiblir. Je fus soudain atterré par l'audace de mon acte.

« Hello, dis-je, avec une bonhomie feinte, est-ce que ta maman est là ? Tu dois être Alceste.

– Je suis Gilda. Voici Ned et voici Ted. » Elle me présenta les chiens. « Mon papa est parti au ciel. »

Je me sentis malade.

« Je sais. Je suis ton cousin John James Todd. Je viens vous voir. »

Gilda me fit entrer. Nous traversâmes un hall puis une antichambre. Elle m'abandonna dans un salon pâle et frais, imprégné de senteurs de pot pourri et encombré des objets et bibelots de toute une vie. Sur une table ronde était regroupée une série de photos encadrées de cuir et d'écaille. J'aperçus le visage de ma mère. Je fermai les yeux.

« Johnny ? »

Je me retournai, le sang retentissant avec des bruits de vague dans mes oreilles. *Faye*. Je sentis mon estomac se soulever d'amour imbécile. Elle portait un tablier vert sur sa robe et je me retrouvai me demandant si elle était en train de faire l'argenterie. Ses cheveux étaient souplement noués sur la nuque par un ruban de velours. Elle paraissait encore plus jeune que sur sa photo. J'eus envie de rire. Je n'avais jamais vu de femme plus belle. Instantanément, tous mes doutes s'évanouirent. J'avais pris la bonne décision.

« Que fais-tu ici ? » Sa voix était teintée de surprise. Son regard détaillait mon kilt, mes chaussettes, mes godillots. Tous mes doutes revinrent. J'avais commis une erreur affreuse.

« Je me suis sauvé de l'école.

– Mais pourquoi ? »

Parce que je vous aime, voulus-je lui crier.

« Parce que... parce que je veux m'engager dans l'armée. »

*

Qui diable me poussa à dire cela ? Quel sort malin mit ces mots dans ma bouche ? Si seulement j'avais dit la vérité, songez à ce que j'aurais évité. Je ne suis pas très sûr de la manière dont le subconscient travaille, mais il ne s'agissait là aucunement d'une ambition longtemps réprimée : rien n'aurait pu être plus éloigné de mes désirs. Passé le premier accès de fièvre guerrière, les instincts belliqueux de l'Académie Minto s'étaient rapidement évanouis, partie à cause d'un déclin d'intérêt, partie à cause de la neutralité passionnée de Minto. La mort de chaque ancien élève tombé au champ d'honneur provoquait un autre discours mélancolique en faveur de la paix. Des accents de « Je vous l'avais bien dit » semblaient flotter dans l'air des jours durant après chaque vaine bataille. A la fin de 1915, l'enthousiasme de chacun était à son nadir. J'avais dû lâcher ma « raison » à la suite d'une association d'idées instinctive. Mon embarras, le regard de Faye sur mon kilt, l'Infanterie légère des Highlands à Paddington – *ergo*, l'armée.

Tout d'abord, en l'occurrence, le prétexte fit merveille. Chez Faye, soupçons et surprise furent balayés. Elle me rappela que j'étais trop jeune, mais peut-être pourrais-je m'engager l'année suivante. Il est possible que son zèle ait été dû au fait que j'étais son neveu et non son fils. Elle m'expliqua que Peter s'était engagé immédiatement à sa sortie de l'école et qu'il avait été enrôlé dans un bataillon de collégiens. Faye pensait que ceci pourrait bien correspondre exactement à ce qu'il me fallait. Peter me fournirait toutes les informations et conseils requis – et réussirait peut-être à me faire admettre dans le même bataillon. J'approuvai avec un enthousiasme décroissant. Peter, m'informa-t-on, venait justement en permission ce prochain week-end. Je devais attendre à Charlbury au moins jusque-là, m'avisa Faye, afin de lui poser toutes les questions que je voudrais.

Quatre jours. Quatre jours seul avec Faye (si l'on exceptait les domestiques, Gilda et Alceste). J'éprouvai un soulagement temporaire. Problèmes et décisions pouvaient être remis à un peu plus tard. J'étais ici, avec elle, sous le même toit. Tel avait été le but immédiat de ma fuite et je l'avais atteint. Je me laissai couler dans le bain chaud de son accueil.

Le premier acte de Faye fut de télégraphier à mon père et à l'école. Je me sentais curieusement invulnérable et me contentai de me demander vaguement comment Minto réagirait à la nouvelle. Je ne m'appesantis pas trop longtemps non plus sur la réponse éventuelle de mon père. J'étais ici, en Angleterre. Ils me semblaient tous sur un autre continent. Ceci fut – je le reconnais – le premier signe d'une tendance dangereuse de mon caractère : la prévision, le long terme m'intéressent rarement. C'est l'instant présent, le ici-et-maintenant que je trouve séduisant. Lorsque j'agis, c'est parce que je suis poussé par quelque chose d'irrésistible en moi, et peu souvent en conséquence d'une stratégie bien étudiée. Ceci s'est répété maintes et maintes fois dans ma vie, apportant d'ordinaire une rapide satisfaction suivie de désastreux remords. Supposons que j'aie poursuivi mes études à l'Académie Minto et acquis mes diplômes ? Qui sait ce qui se serait passé ?... Mais à quoi bon une question inutile. Notre manière de vivre est le reflet de notre nature. L'attitude prudente, méfiante, raisonnable ne serait jamais celle que je choisirais.

Je m'installai donc dans la grande maison confortable. Faye se demanda-t-elle pourquoi, si je souhaitais m'engager, je m'étais précipité à Charlbury ? Elle dut le faire. Mais elle m'aurait pardonné n'importe quoi, Faye, puisque j'étais le fils de sa défunte sœur adorée, orphelin depuis le jour de sa naissance, privé du guide de la main maternelle et d'une source d'amour sans limites. Il était bien naturel que, dans un moment de telle confusion, je cherche auprès de quelqu'un conseil et réconfort. (Ce fut, en fait, la première question que son fils Peter me posa. Je lui expliquai que j'avais eu pour projet initial de m'engager à Londres, aussi loin que possible de la zone d'influence de mon père. Un soudain manque de courage m'avait poussé vers Charlbury. Il comprit parfaitement.)

On me servit ce jour-là un déjeuner tardif (en complément de mon pâté de veau-jambon) composé de viande froide, pain et cornichons, puis Faye convoqua le jardinier (impossible de me rappeler son nom – un vieil homme boiteux) pour nous conduire dans l'automobile familiale à Oxford m'acheter des vêtements (un costume de flanelle légère, deux chemises, des cols durs, une cravate et, ceci à mon instigation, une casquette en tweed). Faye prit un grand plaisir à notre expédition. La journée était douce, brumeuse.

L'aller-retour sur Oxford se passa en bavardages tissés de souvenirs. Je suis persuadé aussi que, secrètement, Faye admirait ma détermination. Quand vous rencontrez des gens comme moi qui agissent follement ou spontanément, il vous est facile, à l'abri de vos habitudes et de votre sécurité, de vous moquer ou de vous lamenter à notre propos. Mais en même temps vous ressentez dans vos cœurs une profonde et troublante envie de la liberté qu'expriment nos actions insouciantes. Nous partagions le même caractère mais elle avait, en épousant Vincent Hobhouse, adapté le sien à une vie de respectabilité provinciale. Je sentais aussi que, après le chagrin et le deuil, une vivifiante incertitude commençait à infiltrer sa vie. Qu'allait-il se passer à présent ? Et où ? Et avec qui ?

Deux brefs télégrammes arrivèrent tôt dans la soirée qui douchèrent mon ivresse. Celui de Minto m'interdisait de revenir à l'Académie et m'avisait de me considérer comme expulsé. Celui de mon père m'ordonnait simplement de rentrer sur-le-champ à la maison. Faye me conseilla de ne pas tenir compte de cette dernière injonction. Elle estimait que je n'avais rien à gagner à faire demi-tour aussi vite. Elle suggéra que j'écrive pour expliquer mes motifs en détail. Elle joindrait un mot disant que j'étais un peu perdu et troublé et que quelques jours de repos à Charlbury seraient extrêmement salutaires. Les lettres furent écrites, cachetées, timbrées et expédiées à la poste. Nous avions au bas mot, affirma Faye, une semaine de grâce.

Vous imaginez l'effet que sa connivence produisit sur moi. J'eus le sentiment qu'elle se conduisait plus en sœur aînée complice et enthousiaste que comme ma tante. J'étais certain que cela signifiait beaucoup. Que nous fussions des conjurés nous rapprochait plus encore.

Ce premier soir, nous deux dînant seuls l'un à côté de l'autre, séparés par l'angle de la table. Le jardinier boiteux dans le rôle du maître d'hôtel (le vrai avait été tué à Loos). Sherry, consommé, blanchaille à la crème, côtelettes d'agneau, croquettes Bercy, charlotte aux pommes, fromage fondu sur canapé, porto. Moi dans mon costume neuf (je m'étais rasé avec le coupe-chou émoussé de Vincent), le dos contre la cheminée, le visage en feu, deux points rouges sur les joues à la manière de pièces de monnaie. L'impression de respirer plus profondément comme si mes poumons eussent doublé de volume et que mes narines se fussent mystérieusement dilatées. Faye, de trois quarts. Des yeux battus, un camée tremblant au bout d'un ruban de velours, un nuage de poudre sur les friselis devant ses oreilles, d'imperceptibles rides sur le visage et la lèvre supérieure. Une robe aigue-marine. De la soie ? Le tissu miroitait, changeant, à la lueur des bougies. Le vin m'enhardissait. Je me sentais dix ans de plus et m'adressais à Faye d'égal à égal, en adulte. La sœur aînée complice s'était discrètement éclipsée. Je posai ma fourchette et souris. Ceci aurait pu être ma maison, ma femme même. Je débordais d'un curieux et outrecuidant sang-froid.

« Sais-tu, tu ressembles à Emmeline quand tu souris. »

Les liens du sang se glissèrent entre nous comme des chaperons. Un instant, je me sentis à la fois triste et furieux. Mais c'était là une entrée en matière utile.

« J'allais vous poser une question... c'est-à-dire si vous n'y voyez pas d'inconvénient. Je me demandais – vous disiez que vous aviez des tas de lettres d'elle, de ma mère. Pourrais-je – si c'est possible – les voir ?

– Bien entendu. » Sa main sur mon bras. Je crus que la flanelle allait s'embraser. « Je te les chercherai. As-tu terriblement chaud, John ?

– Moi ? Non, non. Je suis très bien. Parfait. »

Cette nuit-là, je quittai ma chambre, traversai le palier du premier étage et longeai le corridor qui menait à ses appartements. Je m'immobilisai contre sa porte, la vague lueur d'une fenêtre voisine éclairant le grain du chêne et le métal de la poignée. J'expédiai mentalement à l'intérieur le message de ma présence fiévreuse et attendis qu'on le reçoive. Gisait-elle éveillée, agitée sous ses draps, pensant à moi, souhaitant que j'eusse le courage de me glisser sans bruit dans son lit ? Je fixais du regard la porte muette et indifférente comme si j'espérais la voir devenir miraculeusement transparente... C'est en pareilles circonstances que les tenants de la communication télépathique gagnent ou perdent des disciples. Si cela existait vraiment, alors cela devait marcher ce soir. Debout devant la porte, je me concentrai. Tout ce qu'elle avait à faire, c'était appeler mon nom. Je sentis mes tempes battre à grands coups. Mon énergie cérébrale aurait pu faire tourner un moteur électrique. Mais je n'entendis rien, que les craquements et grincements d'une vieille demeure.

Ma chance était là. J'aurais dû la saisir. Une année ou deux plus tard, je crois que je serais entré, avec peut-être un mensonge quelconque en réserve (un accès de chagrin, une terreur nocturne) pour justifier une étreinte. Je ne peux pas me blâmer : c'est beaucoup demander à un garçon de dix-sept ans que de posséder autant d'assurance et de rouerie. Et pourtant, je m'étais enfui de l'école, ma vie avait déjà pris ce chemin en pente folle dont elle ne devait jamais s'écarter par la suite. Mais, pour une raison ou une autre, je fus frappé d'inertie. Après Dieu seul sait combien de minutes pantelantes, je me rendis compte que je tremblais comme une feuille et je regagnai furtivement ma chambre et mon lit froid solitaire.

Le lendemain, l'atmosphère avait changé. Pas énormément mais définitivement. Faye, me sembla-t-il, s'était rendu compte du côté trop capiteux et troublant de la soirée précédente. La sœur aînée prosaïque réapparut. Je descendis pour le petit déjeuner et la trouvai sur le point de partir – « faire des visites ». En sortant, elle me montra deux grandes boîtes remplies de lettres de ma mère.

Je les emportai dans le salon et commençai à lire. Je déjeunai seul et poursuivis ma lecture l'après-midi. Je me sentis épuisé après être passé par tout un éventail d'émotions déchirantes.

Il est bizarre, à tout le moins, de pénétrer par la lecture dans un monde familier mais pas encore modifié – ni en vérité intéressé – par votre présence. Notre appartement, Kelpie's Court, la Grand-Rue, mon père, Thompson, Oonagh... Thompson se révéla la plus grande épreuve. Le petit garçon grassouillet, gâté, pourri, inondé d'amour maternel. J'ai rarement envié Thompson. J'ai parfois envié son argent, mais seulement en passant. En revanche, ce jour-là, à Charlbury, je sentis une jalousie violente, rageuse, étreindre de ses tentacules chaque recoin de mon corps. J'aurais pu tuer Thompson, alors, le tuer avec joie, tant j'étais dévoré par le ressentiment que provoquait en moi sa chance. Il avait connu Emmeline Todd et en avait été aimé.

Le calme me revint peu à peu.

Il s'agissait de la correspondance innocente et tendre de deux sœurs très liées. Ma mère douce, bonne, généreuse – pleinement consciente de tous les plaisirs de la vie... Des lettres fascinantes – j'entendais une voix, je rencontrais quelqu'un dont je n'avais qu'une vague notion, et encore idéalisée, sentimentale, absurde – mais elles ne me fournissaient aucun fait précis. Elles n'étaient que du bavardage sans importance.

Et puis soudain, sans tambour ni trompette, en septembre 1897 :

> ... Donald est arrivé. Il semble en bonne forme, tout bien considéré. Nous l'avons eu à dîner jeudi dernier. Il est temporairement installé dans Hanover Street mais a le projet de déménager bientôt...

Cette arrivée sans commentaire suggérait un savoir mutuel. Les deux sœurs connaissaient Donald. Désormais, son nom apparaissait régulièrement : ce qu'il faisait, l'endroit où il pensait acheter une maison, ses remarques dédaigneuses sur le calibre académique de ses collègues...

Puis, le 14 mars 1898 :

> ... Ma chère Faye, je voudrais pouvoir te confier tout ce que Donald me dit. Je me contenterai de t'assurer que, chaque fois que nous sommes seuls, il ne s'exprime qu'avec des accents de tendre et émouvant respect. Que puis-je lui dire ? C'est véritablement un affreux dilemme et il m'est impossible de lui répondre d'une manière qui puisse le satisfaire, bien que mes sentiments, comme tu le comprendras, soient tout autant engagés dans l'affaire...

Je notai la date. Il semblait qu'à partir de là l'amitié banale se développait en quelque chose de plus passionné :

7 avril 1898
... Donald et moi ne cessons de parler de ce qui aurait pu être si seulement les choses avaient été autres. Oh, Faye, j'essaie de l'arrêter, mais il paraît si rempli d'émotion que si je ne le laissais pas faire, Dieu sait quel effet pourrait avoir sur lui l'obligation permanente de se contenir. Parfois je crains pour sa santé...

13 juin 1898
... Donald est venu avec nous dans les Trossachs. Il semblait de bonne humeur. Je lui avais fait promettre de ne pas s'épancher. Innes ne sait rien, ne soupçonne rien. Le professeur et Mrs. McNair nous accompagnaient et il était essentiel que Donald gardât son calme.
  Mais, hier, je n'ai pas suivi les autres en promenade. Puis Donald est revenu plus tôt et, bien entendu, nous retrouvant seuls, il n'a pas pu se retenir. Impossible de te raconter ce que fut cet après-midi, Faye. Laisse-moi simplement te dire qu'à la fin il a pleuré. Comme il est triste et pourtant étrangement exaltant de constater le pouvoir qu'exerce la vraie passion sur un esprit à la fois si fort, raffiné et intelligent que celui de Donald. J'ai pleuré aussi, naturellement, tu sais comment je suis, et nous nous sommes consolés mutuellement...

Je m'arrêtai là, la bouche sèche et amère, les mains tremblantes. « ... nous nous sommes consolés mutuellement. » Comme il était facile de voir à travers l'opaque euphémisme. Je continuai à lire. Cet après-midi, au cours de l'expédition dans les Trossachs, semblait avoir été cathartique. Donald paraissait se débarrasser de sa fiévreuse mélancolie. Plus aucune mention de larmes. Les lettres se remplissaient de : « ... une journée splendide, qui m'a fait chaud au cœur, en compagnie de Donald... », « ... Donald était en bonne forme... », « ... au dîner, Donald a paru retrouver sa chaleur et son humour d'autrefois tandis qu'il nous racontait... »

Parfois surgissaient d'autres indications : « Donald semble désormais comprendre l'impossibilité de changer quoi que ce soit, il sait que tout doit continuer en l'état. Il y est

résigné et affirme qu'il peut trouver une sorte de contentement... » Et : « ... nous parlons souvent de cette journée
folle, délirante du mois dernier, et la considérons comme
une rébellion finale contre la frustration et le chagrin... »

Je relus les lettres et retraçai peu à peu le cours de leur
histoire d'amour, condamnés qu'ils étaient par l'honneur et
la dignité de leurs propres positions et l'impossibilité de
jamais partager leurs sentiments. Ma mère ne faisait pas
une seule allusion désagréable à mon père, ne s'en plaignait
ni ne le critiquait jamais. Il s'agissait visiblement d'une de
ces relations passionnées moins condamnées à l'échec que
mort-nées, les deux amants sachant au fond de leur cœur
que rien n'en résultera mais s'emparant de la perfection
d'un instant pour en faire une sorte de symbole illusoire de
ce qui aurait pu être.

Puis, le 21 juillet 1898 :

> Chère Faye,
> J'attends de nouveau un enfant. Je n'ai pas besoin de
> te dire à quel point la crainte se mêle à la joie. Innes
> est ravi, mais je n'ai encore rien dit à personne excepté
> toi, pas même à Donald...

Pas même à Donald. Pourquoi pas ? J'observais le processus de ma croissance prénatale avec une horrible fascination. L'impatience joyeuse de ma mère (elle priait que je
fusse une fille...) et ses craintes prémonitoires, après avoir
échappé de peu à la mort au moment de la naissance de
Thompson, constituaient une lecture macabre. Mais je ne
pus terminer sa dernière lettre datée de quinze jours avant
ma naissance et qui débutait ainsi :

> Faye chérie,
> Je me sens mieux aujourd'hui. Peut-être que tout ira
> bien, après tout...

Je savais que je ne pourrais pas supporter l'épreuve de
ces terribles et fatales ironies. Je remis les lettres dans les
boîtes. J'aurais dû pleurer mais j'étais trop épuisé pour verser des larmes. J'en avais trop appris, et mon cerveau bre-
douillait d'arguments et de suppositions. J'étais trop pré-

occupé par des informations nouvelles pour pleurer sur ma défunte mère. A moins de me tromper complètement, toutes les preuves menaient à une seule conclusion. Je le savais parfaitement maintenant — mais au plus profond de moi-même, je l'avais su à moitié depuis des années. Mon vrai père, semblait-il, si l'on pouvait en croire les lettres, était Donald Verulam... Je me frottais le visage. Il me fallait une confirmation supplémentaire. C'était trop de choses à la fois en cet instant critique.

Faye rentra.

« Désolée de m'être absentée si longtemps, je voulais que tu aies l'occasion de les lire tranquillement. »

Elle me regarda, l'œil clair et, pensai-je, interrogateur.

« Je vous suis très reconnaissant, dis-je lentement. Je sais que ce sont des lettres intimes... mais j'avais besoin de la connaître. J'espère que cela ne vous ennuie pas.

– Non. Pas du tout. Je n'ai pas vraiment le droit de les cacher. Même si... »

Elle ne savait plus quoi dire. Maintenant, son regard se dérobait au mien.

« Ne vous inquiétez pas, dis-je encore avec précaution. C'est drôle, mais je m'en suis toujours à moitié douté. Rien qu'en parlant avec Donald. »

Elle se détendit visiblement, puis rougit.

« Tant mieux, dit-elle.

– Mais je comprends parfaitement. Maintenant. Et je n'y vois, à mon sens, aucun mal », dis-je carrément. Ce fut mon tour de lui toucher le bras. « Merci. Il était très important pour moi de lire ces lettres. »

Elle me regarda droit dans les yeux, me prit par les épaules et m'embrassa sur la joue.

« Tu es un garçon très spécial, John James Todd. Donald me l'avait dit. Très spécial. Je suis contente que tu les aies lues. Je... J'ai téléphoné à Donald ce matin. Il viendra ce week-end. »

Je ne sus pas très bien comment prendre la chose. Je voyais bien ce qu'elle essayait de faire, mais la nouvelle était à double tranchant. Je compris immédiatement que le week-end serait l'occasion d'une confrontation nécessaire et d'une possible reconnaissance, mais cela signifiait aussi la fin de mon bref tête-à-tête avec Faye. Après notre difficile conversation tendue au sujet des lettres, une aimable détente s'installa entre nous. Mais à mesure que la semaine avançait, l'idée de l'arrivée de Donald m'agita de plus en plus parce que je savais, à la manière dont Faye parlait de lui, que Donald et elle étaient désormais plus que des amis. Et cela m'embêtait. Pouvez-vous le comprendre ? Je me sentais une âme de propriétaire. Stupidement (cela je le savais) je continuais d'être fasciné par elle. Les lettres nous avaient encore rapprochés davantage. Je la considérais comme *ma* possession légitime. Donald appartenait à un autre domaine de ma vie dont je m'étais aussi accommodé. Que l'un empiétât sur l'autre ne me plaisait nullement.

Peut-être, peut-être aurais-je pu tout surmonter – Donald, Faye, mon avenir – si je ne m'étais pas laissé tomber moi-même une fois de plus. Une autre erreur crasse de jugement.

J'attendais avec impatience mon dernier jour de solitude avec Faye. Le temps était encore chaud et nous avions fait la veille le projet d'aller pique-niquer (nous devions emmener les petites filles, mais je ne les considérais pas à proprement parler comme des gens). Notre intention était de nous rendre en voiture à Oxford, d'y louer un bateau et de remonter la Cherwell pour y trouver un coin de rivage isolé. Assis devant notre petit déjeuner, nous contemplions les plaisirs de la journée en perspective quand surgit sur le seuil Peter Hobhouse, avec vingt-quatre heures d'avance.

Mon cousin avait un an ou deux de plus que moi, mais dans son uniforme – vareuse kaki, jodhpurs, bottes lacées, képi – il paraissait considérablement plus vieux. Peter était un grand type blond fadasse aux traits ronds mal dessinés et les joues éternellement roses. Côte à côte, nous offrions un remarquable contraste – deux représentants de différentes ethnies, le prototype celte et l'Anglo-Saxon rose et florissant. Il se montra parfaitement gentil mais, malgré toute l'aide qu'il m'apporta plus tard, il me déplut instinctivement. Je ne sais absolument pas pourquoi, il s'agissait d'un préjugé sincère, ou plutôt naïf. Peut-être était-ce simplement sa flasque corpulence, son allure dégagée abusive, cet air de dire : « La vie n'a pas de surprises pour moi. » Cependant, nous nous serrâmes la main et nous échangeâmes quelques propos badins. Faye lui raconta mon désir de m'engager dans un bataillon de collégiens et, à mon vague embarras, il secoua de nouveau énergiquement ma main en disant : « Félicitations. »

Dieu merci, malgré les supplications de sa mère, il déclina l'offre de se joindre au pique-nique. Mais j'aurais dû m'apercevoir que son arrivée avait déjà tout changé. Avec la présence de son fils, mon rôle de « neveu » était fermement rétabli, tout comme celui de Faye en tant que « mère » et « tante ». Mais ceci m'échappa complètement : voilà le genre d'individu que je suis.

Nous louâmes notre bateau dans le hangar au bout de Bardwell Lane. Le ciel était nuageux, mais l'air doux et frais. Il y avait une petite brise. Les moineaux et les merles sifflaient dans les marronniers, ces vastes continents de feuillages.

Il me fallut dix minutes et à peu près le même nombre de collisions contre les berges de la rivière avant d'acquérir une certaine connaissance de la dynamique de la navigation à la perche. Finalement, nous nous frayâmes un chemin prudent et pas trop fantaisiste en amont de la rivière. Ma maladresse ayant provoqué chez Faye et les petites filles beaucoup d'amusement, nous étions, me dis-je au départ, d'humeur idéalement joyeuse. Elles rirent encore, mais avec plus de circonspection lorsque nous fûmes doublés par un bateau énergiquement et adroitement propulsé par un soldat manchot (Oxford était devenu une grande maison de convalescence).

Nous remontâmes pendant une demi-heure la paisible Cherwell et ses méandres à travers les champs et les prairies de Kidlington. Nous découvrîmes bientôt un endroit convenable et y attachâmes le bateau. Deux couvertures furent étalées sur la berge et le panier d'osier du pique-nique déballé. On mangea du poulet froid et du pâté de gibier, du Stilton et des pommes. Les petites filles burent de la limonade, Faye et moi un punch au cidre. Le temps se leva et nous eûmes du soleil. La journée prit des allures d'été mais une fraîcheur printanière latente la rendait vivifiante tout en nous protégeant des mouches et des guêpes. Je bus délibérément trop de punch.

Après le déjeuner, tandis que Faye lisait un bouquin, je fis une partie endiablée de chat perché avec Alceste et Gilda. Je courus, criai, tournai et virevoltai à nous épuiser elles et moi. Je me sentis bientôt rouge et collant de sueur. Je persuadai les petites de s'éloigner le long de la rive pour aller nourrir une colonie de canards qui naviguaient par là. Je retournai vers Faye. Elle avait dressé un petit parasol à longues franges ivoire et s'était assise dessous, adossée à un saule étêté. Elle portait une jupe de golf à godets de couleur sable et une blouse corail avec un col à festons. Un grand chapeau de paille gisait sur la couverture à côté d'elle. Elle respirait la fraîcheur et la sérénité. Je la regardai. Ces cernes sombres sous ses yeux. J'avalai de grandes lampées de punch au cidre. Une légère brassée d'alcool enflamma mon corps. Maintenant ou jamais.

« N'est-ce pas charmant ? s'écria-t-elle. Il y a des siècles que je n'avais pas fait ça. Je suis si contente que nous soyons venus. »

Je m'assis à côté d'elle, un peu essoufflé.

« Tu as l'air d'avoir chaud, dit-elle.

– Je crois que je vais faire trempette. Vous venez ?

– Pas question ! rit-elle. Quel courage tu as ! Tu es sûr ?

– Certain. »

Nous avions apporté des maillots de bain plus par principe que par conviction. Faye tenta vaguement de me dissuader, mais je lui arrachai mon costume (celui de Peter) et descendis sur la berge, à l'écart des petites filles. Derrière un buisson d'aubépines, j'ôtai mes vêtements et enfilai le maillot. Celui-ci était un peu grand, les épaulettes ne cessaient de glisser. Je songeai à plonger mais je ne voulais pas distraire les petites filles occupées à nourrir les canards et j'entrai donc dans la rivière en pataugeant. L'eau glacée me coupa le souffle. A cet endroit, la Cherwell coulait paresseusement, le courant était à peine perceptible. Je m'enfonçai dans l'eau brune jusqu'au menton et sentis le froid me cercler d'acier le crâne. Au milieu de la rivière, je regardai du côté de Faye. Elle m'observait. J'agitai la main.

« Comment est-ce ?

– Glacial !

– Je te l'avais bien dit ! »

A l'idée choquante de ce que j'allais faire, ma gorge se contracta. Peu importait : je ne pouvais prendre que ce chemin-là. Je regagnai la rive à la nage et me hissai hors de l'eau. A l'abri des aubépines, j'enlevai mon maillot. Je baissai les yeux. Sur ma poitrine et mon ventre, les poils noirs s'aplatissaient en une toison humide. Je pouvais à peine voir ma queue et mes testicules tant ils étaient ratatinés par le froid. J'avais la tête totalement vide de pensées. Je n'étais plus qu'une créature d'entrailles et de glandes.

J'entendis l'appel d'un oiseau, les lointains coin-coin des canards, les cris de joie de Gilda et d'Alceste. Je me massai pour retrouver une approximation de virilité et sentis surgir le sang chaud. Je continuai à refuser de réfléchir. Il fallait que je lui montre que je n'étais plus un enfant.

« Tante Faye ? Pourriez-vous m'apporter une serviette, s'il vous plaît ? »

A travers l'écran de feuillage, je la vis se mettre debout, sortir une serviette d'un sac de toile et s'approcher tranquillement en souriant. Je tenais le costume mouillé devant moi. Elle fit le tour du buisson. Son visage se figea immédiatement de surprise. Elle me tendit la serviette.

« Tiens, voilà. »

Je la pris et en même temps je laissai tomber mon maillot. Juste une seconde il n'y eut plus rien à la place. Elle vit. Je me drapai dans la serviette.

« Faye, je... »

Elle me gifla. Une seule fois, très fort, me faisant tourner violemment la tête.

« Idiot... *stupide*... », dit-elle, les dents serrées, d'une voix tremblante avant de tourner les talons.

Je sentis un goût de vomi dans ma gorge. Pâté de faisan, punch au cidre. J'eus un ou deux haut-le-cœur. Je jetai la serviette et m'habillai, enfilant tant bien que mal mes vêtements sur ma peau mouillée. Je tentai désespérément d'extraire de mon cerveau paralysé quelque chose qui pût

102

passer pour une explication plausible. Je m'approchai d'elle en séchant mes cheveux avec la serviette afin de cacher mon visage. Ma joue giflée m'élançait, comme écorchée vive. Je tremblais mais pas de froid.

« Pardon, dis-je. Je... je n'ai pas réfléchi. Il s'agit d'une affreuse erreur. Vous comprenez, à l'école nous... Il m'a simplement échappé des mains. J'avais froid. Il s'agit d'une erreur, Tante Faye. C'est vrai, je vous jure... »

Elle refusa de lever les yeux de son livre.

« Très bien, dit-elle. N'en parlons plus jamais, John. C'est oublié. Fini. »

Mais ce ne fut pas oublié. Comment aurait-il pu en être autrement ? Dieu soit loué pour les petites filles. Elles nous fournirent un conduit officiel de communication. Nous pûmes nous affairer autour d'elles et de leurs problèmes. Faye redevint très vite, en apparence, aussi normale que d'habitude, et moi aussi, je pense, dans mon effort pour étoffer la crédibilité de mon excuse. Mais l'incident dressa un mur entre nous. Pire. Faye s'arrangea pour ne plus jamais se retrouver seule avec moi. Je n'eus jamais l'occasion de consolider ma première et faible explication. Il me fut impossible de m'excuser, impossible de m'expliquer.

Pourquoi avoir fait cela ? je vous entends dire. Que diable pensiez-vous qu'il se passerait ? Je sais, je sais. Ça n'a aucun sens. J'attribue cette gaffe effroyable à ma naïveté et à un dangereux défaut de mon caractère. Je désirais désespérément lui faire l'amour et je n'avais plus beaucoup de temps, voilà tout. Mais je ne peux pas me condamner totalement. Je fus peut-être un idiot mais du moins je fus un idiot sincère. Je crois pouvoir affirmer sans crainte que cette malheureuse combinaison s'est maintenue fermement tout au long de ma vie.

Aujourd'hui, je pense que j'aurais pu survivre à la honte et l'affront si j'avais eu assez de temps pour réimposer les bases originales de mes rapports avec Faye. Après tout, j'étais de son sang, le fils de sa sœur défunte, et elle m'aimait vraiment beaucoup. Je suis sûr que, même si ce n'eût été que pour sa propre tranquillité d'esprit, elle aurait fini par accepter totalement mes explications. Les gens commettent des erreurs. Et les adolescents sont notoirement et spontanément faillibles quand il s'agit des affaires du cœur. Peut-être même aurait-elle pu – dans ses pensées secrètes – être tentée de se rappeler l'incident. Mon corps musclé, mince, au poil brillant ; le bas-ventre sombre et lustré, les parties génitales pâles, oscillantes et trempées... Mais j'avais besoin de temps. J'avais besoin de plusieurs jours pour organiser un tel *rapprochement*, et c'est exactement ce qui me manquait. Donald Verulam arrivait.

Le soir, Peter Hobhouse me reparla de mon enrôlement dans l'armée (Peter était un raseur de première bourre, un gentil raseur mais un raseur néanmoins avec, chose surprenante chez un garçon de dix-neuf ans, tous les pouvoirs cataleptiques d'un vieux pilier de club). Je dois avouer que mon enthousiasme pour l'idée était désormais fermement en perte de vitesse. J'élaborais à la place de vagues projets de retour à Édimbourg. Entre ma gêne à l'égard de Faye, les révélations sur Donald Verulam et son arrivée imminente, Charlbury me paraissait soudain un refuge moins souhaitable. J'éprouvais le désir inhabituel de rentrer chez moi – chez moi et Oonagh. Mais j'écoutai à moitié ce que racontait Peter. Il semblait en proie à une envie tenace de partir pour la France, moins par ferveur que par devoir d'ailleurs, tous ses amis y allaient et il eût été dommage de manquer à l'appel. Il expliqua qu'en principe il fallait être officier, mais cela voulait dire passer par l'école de formation, à supposer qu'on y fût admis. Ce que lui et ses compagnons avaient fait, c'était de s'engager comme seconde classe dans un bataillon de collégiens. La formation de base était plus courte, on arrivait en France plus vite et on avait la quasi-certitude d'être promu au grade de sous-lieutenant en quelques mois. Le taux des pertes étant ce qu'il était, les bataillons scolaires étaient constamment appelés à fournir de nouveaux officiers pour les autres régiments. Son propre cas était exemplaire : promu au bout de deux semaines, il se préparait maintenant à rejoindre comme sous-lieutenant le régiment du Loyal North Lancashire.

Je lui posai quelques questions par politesse. Où devait-on aller s'engager ? Marlborough ou Windsor, répondit-il. Demande le 13ᵉ PS bataillon du South Oxfordshire Light Infantry et mentionne le nom du colonel O'Dell. Il avait été le directeur du collège de Peter. Parfait, dis-je, peut-être l'année prochaine. En vérité, je ne mourais pas d'envie d'aller à la guerre. En 1914, cela m'avait paru beaucoup plus séduisant. Je pensais que ça pouvait être « marrant » ou « passionnant » mais je n'étais pas un fanatique. Plusieurs élèves des grandes classes que j'avais vaguement connus à l'Académie Minto avaient été tués. Le scepticisme mélancolique de Minto m'avait influencé aussi et, en outre, rien ni personne dans mon éducation n'avait encouragé en moi un vif sentiment patriotique ou altruiste. Franchement, je voulais vivre pour moi et non pas mourir pour mon pays. Si je pouvais aller à la guerre, connaître de nouvelles et fortes expériences, *et* survivre, au complet, alors j'étais pour. Mais je n'avais aucune envie d'y risquer ma tête ni aucune autre part de mon anatomie.

Après dîner, Faye nous laissa Peter et moi à notre porto. Peter m'offrit un cigare que j'acceptai. Tout en tirant dessus à grosses bouffées – les pauvres yeux de Peter fort larmoyants –, nous discourûmes d'une manière virile plutôt empruntée. Peter raconta une plaisanterie pas drôle sur un pasteur anglais qui, au cours d'un voyage à Paris, avait tenté de déféquer debout dans un *pissoir*.

« Je songe à me laisser pousser la moustache, dit-il. Qu'est-ce que tu en penses ?

– Ça me paraît une bonne idée.

– Ça donne l'air beaucoup plus vieux, tu comprends. Tu devrais t'en laisser pousser une pour le bureau de recrutement. D'ailleurs, quel âge as-tu ?

– Dix-sept ans... Je pensais attendre jusqu'à l'année prochaine.

– J'attendrai pas trop, à ta place. Tu risques de tout rater.

– Très juste.

– Dis que tu en as dix-neuf. Avec une moustache, tu ne devrais pas avoir de problèmes. »

Il continua à bavasser. Soudain, je regrettai de ne pas m'être laissé pousser une moustache à l'école. Imaginez que je me sois présenté moustachu chez Faye ? Quelle impression de maturité lui aurais-je donnée... Je résolus de m'en faire pousser une dès le lendemain.

Donald Verulam arriva avant le déjeuner. Il portait un costume de tweed. Je m'étais vaguement attendu à un uniforme. Quand je lui demandai ce qu'il faisait au ministère de la Guerre, il me répondit qu'il n'était qu'« un fonctionnaire glorifié ». Il parut content de me voir et me réprimanda gentiment pour mon escapade. Il me conseilla de rentrer à la maison et promit d'intercéder en ma faveur auprès de mon père. Instinctivement, j'étais heureux moi aussi de le voir, mais ma nervosité et les informations que semblaient contenir les lettres de ma mère me rendirent tout d'abord plutôt froid à son égard. Il le sentit, je crois, et s'en étonna. A plusieurs reprises, il me demanda si j'allais bien. Je le rassurai.

J'étais dans tous mes états. Théories et hypothèses folles ne cessaient de m'assaillir. Je surveillai de près sa conduite à l'égard de Faye, mais n'y découvris rien de plus passionné que de l'amitié. Il passa le plus gros du samedi après-midi en ville avec le notaire de la famille pour débrouiller les affaires de Vincent Hobhouse. Le soir, Faye donna un petit dîner auquel furent invités deux couples ennuyeux dont l'un amena une grande fille myope – Nellie ou Flossie – visiblement entichée de Peter. A mon soulagement, Faye tint parole. Tous les effets de l'incident du pique-nique semblaient effacés. Peut-être croyait-elle qu'il s'agissait vraiment d'une erreur. Elle reprit son rôle de gentille tante Faye. Je reportai donc mon attention sur l'autre lien de parenté me concernant. Que devais-je faire à propos de Donald Verulam ?

Dimanche. Église. A un moment donné, durant un sermon incompréhensible (le curé avait un défaut de prononciation. On l'aurait cru la bouche remplie d'eau. Je n'entendais que clapotis et glouglous – une rivière souterraine), je tournai la tête et vis Donald qui me regardait. Il leva les yeux au ciel et je lui souris en réponse. Comme autrefois à Barnton ou Drumlarish. Après le déjeuner (soupe, poisson, gibier, rôti, dessert, « savouries » – guerre ou pas, on mangeait bien chez les Hobhouse), il me proposa une promenade. J'acceptai.

Nous choisîmes chacun une canne dans le porte-parapluies du hall et nous partîmes d'un bon pas sur la route d'Oxford. Nous la quittâmes pour grimper un échalier et marcher le long d'un champ de maïs en herbe qui menait à un petit bois de bouleaux, au sommet d'une colline. De là nous apercevions les modestes crêtes et vallées de l'Oxfordshire s'étalant paisiblement jusqu'à l'horizon. L'après-midi était boudeur, un peu frisquet, le ciel nuageux gris souris avec tout juste quelques traînées jaunâtres. Nous continuâmes à la même allure sur trois kilomètres. D'ordinaire, pour une sortie de ce genre, nous aurions emporté chacun un appareil photo. A défaut, aujourd'hui, nous nous amusions à nous montrer du doigt les scènes que nous aurions prises. Tandis que nous marchions, échangeant quelques phrases de temps à autre, je sentis fondre ma réserve et mes soupçons à l'égard de Donald et croître en moi une sorte d'amour que je ne peux qualifier que de filial. Un mélange de grande affection, de respect et de soumission heureuse. L'amour qui existe entre un père et un fils est spécial, il possède une nette structure hiérarchique, le fils prenant toujours exemple d'en haut pour ainsi dire. Et le père, pour sa part, élevant alors volontairement son fils à une position d'égal. Je n'éprouvai jamais ce sentiment avec Innes Todd. Mais ce jour-là, alors que nous parcourions les collines au-dessus de la vallée de l'Evenlode, je perçus dans l'air cette belle réciprocité tacite de sentiments entre Donald et moi. Donald y fut sensible aussi, je le sais, il sentit cette intimité qui lui donna l'envie de me parler de Faye. Nous fîmes halte devant une barrière, pour contempler le paysage.

« Je suis très attaché à ta tante, tu sais, Johnny.

– Oui. Enfin... je m'en suis un peu aperçu.

– C'est une personne exquise. Très semblable à ta mère.

– Oui. » Maintenant, je pouvais à peine parler.

Il se tourna vers moi et sourit.

« Je vais lui demander de m'épouser. Qu'en penses-tu ? »

Je sentis mes glandes lacrymales me picoter. Je fus submergé de gratitude.

« Rien ne saurait me rendre plus heureux. » Je marquai un temps d'arrêt. « Père.

« – Que dis-tu ?

– Père.

– Pardon ?

– Père... vous êtes mon père. »

Rire nerveux.

« Que veux-tu dire ? »

Mon regard se voila de larmes.

« Je suis au courant au sujet de ma mère et vous, dis-je posément. Je sais. Toute l'histoire de votre liaison.

– Minute, Johnny, mon vieux. Je n'y suis plus.

– Tout. J'ai lu ses lettres à Faye. Je sais qu'elle et vous... » Je ne savais plus très bien comment m'y prendre. « Vous l'ignorez mais, après cet après-midi dans les Trossachs, elle s'est retrouvée enceinte. 1898. C'était *moi*. Elle ne vous a jamais rien dit. Mais c'est tout dans sa lettre à Faye. Vous êtes mon vrai père. »

Je fus incapable de me retenir davantage. Je fondis en larmes. Je chialais, je beuglais de bonheur.

Donald me saisit par le bras et me secoua pour me faire taire.

« John ! John ! Que racontes-tu ? Où es-tu donc allé pêcher ces sornettes ? »

Ma tête s'éclaircit. Miraculeusement, mes yeux trempés de larmes se séchèrent. J'essuyai la morve sur mon nez et mes lèvres. Je sentis une brise froide et vive : elle parut ne souffler que sur mes globes oculaires en feu.

« Je l'ai lu dans la lettre, répétai-je. A Faye. Vous aviez une liaison avec ma mère... »

Donald se tortillait sur place comme atteint de démence. Il s'enfonça les poings dans les tempes.

« John, écoute. Non. Ce n'est pas vrai. » Il parlait calmement. « Ta mère a été la meilleure amie que j'aie jamais eue, mais nous n'avons jamais eu de liaison. Crois-moi, pour l'amour de Dieu ! » Il se tut, puis reprit : « C'est Faye que j'aimais. Je l'ai toujours aimée. Quand elle a épousé Vincent Hobhouse, je me suis enfui à Édimbourg. Sans l'amitié et le soutien de ta mère, je me serais suicidé. »

Il continua à parler, avec insistance, éloquence, expliquant tout, toutes mes idées fausses, idiotes et aveugles.

J'avais l'impression que quelque chose en moi s'était délité comme de l'encre noire. La tristesse me remplit tandis que je regardais ce visage aimable, plein de bonté. Je ne devais rien à cette noble nature. Mon destin était scellé, tout espoir d'évasion m'était refusé. J'étais bel et bien le fils d'Innes McNeil Todd.

Villa Luxe, 16 mai 1972.

Bonté divine, toute ma sympathie va à mon jeune moi. Il y a une dignité presque tragique dans ce culot et cette témérité absolus. Imaginez ça : si vous voulez séduire une personne du sexe opposé, exhibez-lui vos outils ! Mais je suis sûr de n'avoir jamais conçu un plan précis de ce genre. J'avais l'intention de faire *quelque chose* ce jour-là, selon et suivant les circonstances. Peut-être l'aurais-je caressée ou bien si elle s'était jointe à la partie de chat perché, l'aurais-je attrapée et retenue un instant contre moi. N'importe quoi pour lui montrer... Mais à ce moment-là, je choisis la baignade. Le sort en décida autrement.

Quel garçon j'étais à l'époque ! Je devais être fou, à voir ce que j'ai fait. Jamais une seconde de réflexion. Une créature de pur instinct – comme un animal. Rien ne semblait impossible ou mal avisé. Rétrospectivement, je suis presque jaloux de l'inexpérience de ma jeunesse.

Je peux vous dire maintenant que ces derniers jours à Charlbury faillirent m'achever. J'envisageai sérieusement de me suicider. Vous me direz peut-être que j'étais trop susceptible, mais expérimenter d'abord une telle rebuffade et apprendre ensuite la vérité sur Donald se combinèrent pour saper radicalement ma confiance en moi. Les gens de ma sorte avec un excès d'estime de soi souffrent en proportion une fois qu'elle est menacée. Le roman que je m'étais laissé aller à bâtir et chérir avec tant d'imagination s'était révélé n'être exactement que cela et les dures vérités

sur lesquelles je devais me rabattre n'étaient guère récon-
fortantes.

Tout changea pour moi, ce week-end, quand mes illusions volèrent en éclats. Une profonde tristesse s'empara
de moi. Je me sentis un étranger dans cette maison, un
étranger monolingue dans ce pays. Un autre monde, une
autre identité m'attendaient auxquels j'étais condamné pour
toujours. Mais mes rêves au sujet de Faye, de Donald Verulam et ma mère ne faisaient que souligner combien j'avais
désiré m'en échapper. Je ne pouvais pas retourner à la maison, dans un appartement vide et sombre, chez un père peu
aimable, en tout cas pas dans mon état d'esprit actuel. J'en
fus réduit à une solution cartésienne : ne pouvant être sûr
de rien, je choisis donc de m'en remettre uniquement à
moi-même.

Croissance et pourrissement. Quelque chose avait pourri
en moi et il me fallait croître à nouveau. Hamish m'assura
plus tard que j'aurais dû appliquer le calcul à mes problèmes. Il ne plaisantait qu'à demi. « Le calcul, dit-il, est
l'étude du changement permanent. » Mais je n'étais pas
mûr pour ses théories, à l'époque. Les superbes mystères
des maths et de la physique – leurs secrets profonds – ne
m'indiquèrent aucune direction particulière à prendre à ce
moment-là. Hamish, je le savais, sentait qu'il faisait route
vers une lumineuse révélation, mais moi j'étais toujours un
novice ignorant. J'avais instinctivement conscience de
l'existence de quelque chose, là-bas ; je pouvais sentir la
portée et la potentialité des nombres, reconnaître leur puissance, mais j'étais encore aveugle à leurs vérités. L'étape
suivante de ma vie devait m'apprendre à mieux les perce-
voir.

Ma villa est très isolée, adossée à la colline qui me sépare
du petit village tout proche. Si je monte de quelques pas
sur cette colline et m'avance prudemment sur le bord d'un
rocher qui surplombe la mer, j'ai une bonne vue, à l'oblique, de la maison de mon voisin. Elle possède une grande
terrasse avec une piscine (pleine).

Le propriétaire est un Allemand – Herr Gunter. Cette

villa était restée vide durant des années. Puis, voici dix-huit mois, il l'a achetée et y a installé une piscine. Il a une progéniture adulte abondante qui lui rend visite pendant plusieurs semaines, l'été. Deux filles célibataires, deux fils mariés, des belles-filles, les « boy-friends » des filles, et quatre ou cinq petits-enfants.

De la plate-forme de mon rocher, je les vois tous s'ébattre autour de la piscine – des jeunes gens bruyants, en pleine forme. Les filles sont séduisantes (le mot même de « fille » est séduisant pour moi aujourd'hui) mais, étant allemandes, elles remuent en moi de vieux souvenirs gênants. J'ai réussi à les éviter presque tout l'été dernier. Je les intrigue. Elles essaient de me parler quand nous nous rencontrons au village mais il me semble que le passé nous assiège, joue des coudes derrière nous comme une foule hostile ou une meute de chiens errants... Tout ça est un peu fatigant. Je marmonne quelques civilités décousues et je m'en vais.

Autour de cette villa, il y a beaucoup de lézards. De minces créatures aux allures de serpents, d'un vert olive brunâtre rayé d'un trait de craie blanche. Voici quelques mois, quand ma piscine avait encore de l'eau, un de ces lézards – un petit, dix centimètres de long – est tombé dedans. Je l'ai aperçu au fond et je l'ai repêché avec l'épuisette à long manche que j'utilise pour débarrasser la surface des feuilles et des insectes. A ma surprise, il vivait encore, sa bouche s'agitait de minuscules bâillements. Je l'ai posé sur le rebord de la piscine avec une grande feuille dessus pour lui faire un peu d'ombre. Au bout d'une demi-heure, complètement rétabli, il a détalé vers les rochers.

Dans l'univers des lézards, dans l'ordre de la nature saurienne, ce sauvetage et cette résurrection ont dû sembler tenir d'une intervention divine, de la sorte la plus miraculeuse et la moins explicable. Des choses aussi fantastiques arrivent dans notre monde aussi, je le sais. Mais à cette étape de ma vie, en mai 1916, je me sentais comme ce lézard. J'étais tombé dans l'eau et je sombrais au fond. Il me fallut attendre un certain temps ma délivrance.

Il fait encore insupportablement chaud. Hier, Herr Gunter est arrivé avec sa famille. Je crois que je vais prendre mes jumelles pour aller regarder ces robustes corps blancs virer au brun.

3

L'homme de l'extrême gauche

Je fus le premier homme sur le front de l'Ouest. Littéralement. Quand j'arrivai en France – août 1916 –, la ligne des tranchées s'étirait de la Manche à la frontière suisse. Le front de l'Ouest commençait à Nieuport, en Belgique, sur la côte. Il y avait la mer, la plage avec ses champs de mines et ses barbelés et puis, dans les dunes, s'amorçait la ligne des tranchées.

Debout, appuyé contre l'extrémité fortifiée de la ligne alliée, je regardais vers l'est en direction des Allemands. A ma gauche, se trouvaient la plage et la mer et, sur ma droite, un système de tranchées de près de mille kilomètres de long. J'étais tout au bout d'un serpent ténu déplié mollement à travers l'Europe. Cela me faisait un drôle d'effet d'être là, un effet presque physique. Le côté gauche de mon corps, par exemple, me paraissait inhabituellement léger – impalpable, détaché. Mais mon côté droit se sentait lourd de l'immense poids de la chaîne dont j'étais le premier maillon. Toutes les armées de Belgique, de France et de Grande-Bretagne s'étalaient comme la queue d'une comète à partir de mon côté droit. Les Belges appelaient cette position celle de *l'homme de l'extrême gauche.* C'était plus qu'une simple description : comme une participation à une métaphore. Je me surprenais souvent à me masser inconsciemment l'épaule droite. Et, bizarrement, mon côté gauche avait toujours froid, comme si je m'étais trouvé dans un puissant courant d'air venu de la mer.

Les tranchées allemandes se situaient à moins d'un kilomètre, à Lombartzyde, dans la direction d'Ostende. Entre nous s'étendaient de jolies dunes et de solides enchevêtrements de barbelés. Un secteur calme au point d'en être quasiment inerte. Cette extrémité nord du front de l'Ouest était à strictement parler sous la responsabilité de l'armée belge mais, pour une raison quelconque, on nous avait envoyés remplacer une de ses unités. Personne, en fait, ne savait quoi faire du 13ᵉ (Public School) bataillon d'intendance du Duke of Clarence's Own South Oxfordshire Light Infantry.

Dès le début de la guerre, une brigade des universités et collèges avait été recrutée, formée entièrement de volontaires. Les quatre bataillons la composant devinrent les 21ᵉ, 22ᵉ, 23ᵉ et 24ᵉ bataillons des Royal Fusiliers. Toutefois, l'ardeur à s'engager était telle que le Conseil de l'Armée avait permis à d'autres régiments de lever des bataillons d'ordonnance de même composition et financés par des fonds privés. Le Middlesex Regiment, par exemple, possédait un bataillon d'anciens élèves de « Public School » – le 16ᵉ. Et le Duke of Clarence's Own South Oxfordshire Infantry aussi. Son 13ᵉ bataillon, constitué au début de la guerre par des garçons venus des collèges de la vallée de la Tamise et ses environs – Eton, Marlborough, Radley, Saint-Edwards – et par le trop-plein de la brigade universitaire. Mais, à mesure que la guerre avançait et que le rythme des pertes d'officiers dépassait celui des arrivées, les simples soldats du bataillon, ainsi que Peter Hobhouse me l'avait expliqué, s'étaient retrouvés en grande demande en tant que matériau potentiel d'officiers. Dès 1916, il ne restait que peu de bataillons, et ceux-ci se retrouvaient très diminués en effectifs, le flot initial des recrues s'étant tari. En Angleterre, des compagnies de dépôt continuaient à prétendre recruter mais, en réalité, c'en était fini des bataillons scolaires. Je crois que mon contingent fut parmi les derniers recrutés. Ensuite, n'importe quel collégien avec un peu de toupet put trouver sans grande difficulté une place dans un régiment traditionnel.

Les raids constants sur nos effectifs présentaient un problème supplémentaire. Nos officiers furent les premiers à partir, puis les sous-officiers, et finalement tout deuxième classe modérément capable se vit offrir une commission de gradé, le reste se trouvant obligé de remplir le rôle de ceux qui étaient partis. En conséquence, notre niveau de perfor-

116

mance – du point de vue militaire – demeura constamment très bas. Au moment où je m'engageai, nous n'étions plus qu'une bande réduite de ratés sans intelligence ni initiative, tous venus de collèges mineurs (la franc-maçonnerie des anciens élèves opérait dans l'armée aussi : seules comptaient les relations). En tant que soldats, nous n'étions pas très demandés.

Moi-même je fus étiqueté comme pratiquement au-dessous de la norme du point de vue scolaire. L'étrange curriculum de l'Académie Minto me fit de nouveau du tort. J'avais menti sur mon âge, et je ne possédais aucune qualification. Je vis le sergent du bureau de recrutement inscrire PMO sur ma fiche. Pas Matériau Officier. En fait, j'eus du mal à convaincre ce détestable individu que l'Académie Minto était vraiment un collège. Après qu'il eut compulsé vainement l'annuaire des « Public Schools », je réussis à le persuader qu'il en existait une édition écossaise séparée dans laquelle figurait à coup sûr l'Académie.

J'étais en revanche le matériau idéal pour le 13e bataillon tel qu'il se composait à présent. Minto avait refusé toute préparation militaire à l'école et je ne possédais donc aucun des talents les plus rudimentaires d'un soldat. J'étais de surcroît, à l'époque, extrêmement déprimé et me montrais généralement maussade et apathique. Ce ne fut que grâce à la recommandation de Peter auprès du colonel O'Dell que je fus accepté à la fin de mon séjour dans le camp de formation de base.

Je ne me rappelle pas grand-chose de ce camp. Qu'il se trouvait près d'Oswestry, voilà tout ce dont je peux me souvenir. Un endroit triste, sans intérêt, où, en compagnie d'un millier d'autres recrues, j'appris à marcher au pas, à tenir un fusil, à me servir d'une baïonnette et d'un masque à gaz. Nous passâmes des jours entiers à simuler des attaques de section sur des tranchées et des positions fortifiées tandis que les instructeurs faisaient exploser des fusées à blanc et nous criaient dessus. A ce stade, je ne fis ni beaucoup d'efforts ni beaucoup d'amis. Je voulais simplement en terminer et m'en aller tout en continuant à couver mon chagrin et ma honte.

Il m'est difficile de me rappeler ces heures affreuses,

après que Donald Verulam m'eut donné la véritable explication des allusions contenues dans les lettres de ma mère. A de tels moments d'intense désespoir, le cerveau ne fonctionne pas normalement. Ce qui est tout bénéfice pour l'organisme. Nous pouvons nous remémorer certains vieux chagrins, certaines vieilles hontes, certaines jalousies – mais pas tous. Ce serait trop difficile à supporter. Il n'y a rien dans ces sensations fiévreuses, génératrices de chair de poule et de sueur, que j'éprouvai alors, dont je voudrais jamais me souvenir. Ce jour-là, je devins brusquement hébété, souriant gentiment, faisant, si nécessaire, des commentaires qui n'engageaient à rien, tout en repassant furieusement au crible des idées que je me faisais de moi, rejetant une romance imaginaire pour une réalité banale et décevante. Donald et moi continuâmes notre promenade, lui troublé et inquiet, moi lui fournissant pour le rassurer de fausses réponses peu convaincantes. Sans trop savoir comment, je survécus à la soirée. La nuit fut consacrée à une implacable autocritique. Le lendemain matin, j'annonçais que je retournais à Édimbourg. Je fis mes bagages, mes adieux et pris un train pour Londres. Je descendis à Oxford, attrapai un autre train pour Marlborough où je me présentai au bureau de recrutement. Quelques jours plus tard, à Oswestry, j'écrivis pour informer chacun de l'endroit où je me trouvais et de mes changements de plan.

Mon père, mon vrai père, ne parut point trop perturbé. Il m'écrivit : « ... ce n'est pas une décision que je t'aurais conseillée mais si tu te sens appelé à servir ton pays, je ne me mettrai pas en travers de ton chemin. Il n'était nullement nécessaire de t'enfuir de l'Académie pour en arriver là. Tu aurais pu au moins penser à me confier tes projets. Mais oublions tout ceci. A la base de cette malheureuse affaire, il semble que tes motifs soient essentiellement louables... » Et la suite, du même tabac. Je ne reçus aucune réponse de Donald Verulam ni de tante Faye.

*

118

Du groupe de nouvelles recrues qui quittèrent Oswestry pour rejoindre le 13e (PS) bataillon d'ordonnance du SOLI, nous fûmes trois à nous retrouver dans la même section. Nous étions, en principe, dans le groupe de bombardement, deuxième section, compagnie D. Avant une attaque, ce groupe recevrait une provision de grenades Mills et nous nous retrouverions à l'avant-garde de tout assaut sur les lignes ennemies. Aucun de nous n'était particulièrement adroit au lancer de grenades. A Oswestry, nous nous étions entraînés avec des pommes de terre. A part ça, nous n'avions que très peu de formation spécialisée. Si je me souviens bien, nous passâmes notre temps à munir les grenades de détonateurs.

Notre progrès vers le front fut lent. Pour commencer, le bataillon se vit rattaché à un régiment de la Division navale qui gardait Dunkerque et pour lequel nous servions d'équipes de corvées. Puis, au bout de deux mois, nous fûmes expédiés à pied au nord de la côte, à Coxyde-les-Bains où nous continuâmes à faire fonction de corvées pour les batteries de sièges de l'artillerie de la Royal Marine, à La Panne. De là, on nous envoyait de temps en temps dans les tranchées, à Nieuport. Ce n'était ni éprouvant ni dangereux. Ici, la guerre était affaire de duels d'artillerie à longue distance. Nous entendions les canons et entendions parfois les explosions – des bouffées de fumée, à l'horizon –, mais cela se passait très au-dessus de nos têtes. Au bout d'un jour ou deux, les canons ne furent pas plus alarmants qu'un orage lointain dans un autre pays : la pluie tombait ailleurs.

Les effectifs du 13e étaient considérablement réduits. Nous étions neuf dans le groupe dit « de bombardement » et, à Dunkerque comme à Coxyde-les-Bains, nous dormions tous sous la même grande tente en forme de cloche. Les trois nouvelles recrues étaient Julian Teague, Howard Pawsey et moi. Nous nous étions installés sur des tapis de sol près du rabattant de l'entrée et nos camarades « grenadiers » étaient, en partant de ma gauche et dans le sens des aiguilles d'une montre, Leo Druce, Tim Somerville-Start, Noel Kite, l'honorable Maitland Bookbinder et deux autres dont j'ai oublié les noms. Ils ne me firent aucune impression. Je me rappelle l'un d'eux, un type pâle qui n'arrêtait pas de lire – Floyd, je crois. Notre commandant de compagnie était un homme plus âgé, un lieutenant nommé Louis McNeice. Les cheveux gris, l'air inquiet, il était connu de chacun sous le surnom de « Louise ». Louise avait été un major dans le Mashonaland Light Horse. Il était rentré daredare d'Afrique en Angleterre à la déclaration de guerre, mais le meilleur poste qu'il avait pu obtenir était le commandement de cette compagnie du 13e, et cela au prix d'une importante perte de grade. Sans aucun espoir de promotion, il avait une peur panique des ennuis. Son autorité sur la compagnie était réduite au minimum, mais il jouissait de la charitable indulgence du colonel O'Dell qui le considérait, à tort, comme un soldat de carrière tel que lui-même.

Le bataillon devait d'ailleurs son existence à O'Dell et au père de Noel Kite, Findlay. Riches tous deux (Kite avait fait sa fortune dans la teinture), ils avaient, en 1914, financé la formation et l'entretien du bataillon (nourriture, uniformes, transports, soldes) de leur propre poche durant plusieurs mois jusqu'à ce que le Conseil de l'Armée le reconnaisse officiellement comme un bataillon d'intendance de la Nouvelle Armée. Nos premiers uniformes – serge bleu marine – furent confectionnés chez Selfridges. Nous avions même notre propre fanfare de cornemuses.

Findlay Kite, convaincu que chaque bataillon se devait d'avoir sa fanfare, avait recruté et payé huit jeunes « pipers » de Glasgow pour se joindre au bataillon. Le Conseil de l'Armée avait refusé de prendre en charge cette dépense qui était donc encore assumée par la famille Kite – à la grande irritation de Noel Kite. Parfaitement conscients de leur position privilégiée, les joueurs de cornemuse refusaient toute autre tâche. Ils vivaient à l'écart de nous, dans des cantonnements douillets (ils recevaient une allocation supplémentaire pour la nourriture et les vêtements lorsqu'ils se trouvaient outre-mer). La vue des « pipers », se baladant autour de leurs braseros en manche de chemise semblait la seule chose capable de mettre en rogne Noel, d'ordinaire placide jusqu'à l'inertie. « Flemmards de culs-terreux ! » les appelait-il, et il écrivait régulièrement à son père pour réclamer la dissolution de la fanfare. Mais son père et le colonel O'Dell lui opposèrent toujours leur veto – l'idée d'un bataillon anglais doté d'une fanfare écossaise leur plaisait. Cela donnait au 13ᵉ un vernis instantané de vieille tradition, prétendait O'Dell.

Quelques jours après mon arrivée à Dunkerque, un planton vint m'annoncer que le colonel voulait me voir. Je me rendis au QG du bataillon, inquiet à la pensée que mon père, revenant sur sa décision, exigeât mon retour. Mais pas du tout. O'Dell était un type chauve, enjoué, avec une petite moustache blonde frisottée.

« Bienvenue à bord, Todd. Cousin de Peter Hobhouse s'pas ? Il m'a écrit.

– Oui, mon colonel.

– Todd... Todd... Vous deviez être à Fetter's, alors. La maison de George Armitage.

– Pardon, mon colonel ?

– Non, non. J'y suis maintenant. Gallway. Je n'oublie jamais un visage. Épatant que vous soyez ici. On aurait besoin de quelques Stanburians de plus, peux vous le dire. »

Je ne le corrigeai point.

« Vous vous rappelez la devise ? *Plutôt fort que piquant** C'est ça l'idée.

– Oui, mon colonel. »

A Dunkerque, en dehors des corvées pour la Division navale, nous fûmes envoyés en marches d'entraînement avec Louise dans la campagne chaude et poussiéreuse des alentours. « Des balades », comme disait Maitland Bookbinder. Nous fûmes soulagés de partir sur Coxyde-les-Bains pour prendre position à l'extrémité du front belge. Au son aigu des cornemuses, nous traversâmes des villages dévastés, sous les regards sans curiosité des quelques habitants venus nous voir passer. Dès que nous approchions de ces hameaux, on observait une nette réanimation de nos rangs : notre pas lourd se faisait allègre, nos képis prenaient des angles extravagants. Sur son vélo, Louise pédalait à côté de nous en nous implorant de jeter nos cigarettes. « Paâs de

---

* En français dans le texte. *(N.d.E.)*

cibiches les gaârs, disait-il avec son accent sud-africain. Ça fait pas militaire. Allez, va, jetez-moi ces claôpes ! » Nous continuions sans nous en soucier. Louise renonça vite. Il n'avait jamais fréquenté de collège – non pas que cela nous importât – et je pense qu'il se sentait socialement mal à l'aise avec nous. Chose étrange, chaque fois que nous passions dans un village, nous récoltions une escorte de quatre ou cinq chiens qui, le nez et la queue en l'air, gambadaient autour de nous sur un ou deux kilomètres avant de nous abandonner.

C'est de Nieuport que je date le commencement de ma carrière militaire. A Dunkerque, nous n'étions guère plus que des domestiques et des ouvriers assignés aux corvées de la dédaigneuse Division navale. En réserve à Coxyde-les-Bains, ou dans les tranchées à Nieuport, nous eûmes au moins l'impression d'être davantage des soldats. Nous faisions face à l'ennemi, après tout, quoique dans des conditions plutôt agréables. C'est là aussi que je commençai à me débarrasser du cocon de morosité et de haine à mon égard qui m'emprisonnait depuis ce week-end noir à Charlbury. J'en émergeai peu à peu. Je repris une fragile confiance en moi. J'entamai une correspondance avec Hamish et appris ainsi les événements qui avaient suivi mon départ de l'école.

Notre plan avait bien marché. On ne s'aperçut de mon absence que le lendemain. Angus fut expédié à la gare de Galashiels et parcourut la ligne de bas en haut à la recherche de mes traces. On découvrit rapidement le rôle de Hamish qui fut dûment fouetté. « ... ce fut aussi rude que tout le monde l'avait dit. Je ne crois pas avoir jamais eu aussi mal. Mais ce fut une expérience utile. Maintenant, je sais ce qu'être battu sans merci veut dire. (Minto est parfaitement dingue, j'en suis sûr.) Ça ajoute à mon instruction. » Il semblait presque reconnaissant, comme si je lui avais ouvert des horizons. Mais j'en retirai un sentiment de culpabilité.

Notre routine, à Nieuport, n'était pas compliquée. Deux compagnies tenaient le front pendant une semaine puis étaient relevées par les deux autres. Les compagnies au repos occupaient la réserve du bataillon (un verger) à Coxyde-les-Bains et, à l'occasion, fournissaient des corvées pour les artilleurs de la Royal Marine. Après que chaque compagnie avait passé un total d'un mois sur le front, nous étions renvoyés au dépôt de la brigade à Wormstroedt, à quelque distance de là, à l'arrière du secteur britannique. Quoique morne, la vie à Coxyde-les-Bains n'était pas déplaisante. La ville nous était interdite à nous, mais pas aux troupes belges. Un important détachement y tenait garnison, car le roi Albert avait son QG tout près, à La Panne. Nous avions le droit de nous rendre dans un petit village encore plus proche, Saint-Idesbald, qui possédait deux cafés – un pour les officiers, l'autre pour la troupe – mais n'offrait guère de distractions. Nous passions notre temps à enjoliver les cantonnements de la réserve (confection de sentiers de mâchefer avec bordures de pierres chaulées, création de jardinets, construction d'un court de tennis en dur pour le mess des officiers), ou en marches, exercices de tir et interminables séances de sports en tout genre. A trois kilomètres de Saint-Idesbald, il y avait un grand hôpital de campagne belge. Une fois ou deux, nous passâmes devant, à l'occasion soit d'une marche soit d'une course de cross, et nous aperçûmes des infirmières au repos, avec des croix rouges sur leurs tabliers amidonnés, en compagnie de ce que je supposai être des nonnes appartenant à un ordre belge, avec des coiffes extravagantes, des sombreros de toile raide aux larges bords rabattus en plis compliqués. Cette vision excita les plus lubriques d'entre nous – Leo Druce et Noel Kite en particulier – qui décidèrent sur-le-champ de lier connaissance. Il ne résulta pas grand-chose de leurs vains cris de présentation, poussés – à la grande irritation de Louise – tandis que nous défilions au petit trot.

Mon principal plaisir à Coxyde-les-Bains – quand j'en avais l'occasion – était de me promener sur la plage. En quittant le verger pour suivre un sentier au-delà d'une ferme, on arrivait bientôt dans les dunes. Celles-ci évoquaient pour moi l'Écosse, et quand la marée se retirait, l'immense grève plate me rappelait les West Sands de Saint-Andrew à Fife. Parfois, j'allais à l'ouest vers Dunkerque et parfois je prenais à l'est la direction de Nieuport et du front. Je m'arrêtais quand j'apercevais les revêtements et les sacs de sable à l'embouchure de l'Yser, à Nieuport, qui marquaient la position que j'occupais si souvent en tant que *l'homme de l'extrême gauche*. A marée basse, l'ultime extension des barbelés était souvent exposée et j'éprouvais quelquefois la vague tentation de continuer, de contourner en pataugeant les doubles enchevêtrements, puis de traverser le kilomètre ou deux de *no man's land* et de pousser au-delà des lignes allemandes. Là-bas peut-être rencontrerais-je mon homologue allemand, un jeune soldat, un peu malheureux, incertain de son avenir, passant ses heures de repos en de mélancoliques promenades sur le rivage d'Ostende. Peut-être nous dirions-nous « Bonjour » d'un signe de tête avant de continuer notre chemin ? Peut-être lui demanderais-je du feu : *Hast du Feuer ?* Une agréable rêverie...

Un jour, en proie à pareille humeur pensive, je descendis sur la plage. Mains dans les poches, col relevé contre le vent, j'aperçus, légèrement déformé par les reflets sur le sable mouillé luisant, ce que je pris pour un homme courant au bord de l'eau. Absurdement, je pensai tout de suite : est-ce mon *doppelgänger*, mon double allemand venu à ma rencontre ?... Je scrutai la masse sombre confuse, tentant de séparer le corps de son reflet bondissant. Un homme ? Un petit homme. Il se déplaçait en tout cas d'une drôle de façon. Il me donnait l'impression d'un infirme, terriblement courbé, bossu, filant à grandes enjambées boiteuses.

Puis, tandis que je l'observais, l'énigme se résolut d'elle-même. Un chien, plutôt grand, s'avançait dans une sorte de trot, s'arrêtant de temps à autre pour renifler une algue ou un débris avant de se remettre en route. Je le regardai approcher. Puis il me vit et changea de direction. Le petit trot détendu devint un triple galop, oreilles rabattues. Bordel de Dieu ! pensai-je, et s'il s'agissait d'une sorte d'arme secrète des Boches ? Des chiens tueurs lâchés derrière les lignes alliées ? Fous... furieux.

Je baissai les yeux sur mes bottes. Je vais lui flanquer un coup de pied dans la gorge, me dis-je sans grande confiance. Le chien se trouvait à trois cents mètres et s'approchait vite. Je jetai ma cigarette, fis demi-tour et m'enfuis vers les dunes, grandement handicapé par ma longue capote et mes lourdes bottes. Je lançai un coup d'œil par-dessus mon épaule. Merde ! Il fonçait vers moi comme un guépard – tête baissée, queue en l'air. J'entendis le battement précipité de ses pattes sur le sable.

« *Au secours !* gueulai-je à tout hasard aux dunes sereines. *Salôooooooooope !* »

Le chien arriva sur moi alors que je continuais à fuir pesamment et en vain. Sautant dans tous les sens, m'entrant dedans, la langue pendante, fonçant de-ci de-là, s'accroupissant comme une pseudo-bête de proie avec ces manières irritantes qu'ont les chiens quand ils veulent jouer. Je fis halte, rejetai la tête en arrière et, les mains sur les hanches, repris ma respiration à pleines goulées d'air.

Le chien, je m'en rendis compte, était très grand, avec un poil gris mal peigné et une gueule aplatie stupide. Il ressemblait à un lévrier irlandais croisé de setter et de bull terrier. Il s'approcha de moi, la queue en liesse, et m'enfonça sa truffe dans l'aine.

« Fous le camp ! Sale andouille ! »

Je lui flanquai une claque sur le museau pour le chasser. Après ma folle échappée, je me sentais en sueur, en colère et rongé de démangeaisons. J'épongeai mes sourcils et ma moustache. Ma paisible promenade contemplative avait été fichue en l'air par ce crétin de cabot qui, à présent, je le voyais bien, était en train de bouffer du sable.

Le chien à mes trousses, je regagnai péniblement à travers les dunes le cantonnement de la compagnie. Je m'adressai brutalement à la bête (étrange, non, cette manière que nous avons de parler à des animaux stupides).

« Si tu ne me fous pas la paix, je rentre au camp chercher mon fusil et je te tue. »

*

Le chien fut adopté comme mascotte du groupe par les « grenadiers ». Plusieurs fois par jour, Bookbinder et Pawsey lui donnaient en grande cérémonie des boîtes de ragoût

MacConnachie. On lui choisit un nom par tirage au sort (auquel je ne participai pas) et il fut baptisé Ralph – la préférence de Tim Somerville-Start. Je refusai d'avoir quoi que ce soit à faire avec l'animal. A vrai dire, il m'inspirait une certaine superstition – après tout, il était venu des lignes allemandes. Je refusai de l'appeler Ralph, je ne le caressai jamais et chaque fois qu'il faisait caca sous la tente, pissait sur les chaussures de quelqu'un, faisait dégringoler des porte-fusils, des cafetières ou des gamelles, j'élevais la voix pour réclamer avec insistance sa prompte exécution. Mais la bête ne me laissait jamais en paix. Elle venait à moi, s'asseyait près de moi, dormait aussi près de moi que possible. Ce qui suscita une jalousie considérable chez les autres.

« Est-ce que tu nourris Ralph en secret, Todd ? » s'enquit Pawsey.

« Viens par ici, petit, par ici, par ici », appela Teague.

Le chien ne bougea pas d'un poil.

« Je crois que Todd doit avoir une odeur de chien spéciale, déclara Kite. Regardez comme Ralph essaie constamment de lui renifler les couilles ! »

Gros rires.

« Une affinité du Scotch avec les bêtes sauvages, dit Bookbinder.

– De l'Écossais, rectifia Druce. Scotch, c'est pour le whisky.

– Merci, Druce, dis-je. Écoutez, je voudrais tuer cette saloperie. Je le déteste.

– Och ! Aye ! La fureur des Pictes quand on les provoque ! s'écria Somerville-Start. Peut-être devrait-on observer la réaction de Ralph à notre fanfare de cornemuses. Ici, Ralph. Par ici, Ralphie petit. Biscuit. »

Ralph alla vers lui. La nourriture l'attirait toujours.

Mon accent, à l'époque assez marqué et très en contraste avec celui des autres occupants de la tente, suscitait une certaine dose de taquinerie assommante, mais bon enfant. J'étais un peu l'exception dans bien d'autres domaines. Teague et Somerville avaient fréquenté le même collège. La majorité des membres du bataillon venaient d'établissements du Sud de l'Angleterre. Ils connaissaient réciproquement leurs écoles pour la plupart, y avaient des amis, disputaient des matchs avec elles. Personne n'avait jamais entendu parler de l'Académie Minto. A leurs questions, j'opposais des réponses vagues. En outre, ils étaient plus âgés que moi. Pawsey, le plus jeune du groupe, avait dix-neuf ans. Druce et Teague, les plus vieux, en avaient l'un et l'autre vingt-quatre. Ils étaient de surcroît tous anglais et, au début, pour mon oreille non formée, ils semblaient tous parler d'une même voix, comme une bande de Chinois.

Grand, mince, Howard Pawsey avait des cheveux raides séparés par une raie médiane. Chaque fois qu'il penchait la tête, deux mèches lui tombaient sur le front. A mon agacement croissant, il avait pris l'habitude de n'en relever qu'une et de laisser l'autre pendouiller. Il avait le menton fuyant.

Le cheveu blond roux et rare, Noel Kite possédait l'insouciance des gens très riches. Les problèmes matériels de sa vie ayant été réglés, il cultivait une indifférence languissante à l'égard de toute chose. Le cynisme était apparemment le sentiment le plus violent de son répertoire.

Maitland Bookbinder représentait une curiosité : rondouillard, paresseux, cordial, ancien élève d'Eton – on sentait qu'il aurait dû être dans les Gardes royaux. Quand on lui demandait ce qu'il fabriquait dans le 13e, il répondait simplement qu'il avait eu envie de changer.

Quoique le plus énigmatique, Leo Druce était le seul qui me plût instinctivement. Il portait ses cheveux de caramel brun rejetés en arrière, et luisants d'une pommade parfumée spécialement préparée. Intelligent, plus intelligent que nous tous – c'est pourquoi il m'attirait – Druce était caporal-chef et en charge du groupe. Nous autres, nous n'étions que des deuxième classe. Nous nous distinguions des autres soldats de l'armée britannique grâce à deux lettres précédant notre numéro matricule : PS, Public Schools, c'est-à-dire Collèges privés. J'étais le PS 300712.

*

« Où vas-tu, Todd ? »
C'était Louise.

« A la plage.

– Fains bien attintion de ravanir à six heures.

– Pourriez-vous tenir Ralph cinq minutes, s'il vous plaît,
Louise. Juste le temps que je disparaisse.

– Pour l'amour de Dieu, min vieux, faut pâas m'appeler
Louise ! » Il avait l'air peiné tandis qu'il se penchait pour
retenir un Ralph haletant. « Et si le colonel entendait. Ne
sois pâas aussi sâalemin égoïste.

– Pardon, mon lieutenant.

– Ban, c'est mieux. Tire-toi. J'aâ l' chien. »

Nous étions à la fin de mars 1917, une journée froide et
venteuse, mais claire. Les arbres demeuraient nus, seules
les haies bourgeonnaient le long de mon sentier menant aux
dunes. Nous stationnions à Coxyde-les-Bains depuis plus
de cinq mois. Un an presque s'était écoulé depuis ce pénible
week-end à Charlbury. Ignoré de tous, mon dix-huitième
anniversaire était venu et passé une semaine auparavant. La
guerre semblait devoir continuer pour toujours et, pour ma
part, j'avais l'impression que nous resterions aussi à
Coxyde-les-Bains toute la vie à garder notre étendue de
dunes.

A travers mes jumelles, j'avais aperçu l'ennemi se promenant le soir autour de ses parapets. Personne ne se mettait à l'abri dans ce secteur paisible. Nos tranchées étaient
immaculées : propres, solides, avec des bancs de tir super-
bement charpentés et des abris tapissés de planches. Dans
chaque niche de tir se trouvaient des seaux rouges contenant
de l'eau et du sable et tout notre matériel était huilé et
graissé pour éviter l'effet corrosif du sel des vents marins.
Nous, les troupes, nous étions bichonnés, bien nourris et
reposés. Seuls Teague et Somerville-Start se rongeaient
d'impatience. Teague paraissait en fait quasiment fou de
frustration. Il demandait sans arrêt au colonel O'Dell de le
faire nommer officier dans un autre régiment, mais O'Dell
s'y refusait toujours poliment. On lui avait pillé sans ver-
gogne son bataillon depuis des années et il n'était pas prêt
à permettre d'autres déprédations.

Pour ma part, j'étais assez heureux. Il me semblait vivre
dans des limbes agréables, coincé parmi des gens et dans
un endroit qui ne m'imposaient que peu d'inconvénients.

Je n'avais aucune idée de ce que l'avenir me réservait et, à l'époque, ne m'en souciais nullement. J'avais même vu mon premier mort, un sergent de la compagnie A écrasé par un camion qui apportait deux tonnes de pommes de terre à la cambuse. Physiquement, j'avais changé aussi. J'avais atteint ce que je découvris plus tard être ma taille définitive, un mètre soixante-quinze, je m'étais étoffé, avec un corps solide et bien musclé. La moustache, que j'avais commencé à laisser pousser en quittant Charlbury, était devenue un trait familier chaque matin dans mon miroir à raser : abondante, bien taillée, lustrée. Je paraissais plus que mon âge. Le principal cauchemar de ma vie s'incarnait en Ralph, le chien qui, à mesure que les semaines passaient, semblait s'attacher perversement davantage à moi. Jamais homme ne montra moins de sentiment pour un animal que moi pour Ralph, mais mon indifférence semblait lui faire l'effet d'un excitant. Même quand il mangeait du pain et de la confiture dans les mains de Teague, il s'arrêtait – tout en mastiquant – et jetait un coup d'œil en arrière pour s'assurer que j'étais bien là.

Je descendis le sentier menant aux dunes. J'entendis derrière moi un cliquetis de galets et un halètement familier. Je me retournai. Cette gueule aplatie de terrier, ce regard humide imbécile – Louise avait dû le relâcher trop tôt. Je ramassai des cailloux et les lui jetai. Une pierre frappa sa croupe et il hurla. Sa queue remua de plaisir masochiste. Je me remis en route. Le chien se remit à trotter à un mètre derrière moi.

Je grimpai le chemin sableux qui menait à la crête des dunes. Le ciel s'était couvert, diffusant une lumière argentée qui effaçait les ombres. La marée était basse. Je m'assis, allumai une cigarette et fixai des yeux la mer couleur d'étain. Ma vie était réglée, routinière, rangée, mais je me sentais en émoi. J'étais de nouveau amoureux. Amoureux d'une fille prénommée Huguette.

Lors de notre premier séjour dans les tranchées de Nieuport, nous avions été rappelés deux fois à la réserve de la brigade à Wormstroedt. Wormstroedt était un gros village, ou un petit bourg, à trente bons kilomètres en arrière du front. Il avait connu avant la guerre une certaine prospérité, grâce à la présence d'une usine de tabac. Celle-ci était désormais hors d'usage, une aile ayant été détruite au cours d'un bombardement durant l'avance allemande de 1914. Nous y logions dans de hautes pièces sans aération qui sentaient fortement le tabac. Nous couchions sur des châlits de bois, soixante par chambrée comme dans un vaste dortoir. Une permission à Wormstroedt était préférable à nos heures de repos à Saint-Idesbald, n'était-ce que pour la plus grande liberté que nous avions de nous promener alentour. On y trouvait un cinéma installé sous une tente dressée sur la place principale en ruine, et une bonne douzaine de cafés et de restaurants. Les hommes du 13e avaient tendance à fréquenter un grand estaminet commodément proche de l'usine et tenu par une famille belge qui tirait un excellent profit de la guerre. Ses nombreux membres s'étaient adaptés aux goûts des soldats britanniques. Œufs au plat et pommes de terre frites composaient le menu habituel, et il n'était pas extraordinaire pour nous de commander six œufs à la fois. Nous pouvions aussi y déguster du maquereau mariné ou du bacon, de la hure, du pain et de la margarine, de la marmelade ou du fromage, du gâteau de riz ou du roulé à la confiture. On nous faisait même du thé – une tâche qui revenait à Huguette. Le thé était bouilli dans d'énormes bassines de cuivre et généreusement sucré. Huguette y ajoutait du lait condensé en perçant plusieurs trous dans des boîtes qu'elle laissait ensuite tomber dans le thé en ébullition. Les étiquettes se détachaient des boîtes pour venir flotter à la surface des bassines où elles formaient une écume originale et multicolore.

Huguette était la sœur, la cousine ou la nièce du propriétaire. Elle devait avoir seize ou dix-sept ans. Elle était grassouillette : déjà un tendre double menton pendait sous sa mâchoire. Elle avait des cheveux noirs et une nette moustache de poils minuscules au-dessus de la lèvre. Mais elle était jolie, dans le genre boudeur, enfant gâté. Je la revois perçant, impassible, ses boîtes de lait avec une sorte d'épissoir d'acier et les expédiant par-dessus son épaule dans les remous sablonneux du thé sans jamais tourner la tête.

L'estaminet était grand et toujours plein de monde. Plus de cent personnes pouvaient s'y tenir sans difficulté. Lors de ma première visite, j'attendais en tête de file tandis que Huguette allaitait une nouvelle bassine de thé. Elle avait travaillé toute la journée. Sa robe vert tilleul, sans forme, trop étroite aux emmanchures, se mouillait d'une sueur fraîche que je sentais, claire et légère, à travers les strates d'odeurs – fumée, graisse, œufs, thé – qui imprégnaient l'atmosphère. Debout près d'elle, tout en évaluant la grosseur de ses seins, je la humai. Sa senteur aiguë aiguillonnait mes poumons comme une pique. Elle remua le thé avec une louche en bois d'un mètre de long. Les boîtes de lait condensé s'entrechoquèrent avec un bruit mat dans le breuvage marronnasse.

« *C'est formidable...* lançai-je. *Le thé. Pour le soif**. » Elle me dévisagea avec incrédulité.

« *Vous croyez ?* dit-elle. *C'est pas vrai !*

– Oh, yes – *oui*, dis-je. *Votre thé...* » J'embrassai le bout de mes doigts réunis, une mimique gourmande.

Elle se retourna pour dire quelque chose à son père ou son oncle et ils éclatèrent de rire. Je fis comme eux. Mais le résultat de cet échange fut qu'elle se souvint désormais de moi. Je mangeai là tous les jours – des œufs au plat et des frites, arrosés de litres de son abominable thé.

« *Oh, voilà monsieur Thé*, dit-elle lorsque je revins pour ma troisième dose. Tea. Ver'good. Très bon. Vous aimez... » Elle rit.

« John. John James Todd. My name. Mon nom... » Un silence puis : « *Votre nom ?*

– Huguette », répondit-elle en ouvrant le robinet de la bassine. Du thé fauve moussa dans mon quart d'émail.

Aujourd'hui, en contemplant le sable couleur de thé, je songeais à Huguette. Je ne retournerais pas à Wormstroedt avant presque deux mois. Je me demandais si je pourrais tenir aussi longtemps, si mon stock d'images soigneusement engrangées nourrirait deux mois de masturbation. Peut-être pourrais-je persuader Louise de m'envoyer à la réserve de la brigade sous le prétexte d'une mission fallacieuse... Peut-être... A ma surprise je découvris que je tenais Ralph par la peau du cou et que je lui grattais distraitement

---

* Italiques : en français dans le texte. *(N.d.E.)*

131

les oreilles depuis Dieu seul savait combien de minutes. Il me fixait de son regard humide. Un filet de salive lui dégoulinait des bajoues. Je le repoussai violemment et il dégringola la dune jusqu'à la plage. Il se remit sur ses pattes et secoua le sable de ses poils.

« Fous le camp ! » hurlai-je. Je me laissai glisser au bas des dunes, m'avançai vers le lointain rivage. Les yeux sur mes bottes et mes bandes molletières, je sentais la serge rêche de mon pantalon me gratter l'intérieur des cuisses. Je sortis une cigarette un peu tordue d'une de mes poches et me tournai à l'abri du vent pour l'allumer. Je poursuivis ma marche. Ciel plat, sable plat, mer plate. J'étais la seule chose verticale de mon univers. Tout ce qu'il y avait de plus simple. Je me sentais étonnamment bien. Tout à coup, je me sentais fort. J'étais enfin un adulte, un soldat, avec ma grosse moustache et mes rêves d'Huguette, mon amoureuse. Je souris... Où était passé ce sale cabot ? Je cherchai des yeux un caillou à lancer.

Ralph n'était plus à ses trois pas réglementaires derrière moi. Je l'aperçus à deux cents mètres de là, bondissant en direction du front et des lignes allemandes, courant le long de la mer, son corps se confondant parfois avec son reflet, repartant vers l'endroit d'où il était venu.

« Vas-y ! lui criai-je. *Traître !* Je le savais ! Je le savais foutrement bien ! »

« Bon débarras, marmonnai-je. Enfin il a compris. »

J'atteignis le bord de l'eau. Le temps était calme, un léger ressac venait mourir sur les rides du sable luisant. Je tournai le dos à Ralph et à l'est et repartis à l'ouest en direction des minuscules silhouettes des villas en ruine et des cabines de bains de Dunkerque-Est.

Je dus marcher plus d'un kilomètre avant de les voir. Le soir tombait et je m'apprêtais à faire demi-tour quand j'aperçus ce qui, au premier abord, semblait être un tas de rochers pâles et lisses sur lesquels les vagues se brisaient. Puis je vis qu'ils se balançaient au rythme des vagues. Je m'avançai. Une force étrange, menaçante, semblait m'obliger à me hâter... Des marchandises ? Balayées par-dessus bord au cours d'une tempête ? Dans la lumière nacrée de l'après-midi à son terme, je m'approchai rempli d'une horrible curiosité.

Ils étaient huit noyés, blottis les uns contre les autres par la marée montante, comme pour plus de confort. Nus ou presque, pour la plupart. Un homme portait encore sa chemise, un autre ses bottes. Je fus frappé par leur tranquillité inerte. Je n'éprouvai aucun choc durable. Je les comptai. Huit. Ils ressemblaient à des gens profondément endormis : sans expression, intacts, nullement atteints par la terrible aventure qui les avait jetés sur ce rivage. Je vis le tatouage d'un bras, les replis d'un ventre, l'imprimé sombre des poils pubiques sur des aines blanc-bleu. Les vagues firent se retourner un corps qui lança un bras sur le sable comme à la recherche d'un point d'appui.

« Jésus ! » dis-je tout haut.

Je scrutai du regard la plage déserte. Je me trouvais à égale distance des villas de Dunkerque-Est et de l'embouchure de l'Yser. La grisaille dense du crépuscule paraissait s'épaissir et se condenser autour de moi. Les corps pâles enchevêtrés se soulevèrent comme un seul homme et remontèrent de quelques centimètres sur la grève.

Je courus vers les dunes. Une bataille navale ? Une mine ? Un bateau coupé en deux, les occupants endormis du poste d'équipage précipités dans la mer du Nord ? Je sentis une sorte de crispation dans le gosier. Je me raclai la gorge et crachai.

Il y avait des barbelés sur ces dunes. Je découvris le sentier en zigzag et remontai en trébuchant jusqu'à la crête. Je dégringolai à travers les ajoncs et les genêts puis je courus le long d'un champ de choux dont l'odeur de cuisine me donna la nausée. J'associai soudain ces relents à ces hommes morts lavés, propres... A travers une haie d'aubépines, j'atteignis un chemin de charroi. Je continuai à courir. Un vieil homme était assis sur le seuil d'une chaumière à moitié démolie. Je fis halte. Comment disait-on « noyés » en français ?

« *Morts !* m'écriai-je, haletant. Eight, *huit morts !*

– *L'hôpital.* » Il fit un geste vers le bout du chemin. Il avait un œil qui disait zut à l'autre et semblait coincé au beau milieu d'un clignement interminable.

Je me souvins. L'hôpital de campagne de Saint-Idesbald. Je fis demi-tour et repris ma course.

Je pénétrai dans l'enceinte de l'hôpital par un des côtés, et tombai sur l'arrière d'une rangée de fourgons à chevaux que je contournai pour me retrouver dans un quadrilatère formé par une douzaine de grandes tentes vert olive. Une infirmière sortait de la première.

« *Huit morts... dans la mer !*

– Je parle anglais, dit-elle avec sang-froid et un accent parfait, mais immédiatement reconnaissable comme étranger.

– Huit hommes noyés, dis-je, sur le rivage. » Ça ressemblait à une comptine.

*

Je ramenai l'infirmière et trois nonnes sur la plage. Une ambulance suivait avec civières et brancardiers. La marée continuait à monter, mais nos cadavres étaient toujours enlacés. La lumière du crépuscule perçait de jaune citron le gris charbonneux des nuages. Le sable paraissait injecté de bleu et de vert. Nous descendîmes jusqu'au bord de l'eau, les bonnes sœurs marmonnant une prière ou des invocations célestes.

« Il vaut mieux les tirer de là », dit l'infirmière. Elle ôta sa montre. Elle n'avait pas de manteau. « Pouvez-vous me garder ça au sec ? » me demanda-t-elle. Je fourrai la montre dans ma poche tout en la regardant, non sans surprise, entrer en pataugeant vigoureusement dans l'eau et, trempée par les vagues jusqu'à la taille, se mettre à hisser un cadavre sur la plage. Les nonnes la rejoignirent. Je remarquai l'incongruité de leurs surplis noirs et de leurs absurdes coiffes en meringue tandis qu'elles se penchaient pour tirer les hommes nus. Des hommes nus... Rien en comparaison de ce qu'elles voyaient défiler dans leur hôpital. Je m'avançai dans l'eau à mon tour. Les corps se brouillèrent devant mon regard trop sensible. Saisir une cheville ou un poignet. Je vis une main souple, élégante – comme celle d'une statue classique – et m'en emparai. Très froid. Mais pas plus rébarbatif que tenir un gigot ou un poulet plumé. Je traînai l'homme sur la plage. Je pris son autre poignet. Il était plus lourd sur le sable, ses talons s'y enfonçaient. Les bonnes sœurs travaillaient à deux sur un cadavre. J'entendis des cris et vis les brancardiers arriver en courant avec leurs civières.

Il faisait presque nuit lorsque la plage fut débarrassée. J'étais aux côtés de l'infirmière. Elle avait un grand visage rond, un nez un peu large, couvert de taches de rousseur très visibles. Je ne pouvais pas voir ses cheveux emprisonnés sous son joli bonnet.

« Que croyez-vous qu'il se soit passé ? lui demandai-je.

– Qui sait ? En tout cas, ils avaient l'air paisible. Ils ne semblaient pas avoir souffert. » Elle me regarda : « J'ignorais qu'il y eût des troupes anglaises par ici. »

Je lui expliquai la présence des artilleurs de la Royal Marine.

« Vous avez une cigarette ? »

Je lui en tendis une et lui donnai du feu. Elle tira avidement une bouffée.

« Les bonnes sœurs n'approuvent pas. Il faut que je fasse attention. » Elle rejeta la fumée par le nez. « Merveilleux. Du tabac anglais ! »

Je me rappelai soudain l'heure.

« Bon Dieu ! Je vais me faire enguirlander ! Écoutez, puis-je citer votre nom ?

– Bien sûr. Je suis infirmière-chef à l'hôpital. Dagmar Fjermeros. »

Je lui fis répéter deux ou trois fois.

« Voulez-vous qu'on vous fasse reconduire en voiture ?

– J'irai plus vite par la plage. »

Je lui dis au revoir et filai.

Furieux, Louise me mit au rapport. Deux heures et quelques coups de téléphone plus tard, mon histoire fut confirmée. Je fus bouleversé par toute l'affaire. C'est l'enchevêtrement des corps qui me troubla le plus, et aussi leur air paisible. Ils semblaient dociles et obéissants dans la mort, parfaitement à leur aise. Mais, pour la première fois depuis mon entrée dans l'armée, j'eus peur. J'eus peur pour ma peau. Ce jour-là, je résolus de faire n'importe quoi pour éviter d'être blessé. Pour ne pas mourir comme ces hommes.

Tandis que mon inquiétude grandissait et que le souci de ma survie occupait le poste clé dans mon esprit, je découvris qu'une autre image commençait peu à peu à réclamer mon attention. Dagmar, l'infirmière... Son visage rond et placide, éclairé par la flamme de l'allumette que je tenais contre sa cigarette. La moue de ses lèvres pleines au moment où elle avalait la fumée... J'avais inscrit son nom dès mon retour. Dagmar Fjermeros. Une Scandinave probablement. J'avais encore son bracelet-montre dans ma poche.

Après cette agitation, la vie reprit son cours normal. Le seul événement notoire fut une revue du bataillon au cours de laquelle nous fûmes requis de rendre nos vieux masques à gaz au phénate-hexane, d'horribles objets, une sorte de cagoule de toile avec des œillères en verre et dont on devait rentrer le bord dans le col de la vareuse. De nouveaux masques, nous informa-t-on, nous seraient distribués dans les jours suivants. Au préalable, et en guise de préparation, le capitaine Tuck, adjudant-major du bataillon, nous ferait une conférence plus tard dans la matinée sur les précautions à prendre contre les gaz et la manière d'utiliser le masque.

A midi et demi, la compagnie D se rassembla pour la conférence du capitaine Tuck. A notre entrée sous la tente, on nous tendit à chacun une sorte de compresse rectangulaire de gaze munie de deux attaches en coton de quarante centimètres de long, et une paire de grosses lunettes de caoutchouc.

Le capitaine Tuck, ancien élève du collège de Winchester, était un homme gai et plein d'allant qui passait sa vie à observer les oiseaux à la jumelle. Il avait sur le visage une expression pincée bizarre, comme s'il était en train de jouer d'un instrument de musique invisible – une clarinette ou un hautbois fantômes. Il nous parla tout d'abord des diverses variétés de gaz – phosgène, chlore et moutarde – et de leurs effets. Avec le chlore, votre visage virait au bleu et vous mourriez noyé dans l'eau produite par vos poumons ravagés. Le phosgène faisait rendre à ces mêmes poumons deux litres d'eau jaunâtre à l'heure. Le gaz moutarde gonflait puis fermait vos paupières, brûlait et cloquait votre peau, avant de vous forcer à cracher vos muqueuses. Tuck énuméra d'autres symptômes effroyables – congestion du larynx, affaissement des poumons, enflure du foie. Je fus proprement atterré.

Un masque à gaz circula parmi nous, que nous essayâmes. Tuck en expliqua le fonctionnement. Il nous informa que tout le bataillon en serait équipé sous peu.

« Entre-temps, dit-il, nous ferons confiance au masque provisoire qui vous a été remis à l'entrée. »

J'examinai la compresse de gaze que je tenais à la main. Je me demandai comment elle m'empêcherait de cracher deux litres de liquide jaune à l'heure. J'éprouvai soudain une peur aiguë, panique. Je revis les cadavres sur la plage. Je jetai un coup d'œil à ma droite et à ma gauche. Tout le monde souriait. Même Tuck.

« En cas, très improbable, d'attaque aux gaz dans ce secteur, voici – d'après ceci – ce que vous devez faire. » Il ouvrit un opuscule et lut : « Quand l'alerte aux gaz est donnée, mettre d'abord les lunettes. Puis imbiber abondamment d'urine fraîche la compresse de mousseline à fromage, ou bien un mouchoir ou une chaussette, avant de l'appliquer sur le visage en s'assurant que la bouche et les narines sont bien couvertes. »

Il s'arrêta pour faire plus d'effet. Son auditoire réfléchit une seconde en silence avant d'exploser en rires sceptiques et cris dégoûtés.

« Messieurs, je vous en prie, hurla Tuck au-dessus du brouhaha. Un dernier conseil... Selon ce document, l'urine des hommes âgés est particulièrement efficace ! Rompez. » Très satisfait de sa performance, Tuck sortit à grands pas de la tente. La compagnie D se montra fort amusée.

Le lendemain, je partis à la recherche de Louise et lui demandai la permission de pédaler jusqu'à l'hôpital pour rendre sa montre à nurse Fjermeros. Il accepta à contrecœur, et me signa un bon que j'échangeai contre une bicyclette dans les magasins de l'intendance. Je dévalai les allées grises sous une pluie fine. Je notai un curieux pétillement dans ma nuque. Je reconnus les symptômes d'une légère euphorie.

Il me fallut vingt minutes pour atteindre Saint-Idesbald. Une sentinelle belge me dirigea sur un bureau, dans une cabane en bois, où j'attendis Dagmar. Elle arriva, en grand uniforme. Je lui tendis la montre.

« C'est très aimable à vous.

– Mais pas du tout... Je me demandais si ces hommes – si vous saviez...

– On pense qu'ils sont hollandais. Un bateau de pêche, peut-être, qui aurait heurté une mine. » Elle haussa les épaules puis sourit : « Puis-je vous offrir quelque chose à manger, monsieur... ?

– Todd. John James. Oui, merci. »

Nous traversâmes l'hôpital, à l'origine une ferme fort imposante dotée de nombreuses annexes. On avait monté de grandes tentes dans tous les recoins possibles, reliées entre elles par des allées de caillebotis. En jetant un coup d'œil à l'intérieur de l'une d'elles, je vis des rangées bien ordonnées de malades sur des lits de camp. Nous coupâmes par la pelouse d'un petit jardin cerné de murs avant d'émerger dans l'allée de graviers qui menait au corps de bâtiment principal. Trois ambulances étaient garées devant la porte. Des gens aidaient à entrer quelques hommes en uniformes sales, avec des pansements d'un blanc presque indécent.

« C'est très calme en ce moment, dit Dagmar. On attend les offensives du printemps. »

J'approuvai d'un signe de tête et je la suivis de l'autre côté de l'allée, vers les écuries. Il y avait une rangée de fourgons à chevaux. Un instant, je fus de retour à l'Académie Minto. J'avais fait halte sans le vouloir, et Dagmar m'attendait maintenant sur le seuil d'une vieille grange. Nous entrâmes. A l'intérieur, le bruit des conversations était faramineux. Convertie en cantine, la grange était remplie de tables à tréteaux autour desquelles, assis, des douzaines de blessés, certains en uniforme, d'autres en pyjama et robe de chambre, mangeaient, buvaient, jouaient aux cartes et –

à en juger par ce que j'entendais – parlaient tous à tue-tête. La fumée de leurs cigarettes montait jusqu'aux poutres nues. Un gros poêle de fonte occupait le centre de la pièce tandis qu'au fond se trouvaient une cuisine improvisée et un comptoir desservis par des nonnes. On m'y offrit une assiette de ragoût, trois tranches de gros pain grisâtres et du café dans un quart en métal.

Dagmar et moi découvrîmes deux chaises libres et nous assîmes. Au milieu des groupes de soldats, on apercevait çà et là des infirmières et des religieuses. J'éprouvai soudain un éclair d'envie pour ces blessés belges, leur bruyante gaieté, leur abondante nourriture et leur entourage féminin. Je regardai Dagmar – elle rentrait des mèches rebelles sous sa coiffe. Elle avait des cheveux d'un joli blond roux.

« Vous ne prenez rien ?

– Non, c'est déjà fait. Je vous en prie, ne vous gênez surtout pas pour moi. »

Je mangeai le ragoût. Une viande au goût curieux à mi-chemin entre le porc et le gibier (c'était de la mule, comme je l'appris plus tard). Nous bavardâmes de choses et d'autres. Elle me raconta qu'elle était norvégienne et qu'elle s'était enrôlée dans la Croix-Rouge en 1915. Je lui révélai un peu de mon passé, ne mentant effrontément que pour lui dire que j'avais abandonné une place à l'université pour m'engager.

« Je crois que vous auriez mieux fait de rester à l'université.

– Je crois que vous avez raison », répondis-je spontanément, travaillé par mes nouvelles appréhensions. Je lissai ma moustache entre le pouce et l'index. Je sortis des cigarettes – des Trumpeters –, lui en offris une qu'elle me refusa avec une grimace ironique. J'allumai la mienne et lui glissai la boîte sur la table.

« Prenez-la, dis-je. J'en ai des tonnes. »

Elle sourit et fourra vivement la boîte dans une poche de son uniforme. L'acte vaguement illicite nous lia comme des conspirateurs. Je sentis la chaleur me monter au visage et une curieuse impression de déséquilibre me ravager un instant. Je contemplai son visage franc, ses taches de rousseur irrégulières... Elle avait posé ses mains sur la table qu'elle tapotait légèrement d'un ongle. J'aperçus des poils fins dorés à son poignet. Je voulus lui demander si nous pourrions nous revoir mais, plutôt que dans ma gorge, les mots semblèrent se former dans mon estomac, comme si seul le fait de vomir avait pu les libérer.

« Je n'arrête pas de penser à ces noyés, dis-je, n'en pouvant plus. Ce sont les premiers vrais morts... je veux dire, de ce genre – des victimes...

– Vous devriez venir passer une journée ici. Nous avons rempli deux cimetières depuis mon arrivée à Saint-Idesbald.

– Bien sûr. Je comprends. Mais c'est simplement que, pour la première fois... » Je lui souris faiblement : « Le calme de ce secteur, c'est très trompeur. »

Elle me regarda dans les yeux.

« Je sais que vous vous en sortirez, dit-elle posément. Je sens ces choses chez les gens. » Elle sourit : « Et j'ai proujours raison.

– Pardon ?

– J'ai proujours raison.

– Ah ! Bien, bien. »

« Proujours. » C'est ainsi que cela sonna à mes oreilles. S'agissait-il d'un défaut de prononciation ? Pensait-elle que c'était un mot anglais, une contraction de « presque toujours » ? Voulait-elle dire « presque » ou « toujours » ? J'optai pour ce dernier. Une bienfaisante sensation de soulagement me monta des entrailles et se répandit dans mon corps, une sorte de fatigue érotique. J'avais sa parole. Je m'en sortirais.

« J'espère, dis-je. Que vous avez raison, je veux dire. »

Elle consulta sa montre.

« Il faudrait que je m'en aille. »

Elle me raccompagna jusqu'à la porte du camp. Je remis mon calot et enfourchai ma bicyclette. Elle se pencha vers moi.

« Merci pour les cigarettes », dit-elle à voix basse. Son haleine douce s'écrasa contre mon visage.

« Allez-vous quelquefois vous promener sur la plage, lui demandai-je, à Coxyde-les-Bains ?

– Moi ? Non...

– Moi, oui, aussi souvent que je le peux.

– Peut-être vous reverrai-je un de ces jours.

– Oui. Parfait... Bon, eh bien, au revoir. »

Je ne pus rien produire de mieux. Je repartis sur ma bicyclette, vexé et d'humeur maussade ; trop maussade même pour m'en vouloir. Au camp, les compagnies A et D jouaient au football, à trente par équipe.

Je rentrai sous notre tente. Teague était là, un pied en l'air, sans chaussette, soutenu par une pile de couvertures.

« Je me suis tordu cette foutue cheville en jouant à ce foutu foot, m'expliqua-t-il, son gros visage rouge et en sueur, et les crans d'ordinaire impeccables de ses cheveux tout ébouriffés. Où diable étais-tu ? »

Je le lui dis. Et racontai comment j'avais rencontré Dagmar.

« Foutue merveille ! s'écria-t-il. Nous voilà ici, censés nous battre contre les Boches. Et l'un va jouer au foot, l'autre déjeuner avec sa petite amie. "Qu'as-tu fait pendant la guerre, Papa ? – Moi ? Oh ! je me suis foulé la cheville au cours d'un match contre la compagnie A." Ça me rend *malade* ! »

Il était sincèrement en colère. Mais je l'avais vu assez souvent de cette humeur pour n'en être pas troublé.

« Tu devrais aller visiter l'hôpital. Tu t'exciterais moins.

– Qu'est-ce que tu en sais, espèce de voyou picte ? »

Teague – surtout immobilisé – ne me faisait pas peur.

« J'en sais que si j'étais toi je surveillerais mon langage, Teague. Ou je pourrais bien te tordre l'autre cheville.

– Dégage !

– Dégage toi-même, andouille ! »

Et ainsi de suite pendant une minute ou deux avant que je ne reparte pour aller voir la fin du match. Je sais que tout cela paraît affreusement puéril, mais souvenez-vous que la plupart d'entre nous sortaient à peine des bancs de l'école et que l'on se chamaillait souvent de la sorte. Nos jurons s'améliorèrent beaucoup avec le temps. Nous prenions exemple sur les joueurs de cornemuse, des types d'une grossièreté entraînante, aux invectives hautes en couleur.

Deux jours plus tard, nous montâmes en ligne relever les

compagnies B et C. Je considérai les tranchées irréprochables d'un autre œil. Leur belle ordonnance avait quelque chose de sinistre, d'insultant presque. Ma rencontre avec les noyés m'avait rendu superstitieusement prudent. Je ne me promenais plus sur le parapet au crépuscule, comme j'en avais eu l'habitude. Je n'exposais jamais ma tête au-dessus des sacs de sable. J'observais les lointaines lignes allemandes à travers un périscope. Je distinguai très nettement les petites silhouettes de nos ennemis aussi indifférents à notre présence que nous l'étions à la leur. Pour la première fois, je complétai l'équation entre moi-même, mon fusil et la cible à mille mètres de là. Puis je la transposai. Conformité. Mon inquiétude grandit.

Un soir, dans l'abri du groupe, Teague et Somerville-Start demandèrent à Druce de persuader Louise de les laisser organiser un coup de main sur les lignes ennemies.

« Mais pourquoi diable ? » s'enquit-il.

Nous écoutions tous attentivement.

« Pour *faire* quelque chose, pour une fois ! s'écria Teague.

— On devient fous d'ennui. Faisons un prisonnier. Interrogeons-le. » Somerville-Start sourit en découvrant ses grandes dents. « Histoire de rigoler un peu.

— Non, dis-je, soudain terrifié. C'est l'idée la plus stupide que je connaisse.

— Elle me paraît un rien zélée, commenta Bookbinder. Moi, je ne me plains pas.

— N'importe quoi pour une vie calme, dit Kite. Qui veut partir à la chasse dans le noir ?

— Vous risquez de vous faire blesser, dit Bookbinder.

— Sale trouillard ! me lança Teague.

— C'est pas de la trouille, c'est du bon sens.

— De toute manière, Louise ne consentira jamais, intervint Druce calmement. Il demandera à O'Dell, et O'Dell dira non. On est en secteur belge ici, pas dans le nôtre.

— Ils sont fous, dis-je à Druce quand les autres furent partis. Fous à lier. »

Druce sourit :

« Un coup de main. Ils ne savent pas de quoi ils parlent. » Il me tapa sur l'épaule. « Continue, l'Écossais, tu auras encore l'occasion de nous sauver la vie. »

Druce me plaisait à cause de cela. Il semblait tellement plus vieux que nous autres ; plus pondéré, plus sceptique, moins agité par les événements.

Cependant, en dépit de la présence de Druce, et tandis que s'écoulait notre sixième mois dans le secteur, mon inquiétude ne cessait de croître. Les noyés m'avaient déstabilisé. La routine irréelle et la nature tolérable de notre vie au front se révélaient ce qu'elles étaient : un abri temporaire. Nous ne resterions pas éternellement dans un secteur calme. Chaque jour nous rapprochait d'une autre affectation possible. Je commençai à spéculer sur la manière de ma mort, dans toutes les horribles versions dont je disposais. Et, derrière cette peur, je nourrissais un autre profond tourment. J'étais toujours vierge et, hormis Oonagh, je n'avais même jamais encore embrassé de fille. L'idée de mourir en ayant si peu vécu, si peu expérimenté, me paraissait outrageusement injuste. Ma rencontre avec Dagmar n'avait naturellement fait qu'exacerber ce sentiment de vide en moi. Dagmar ou Huguette ? Huguette ou Dagmar ? Laquelle choisirais-je ? C'est dans de tels accès de vaines illusions que je passais mon temps. Un fait rendu doublement exaspérant par la difficulté de se masturber discrètement dans les tranchées. J'attendais d'être de veille dans une petite sape d'observation qui s'avançait à quatre ou cinq mètres dans le *no man's land où*, en pure perte, durant quatre heures, j'étais censé monter la garde contre une attaque allemande. (Il s'en produisit une, en l'occurrence, au cours du mois de juillet de cette année-là – 1917 – mais nous étions partis depuis longtemps.)

Extrait de mon journal :

> *23 avril 1917. Druce vient de m'annoncer que je serai de garde de 2 heures à 6 heures du matin. Essayé de dormir dans l'abri, mais me suis sérieusement engueulé avec Teague et S.-Start à propos de « l'ivresse de la bataille ». Teague m'a ouvertement accusé d'avoir tué Ralph. Même Bookbinder et Kite ne semblent pas croire à mon histoire. Plus que huit jours avant le retour à Wormstroedt et Huguette.*

Je me rappelle cette date très clairement. Durant toute ma nuit en sentinelle, les batteries allemandes de Wilskerke arrosèrent le pont sur le canal, à Wulpen. J'apercevais, au-delà des dunes, l'éclair lointain des gueules de canons, mais je ne voyais ni n'entendais les obus tomber. Les clignotements irréguliers et l'écho assourdi des tirs me tinrent, nerveux, sur le qui-vive. Vers cinq heures, la forme du phare en ruine à l'embouchure de l'Yser commença d'émerger de l'obscurité. La nuit avait été chaude, la plus chaude depuis le début de l'année.

J'allai pisser dans un coin de la sape. Ce faisant, je levai les yeux vers le ciel blanchissant et vis les étoiles pâles continuer à scintiller dans un immense champ du plus léger bleu gris. Je me frottai la figure et consultai ma montre. Encore une demi-heure. Un petit déjeuner composé de thé, sardines à l'huile, pain et margarine m'attendait. Je reniflai, crachai, bâillai, fis jouer mes articulations et laissai mon regard errer sur le *no man's land*.

Instantanément, je vis le gaz descendre de Lombartzyde en déroulant sa couche épaisse, blanche et lourde, à travers les dunes. La brise de mer le faisait avancer plus vite sur le flanc gauche, venant me prendre en tenaille. Dense et solide comme de la fumée de bois vert, il effaçait tout sur son passage. Je fis demi-tour et courus de la sape à la tranchée. Là, un gros morceau de poutrelle polie pendait à un crochet, à côté d'une barre de fer.

Je saisis la barre pour taper furieusement sur la poutrelle, à n'en plus sentir mes doigts de douleur. Le son clair et dur du métal contre le métal retentit le long de la tranchée.

« GAZ ! hurlai-je. ATTAQUE AUX GAZ ! »

J'entendis se déclencher d'autres alarmes – sirènes, gongs crécelles – des cris d'interrogation affolés. J'extirpai violemment mes grosses lunettes d'une de mes poches et les chaussai. Je fouillai encore, à la recherche de ma compresse. Pas là ! Je refis toutes mes poches. Rien. *Rien.* J'eus des visions de litres de liquide jaune, de poumons pourris mousseux, de brûlures gonflées à l'hypérite... Je me jetai dans l'abri. Des visages indistincts me crièrent des absurdités.

« Gaz ! beuglai-je. Les gaz ! »

144

Je fouillai à tâtons dans mon paquetage, découvris ma compresse et ressortis tant bien que mal à l'extérieur. Le gaz était à moins de cinquante mètres. Notre groupe sortit en rampant des abris. Rempli de bruits d'alarmes, l'air retentissait d'une panique insensée. Je vis Noel Kite qui avait été aussi de garde essayer, déconcerté, sa compresse. Sèche.

« De l'urine, Kite ! » lui criai-je à lui et aux autres qui s'entassaient maintenant au petit bonheur devant l'entrée de l'abri, le casque sur la tête et le fusil à la main.

« Mouillez les compresses ! Vite ! »

Une peur violente les galvanisa. Les vessies pleines du petit matin se vidèrent fumantes sur les compresses. Je posai mon tampon de gaze sur le banc de tir et, de mes doigts gourds et tremblants, arrachai les boutons de ma braguette. Je vis Teague s'envelopper le visage d'un masque dégoulinant, et Kite, plus délicat, essorer le sien avant de l'appliquer. Somerville-Start, accroupi sur le banc de tir, derrière le parapet garni de sacs de sable, sa queue pendante lumineusement blanche sur le kaki de sa tenue de combat, fixait des yeux sa baïonnette. Je m'efforçai désespérément d'uriner, mais je venais de le faire quelques minutes auparavant. *Rien.* Pas une goutte. Je pouvais sentir l'odeur du gaz pardessus la puanteur acide de l'urine qui remplissait la tranchée. Tout le groupe était maintenant masqué et prêt, sauf moi et Pawsey qui avait ôté sa compresse trempée pour vomir. Je vis Louise à moitié habillé sortir en trébuchant de son abri.

« Que se passe-t-il ? cria-t-il. Qui a donné l'alerte ?

– *Les gaz, Louise !* lui piaillai-je.

– Ne m'appelle pas Louise ! » rugit-il en retour.

La conférence de Tuck me revint en mémoire. *L'urine d'un homme âgé est particulièrement efficace.*

« Je ne peux pas pisser », hurlai-je. J'essayai d'agripper les boutons de sa braguette.

A la vue de ses hommes masqués, Louise s'affola. Il posa sa compresse sur le banc de tir à côté de la mienne, ouvrit en le déchirant son pantalon et arrosa d'un jet dément les deux masques.

« Vite ! criai-je en lui martelant les reins de mes poings. Plus vite ! »

Il était trop tard. Épais et blanc, balayant l'avancée des sacs de sable, le gaz fut sur nous. Frais, moite, presque vivifiant et légèrement salé. Les premières brumes marines du printemps.

Heureusement, aucune des autorités compétentes ne sut qui avait provoqué la panique. Je prétendis moi-même avoir entendu sonner l'alerte dans les lignes belges, sur notre droite. Nous ne souffrîmes parmi nous que de nombreux bleus et égratignures, mais la compagnie A compta deux bras cassés et un bassin fracturé. Furieux, Louise me renvoya à Coxyde-les-Bains en guise de punition. Je dus, à moi tout seul, creuser à La Panne des latrines pour toute une section de fusiliers-marins goguenards. Puis je me joignis à une corvée de la compagnie C pour remplir trois jours durant des sacs de sable. J'avais été accusé d'un manquement de tenue militaire : une conduite inconvenante et inacceptable ayant provoqué désordre et indiscipline dans les rangs. On peut imaginer ma popularité auprès des grenadiers qui n'avaient guère apprécié l'étroit contact avec leurs sécrétions. Il fut difficile de les convaincre qu'il ne s'agissait pas d'une grosse farce. Le capitaine Tuck, qui était l'officier de service le jour où j'allais me présenter à Coxyde-les-Bains, me réprimanda sévèrement pour ma conduite, ajoutant que j'avais fait du tort non seulement au bataillon mais aussi à tous les collégiens de Grande-Bretagne.

« Oui, mais, et si ç'avait été vraiment du gaz, mon capitaine ?

– Mais ça n'en était pas, par conséquent votre remarque est hors de propos. A quelle école étiez-vous, Todd ? Harrow ? Charterhouse ?

– L'Académie Minto.

– Alors, tout s'explique. » Il me congédia.

Le seul résultat tangible de ma fausse alerte fut la prompte distribution, quarante-huit heures plus tard, des nouveaux masques à gaz. Ce dont personne ne me remercia.

Un jour, au cours de ma punition, je rentrais à pied à Coxyde-les-Bains – pelle et pioche sur l'épaule – avec le sergent chargé de superviser ma confection de latrines. Un garçon assez plaisant, vingt ans, myope, qui avait fait un trimestre à Cambridge et s'intéressait à la photographie. Nous discutions des mérites relatifs des plaques sur les bobines de pellicule, moi plutôt distraitement – j'étais sale, mon dos et mes épaules me faisaient mal. Nous traversions un minuscule hameau pratiquement rasé au cours de l'avance de 1914, sur la route La Panne-Dunkerque-Est, quand nous dépassâmes un camion Fiat en botte et rempli d'infirmières. Un chauffeur s'affairait sur le moteur tandis que quelques infirmières attendaient au bord de la route, sous le doux soleil d'une fin d'après-midi.

« Monsieur Todd ! »

Je me retournai. Dagmar. Je lui présentai le sergent qui discrètement et décemment s'éloigna de quelques pas.

« Miss Fjermeros... » Je sentis avec irritation le rouge me monter au visage. J'ôtai mon calot, posai mes outils cliquetants. Le paysan borné saluant la dame du manoir.

« *Fermeros*. Le "j" est muet.

– Pardon. Bien sûr. Comment allez-vous ?

– Que faites-vous ? Vous êtes si sale. Vous avez des ennuis ?

– Non, non. J'ai creusé des feuillées. Rien de sérieux. » Je passai sans nécessité la main dans mes cheveux courts, caressai ma moustache comme si elle avait été fausse et sur le point de se décoller.

« Où allez-vous ? » dis-je. Le soleil tendre sur son visage la rendit à cet instant presque insupportablement belle. J'eus envie de pleurer. J'aurais voulu poser ma tête sur ce tablier amidonné et pleurer.

« Nous sommes transférées. »

Je hochais la tête. Elle mentionna un nom. Je suppose que j'aurais dû m'en souvenir, mais mon crâne était rempli d'un roulement de tambour, comme celui d'une grosse averse sur un toit de tôle.

« Je suis désolée que nous n'ayons pas eu l'occasion de nous promener sur la plage.

– Oui, dis-je.

– Merci de m'avoir rapporté ma montre, l'autre jour. C'était très gentil.

– Je vous en prie. » Mon sergent se racla la gorge. « Il faut que je parte. J'espère que votre camion sera bientôt réparé.

– Oh ! ça n'a pas d'importance. C'est très agréable de rester au soleil. » Elle tourna son visage paisible vers les rayons obliques et ferma les yeux. Je vis les cils dorés iridescents, les fines veines bleues battre sur ses paupières.

« N'est-ce pas... Eh bien, au revoir. »

Elle rouvrit les yeux.

« Rappelez-vous ce que je vous ai dit, monsieur Todd. »

J'aurais pu tout aussi bien rentrer sous l'eau à la nage à Coxyde-les-Bains tant mes yeux dégoulinaient, me brouillant le regard. Incapable de me contrôler, j'éternuai et soufflai bruyamment dans mon mouchoir tout le long du chemin.

« Le rhume des foins », expliquai-je au sergent sceptique.

Ce soir-là, j'écrivis dans mon journal :

> *Dagmar est partie et, avec elle, combien de merveilleuses possibilités ? Vivre, me semble-t-il, n'est rien d'autre qu'un long processus d'aigrissement continu.*

*

> *23 mai 1917. De retour à Wormstroedt au dépôt de la brigade. Tout mon désir pour Huguette est revenu, accru et fortifié par la perte de Dagmar. Je passe tout mon temps à l'estaminet.*

Curieux comme l'œil énamouré transforme. Huguette me paraissait désormais l'image même de la pulchritude. Chaque détail en elle contribuait à l'harmonieux effet du tout. Le duvet sombre sur la lèvre molle, l'épaisseur charnue du haut des bras, les joues rondes, les trois ou quatre plis du cou. Tout ceci me la faisait aimer davantage.

Elle m'accueillit comme à l'accoutumée – sèchement –,

mais au moins elle me reconnut. Elle était manifestement plus grosse que lors de notre dernier séjour à Wormstroedt, mais, dans mon ardeur enflammée, l'idée de grosses cuisses tendres et rondes, d'un gros ventre tendre et rond et de gros seins tendres et ronds me paraissait bien plus attirante que n'importe quoi de svelte et souple. Et il y a, n'est-il pas vrai, quelque chose de séduisant dans l'obésité juvénile, lorsque le trop-plein de chair possède élasticité et fermeté et que rien n'est encore mou ou pendouillant.

Préoccupé comme je l'étais, je ne remarquai qu'à moitié l'accroissement de la circulation dans Wormstroedt. Les énormes voitures-canons traversant constamment la ville, les files de camions, la multiplication des officiers d'état-major dans des voitures pétaradantes, la police militaire, l'arrivée fréquente de nouvelles unités. Dans l'usine à tabac, nous avions doublé nos chambrées afin de faire place à d'autres et, pour la première fois, la puanteur du tabac se noya dans les odeurs de corps humains chauds à l'étroit.

On parla de nous transférer loin de Nieuport. Teague et Somerville-Start se perdirent en conjectures agitées sur les affectations possibles. Ce qui me revint aux oreilles de leurs hypothèses ne fit que tourner davantage mes pensées vers Huguette. Je n'avais plus qu'une idée en tête : je ne devais pas mourir sans l'expérience du sexe. Je participai à quelques matchs, visitai les établissements de bains, touchai mon nouvel équipement, suivis un cours de lancer de grenades, manœuvrai comme une espèce d'automate. Durant mes heures de repos, je m'asseyais dans l'estaminet, buvais l'abominable thé d'Huguette, mangeais des œufs et des frites, tout en la regardant percer des boîtes de lait condensé ou passer, l'air maussade, entre les tables pour ramasser les assiettes et les couverts sur un plateau coincé contre sa cuisse élastique.

Le 3 juin, nous reçûmes l'ordre de retourner à Nieuport où le 13e devrait attendre de nouvelles instructions. Notre séjour en secteur calme était terminé. Le visage de Teague s'épanouit de joie. Je compris que nous ne reviendrions peut-être plus jamais à Wormstroedt. Le dernier jour, je

149

m'attardai aussi longtemps que possible au café. La majorité du 13ᵉ était partie. Il restait encore trois tables d'ingénieurs australiens bruyants qui buvaient de la bière. Les demandes de thé étaient réduites. La tête baissée, Huguette, debout près de sa bassine de cuivre terne, se grattait d'un air préoccupé une verrue sur le doigt. A travers les petites fenêtres, les derniers rayons du couchant rendaient laiteuse la fumée des cigarettes et baignaient d'un éclatant vernis les tables abîmées et le dos arrondi des chaises. Je traversai un rai de lumière pour m'approcher d'elle. Elle leva les yeux.

« *Voilà Tommy. Encore du thé* ?*

– Non, non merci. » Je désignai l'extérieur d'un geste : « *Une minute. Parler ?* »

Elle me jeta un coup d'œil perplexe. Puis elle examina la salle en se mordant la lèvre supérieure, ce qui lui donna une expression simiesque.

« *Pourquoi pas ?* »

Nous sortîmes par une porte latérale dans une petite cour triste. Quelques poules faméliques y grattaient le sol. Nous tournâmes au bout pour nous retrouver dans une allée étroite ensoleillée, envahie par les mauvaises herbes. Par-dessus un mur de briques, j'aperçus l'arrière de l'usine à tabac et ses rangées de fenêtres sales. Huguette me conduisit dans un appentis. Je vis une vieille machine, un hachoir à rutabagas, rouillé, inutilisable. Une faux bien propre, pendue au mur. Au fond, un tas de navets suintants. Par terre, une pile de sacs en jute. Une odeur terreuse de racines – humide, organique, obscure.

Huguette s'adossa au mur. J'essayai de l'embrasser. Je tremblais et je transpirais. Elle me repoussa.

« *Baiser, c'est dix francs* !* »

Je vidai mes poches et lui donnai dix francs. Je pris son gros visage entre mes mains. Lentement, tendrement, je posai mes lèvres sur les siennes.

Sa langue agile, ondoyante, me fit presque hurler de saisissement. J'eus la sensation d'avoir une anguille vivante dans ma bouche. Un piston dans ma poitrine comprimait

---

* En français dans le texte. *(N.d.E.)*

l'air de mes poumons. Stupéfiant. Puis elle me repoussa de nouveau.

Il ne me restait plus que six francs et quelques centimes. Tout mon argent avait filé dans son thé innommable, les œufs et les frites. Je lui tendis mes sous au creux d'une paume moite et affolée. Elle rafla la monnaie.

« *C'est pas beaucoup* », dit-elle en la comptant, un peu boudeuse. Elle mit l'argent dans sa poche, haussa les épaules, prit ma main et la fourra sous sa jupe. Je sentis ses cuisses – chaudes, douces – et fis remonter ma main. Le bout de mes doigts caressèrent des poils – frisés, souples, secs – juste comme les miens. Je lui entourai tendrement l'aine. Il me sembla avoir cessé de respirer. Je vous ferai voir la peur dans une poignée de poils. Mes yeux étaient fixés sur un nœud dans le bois de la cloison de planches, devant moi. Huguette bougea légèrement.

« *Fini ?*
– Yes. *Oui.* »
Je me reculai. Elle parut légèrement surprise.

« Je vous aime, Huguette, dis-je, la voix étranglée.
– *Oh, boff, oui...* "I loave you", *ça marche pas !* » Elle secoua légèrement son doigt. « *C'est une question d'argent**. »

Elle ouvrit la porte. Je sortis dans le crépuscule palpitant. Le soleil tombait sur les hautes fenêtres de l'usine, les transformant en fabuleux miroirs dorés.

Enfin je l'avais *dit*. D'homme à femme. J'avais embrassé. J'avais touché cet endroit secret. Je me sentais léger, étrangement calme. Dans le train qui nous ramenait en tête de ligne à Coxyde, je m'assis sur le plancher du wagon à côté de Leo Druce. Il avait ôté son képi pour le poser en équilibre sur un de ses genoux. Une vague odeur douceâtre s'exhalait de ses cheveux pommadés. Ses traits aimables et fins contrastaient avec la coupe et la serge grossières de sa tenue de combat. Il fit tournicoter son képi.

« Où crois-tu que nous allions ? lui demandai-je.

* En français dans le texte. *(N.d.E.)*

– Sais pas. La Somme ? Arras ? Louise ne m'a pas dit.

– Y a une offensive en ce moment ?

– On dirait. »

Mon estomac se retourna d'inquiétude.

« Je m'en ferais pas si j'étais toi, mon vieux Todd. Ils ne penseront probablement pas à nous. »

Je lui sus gré de ses mots rassurants, aussi peu réalistes fussent-ils. Je voulus lui expliquer pourquoi j'étais angoissé, lui indiquer la véritable nature de mes craintes.

« C'est simplement que j'ai peur – tu comprends – de ne pas en *avoir fait* assez. » Je souris faiblement. « Dans la vie, quoi. » Je me tus, puis repris : « Je veux dire, je n'ai jamais vraiment été amoureux. Comme il faut.

– Eh bien, imagine si tu l'étais. Tu te sentirais peut-être encore pire.

– Je suppose que oui. Je...

– Quoi ?

– Tu sais, cette fille de l'estaminet ?

– Celle qui sert le thé ou celle qui fait la plonge ?

– Celle du thé.

– Et alors ?

– Qu'est-ce que tu en penses ?

– Je ne sais pas... Plutôt obligeante. Très bon marché. Trente francs la passe, ça peut aller.

– *Huguette ?*

– C'est son nom ? » Il se tourna vers Kite. « Hé, Noel, cette moukère de l'estaminet, Todd dit qu'elle s'appelle Huguette.

– Ah... Huguette, répéta Kite, savourant le nom. Tu l'as enfilée, Todd ?

– Oui... oh ! oui.

– C'est la favorite de Bookbinder, dit Druce. Noel et moi, on préfère la plongeuse.

– Ah !

– A ta place, je l'essayerais, si jamais on retourne là-bas.

– Bonne idée. Oui. »

*

152

Je crois que ma santé commença à m'abandonner à peu près à ce moment-là. Soudain, je me sentis constamment malade, terrassé par l'apathie. Ce fut peut-être moins ma santé physique qui déclina que ma santé morale. Je me tenais en piètre estime, dégoûté par ma naïveté, pas tant d'avoir commis une aussi banale erreur sentimentale, mais par ce qu'elle révélait de ma propre vanité. Ce qui me rendit encore moins d'attaque pour notre transfert et plus effrayé de cette « poussée » dont tout le monde discutait. J'étais bien décidé à éviter de monter au front, d'une manière ou d'une autre. Si je pouvais seulement être renvoyé en réserve, ou même à Dunkerque. J'aurais volontiers fait partie de toutes les corvées jusqu'à la fin de la guerre. Je me mis à envisager fiévreusement la désertion ou bien l'automutilation, mais je savais que je n'avais pas le cran nécessaire pour ce genre de décision. Là se trouvait la source de mon apathie. Je voulais agir, mais je manquais de courage devant l'effort requis.

C'est Pawsey qui me donna l'idée. Depuis qu'il avait vomi au cours de la fausse attaque aux gaz, il paraissait pâle et mal fichu. L'alerte l'avait chamboulé. Il prétendait que l'urine l'avait rendu malade, mais c'était la peur. Il était généralement considéré comme un simulateur, surtout par Teague et Somerville-Start. Je l'observai de près et, au bout d'un moment, j'en vins à soupçonner qu'il essayait à moitié de s'empoisonner. Chaque fois que nous sortions, il ne cessait de mâchouiller de l'herbe et je ne le voyais jamais recracher la pulpe. L'air frêle et anémique, il passait sa vie dans les feuillées.

Puis nous apprîmes que nous ferions mouvement dans trois jours – destination secrète. Plus important pour mes projets, le bataillon devait se rassembler par compagnies, la veille de notre départ, pour une inspection par le médecin de la brigade. De quelque part derrière ma tête, je me remémorai un vieux truc de tire-au-flanc (je ne sais plus qui m'avait raconté ça – Hamish, peut-être bien) dont le principe était que beaucoup fumer sur un estomac vide accélérait dangereusement les battements de cœur. Je réduisis ma nourriture au minimum et entrepris de fumer autant que je le pus.

Ce régime eut à coup sûr un curieux effet sur moi. D'abord, j'éprouvai une euphorie palpable. Je me sentis tout étourdi, étrangement plus grand. Au bout de quarante cigarettes, une sourde migraine s'empara de moi, suivie d'une impression de nausée. Le matin de l'inspection me trouva affaibli et l'estomac barbouillé. J'allumai une cigarette dès mon réveil et réussis à en fumer trois de plus avant que ma gorge n'exige une tasse de thé.

Druce nota mon fort penchant pour le tabac.

« Détends-toi, dit-il. Je suis certain que nous allons repartir au dépôt. On est du matériau pour secteur paisible. »

Je souris faiblement et allumai une autre cigarette.

La compagnie D fut convoquée pour l'inspection à onze heures du matin. En entrant sous la tente, je remarquai une pancarte qui disait : « Inspection LTI. » Je demandai à Druce la signification de ces initiales.

« Libre de toutes infections, dit-il.

– Mais ça veut dire quoi, exactement ? »

Il répondit qu'il n'en avait pas la moindre idée.

Un médecin au teint jaune et à l'air morose se posta devant nous. Il avait une badine sous le bras. Je posai ma main sur mon cœur. Il paraissait certainement battre une extraordinaire chamade. Ma migraine me trouait les tempes. J'avais le visage terreux et couvert de sueur, les cheveux trempés sur le front. Ils ne vont tout de même pas envoyer à la bataille un homme dans mon état ? me dis-je. Sur le même rang, je vis Pawsey, verdâtre, les mâchoires en action.

« Bien, dit le médecin. Laissez tomber vos pantalons et vos caleçons. »

Déconcertés, hésitants, certains avec un sourire salace, nous obéîmes. Nos pans de chemise préservaient notre pudeur sur l'arrière et l'avant. Le médecin s'approcha du premier rang. De sa badine, il souleva la chemise du premier homme, baissa un œil et s'enquit :

« Tout va bien ?

– Oui, monsieur. »

Il fit la même chose à tout le monde, en se déplaçant très vite le long de la rangée. Il arriva devant moi et souleva mon pan de chemise.

« Tout va bien ?

– C'est-à-dire que mon cœur, monsieur... »

Il était déjà passé au suivant. Louise qui l'accompagnait me gratifia d'un regard furibard. Je sentis monter à mes yeux des larmes de rage amères. Je jetai un coup d'œil à Pawsey. Il paraissait choqué par mon traitement péremptoire.

Le médecin arriva sur lui. Souleva sa chemise.

« Tout va bien ?

– Non, monsieur », dit Pawsey, avec audace, en avalant son mâchouillis.

Le médecin passa au suivant.

*

Il lui fallut moins d'une heure pour inspecter le bataillon tout entier et nous fûmes passés « Libres de toutes infections » comme un seul homme. « Libres d'aller se faire tuer sans contaminer le champ de bataille », dit Pawsey avec amertume quand nous comparâmes plus tard notre indignation.

« Je me sens *terrible*, continua Pawsey. Vraiment terrible. Je suis malade, bon Dieu. Ce salaud de charlatan... » Il releva un peu le menton tandis qu'il essayait de contrôler ses larmes.

Pour ma part, je ne me sentais que maussade et résigné. Il me semblait me trouver au pied d'une immense falaise de désespoir. L'après-midi, je m'enfuis discrètement d'un énième match de football et descendis le sentier entre les dunes jusqu'à la digue.

C'était une journée de nuages hauts, gris, solides, denses, serrés comme des galets. A l'horizon, sur la mer, une lointaine brume mariait l'eau et le ciel. La lumière était plate, triste, monochrome. La marée descendait et l'immense grève s'irisait de reflets humides sans éclat.

Je passai par un trou dans les barbelés et descendis les marches de la digue, tournai à l'est et, perdu dans mes pensées, continuai à cheminer tristement pendant un bon moment. Je m'efforçai de ranimer mon optimisme inné, je tentai de régénérer en moi un sentiment de ma valeur. Sans l'estime de soi, on ne peut rien accomplir et je savais qu'il me fallait surmonter mes deux déceptions conjuguées de Dagmar et Huguette... Dagmar, me dis-je, si seulement je m'étais montré plus audacieux. Souviens-toi de son nom : Dagmar Fjermeros. Après la guerre, tu peux aller en Norvège la retrouver, l'épouser, fonder un foyer. Que m'avait-elle dit ? « Vous survivrez. J'ai proujours raison. » Proujours. Si seulement elle avait dit « toujours »...

Je fis halte. Au loin, j'apercevais Nieuport-Bains et, au-delà de ses deux jetées, je crus distinguer la base démolie du phare, derrière la ligne des tranchées, sur la rive droite de l'Yser. Brusquement, j'éprouvai un surprenant sentiment de propriétaire. C'était ma position à moi – *l'homme de l'extrême gauche*. Un poste spécial. Le premier homme sur le front de l'Ouest. D'autres l'avaient occupé ; quelqu'un, sans nul doute, l'occupait en ce moment, mais c'était comme si je le lui avais prêté. Je me rappelai le ricanement de Teague : « Qu'as-tu fait pendant la guerre ? » J'avais là un beau titre à revendiquer. Je fis demi-tour et repris ma marche en sens inverse. J'étais *l'homme de l'extrême gauche*. Plus j'y pensais, plus l'image me plaisait. Elle me paraissait juste et prémonitoire. Voilà, je le comprenais maintenant, ce que serait mon rôle dans la vie.

Un coup puissant dans les reins me jeta lourdement à terre. Je reçus du sable dans la figure. Le souffle coupé, à quatre pattes, je tentais de reprendre haleine et d'ôter les grains cuisants de mes yeux en larmes. J'entendis un aboiement déprimant de familiarité. Ralph.

Cet abruti d'animal gambadait et sautait autour de moi comme un agneau. Il s'accroupit à moitié, l'arrière-train en l'air, la queue en action, les pattes de devant aplaties sur le sable.

« Arrête ! hurlai-je. Fiche-moi la paix ! »

Le retour de l'animal me remplit d'une frayeur absurde. Ralph, pour moi en tout cas, représentait un mauvais présage : au mieux un puissant sujet d'irritation, au pire un messager malveillant. Je revins le long de la plage en pressant le pas. Je n'avais pas eu l'intention de m'éloigner autant. Devant moi, la plage humide brillait d'un argent satiné comme les écailles d'un poisson. Je regardai derrière. Ralph me suivait à grands bonds.

« Va-t'en ! » criai-je. Il dressa les oreilles et s'approcha encore. Je ramassai une poignée de sable et la lui lançai. Il aboya de bonheur devant ce nouveau jeu. Je me retournai et me mis à courir. Un trouble fiévreux, complexe, s'empara de moi. L'énorme et rapide consommation de tabac que je m'étais imposée continuait d'affecter mon organisme. Je dus m'arrêter, soudain épuisé, la bile aux lèvres. Je m'accroupis sur mes talons. Ralph haletait bêtement à mes côtés sur la plage immense. Ma solitude m'accabla – un acteur récalcitrant sur une énorme scène déserte, étourdi de peur et d'appréhension.

*

Le joyeux retour de Ralph empêcha les autres de s'apercevoir de ma détresse. L'ordre de faire mouvement était arrivé. Nous prendrions le train à Coxyde-les-Bains, le lendemain matin à six heures.

« Où allons-nous ? demandai-je à Leo Druce.

– Un endroit nommé Ypres », dit-il.

Villa Luxe, 27 mai 1972.

Jour de congé d'Emilia. Je monte au village pour un brin de déjeuner. Le café-bar est simple : fruste et entièrement réussi. A l'intérieur, une pièce sombre, carrelage, volets clos, un minimum d'éclairage. A l'extérieur, une terrasse en L. Vignes et bougainvillées poussent sur des treillages en pergola. Beaucoup de fleurs – zinnias et géraniums – dans des pots bien arrosés. S'il y a de la brise, asseyez-vous dehors. Si vous recherchez l'ombre, installez-vous dedans. Vos yeux s'habitueront vite à l'obscurité limpide.

Le bar appartient à Ernesto, un aimable voyou d'homme au teint basané, mais il est tenu par ses vieux parents. Des jours entiers peuvent passer sans aucun signe d'Ernesto – il file en ville au volant de son antique Simca dès que l'envie lui en prend. Le vieux Feliz et sa femme, Concepción, continuent à travailler avec une patience sereine. Ils m'accueillent en client respecté. J'ai vu leur fils grandir et, de jeune adolescent frêle et empressé, devenir cette parodie de Lothario (il passe sa vie à faire pousser puis à raser une fine moustache). Ils savent que je sais qu'ils souffrent. Nous nous sourions et haussons les épaules. Les enfants : qu'y pouvons-nous ? Il existe une gentille franc-maçonnerie des vieilles gens – nous nous aidons les uns les autres à survivre.

Je commande une bière et une soucoupe d'olives. Feliz part en traînant les pieds dans la cuisine me préparer un steak bien coriace. Je prévois un agréable après-midi

158

d'exploration de mes dents creuses, à la recherche de résidus filandreux.

J'en suis à la moitié dudit steak quand rappliquent les deux jeunes Allemandes. Elles sont les filles jumelles de Gunter. Elles doivent avoir dans les vingt ans. Elles portent des shorts et des T-shirts. Leurs jambes sont déjà teintées après quelques jours de soleil. Elles sont jolies, ces filles, ces jumelles, avec leurs visages carrés bien dessinés. Bien bâties, comme des nageuses, des épaules larges et d'épais cheveux blonds. L'une des deux, légèrement plus jolie, s'est décoloré des mèches dans un blond plus clair.

Elles s'installent dehors avec leurs boissons et des pistaches, et allument des cigarettes. Je continue à mastiquer mon steak. Feliz s'est surpassé – j'en ai mal aux mâchoires.

Les jeunes filles n'arrêtent pas de regarder vers moi à l'intérieur. Puis la moins jolie entre chercher d'autres boissons. Elle chausse une paire de lunettes et fait semblant de détailler un des calendriers tape-à-l'œil que les fournisseurs d'Ernesto lui ont collés et avec lesquels il décore les murs, par ailleurs nus, de son bar. Je sais qu'elle désire en réalité m'examiner de plus près.

Les pommes de terre de Feliz suintent d'huile. Je l'éponge avec un morceau de pain.

« *Guten Tag.*

– *Tag*, je réplique sans réfléchir.

– Vous parlez l'allemand ?

– Un peu... Je le parlais – c'est-à-dire il y a très longtemps. Mais je l'oublie, euh...

– L'anglais ?

– Oui, c'est plus facile.

– Nous ne savions pas. Nous pensions que vous étiez peut-être italien ou espagnol.

– J'habite ici depuis des années.

– Êtes-vous anglais ? Puis-je m'asseoir ?

– Écossais. Je vous en prie.

– Voulez-vous une cigarette ? » Elle prend un siège. Elle a un paquet de cigarettes froissé niché dans la manche de son T-shirt vert pomme. Au moment où elle s'assied, ses seins tremblent brièvement sous le coton verdoyant.

« Non, merci. »

Elle a toujours ses lunettes sur le nez. En écaille. Des rectangles redessinés à la mode...

« Je m'appelle Ulrike Gunter. » Elle allume sa cigarette. Sa sœur entre. « Voici ma sœur Anneliese. »

Nous nous serrons la main.

« Todd, dis-je. John James Todd.

– Todd ? » Ulrike fronce les sourcils.

« Oui », dis-je.

Nous parlons de nos villas, de problèmes d'eau, de domestiques, d'électricité. Je leur raconte que, cet été, ma piscine est vide. Il faut venir nager dans la nôtre, insistent-elles. Elles s'expriment en bon anglais, ces belles filles blondes. Mon irritation s'atténue, marginalement.

Anneliese se casse un ongle sur une pistache récalcitrante. Je lui montre comment l'ouvrir en se servant d'une moitié de coquille en guise de levier. Elles sont remplies d'admiration. Suis-je l'inventeur de cette infaillible méthode d'ouverture des pistaches – les meilleures noisettes du monde ? Vous n'aurez plus jamais besoin de vous casser un ongle dessus – vous n'aurez plus jamais à vous laisser frustrer par ces noix au mince petit sourire enrageant, plus jamais à devoir les abandonner, fermées, au fond d'un bol.

Ulrike se montre enchantée de la simplicité et de l'efficacité de mon système.

« Ah ! oui, s'écrie-t-elle, c'est pareil – comment dites-vous ? Pareil avec les *muskels*.

– Les "moules", dis-je. "Mussels" en anglais. Le même mot.

– Je devrais savoir », répond-elle. Elle m'explique qu'elle est biologiste de marine et qu'elle écrit une thèse sur les mollusques.

Après avoir fini nos verres, nous repartons à pied sur le sentier vers nos villas, désormais bons voisins. A leur porte, Ulrike s'arrête, le sourcil de nouveau froncé.

« Avez-vous jamais vécu en Allemagne, monsieur Todd ? »

Déjà, je m'éloigne. Facile de prétendre ne pas l'avoir entendue.

« Il faut que vous veniez tous prendre un verre. Très bien-tôt, je crie. Au revoir ! »

4

Nouvelles géométries,
nouveaux mondes

Nous manquâmes de quelques jours la Bataille de la Crête de Messines. Le 7 juin on fit exploser les immenses mines au-dessous et c'est ainsi que commença la Troisième Bataille d'Ypres qui dura, par à-coups, jusqu'à la mi-novembre. En fait, tout s'arrêta peu après Messines pendant deux mois jusqu'au renouvellement de l'offensive à la fin juillet. Entre-temps, le 13e (Public School) bataillon d'intendance du régiment d'Infanterie légère du Sud-Oxfordshire (dit SOLI) arriva dans le Saillant d'Ypres.

Nous avions espéré – et le colonel O'Dell nous avait assuré – que nous serions réunis à notre régiment, mais il ne devait point en être ainsi. Le 17 juin, nous nous retrouvâmes placés en réserve du corps d'armée, derrière Bailleul, à une vingtaine de kilomètres d'Ypres. Nous étions cantonnés dans une ferme, en face d'un bataillon de sapeurs australiens installés de l'autre côté de la route. Le groupe des « grenadiers » de la compagnie D planta sa tente et ainsi recommença la routine familière de l'entretien du matériel, des corvées de détail et des séances de sport. Bon Dieu, ce que je pouvais en avoir marre du sport maintenant ! Football, badminton, rugby, cricket, tout – même des parties de saute-mouton à l'échelle du bataillon.

Nous entendions clairement les canons du front. D'une certaine manière, ils n'avaient pas le même son que le grondement distant du siège d'artillerie à Nieuport – mais plutôt le léger fracas d'une boule de jeu de quilles, plus sinistre et dangereux, qui jette à bas les choses. Une semaine, nous construisîmes une chaussée en rondins d'ormeaux encore frais de sève pour faire passer une batterie d'obusiers lourds – des canons trapus, à double blindage, avec des rivets gros comme le poing, qui lançaient d'énormes obus de trente centimètres de diamètre. Ces canons furent remorqués en place par des locomobiles – d'où la chaussée de rondins. Debout à cinquante mètres en arrière, les doigts dans les oreilles, nous assistâmes à leur première salve. La terre trembla, les canons disparurent en fumée. Il fallait cinq minutes pour les charger ; les obus étaient poussés sur des petits rails et puis, non sans difficulté, hissés dans la culasse au moyen d'un palan primitif gréé sur des trépieds en bois.

L'ennui s'installa à nouveau, mais d'un genre un peu différent : dessous gisait un filon d'excitation. Une offensive était en cours ; très bientôt sans doute viendrait notre tour « d'y aller ». Un réel enthousiasme régnait dans notre tente, partagé par tous, sauf Pawsey et moi. Même Noel Kite déclara son désir « de foncer dire deux mots aux Teutons ». Ralph le chien, que nous avions ramené de Nieuport, devint la mascotte du régiment. Je possède une photographie de nous tous prise avec le petit appareil de Somerville-Start. Ils sont là assis – Kite, Bookbinder, Somerville-Start (Ralph haletant entre ses genoux), Druce, Teague, Pawsey et les autres dont je ne me rappelle plus les noms –, souriants, mégot au bec, képi rejeté en arrière, en manches de chemise, col ouvert, Teague serrant une grenade dans chaque main. Nous ressemblons typiquement à une bande de bons copains, joyeux et pleins d'entrain. C'est une impression entièrement illusoire. Les mois passés à Nieuport avaient forgé peu de liens. A dire vrai, nous nous tapions tous plutôt sur les nerfs. Nous étions comme des écoliers à la fin d'un trimestre, nous avions besoin de répit après cette étroite promiscuité.

Fin juin, nous remontâmes à pied de Bailleul à Ypres par Locre et Dikkebus. La campagne ressemblait à certains coins d'Angleterre. Des collines douces, des cottages et des fermes aux toits de tuile rouge, des bosquets épars et, le long des chemins, une profusion de lilas, d'aubépines et de cytises. Nous contournâmes la ville en ruine pour gagner les tranchées de réserve sur la rive gauche du canal d'Ypres. Pour la première fois, le bataillon reçut quelques obus égarés. Nous nous pensions tous blasés après les duels d'artillerie de Nieuport mais nous fîmes là notre première expérience d'explosions véritables. Je me rappelle, en voyant les mottes de terre faire éruption et retomber dans les champs au-delà du canal, leur avoir trouvé une éphémère et fragile beauté – *des arbres de terre avec un quart de seconde de vie*, écrivis-je dans mon journal. Quelques obus atterrirent dans les lignes de réserve, abattant deux ou trois peupliers, mais sans provoquer d'inquiétude. Ils ne semblaient receler aucun danger – guère plus menaçants que les bouffées de fumée qui s'éloignaient gentiment dans l'air ensoleillé après la lourde retombée des mottes de terre sur le sol.

Les compagnies A et B montèrent au front pour relever un bataillon du Royal Sussex. Deux jours plus tard, portant vingt-cinq litres de thé dans deux bidons de pétrole, j'y montai moi-même avec une corvée de ravitaillement.

Que vous dire sur le front d'Ypres au début de juillet 1917 ? Plus tard, je devais ainsi le décrire aux gens :

Prenez une image idéalisée de la campagne anglaise – je pense toujours à ce propos aux Cotswolds (pour être précis et pour des raisons évidentes, je pense toujours à l'Oxford-shire autour de Charlbury). Imaginez que vous marchez le long d'un chemin de campagne. Vous arrivez au sommet d'une petite hauteur et là, devant vous, s'étend une vallée modeste. Vous connaissez parfaitement la vue qu'elle offre : une route, des sentiers bordés de haies, des champs bigarrés, deux ou trois villages – des petites maisons, un bureau de poste, un pub, une église –, ici un colombier, là une ferme et un vieux moulin, ailleurs un quai et une ligne de chemin de fer ; sur la gauche, un bois, des bosquets et des halliers un peu partout – l'œil balaie sans s'y arrêter ces choses douces et neutres.

Maintenant, placez deux armées de chaque côté de la vallée. Faites-leur creuser et organiser un système de tranchées. Tout ce qui se trouve entre elles est soudain investi d'une nouvelle et sinistre potentialité : cette jolie ferme, l'obligeant fossé de drainage, le village à la croisée des chemins deviennent des facteurs clés de stratégie et de survie. Imaginez-vous courant entre ces champs pour essayer de vous emparer des positions sur cette aimable colline en face de vous de façon à pouvoir avancer d'un pas dans la vallée au-delà. Quel chemin prendrez-vous ? Quel abri choisirez-vous ? Vos jambes vous porteront-elles assez vite au sommet de cette brusque levée de terre ? Ce caniveau vous offrira-t-il une protection suffisante contre un tir en enfilade ? Y a-t-il un poste d'observation dans cette grange ? Essayez la prochaine fois que vous vous promènerez dans la campagne et voyez comment le décor le plus paisible peut s'imprégner de violence. Il suffit d'un changement de point de vue.

Bien entendu, à mesure que les semaines passent, la vallée se transforme peu à peu : les traits en disparaissent en même temps que la couche arable. Les bâtiments retournent à leurs fondations, les arbres deviennent des moignons. Les couleurs fondent sous les coups jusqu'à ne plus former qu'un sillon marron entre deux crêtes.

Mais en jetant un coup d'œil par une mince ouverture entre les sacs de sable, tandis qu'on distribuait notre thé dans les tranchées, je ne songeais qu'à mon point de vue idyllique. Certes, le panorama dans cette partie de la Belgique est plus plat et sans véritables haies d'arbres, mais en voyant à travers nos barbelés une prairie verdoyante qui montait en pente douce vers la crête en face, j'aurais pu tout aussi bien me croire dans une vallée de l'Oxfordshire. Des buissons d'aubépine et des haies rabougries marquaient les limites des champs. J'apercevais un chemin de terre, des petits bouquets d'arbres (un peu malmenés), un groupe de bâtiments de ferme (dito) mais pour l'essentiel cela n'était guère différent d'un coin de campagne quelconque. Sans les barbelés ennemis et les noirs contours des terrassements de leur système de tranchées, j'aurais pu être incapable d'étouffer un bâillement. Le soleil vespéral était agréablement fade et des volutes de fumée montaient des lignes d'en face. *No man's land.* Pas très impressionnant.

Nous passâmes une semaine au bord du canal dont deux jours et deux nuits sur le front. Là, je fus content de découvrir que malgré des tirs de barrage occasionnels, je n'étais nullement en proie à la panique. Tout cela ressemblait encore assez à mon expérience de Nieuport pour ne pas être trop effrayant.

La conséquence la plus irritante de notre première visite aux tranchées du Saillant fut les poux. J'essayai tous les remèdes classiques : des poudres, des heures de recherches diligentes dans le style simiesque, la flamme d'une bougie promenée de bas en haut des coutures, mais rien n'y fit. En désespoir de cause, je pris l'habitude de retourner ma chemise, de la porter ainsi deux jours puis de la remettre à l'endroit et ainsi de suite. Ce qui sembla régulariser les démangeaisons. Je continuai à me gratter mais sans atteindre des sommets intolérables.

Après notre séjour au front, nous repartîmes, à pied comme il se devait, vers Bailleul, et la routine reprit : nettoyage et maniement d'armes, sports, corvées diverses et, de temps à autre, visites aux cafés de la ville. Je pris vraiment conscience aussi de ce qu'était une armée, toutes ces unités séparées : munitions, matériel, transports, habillement, nourriture, animaux, transmissions, mécanique, construction de routes, police, communications, santé et hygiène... Une cité invisible campait dans les champs autour d'Ypres, qui exigeait ses fonctionnaires, trésoriers, administrateurs, ouvriers et croque-morts. Le rôle du 13e bataillon, dans cette organisation, fut d'aménager des fossés pour les câbles des signaleurs, de nettoyer les écuries de plein air des transports de la brigade, de poser des rails pour les wagonnets, de monter la garde autour des vastes dépôts de marchandises et de creuser des tombes et des latrines pour un hôpital de campagne. Nous n'étions guère plus que des fourmis dans une fourmilière. Mais, en même temps, durant ces semaines d'attente, je fis un atroce gardien de but pour l'équipe de football de la compagnie D (nous perdîmes 11-2 contre les sapeurs australiens) ; je succombai à la grippe ; j'écrivis une lettre à mon père et trois à Hamish ; je me sentis ennuyé, seulement frustré, fatigué, parfois misérable, et une nuit je rêvai clairement de ma mort – éventré par un Allemand à l'aide d'un instrument tranchant. J'oscillai entre le rôle du fonctionnaire sans âme et celui de l'être humain unique et précieux, de l'objet jetable au *sine qua non*.

Tout ceci se termina fin juillet quand les canons se remirent à tonner pour de bon. Puis la semaine de tirs de barrage préliminaires à l'attaque fut étendue à deux, tandis que le renouvellement de l'offensive était constamment retardé. Les premiers soirs, le feu d'artifice à l'horizon nous parut fantastique, mais à mesure qu'il se prolongeait, nuit après nuit, il ne devint plus qu'une source supplémentaire de grogne. Le 13e n'était même pas en réserve pour la grande offensive du 31 juillet. Le jour où commença la vraie bataille, on nous emmena dans une vieille usine de sucre de betteraves pour nous faire épouiller.

Le soir, nous rentrâmes à notre cantonnement sous une pluie diluvienne. Il continua de pleuvoir sans arrêt durant les quatre jours et les quatre nuits suivants. Soudain, la campagne humide et noire paraissait exsuder la sinistrose. Les rumeurs abondaient quant à l'attaque – toutes funestes. Une compagnie d'Australiens – sortis une nuit réparer les barbelés – subit de lourdes pertes (« lourdes pertes » – une expression fade, neutre). Je demandai à un des hommes à quoi ça avait ressemblé. « Un foutu bordel », dit-il.

Le 7 août, nous repartîmes en réserve de brigade sur la rive du canal. Avant d'occuper les tranchées, nous fûmes passés en revue dans un champ où le colonel O'Dell vint nous parler. Le bataillon, dit-il, avait reçu l'ordre de fournir des renforts à d'autres unités de la brigade. Je ne me rappelle plus les détails ; deux compagnies, je crois, rejoindraient le Royal Welsh. La compagnie D serait rattachée à un bataillon des Grampian Highlanders.

Je nous considérais déjà comme le « malchanceux » 13e et ce dernier mouvement me parut un autre sale coup du sort. Mais Teague et Somerville-Start s'en réjouirent. Il y eut moult commentaires sur les « Jocks » et leur esprit martial et pas mal de suppositions mal fondées à propos des décorations de ce vénérable régiment écossais.

Le lendemain soir, après avoir laissé le plus gros de notre paquetage au dépôt du bataillon, nous nous mîmes en marche. Ralph fut confié à l'intendant. Les grenadiers lui firent de grands adieux, vous auriez pensé qu'ils abandonnaient leur grand-mère. Je me tins à l'écart – j'étais ravi d'être enfin débarrassé de l'animal.

Il nous fallut des heures pour rejoindre notre nouvelle

unité. Derrière le front, les allées et venues étaient considérables. Nous suivîmes des chemins de caillebotis et de fascines à travers des champs noirs et nous fûmes souvent renvoyés d'où nous venions. Une fois enfin atteint le système de tranchées, nous fûmes constamment arrêtés pour laisser passer des corvées de vivres ou de matériel, des mécanos et des télégraphistes. Nous finîmes par trouver la bonne tranchée de communication que nous suivîmes péniblement. J'entendis Louise, à l'avant, se présenter à un officier des Grampians. Nous fûmes bientôt déployés dans les lignes de soutien.

Il fut immédiatement clair que ces tranchées n'étaient pas celles auxquelles nous étions habitués : pas d'abris, même pas de saillies pour dormir. J'étalai ma cape imperméable par terre et m'assis, le dos contre la paroi. Druce passa parmi nous pour vérifier que tout allait bien. Je baissai mon casque sur la figure et tentai de dormir. J'avais les narines remplies de l'odeur de terre mouillée et de celle de Bookbinder, à ma droite – franchement épouvantable, une infecte puanteur. A ma gauche, Pawsey chiait dans son casque – il avait trop peur pour se risquer jusqu'aux latrines.

*

Extrait de mon journal :

> *9 août 1917. Notre première matinée avec les Grampians. Réveillé par des tirs. Rassemblement. Une aube brumeuse. En face de nous, au-delà de nos barbelés, une modeste ligne de faîte et deux fermes bousillées. A notre droite, selon Druce, la route Frezenburg-Zonnebeke. Je n'en vois aucune trace.*

Ce n'est pas très évocateur, j'en conviens. Le plus grand choc pour moi ne fut pas le bombardement, mais la transformation du paysage. Tout le terrain jusqu'à la crête donnait l'impression d'avoir été mal labouré. Presque tous les prés et buissons que j'avais vus cinq semaines plus tôt avaient disparu. Je ne pouvais rien voir derrière moi, ni guère plus de chaque côté, mais la campagne que nous occupions était d'un marron foncé plus ou moins uniforme. Difficile de croire que nous étions en plein été. Je fus aussi un peu indigné – curieusement, parce que je ne suis pas particulièrement maniaque – par le désordre qui régnait partout. La tranchée était pleine de saletés – boîtes de conserve vides, équipement hors d'usage, cartons et bouts de papier – et, à travers les meurtrières aménagées dans les parapets de sacs de sable, le *no man's land* paraissait jonché de monceaux de matelas éventrés. Je jure qu'il me fallut cinq minutes avant de comprendre qu'il s'agissait de cadavres.

Druce nous envoya, Kite, Somerville-Start et moi, dans les tranchées des Grampians chercher les rations d'eau du groupe. Nous longeâmes la tranchée de soutien à la recherche de celle qui menait au magasin de vivres du bataillon. Nous arrivâmes à l'angle d'une niche de tir.

« Où sont les Grampians ? s'enquit Kite.

– Dix mètres plus loin. »

Nous sortîmes de la niche. Assis autour d'un réchaud, cinq hommes très petits – vraiment très petits – préparaient du thé. Ils nous regardèrent avec une franche hostilité. Ils portaient des kilts recouverts d'un tablier de grosse toile. Ils avaient les visages noirs de boue, de saleté et d'une barbe de cinq jours. Deux d'entre eux se levèrent. Le sommet de leur crâne m'arrivait à la poitrine. Aucun de ces types ne pouvait mesurer plus d'un mètre cinquante. Les Bantams... Ceux-ci appartenaient au 17e/3 Grampians, un bataillon de Bantams, chaque homme en dessous de la taille minimale d'un mètre cinquante-huit requise dans l'armée. Kite et Somerville-Start dépassaient un mètre quatre-vingt-cinq.

« Kasque baardel vousse chârrchez spècedecons ?

– *Comment ?* s'exclama Kite, incapable de dissimuler sa stupéfaction.

– Les vivres », dis-je. Au moins, j'arrivais à comprendre. L'homme m'indiqua où aller.

Nous nous frayâmes un chemin hésitant le long de la tranchée de soutien jusqu'à ce que nous trouvions la sape de l'approvisionnement. Là, une douzaine de Bantams étaient en train de recevoir leurs rations. Nous attendîmes notre tour, aussi peu à l'aise que des anthropologues géants au milieu d'une troupe de Pygmées. Ils ressemblaient plus à des elfes ou à des nains qu'à des membres de notre propre race. Ils parurent ne pas se soucier de notre présence, mais nous étions gênés, pleins de sourires forcés, comme si nous avions soupçonné qu'on nous faisait une grosse farce dont nous ne devinions pas tout à fait le but. Nous nous empressâmes de ramasser nos bidons d'eau et de repartir.

Les Bantams ne nous aimaient pas. La raison ne peut pas en avoir été simplement notre taille, encore qu'il faille dire que nous étions, nous les ex-collégiens, en moyenne plus grands que les soldats de la plupart des régiments. Je soupçonne que c'est la combinaison de notre stature, de nos accents, de notre comportement et de notre anglicité qui nous fit du tort. Et que Kite, sur le chemin du retour après ce premier contact, ait lancé à la cantonade : « Je les trouve plutôt mignons, ces petits gars. Est-ce vrai qu'on en fait un élevage spécial ? » n'arrangea rien. En tout cas, entre nous et les Bantams, sur nos deux flancs, une barrière invisible s'éleva rapidement. Une situation inconfortable au point que nous exigeâmes d'avoir nos propres corvées de vivres, ce que Louise se débrouilla pour nous obtenir. C'est ainsi que tombèrent au champ d'honneur les premières victimes de la compagnie. La fanfare transportait des chaudrons de ragoût quand elle reçut un obus « rien que pour elle toute seule », comme on disait. Quatre joueurs de cornemuse furent tués, et trois blessés. Cela nous secoua tous profondément : la fanfare nous avait paru indestructible. Louise, je m'en souviens, prit l'affaire particulièrement mal.

La routine se poursuivit normalement les jours suivants. Mon journal relate le train-train quotidien :

> *Tour de garde 4 h-6 h du matin. Rassemblement. Petit déj. : thé, maquereau mariné, biscuit. Réparation tranchées. Ravitaillement. Déjeuner : ragoût singe, biscuits. Dormi. Tour de garde 6 h-8 h du soir.*

Il pleuvait de temps à autre et je devins de plus en plus sale. Je vis mon uniforme acquérir cet aspect particulier commun aux vêtements terriblement crasseux – et qu'on observe chez les clochards et les réfugiés, par exemple. Les fibres du tissu se gonflent de saleté, et la veste et le pantalon ont l'air d'avoir été taillés dans du gros feutre épais. Les plis des emmanchures, des coudes et de l'arrière des genoux prennent des airs d'accordéon figé. Vos cheveux ternissent, puis se font huileux avant de se transformer en un paillasson mat et collant. Les ongles incrustés de terre, vos mains sont dures et calleuses comme celles d'un paysan – votre barbe pousse. Votre tête vous démange, vous démange toute la sainte journée.

Nous savions que notre « poussée » approchait à mesure que se multipliaient les bombardements de la crête d'en face. La tension augmenta et l'ennui qui caractérisait nos moments d'éveil fut remplacé par une inquiétude nerveuse, maladive. Nous nous attendions à être envoyés au repos avant l'attaque mais il semble qu'on nous oublia. Même Teague et Somerville-Start avaient baissé le ton. Quant à moi, j'avais mis au point une nouvelle méthode. J'avais décidé d'être logique. J'allais, autant que faire se pouvait, *penser* ma route vers la survie, même si cela signifiait désobéir aux ordres.

Nous nous rassemblâmes à quatre heures et demie, une heure avant l'aube. Nos objectifs étaient les deux fermes en ruine. La compagnie D attaquerait celle de droite, avec les Bantams sur notre flanc droit. Nous devions prendre la ferme, l'occuper et repousser toute contre-attaque jusqu'à ce que la seconde vague nous ait dépassés. Toute la nuit nos canons avaient pilonné la crête. Le bombardement se poursuivait tandis que nous nous rassemblions dans la tranchée de tir. Le teint crayeux, Louise passa parmi nous en marmonnant ce que je suppose avoir été des paroles d'encouragement. Impossible de l'entendre avec le bruit des obus. D'un côté, j'avais Pawsey. De l'autre, Somerville-Start. Il tenait une échelle. Moi aussi. J'étais aussi prêt qu'on pouvait l'être.

Mais j'avais oublié le rhum. Armé de la grande bouteille en faïence, le sergent en charge des vivres vint nous verser une rasade à chacun. Le rhum me parut noir, malfaisant, épais comme de la mélasse. J'avalai ma ration – la moitié d'un verre à vin, je dirai – en deux gorgées, et en moins d'une minute je fus gravement ivre. Je vis Pawsey vomir sa ration et s'appuyer, malade, contre la paroi de la tranchée. Somerville-Start arborait une sorte de grimace enthousiaste figée – les deux mains agrippées à son échelle, il respirait bruyamment par le nez.

Puis tout le monde pissa. Je suppose que l'ordre en avait été donné. La tranchée se remplit d'une vapeur vinaigrée d'urine. La tête me tournait. J'eus l'impression que la tranchée avait acquis à gauche une forte déclivité sur laquelle je risquais de glisser à chaque instant. Je m'accrochai à mon échelle et ajustai mon sac de grenades. Jamais je n'entendis le coup de sifflet, mais brusquement je vis des gens se mettre à grimper sur leurs échelles. Somerville-Start et moi partîmes en même temps.

Je ne me rappelle pas ma première vision à l'air libre du *no man's land* – cette étonnante seconde initiale –, parce que Somerville-Start reçut une balle dans la bouche. A l'instant où son visage passait au-dessus du parapet, je vis ses dents claquer sous l'impact de la balle et un plumet de sang jaillir de sa nuque, à la manière d'une queue de cheval. Plusieurs dents ou fragments de dents me frappèrent en pleine figure, me piquant comme des gravillons, dont l'un me fendit méchamment l'arcade sourcilière. Mon œil se remplit de sang et j'enjambai les sacs de sable à l'aveuglette en m'essuyant l'œil avec ma manche. Je sentis Pawsey me dépasser. Ma vue s'éclaircit et je le vis courir en direction de la crête. Aucun signe de la crête elle-même. Le tir de barrage rampant, à cinquante mètres de là, effaçait tout.

« Réfléchis ! » dis-je à voix haute. Je m'accroupis pour avancer pratiquement à quatre pattes, comme un babouin.

« *Relevez-moi ce type !* » hurla quelqu'un.

Je ne lui prêtai pas attention.

Nous étions maintenant, je m'en rendis compte, bombardés à notre tour et je suppose qu'il devait y avoir une mitrailleuse quelque part parce que je vis sur ma droite des Bantams tomber par terre en douceur. Je rampai vers le tir de barrage, en traînant mon fusil sur le sol. En ce qui me concernait, le monde continuait à pencher à gauche et je persistai à tomber lourdement du même côté, en me faisant très mal au genou. Je me déplaçais comme un infirme en proie à la démence.

Un obus explosa alors près de moi. La déflagration m'arracha mon fusil et fit sauter mon casque dont je sentis la jugulaire me scier la gorge. Le choc me paralysa quelques instants. Puis, toujours en crabe, je me précipitai dans le cratère fumant. Étalé sur le dos, blessé, Kite s'y trouvait déjà. Il tendit le moignon de son bras droit, frangé comme un balai, non pas saignant mais couvert de caillots de terre.

« Quelqu'un vient de me bousiller mon foutu bras ! » cria-t-il.

Je clignai des yeux. J'essayai d'ajuster ma vision.

« Quelle tuile ! » dit Kite. Il ne paraissait nullement troublé.

Je me demandai si je devais l'aider.

« Tu veux que je te prête la main ? hurlai-je, en toute innocence.

– Très drôle, Todd, dit-il d'un ton irrité. Vraiment pas le lieu ni le moment. » Il se redressa. « Je peux me débrouiller tout seul. » Il repartit en se traînant vers nos lignes.

Je regardai autour de moi. Impossible de distinguer âme qui vive. Le vacarme était si généralisé qu'il en paraissait presque normal, comme dans un atelier de fonderie... J'avais toujours mon sac de grenades. Je me demandai où les jeter. Je continuai de ramper en avant, dépassant plusieurs petits cadavres de Bantams. J'aperçus ce qui ressemblait à la moitié d'un bœuf horriblement mutilé, tombé sous la hache d'un boucher dément. A un bout, une oreille, des cheveux et un morceau de joue. A l'autre, un genou nu barbouillé de boue.

Je continuai à ramper jusqu'à ce que j'atteigne des barbelés. Les lignes allemandes ? Je jetai un coup d'œil en arrière. Je ne pouvais rien voir. Je me retournai, était-ce la ferme, là-haut ? J'aurais dû pouvoir répondre facilement : après tout, nous étions censés gagner une hauteur – mais mon univers décentré et plongeant sur la gauche m'avait rendu insensible aux angles de montée. J'eus l'impression déconcertante, tout à coup, que je me déplaçais parallèlement à notre ligne de front. J'obliquai donc, non sans difficulté, sur la droite, appuyé à la pente, et me sentis glisser. Je tombai immédiatement sur Pawsey et Louise. Pawsey avait reçu une balle dans la poitrine. Une mousse cerise séchait sur ses lèvres. Il essayait de parler mais seules des bulles roses se formaient et crevaient dans sa bouche. Louise voulant, je suppose, venir à sa rescousse avait – semblait-il – reçu une rafale de mitraillette dans la gorge, vilainement déchirée. Il était on ne peut plus mort. Une balle lui avait tranché le nez avec la netteté d'un rasoir.

Je levai la tête. Le tir de barrage avait cessé. Je n'entendais plus l'affreux crépitement des mitrailleuses. Je vis des Bantams retourner en courant vers nos lignes. Les bulles continuaient de s'échapper de la bouche de Pawsey. Je le saisis sous les bras et entrepris de le traîner pour le ramener à l'abri. Je n'avais pas fait dix mètres quand il mourut. Il y a chez un mort une indubitable mollesse qu'aucun vivant ne saurait imiter. L'instinct vous renseigne. Mais je n'avais pas besoin d'instinct. Souvenez-vous, j'avais tiré des cadavres hors de l'eau à Coxyde-les-Bains. Le pauvre Pawsey me donnait la même impression.

Je le reposai par terre. Il ne servait à rien de ramener un homme mort. Un tir nourri venait d'éclater plus haut sur le front et quelques obus explosaient à présent sur la crête, plutôt une admission de l'échec de l'attaque qu'une tentative de réduire au silence les canons allemands. Mon bout de *no man's land* était maintenant étrangement calme. Je rentrai malgré tout en zigzaguant vers nos lignes, me déplaçant prudemment d'entonnoir en entonnoir. Dans un cratère particulièrement vaste, j'aperçus deux Bantams en train de piller des cadavres. Je passai au large.

Des hommes que je ne reconnus pas m'aidèrent à redescendre dans la tranchée. Ils devaient faire partie, me dis-je, de la seconde vague dont la présence n'avait pas été requise. On me fit passer le long du boyau jusqu'aux tranchées de soutien. Finalement je retrouvai mon barda et je m'assis. Je me sentais dans un état épouvantable. Mon cerveau était en capilotade. J'avais la nausée, la bouche sèche et fétide. Mes jambes tremblaient. Mes articulations me faisaient mal. C'est donc cela la fatigue du combat, pensai-je. Je sais aujourd'hui que je souffrais en réalité d'une gigantesque gueule de bois. Ma première.

Après un moment, je réussis à allumer une cigarette. Je remis mon calot et j'attendis les autres. Puis, petit à petit, par bribes, je commençai à me rappeler. Kite, sans main. Louise et Pawsey, morts...

Un caporal, appartenant à une autre section, s'approcha de moi. Il paraissait très fatigué.

« Aucun signe du lieutenant McNeice ? »

Je lui racontai ce qui était arrivé à Louise. Et à Kite. Et à Pawsey. Je lui demandai si les autres étaient sains et saufs.

« Je ne sais pas, dit-il. Je n'arrive pas à retrouver un seul type de ma section.

– Tu n'as pas vu des gens de mon groupe, par hasard ?

– J'ai vu quelqu'un... eh ben, *exploser.* Ça devait être un grenadier. Tout le sac y est passé. Il a ratiboisé cinq types avec lui.

– Nom de Dieu !

– Et toi, ça va ? s'enquit-il. T'as du sang plein la figure.

– Juste une égratignure », dis-je sans réfléchir mais saisi, la seconde d'après, d'un vif accès de fierté devant ma non-chalance. Je tâtai mon front. Je sentis un curieux bout de quelque chose encastré au-dessus de mon sourcil. Ça bougeait. Je l'arrachai avec un tressaillement de douleur. Une des incisives de Somerville-Start. J'ai encore la cicatrice.

*

Le choc à retardement se produisit une heure après. Ce n'est pas tant ce que j'avais vu qui me terrassa, mais le sentiment rétrospectif de l'affreux danger que j'avais encouru. Je me revis me ruant follement ici et là sur le champ de bataille, évitant, Dieu sait comment, les innombrables trajectoires de milliers de morceaux de métal en fusion. Je n'éprouvai aucune gratitude pour la chance que j'avais eue. Je fus horrifié, si vous voulez, d'en avoir utilisé autant. Dans la vie, nous échappons tous très souvent d'un cheveu à des périls dont, pour certains, nous n'avons aucune idée. Ce qui me bouleversait c'étaient les centaines de milliers de fois où, durant ces quelques minutes dans le *no man's land*, j'avais dû échapper de peu à la mort. Je fus convaincu d'avoir trop tiré sur mon crédit chance et, quelle que fût la réserve de bienveillance fortuite que l'impassible univers ait eue à mon égard, de l'avoir entièrement épuisée.

Nous retournâmes en réserve. On nous donna quelque chose à manger, puis on nous rassembla dans un champ pour faire l'appel. La compagnie D avait subi de terribles pertes, bien plus de la moitié de ses effectifs, et les Bantams ne s'en étaient guère mieux sortis. Du groupe des grenadiers, seuls Teague et moi étions présents à l'appel. Louise était mort, ainsi que Pawsey, Somerville-Start et Bookbinder. C'était Bookbinder qui s'était désintégré en sautant avec son sac de bombes, et l'explosion avait fait deux autres morts et un blessé (Lloyd). Également au nombre des blessés se trouvaient Kite et – je l'appris à ce moment-là – Druce.

Le soir, j'allai faire recoudre mon arcade sourcilière au dispensaire du poste de secours. Le poste de secours était un endroit bizarre où dominaient les sentiments jumelés d'un intense soulagement et d'une intense souffrance. Il était installé dans une petite carrière à quelque quatre cents mètres derrière le canal. A ma surprise, le sol était jonché de bottes, avec partout ce violent contraste entre des hommes noirs de saleté et ces pansements tout neufs et très blancs. Assis en petits groupes, les blessés valides attendaient d'être transportés à l'hôpital de campagne. Des rangées d'allongés attendaient sagement sur leurs civières, au soleil tendre du crépuscule. Je me fis panser, puis partis à la recherche de Druce. J'entendis appeler mon nom. C'était Kite. Il était au milieu de plusieurs amputés et gueules cassées. Un bandage en forme de massue recouvrait son moignon. Il avait le regard sombre et le visage tendu. J'allumai une cigarette et la lui donnai. Il me parut déprimé, certainement pas aussi crâneur que sur le champ de bataille. Je l'informai de nos pertes.

« Au moins, tu en seras sorti », dis-je.

Il regarda son moignon :

« Je trouve un peu dur de conserver mon célèbre détachement », dit-il la voix tremblante. Il se mit à pleurer. « Je trouve que c'est foutument dommage. J'ai *besoin* de ma main. » Il avait haussé le ton, des hommes se retournèrent.

« Du calme, Noel, dis-je en lui tapotant l'épaule. Tiens, prends des cigs. » Je lui en fourrai une demi-douzaine dans sa poche. « Je reviens dans une seconde. Je vais dire un mot à Leo. »

Une jambe bandée, Druce était étendu à quelques mètres de là. Je lui fis part des affreuses nouvelles concernant la compagnie.

« Kite est un tantinet secoué, dis-je. Que t'est-il arrivé, à toi ?

– J'ai grimpé l'échelle, j'ai fait deux pas et j'ai pris un bout de shrapnel dans le mollet. Je suis tombé et on m'a retraîné dans la tranchée. J'ai dû passer en tout cinq ou six secondes dehors. Je n'ai rien vu. » Il se tut. « Et toi ?... Enfin, je veux dire, comment c'était ? »

Je réfléchis.

« Très étrange... Horrible. »

Je lui racontai Pawsey et Louise en détail. J'essayai de m'exprimer mieux :

« C'est comme... rien ni nulle part ailleurs... » Les mots me manquaient. « C'est tout bonnement dingue. »

*

« Je ne suis pas certain que j'aurais dû jeter tout le sac... dans un abri, quoi, une ou deux grenades auraient pu suffire. Zut ! J'aurais dû en garder quelques-unes. Pense à ce que...

– Nom de Dieu, ferme-la ! » dis-je.

Nous empilions des traverses de chemins de fer. Au cours de l'attaque, en fait, Teague avait atteint les lignes allemandes. Il avait vidé son sac de grenades dans le trou d'un abri, et puis en avait lancé deux par-dessus. Apparemment, il avait tué dix-huit Allemands et avait été recommandé pour une décoration. Au retour, il avait tiré sur les servants d'une mitrailleuse et prétendait en avoir blessé deux. Il n'arrêtait pas de me parler de la bataille. Ce qui me rasait profondément.

« Où es-tu arrivé exactement ? Tu dis que tu as atteint les barbelés...

– Oui, non... Je crois. J'ai atteint des barbelés quelconques... Écoute, je ne sais pas. Je te l'ai déjà dit, je n'avais pas la moindre idée de ce qui se passait.

– *Moins de foutue jactance et plus de travail vousse les deux salopards d'Anglais !* »

Ces mots venaient du sergent Tanqueray, un Bantam, en charge de notre détachement de corvée. Le sommet de son crâne m'arrivait à l'aisselle. Au cours de la refonte du bataillon, nous avions été affectés, Teague et moi, à une compagnie de Grampians. Après l'attaque de la crête de Frezenburg, la compagnie D put à peine rassembler deux sections complètes, aussi le reste d'entre nous avait été rattaché aux Bantams pour colmater les brèches dans leurs rangs. A ce stade de la guerre, les Bantams comptaient plus que leur ration de jeunes nains et de dégénérés. On pillait presque quotidiennement mon paquetage. Je gardais sur moi tout ce qui était précieux.

Tanqueray nous regardait soulever les traverses. Il nous haïssait Teague et moi, comme nous haïssaient tous ses hommes. Il mesurait un mètre cinquante-sept, juste audessous du minimum requis par l'armée. Déjà suffisamment amer d'avoir raté par deux centimètres son admission dans un bataillon régulier, l'arrivée de deux ex-collégiens dans sa section semblait l'avoir rendu quasiment fou. Tanqueray avait un menton fuyant, une moustache rousse et des yeux roses larmoyants. C'était un pêcheur de Stonehaven et j'imaginais qu'il sentait encore le poisson. Paradoxalement, le fait que je sois écossais le mettait dans une colère noire. Il répétait que j'étais anglais et j'en avais assez de protester. J'étais devenu pour lui un symbole de la sombre conspiration génétique qui avait réussi à le faire naître petit.

« Tu es de la merde de chien, Todd, me disait-il. Toi et toute ton espèce. De la merde de chien. »

Je ne voyais pas très bien ce qu'il entendait par mon « espèce », mais je m'en fichais. Mon humeur, depuis le jour de l'attaque, oscillait entre la dépression muette et une sorte de terreur maladive que je ne pouvais que difficilement maîtriser.

Mon journal :

Lundi. Réserve bat. Dikkebus. Ce matin j'ai trouvé trois types de ma section en train de fouiller dans mon paquetage. Deux se sont enfuis. Je me suis jeté sur le troisième, un nommé MacKanness, qui a un bec-de-lièvre. Il mesure à peine un mètre cinquante, mais il est très fort. Je l'ai plaqué au sol et je lui ai flanqué des coups de poing dans la figure. Il dit qu'il me descendra lors de la prochaine attaque. Tanqueray m'a dénoncé à l'officier de service – en l'occurrence, le lieutenant Stampe – qui, bien que semblant compatir avec moi, n'a pas eu le choix. J'ai rempli des sacs de sable deux jours d'affilée. Ces gens sont mes compatriotes mais je n'ai que du mépris pour eux. Teague affirme qu'on ne peut s'attendre à rien d'autre de la part des classes laborieuses.

Depuis l'attaque de la crête de Frezenburg, nous avions fait un autre séjour au front – sans événement marquant cette fois. De nouvelles recrues avaient rejoint le bataillon et nos périodes de repos étaient occupées par la réorganisation et le réentraînement. Teague et moi, nous nous en trouvâmes, par force, rapprochés. Nous essayions de passer le plus de temps possible avec les autres membres de la compagnie, mais, pour Tanqueray, cela équivalait à de la fraternisation avec l'ennemi.

Au bout de deux semaines, il devint clair que le 13e reconstituait ses effectifs au complet et qu'une nouvelle compagnie D commençait à prendre forme. Quelques-uns de ses membres d'origine furent rappelés de chez les Grampians mais aucun ordre de mutation n'arriva pour Teague ou moi. J'eus peur qu'on nous ait oubliés. Je parlai au capitaine Tuck pour lui rappeler notre existence. Il m'expliqua que les choses n'étaient pas encore au point, mais m'assura que, lorsque le bataillon serait reformé, nous en ferions partie, Teague et moi. En attendant, la compagnie D du 13e bataillon SOLI demeurait rattachée aux Grampians. Je devais cesser de m'inquiéter et me montrer patient.

Nous remontâmes au front vers la fin août. Les canons tiraient depuis des jours. Il était clair que nous allions entrer dans une nouvelle phase de l'offensive sur le Saillant. Je me sentais malade d'affreuses prémonitions. J'étais si convaincu de ma mort imminente que la saleté sordide des tranchées et la haine maussade de mes compagnons d'armes me semblaient de simples désagréments. Mais Teague avait – littéralement – la lumière de la bataille dans l'œil. Il paraissait distant, préoccupé, comme possédé d'un élan visionnaire. Sa ferveur me déconcertait. Je me sentais faible et terrifié ; Teague se réjouissait à l'idée de se battre. Je lui fis part des menaces de MacKanness (souvent renouvelées : « M'en vais t'attraper, spèce de con, t' vas voirrre ça, en plein dans ta putain de colonne verrrtébrrale. T' parrralyser. T' vas crrrever dans la dooolooorrre. »). Teague ne s'émut point.

« Reste avec moi, Todd, dit-il. On s'en tirera. Regarde comme on s'en est tiré à Frezenburg. Pratiquement sans une égratignure. »

Je contemplais son visage carré et ses petits yeux. Il était la seconde personne, après Dagmar, à m'assurer que je m'en sortirais. Nous étions assis dans les tranchées de soutien, au soir de la veille de l'attaque.

« Je vais mourir, dis-je. Je le sais. Que je m'en sois tiré une fois ne veut tout bonnement rien dire.

– Tout ira bien. Tu es comme moi, Todd. Nous sommes spéciaux, différents. »

Je ne pouvais pas imaginer quelqu'un à qui je ressemblais moins excepté, peut-être, Tanqueray et MacKanness.

« Tu crois vraiment que tu ne vas pas... ? » Je laissai délibérément ma question en suspens.

« Ça m'est égal. Je vais simplement me jeter là-dedans et avoir la bataille de ma vie ! »

Je détournai les yeux. Je ne sais pas pourquoi, l'attitude de Teague me dégoûtait. Nous avions bien mangé ce soir-là : de la soupe aux pois, du corned-beef sauté, des sardines. Je tenais à la main un bout de gâteau roulé rempli de confiture. Je le lançai aux rats, par-dessus le parapet.

*

22 août 1917. J'attends dans la tranchée de front la cessation du tir de barrage. Teague est à ma droite à côté de l'échelle. Sur le premier barreau, le lieutenant Stampe, notre commandant de compagnie. Stampe a six mois de moins que moi, dix-huit ans tout juste, un aimable garçon aux cheveux blonds. Tanqueray l'appelle « le Chiot ». Ledit Tanqueray parcourt la tranchée en distribuant le rhum. Que je refuse.

« Je vais t'avoir à l'œil, Todd, dit-il. De très près. »

Un air absurde me court dans la tête. Je n'arrive pas à m'en débarrasser.

> *Plus blanc que neige, plus blanc que neige*
> *Lave-moi dans l'eau*
> *Où tu laves ta sale fille*
> *Et je serai plus blanc que neige*
> *Sacré Joe.*

L'air entraînant m'empêche de penser à d'autres sujets. Cette fois, nous devons attaquer un château depuis longtemps en ruine, nous emparer des restes d'un bois et avancer à découvert dans la plaine jusqu'à S. Je n'ai qu'une très vague idée de nos objectifs. De toute manière, ils ne signifieront plus rien dès le coup de sifflet. Il n'y aura plus ni château, ni bois, ni plaine, ni carrefour à S.

Teague se tourne vers moi. Soudain le tir de barrage cesse une seconde ou deux.

« On y va, Todd », dit-il.

Un sifflet retentit quelque part. Stampe porte le sien à sa bouche et souffle violemment. La bille se bloque. Silence. Stampe sourit d'un air coupable et grimpe l'échelle jusqu'au parapet en nous faisant signe d'y aller. Je monte, sobre cette fois, le monde plat et immobile. Devant, une falaise de fumée et d'explosions marque la ligne allemande. Je m'accroupis et m'avance à la suite des autres à travers des trouées dans nos barbelés. En quelques mètres, mes bottes s'alourdissent d'une épaisse couche de boue et

180

d'argile. J'ai perdu Teague. Je garde la tête baissée, en faisant attention aux flaques de boue. J'essaye de marcher le plus droit possible. Quelques obus commencent à exploser autour de nous. Je contourne un lagon glacé de dix mètres de long. Je glisse et je m'étale. Je lève la tête. Stampe est devant moi.

« Ça va ? » hurle-t-il.

Je me remets péniblement sur pied. Stampe s'éloigne. A vingt mètres sur ma gauche, un soldat britannique ajuste son fusil sur Stampe et lui tire dans le dos. Stampe s'écroule. Le soldat jette un coup d'œil alentour. MacKanness. Je m'effondre sur le sol comme si j'avais été touché. J'attends une minute, puis (il n'y a plus trace de MacKanness) je me relève prudemment et je vais voir Stampe. Il est étendu, le visage dans la boue. Je le relève et je lui ôte les caillots de boue de son nez et de sa bouche. Il est encore vivant. Stampe est à peu près de la même taille que moi. Pour un Bantam, tous les grands types doivent mesurer pareil.

« Continue », ordonne Stampe. Il me repousse.

Brusquement, Teague surgit derrière moi. « Viens », dit-il. Nous filons en courant.

« Où sommes-nous ? je crie.

– Presque dans le bois ! »

Où était le château, je me demande ? A travers la fumée qui dérive, j'aperçois des souches et des troncs d'arbres déchiquetés. Des copeaux s'envolent en tourbillonnant. Teague et moi, nous nous jetons à terre. Teague se met à tirer avec son fusil. Je l'imite. Je n'y vois rien. Teague sort une grenade de son sac et la balance. Elle explose – jaune et orange, fumée blanche, éruption de mottes de terre. Il en prend une autre et avance de quelques mètres en se faufilant à travers les troncs noirs. Il lance à nouveau. Cette fois, la grenade semble exploser dès qu'elle a quitté sa main. Je l'entends hurler.

Puis, quelques secondes après : « *Todd ! Todd !* »

Je rampe vers lui.

Teague a perdu deux doigts de sa main gauche et son visage a pris le plus gros de la déflagration de la grenade défectueuse. Presque toute sa chevelure est calcinée comme l'est la couche superficielle de sa peau dont une partie pend de ses joues en longs lambeaux fragiles, pareils à du papier de riz. Il n'a plus de lèvre supérieure et, d'après ce que je vois, plus de paupières. Ses yeux saignent par les blancs perforés, remplissant les orbites.

Je l'aide à se relever et nous partons en trébuchant. Des larmes de sang de deux centimètres de large lui sillonnent le visage. Nous sommes brusquement sortis des troncs noirs, mais je n'ai absolument aucune idée de la direction à prendre. J'ai l'impression d'être au centre d'un cercle de bruit infernal. Des silhouettes fuient et rampent de toutes parts. J'ignore si on nous tire dessus.

Teague tombe à genoux. Maintenant il gémit. Son visage semble devenir effervescent, une mousse crémeuse café au lait s'y forme, comme un faux col sur un verre de bière brune. « *Plus blanc que neige, plus blanc que neige* », bourdonne dans ma tête.

« Je vais chercher un brancardier », dis-je faiblement. Je remarque des traces d'herbes mêlées à la boue et aux mottes de terre retournées. Nous avons dû avancer assez loin.

Je me relève. Le bruit des explosions s'est déplacé. On ne nous tire toujours pas dessus. J'allonge Teague et me précipite dans ce que je crois être la bonne direction. Les brancardiers devraient suivre la deuxième vague. Je continue à courir.

J'entends alors le bruit d'un énorme moteur. Sur ma gauche, se cabrant et se soulevant à travers et par-dessus les troncs d'arbres, surgit un tank, un immense parallélogramme de métal à trois dimensions, trois mètres de haut, dont les chenilles crachent un jet lourd de mottes et de boue. Un nom est peint sur l'avant. « *Oh, dis donc !* » La mitrailleuse de la tourelle tourne lentement et se met à me tirer dessus.

Je lève les bras, tombe et fais le mort pour la deuxième fois de la journée. Le tank continue ses labours. Je me relève et, dans un geste ridicule, je lui montre le poing en l'injuriant. Puis je repars en courant à la recherche des brancardiers.

Brusquement, je fais halte, une horrible image s'est formée dans ma tête. Une boule de vomi acide me remonte à la gorge. Je fais demi-tour et repars en courant vers Teague. Devant, dans la fumée qui monte, j'entends le moteur de « *Oh, dis donc !* » pousser, grincer.

> *Lave-moi dans l'eau*
> *Où tu laves ta sale fille...*

Le tank est passé sur les jambes de Teague. Celui-ci est vivant, mais sans connaissance. Ses jambes sont bizarrement informes maintenant, on dirait des paquetages à moitié vides. Une botte fait une pointe délicate, comme une ballerine.

Je cours derrière le tank. Je vois très bien ses traces dans l'herbe boueuse. J'arrive au sommet d'une petite hauteur et je m'arrête, stupéfait. Devant moi, baignée de neuf par le soleil de l'aube, s'étend la campagne belge. Routes, arbres, champs, villages, un clocher, des cheminées qui fument. A deux kilomètres environ, j'aperçois les fortifications de la troisième ligne allemande et une colonne de troupes s'avançant vers moi. Des renforts.

« Hé-ho ! Alors c'est toi l'Armée britannique ? »

Je me retourne. Le tank s'est arrêté à cinquante mètres de là. Un des hommes pisse contre la paroi. Je me mords la lèvre pour ne pas éclater en sanglots. Je m'approche. L'homme frissonne et reboutonne sa braguette. Il vient à ma rencontre. Il est petit, presque aussi petit qu'un Bantam.

« J' crois qu'on s'est avancé un rien de trop, mon pote. » Il contourne le tank. « En plein foutu milieu, comme un couteau chaud dans du beurre. »

Je le suis.

« Pas de tranchées par ici, vu ? Que des blockhaus. »

De l'autre côté du tank, l'équipage est assis en manches de chemise au soleil. Ils boivent du whisky – Johnny Walker – à la bouteille, et ils mangent du pain et du jambon qu'un homme découpe.

« V'là l'Armée britannique, dit mon homme en me présentant. Mieux vaut tard que jamais.

– Hello, hello, dit un autre. On a la dent, j' parie.

– Vous autres, dis-je, incapable de maîtriser le tremblement de ma voix, vous autres vous venez de passer par-dessus mon copain.

– Sûrement pas, dit l'un. Pas nous, mon pote.

– Un blessé, dis-je lentement. Vous lui avez écrasé les jambes avec vos chenilles.

– Non, non, dit le pisseur. J' m'en serai aperçu. J' suis le conducteur, vu ? T'as remarqué personne, pas ? dit-il en s'adressant à un autre.

– Nenni. Ça peut pas être nous, vieux fils. On fait pas ce genre d'erreur. On passe sur les Boches, pas sur nos p'tits gars.

– Il a les jambes aplaties !

– Hou-la... c'est moche. Un obus, probable. Ça fait de drôles de trucs, ces obus.

– Foutrement vrai. Je me souviens de ce type, une fois. Mort. Aplati comme une crêpe. On aurait pu le rouler comme un tapis.

– Ouais, ça peut être qu'un obus.

– *Salauds !* Je vais vous faire mettre au rapport. Sacrés salauds !

– Du calme, beauté. Georges t'a dit qu'il avait écrasé personne.

– Et je devrais le savoir puisque c'est moi le foutu conducteur, Jock.

– Ouais, et puis fais gaffe à qui tu insultes, espèce d'andouille d'Écossais. »

Je les laisse à leur jambon et leur Johnny Walker et je repars en courant. Je constate que, comme le conducteur du tank me l'a dit, il n'y a pas de tranchées allemandes par ici. Seulement des barbelés en fouillis et des blockhaus en ruine. Nous avons dû passer par une brèche temporaire dans leurs défenses. A l'endroit où j'ai laissé Teague, à la lisière du prétendu « bois », se trouve un groupe d'hommes appartenant à la Durham Light Infantry, noirs, épuisés, qui essaient de tenir le terrain. Ils me disent que Teague a été emmené, encore vivant, mais dans un sale état. Je leur demande s'ils ont vu les Grampians. Personne ne sait.

Des obus recommencent à exploser dans le bois. De gros morceaux d'arbres culbutent violemment en l'air. Une contre-attaque. Je repars avec un messager des Durhams. Il m'indique la bonne direction et nous nous séparons. J'arrive à l'aplomb d'un talus et je vois devant moi le désordre ondulant du *no man's land* et – à peine distinguable – le frêle tracé bosselé des lignes britanniques, avec son gribouillis de barbelés à trois ou quatre cents mètres. Je ne reconnais rien. Je m'arrête une seconde. Nous devons être dans une sorte d'accalmie. Les grondements et les coups de tonnerre des canons continuent et, à quinze cents mètres de là, une crête reçoit un déluge d'obus, tir de barrage sur tir de barrage. Ces hectares de terre éventrée de chaque côté de moi sont jonchés de petites silhouettes qui rampent, sautent, se traînent ou sont emmenées. Des équipes composées de quatre brancardiers explorent les bords de dangereuses mares de boue, à la recherche de blessés. Le soleil qui persiste à briller à travers des trous dans les nuages me réchauffe le dos et les épaules. Je m'assieds une minute. A cinquante mètres, un officier regagne à cloche-pied nos lignes en se servant de son fusil comme d'une canne. Il ne me prête aucune attention.

Je repars, en m'en tenant à la grosse boue labourée et en évitant tout ce qui ressemble à du porridge liquide. J'avance lentement. Je passe devant du matériel réduit en confettis, un groupe d'une vingtaine de cadavres sans trace de sang, des types qui attendent des civières, misérablement blottis dans des cratères d'obus. J'ai maintenant perdu de vue nos lignes. Votre vision change totalement au cours d'un voyage de dix mètres. Je tombe sur un emplacement de mitrailleuse, très bien organisé, les boîtes de munitions empilées bien proprement, une bâche tendue au-dessus de l'abri au cas où il pleuvrait. Les servants sont alertes, prêts à repousser une contre-attaque. Ils semblent surpris de me voir. Je poursuis péniblement ma route.

« Hé-ho ! » crie l'officier, un lieutenant. « D'où viens-tu ?

– Des lignes allemandes.

– C'est loin ?

– Plutôt.

– Bon sang ! Bon alors très bien les hommes, on remballe. Désolé, les gars, erreur d'aiguillage. »

Je les abandonne au démantèlement de leur abri bien

propre, et je me laisse glisser le long de la paroi friable d'un ravin. Un chemin ou une route effondrés, pilonnés au-delà de toute identification possible. Je remonte l'autre côté et j'ai de nouveau une brève vision de nos lignes. Encore deux cents mètres.

« Hé toi ! Au secours ! Par ici ! »

Au fond d'un grand cratère, l'homme est enfoncé jusqu'aux aisselles dans une mare de boue. S'il n'avait pas crié, je ne l'aurais jamais entendu. Il a le visage couvert de sang rouge foncé.

« T'es anglais ? J' peux pas bien y voir. » Il a un accent irlandais très prononcé.

« Je suis écossais, en fait... mais ça n'a pas d'importance.

– Tire-moi d'ici, vieux, d'accord ? Je m'enfonce. » Il prononce *enfance*.

« J'arrive. »

Je me laisse glisser avec précaution sur la paroi du cratère. L'homme se trouve à peu près à deux mètres cinquante de moi. Je m'englue jusqu'aux chevilles. La boue a une consistance de caramel mou. Je tends mon fusil. L'homme essaie de l'attraper. Trop court de soixante centimètres.

« Il me manque une putain de guibole. Soufflé droit dans ce trou de chiottes.

– Je ne peux pas t'atteindre. Je suis désolé.

– Nom de Dieu... Avance-toi un peu, vieux. Je m'enfonce.

– Je vais perdre pied aussi. »

Je vois bien qu'il sombre. L'eau boueuse lui arrive au cou. Ses doigts battent délicatement l'air comme si ses mains étaient des ailes et qu'il puisse s'envoler.

« Bon Dieu de Dieu de Dieu... Bon, eh ben sors-moi définitivement de cette horreur, vieux, veux-tu ? J' veux pas me noyer dans cette merde.

– *Mais je ne peux pas faire ça !*

– Bordel, pour sûr que j' ferais pareil pour toi ! »

Il tend son cou au-dessus de la surface visqueuse. Je fais un dernier essai futile pour m'approcher un peu plus. La boue m'arrive aux genoux. L'homme tend la main. Trop court encore de quarante impossibles centimètres.

« Vas-y. Rends-moi ce service. »

Brusquement, il semble que ce soit la requête la plus raisonnable du monde. Je me mets à sa place. Je ferais la même prière. Mais bien sûr.

« Regarde de l'autre côté », dis-je.

Il tourne la tête et je vise. Ma fatigue fait trembler mon fusil. Je tire. Et je rate. Un caillot de boue s'écrase derrière sa tête.

« *Pour l'amour de Dieu !* hurle-t-il, perdant toute sa maîtrise.

– Pardon. » J'appuie de nouveau sur la détente et mon fusil s'enraie.

« Je vais en chercher un autre ! » je crie. Je remonte la paroi à quatre pattes. Je cours dans tous les sens à la recherche d'un cadavre avec un fusil. Un instant je repars vers l'entonnoir pour voir où en est mon Irlandais. Il a disparu.

Je ferme les yeux et je me frotte la figure. Je me sens hébété, vidé de fatigue. Mon dos me fait mal, ma jambe est mystérieusement contusionnée. Je repars en trébuchant vers nos tranchées. Mon choc et mon indignation s'évanouissent à mesure que je patine et dérape plus près de chez nous.

J'atteins les lignes anglaises et on me dirige sur mon secteur. Il semble que j'aie dérivé de quinze cents mètres sur la droite. J'essaye de ne pas penser à Teague ni à l'homme dans la mare. Je fredonne ma chanson pour effacer ces images, tandis que je me traîne derrière les blessés sur les caillebotis des tranchées de communication « ... *plus blanc que la neige... lave ta sale fille... plus blanc que la neige, Sacré Joe* ».

Je retrouve les Bantams deux heures plus tard. Il est midi. Silencieux, moroses, épuisés, ils sont assis sur les berges d'un chemin effondré, derrière le canal Ypres-Comines. Nous sommes tous noirs, dégoûtants, incrustés de boue mal séchée. Je m'assieds, mes bras sur mes genoux et ma tête sur mes bras. Il pleuvine et il commence à faire froid. J'entends des bribes de conversation. Les Bantams ont fait une bonne journée. Un groupe a tué quarante prisonniers. Ils se font un point d'honneur spécial de tuer tout le monde : la puissante fureur des nains en colère. Tanqueray fait des allées et venues pour repérer les manquants. Aucun signe de MacKanness. Stampe est vivant et dans un hôpital. Tanqueray m'engueule rageusement et longuement pour avoir perdu mon fusil. J'entends sa voix d'airain et une peur affreuse m'envahit. Maintenant que Teague est parti, je suis seul avec les Bantams. Je n'ai plus la force de m'en sortir avec eux. Je comprends alors qu'il me faut m'enfuir.

Je lève la tête pour offrir mon visage à la pluie douce. Je n'en peux plus.

« *Johnny ?* Vingt dieux, c'est toi, Johnny ? »

Je me retourne.

Grand, propre, portant un uniforme de capitaine d'état-major, Donald Verulam est debout devant moi.

Villa Luxe, 2 juin 1972.

Bon sang. Les Bantams. J'en ai eu des cauchemars pendant des années. Chaque fois que je revenais en Écosse, je vivais dans la terreur angoissée de tomber sur un de mes ex-camarades. Surtout Tanqueray. Si j'entrais dans un pub, je regardais soigneusement autour de moi avant de commander un verre. J'ignore s'il survécut à la guerre, mais ces Bantams avaient une manière quasi surhumaine de s'accrocher à l'existence – si on considère la singulière vulnérabilité de notre espèce. Ils tenaient plus de l'insecte – pou ou cafard, un petit scarabée coriace bien blindé.

Sur cette terrible journée dans le Saillant, je ne dirai que ceci : elle me changea pour toujours. Pas de façon spectaculaire ; en fait, à l'époque, je crus qu'elle m'avait laissé intact, au physique comme au moral. Mais non. Elle me changea pour toujours. Il est impossible d'être confronté au chaos et à une absurdité cruelle sur une telle échelle sans en avoir son point de vue sur la vie modifié. On ne voit plus jamais les choses tout à fait sous le même angle.

Ce matin, j'ai déménagé mon fauteuil le plus confortable du bord de la piscine à mon rocher en surplomb de la falaise. Un petit pin y donne de l'ombre jusque vers onze heures. J'avais pour habitude de m'asseoir face à la piscine, jamais face à la mer, mais, maintenant qu'elle est vide, je n'en tire plus le même plaisir. De mon nouveau perchoir, à soixante-dix mètres d'altitude, j'ai une vue superbe sur la baie et je bénéficie de la brise – quand elle souffle.

Sous moi, la baie étend ses bras, un long, un court. A l'ouest, le grand bras est un promontoire dont la silhouette rappelle la tête d'un crocodile géant à moitié immergée dans la mer. On distingue clairement le renflement des yeux, la longue rampe de la mâchoire, la bosse des narines. Le long du rivage, je vois les nouvelles villas en construction et la petite plage publique avec ses parasols multicolores, ses pédalos et la cabane qui abrite le restaurant.

A l'est, l'autre bras, le court. Un promontoire plus bref celui-là, terminé par une colline presque parfaitement conique. Nichée dans l'angle que cette colline forme avec la langue de terre qui la relie au rivage, se trouve ma plage. Elle a peu de sable. Essentiellement des monticules d'algues séchées que ramène régulièrement un courant entêté. Des algues douces à nos pieds nus, comme des lambeaux de papier journal, sur un mètre d'épaisseur. Je n'y suis pas descendu depuis des siècles. Pas vraiment nécessaire tant que j'ai eu la piscine. Mais, à présent, un bain de mer devient presque insupportablement tentant. Seulement, on ne peut y accéder qu'au prix de vingt minutes de marche difficile le long d'un sentier tortueux qui descend à pic à travers la pinède puis longe la falaise. Et il me faut quatre fois plus de temps pour remonter. Ces temps-ci, je trouve que ces expéditions exigent trop d'effort.

Que vous dire de plus sur ma propriété – la propriété d'Eddie ? Sur un côté de la maison, il y a un petit champ rempli d'herbes blondes et de buissons desséchés de camomille. Le romarin pousse à profusion le long de la falaise, comme de l'ajonc. Dans le champ, nous avons aussi des caroubiers vert vif, deux ou trois oliviers qui dépérissent et puis cet énorme fichu figuier, dont les branches paresseuses sont soutenues par des béquilles en bois. Les pins plantés autour de la maison sécrètent une sève opaque et forte qui s'accumule sur les troncs comme des gouttes de bougie. L'air est rempli de senteurs d'herbes enivrantes.

Ce matin, installé sur mon nouveau perchoir au-dessus de la baie (mentalement, je m'y réfère déjà comme à mon « poste de vigie »), j'ai vu un petit bateau à moteur quitter en pétaradant son ancrage, à côté de la plage publique, et venir dans ma direction. Il s'est arrêté presque au-dessous de moi. Je suis allé quérir mes jumelles.

C'était Ulrike Gunter. Le bateau est un petit dinghy à quatre places, jaune vif, avec un moteur puissant, et que Gunter et ses fils utilisent d'habitude pour faire du ski nautique. Ulrike était seule. Elle a jeté l'ancre à quatre ou cinq mètres du pied de la falaise et elle a ôté son T-shirt. Elle portait un maillot une pièce, héliotrope foncé. Elle a mis son masque, son tuyau, une ceinture à soufflets et elle a plongé. Elle a nagé jusqu'aux rochers et, d'après ce que j'ai pu voir, a commencé à les attaquer avec un couteau. Elle a passé vingt minutes à ramasser des spécimens avant de revenir au bateau.

Quand, après avoir regrimpé à bord, elle s'est redressée, son corps et son maillot étincelants d'eau, pour essorer ses cheveux, j'ai senti dans mes viscères un allégement, une légèreté vivifiante que j'ai reconnus, immanquablement, comme du désir.

5

WOCC

Quinze jours après cette journée d'enfer dans le Saillant, Donald et moi arrivions à bord d'une voiture de l'état-major dans la cour boueuse d'une petite ferme près du QG de la Ve armée, à Elverdinge. Sur le seuil de la ferme, une vieille femme nous regarda, impassible, sans répondre au salut enjoué que lui fit Donald de la main. Une autre automobile, une élégante Humber, était garée près d'une grange. Une grande porcherie, inutilisée, et une remise formaient les deux autres côtés du quadrilatère.

« Te voilà chez toi », dit Donald en m'entraînant à l'intérieur de la grange.

La grande pièce avait été divisée en deux. Une moitié contenait des chaises et des tables, un buffet et un poêle. Un gramophone en chêne verni occupait l'embrasure d'une fenêtre. Dans l'autre partie, se trouvaient trois lits de fer, une immense armoire et un bon nombre de malles et de valises.

« Je ne suis pas loin », dit Donald. Il était rattaché à l'état-major du quartier général et habitait au château La Louvie une buanderie désaffectée. « Les deux autres seront ici avant la nuit, je pense. » Il sourit et me tendit une clé sur un anneau.

« Qu'est-ce que c'est ?

– Pour ta voiture. Elle est dehors. Ton équipement est dans le coffre. Je reviendrai demain pour voir comment tu t'en sors. » Il me serra l'épaule. « Tu as retrouvé ta bonne vieille tête, Johnny. »

A la fin de 1915, Donald Verulam avait été transféré du ministère de la Guerre à « Wellington House », la section secrète de propagande des Affaires étrangères, pour aider à l'établissement d'un programme de filmage systématique de la guerre. Chose curieuse à raconter, il n'y avait pas eu le moindre film ni aucune photographie officiels de la guerre durant les deux premières années. Quelques compagnies indépendantes avaient envoyé des cameramen au front, mais ceux-ci travaillaient avec les forces françaises ou belges puisqu'il y avait interdiction formelle de toute photo dans le secteur britannique, si grande était la méfiance de l'état-major. En 1915, l'industrie cinématographique, sous la forme du « British Tropical Committee for War Films », reçut finalement du ministère de la Guerre, le War Office, l'autorisation de filmer sous la direction de Wellington House. Cet arrangement un peu spécial fut modifié en 1916, lors de la création du WOCC, le Comité du cinéma du War Office. Le Comité nomma des cameramen officiels, dont Donald fut chargé de superviser les activités sur place. Donald devait s'assurer également que les films, une fois tournés, survivraient au circuit alambiqué qui les menait de la France jusqu'aux laboratoires de développement et de montage puis, de là, au Service de l'information, avant leur retour en France dans les bureaux du censeur en chef du QG. Alors, seulement, le film, dûment approuvé, pouvait être montré aux Actualités, en Angleterre et à l'étranger.

Donald accomplissait sa mission en France depuis juin 1917. Il était en étroit contact avec son supérieur immédiat, John Buchan, au Service de l'information à Londres. Toujours extrêmement méfiant, le quartier général avait décrété qu'il n'y aurait jamais plus de trois cameramen au front en même temps. Ce fut ma chance qu'un nommé McMurdo, victime d'une pneumonie, ait dû retourner en convalescence en Angleterre trois jours avant que nous nous rencontrions, Donald et moi, sur ce chemin de terre, derrière le canal Ypres-Comines.

Je ne restai qu'un jour de plus avec les Bantams avant l'annonce de ma nouvelle affectation en qualité de cameraman officiel du WOCC. Je me reposai une semaine à Bailleul en attendant autorisation et approbation des documents requis. Je fus expédié à l'épouillage et mon uniforme condamné à l'incinérateur. Je touchai des vêtements neufs aux magasins de la division : chemise et cravate, une veste bien coupée, des jodhpurs kaki clair, des bottes lacées étincelantes, une capote à martingale, un képi, une badine en frêne. Je devins un officier honoraire.

Ainsi donc, aujourd'hui, je me promenais dans mon nouveau cantonnement, ravi du sévère claquement de mes bottes sur les dalles fraîches du sol. Le poêle était allumé ; il faisait chaud à l'intérieur. Deux calendriers en couleurs ornaient les murs. La vieille femme entra avec une brassée de bois et prépara du café. Sans rien me demander, elle me fit frire quatre œufs et me les servit avec du pain et de la margarine. Je les mangeai, bus mon café et allumai une cigarette. Nom d'un chien, ça, c'était la belle vie ! Une petite pluie commençait à tomber et je remis donc à plus tard l'inspection de mon automobile. Je la regardai par la fenêtre en me demandant si je serais capable de m'en servir convenablement. Donald m'avait révélé les principes de la conduite, et ils me paraissaient assez simples. Outre prétendre que je savais conduire, il avait été nécessaire – pour la réussite du plan de Donald – que j'affirme connaître intimement la manipulation d'une caméra. Donald m'avait montré quelques-uns des films produits par le WOCC et passé deux après-midi à m'initier au maniement de l'Aéroscope, la caméra standard. Celle-ci était plus fonctionnelle et robuste que son alternative, une Moy-Bastie.

L'Aéroscope ressemblait à un petit attaché-case en bois, avec une manivelle sur le côté et un trou à un bout, pour l'objectif. Un simple battant, maintenu par un taquet, révélait ses entrailles, et la charger et la décharger ne présentait que peu de difficultés. Elle n'était pas particulièrement lourde à transporter mais son trépied pesait un âne mort. Parfois, m'expliqua Donald, les cameramen réussissaient à persuader les bataillons ou les compagnies qu'ils filmaient de leur fournir un planton pour trimballer leur matériel, mais la plupart du temps nous devions le faire nous-mêmes.

C'était là l'aspect le plus pénible de ce qui autrement allait être une existence fort agréable. En fait, après les Bantams, elle avait des allures de rêverie paradisiaque. Nous portions un uniforme d'officier – sous-lieutenant de principe –, mais sans galons ni insigne d'unité, et nous n'avions pas d'armes. La vieille femme de la ferme était payée par le WOCC pour nous faire la cuisine et le ménage, et, deux fois par semaine, des vivres et du carburant nous étaient livrés par les magasins d'intendance de la division. Notre document le plus important était le passe. Il nous permettait d'accéder à tous les secteurs du front, et requérait des officiers responsables de nous faciliter notre travail au maximum. On se rendait dans un endroit choisi, on se présentait au commandant ou à l'officier qui en faisait fonction, on l'informait de ce qu'on entendait filmer et on se mettait au travail. Selon Donald, la perspective d'avoir un film tourné dans leur unité était irrésistible pour les commandants. Les portes s'ouvraient en grand.

Tout cela, je l'appris durant les deux jours que je passai à Bailleul avec Donald. Sans la moindre gêne entre nous, je suis heureux de le dire. Aucune mention ne fut faite de cette affreuse promenade aux environs de Charlbury. Je réussis même à demander des nouvelles de Faye sans rougir. Donald se montra pareil à lui-même, courtois, attentif. C'est moi qui avais changé. Il n'y avait qu'un peu plus d'un an que nous ne nous étions vus, mais les expériences que j'avais vécues avaient fait d'un écolier passionné et tête folle un adulte engourdi et prématurément dépouillé d'illusions. Je n'entrai pas dans les détails de cette dernière journée avec Teague ni de l'attaque sur le carrefour mythique de S., mais Donald avait clairement deviné, d'après mon état, que je n'aurais guère pu en supporter davantage.

De toute façon, telle est la résistance naturelle de mon caractère que je ne ruminais déjà plus ma désagréable aventure chez les Bantams, mais ne songeais au contraire qu'à jouir des conforts qui m'entouraient soudain. Je visitai les petits coins (quelle merveille de ne plus être constipé, cet état inhérent à la vie des tranchées). Je me servis une autre tasse de café. Puis j'entendis une auto arriver.

Le premier de mes collègues à rentrer fut Harold Faithfull – le célèbre Harold Faithfull. Il avait été l'un des premiers cameramen sur le front de l'Ouest, après la bataille de la Somme, en 1916. Son grand moment de gloire, il l'avait connu avec l'attaque de la Crête de Messines, un an après. Faithfull, alors présent, avait réussi – par un pur coup de veine, j'en suis certain – à filmer l'explosion d'une des énormes mines creusées au-dessous de la crête. Le film de cinquante minutes qui en avait résulté – *la Bataille de Messines* (Donald me l'avait projeté à Bailleul) – se jouait devant des salles combles en Angleterre et en Amérique depuis plus de trois mois. Faithfull avait récolté tous les applaudissements (bien que je sache maintenant avec certitude que le film était le fruit du travail d'un, sinon de deux autres cinéastes), fait de multiples conférences et venait de publier un livre – *Comment je filme guerres et batailles* – qui, m'informa Donald, se vendait extrêmement bien.

Faithfull m'accueillit avec une cordialité à peine entachée de condescendance – Donald l'avait prévenu de mon arrivée –, mais, instinctivement, il me déplut. Il avait environ vingt-cinq ans, un beau visage bien plein, des cheveux blonds fins et rares, et une voix étonnamment profonde, empreinte d'une sage gravité. Je suis persuadé qu'il s'agissait là d'une affectation de maturité. Le problème, c'est que Faithfull puait la fausseté. J'admets qu'à ce stade mes conclusions ne se fondaient que sur des préjugés (je suis prêt à confesser une certaine jalousie – j'enviais déjà son succès avec *la Bataille de Messines*), mais il y avait malgré tout quelque chose du beau parleur chez ce type. Il était toujours extrêmement préoccupé de lui-même et de l'effet qu'il produisait sur les autres – un signe infaillible chez les vaniteux et les malhonnêtes.

Il fut bientôt rejoint par son grand copain, Almyr Nelson, ce qui compléta notre groupe. Nelson était un photographe connu sous le nom de « Bébé » Nelson, probablement à cause de ses cheveux frisés châtain clair. Pourtant, je ne pus jamais me résoudre à l'appeler ainsi. Avec Nelson, j'étais professionnellement sur un terrain plus sûr, et je discutais souvent avec lui de points techniques, de préférence à portée d'oreille de Faithfull. Faithfull nourrissait certains soupçons à mon égard et sur la manière dont j'étais entré dans l'équipe du WOCC – l'unité de superélite de l'Armée britannique, ainsi qu'il la qualifiait. Je n'avais pas avidement fréquenté les cinémas avant la guerre, et mes quelques heures de leçons avec l'Aéroscope n'auraient pas résisté à beaucoup de questions. Aussi, dès que la conversation se portait sur le cinéma, je la déviais vers des domaines plus généraux – composition, portrait, l'avantage de la photo posée par rapport à l'instantané –, et personne, je crois, ne devina ma réelle ignorance. Faithfull possédait une certaine intelligence roublarde. Nelson était plus plaisant mais, côté cervelle, il était – ainsi que l'aurait élégamment exprimé le sergent Tanqueray – « aussi épais que de la merde dans une bouteille ».

Une routine s'établit bientôt. Tous les deux jours, Donald venait avec une liste de sujets potentiels que le WOCC estimait avoir une valeur d'information ou de propagande. Faithfull avait le premier choix (il adorait les dignitaires en visite – il prétendait avoir filmé les visites au front de deux rois, trois Premiers ministres et de cargaisons entières d'hommes politiques) et s'en allait, après un petit déjeuner prolongé, souvent en compagnie de Nelson. Ils restaient fréquemment absents la nuit. Faithfull semblait être reçu à bras ouverts dans toutes les popotes de régiments. Depuis *la Bataille de Messines*, il était devenu une vedette. Tous ses autres films étaient parfaitement assommants.

Pour commencer, Donald me mit au travail sur une série intitulée : « Les grands régiments britanniques », un travail assez simple, avec l'avantage de me permettre de maîtriser l'Aéroscope. Je filmai un bataillon de l'Infanterie légère royale du Yorkshire recevant ses vivres dans une roulante, jouant au football, écoutant un concert improvisé et montant au front le long d'une route bordée de peupliers abattus. J'utilisai quatre bobines de pellicule que j'expédiai à Londres, où un monteur anonyme des laboratoires de la « Topical Film Company », dans Camden Town, les coupa et les recolla.

Une semaine plus tard, le film était de retour, approuvé par le censeur, et nous allâmes le montrer au colonel du Royal Yorkshire, et à ses officiers, dans les cantonnements de réserve de leur bataillon.

Je n'oublierai jamais ce soir-là. Nous étions en novembre. Nous partîmes en voiture au crépuscule. La neige fondait en crachats sur le pare-brise. Un « coup de main » était en cours et, durant toute notre visite, une batterie d'obus de soixante, dans un champ à quinze cents mètres de là, ne cessa de tirer. Nous prîmes un verre au mess des officiers, puis nous nous rendîmes dans une grange où l'on avait accroché un drap sur un mur. Je montai le projecteur, mis en marche le générateur portatif, et le faisceau clignota puis se fixa, en tremblant légèrement, mais en plein centre de l'écran improvisé.

Je me rappelle tous les détails. La vague senteur de renfermé du vieux foin, l'odeur âcre et flagrante du tabac pour la pipe, le ronflement du générateur, le grondement des canons, le rire et les commentaires des officiers, les lanternes en veilleuse, grosses de leur lumière d'huile.

LES GRANDS RÉGIMENTS BRITANNIQUES N° 23
L'INFANTERIE LÉGÈRE ROYALE DU YORKSHIRE

Pas d'autres noms, pas de générique (pas de son, bien entendu), mais c'était mon œuvre à moi. L'image monochrome initiale des hommes en marche, sourire aux lèvres, saluant de la main la caméra (j'avais en vain crié : « Ne saluez pas ! Ne saluez pas ! Ne regardez pas la caméra ! »), puis les ineptes plaisanteries d'un pisseur de copie du ministère de la Guerre... Je regardai tout cela défiler devant moi, extasié. Je ne peux pas dire que j'étais en proie à une sorte de vision artistique ou esthétique, mon humeur tenait plutôt – comment dire ? – de la fierté du propriétaire. Ceci était à *moi*. John James Todd *fecit*. A côté de moi, Donald tirait sur sa pipe, et je me rappelai ce jour où, dans le train de Barnton, il m'avait tenu à la fenêtre pour que je prenne ma première photo, « Maisons en vitesse ». Je fus saisi d'un vif élan d'affection pour lui et sa constante générosité à mon égard.

Des applaudissements bruyants et ravis saluèrent la fin du film. On retourna boire un autre verre à la popote où me furent faits des compliments très flatteurs. Mon premier public, mon premier succès. Je voguais sur un radieux nuage de bonheur et d'innocent orgueil.

Je repartis en voiture avec Donald, mon film dans ses deux boîtes de métal argent toutes chaudes sur mes genoux.

« Bravo ! dit Donald. Après-demain, les Inniskilling Fusiliers. »

Mais je ne l'écoutais pas.

« Je me demande pourquoi, dis-je, ils n'ont pas utilisé ce plan du sergent-major en manches de chemise – vous savez, en train de donner de la confiture à son écureuil apprivoisé ?... C'était de très loin le meilleur. »

Paroles prophétiques. Récrimination prophétique. Je compris dès lors que ce que je voulais, c'était le contrôle. Le contrôle absolu. Et c'est de ce moment-là – et non pas de mes premiers tours de manivelle hésitants sur l'Aéroscope, un matin dans la rue d'un village sur la route Abeele-Poperinge – que je date le début de ma carrière, de ma vocation, de mon œuvre, de ma ruine.

*

Les deux semaines suivantes, je filmai les Inniskilling Fusiliers et l'Infanterie légère de l'Oxfordshire et du Buckinghamshire. Les films terminés étaient pratiquement identiques au premier. Mais tandis que je les tournais, une idée prenait corps dans ma tête. Je décidai, tout à fait indépendamment, de faire mon propre film, un film qui ne serait pas simplement un assemblage de fragments vaguement apparentés, mais qui aurait une structure et une forme distincte, un film qui raconterait une histoire. Je crois que le titre m'en vint avant quoi que ce soit d'autre : *Après la bataille.* Je le voyais déjà s'étaler sur des affiches, sur des panneaux au-dessus des marquises des cinémas. Ce serait un film fidèle à l'expérience d'un soldat au combat, une expérience que le metteur en scène avait lui-même vécue.

A en juger par ce que Donald m'avait montré à Bailleul des documents du WOCC, il était évident que la plupart des films d'offensives s'étendaient surtout sur la préparation de l'attaque, suivie de quelques images des hommes quittant les tranchées et, avec un peu de chance, d'une vue prolongée des lignes ennemies sous le feu. A quoi on ajoutait finalement quelques prisonniers de guerre allemands moroses et quelques blessés valides et souriants dans les postes de secours. La fermeté d'âme nous conduira à la victoire finale, tel était le message implicite. Le film que j'avais en tête serait totalement différent.

Je ne fus pas entièrement franc avec Donald quant à mes ambitions. Je soupçonnai qu'il me reprocherait gentiment d'en vouloir faire trop : de vouloir courir avant de savoir marcher. Je me contentai de lui dire que j'avais envie de laisser tomber « Les grands régiments », et de voir si je pouvais traduire quelque chose de plus intéressant de cet immense éventail d'activités qui se déployait derrière les lignes. Il me donna volontiers le feu vert.

Un matin, je quittai la ferme bien avant l'aube pour me rendre en voiture dans le secteur nord du Saillant, au QG du 107e régiment de sapeurs canadien, où j'obtins la permission de filmer une corvée de barbelés à son retour du front. Un planton mal réveillé me conduisit le long du chemin de caillebotis jusqu'à l'entrée d'une tranchée de communication. Je dressai mon trépied, fixai mon Aéroscope dessus et attendis.

Les hommes apparurent vers six heures et demie. Il y avait juste assez de lumière. Je filmai leurs visages épuisés, hagards, pendant qu'ils défilaient devant moi, jetant à peine un œil vers la caméra. Quelques éclopés s'appuyaient sur leurs camarades. Les brancardiers ramenaient les blessés graves et trois cadavres.

Avec le planton portant mon trépied, je courus le long du caillebotis et rattrapai les sapeurs qui se traînaient. Je m'installai sur la berge opposée du canal, près d'un pont flottant. Des filets de brume montaient de l'eau brunâtre endormie. Les soldats s'avancèrent pesamment sur le ponton, les bateaux s'enfoncèrent, de larges ricochets encerclèrent leurs reflets penchés, un peu de soleil éclaira l'eau.

Plus tard dans la matinée, je les filmai en train de se faire du thé et de frire du pain avec du corned-beef. Je fis de longs, très longs gros plans tandis qu'ils regardaient l'objectif sans la moindre expression. Je pris une dernière séquence, cette fois des hommes endormis, recroquevillés sous des toiles de tente, aussi immobiles que des cadavres.

Puis je passai aux vrais cadavres, deux jours plus tard,

dans un cimetière près d'un hôpital de campagne. L'Aéro-scope pointé sur une demi-douzaine de corps, je demandai à la corvée d'inhumation d'avancer dans le champ de la caméra et de jeter le contenu de leurs civières à côté d'eux. Plus tard aussi, je filmai les curieuses faces impassibles d'un bataillon de travailleurs chinois creusant des tombes pour des morts européens. Puis je surpris les visages mal-heureux des très jeunes gens de la corvée d'inhumation, enfilant des gants de caoutchouc avant de déposer les corps dans leurs fosses étroites.

Dans ma naïveté, je continuai à filmer par ordre chrono-logique, tournant les scènes dans l'ordre où je souhaitais qu'elles apparussent et c'est ainsi que, durant la semaine suivante, je fis mon film avec une confiance absolue, quasi surnaturelle, dans la forme qu'il prenait, parfaitement convaincu de son efficacité. Je filmai un officier écrivant aux parents des morts ; des infirmières pansant des blessu-res, des charpentiers confectionnant des croix de bois, des amputés recevant leurs béquilles neuves, des uniformes ensanglantés brûlant dans l'incinérateur et les salles calmes, silencieuses, ensoleillées du pavillon des moribonds dans un hôpital de l'arrière. L'image finale était classique : des troupes fraîches montant au front, souriantes, et agitant leurs casques pour saluer la caméra.

Je n'écrivis ni scénario ni synopsis pour *Après la bataille*, mais j'avais de sa forme une idée aussi claire que s'il avait été soigneusement conçu et étalé, inscrit devant moi en détail sur le papier. Mon problème maintenant était de m'assurer qu'il fût édité de la manière dont je le désirais. Je demandai à Faithfull comment m'y prendre.

« Tu as ce petit mec à Islington ou à Clerkenwell, vu, qui visionne des kilomètres de films d'actualité par semaine, qui s'emmerde ferme, l'esprit tout à la pinte de bière qu'il va se taper à l'heure du déjeuner, mais il faut d'abord qu'il colle tous ces trucs ensemble. Il sera ravi que tu l'aides à s'en sortir. Écris, mets-lui tout ça sur le papier – des mots d'une syllabe, fais gaffe –, et vérifie que tu as convenablement numéroté tes bobines. Tu as besoin de sous-titres ?

– Non. Je ne crois pas.

– Pas de sous-titres ? » Il fronça les sourcils. « C'est encore plus simple... Qu'est-ce que tu concoctes, Todd ?

– Oh, juste un truc du genre "Derrière les lignes"...

– Je vois... Hummm. Bon. Je crois que je vais m'offrir une cigarette. Et toi ? Tiens, envoie donc la boîte par ici, Bébé, t'es vraiment un chic type. »

Alors que je filmais *Après la bataille*, je fis deux intéressantes rencontres. D'abord, je revis Teague à l'hôpital de Saint-Omer. J'avais monté ma caméra dans une salle de moribonds et tourné ma séquence. Puis il me vint brusquement à l'idée que Dagmar pourrait fort bien travailler dans cet endroit, et je partis à la recherche de l'infirmière en chef pour m'en enquérir. Je la découvris dans une autre salle remplie d'hommes emmaillotés de bandages – des grands brûlés. Elle m'informa qu'elle ne connaissait pas de Dagmar Fjermeros dans le personnel et, comme je faisais demi-tour, j'entendis une voix appeler d'un des lits : « Hodd ! Hodd ! » ou quelque chose de ressemblant.

La partie supérieure de la tête de Teague était recouverte de pansements de gaze imprégnée d'une pommade épaisse, d'où émergeait un œil rouge et larmoyant. Une moustache de coton dégoulinante d'une lotion qui sentait le camphre remplaçait la lèvre. Je me sentis saisi d'un mal de crâne solidaire. Les deux jambes s'arrêtaient au genou, la couverture tendue au-dessus, sur un support d'osier. Nous nous serrâmes la main doucement – la gauche, la droite étant bandée, un poing rond tout blanc.

Je n'avais jamais beaucoup aimé Teague, mais je me sentis alors vraiment content de le revoir. Après tout, nous avions partagé la plus grande partie de cette abominable journée. Nous parlâmes de choses et d'autres – je lui expliquai ma nouvelle affectation et mon nouvel uniforme. Et en le regardant, brisé, ravagé, je sentis une sorte de picotement dans mon cerveau, irrésistible, comme un éternuement cérébral en formation.

Je m'efforçai de résister.

« J'ai fait un rapport sur ces salauds du tank, tu sais, mais je ne suis pas sûr qu'il en soit résulté quelque chose. » Je me tus. « Comment vas-tu, tout bien considéré ?

– Très bien, je suppose. Quoique je vais avoir un air un peu bizarre. Reste pas grand-chose dont je puisse me servir. Au moins, j'ai un œil. »

Il fallait que je le lui demande :

« Quel est ton sentiment sur tout ça, maintenant ?

– Je n'aurais pas voulu le rater pour rien au monde.

– Sérieusement ? » Le scepticisme dans ma voix la fit monter d'un ton. « Excuse-moi, ajoutai-je, mais c'est simplement que je ne m'attendais pas à t'entendre dire ça.

– C'est un risque qu'on prend et un prix qu'on paie. Au moins, je suis encore en vie. »

Je ne te crois pas, pensai-je en moi-même. Mais je suppose que tu es obligé de le voir sous cet angle. Si tu faisais autrement, tu deviendrais fou. Regarde Kite, il a craqué alors qu'il n'a perdu qu'une main. Moi je serais comme Kite, amer, furieux, plein de ressentiment...

Plus tard, je filmai Teague. Je pensai que ça lui remonterait un peu le moral. Nous le fîmes pousser dans son fauteuil roulant vers une caméra, tout le long d'un grand corridor sans air, traversant des rayons de lumière automnale.

La seconde rencontre fut moins mémorable mais, pour moi, curieusement significative. L'officier que j'avais filmé en train d'écrire des lettres aux parents des disparus était en fait le capitaine Tuck. Le 13e avait été reformé, les rumeurs d'un transfert sur le front italien s'étaient révélées sans fondement. Le bataillon avait repris son rôle habituel de pourvoyeur de corvées pour l'artillerie. Je ne reconnus que très peu de visages.

Après que Tuck m'eut obligé de quelques gribouillis et de la mine grave appropriée – il n'eut besoin d'aucune persuasion, l'Aéroscope étant une infaillible séductrice –, il me raccompagna à ma voiture.

« Une demi-sec', dit-il. Il y a quelqu'un que vous devez voir avant de partir. »

Il me conduisit derrière l'étable qui abritait la cambuse. Étalé sur le sol, Ralph le chien rongeait un os. Il se redressa lentement sur ses pattes et s'approcha de Tuck. Il était devenu énorme.

« Le cuistot le gâte vraiment beaucoup. »

Je fis claquer mes doigts :

« Ici, Ralph, ici fiston ! »

Le chien ne bougea pas d'un poil. Il me regarda, bâilla et se lécha les babines.

« Il ne se souvient pas de vous, s'étonna Tuck. Bizarre. »

Je sentis mon cœur sauter de joie et de soulagement.

« Il a toujours été un animal plutôt stupide », dis-je avant de regagner ma voiture, exultant. Je ne revis plus jamais Ralph.

*

« Ils l'ont censuré », dit Donald Verulam. Il paraissait grave.

« Quoi ?

– *Après la bataille.*

– Non ! Bon sang ! Quels morceaux ?

– Le film entier. Tout en bloc. Le censeur en chef est furieux. Tu as de la chance de ne pas être fichu à la porte. J'ai été obligé de lui dire qu'il s'agissait d'une effroyable bourde. Des fragments collés ensemble par inadvertance. Ça ne tient pas vraiment la route. Il n'a pas été convaincu. »

J'avalai ma salive :

« Où est le film ?

– Je l'ai ramené.

– Dieu soit loué ! » Puis après un silence : « Qu'en pensez-vous ? »

Il me dévisagea et me fit un petit sourire :

« Eh bien... c'est très fort. Un peu sombre et morbide à mon goût, mais je suis sûr qu'on pourra en utiliser des passages. Les séquences du début sont bonnes. On pourrait essayer de les insérer dans le film de Faithfull. » Il me regarda : « Je regrette que tu ne m'aies pas dit que tu allais faire ça, Johnny.

– Quel film de Faithfull ?

205

– Ça s'appelle *Ypres*, ou bien *Wipers*. Nous avons besoin d'un autre film de bataille comme *Messines*. Un autre film de bataille style Harold Faithfull. Pas du tien. »

Je réfléchis rapidement.

« Donald, pouvez-vous me rendre les bobines ? Je vais les arranger. Filmer d'autres scènes. Changer de ton. »

Nous nous disputâmes un peu, mais je savais qu'il finirait par céder. Je voyais à ma portée une occasion miraculeuse. La décision du censeur en chef n'était qu'un obstacle mineur. Ce que je préparais l'obligerait à changer d'opinion.

Je récupérai *Après la bataille* et, seul, en l'absence de Faithfull et de Nelson, je le revisionnai plusieurs fois. Tout en mettant au point ce que je devais y faire, les mérites du film me sautèrent aux yeux : ceci était *vrai*, ceci était ce qui se passait en réalité après une bataille. Quoi que je fasse ensuite, je ne devais pas oublier ce fait. Inconsciemment, je formulais le credo qui nourrirait toute mon œuvre. Seule importait la vérité, une vraisemblance sans faille. C'était ce qui rendait mon film si différent de tous les autres, et qui devrait être la règle pour l'avenir.

Un matin, à la ferme, Nelson et moi prenions notre petit déjeuner quand arriva un messager envoyé par Donald me demandant d'aller porter le plus vite possible à Faithfull des bobines de pellicule supplémentaires.

« Tu peux aller les lui apporter toi-même, dis-je à Nelson. Je ne sais pas où il est.

– Pas question, mon vieux. J'ai le maréchal Foch qui distribue des médailles à midi. Je ne peux pas aller jusqu'à Étaples.

– Étaples ? Qu'est-ce qu'il fabrique là-bas ?

– Il fait son film. »

De mauvaise grâce, je pris la route d'Étaples. J'y arrivai vers onze heures. Devant moi, de la hauteur où je me trouvais, je voyais la ville mais aussi un lointain bout grisâtre de la Manche. Les indications de Nelson m'amenèrent à un camp – un vaste champ défoncé entouré d'un grillage. A l'intérieur, rangées sur rangées de tentes, et un terrain de parade poussiéreux sur lequel des soldats faisaient l'exercice.

Je n'eus aucune difficulté à trouver Faithfull – tout le monde paraissait être au courant du film –, et l'on m'indiqua un sentier qui menait à des stands de tir. En approchant, j'entendis des bruits de balles et d'autres explosions. J'arrêtai le moteur et, traînant mes bobines dans deux sacs de jute, partis à la recherche du célèbre cameraman.

A mon arrivée, tout redevint calme. Je dépassai deux compagnies au repos. J'avais devant moi d'aimables collines herbeuses et un tronçon d'environ cent mètres d'une tranchée impeccable – fortifiée, en zigzag, avec des niches de tir à des angles précis, des sacs de sable propres et des barbelés bien tendus – qui me rappelèrent énormément Nieuport.

Installé dans la tranchée, Faithfull pointait sa caméra sur une section entière, baïonnette au canon.

« Ah, Todd ! Dieu merci, te voilà. J'en suis à mes deux dernières bobines. »

Il me présenta à deux ou trois officiers aux sourires épanouis, puis s'agita dans tous les sens, discutant avec des gens divers et vérifiant des détails dans son carnet.

« Que se passe-t-il ? m'enquis-je.

– Ça, c'est la Rifle Brigade attaquant le bois de Glencorse en août... Quelque chose du genre », dit Faithfull. Il se retourna : « Capitaine Frearson ? La fumée, maintenant, s'il vous plaît. » Il s'accroupit derrière sa caméra. « Et rappelez-vous vos numéros, vous, messieurs ! Je suis prêt quand vous l'êtes, lieutenant Hobday... *Fumée*, capitaine Frearson ! »

Faithfull commença à tourner la manivelle de son Aéroscope. Une petite bombe fumigène fut mise à feu et de la fumée blanche s'éleva au-dessus de la tranchée. Le lieutenant Hobday s'avança, donna un coup de sifflet – « Ne regardez pas la caméra, Hobday ! » –, et la section escalada en bon ordre les échelles.

« Un ! Deux ! » cria Faithfull.

Deux hommes levèrent haut les bras et tombèrent en arrière. Debout sur le parapet, Hobday, revolver au point, faisait signe à ses hommes d'y aller.

« Trois ! hurla Faithfull. *Trois !* Nom de Dieu ! »

Numéro Trois se plia en deux et tomba.

« Ne bougez plus ! gueula Faithfull. Immobilité absolue ! »

Les cadavres s'abstinrent de tout mouvement tandis que le reste de la section, fusils à l'horizontale, se déployait en éventail pour avancer à travers la fumée qui s'étirait.

Je m'attardai suffisamment pour voir Faithfull organiser « l'assaut de la seconde vague ». Ici, il utilisa ses deux compagnies d'hommes, beaucoup plus de fumée et quantité de charges explosives. Je dus lui concéder que la bataille était efficacement mise en scène. Ma très réticente admiration fut réservée à son stratagème final : deux hommes tenant un enchevêtrement de barbelés devant la caméra, tandis qu'il filmait de dos les soldats montant à l'attaque. J'avais lu en douce *Comment je filme guerres et batailles* et j'imaginais parfaitement le sous-titre de Faithfull : « D'un entonnoir dans le *no man's land*, je filme la seconde vague attaquant le bois de Glencorse sous un feu nourri. »

A ce moment-là, je m'étais déjà un peu reculé. Tout d'abord, devant la reconstitution de Faithfull, je fus saisi d'une incrédulité fébrile, rageuse et – je ne vois pas comment l'exprimer autrement – d'un sentiment d'outrage moral et esthétique. Je savais combien, très vite, la version Faithfull, simple et bien ordonnée, de l'attaque de Glencorse passerait pour l'énorme horreur chaotique de la vraie bataille. C'était moins l'abîme qui séparait le film de la réalité qui m'indigna que le choc que je ressentis en m'apercevant à quel point il était facile de falsifier la vérité. Seuls les hommes qui avaient eux-mêmes combattu dans les tranchées reconnaîtraient la grotesque fausseté de ce que produisait Faithfull – une minuscule minorité dont les protestations finiraient par se raréfier et s'éteindre. Mais voir Faithfull au travail sur *Wipers*, observer à la fois l'échelle de l'entreprise et ses fabrications flagrantes m'avaient montré quoi faire d'*Après*. Le WOCC avait besoin d'un film de bataille – eh bien, il aurait le mien qui exposerait au grand jour Faithfull et son film pour les tapageuses impostures qu'ils étaient.

Dans son état présent, *Après la bataille* durait vingt-deux minutes. Ce que j'avais le projet de faire maintenant, c'était de filmer dix ou quinze minutes d'une véritable bataille qui servirait d'une sorte de prologue. Cette séquence non seulement modifierait le ton de celles qui existaient déjà, mais elle les justifierait. On ne pourrait plus accuser *Après* de « morbidité » si je montrais à vif, dans toute sa puissance, ce qui s'était passé avant.

Cela signifiait, je le voyais bien, un retour au front, mais désormais, pour une raison inconnue, je n'éprouvais ni peur ni inquiétude à cette perspective. Je m'absorbai totalement dans ma tâche. Je tournerais des scènes de batailles qui donneraient à *Wipers* l'allure d'une promenade de santé.

Et pour qu'il en soit ainsi, j'avais besoin par-dessus tout de mobilité. Je voulais des séquences comme on n'en avait jamais vues aux Actualités du WOCC. Dans un champ voisin de la ferme, je m'exerçai à filmer avec l'Aéroscope perché sur mon épaule. Je courais en tournant la manivelle du mieux que je pouvais. Une bobine de ces expérimentations me fut retournée avec la mention « défectueux », comme c'était en effet le cas. Je ne réussissais pas à tourner la manivelle à la vitesse requise pour une exposition convenable. Je serais contraint d'utiliser la caméra sur une base fixe*.

En l'espace de quinze jours, je mis soigneusement mes plans au point. Je continuai à faire des films pour le WOCC, mais je suis incapable de me rappeler ce que je tournai – c'est en tout cas sans intérêt (parfois en revoyant de vieilles actualités, j'ai un vague spasme de mémoire devant, par exemple, un affût de canon coincé dans la boue ou une file de gazés attendant dans un poste de secours), toute mon attention était maintenant concentrée sur mon film de bataille.

Je continuai à tromper Donald sur mes intentions, je suis désolé de le dire. Je lui racontai que j'avais cassé mon trépied et qu'il m'en fallait un autre. Dûment pourvu du rem-

---

* Note pour les historiens du cinéma. Je tiens à mentionner ceci comme le premier exemple d'utilisation d'une caméra à l'épaule pour effet dramatique délibéré.

plaçant, j'en sciai les pieds à quarante-cinq centimètres de long. De cette façon, je pouvais arrimer l'Aéroscope sur le trépied et les transporter ensemble (c'était lourd mais maniable), les poser ainsi et commencer à tourner instantanément à partir de la base fixe nécessaire. L'angle de toutes les prises de vue serait faible, mais cet inconvénient serait effacé par la stupéfiante rapidité de l'action.

La tâche suivante consista à trouver une unité qui me laisserait avancer avec ses troupes dans le *no man's land*. Ce qui n'avait jamais encore été autorisé – ni suggéré. Faithfull se vantait d'avoir filmé des scènes de *la Bataille de Messines* à partir de cratères d'obus devant nos lignes, mais il mentait. Son coup des barbelés ne faisait que le confirmer.

Après réflexion, je m'attachai à un bataillon australien. En réserve à Reninghelst, ses troupes relativement fraîches s'attendaient à être expédiées en première ligne à tout moment. Nous étions au commencement d'octobre et l'assaut final sur les villages en ruine de Poelcapelle et Passendale était imminent. (Je n'en savais rien du tout à l'époque. Mon impression d'ensemble de la Troisième Bataille d'Ypres était très vague. Il semblait simplement que les combats et les bombardements se poursuivaient, avec quelques rares pauses et accalmies, depuis des semaines et des semaines. On pouvait vraiment dire qu'à tout instant, dans le Saillant, quelqu'un se faisait tirer dessus.)

Je choisis les Australiens parce que leur discipline élastique me convenait. Ils ne saluaient pas leurs officiers et, à plusieurs reprises, j'avais entendu leurs engagés volontaires injurier ouvertement et méchamment des officiers appartenant à des régiments anglais. Pour m'acquérir leurs bonnes grâces, je les filmai pendant quelques jours au repos, fis la connaissance de leurs officiers, en particulier d'un jeune commandant de compagnie nommé Colenso – un type bien, avec un visage fin, mais des narines étrangement vastes qui lui donnaient l'air d'être toujours sur le point de rire ou d'éternuer. Il faisait alors un temps misérablement froid et humide : pluie battante et vent en rafales. Au moment opportun, je demandai au commandant si je pourrais les accompagner quand ils recevraient l'ordre de monter au front. Il en fut ravi.

Le 10 ou 11 octobre, on m'informa que les Australiens étaient montés en ligne relever un bataillon des East Lancers sur la hauteur de Bellevue. On m'indiqua comment les trouver, et je partis les rejoindre ce même soir, au crépuscule.

Je me rappelle vivement mes émotions lors de ce retour au front. Je conduisis jusqu'à Ypres et garai ma voiture à l'abri d'une église en ruine, près du parc automobile du Train des Équipages. Puis, portant mon Aéroscope au trépied tronqué, je pris la route Ypres-Zonnebeke. Le jour baissait et, avec la venue de la nuit, la circulation augmenta. Il n'y eut rien qui ressemblât à un vrai coucher de soleil. Je continuai mon chemin à l'est avec, derrière moi, une vilaine lueur jaunâtre. A part ma caméra, je n'étais que peu chargé. J'avais une petite musette contenant quatre bobines de pellicule, des sandwichs au pâté de poisson, deux barres de chocolat, des comprimés de farine lactée et deux cents cigarettes « Three Castles » – ma ration pour environ deux jours à l'époque. J'avais un masque à gaz dans un étui en cuir et une gourde remplie de trois parts de whisky pour une part d'eau. Je portais ma capote à double boutonnage et j'avais remplacé mes bottes lacées par une paire de cuissardes en caoutchouc. J'avais des gants, une écharpe et un casque.

Sous cet éclairage sulfureux, la route Ypres-Zonnebeke paraissait sale et lugubre. De chaque côté, des batteries étalaient leur habituel monceau de détritus. Ici et là, se trouvaient des dépôts de matériel : ici et là, des groupes d'hommes inquiets, allongés sur des toiles de tente, attendaient les ordres. De temps à autre, un obus arrivait des lignes allemandes et faisait jaillir une averse de boue. Je continuai ma route, dépassant parfois une souche d'arbre déchiquetée. Dieu merci, il faisait trop sombre pour bien distinguer les cadavres. Dans leur processus de retour à la terre, ils prenaient l'aspect végétal et tubéracé d'une pousse fongoïde, d'une excroissance cryptogamique. Des rubans blancs marquaient l'ancien tracé de la route. Celle-ci avait une couche de boue de dix centimètres, disons, mais dessous elle était ferme.

A Zonnebeke, capturé quelques jours auparavant, je quittai la route à l'endroit que je jugeai correct pour suivre un méandre de fascines à travers les décombres aplatis de maisons rasées et puis à travers ce qui avait été autrefois des terres cultivées. (A quoi cela ressemblait-il ? Eh bien vous savez, ces coins de ferme ou bien ces points de passage entre deux champs que ne cessent d'emprunter les véhicules de la ferme ou les troupeaux ? C'était aussi, kilomètre après kilomètre, avec ici et là le reflet de l'eau dans les cuvettes des profonds cratères d'obus.) Des corvées de ravitaillement commençaient à circuler maintenant que les risques étaient moindres et des troupes montaient en relever d'autres. Des averses en rafales nous harcelèrent tandis que nous tentions de nous frayer un chemin dans l'obscurité.

Près d'un éboulis de briques, j'arrivai à une vaste aire signalisée qui, deux jours avant, avait servi de tremplin à un assaut. J'étais sur la bonne piste. A gauche, la silhouette d'un vieux blockhaus allemand offrait la vision inhabituelle d'un objet solide et entier dans cette immense masse de fluide organique. C'est là que se trouvait le QG du bataillon australien.

J'y passai quelques heures à dormir jusqu'à ce que, à quatre heures du matin, un messager m'emmène en première ligne. Il n'y avait pas de tranchées. Les Australiens occupaient une série de rebords d'entonnoirs reliés par quelques coups de pelle-bêche et doublés de sacs de sable trempés. Je retrouvai le lieutenant Colenso et lui expliquai mon plan.

Le tir de barrage débuta à 5 h 15. Je me glissai hors de mon trou et rampai à trente ou quarante mètres en avant dans le *no man's land* avec l'Aéroscope attaché sur mon dos. J'avais les oreilles remplies de coton. Le bruit des obus explosant sur le village rasé, quelque part devant moi, se réduisait à un rugissement morne de dément. J'avançais avec une lenteur académique dans une obscurité presque totale, tâtant le sol avec mes doigts, évaluant la consistance de la boue. Au bout de vingt minutes, je trouvai un cratère convenable, m'y glissai avec précaution, découvris qu'il n'avait que trente centimètres d'eau au fond et y installai ma caméra, l'objectif braqué sur nos lignes.

A six heures, sous une lumière d'argent terni, à travers le vacarme du tir de barrage, je perçus les coups de sifflet et commençai à filmer. Dans mon objectif, je vis le lieutenant Colenso et ses hommes se dresser avec une lenteur gériatrique et avancer vers moi en faisant gicler la boue. Personne ne tenta l'exploit de courir. Les mitrailleuses allemandes retranchées dans le village déclenchèrent leur tir et quelques hommes tombèrent. Ils ne s'effondrèrent pas théâtralement comme les soldats dans le film de Faithfull. La plupart firent soudain halte, se mirent lentement à genoux puis basculèrent en avant, morts, la tête appuyée contre le sol, pareils à des musulmans en prière. La vague apparence de ligne de front se brisa et les soldats progressèrent indépendamment du mieux qu'ils purent. Une douzaine d'hommes passèrent en pataugeant à côté de mon trou. Je ramassai l'Aéroscope et traversai en barbotant la cuvette pour aller en face. Là, mon trépied tronqué remplit son rôle à la perfection. Normalement, il m'aurait fallu cinq minutes pour le démanteler et le remonter tandis que, maintenant, cinq secondes après, je recommençai à filmer. Tout en tournant la manivelle, je scrutai les silhouettes sombres des soldats qui trébuchaient. Je fis un long panoramique de droite à gauche, de gauche à droite. Des petits hommes se déplaçant avec une lenteur de drogués, certains debout, d'autres accroupis, d'autres tombant. Un horizon irrégulier, plutôt plat, quelques bouffées de fumée blanche. Voilà ce qu'était une bataille. Ce fut la meilleure et la plus authentique séquence de combat filmée au cours de toute la Première Guerre – cherchez donc dans vos archives quelque chose de supérieur –, sans panache, entièrement chaotique et, si elle n'avait pas été vraie, étonnamment et incontestablement dépourvue d'intérêt.

Je cessai de filmer peu après. La manivelle de mon Aéroscope fut arrachée par un éclat d'obus. Je reçus une seconde blessure – pour ajouter à la dent de Somerville-Start –, une profonde déchirure dans le gras de la paume.

Je m'entortillai un mouchoir autour de la main et retraînai ma caméra vers nos lignes. Sans cet incident, j'aurais filmé la deuxième vague. En l'occurrence, je rentrai au QG du bataillon dans le blockhaus, repris haleine, bus du whisky, fumai une demi-douzaine de cigarettes et, d'une manière générale, récupérai un peu mon calme avant de m'aventurer de nouveau sur la dangereuse route d'Ypres.

J'expédiai les nouvelles bobines et les vingt-deux minutes d'*Après la bataille* aux laboratoires de Camden Town avec des instructions précises sur la manière de les monter. J'expliquai à Donald que j'avais apporté des modifications importantes au film dont je lui prédis que, sous sa forme actuelle, il était impossible qu'il suscitât la moindre objection chez le censeur en chef.

Dix jours plus tard, je rentrai un soir à la ferme pour y trouver Donald qui m'attendait.

« Il est revenu ?

– Oui.

– Alors ? Qu'en pensez-vous ?

– Je pense que c'est superbe. Un travail extraordinaire. »

Je sentis la joie m'inonder.

« J'ai reçu l'ordre de le détruire. »

Il avait le visage tendu, à la fois sévère et un peu triste. Il consacra un long moment à remplir sa pipe. Puis il me donna le reste des nouvelles. Ce n'était qu'avec beaucoup de difficulté qu'il avait réussi à m'éviter d'être renvoyé au 13ᵉ bataillon. Il avait plaidé ma jeunesse, laissant entendre aussi que ma propre expérience des combats dans le Saillant m'ayant rendu amer, ce film était pour moi une sorte d'expiation. Finalement, le censeur en chef s'était un peu radouci. Il m'avait toutefois retiré mon passe. Je ne serais plus désormais autorisé à m'avancer à moins de quinze cents mètres du front. Tout ce que je filmerais devrait être approuvé et supervisé par Donald et demeurer strictement à l'écart de toute polémique. Encore un film « séditieux » (le terme du censeur) et je passerais en cour martiale.

« Alors, que vais-je faire ? dis-je avec aigreur. "Les grands régiments" ?

– Hors de question. Je peux t'offrir le Corps vétérinaire ou bien une unité d'aérostiers des Transmissions. »

Bêtes ou ballons ? Je choisis les ballons.

Puis je présentai mes sincères excuses à Donald qui les accepta tout en me prévenant qu'il serait dans l'incapacité de couvrir une autre erreur de ma part.

« A propos, me cria-t-il avant de démarrer dans la cour de la ferme, j'ai laissé quelque chose dans ta voiture. »

J'allai ouvrir mon coffre. Un sac de jute contenant un objet cylindrique. Je regardai – six boîtes rondes argentées. Je sentis mon cœur s'ouvrir soudain comme un livre à Donald. Malgré tout, il existait encore au monde une copie d'*Après la bataille*.

*

Faithfull et Nelson avaient appris mes écarts de conduite et, à l'instar du service de censure du QG, me considérèrent comme très suspect. Leur attitude à mon égard se refroidit visiblement, surtout du côté de Faithfull. Je crois qu'il sentit que j'avais essayé de surpasser son *Wipers*. Désormais soupçonneux de ses intentions, je cachai mes bobines loin de mon paquetage.

Le 10 novembre, la Crête de Passendale fut finalement prise et la Troisième Bataille d'Ypres officiellement terminée, cent cinquante-six jours après avoir commencé avec les mines de Faithfull (ainsi que j'y pensais toujours), explosant sous la Crête de Messines, au début de l'été.

Comme d'habitude, j'ignorais tout de cela lorsque, quelques jours plus tard, dans un champ détrempé derrière Ypres, je regardais les observateurs dérouler et gonfler leur ballon de tissu argenté. Je n'étais pas aussi mécontent de ma nouvelle affectation que je l'avais prévu. Mon film sur les ballons, *Des yeux dans les cieux*, était pratiquement terminé. Je filmai le ballon en train de se gonfler, prenant la forme d'un poisson boursouflé, et puis, dans un grand mouvement houleux, monter au bout de ses câbles avant et arrière, jusqu'à ce que la spacieuse nacelle d'osier pendue au-dessous se dégage tout juste du sol. Les observateurs prirent leurs parachutes et leurs jumelles, branchèrent leurs lignes téléphoniques et grimpèrent. Avec une vitesse surprenante, le ballon s'éleva dans les airs, jusqu'à environ trois cents mètres d'altitude.

J'avais filmé tout ce qu'il me fallait. Je m'assis pour boire du thé en compagnie des treuillistes, serrés les uns contre les autres à l'abri du camion pour nous protéger d'un vent frais qui soufflait de l'ouest. Notre ballon faisait du repérage pour une batterie de seize mortiers de quinze, à quatre cents mètres dans un village en ruine. Toutes les dix minutes à peu près, nous entendions l'écho prolongé de la canonnade.

Au bout d'un moment, les canons se turent et le ballon fut ramené à terre. Nous mangeâmes un déjeuner étonnamment savoureux de boulettes de corned-beef et ragoût McConnachie, cuisiné sur un primus. Nous bavardâmes tout en gardant un œil sur le ballon qui tirait à petits coups secs sur ses ancrages.

Je ne sais pas ce qui me prit, mais brusquement je dis :

« Croyez-vous que je pourrais monter cinq minutes avec ma caméra ? Pas trop haut. Juste pour filmer la vue qu'un observateur d'artillerie a du monde. »

Cela fut applaudi comme une merveilleuse idée par les observateurs. Pour être franc, je ne pensais pas à *Des yeux dans les cieux*. Je savais que je tiendrais là ma meilleure image d'ouverture pour *Après la bataille*.

Je grimpai dans la nacelle grinçante et installai l'Aéroscope sur le trépied qui fut attaché à une paroi. On m'expliqua le fonctionnement très simple du téléphone de campagne. On m'offrit un parachute que je refusai en assurant que je n'avais nulle intention de sauter par-dessus bord. Bientôt tout fut prêt. On laissa filer les câbles d'amarrage et le ballon entama une lente ascension.

Durant les trente premiers mètres, je connus des sensations de peur, d'étourdissement et de nausée. Je vis se rapetisser le champ où je venais de déjeuner, au pied de l'arc vertigineux du câble du ballon, et je vis diminuer aussi le camion, l'équipage et ma voiture. A droite, se trouvait une batterie entourée de son habituel désordre. Ainsi donc, c'est ce que voit un oiseau, me dis-je naïvement tandis que la campagne se découvrait à moi, comme sur une carte. Les routes, les fermes, les dépôts, les parcs automobiles, les champs et les bouquets d'arbres... D'en haut, tout paraissait plus ordonné : chaque chose possédait un contexte dont la privait la vue au sol. Cette courbe dans la route soudain avait un but – éviter une rivière. Le fouillis des maisons en ruine révélait le quadrillage des rues et des ruelles autour duquel elles avaient été bâties. Cet alignement d'arbres, là-bas, longeait un canal... Seul un œil moderne sera frappé de la banalité de ces observations. C'était la première fois que je pouvais regarder le monde d'en haut. Pour moi, ce fut une sorte de révélation et plus encore quand le front apparut.

A première vue, il ressemblait à un vaste sentier taillé à travers l'Europe. J'imaginai une route de mille kilomètres pour des géants cheminant lourdement des Alpes à la mer du Nord. De chaque côté, un paysage hivernal, vert sale, coupé en deux par cette bande brunâtre, s'étendait jusqu'aux brumes du lointain. Je fus surpris de voir combien ce front était localisé. Dans le Saillant, l'univers entier avait paru brun et boueux. D'en haut, on se rendait compte de l'étroitesse de ce monde de fange.

La campagne verte brunissait petit à petit. Il y avait une sorte de berge meurtrie et piétinée avant que les boyaux mangés aux vers du vieux système de tranchées n'apparaissent (niche et pare-éclats, niche et pare-éclats), et au-delà, le tracé capricieux des sentiers de caillebotis et de fascines à travers la boue, les mares au fond des cratères, plates et opaques comme des gros sous. A mon altitude, je ne pouvais plus voir aucun homme mais je savais qu'ils étaient là, cachés, par centaines de mille. Il semblait pourtant que ce fût une si misérable bandelette de terre pour laquelle se battre, et s'être battus depuis plus de trois ans... Un peu de crasse sur le paysage. La traînée de bave laissée par un escargot géant traversant l'Europe. Le point d'impact désordonné de deux forces en collision.

Horizons différents, perspectives différentes, pensai-je, tout en tournant la manivelle de mon Aéroscope. Je me sentais curieusement privilégié d'avoir pu être le témoin des deux : l'humble et l'exalté. Je fis courir ma caméra le long de l'énorme sillon. Quelle séquence d'ouverture, me

217

dis-je ; quelle vision pour mon film. La vue divine. Et puis les mortels se chamaillant à tâtons dans les morasses boueuses.

J'entendis un bruit étrange, du genre « *pam pam pampéripam pam* ». Je me retournai. A travers un nuage de pets sombres et poussiéreux, un petit aéroplane volait vers moi. Ce qui se passa ensuite est difficile à reconstituer. Je garde en mémoire quelques images distinctes. D'abord, l'aéroplane parut voler très lentement. De temps en temps, une bouffée de fumée noire l'expédiait comiquement hors de sa route. Je sentis un tiraillement et le treuil commença à ramener le ballon à terre. Puis je me souviens d'un halètement quasi humain venant du ballon lui-même. Le téléphone sonna et, alors que je tendais machinalement la main, des morceaux de nacelle explosèrent autour de moi. Puis une grande embardée et un tourbillon au creux de mon estomac tandis que le ballon et son panier, soudain libres, grimpaient à l'oblique. Je m'accrochai obstinément à la nacelle tandis que nous étions balancés follement d'un côté sur l'autre. J'eus l'ébouriffante vision d'Ypres couchée sur le flanc, puis je me retrouvai dans les nuages – gris, humides, enveloppants.

Ce furent les nuages qui me sauvèrent, je crois, et le fait que le câble ait été sectionné fortuitement par une ou plusieurs balles de mitraillette tirées par l'avion. Je flottai deux ou trois minutes dans ces nuages, je pense. Quand j'en redescendis, j'étais au-dessus d'une campagne verte et sereine. Puis je me rappelai le vent d'ouest frais et, le cœur décroché, je regardai autour de moi. Derrière, battant en retraite, la bande brune du front de l'Ouest. Dessous, la Belgique occupée.

Villa Luxe, 10 juin 1972.

Emilia m'apporte ma salade. Quel âge a-t-elle, je me le
demande. Elle travaille pour moi depuis deux ans maintenant. Elle a succédé à une vieille sorcière qui s'est finalement et tout bonnement écroulée de décrépitude. Emilia a
cinq enfants et onze petits-enfants. Son plus jeune fils a
vingt-quatre ans, et pourtant elle ne fait guère plus que la
cinquantaine. C'est bien possible. Les filles, sur cette île,
sont souvent déjà mariées et enceintes à seize ans.

Emilia a d'épais cheveux châtains bouclés, striés de gris,
un visage à la peau sombre, aux traits fermes et bien pro-
portionnés, et beaucoup d'or dans la bouche. Elle exsude
une odeur de sueur légère, mais acide. Elle a la hanche
large et le pied agile. Elle conduit sa mobylette avec
aplomb. Mine de rien, au moment où elle place ma salade
devant moi, j'examine les plis pâles de sa robe vert fané et
tente d'évaluer la taille de ses seins...

Pourquoi ? Qu'est-ce qui me prend ? Depuis deux ans,
nous maintenons des relations idéales, polies et respec-
tueuses d'employeur à employée. Je rumine une feuille de
laitue. C'est d'avoir espionné Ulrike qui est la cause de
tout. Et ma vanité latente a été flattée par la manière évidente dont les jumelles ont cherché à m'aborder dans le
bar.

Je regarde Emilia repartir d'un pas nonchalant vers la
cuisine. Le ciel me vienne en aide, mais j'éprouve soudain
le puissant désir de taper sur ses fesses nues. Pas fort, juste
pour rire... J'imagine Emilia en travers de mes genoux. Ces

grosses fesses pâles, cette profonde raie sombre. Des cascades de rires joyeux.

Voilà qui est très bizarre. Je n'ai jamais encore eu ce fantasme. Que se passe-t-il ? Mais, je me souviens. Ce n'est pas vrai. J'ai déjà éprouvé ces désirs. En 1929, avec... Je ne peux pas y croire. Bon Dieu, ces choses ne vous lâchent donc jamais ? Après tant d'années, qui aurait cru ?...

Je me lève et erre un peu, une érection de vieux monsieur palpable sous mon pantalon. Comment vais-je me débrouiller pour la voir nue ?

A côté de la cuisine, se trouve une pièce où Emilia remise sa planche à repasser, ses balais, les divers instruments et produits de nettoyage dont elle a besoin pour faire le ménage. Il y a aussi un petit W.-C. à son usage personnel.

Après son départ, je vais enquêter. La fenêtre est verrouillée et le volet tiré. Si je perce un trou minuscule dans le cadre, à un angle précis, je pourrai peut-être juste la voir au moment où elle soulève ses jupes pour s'asseoir sur la cuvette.

Cinq minutes de recherches dans les placards de la villa mettent à jour une perceuse électrique en parfait état de marche.

6

Les Confessions

Je semblais condamné à ce que des airs me trottassent obstinément dans la tête pendant des jours et même des semaines. Cinq jours durant, je n'entendis que « si vous étiez la seule fille au monde ». Sans arrêt, sans arrêt, sans arrêt. J'essayai de l'oublier mais l'entraînante mélodie refusa de m'abandonner. Ce qui rendit pire encore mon régime cellulaire. Peut-être est-ce là une des secrètes punitions de l'isolement ? En tout cas, un signe du degré d'appauvrissement qu'avait atteint mon univers. J'avais entendu un gardien siffler la chanson, un nouveau je suppose, aucun des anciens n'émettant un seul son, et depuis elle allait se répétant dans mon crâne, un disque interminable.

J'eus recours à ma seule distraction. Je poussai ma chaise sous ma fenêtre, montai dessus et regardai dehors. Les deux vitres du haut étaient en verre simple, et non pas dépoli comme les autres. La vue : une étendue d'herbes hautes menant à un ravin abrupt au fond duquel coulait la Lahn. Au-delà du ravin, les collines plantées de bouleaux et d'ormeaux de la forêt du Taunus. A droite, la cour cernée de palissades où nous, les prisonniers « solitaires », avions le droit de nous promener, et puis les bâtiments carrés maussades du Collège des sciences vétérinaires où cent cinquante officiers russes, vingt français et quatre belges étaient détenus. Les quatre Belges étaient tous des généraux à la retraite, faits prisonniers au moment de la prise de Bruxelles par les Allemands. Ils n'avaient pas eu le temps de se changer après leur arrestation et n'avaient jamais reçu d'uniformes ; ils portaient donc encore leurs vêtements civils – trois costumes de tweed, un de gabardine grise.

221

Les cellules individuelles occupaient l'étage au-dessus du gymnase du collège. Les prisonniers n'utilisaient pas la salle, mais parfois les gardiens y jouaient au volley-ball, et j'entendais alors, à travers les lattes de mon plancher, monter les bruits du ballon et les cris d'encouragement. Je me trouvais depuis deux mois dans le quartier des « isolés ». J'étais l'unique prisonnier.

Dans le genre cellule, la mienne n'était pas trop inconfortable. Une table de pin, une chaise en bois mal taillée échappée d'un tableau de Van Gogh, un lit garni d'un mince matelas de paille et de copeaux, deux couvertures grises et un pot de chambre en émail blanc avec un couvercle désassorti bleu ciel. Un sol nu, des murs passés à la chaux. Il y faisait froid.

Ma routine était immuable. Je dormais, si je le pouvais, jusqu'à huit heures, heure à laquelle un gardien me réveillait avec mon petit déjeuner de café lavasse et deux tranches de pain noir rassis. A neuf heures, on me conduisait dans une petite buanderie où je me lavais et vidais mon seau. De dix à onze heures, si le temps le permettait, j'allais dans la cour faire toute la gymnastique que je voulais. Midi, le déjeuner – une soupe et une assiette de légumes. Trois heures – encore du café et du pain. Quatre à cinq – promenade dans la cour. Six heures – vidange du pot de chambre. Huit heures – dîner : soupe et assiette de légumes parfois agrémentés de poisson salé ou de choucroute. Tous les quinze jours, je recevais un cornet de papier brun rempli de sucre.

Je n'avais pas spécialement faim, et ma journée n'était qu'une série d'interruptions. Je n'étais pas non plus privé de toute compagnie humaine – les gardes dans le gymnase s'ennuyaient peut-être autant que leur unique prisonnier. Je ne parlais pas un mot d'allemand et nous nous exprimions par signes ou, parfois, d'optimistes monosyllabes. Je cohabite assez bien avec moi-même et les premières semaines s'écoulèrent sans effort indu. A partir du deuxième mois, cependant, le régime se révéla plus pénible. Rien n'avait changé, et c'est précisément ce qui commença à m'inquiéter. Si les conditions s'étaient améliorées ou avaient empiré, peut-être n'aurais-je pas réagi, mais au bout de quarante jours, je fus convaincu qu'on m'avait oublié. Et cette nouvelle inquiétude rendit soudain intolérable ma médiocre situation. J'avais besoin de sentir que mon incarcération aurait une fin. (Je pense que nous avons tous besoin du fini – de limites quelconques, cela est inhérent à notre nature humaine. Nous avons besoin de savoir que les choses finiront.) Deux mois de cette réclusion solitaire douceâtre me donnèrent une désagréable intuition de ce à quoi ressemblait l'éternité. Bientôt, je ne pus distinguer un jour d'un autre que par le genre de soupe que l'on me servait. Elle, au moins, changeait tout le temps. Soupe d'orge, soupe aux choux, soupe aux pois, quelque chose baptisé soupe à la mangue, soupe aux grains, soupe de poissons, soupe au riz, soupe aux macaronis, soupe aux navets... Je me mis à penser au passage du temps en termes de jour aux choux ou aux pois. N'avais-je pas eu une rage de dents à la dernière soupe de poissons ? Le jour de la soupe au riz, le temps avait été inhabituellement doux. Deux soupes aux navets passées, j'avais eu la diarrhée .. et à l'avenant. En me rasant chaque matin, je contemplais mon visage et voyais le temps chronologique marqué par la pousse de mes cheveux. Lors de ma capture, j'avais été douché et épouillé, mes vêtements désinfectés par fumigation et mon crâne rasé au double zéro. A cette époque, nos cheveux poussaient au rythme de cinq centimètres par mois. Au bout de huit semaines, je les rejetais derrière mes oreilles à l'artiste. Pour mémoire et à titre personnel, je signale que mes cheveux ne furent jamais aussi longs que durant ces mois de captivité en 1917-1918. Je rasai également ma moustache.

Après deux mois de cette routine sans faille, je commençai à craquer. Quatre choses m'occupaient l'esprit. Un : « Si vous étiez la seule fille au monde. » Deux : la peur quasi hystérique que mon « cas » ait été oublié. Trois : l'envie démente d'une cigarette. Et quatre : le désir accablant d'une distraction mentale – n'importe quoi, quelque chose pour m'occuper en dehors des trois obsessions énumérées ci-dessus. Toutes mes pensées avaient désormais trop servi – elles étaient molles, avachies, aussi diaphanes qu'une chemise trop lavée. Je voulais des pensées neuves, une stimulation nouvelle, je voulais quelque chose à *lire*. Je suppose que du papier et un crayon, de la musique, une conversation animée auraient été tout aussi bienvenus, mais, dans mon désespoir, je voyais mon salut dans un livre. N'importe quel livre. Je voulais être amusé, séduit, mais, avant tout, communiquer avec un autre esprit, une autre imagination que la mienne. J'avais cessé de rêver. J'avais cessé de me masturber. J'étais vide, une cosse. J'avais besoin d'un peu de fertilisation. Une goutte de carburant pour remettre la machine en marche.

*

Mon premier vol qui, par-dessus le front, me mena en Belgique, fut étrangement grisant malgré le danger de ma position. Ma grosse saucisse grise de ballon, qui se dégonflait lentement, semblait occuper tout le firmament belge. Le vent me poussait silencieusement vers l'est, les seuls bruits étant les craquements de l'osier et le sifflement audible à l'occasion de l'hydrogène fuyant le ballon. Je descendais très doucement et – semblait-il – en toute sécurité. A environ soixante mètres du sol, je passai au-dessus du marché d'une petite ville et semai la consternation dans ses rues. La circulation s'interrompit, les maisons et les magasins se vidèrent tandis que les gens couraient pour me voir et me montrer du doigt. Je saluai de la main. Les enfants me saluèrent en retour.

Mais, naturellement, à mesure que l'air s'échappait, la vitesse de la descente augmenta. J'eus très vite conscience d'une sensation palpable de chute. Heureusement, le vent avait forci et mon mouvement latéral compensait ma chute verticale. A trente mètres ou à peu près, je me demandai comment me préparer au mieux pour mon atterrissage. Je jetai le trépied de mon Aéroscope et ligotai la caméra à la paroi de la nacelle.

Nous évitâmes – de justesse – un affreux bouquet de bouleaux, les branches supérieures égratignant le fond du panier, et parûmes prêts à atterrir au milieu d'un champ labouré. Alors que, perché au bord de la nacelle, j'attendais le moment de sauter, je vis venir sur ma droite un homme à bicyclette qui pédalait de toutes ses forces pour essayer de rester à ma hauteur. Le ballon traversa le champ à l'altitude impossiblement tentante de trois ou quatre mètres. Je songeai à me lancer. Devant moi, un fossé de drainage bordé de grandes haies irrégulières d'aubépines sur les deux berges et six ou sept peupliers. Les arbres surgirent en même temps que le vent fraîchissait. A un mètre cinquante du sol, je sautai et me tordis la cheville sur les sillons durs et inégaux. Essoufflé, j'assistai à la tendre collision de ma machine volante ridée avec les arbres. Des branches et quelques feuilles mortes tombèrent à terre. Je me relevai et boitai jusqu'à la nacelle solidement échouée sur les buissons d'aubépines déchiquetés et, non sans difficulté, récupérai mon Aéroscope. Je regardai autour de moi. Les champs mornes et plats d'un paysage d'hiver belge. Le cycliste fou avait abandonné sa bicyclette en bordure du champ qu'il tentait maintenant de traverser en courant. Je vis à son approche qu'il portait un uniforme – bleu marine liséré de rouge, un képi avec trois boutons de cuivre dessus. Nous nous fîmes face. Je ne sus que dire et, de toute manière, je demeurai stupéfait devant le visage de l'homme : rouge vif, ruisselant de sueur, une bouche gobant l'air sans un mot. J'en conclus que j'étais arrêté.

J'aurais dû saisir l'occasion de cacher ou d'enterrer l'Aéroscope parce qu'elle me valut d'être pris pour un agent en train de se livrer à quelque diabolique manœuvre d'espionnage. Mon uniforme dépourvu de galons ajouta aux soupçons. Dans la série des patients interrogatoires que l'on me fit subir, lors de mon transfert en Allemagne, mon histoire fut universellement – et avec lassitude – considérée comme une pure et flagrante invention. Pour moi, la perte immédiate la plus pénible fut la confiscation de mon merveilleux film des deux lignes de front. On ne tint naturellement aucun compte de mes demandes stridentes que le film soit mis en sûreté. De même, le scepticisme unanime qui accueillit mon récit n'encouragea pas les gens à vérifier les quelques détails que je leur fournis. J'essayais de gagner du temps, me dirent-ils, eh bien ils étaient patients. Peu à peu, je me retrouvai dans des sortes de limbes administratives. J'étais considéré comme un espion, mais les espions ne portent pas d'uniforme. J'étais habillé comme un officier, mais je n'avais pas de galons et je n'appartenais à aucun régiment. Mon passe et mes papiers étaient restés avec ma serviette dans la Humber. Les interrogatoires furent prolongés, assommants et polis, mais ne purent mener à rien puisque je disais la vérité. On avait choisi de ne pas me croire et, quelque part, quelqu'un décida de me laisser mariner dans mon jus. Je prétendais être un officier, et donc je ne devais pas être envoyé dans un camp pour la troupe. Mais, en même temps, mes circonstances suspectes (et pour être juste, je comprenais ce point de vue) exigeaient une forme d'emprisonnement plus vigilante. Je serais gardé à l'écart de mes compatriotes et tenu *incommunicado* jusqu'au moment où, soit je dirais la vérité, soit mon histoire aurait été authentifiée. C'est du moins ce que me déclara l'affable commandant qui m'interrogeait.

Et c'est ainsi que par une aube humide de février, avec de longues traînées de brouillards immobiles au-dessus de la forêt du Taunus, je fus descendu du train en gare de Weilberg, accueilli par quatre gardiens de *l'Offizier-Kriegenstagenlager 18* qui, à travers la ville quasiment déserte et les champs en terrasse de la colline, m'escortèrent jusqu'aux murs gris du Collège des sciences vétérinaires et à ma cellule sans joie, au-dessus du gymnase.

*

Un matin, avant le petit déjeuner, allongé sous mes couvertures, je m'interrogeai avec angoisse sur la manière de réussir à voir quelqu'un de responsable. Les gardiens – tous des hommes d'âge mûr – semblaient comprendre mes requêtes répétées, ils hochaient affirmativement la tête et grommelaient des sortes d'acquiescements à mes prières urgentes que quelque chose fût fait à mon sujet, mais finalement rien ne se passait. Je commençais à me demander si un acte de rébellion serait nécessaire pour attirer l'attention – l'attaque d'un gardien, une tentative d'évasion, peut-être – quand j'entendis des pas rapides dans le couloir et quelqu'un, un homme, qui chantait. Les pas s'évanouirent vite mais j'entendis assez de la chanson pour reconnaître :

> *Elle avait l'air si doux, si charmant*
> *Quand je la contemplai, ma chérie*
> *Elle avait l'air si doux si charmant*
> *Au plus haut point*

A mesure qu'il s'éloignait, l'air m'entra inévitablement dans la tête (bannissant radicalement « Si vous étiez la seule fille au monde »), mais il me fallut quelques secondes avant de me rendre compte qu'on l'avait chanté en *anglais*. Aussi, quand un gardien (un lourdaud, avec un nez de poivrot) arriva avec mon petit déjeuner, je lui chantai un bout de la chanson – « En s'envolant avec son fer à repasser, elle emporta mon cœur » – et je lui demandai : « *Englander ?* »

Il parut surpris, fit un faible sourire, dit « *Schön* » et applaudit.

Deux jours plus tard, sans en savoir davantage, je me promenais lentement autour de la cour. Celle-ci était d'une taille généreuse, pour un seul prisonnier, vingt-cinq mètres carrés, et entourée d'une palissade de quatre mètres de haut. De l'autre côté de la palissade, un trottoir de planches surélevé permettait à un gardien de me surveiller, pratique qui avait été vite abandonnée. Cependant, aujourd'hui, un gardien m'observait. Je lui jetai momentanément un coup d'œil puis repris mon exercice. Je ne faisais que marcher, mais je m'efforçais de marcher n'importe comment à l'intérieur de l'enclos. L'idée de suivre un chemin me déprimait obscurément. J'allais de-ci de-là, pivotais sur mes talons, sans autre système que celui de ne pas en avoir.

J'avais distraitement ramassé par terre une feuille de pissenlit et, tout en marchant et en repassant dans ma tête mes options puériles, j'en débitais des petits bouts. Alors qu'une de mes trajectoires me faisait passer aux pieds du garde sur son trottoir, il m'adressa la parole :

« Elle m'aime un peu, passionnément, pas du tout... ahhh !

– Pardon ?

– Ne sois pas malaisé, vieux camarade. Elle t'attendra, je te promets, avec un feu brûlant à la fenêtre. »

Il s'exprimait en anglais avec un accent allemand marqué mais agréable. Ce devait être mon chanteur. Il s'appuya contre le haut de la palissade, laissant pendre ses bras pardessus, son fusil en bandoulière. Il était jeune, beaucoup plus jeune que les autres gardiens, mon âge peut-être bien. Son calot rond rejeté en arrière révélait la coupe au bol chère aux coiffeurs militaires allemands. Son visage long, étroit, pâle, à la bouche grande et mince, était fortement typé par ses sourcils épais, en accents circonflexes presque parfaits, noirs et broussailleux, qui se rencontraient à la racine du nez et lui donnaient un air très méphistophélien. Un fauteur de troubles, mais pas nécessairement méchant. Amoral peut-être, mais pas nécessairement malveillant.

« J'aime tes cheveux, dit-il. Les miens étaient autant longs. Mais maintenant... »

Il ôta son calot. Je m'attendais à moitié à des oreilles d'elfe, vertes et pointues. Il passa la main sur ses repousses raides.

« Des petits piquants partout. Je déteste. » Il sourit. « Je ne devrais pas parler avec toi, dit-il en baissant la voix, mais je ne peux pas parler le foutu russe, je ne peux pas parler le foutu français et ces vieux » – il fit un geste en direction du gymnase – « tout ce qu'ils font, c'est jouer aux cartes et parler de nourriture et de leurs maladies dégoûtantes.

– Tu parles un excellent anglais.

– Écoute, j'habite Londres, 1912. Un an je peins, un artiste. Camden Town. Islington Angel. Tu connais ?

– Non. Je viens d'Écosse. Édimbourg.

– Ah ! Bonny Scotland. » Il se retourna. « *Scheiss*, voilà le gros Otto. Je te vois bientôt. » Il rajusta son fusil et se remit à déambuler avec ostentation autour du trottoir de planches.

Je ne le revis pas de deux jours. Puis, un soir, il m'apporta mon dîner. N'ayant vu de lui que sa tête et ses épaules, je fus surpris de découvrir combien il était grand et mince – au moins un mètre quatre-vingt-quinze. Son uniforme l'habillait mal et paraissait déplacé sur lui. Quelque chose dans sa manière de se tenir. Tout dans son attitude était à l'opposé du droit ou du raide. Il semblait détendu en permanence, perpétuellement au repos.

Il posa le plateau.

« Soupe de macaronis et – mais oui ! – je vois un peu de poisson. Un jour de chance. » Il sourit, dévoilant des dents pointues, irrégulières. « J'apprends que tu es un espion dangereux. Très excitant. »

Je lui racontai mon histoire. Tout d'abord, je me méfiai un peu de son amabilité, mais je compris bientôt qu'elle était entièrement désintéressée. Dans la semaine qui suivit, nous eûmes plusieurs courtes conversations. Elles ne duraient jamais plus de cinq minutes car, malgré son insouciance, il semblait constamment en alerte quant à la possibilité d'être pris en flagrant délit de fraternisation. Il me dit qu'il s'appelait Karl-Heinz Kornfeld (Charlie Cornfield, traduisit-il incorrectement). Il avait vingt-deux ans et servait en qualité de gardien de prison parce que déclaré inapte pour le front. Il désigna son estomac : « J'ai *Magengeschwür.* » Il mima des crampes d'estomac et fit semblant de boire à la régalade : « Trop de boisson », dit-il avant de produire son petit sourire insolent.

Peu à peu, durant la quinzaine suivante, une curieuse relation se développa entre nous. Il me raconta qu'il avait abandonné la peinture pour devenir acteur avant d'être mobilisé. Il avait un cousin à Vienne, un auteur de théâtre, qui allait lui écrire une pièce. Je lui parlai un peu de moi mais, curieusement, c'est lui qui semblait plus que moi avoir besoin de bavarder. Grâce à lui, j'en appris davantage sur le camp et ses habitants – les généraux en civil, les lugubres officiers russes, doublement pessimistes depuis la Révolution, qui fabriquaient de ravissants et délicats jouets qu'ils revendaient aux villageois de Weilberg pour acheter de l'alcool. Ils buvaient n'importe quoi, affirma Karl-Heinz. De temps à autre, quand ils étaient désespérément à court, il leur vendait de la térébenthine.

Cette dernière information me fut glissée en passant pour

me faire savoir, je supposai, qu'il était corruptible. Je n'avais pas d'argent (mon cycliste essoufflé et rubicond m'avait soulagé de mon portefeuille) et je n'avais reçu aucun colis de la Croix-Rouge. Je le lui dis.

« Tu as ton sucre, remarqua-t-il. Tu peux échanger. »

Et c'est ainsi que commença le troc. Pour la moitié de ma ration de sucre, je reçus trois cigarettes et une boîte d'allumettes. Je coupai les cigarettes en bouts de deux centimètres et demi que je fumais le soir, ouvrant d'un fil la fenêtre et soufflant la fumée dans l'air de la nuit. Soudain, ma vie m'apparut incommensurablement riche. J'avais la compagnie intermittente de Karl-Heinz et j'avais mon tabac. Je fis durer mes mini-cigarettes trois soirs, rationnant mes bouffées avides, fabriquant un fume-cigarette primitif avec la paille sèche de mon matelas qui me permit de fumer jusqu'aux dernières miettes de tabac. Désormais, j'avais quelque chose à préparer et à attendre avec plaisir chaque soir, et ce quelque chose était illicite. Enfin ma vie avait acquis un peu de consistance.

Ma seconde requête eut pour objet la viande. J'expliquai à Karl-Heinz que je n'avais rien à donner en échange. Il réfléchit un moment : « C'est très bien, me dit-il. Tu peux me payer plus tard. » Tout en n'étant pas très certain de ce qu'il voulait dire, je ne me plaignis pas quand, trois jours après, il m'apporta mon petit déjeuner et tira un cervelas de la poche de sa veste. Un cervelas sec, ratatiné et plein de tendons. Je le mangeai avec un incroyable plaisir.

Puis je lui demandai de se renseigner sur ma situation. Il plissa les yeux.

« Difficile. Je vais voir ce que je peux faire. »

Les choses continuèrent ainsi pendant deux – trois ? – semaines. Je ne sais pas. Le temps passait avec un peu plus de variété mais autant de lenteur qu'avant. Ce qui me fit demander à Karl-Heinz une autre faveur :

« Karl-Heinz, lui dis-je un jour alors qu'il m'escortait à mes ablutions. Crois-tu que tu pourrais me procurer quelque chose à lire ?

– Mon bon Dieu ! s'exclama-t-il, feignant la surprise. Un livre anglais ? Où crois-tu que je trouve ça ?

– Je ne sais pas. Mais tu sembles capable de trouver presque toujours tout.

– Difficile », dit-il. Il s'étendit sur les difficultés en question pendant que je me rasais. J'enveloppai le rasoir et le morceau de savon dans le gant de toilette et les lui rendis.

« Il y a un instituteur à Weilberg, dit-il. Peut-être je peux lui emprunter. Non. Mieux d'acheter. » Il prit une mine triste : « Mais tu n'as pas d'argent. » Il me regarda : « Tu me donnes quelque chose et je trouve un livre anglais pour toi.

– Que veux-tu de moi ? dis-je.

– Un baiser. »

*

Embrasser Karl-Heinz n'était pas aussi déplaisant que je l'avais imaginé. Bien plus agréable, par exemple, que de manger les boules de cire-morve de mes camarades de dortoir à l'Académie Minto. Au contraire d'Huguette, Karl-Heinz n'ouvrait pas sa bouche pour utiliser sa langue. Nous pressions simplement nos lèvres ensemble et demeurions ainsi pendant un bon moment, parfois – je comptais toujours – aussi longtemps qu'une minute. Nous nous embrassâmes quatre ou cinq fois avant l'arrivée du livre, en général dans les toilettes. Je pense qu'il s'attendait à ce que les choses allassent plus loin. Après notre second baiser, il me demanda très poliment si je consentirais à lui tenir son pénis, mais je refusai.

« Bien, dit-il un peu déçu. Seulement embrasser alors. »

Le livre me fut remis en pages détachées, dans la cour de promenade. Karl en arrachait un certain nombre – vingt ou trente –, les pliait et les glissait dans un interstice de la palissade. Il m'était alors facile de les récupérer, de les cacher sur moi et de les ramener discrètement dans ma cellule. Je n'oublierai jamais mon excitation, ce premier jour où j'extirpai le paquet de feuilles coincé entre les planches. De retour dans ma cellule, je fourrai le tout sous mon matelas, sauf la première page. Si quelqu'un entrait, j'aurais le temps de froisser la page que je lisais et de la mettre dans ma poche.

J'étais prêt à commencer. Je m'assis sur ma chaise, étalai la page à plat devant moi sur ma table. La page était petite, l'impression fine puisqu'il s'agissait d'une édition de poche *in-octavo*. Le papier avait la minceur du papier bible. Mes mains tremblaient visiblement tandis que je lissais les pliures. Je fermai les yeux et attendis un peu avant de lire la première phrase. Je me sentis confondu de gratitude. Karl-Heinz ne m'avait donné que le texte – j'ignorais le titre, j'ignorais l'auteur. Je ne savais rien du sujet du livre ni de son genre. Pourtant, assis là dans cette cellule, j'eus l'impression d'être à l'orée d'une merveilleuse aventure et de tenir entre mes mains fiévreuses quelque chose d'immensément précieux. Ce fut un instant divin. Il allait changer ma vie.

« Chapitre Un. »

Mon cœur battait follement d'impatience. La première phrase, le premier paragraphe... à quoi ressembleraient-ils ? Je lus :

> « Je forme une entreprise qui n'eut jamais d'exemple et dont l'exécution n'aura point d'imitateur. Je veux montrer à mes semblables un homme dans toute la vérité de la nature, et cet homme ce sera moi.
>
> Moi seul. Je sens mon cœur et je connais les hommes. Je ne suis fait comme aucun de ceux que j'ai vus ; j'ose croire n'être fait comme aucun de ceux qui existent. »

Mon émotion fut telle qu'il me fallut reposer la page. Mon cœur se démenait dans ma poitrine, y battant à grands coups. Bon Dieu... J'étais drogué, ivre, en pâmoison presque.

Je sais bien que je me trouvais dans la misère à tous les points de vue. J'étais comme un homme assoiffé dans le désert tombant sur une source d'eau fraîche. Mais jamais je n'ai lu un tel prologue à un livre, jamais je n'ai été aussi puissamment et immédiatement emporté. Qui était cet homme ? A qui appartenait cette voix qui m'interpellait si directement, dont l'impudeur effrontée retentissait de tant d'honnêteté sincère ? Hypnotisé, je poursuivis ma lecture. Dix pages, c'était tout ce que m'avait donné Karl-Heinz cette fois. Je les lus et les relus. Mais l'interruption fut insupportable, une torture. Je dus attendre deux jours agités la nouvelle livraison.

Karl-Heinz débita le livre en tranches dont il me « nourrit » durant les sept semaines suivantes. La métaphore est exacte. Les minces liasses de feuillets devinrent des parcelles vitales de nourriture. Je les dévorai. Ce livre, je le mastiquai, je l'avalai, je le digérai. Je croquai ses os et en suçai la moelle, j'en dégustai chaque fibre de chair, chaque bout de cartilage, avec une ferveur gourmande. Je n'ai jamais rien lu avant ou depuis avec autant d'amour avare et de concentration profonde. Je payai la moitié de ce livre en chastes et longs baisers, mais j'achetai le reste de manière plus orthodoxe. Je reçus mon premier colis de la Croix-Rouge. On l'avait un peu pillé, mais on m'avait laissé une écharpe, une paire de chaussettes, un plum-pudding et un sac de bonbons à la menthe. Les colis arrivèrent ensuite au rythme d'un tous les quinze jours. Je troquai ma nourriture contre un livre.

Et le livre ? Vous aurez facilement reconnu les accents de Jean-Jacques Rousseau dans *les Confessions*. Je fus saisi et captivé par cette extraordinaire autobiographie – à tel point que j'aurais pu croire lire la mienne. Lisez-la, achetez-la et vous verrez ce que je veux dire. J'ignorais tout de Rousseau, de sa vie, de son œuvre, de ses idées, et je ne savais pas grand-chose de l'Europe du dix-huitième siècle, mais la voix était si fraîche, la sincérité si émouvante et inhabituelle que peu importait. C'était là l'histoire du premier homme véritablement honnête. Le premier homme moderne. C'était là la vie de l'esprit individuel racontée dans toute sa noblesse et sa misère pour la première fois dans l'histoire de la race humaine. Lorsque je reposai la pile de pages écornées à la fin de mes sept semaines de lecture fébrile, je pleurai. Puis je commençai à les relire. Cet homme parlait en notre nom à tous, mortels souffrants, de nos vanités, de nos espoirs, de nos moments de grandeur et de nos natures abjectes et corrompues.

Pause. Stop. Réflexion. Nous reviendrons plus tard aux *Confessions*. Qu'il me suffise de dire qu'à ce point de ma vie le livre me délivra de ma prison, métaphoriquement parlant. Rousseau et son autobiographie me libérèrent. Je n'oublierai jamais cet exceptionnel et précieux cadeau. Le livre, comme vous le verrez, allait devenir ma vie.

Karl-Heinz trouva ma fervente gratitude difficile à comprendre.

« Je peux t'apporter un autre livre si tu veux.

– Grands dieux, non ! Ça suffit. Je n'ai besoin que de celui-ci.

– Qu'a-t-il de spécial, ce livre ? »

Je tentai de lui expliquer, mais je vis bien que pour lui cela n'avait aucun sens. Il crut, je pense, que la prison m'avait un peu dérangé l'esprit. Peut-être, en effet. Je dois dire qu'une sorte d'amour avait grandi en moi pour Karl-Heinz, pas le moins du monde charnel, mais pas simplement fraternel non plus. Je l'aimais d'une façon étrange et trouvais son indolente corruption (je découvris plus tard qu'il avait pillé mes colis), sa désinvolte tentative pour me séduire étonnamment peu répréhensibles. Je suppose que nos longs baisers secs nous rapprochèrent. Bien qu'il fût de quelques années mon aîné, j'avais pour lui, j'imagine, les sentiments du père à l'égard de l'enfant prodigue, disons, une semaine après le retour du fils, une fois terminés les restes du veau gras. La passion était morte et il y avait une chance sur deux pour que le garçon refît des bêtises, mais il demeurait quand même enveloppé et protégé par un manteau d'affection paternelle indulgente. Je crois que c'est ce qui s'approche le plus de ce que j'éprouvais à l'égard de Karl-Heinz.

*

Un jour de mai, je me promenais dans n'importe quel sens autour de la cour quand la tête et les épaules de Karl-Heinz surgirent au-dessus de la palissade.

« Bonne nouvelle, dit-il. On a confirmé ton histoire. Tu vas être transféré. »

Je me sentis tout à coup étrangement perturbé par cette information.

« Où ? demandai-je.

– Un camp pour officiers anglais. A Mayence. »

Plus tard dans la journée, cela me fut officiellement confirmé par le commandant du camp, un homme que je n'avais vu qu'une seule fois, lors de mon arrivée six mois auparavant. Frêle, l'air maladif, le col trop large pour son cou de poulet, il s'exprima sur un ton de semi-excuse et utilisa à deux reprises le qualificatif de « regrettable ». Je rencontrai une dernière fois Karl-Heinz avant de partir. Il m'escorta aux toilettes du gymnase pour mon rasage matinal. Il ne parut nullement affecté par mon départ, ce qui m'irrita assez. (Ma vanité, je suppose. J'acceptais mal que son intérêt sexuel à mon égard n'eût été qu'opportuniste.) Je lui fis écrire mon nom et mon adresse sur un bout de papier et promettre de se mettre en rapport avec moi dès la fin de la guerre.

« Bien sûr, dit-il poliment. Ce serait amusant.

– Donne-moi ton adresse.

– Je n'en ai pas encore.

– Comment ça ?

– Tout ce que je sais, c'est que, dès que j'aurai quitté cet uniforme, je file à Berlin. » Il s'exprimait avec une véhémence inhabituelle. Puis il éclata de rire : « Va à Berlin et demande où est Karl-Heinz Kornfeld. On te dira. »

Je ne le revis pas. Le lendemain, on me conduisit à pied à la gare, par la colline puis les rues pavées de la ville, et l'on m'embarqua sur le train pour Mayence.

*

Le nouveau camp occupait une caserne sur une hauteur qui dominait la ville. De la fenêtre de notre chambre, nous avions une vue agréable sur la cathédrale et le Rhin. Comparé à la tristesse et aux privations de Weilberg, le camp de Mayence ressemblait à un hôtel. Six cents officiers britanniques y vivaient prisonniers. Nous dormions à dix par chambre dans une atmosphère qui tenait moitié du pensionnat – grosse cordialité – et moitié du camp de boy-scouts – astuce, débrouillardise et Cie. Les officiers pouvaient changer tous les mois, dans une banque suisse de la ville, un chèque de cinq livres et, avec cet argent, il nous était possible de suppléer modestement à nos rations (pratiquement les mêmes qu'à Weilberg) par des achats effectués dans une petite cantine : pâtés de poisson et de foie, confiture de prune, paquets de soupe déshydratée. Grâce à cet enthousiasme que les Britanniques paraissent généralement manifester dès qu'ils sont enfermés contre leur gré, le camp se flattait d'offrir plus de possibilités éducatives qu'une université moyenne quelconque. Cours, séminaires et groupes d'études existaient pratiquement dans toutes les matières depuis l'araméen jusqu'au zoroastrisme. Il y avait un club de théâtre, une société d'amateurs d'opérette et un concours de rhétorique avec des dizaines d'équipes engagées et qui sembla durer des mois. Il y avait une bibliothèque bien garnie et, naturellement, une société littéraire pour ceux qui souhaitaient parler de ce qu'ils avaient lu.

J'allais de temps en temps à la bibliothèque. Sur le conseil des autres, j'empruntai et tentai de lire Maupassant, Tourgueniev et Walter Pater. Je les lus avec indifférence et sans aucun enthousiasme. Brûlé par la flamme des *Confessions*, j'en trouvai les alternatives pâles et tièdes. J'abandonnai la bibliothèque. Mon cerveau était rempli de la vie et des mots de Rousseau, ma mémoire encore hantée par ces dernières semaines à Weilberg et, curieusement, par l'image de Karl-Heinz. Est-ce à Mayence, au cours de ces assommantes soirées étouffantes, confinés dans nos dortoirs sans air, que les premières lueurs de l'entreprise qui devait plus tard dominer ma vie naquirent ?... En toute honnêteté, je ne le crois pas. Je n'avais aucune idée de ce que j'allais faire. Dans mon esprit vide et docile, je ne songeais même pas à l'après-guerre, encore moins à une carrière ou à des projets d'avenir. Je vivais dans le présent monotone. Je changeais mes chèques, je troquais le contenu de mes colis de nourriture, je jouais au kabuki, aux charades mimées, au gin rami et – un signe qui démontre à quel point mon esprit se trouvait ailleurs – j'appris à jouer très décemment du banjo. Dix-huit mois plus tard, dans une soirée à Londres, quelqu'un apporta un banjo. Je m'en emparai, les gens se réunirent autour de moi, impatients (je m'étais bruyamment vanté de mes exploits), mais, à mon grand embarras, je découvris que j'étais incapable de jouer un seul air. On aurait cru que c'était mon frère ou mon jumeau qui avait appris à jouer de l'instrument. Une édition fantôme de moi-même. Le talent avait été fixé et localisé à la fois dans le lieu et le temps – Mayence 1918 – avant de disparaître.

Je restai à Mayence cinq mois et, dans l'ensemble, je les considère plus abrutissants pour l'esprit que mon séjour à Weilberg. A Mayence, je devins pareil aux Russes – morose, pessimiste, refusant d'être courageux ou gai. Rien ne m'arriva là qui pût rivaliser avec les expériences vécues dans ma cellule solitaire au-dessus du gymnase. Mes compagnons ne manquaient pas d'amabilité, mais, pour moi – habitué au bonheur de ma propre compagnie, de celle de Rousseau et de Karl-Heinz –, ils me paraissaient insupportablement fades. J'en vins comiquement à éprouver de la nostalgie pour Weilberg et ses mélancoliques absurdités – les lugubres alcoolos russes, les généraux gâteux en costume de tweed. Dans la robuste Mayence britannique, je me sentais exclu (toujours *l'homme de l'extrême gauche*). Je n'attirai aucune attention, ma participation à la vie sociale du camp demeura minimale. Je ne fus en aucun sens un personnage ou une personnalité. Je parierais qu'aucun de mes compagnons de captivité, quelques années plus tard, n'aurait pu même se rappeler ma figure. « Todd ?... Todd ?... » le visage plissé pour stimuler la mémoire, « était-ce le type roux avec une jambe de bois ?... Non ? Ah... Désolé, je ne vois pas. »

Peut-être était-ce un problème psychologique ? Me retrouver, après Weilberg, une fois de plus dans la société des hommes, dans toute sa puante promiscuité, dut me déprimer. Qui sait ? La guerre se termina en novembre et, en moins d'un mois, j'étais de retour à Édimbourg, juste à temps pour Hogmanay, la Saint-Sylvestre.

Villa Luxe, 13 juin 1972.

Ce matin, en me rasant, je me surprends à me demander combien de fois dans la vie j'ai pratiqué cette banale opération. Disons, en moyenne, une fois par jour depuis l'âge de dix-huit ans ? Des milliers et des milliers de fois...

Je rince les poils accrochés à mon rasoir. Tous gris à présent. Barbe-Blanche. L'idée continue à me travailler. Supposons, à titre d'exemple, sept millimètres de poils par semaine. Ça fait trois centimètres par mois. Trente-six par an. Ça fait une barbe de dix-huit mètres de long pour toute une vie, à un mètre près... J'essaie de m'imaginer avec une barbe de dix-huit mètres. Songez à tous les poils dont nous, les hommes, nous nous dépouillons en l'espace d'une vie. Songez à tous les poils que la race humaine coupe et rase, arrache et épile de ses têtes, aisselles, jambes et pubis. Songez à toutes ces boucles et toisons, favoris et duvets s'accumulant depuis le commencement des âges. Où s'en sont-ils allés ? Comme il est étonnant que le monde ait réussi à les absorber !

Plus tard, Emilia arrive et se met à son ménage. Ostensiblement, je prends un livre et gagne mon poste de vigie. J'y reste une demi-heure et puis, sans être vu, je prends un chemin détourné par le champ, à travers quelques bananiers, pour arriver derrière la maison. Là, derrière l'obligeante épaisseur d'un jasmin grimpant, se trouve la fenêtre au volet fermé du W.-C. d'Emilia. Je louche à travers mon

238

petit trou et m'installe pour attendre. Mon cœur bat à un rythme alarmant, ma respiration est courte, oppressée. Je me dis que ce plaisir de voyeur ne me paraît pas valoir l'effort qu'il impose au système cardio-vasculaire.

J'attends, semble-t-il, des heures durant. J'ai chaud, le jasmin me griffe, les mouches m'assaillent... Finalement, Emilia entre. Je respire doucement par la bouche. Le petit trou est à un angle parfait. Je peux voir le couvercle du réservoir et, de là où elle se trouve, les jambes d'Emilia, des chevilles aux genoux... elle ne bouge pas. Elle fredonne. Elle doit être en train de se regarder dans le miroir. Puis elle s'approche de la cuvette. Elle relève ses jupes, passe les pouces dans sa culotte et, dans un mouvement rapide et souple, elle s'assoit.

Rien. Je n'ai rien vu du tout. Je m'adosse au mur. La chasse est tirée et j'entends la porte se refermer.

Je suis tout le contraire d'excité. Je me sens sale, honteux, embêté. Soudain, je hais mes envies de vieux cochon. Qu'est-ce qui m'a conduit à ce passe-temps sordide ? Je sais. Les petites Allemandes. De vieux souvenirs rampent hors de leurs cachettes comme des lézards de dessous leurs pierres. Le passé me rattrape.

7

Superb-Imperial

Londres. Juillet. 1922. Je dis au revoir en l'embrassant à mon épouse enceinte et descendis l'escalier qui menait à la porte d'entrée. Sonia me regarda partir.

« Rappelle-toi. Sois raisonnable. Réfléchis.

– Ne t'inquiète pas. »

Je sortis dans Dawes Road, Fulham. Une carriole livrait de la bière au pub, le Salisbury, au-dessus duquel nous habitions. Il faisait lourd, orageux, mais pas trop chaud. J'ôtai mon chapeau et le rajustai sur ma tête. 10 h 30 du matin – pas une mauvaise heure pour se rendre au travail. Je me sentais de très bonne humeur. Je traversai la rue pour aller acheter le *Morning Post* chez le marchand de journaux et je gagnai d'un pas tranquille la station de Walham Green pour y prendre le chemin de fer souterrain. Je travaillais à Islington. Ce qui, de Fulham, faisait pour moi un long trajet à travers la ville. Nous habitions Fulham parce que Sonia y était née et refusait de déménager trop loin de ses parents (un couple modérément plaisant : lui était un vendeur de produits pharmaceutiques à la retraite ; nous ne manquions jamais de médicaments).

A Walham Green, je pris un billet de première classe pour King's Cross. Je gagnais six cents livres par an : je pouvais me permettre de voyager en première classe – une des raisons pour laquelle je préférais le chemin de fer souterrain au « métro » plus égalitaire qui n'offrait pas de wagons de première.

Je fumai une cigarette en attendant le train. Je me sentais calme, agréablement en sécurité, comme si ma vie avait finalement atteint ce plateau de stabilité qu'elle avait toujours ambitionné.

Je ne possédais rien de cet équilibre quand, à la fin de 1918, je retournai de Mayence à Édimbourg. Je dois reconnaître que la guerre et ma captivité ne m'avaient laissé aucune trace physique d'effets secondaires. Mes mains ne tremblaient pas, je ne sursautai pas à chaque claquement de porte, je dormais assez bien et sans cauchemars. L'effet psychologique immédat, en dehors du permanent que j'ai mentionné plus tôt, se traduisit par une curieuse et confondante lassitude. Je m'en accommodai tout d'abord sans problèmes, heureux que ce fût là la seule conséquence de ces deux années traumatisantes. Mais à mesure que 1919 passait sans que je me sorte de cette léthargie, je commençai à m'inquiéter davantage.

Mais je vais trop vite.

Se trouva-t-il quiconque pour m'accueillir à la gare de Waverley en réponse à mon télégramme envoyé de Londres et annonçant mon retour de la guerre ? Réponse : non. Je traversai le pont en direction de High Street, un petit sourire amer sur le visage. C'était un matin d'acier froid avec l'habituel vent glacial et décapant. Je portais une casquette de feutre, un costume usagé qu'on m'avait donné à l'hôpital de Portsmouth et une capote militaire. Une fois de plus, mon statut insolite d'officier seulement honoraire m'avait écarté des procédures établies. Je ne faisais pas très retour du héros. Je m'étais imaginé dans ma veste bien coupée, mes jodhpurs, mes bottes lustrées, mon képi à un angle coquin. A présent, j'avais l'air d'avoir été éjecté d'un foyer de l'Armée du Salut.

Je grimpai l'escalier en colimaçon qui menait à notre appartement et frappai à la porte. Oonagh ouvrit. Je ne l'avais pas vue depuis deux ans et demi. Elle était un peu plus ronde mais pour le reste pareille à elle-même.

« Bonté divine, c'est toi ! dit-elle avec une certaine surprise. John James... tiens, par exemple !

– Oui, c'est moi, dis-je avec empressement en entrant.

– Ton père a dit que tu serais de retour dans la journée. Mais y a rien à déjeuner pour toi. Tu arrives trop tard.

– Je ne veux aucun foutu déjeuner ! »

Je lançai ma casquette sur une chaise dans le hall.

« Oh ! là là ! mon Dieu ! Quelle agitation ! »

Je m'étais calmé quand mon père rentra. Il paraissait plus vieux, les yeux plus enfoncés, les rides plus marquées, les touffes de poils de ses pommettes plus grisonnantes. On le sentait vaguement embarrassé sous ses timides efforts pour faire les gestes d'accueil appropriés. Par exemple, il posa ses mains sur mes épaules en s'exclamant d'un ton affreusement théâtral :

« Laisse-moi te regarder ! »

Ce qu'il fit.

« Tu as vieilli, dit-il enfin.

– C'est que ça fait deux ans et demi. Bien sûr que j'ai vieilli. » J'étais exaspéré. « Vous avez vieilli. Oonagh a vieilli. Tout le monde a vieilli.

– Inutile d'être sarcastique, John. C'est un ton moderne des plus déplaisants. » Il se tourna. « Quand nous étions jeunes, nous déplorions le sarcasme. »

Je ne relevai pas le mensonge.

« Tu sais, Minto m'a fait payer le trimestre entier.

– Comment ?

– Quand tu t'es sauvé. J'ai dû payer le prix de la pension pour le trimestre entier. Tu aurais pu mieux choisir tes dates. »

Plus tard, en réfléchissant à sa réaction, je décidai charitablement qu'elle n'avait été qu'une manière de cacher sa réelle émotion. Thompson, pour sa part, fut tout à fait franc : il ne fit aucun effort pour dissimuler sa nervosité et son malaise. Il avait changé plus que quiconque. Il était désormais très gros, avec une corpulence d'homme mûr, presque. Ses traits s'étaient adoucis, ses joues gonflant par-dessus sa mâchoire pour se fondre dans son menton. Il réussissait bien à la banque, installé douillettement dans l'uniforme trois-pièces rayé de sa corporation.

Personne ne se montra spécialement curieux de ce qui m'était arrivé. Thompson ne se souciait nullement d'entendre le récit de mes aventures – ma seule présence constituait une rebuffade suffisante à son onctueuse prospérité. Mon père était encore trop occupé et Oonagh, tout en m'écoutant volontiers, fit preuve d'une froideur enrageante.

Je passai beaucoup de temps avec elle dans la cuisine comme je l'avais fait petit garçon. Mes histoires alors l'avaient amusée mais, maintenant, elle hochait la tête, faisait des remarques du genre : « Bonté divine ! » ou « Eh bien, mince alors ! » Seul, le camp de prisonniers lui fit de l'effet.

« Terrible chose pour une famille d'avoir eu un fils en prison. Une honte affreuse. »

Hamish fut le seul à exprimer un intérêt sincère. Nous nous rencontrâmes au début de l'année quand il revint à l'université poursuivre un travail de recherches de doctorat en mathématiques. Il avait terminé sa licence avec deux ans d'avance.

Sur sa suggestion, nous convînmes de nous retrouver dans un pub de Grassmarket. J'y arrivai avec un peu de retard. Il faisait nuit dehors et guère plus clair à l'intérieur. Un feu de charbon brûlait dans la cheminée, et le bar était rempli d'hommes en pardessus, leur chapeau encore sur la tête. Il me fallut quelques secondes avant de repérer Hamish. Debout à l'extrémité du bar, coiffé d'un feutre gris à bords roulés, une cigarette à la bouche et une pinte de bière à la main, il contemplait le plafond. Je voulus vérifier ce qu'il regardait, mais le coin du plafond qu'il examinait ne présentait rien que d'ordinaire.

« Malahide », dis-je.

Il ôta la cigarette de sa bouche en faisant très attention de ne pas en laisser tomber la cendre. La plupart de ses boutons avaient disparu : quelques-uns s'attardaient encore autour de ses oreilles et au-dessus du col de sa chemise. Comme il l'avait prédit, son visage était terriblement marqué par les cicatrices d'acné, criblé de petits trous et de marbrures, dans toute la gamme des tons roses.

« Todd ! Parfait... Excellent ! »

Nous nous serrâmes chaleureusement la main. Il était maigre et il avait grandi : il me dépassait désormais de cinq centimètres. Il me sourit, découvrant ses dents inégales. Enfin un être vraiment content de me voir. Nous trouvâmes deux sièges non loin du feu et nous nous assîmes. Je racontai à Hamish l'essentiel de ce qui m'était arrivé.

Il m'écouta religieusement. Il fumait sans arrêt, la cigarette constamment à la bouche. Il faisait très attention à ne pas laisser tomber la cendre et transportait son mégot avec une paume préventive placée en dessous – comme si c'était une fragile ampoule de cristal – jusqu'au cendrier dans lequel il le tapotait avec douceur et précision.

« J'ai gardé toutes tes lettres, dit-il. As-tu gardé les miennes ?

– Oui. Elles étaient dans mon paquetage. Renvoyé quand je...

– Bien. »

Je lui souris :

« Comment ça marche ? Les maths ?

– Incroyable, dit-il simplement. J'arrive difficilement à m'endormir le soir. Avec tout ce qui se passe. »

Il commença à m'expliquer le sujet de ses recherches. Théories de la relativité, dit-il, je crois Je n'y compris rien, mais je fus singulièrement touché par sa passion. Une intense jalousie m'envahit un bref instant. J'enviai le monde étrange qui était le sien. Je le lui dis gentiment

« Il n'est pas si compliqué, m'assura-t-il. Tu comprendrais les concepts. Tu étais très bon à l'école

– J'*étais* bon.

– C'est toi qui m'as mis sur la route, tu sais. » Il ôta la cigarette de sa bouche et la posa délicatement sur le cendrier d'étain.

« Moi ?

– Rappelle-toi. Qui a inventé les nombres premiers ? Je faisais des maths. Mais je n'y avais jamais pensé, jamais réfléchi à ce que ça voulait dire. »

Une lueur souterraine éclaira ses yeux glauques. Je me demandai une seconde s'il n'était pas un peu fou – ou une sorte de génie.

Puis il ajouta, timidement :

« Il se passe des choses étonnantes, John. Les découvertes les plus étonnantes. Tout change. La science est en train de changer. Nous regardons le monde d'un autre œil,

245

désormais. Nous pensions savoir comment il marchait, mais nous nous trompions. Tellement.

– Je vois.

– Je te tiendrai au courant.

– Merveilleux. » Je ne savais quoi dire : « Une autre bière ?

– Oui, s'il te plaît. »

Nous nous rencontrâmes, Hamish et moi, une fois ou deux par semaine ; les seuls moments intéressants pour moi de ces quatre mois par ailleurs mornes et sans histoire. Je traînais dans Édimbourg, fréquentais des pubs sans gaieté, jouais à l'occasion au golf. Thompson, il faut lui rendre cette justice, me présenta à ses amis – une bande de jeunes Écossais pleins d'allant, bourrés d'ambition, obsédés par l'argent, que ce fût pour le gagner ou le dépenser. Je n'avais pas grand-chose à dire. Au bout d'un mois ou deux, les invitations se réduisirent à néant. Durant toute une semaine, je connus une folle passion pour une fille qui travaillait au rayon des chapeaux pour dames chez Jenners et que je me mis à suivre discrètement pendant l'heure de son déjeuner et à son retour chez elle à Davidson's Mains.

L'été, nous passâmes nos deux mois habituels à Drumlarish. L'air égaré, et bavant de sénilité imminente, le vieux Sir Hector avait maintenant plus de quatre-vingts ans. Je consacrai de longs après-midi à le pousser dans son fauteuil roulant, de bas en haut et de droite à gauche autour des jardins, ma tête probablement plus vide que la sienne, les roues en bois de sa voiturette crissant sur le gravier des allées.

Au cours de la dernière quinzaine, Donald et Faye Verulam arrivèrent avec Peter Hobhouse. Peter avait été méchamment gazé à Arras et pouvait à peine prononcer une demi-douzaine de mots entre deux sifflements visqueux. Ses poumons faisaient un bruit de bottes de caoutchouc dans un marécage. Je m'efforçais d'oublier les détails de la conférence du capitaine Tuck sur les gaz, mais je trouvais la combinaison des sourires courageux de Peter et de la fixité cadavérique de ses yeux trop difficile à supporter et je passai beaucoup de temps hors de la maison, sous le prétexte d'expéditions photographiques.

Avec Faye, l'embarras fut intense, mais seulement de mon côté. Il ne dura pas longtemps. Elle m'embrassa et me serra dans ses bras avec ce qui me parut être une réelle affection. Mariés juste après la fin de la guerre, elle et Donald étaient manifestement heureux. Et ce fut comme toujours Donald qui vint à ma rescousse. Nous bavardions un après-midi dans la roseraie tandis que je promenais Sir Hector. Donald me demanda ce que j'avais l'intention de faire. Je lui répondis que je n'en avais pas la moindre idée.

« As-tu jamais songé au cinéma ? dit-il. Après tout, tu es un cameraman.

– Non, je n'y ai pas pensé.

– J'ai des tas de contacts depuis le WOCC. Je vais voir ce que je peux faire. »

Il lui fallut un certain temps. L'été s'écoula. Je restai sans rien faire à Édimbourg jusqu'à la fin de 1919. Nous commençâmes, mon père et moi, à nous accrocher avec une irritante régularité. Un beau jour, il m'offrit de l'argent pour ne manger et boire que des pignons et du lait de brebis pendant une semaine. Je refusai.

« A quoi diable es-tu donc utile ? s'écria-t-il.

– Je ne suis pas un foutu singe ! criai-je à mon tour.

– Alors cesse de rester assis sur tes fesses avec la bouche ouverte et je le croirai ! »

Dûment outragé, je sortis avec fracas de la pièce après avoir rappelé à mon père ce que j'avais enduré pour lui et mon pays. La paix fut faite, de brutales excuses échangées mais tout recommença un jour ou deux plus tard. La lettre de Donald arriva – par hasard – juste un an après mon retour à la maison. On offrait un poste de cameraman débutant. Je devais me présenter pour interview aux studios de la Superb-Imperial Film Company à Islington, Londres, le lundi suivant. Le salaire était de cinq livres par semaine.

*

247

Je changeai de train à Earl's Court et attendis un direct pour King's Cross. Je travaillais toujours chez Superb-Imperial, où j'étais maintenant l'un des deux chefs-cameramen, et Raymond Maude m'avait promis que je mettrais « bientôt » en scène mon propre film. En me remémorant cette promesse, je fis la grimace. C'était là un des rares sujets d'irritation qui venaient gâter la banale sérénité de ma vie. Maude avait rejeté mes quatre derniers synopsis. « Tout simplement pas Superb-Imperial », avait-il dit avec un air de regret. Il était sincère. Je savais qu'il m'aimait bien. « Regardez ce que fait Harry, répétait Maude. Prenez exemple sur lui. » Et ceci était un autre sujet d'irritation. La vie paraissait moins sereine après tout. « Harry », c'était Harold Faithfull, le metteur en scène à succès de Maude – et Superb-Imperial...

Je dépliai bruyamment mon journal. « Le Viscount Curzon a déclaré que le gouvernement n'avait que neuf aéroplanes contre les quatre-vingt-cinq en possession du Gouvernement des États-Unis. » J'allais suggérer une autre idée à Maude, une idée de Sonia. « Sois raisonnable », avait-elle dit. Elle avait raison. Son idée, le film que j'allais proposer, s'appelait – je n'arrivais que difficilement à me forcer à en dire le titre – *Petit MacGregor gagne le Sweepstake*.

Sonia... Sonia Todd née Shorrold. Je la revois aujourd'hui telle qu'elle était alors, avec ses cheveux noirs courts tenus en place par des barrettes et se séparant comme des rideaux pour révéler son visage ovale. L'expression vaguement surprise que lui donnaient ses lunettes. Une expression trompeuse. Sonia à cette époque possédait dans la vie une certitude et une ambition que je trouvais immensément rassurantes.

Nous avions tous deux débuté la même semaine chez Superb-Imperial. Son père vendait des produits chimiques aux laboratoires de développement de films et avait réussi à lui trouver une place dans la section « perforation ». Intelligente et adroite, elle avait été mutée à la section « édition » où elle était devenue monteuse. Notre statut de nouveaux employés nous avait rapprochés. Bientôt, nous prîmes l'habitude de déjeuner ensemble, une ou deux fois par semaine, dans un grill proche du studio.

Sonia avait mon âge, un ou deux mois en moins. C'était alors une grande fille encore pleine de rondeurs adolescentes. Elle avait de petits seins, des lèvres et des jambes épaisses, mais elle était toujours nette et soignée et s'habillait prudemment de couleurs sombres, des verts et des bleus. Sa raie médiane était bien droite et ses cheveux retombaient de chaque côté en brillantes ondulations brunes. Elle n'était pas exactement jolie, mais elle avait en elle quelque chose que je trouvais séduisant. Les lunettes peut-être, qu'elle était obligée de porter pour lire et travailler. Elle me faisait penser à une Huguette bien astiquée. Et c'est cette association d'idées qui m'encouragea à l'inviter un soir. Nous allâmes voir *Secrets* au Comedy Theatre, qui lui plut beaucoup. Je la ramenai chez ses parents à Fulham et nos relations se développèrent ainsi de manière totalement conventionnelle et inévitable.

Je quittai le train à King's Cross et pris la ligne de Piccadilly jusqu'à York Road. Elle aimait le théâtre, Sonia, et le cinéma aussi. Ce qu'elle voyait sur la scène et à l'écran l'affectait profondément, elle se donnait entièrement à l'action. Je ne crois pas avoir jamais observé chez quiconque une mise en veilleuse aussi enthousiaste, complète et voulue de l'incrédulité. C'est pourquoi, je suppose, elle devint si bonne à son travail. Elle abandonna le montage et fut nommée rédactrice de sous-titres pour les courts-métrages de Superb-Imperial. Elle y excellait. Elle avait un don inné pour trouver le cliché parfait qui était inégalable. Elle dut quitter son travail quand sa grossesse fut trop avancée, mais Maude lui avait affirmé qu'elle pourrait le reprendre dès qu'elle voudrait.

Les studios de Superb-Imperial se trouvaient sur Caledonian Road dans une ancienne usine de mécanique automobile. Deux grands plateaux occupaient les vieux ateliers dont les toits d'abestos ondulé avaient été remplacés par des vitres. Dans les anciennes écuries derrière, on avait installé les chambres noires, les laboratoires de tirage et de chimie, la menuiserie, les magasins de décors, les loges d'artistes, une cantine, un foyer, les bureaux de l'administration et de la comptabilité. Tout ce qu'exigeait la production d'un film.

J'arrivai à Superb-Imperial au moment de sa grande prospérité. Raymond Maude avait commencé à faire des films avant la guerre (financés par sa femme Rosita). Il avait bâti sa fortune et sa réputation sur un flot de courts-métrages dont deux séries avaient connu un succès inépuisable. La série des « Anna » – *Anna la laitière, Anna part en vacances, Anna tombe amoureuse*, etc. – et la série « Fido », avec naturellement pour sujet un chien – *Fido sauve Bébé, Fido à la mer, Fido tombe amoureux*, etc. Il m'est impossible d'exprimer à quel point ces films étaient éminemment déplorables. Il me paraît aujourd'hui inconcevable que quiconque ait pu payer pour les voir, mais les gens le firent, en masse, et Maude et Superb Films prospérèrent. Maude acheta Imperial Films pour ses studios et ainsi naquit Superb-Imperial. Maude continua à produire ses courts-métrages, mais il avait l'ambition de faire des films plus longs. Un type très astucieux, Maude. Après la guerre, il engagea Harold Faithfull (à cinq mille livres par an), fit l'acquisition d'une partie du stock du WOCC – d'où ses rapports avec Donald Verulam – et produisit un long-métrage (sept bobines) d'aventures de guerre, intitulé *Doucement les Braves !* qui, dix-huit mois plus tard, à mon arrivée, se donnait encore dans tous les cinémas d'un bout à l'autre du pays. Enhardi par ce succès, Maude créa une compagnie d'acteurs et entreprit de produire des versions plus longues de ses « deux-bobines ». Gertie Royston, qui jouait Anna depuis des années, devint une véritable star. Faithfull la dirigea dans *Ciels d'été,* un affreux mélo : Anna en vacances sauve un gamin en train de se noyer qui se trouve être le fils de Lord Fortescue... Je ne peux pas supporter de continuer. En tout cas, vous aurez compris pourquoi mes propres suggestions étaient repoussées. Maude n'était pas un cynique : il était immensément fier de sa troupe d'acteurs (vous aurez entendu parler de certains d'entre eux : Warwick Sheffield, Alma Urban, Alec Neame et Flora de Solla étaient les plus célèbres. Il y en avait d'autres. Pour mémoire : Harry Bliss, Violet Scott-Brown, Ivo Keene et un abominable vieux poivrot nommé Elwin Hulcup, un ex-comédien de music-hall que l'on tolérait parce qu'il était le propriétaire de Fido, le fameux chien).

Le premier film que je tournai – avec Maude comme metteur en scène – fut un court-métrage de la série Fido intitulé *Fido au volant*. Honteusement débile, mais peu m'importait. J'étais ravi, excité, infiniment reconnaissant de travailler. J'adorais les studios d'Islington. J'étais en admiration devant les acteurs et les actrices. La sophistication de Warwick Sheffield me laissait bouche bée. Je trouvais Alma Urban la plus belle et la plus sensuelle des femmes. Pouvoir côtoyer ces sommités me semblait un fameux privilège. Cela ne dura pas. Quand j'entendis Harry Bliss raconter pour la troisième fois les mêmes histoires, il me fallut un immense effort pour garder le sourire. J'eus vite fait de détecter, sous l'accent « français » de Flora de Solla, les roulements rocailleux typiques de la Cornouailles. Un soir, après le tournage, Warwick Sheffield m'emprunta cinq livres qu'il ne me rembourse jamais... Aucune importance. Durant une année ou à peu près, je fus enchanté. Je filmai *Anna apprend à piloter, Anna triomphe !, la Fortune de Fido* et bien d'autres. Puis Maude me fit faire équipe avec Faithfull et nous tournâmes deux longs-métrages : *Sanctuaire*, avec Alec Neame et Alma Urban, et *Taboo* avec Reggie Fitzhammon, Flora de Solla et Ivo Pridelle. J'appris mon métier. Panoramas, prises de vue. Comment déployer efficacement les éclairages quand les brouillards londoniens rendaient difficile le tournage de jour : les lampes à vapeur de mercure, les arcs électriques, les projecteurs, les lumières plongeantes et rasantes. J'étais heureux. Pas même Faithfull ne pouvait me troubler.

Faithfull, bien entendu, n'avait pas été content de mon arrivée. « On se demandait ce que tu étais devenu, Todd », dit-il. Il se montra toujours froid, même si nous fonctionnions plutôt bien en équipe. Mais lorsque je vis avec quelle suffisance Faithfull dirigeait (il était au faîte de sa célébrité dans les années qui suivirent immédiatement la guerre), je conçus l'ambition de mettre en scène moi-même. J'allais régulièrement au cinéma voir les films américains et européens et je me rendis bientôt compte à quel point la production de Superb-Imperial laissait à désirer dans tous les domaines. Je mis au point l'histoire d'un jeune officier rentrant de captivité pour découvrir que sa fiancée a épousé son meilleur ami. Il s'efforce d'être courageux et de surmonter sa terrible déception mais, à leur consternation, la passion des deux ex-amants reflambe. Le héros n'a plus que deux choix : tuer son meilleur ami ou se tuer lui-même. Il choisit le suicide afin de préserver le bonheur de sa fiancée. Je l'intitulai : *Sacrifice d'amour.*

Je travaillais depuis dix-huit mois chez Superb-Imperial quand j'apportai mon synopsis à Maude. Maude était un homme à l'air hésitant, avec un visage mou, inoffensif, et une moustache grise en brosse. Il portait des chaussures de daim marron clair et des costumes bien coupés. Son épouse, Rosita, était une femme extravagante, très forte, avec d'énormes seins et, sur la joue, une grosse verrue qui, bizarrement, lui ajoutait un charme étrange. Je crois qu'elle était à moitié – ou entièrement – portugaise, je ne sais plus très bien. L'argent de Superb-Imperial provenait de plantations de canne à sucre en Afrique de l'Est portugaise. Elle me plaisait bien. Elle parlait à toute allure un anglais haletant et fumait des petits cigarillos noirs dans un fume-cigarette court en os.

Deux jours plus tard, Maude m'appela dans son bureau, au-dessus des ateliers de menuiserie. Rosita était debout derrière le fauteuil de son mari. Je travaillais sur *Taboo*. Nous venions de filmer une averse torrentielle dans la jungle. Je me rappelle que mes cheveux étaient mouillés.

« A propos de *Sacrifice d'amour* », commença-t-il. Il avait l'air affligé. « Je suis déçu, John, très déçu que vous ayez pu me suggérer ça.

– Pardon ? » J'étais déconcerté.

« N'est pas film Superb, ajouta Rosita d'une voix forte. N'est pas drame. Mélodrame, oui, peut-être. Mais drame, non. Pas chez Superb.

– Rappelez-vous ceci, John, et vous ne vous égarerez plus. Nous voulons que les gens sortent de nos kinémas avec le sourire aux lèvres. Des épilogues heureux, s'il vous plaît. »

D'autres platitudes absurdes suivirent. Ce fut peut-être bien la séance la plus prolongée de mauvais conseils que je subis jamais. Je regagnai les jungles oppressantes de *Taboo*.

Deux autres de mes idées furent refusées pour des raisons identiques. Je fis part de mon problème à Sonia, un samedi après-midi, alors que nous nous installions pour prendre le thé dans un salon de New King's Road. Ce devait être novembre ou décembre. *Taboo* était terminé. Je travaillais maintenant sur *Fido sauve la situation* à moins que ce ne fût *Anna sauve la situation*. Sonia portait un élégant tailleur vert émeraude garni de velours noir. Elle avait chaussé ses lunettes pour consulter la carte. Je remarquai qu'elle avait mis un peu de rouge à lèvres. J'aimais l'embrasser quand elle avait du rouge à lèvres (nous avions progressé jusque-là), le petit goût de cire me plaisait. Elle faisait : « Tum, tum, tum, tum », tout en lisant le menu. Je regardai la raie blanche tirée au cordeau sur le sommet de son crâne et j'éprouvai soudain une faiblesse dans les poumons comme si respirer devenait un effort, et une curieuse sensation en spirale dans le bas-ventre. La serveuse s'approcha.

« Du thé pour deux. Ceylan, s'il vous plaît. Une part de tarte aux cerises et un rocher. Et vous, Johnny ? »

Elle avait un léger coup de glotte dans son accent londonien qu'elle s'efforçait d'adoucir. Je compris sur-le-champ que j'étais amoureux d'elle.

« Du flan, s'il vous plaît. »

Nous nous mariâmes le 18 janvier 1922 en l'église de Saint-Peter, Filmer Road, Fulham. Aucun membre de ma famille n'était présent. Mon père m'envoya cinquante livres, Oonagh ses meilleurs vœux et Thompson six petites cuillères de métal argenté.

Je me rends compte aujourd'hui que j'épousai Sonia pour le sexe. J'avais presque vingt-trois ans et j'étais toujours vierge. Avant de rencontrer Sonia, mon plus récent contact sexuel avec un autre être humain (en dehors de moi-même) avait été avec Karl-Heinz, à Weilberg. Et avec une femme ? Huguette dans la cabane obscure derrière l'estaminet en 1917. Je vous ferai grâce des détails de notre apprentissage à Sonia et à moi, des surprises moites de notre nuit de noces (notre lune de miel se réduisit à un week-end à Hove – on avait besoin de moi sur le tournage le lundi) mais, pour deux vierges, nous devînmes rapidement compétents en la matière. Le corps grassouillet et accueillant de Sonia me plaisait beaucoup. Elle avait des petits seins fermes avec des tétons en dôme et un pubis particulièrement touffu. Elle usait de crèmes dépilatoires pour ses aisselles et ses jambes au-dessous du genou. Je plaidais en vain qu'elle laissât repousser ses poils. J'aimais Sonia aussi, je le confesse, à cause de ses différences avec moi. Anglaise, Londonienne, presque autant une étrangère qu'Huguette, et petite-bourgeoise avec un accent faubourien. Deux mois après notre mariage, elle était enceinte. Il semblait qu'après un délai de vingt-trois ans je me précipitais tête baissée dans la maturité. Je voulais une petite fille. Je sentais que je n'étais pas prêt pour un fils et successeur.

Quand Maude rejeta ma version révisée de *Sacrifice d'amour* – le héros, sur le point de se suicider, apprend la mort de son rival dans un accident d'automobile et se trouve donc réuni à son ex-fiancée – je faillis abandonner toute ambition de mise en scène. Superb-Imperial s'apprêtait à produire son film le plus coûteux – une aventure historico-romanesque intitulée *la Cocarde bleue* et qui se déroulait dans une féerique Ruritania quelconque. Le budget s'élevait à dix-huit mille livres. Faithfull serait le metteur en scène et moi le cameraman. Prenant une autre initiative astucieuse, ou peut-être à l'instigation de Rosita, Maude partit pour l'Amérique engager Mary Mount comme vedette à mille livres par semaine. Faithfull avait négocié un bonus de deux mille livres par-dessus son salaire. Dans un accès de générosité, Maude m'en accorda un de cinq cents livres. Soudain, je paraissais ridiculement riche et à l'abri. C'est Sonia qui me pressa de tester une idée de plus sur les Maude.

Je lui dois ceci, je l'admets. Sans ses encouragements, je n'aurais rien tenté d'autre. En repensant à ma vie folle, ces premières années à Londres m'apparaissent comme un îlot d'inertie et de contentement bourgeois. Nous avions notre appartement au-dessus du pub (trois livres par semaine) et je pouvais me procurer de la bière à volonté.

Je faisais un travail bien payé, stimulant et pas trop difficile. J'avais une femme jolie et qui m'adorait. La mouche qui s'empiffre dans un pot de confiture n'éprouve pas le besoin de changer de décor.

Maude et Rosita *adorèrent* l'idée de *Petit MacGregor gagne le Sweepstake* (je ne vous infligerai pas les détails de l'histoire, laquelle, au demeurant, tient tout entière dans le titre). Ils l'adorèrent tant qu'ils me retirèrent de *la Cocarde bleue.* Je pouvais commencer mon film dès que le scénario serait terminé. Je me mis immédiatement au travail.

Pour une raison ou une autre, Harold Faithfull prit mon transfert comme une insulte personnelle. Maude m'avait donné un petit bureau à côté de la section « perforation » où je travaillais à l'organisation de la production. Un jour, en fin d'après-midi, alors que les filles du bureau voisin s'apprêtaient à partir, Faithfull vint me trouver. Il faisait encore plus onctueux depuis la guerre. Il portait des vêtements coûteux et, ce jour-là, un rayon de soleil donnait à son cardigan de cachemire jaune une richesse arrogante. Son beau visage boudeur luisait d'une sueur légère due soit à la boisson, soit à la colère ou bien à la raideur des escaliers.

« A quoi crois-tu que tu joues, Todd ? » demanda-t-il, péremptoire. Planté sur le seuil, il alluma une cigarette puis jeta un coup d'œil autour de mon bureau. « Qu'est-ce que tu essaies de faire avec ton petit film à la noix ?

– De quoi parles-tu ?

– Ou bien ceci est une tentative mal avisée de me démolir ou bien tu as de sales petites ambitions personnelles derrière la tête.

– Tu sais bien que j'ai toujours voulu faire mes propres films.

– Mais tu n'es qu'un cameraman, Todd. Et tu le resteras. C'est moi le metteur en scène. »

Le dédain aristocratique de sa voix me mit en rogne.

« Tu ne serais pas fichu de mettre en scène la circulation

dans une rue à sens interdit, Faithfull », répliquai-je calmement.

Pas une très brillante réplique, j'en conviens, mais sur le moment elle fit son effet. Faithfull s'approcha lourdement et me flanqua un coup de poing par-dessus la table. Il me manqua mais, dans son élan, expédia un encrier à terre et fit voler quelques papiers. De l'encre éclaboussa les revers de son beau pantalon champignon clair.

« Espèce de foutu connard d'Écossais ! hurla-t-il. Tu fais ce film et tu n'en feras plus jamais un autre ! » Il quitta la pièce avec bruit. Quelques filles passèrent la tête en gloussant pour s'informer du sujet de l'algarade.

Haletant d'excitation, je me sentis étrangement revigoré. Je savais pourquoi Faithfull était aussi furieux : c'était là un hommage déguisé à ma contribution à *Sanctuaire* et *Taboo*. Faithfull avait besoin de moi et il s'inquiétait à l'idée de faire *la Cocarde bleue* sans moi. Je replaçai les papiers et l'encrier sur mon bureau, et j'épongeai les taches avec un buvard. Pour la première fois, j'avais ma confiance en mon talent et mes capacités confirmées par un témoin hostile, pas moins. Tout le long du chemin de retour à Fulham, je gardai un petit sourire satisfait.

*

Ce fut Vincent, le père de Sonia, qui attira mon attention sur l'annonce. Chaque dimanche, nous dînions chez les Shorrold. Ils habitaient une petite maison de série avec une bonne vue sur le terrain de football de Fulham. Le menu ne variait jamais – bouillon gras, gigot de mouton, tarte aux fruits et à la crème –, pas plus que l'atmosphère étouffante d'ennui. Après le repas, Sonia et sa mère Noreen – une brave femme insignifiante mais d'une sainte patience – lavaient la vaisselle, donnant ainsi aux hommes l'occasion de fumer. Vincent Shorrold était un petit homme vif qui possédait cette assurance impressionnante mais finalement fragile du voyageur de commerce. Il prenait l'initiative de la conversation avec des remarques qui semblaient tout d'abord d'une autorité sans réplique.

« Non. Pas question. Non, définitivement non. Les Alliés devraient saisir toutes les mines et les forêts d'Allemagne. Jusqu'au dernier arbre. » Il lisait dans son journal un article sur la conférence des réparations. « C'est la seule façon. La seule justice.

– Mais, Vincent, dis-je sur le ton de la raison, ce dont nous avons besoin, c'est d'argent liquide. Saisir des mines et des forêts ne nous en procurera pas. »

Il parut piégé, déconcerté.

« Ah... Ah oui. Peut-être. Je vois ce que vous voulez dire. » Il se replongea dans son journal.

La plupart de nos discussions prenaient ce tour : une assertion agressive, une réfutation polie de ma part, un effondrement muet. Il fumait une pipe avec un petit couvercle perforé sur le fourneau. Cet accessoire m'irritait sans raison. J'entendais le bruit de la vaisselle dans la cuisine et le bavardage indistinct de Sonia et de sa mère. Je sentis une inertie profonde m'envahir. L'air de la pièce exsudait l'apathie. L'esprit vide, je contemplai un mince filet de fumée monter en se tortillant de ma cigarette.

« C'était votre gang, ça, pas vrai ? » dit Vincent. Il lut : « 13e (PS) bataillon d'intendance, South Oxfordshire Light Infantry... » Il plia le journal à la page et me le tendit. Il s'agissait d'une annonce pour une réunion et un dîner, un mois plus tard. Les anciens membres du bataillon étaient invités à se rassembler préalablement sur le terrain communal de Wandsworth à 16 h 30 pour un bref défilé suivi du discours d'un certain brigadier-général Pughe et d'un dîner dans la salle de banquets du pub Cap de Bonne-Espérance, Wandsworth High Street (prix : 5 shillings 6 pence). Inscriptions : R. J. M. Tuck (major en ret.).

J'arrivai avec quelques minutes de retard sur le terrain et j'aperçus un groupe de plusieurs dizaines d'hommes déjà alignés devant une petite tribune équipée de haut-parleurs et décorée aux couleurs de l'Union Jack. Un peu nerveux, je traversai la pelouse. Je n'avais pas su comment m'habiller et, finalement, je m'étais vêtu sobrement comme pour un enterrement : costume trois-pièces gris foncé et chapeau melon. J'avais même pris un imperméable. Nous étions en septembre, la journée était douce, les marronniers commençaient à jaunir. En approchant, je vis que beaucoup de gens s'étaient munis d'un parapluie – des ersatz de fusils, me dis-je, en regrettant de ne pas avoir apporté le mien.

Quelqu'un que je ne connaissais pas raya mon nom d'une liste et s'empara de mon imperméable (« Pouvez pas défiler avec un truc comme ça sur le bras ! ») et je me joignis à une colonne en formation. Je saluai les rares personnes que je reconnus et je me demandai pourquoi je m'étais donné la peine de venir.

Nous fûmes conduits au pas jusqu'à cent mètres plus loin et mis au repos. Puis nous vîmes trois automobiles traverser en cahotant le pré en direction de la tribune. Des hommes en sortirent dont un en uniforme. Un autre s'avança vers nous. Je reconnus le major Tuck. Il se posta en tête de la colonne, nous fit mettre au garde-à-vous, hurla : « A gauche, gauche ! En avant, marche ! » Nous rejoignîmes la tribune, fîmes halte, saluâmes, puis fûmes passés en revue par le brigadier-général. Nous l'écoutâmes ensuite nous faire un discours à moitié convaincu sur la nécessité de ne pas permettre aux liens de fer de la camaraderie forgés dans l'amère tempête de la guerre de s'altérer et de pourrir dans le baume lénifiant de la paix. Nous étions rassemblés, découvris-je, pour célébrer le huitième anniversaire de la création du bataillon. La revue se termina avec l'unique survivant de la fanfare de cornemuse (les autres musiciens ayant été tués, vous vous en souviendrez, alors qu'ils montaient du ragoût en première ligne) jouant *les Bonnets de Bonnie Dundee*. Nous gagnâmes enfin la salle de banquets du Cap de Bonne-Espérance.

Ici, l'ambiance se fit un peu plus joyeuse. A la table d'honneur avaient pris place le général, Tuck, le colonel O'Dell et le père de Noel Kite, Findlay, avec à ses côtés son fils, maintenant pourvu d'une grossière main de bois. Nous tournâmes autour de la salle à la recherche d'amis auprès de qui nous asseoir. J'entendis appeler mon nom et je me retournai. C'était Leo Druce dans un costume chocolat à fines raies. Il arborait quatre médailles sur sa poitrine. Nous nous saluâmes avec un enthousiasme contenu mais réel.

« Qu'est-ce que c'est tous ces machins ? m'enquis-je en pointant le doigt sur ses décorations.

– Des médailles de guerre. Pourquoi ne portes-tu pas les tiennes ?

– J'ignorais y avoir droit.

– Tu y étais, pas vrai ? Viens, allons poser nos fesses ! »

Nous mangeâmes plutôt bien : soupe de tortue, sole pochée aux câpres, escalope de veau, jambon rôti, pudding à la Coburg et canapés aux œufs de hareng (je trouvais que nous avions fait une excellente affaire pour 5 shillings 6 pence. J'appris, pendant les discours, que Findlay Kite était responsable du festin). Druce paraissait florissant. Son épaisse chevelure caramel était lissée en arrière. Sa chemise me sembla de soie. Il portait, je notai, une grosse chevalière que je ne me rappelai pas lui avoir jamais vue. Tout en dînant, nous nous racontâmes ce qui nous était arrivé depuis la guerre. J'avais plus à en dire que lui. Sa blessure l'avait éloigné du front plusieurs mois. Puis il avait été muté dans l'Intendance et nommé lieutenant en 1918. Démobilisé, il s'était essayé à divers métiers et songeait à partir outre-mer lorsqu'un modeste héritage lui avait permis d'acheter une petite affaire de location de voitures et d'autobus dans sa ville natale de Coventry.

A mesure que la soirée s'avançait et que nous buvions, nous devînmes de plus en plus sentimentaux et larmoyants. Nous allâmes voir Noel Kite, à présent très ivre, et, saisis d'une inévitable nostalgie, nous nous mîmes à évoquer le « bon vieux temps » de Coxyde-les-Bains et Nieuport. Nous portâmes des toasts « aux amis absents », Louise, Maitland Bookbinder, Tim Somerville-Start, Teague...

« Mais Teague est ici, dit Noel Kite.

– Où ça ? »

Kite agita sa main de bois vers le fond de la salle : « Avec les invalides. »

Une grande table avait été montée sur des tréteaux de manière à permettre aux fauteuils roulants de s'installer autour. Nous nous frayâmes un chemin jusqu'à elle.

Les sourcils de Teague n'avaient jamais repoussé et son visage aplati, brûlé, avec sa peau tendue, à vif, avait en permanence un air surpris. Ses cheveux poussaient en étages, aussi épais et frisés qu'autrefois. Ses jambes de pantalon étaient soigneusement repliées et épinglées – comme des serviettes, pensai-je. Il attaquait son pudding à la Coburg de sa seule main valide. Sur l'autre, la chair semblait avoir fusionné les doigts en une pointe déformée, pareille à un bec sculpté. J'entendis Druce et Kite échanger en le voyant des « Vingt dieux ! » *sotto voce*. Je m'assis.

« Teague, dis-je. C'est moi, Todd. »

Il me regarda de son unique œil valide.

« Nom de Dieu ! s'exclama-t-il. Tu t'en es sorti ! »

Je fis signe à Druce de se joindre à nous, et nous continuâmes à échanger nos souvenirs. Je leur racontai le dernier jour de Teague en être humain complet. Teague leva son verre en mon honneur : « A l'homme qui m'a sauvé la vie ! » Je finis par être très soûl. Je me rappelle Teague me chuchotant : « Je ne te l'ai jamais dit, mais j'ai eu Mac-Kanness. Je lui ai fait la peau. Juste avant que toi et moi on se retrouve. » Puis Kite lança :

« Et nous voilà, tout ce qui reste des "Grenadiers". » Il me regarda avec, pensai-je, une réelle hostilité. « Et il n'y a que Todd qui s'en soit sorti sans une égratignure. »

Je retraversai d'un pas incertain le pont de Wandsworth en compagnie de Druce, un peu dégrisé par la réflexion de Noel Kite et le vent frisquet venu de la Tamise. Druce déclara qu'il prendrait un taxi à la station de Parson's Green. Nous avions échangé nos adresses, juré de nous rencontrer de nouveau à la réunion de l'année suivante et, d'une manière générale, épuisé toute la gamme des serments d'ivrogne. Nous venions de faire halte sous le réverbère de Parson's Green pour nous dire adieu. Je sentis un gros nœud dans ma gorge en lui serrant la main. De tous les compagnons dont la guerre m'avait gratifié, Leo Druce était celui que j'avais préféré. Je repensai à ces misérables semaines passées chez les Bantams et me sentis certain que je les aurais mieux supportées si j'avais été avec Druce au lieu de Teague.

« J'aimerais que tu connaisses Sonia, dis-je d'une voix

pâteuse. Faut qu'on essaie d'aller à Coventry. Une fois que j'aurais terminé ce film.

– Dis donc, Todd. » Druce fronça les sourcils. « Tu ne pourrais pas t'arranger pour me prêter dix sacs, non ?

– Mais comment donc ! » Je sortis mon portefeuille. Il se trouvait que j'avais plus de trente livres dedans. Je lui tendis deux billets de cinq livres. « Avec plaisir.

– Pourrais pas monter à vingt par hasard ? »

Je comptais deux autres billets.

« Tu me rendras ça quand je viendrai te voir à Coventry », dis-je gaiement.

Druce se lissa les cheveux des deux mains. Il paraissait souffrir d'une douleur profondément enfouie, sourde mais lancinante.

« En fait, commença-t-il, tout ce que je vous ai raconté ce soir – à toi, Kite et Teague –, c'est un tas de blagues. » Il ne souriait pas. « Je suis complètement fauché. Raide. Les huissiers ont mis le grappin sur mes voitures, mon garage. J'ai deux autocars de dix places dans la cour d'un ami, mais je n'ai pas les moyens de payer la taxe d'exploitation. Je suis venu ce soir pour voir si je pourrais taper un "vieux camarade" ou deux. »

Il me donna d'autres détails sur ses difficultés. Je ne l'écoutai qu'à moitié. Sa franchise m'avait ému. Dans l'état où j'étais, j'aurais vidé mon portefeuille sans poser de questions. Je compris alors l'honnêteté fondamentale du caractère de Leo Druce et je me sentis navré pour lui. Son apparence, son comportement, sa personnalité semblaient promettre tant de choses. Mais rien dans sa vie n'avait été à la hauteur de ses possibilités. Je résolus de faire ce que je pourrais pour l'aider.

Ce qui ne me posa pas un très gros problème. A mon instigation, Superb-Imperial loua les deux autocars pour transporter la troupe et les techniciens durant le tournage de *Petit MacGregor gagne le Sweepstake*. Il dut attendre deux mois et faire monter ses véhicules à Édimbourg, mais Maude lui paya d'avance la moitié de ses devis, ce qui lui permit de faire face à ses difficultés les plus pressantes et de tenir ses créanciers à distance.

Nous commençâmes à tourner à la mi-novembre dans Édimbourg et ses environs. (Harry Bliss jouait Petit Mac-Gregor et nous dûmes attendre qu'il ait terminé son rôle dans *la Cocarde bleue* – d'où le retard.) J'avertis Maude des problèmes d'un tournage avec une lumière du jour réduite, mais il avait besoin du film au plus vite et insista pour que nous commencions. De mon côté, j'avais insisté pour que nous tournions à Édimbourg. Le tournage en extérieurs était alors la dernière mode, mais j'y fus surtout poussé par mon goût personnel de l'authenticité. Il nous fallut en l'occurrence huit semaines de tournage, à peu près le double de nos prévisions, à cause d'un temps épouvantable, d'une pleurésie de Harry Bliss et des vacances de Noël et du Nouvel An. Pour Leo (nous nous appelions par nos prénoms désormais), ce fut tout bénéfice puisque ses prestations doublèrent virtuellement. A mesure que les semaines frustrantes s'écoulaient, sa vieille assurance lui revenait. Pour économiser sur le budget, j'étais à la fois producteur, metteur en scène et cameraman, mais j'abandonnai bientôt le premier chapeau à Leo. Son expérience de l'organisation militaire dans le corps de l'Intendance s'avéra fort utile. Il réussit à nous procurer un petit générateur portable qui nous permit d'utiliser des lampes à arc en extérieur. Il acheta aussi trois grands panneaux de miroir que nous utilisâmes pour renvoyer la lumière sur les acteurs les jours de brouillasse. *Petit MacGregor*, je suis le premier à l'admettre, n'est en aucun cas un modèle de bon éclairage, mais qu'il ait été un tant soit peu éclairé tient du miracle – un miracle dont le mérite revient presque exclusivement à Leo.

Un autre aspect du film vaut d'être mentionné ici. A un point décisif de l'histoire, Petit MacGregor, totalement dans la dèche, ses derniers sous dépensés à se consoler dans un pub, sort en zigzaguant sous la pluie pour regagner son affreux garni. Il avise par terre un ticket en carton – le billet de Sweepstake éponyme – et le fourre dans sa poche sans réfléchir. Je voulais filmer cet instant vu par Petit MacGregor. Me souvenant de mes expériences de caméra à l'épaule dans le champ près d'Elverdinge, je décidai de recommencer. Je démantelai un gros réveil et, ôtant la manivelle de la caméra, j'arrimai le ressort à la roue d'engrenage. Une fois remonté et mis en marche, ce système me donnait trente secondes de film à la vitesse requise de seize images/seconde.

Dans le film achevé, nous passons de Petit MacGregor allant d'un mur à l'autre des ruelles à ce qui semble être son regard embrumé (joli travail de mise au point) se déplaçant sur les pavés de la chaussée. La caméra s'arrête sur le ticket, hésite, se rapproche et une main s'avance dans l'image pour s'emparer du billet. Je prétends que ceci représente la première utilisation commerciale en Grande-Bretagne, et peut-être bien au monde, d'une caméra à moteur indépendant. Plus tard, quand les petites dynamos portatives et les bouteilles d'air comprimé devinrent des sources communes de courant, je continuai à utiliser mon système du réveil pour de très courtes prises. Je n'ai jamais aimé tourner la manivelle d'une caméra et j'ai été très tôt le partisan d'un moteur. Mon seul regret est de ne pas en avoir disposé au cours de la Première Guerre. J'aurais pu tourner les séquences les plus sensationnelles.

Le retard du film irrita Sonia qui fut absolument furieuse quand je lui annonçai que je devais retourner en Écosse après le Nouvel An, et notre mariage connut sa première dispute véritablement grave. Sa grossesse était très avancée et notre enfant devait naître en janvier. Je dis que j'essaierais de revenir. En fait, je tournais dans les collines de Pentland quand notre fils Vincent, ainsi nommé en l'honneur de son grand-père maternel, naquit. Je me souviens du télégramme :

> FILS NÉ 5 JANVIER 10.30. STOP. MÈRE ET VINCENT SE PORTENT BIEN. STOP. VINCENT.

Je crus tout d'abord à une médiocre plaisanterie de la part de Vincent Shorrold. Ce n'est qu'à mon retour chez moi, quinze jours plus tard, que j'appris l'atterrante vérité et découvris que mon fils s'appelait Vincent Todd. Il avait été déjà enregistré ainsi à l'état civil et l'on m'affirma qu'il était trop tard pour changer. Je manifestai une violente opposition à ce prénom et m'engueulai méchamment avec le vieux Shorrold quand il exigea de connaître le motif de mes objections. Je fus contraint de céder, et je l'ai toujours regretté. J'eus désormais un fils dont je n'aimais pas le prénom. Chaque fois que j'appelais « Vincent », le visage de Vincent Shorrold me venait désagréablement à l'esprit. Ainsi que je l'ai déjà dit, les noms me sont importants. Cette reddition se révéla une grave erreur de ma part.

Petit MacGregor gagne le Sweepstake remporta un succès commercial de taille. Même les critiques furent aimables. Le *Daily Telegraph* le décrivit comme « un délicieux exemple de comédie folklorique écossaise ». « Harry Bliss n'a jamais été aussi hilarant », déclara le *Herald*. « Une comédie sans consistance d'une banalité honteuse, rachetée uniquement par son excellence technique », commenta *Bioscope*. « Si c'est là tout ce que l'industrie cinématographique peut produire, remarqua *Close-Up*, il ne nous reste plus qu'à mettre la clé sous le paillasson. » Mais le public de Superb-Imperial adora. Le film fit vingt et un mille livres de recettes dans les deux premiers mois de sa sortie (la première eut lieu en avril 1923). Maude et Rosita furent aux anges. A l'instigation de Sonia, je demandai à Rosita d'être la marraine de Vincent, et elle y consentit avec joie.

Ce succès venait en fait à point nommé car Maude traversait de terribles difficultés avec *la Cocarde bleue*. Grâce aux inepties de Faithfull, le tournage dura plus de seize semaines et les dépenses grimpèrent jusqu'à vingt-neuf mille livres – cachet de Mary Mount non compris. Aux studios, Faithfull ne me saluait plus. Apparemment, Mary Mount et lui se détestaient. Elle avait à l'origine accepté de faire un second film pour Superb-Imperial, mais elle partit à l'instant même où *la Cocarde bleue* fut terminé. Le film fut un désastre au box-office. Même avec Mary Mount comme vedette, aucun distributeur américain n'en voulut.

Pour faire un bénéfice rapide, Maude vendit dix mille livres les droits de *Petit MacGregor* à une chaîne de distribution, Ideal Film Renters. Ideal, je l'appris plus tard, lui versa quinze mille livres de plus pour deux autres moyens-métrages « MacGregor » et je fus dûment engagé pour les tourner. Pour la première fois, j'étais considéré comme un véritable metteur en scène. Nous conclûmes, Maude et moi, un accord intérimaire. Je devais terminer les deux films avant la fin de 1923 contre un cachet de quatre mille livres. Leo Druce serait dans les deux cas producteur-délégué.

Ce n'était pas exactement ce dont je rêvais, mais je ne pouvais pas laisser passer une telle occasion. Et, je suppose que ce fut une période assez heureuse, cet été 1923. Leo s'était installé à Londres, et nous partagions un bureau dans les « news » d'Islington. Sonia et le bébé se portaient bien, et Sonia ne tarda pas à produire un scénario pour les *Vacances de Petit MacGregor* avec, en réserve, une idée prometteuse pour le troisième film – *Sa Majesté Petit Mac-Gregor !*

Mais j'étais un peu troublé et préoccupé. Les *Petit Mac-Gregor* se situaient fort loin des ambitions nées avec *Après la bataille*. Je m'y appliquais professionnellement, mais mon esprit n'y était qu'à peine engagé. Comme si mon imagination avait été absente, en patrouille, battant la campagne à la recherche d'une tâche digne d'elle. La garnison qu'elle avait laissée derrière elle, pour ainsi dire, gardait la forteresse en état de marche, au ralenti, mais la vie y était morne et ennuyeuse. Je me sentais étrangement humilié. J'étais un artiste. J'avais de grands projets, des idées fabuleuses. Les *Petit MacGregor* me permettaient d'expérimenter techniquement, mais je les détestais de plus en plus et je m'en voulais de les faire. Mon trouble peut se mesurer au fait que j'eus une violente engueulade à propos de bottes avec le pétillant et irrépressible Harry Bliss – que je ne pouvais pas séparer du personnage qu'il incarnait et que je détestais donc tout autant. Nous faillîmes en venir aux mains. Leo me conseilla d'être patient – bientôt je pourrais faire exactement ce que je voulais. Mais tout ce que je voyais à l'horizon, c'était une série sans fin de *Petit Mac-Gregor*. Le succès peut emprisonner autant que libérer. Les consternantes et interminables séries d'*Anna* et *Fido* consti-tuaient de sinistres avertissements.

Cet été-là, Hamish passa brièvement par Londres. Il venait d'obtenir une bourse de recherches à Oxford. Nous allâmes déjeuner dans une gargote du Strand. Je lui fis part de mes soucis.

« Je vois cette ornière s'allonger devant moi, dis-je. Et qui ne cesse de se creuser. »

Il me regarda un moment sans rien dire. Je n'ai jamais oublié la force lucide de son expression.

« Creuse ta propre ornière, dit-il. C'est le seul moyen. »

Il avait raison et il me réconforta. Je décidai que *Sa Majesté Petit MacGregor !* serait mon dernier compromis. « Creuse ta propre ornière » deviendrait ma devise.

Peut-être aurais-je dû lire les signes. Raymond Maude me demanda s'il pourrait me régler mon cachet par paiements échelonnés. J'acceptai et, à ma stupéfaction, il me tendit un chèque bancaire de cent livres seulement. En septembre, en plein milieu du tournage, à Great Yarmouth, un commerçant nous informa qu'un chèque signé par Leo avait été refusé par la banque. Leo lui en fit un autre. Nous achevâmes le film en cinq semaines et retournâmes à Londres pour le montage. Le 3 octobre 1923, Maude annonça à son personnel réuni que Superb-Imperial avait fait faillite.

Villa Luxe, 16 juin 1972.

Quelque chose flotte dans l'air, ces jours-ci, et ce n'est pas simplement l'odeur des fleurs de yucca. Une légère charge électrique crépite entre Emilia et moi. Je n'arrive pas à définir ce dont il s'agit. Quelque chose a changé. Sa façon de me regarder. Ça ressemble à cette histoire avec Oonagh. Superficiellement, tout est pareil, mais sous la surface, de nouveaux courants circulent. Quelque chose de tacite existe désormais entre nous et, bien que je ne sache pas quoi, cela me rend nerveux.

Je passe la journée à me tourmenter vaguement. J'essaie d'éviter Emilia. Dès que j'entends sa mobylette s'éloigner sur le chemin, je vais jusqu'aux W.-C. Je scrute le volet. J'ai l'impression qu'une boule de billard me coince la gorge. Mon petit trou de perceuse est soigneusement bouché par une boulette de papier hygiénique.

8

Julie

La pluie tombait à seaux sur Jäger Strasse. D'une main, je tenais ouverte la porte de la voiture et, de l'autre, je levais un énorme parapluie pour abriter la vieille rombière envisonnée qui avait un mal absurde à grimper dans son taxi. Des gouttes dégoulinaient de la visière vernie de mon képi. Je sentis l'humidité s'insinuer entre mes omoplates. Je maintins un sourire rigide tout en refermant la porte derrière la vieille. La vitre mit un temps infini à se baisser. La main couverte de bijoux me tendit un pourboire honteusement insuffisant.

« *Vielen Dank* », dis-je.

Je me reculai soulagé sous la marquise de l'entrée de l'hôtel Windsor. J'étais le portier. Nous étions en février 1925. Berlin. Je creusais ma propre ornière.

J'ai sauté une année lugubre. 1924. Toutes les assommantes frustrations de la faillite de Superb-Imperial, et ma chute concomitante dans l'insolvabilité, me préoccupèrent pendant des mois. Raymond Maude fut indéniablement accablé de chagrin. Ce sont les coûts extravagants et l'échec total de *la Cocarde bleue* qui l'avaient ruiné. Il vendit tout ce que le studio possédait, y compris les droits qui lui restaient sur *les Vacances de Petit MacGregor*. Quelle exaspération de voir les files d'attente devant les cinémas où le film se jouait avec autant de succès que son prédécesseur en sachant que pas un sou de toutes ces recettes ne profiterait à la famille Todd ! Finalement, au cours de l'été, je me joignis aux autres créanciers pour attaquer Superb-Imperial et réclamer les mille neuf cents livres qu'on restait

269

à me devoir sur *les Vacances* (je renonçai à mes droits sur *Sa Majesté Petit MacGregor !* tué dans l'œuf). Dans le maigre partage final, je reçus 187 livres 18 shillings et 6 pence. Ce fut toujours ça de pris, je suppose. Autre conséquence malheureuse : le mariage Maude ne résista pas à la pression des événements. Rosita fit ses valises pour Beira ou Lisbonne, et Vincent ne revit jamais plus sa marraine.

En juillet ou en août, je me résignai à l'inévitable et me mis en quête d'une situation, mais, à ma surprise autant qu'à mon inquiétude, je découvris que rien ne se présentait. Gainsborough Films m'offrit de remplacer un assistant-cameraman pendant une semaine. Chez Astro-Biocraft, on pensait qu'il y aurait peut-être une possibilité dans la section « montage », d'ici quelques mois. L'industrie cinématographique venait d'entrer dans une de ses récessions périodiques, c'est vrai, mais je commençai bientôt à soupçonner l'influence pernicieuse de Harold Faithfull. J'avais le défaut ou la malchance d'être pratiquement inconnu dans les milieux du cinéma, en dehors de Superb-Imperial. Je me rappelai l'absurde menace de Faithfull et l'écartai comme de la pure et simple fantaisie jusqu'à ce que je lise dans une revue spécialisée qu'il tournait un film intitulé *le Sultan et la Tentatrice* pour Talbot International Films et UFA en Allemagne. Un homme qui arrivait à trouver du travail aussi rapidement après le prodigieux fiasco de *la Cocarde bleue* devait avoir du pouvoir et de l'influence. J'acquis la conviction que Faithfull m'avait vraiment fait mettre à l'index. Il fut le premier d'une longue série d'ennemis qui ont harcelé et tenté de détruire ma carrière. J'ignore pourquoi, mais j'attire, semble-t-il, la méchanceté comme le bétail les mouches. Je ne suis pas agressif et pourtant je finis toujours par me bagarrer avec quelqu'un. Qu'avais-je fait à Faithfull ? En quoi mon film *Petit MacGregor* pouvait-il bien l'avoir contrarié ? Seule sa propre médiocrité pouvait l'obliger à me haïr. Il en a toujours été ainsi : les gens sans talent envient ceux qui en ont, de la même manière que les faibles admirent les forts.

Je pris la semaine de travail chez Gainsborough, à côté de Superb-Imperial à Islington, en qualité d'assistant-cameraman suppléant, sur un film intitulé *Aventure pas-*

sionnée. Et puis, plus rien. L'année passait et nos économies fondaient. En août, Sonia annonça qu'elle était de nouveau enceinte. Le bouquet.

Leo Druce se trouvait dans une situation tout aussi précaire. Il ouvrit une agence de location de voitures à Londres et, de temps en temps, je faisais le chauffeur de maître ou le conducteur d'autobus de touristes pour une livre ou deux la sortie. Ce n'était pas vraiment un gagne-pain, et Leo ne pouvait pas s'offrir un associé. D'ailleurs, je voulais faire des films et non pas conduire des autocars.

Et puis, en octobre, vint mon salut. Un matin, une carte postale arriva, renvoyée d'Édimbourg. Elle portait des timbres allemands. D'un côté, une photo de la porte de Brandebourg. Et de l'autre :

> Hello Johnny !
> Comment vas-tu ? Bien ? Je suis à Berlin en train de faire des tas de films et de pièces. Viens me voir. Pourquoi pas ?
> Meilleurs vœux affectueux de ton vieux gardien de prison.
>
> Karl-Heinz.

Il donnait son adresse : 129b, Stralauer Allee, Berlin... Je me rappelle parfaitement ce matin-là. Sonia était sortie, me laissant avec le petit Vincent. Assis à la table de la cuisine, en tricot de corps et pantalon, je buvais une tasse de thé bien fort. Vincent braillait avec enthousiasme dans son berceau. L'odeur de vieille bière qui montait du pub entre les lattes du plancher me donnait vaguement la nausée. J'avais besoin de me raser. Je crois qu'un Hogarth moderne aurait pu faire justice à ce tableau : *Homme au chômage,* ou peut-être *le Rêve frustré de l'artiste.* J'entendis qu'on glissait le courrier dans la boîte aux lettres, et je descendis le chercher. Il y avait deux factures, l'une de mon avocat, l'autre d'un tailleur – et la carte postale de Karl-Heinz. Je la lus tout en remontant péniblement vers les piaillements aigus de Vincent. Et puis, j'eus l'impression d'avoir reçu un coup de poing dans la poitrine – ce soudain

271

martèlement d'allégresse qui est le corollaire physique d'une brillante idée. Mais oui ! Bien sûr !

Quel esprit de clocher borné que le mien ! Il existait ailleurs d'autres industries cinématographiques – Amérique, France, Allemagne – bien plus audacieuses et inspirantes que chez nous. Pourquoi rester là à mariner dans ma morosité ? J'irais à Berlin rejoindre Karl-Heinz. Nous ferions des films ensemble...

Mon cerveau se mit à travailler plus vite. Je partirais le plus tôt possible – et seul. Je ferais venir Sonia et Vincent quand je serais installé. Je compris soudain tout ce que cette idée avait de merveilleux en puissance. Combien plus fascinant d'aller se faire un nom à l'étranger dans une des véritables capitales du cinéma. Finie la camelote. Finis les *Petit MacGregor*. J'éprouvai un sentiment de liberté exaltant. J'étais presque reconnaissant à Raymond Maude de sa banqueroute et à Harold Faithfull de sa rancune vengeresse.

*

Je partis fin octobre en promettant à Sonia de la faire venir avec Vincent avant Noël. Je pris le bateau – un cargo – de Londres à Bremerhaven, et de là le train pour Berlin. Il tombait des cordes lorsque nous quittâmes les quais, et je ne me donnai pas la peine de monter sur le pont. Je m'installai dans le petit bar aux lambris poussiéreux et bus un cacao tiédasse sans sucre. Je jetai un ou deux coups d'œil par le hublot sur le panorama brouillé de pluie de la cité en fuite en savourant l'excitation qui me parcourait le corps tel un frisson. J'avais très peu d'argent, pas tout à fait cinquante livres (j'avais dû naturellement laisser ce qui nous restait d'argent à Sonia qui, par mesure supplémentaire d'économie, avait abandonné notre appartement au-dessus du Salisbury et déménagé chez ses parents), mais je me sentais à peu près comme ce soir où, m'évadant de l'Académie Minto, j'avais pris le train de nuit pour Londres. L'avenir s'étendait devant moi telle une feuille blanche. Il ne restait plus qu'à l'imprimer de mon sceau.

J'avais écrit et télégraphié à Karl-Heinz pour l'avertir de mon arrivée imminente, mais sans recevoir de réponse. Le train de Bremerhaven entra en gare de Lehrte à Berlin à six heures du matin. Le jour se levait à peine, et il faisait définitivement très froid. Je m'offris une tasse de café avec deux petits pains ronds dans une buvette, à l'entrée, et me demandai quoi faire – je trouvais l'heure un peu trop matinale pour aller me présenter chez Karl-Heinz. Je quittai donc la gare pour aller me promener un moment le long de la Spree (je n'avais qu'une valise avec moi). La rivière était sombre, couleur vert bouteille, paresseuse, avec ici et là des péniches à l'ancre. Je traversai sur l'autre rive par le pont Marschall et m'aventurai au centre de la ville.

Berlin... premières impressions. Je vais essayer de me les remémorer, tant d'années après que l'habitude en a usé les images comme de vieilles pièces de monnaie. Berlin, en cette matinée froide d'octobre. Très propre. Extraordinairement propre. Des rues grandes, larges. Des arbres, des statues – des statues partout – et des jets d'eau. Une impression de moderne, de récent. Une impression de neuf, une impression d'activité. Au-dessus de ma tête s'étirait une matrice de fils de tramways. Des tramways partout, même à cette heure. J'arpentai des rues – Friedrich Strasse, Behren Strasse, Unter den Linden (avec ses tilleuls étiques et décevants) –, passai devant des palais sombres, des magasins magnifiques et des hôtels somptueux. Cela ressemblait à... Prenez le centre d'une ville victorienne prospère – Bradford, Manchester, Glasgow. Astiquez toute cette lourde architecture archidécorée, puis écartez les immeubles pour former de belles perspectives et de larges avenues. Parsemez de jeunes arbres et de statues blanches partout où l'espace le permet. Ajoutez enfin l'attirail d'une ville moderne : les autos, les tramways, les panneaux d'affichage, les signes aux néons, les autobus jaunes, les taxis verts avec leurs chauffeurs à casquette blanche, et une population alerte, pressée, élégante. Tel est le Berlin que je vis ce matin-là. Son côté neuf resta ma plus durable impression : une ville qui ne semblait pas plus vieille que ses habitants, comme si elle ne possédait pas de passé au-delà de la mémoire des générations qui vivaient et travaillaient dans son étincelante propreté.

Il existait d'autres Berlins, bien entendu, qui ressemblaient à Amsterdam ou à un bourg médiéval français, à des bidonvilles surpeuplés ou à des cités industrielles sans âme, et je les vis plus tard ce jour-là, mais en me promenant parmi ses piétons florissants, ce fut sa modernité qui me frappa dans cette ville. Je ne sentis aucune lourdeur de tradition dans ses places dégagées et ses boulevards impeccables. Je sus qu'ici je pourrais accomplir de grandes choses.

Il me fallut un certain temps pour trouver le 129b, Stralauer Allee. Après avoir finalement obtenu les indications nécessaires auprès d'un obligeant employé de la gare parlant l'anglais, je pris le Stadtbahn jusqu'à l'arrêt de Stralau-Rummelsberg. La Stralauer Allee courait parallèlement à la rive droite de la Spree et, ici, la ville ressemblait vaguement à des morceaux de Londres, sur les bords de la Tamise à Chelsea, avant la construction de la voie sur berge. De vieux immeubles avec des boutiques et des cafés aménagés dans les caves, des jetées de bois et des marches branlantes menant à la rivière dont les rives s'encombraient de péniches arrimées les unes aux autres.

Le numéro 129 était une maison étroite à quatre étages construite autour d'une petite cour pavée de briques. Karl-Heinz habitait au premier. Je franchis l'entrée principale sans voir de concierge et grimpai l'escalier de pierre jusqu'à l'appartement « b ». Le nom au-dessus de la sonnette indiquait « Pfau ».

J'allais presser le bouton pour la troisième fois quand la porte s'ouvrit devant un gros homme débraillé, portant une chemise sans col. Il avait des cheveux gris courts et un lourd visage fruste avec le genre de plis et de fanons qui font penser à certaines catégories de chiens – un basset ou un carlin, par exemple – plutôt qu'à un humain. Des yeux humides sans éclat et un nez épaté troué de grandes narines remplies de poils qui auraient eu besoin d'être coupés. Il fumait un cigare.

« Karl-Heinz Kornfeld ? » m'enquis-je.

L'homme – Herr Pfau, je supposai – appela Karl-Heinz qui, après un court instant, vint à la porte en essuyant sa figure pleine de savon à barbe. Hormis ses cheveux qui avaient poussé, il n'avait pas changé. Grand, mince, brun, vivant.

« Tiens, Johnny, dit-il calmement. C'est merveilleux de te voir. »

J'entrai et nous nous serrâmes la main. Il aperçut ma valise.

« Qu'est-ce qui t'amène à Berlin ?

– Tu n'as pas reçu ma lettre ? Mon télégramme ?

– Quelle lettre ?

– Tu ne m'attendais pas du tout ?

– Non, bien sûr que non. Mais c'est une délicieuse surprise. Entre donc, entre donc. »

Il me présenta à Herr Pfau – Georg – qui me dit bonjour et disparut dans une autre pièce. Karl-Heinz me fit traverser un salon, une salle à manger et une cuisine avant d'arriver à sa chambre. L'appartement était très mal conçu. Il n'y avait ni hall d'entrée ni couloir. Une pièce menait simplement à l'autre, tout autour de la cour centrale. La salle de bains se trouvait au bout. J'étais si contrarié que ma lettre ne fût pas arrivée que je ne remarquai pas immédiatement la simplicité du décor et l'usure des meubles. Mais je notai que la plupart des pièces étaient tapissées de boîtes en bois, pareilles à des casiers, et de piles de cages en fin grillage. Il faisait aussi très chaud dans cet appartement que remplissait un vague bourdonnement électrique comme si le sous-sol avait abrité de puissantes dynamos.

Les portiers de l'hôtel Windsor étaient obligés de revêtir un uniforme typiquement ridicule. L'accoutrement habituel des hussards d'opérette : des boutons dorés à profusion, des épaulettes épaisses, de grands shakos, des mètres de cordon de rideau enroulés autour de l'épaule et terminés par des pompons de sonnette, et le tout – par déférence envers le nom anglais de l'hôtel – dans les rouge et or vifs des hallebardiers de la tour de Londres. Au milieu de ces rues d'un gris sans faille, je me faisais l'effet d'un éclat de couleur inconvenant, un flambeau humanoïde qui, j'en étais persuadé, devait donner envie à la plupart des passants de se protéger les yeux. En outre, mon uniforme était un peu trop grand. Il appartenait à Ulrich, le neveu de Georg Pfau et le titulaire de l'emploi que je tenais provisoirement. Une crise familiale quelconque requérant sa présence chez lui à Breslau pendant deux mois, je n'avais eu aucune hésitation à accepter ce poste temporaire quand Georg me l'avait gentiment offert.

Drôle de vie que celle de portier. Je trouvais inconfortable le port d'un uniforme – cela me rappelait vaguement l'armée, mais surtout il y a quelque chose de prétentieux dans les uniformes civils qui me met mal à l'aise. Nous étions quatre à nous relayer au Windsor et, comme j'étais le dernier arrivé, j'héritais toujours la période moins lucrative – dix heures du matin à quatre heures de l'après-midi. Je ratais ainsi les départs du matin et les arrivées du soir. Le restaurant du Windsor ne jouissait pas d'une très grande réputation, et la clientèle du déjeuner était par conséquent réduite. Je faisais donc les cent pas sur la Jäger Strasse, observant les voitures et les passants, essayant de me réchauffer et de m'abriter de la pluie et de la neige (l'hiver 1924-1925 fut particulièrement vif). A quatre heures, je descendais au sous-sol, à la cantine du personnel, et avalais un repas – panse de porc aux carottes, queue de bœuf aux navets, quelque chose de consistant en tout cas. Je ne manquais pas de temps pour penser et réfléchir.

Me loger n'avait pas posé de problème. Karl-Heinz encouragea Georg à me louer une chambre dans son appartement pour deux livres par mois. Mais la réalisation de mes autres ambitions se révélait plus difficile. « Les tas de films et de pièces » auxquels Karl-Heinz avait fait allusion dans sa carte existaient sans aucun doute, et Karl-Heinz y jouait, certes, mais en général comme figurant. Il avait bénéficié de la vogue, après la guerre, des grandes fresques historiques, et il m'emmena voir des films tels que *Anne Boleyn*, *Jules César* et *la Guerre de Troie*, pensant que je pourrais y distinguer son visage au milieu des grouillantes multitudes. Pour l'instant, il se « reposait », me dit-il, tout en repassant des habits et en recousant des boutons dans la section « costumes » du Schiller-Theater Nord.

Je pris très vite mes habitudes dans la maison Pfau. Nous

n'étions que nous trois. Une vieille femme – Frau Mitten-klott – venait l'après-midi faire le ménage et nous préparer l'énorme repas du soir. A quoi m'occupais-je ? J'écrivais consciencieusement aux studios et aux compagnies ciné-matographiques. Je me promenais dans la ville. Je buvais de la bière, du café, je mangeais des gâteaux, je m'asseyais dans des parcs froids pour écouter jouer des orchestres. Je recevais des refus polis des studios et des compagnies, que Karl-Heinz me traduisait. Je commençais à apprendre l'alle-mand. Au bout d'un mois, je télégraphiai à Sonia de m'envoyer de l'argent. Elle me fit tenir dix livres et une lettre sèche me demandant quand je les ferais venir elle et Vincent, et me rappelant ma promesse d'être de retour pour Noël. Le second bébé, ajoutait-t-elle, devait naître en mars et elle aurait souhaité – s'il te plaît – être installée dans sa nouvelle maison. Je répondis en l'assurant que tout allait bien et que les choses avançaient, mais que mes plans met-taient un peu plus de temps à se réaliser que je ne l'avais prévu. Je leur envoyais toute ma tendresse, à elle et au petit Vincent, et lui demandais d'emprunter dix livres de plus à son père.

Je dois être honnête. J'avais l'impression d'être en vacan-ces. 1924 avait été une année si décevante – le constant manque d'argent, les dents de Vincent, l'absence de travail – que j'étais heureux d'être parti. J'aimais vivre dans l'appartement malcommode de Georg Pfau. J'aimais être loin, dans une ville insolite et fascinante. Je me promenais dans les grandes rues propres, étranger heureux parmi les Berlinois indifférents. Je passais mes après-midi dans des boutiques et des musées. Je jouais les bohèmes. J'avais un peu d'argent, un endroit chaud où vivre et j'avais mes fabu-leux rêves enchanteurs. Sonia, Vincent, les Shorrold, Petit MacGregor, Faithfull, Superb-Imperial, pauvreté et frustra-tion semblaient désormais n'avoir aucun rapport avec moi.

Et puis, il y avait Karl-Heinz. La vive affection qui s'était développée entre nous à Weilberg se rétablit très vite. Quand il ne travaillait pas, il m'emmenait dans des bars, des cafés, au cinéma, au théâtre. Il me fit connaître l'ouest de la ville, le Kurfürstendamm. Nous fréquentâmes le Blue-bird et l'Eldorado, le Westerns, le Café Wien et le Romanisches. Là se trouvait le cœur du Berlin artistique auquel je me sentais appartenir vraiment. Les rues solidement prospères que j'avais vues le matin de mon arrivée étaient faites pour la vieille génération et la riche bourgeoisie. La vraie vie se passait à l'ouest. Mais la Stralauer Allee était mal située. Le trajet par le métro aérien jusqu'au Kurfürstendamm prenait pas mal de temps et, après mon enthousiasme initial, je décidai de faire des économies et de rester à la maison. Karl-Heinz s'y rendait trois ou quatre fois par semaine, ramenant – *via* ma chambre, en route pour la sienne – un flot continu de Klaus, Otto et autres Heinrich. Je gardai un pot de chambre sous mon lit pour éviter de le déranger en cas de besoin urgent, et je pris vite l'habitude de nouvelles têtes à l'heure du petit déjeuner. Ces hôtes de passage ne semblaient pas déranger Georg lui-même et, au bout d'un certain temps, je commençai à les soupçonner, Karl-Heinz et lui, d'être « liés » d'une certaine manière. Je posai délicatement la question à Karl-Heinz.

« Oh, pour sûr, répliqua-t-il. Georg m'adore. Il me loge ici gratis. Tu comprends, une fois par mois, une fois toutes les six semaines, il me demande de lui faire – comment dis-tu ? – une masturbe. » Il pompa une main d'un geste graphique.

« Ah !

– Oui, c'est un loyer pas cher. »

Je trouvai en fait l'idée quelque peu révoltante, non pas tellement à cause de l'acte, mais parce que Georg me dégoûtait plutôt. Je l'aimais bien et je lui savais gré de son hospitalité, mais cela n'empêchait nullement qu'il fût horrible à regarder.

Par exemple, j'essayais de ne pas prendre mon petit déjeuner en même temps que lui depuis que, un matin, alors que je beurrais ma tartine, mon œil s'était irrésistiblement fixé sur les grandes narines de Georg assis en face de moi. Deux vieilles cavernes, avais-je pensé, bourrées de ronces, de mousse et de fougères... A ce moment précis, il avait ôté son cigare de sa bouche et, tandis que la fumée continuait à tourbillonner autour de son visage, il avait mordu à pleines dents dans un concombre au sel craquant. Mon estomac s'était soulevé, ma gorge s'était remplie de salive et, le cœur au bord des lèvres, j'avais dû m'enfuir en courant.

Son travail aussi était dérangeant et lui collait à la peau comme une odeur d'oignons... Georg élevait des insectes, d'où les boîtes et les cages grillagées dans les pièces qu'il occupait, d'où encore le bizarre bourdonnement d'invisibles dynamos et les fortes températures de l'appartement (des poêles ventrus et des radiateurs à pétrole y fonctionnaient constamment). Il élevait des asticots pour les pêcheurs, des vers à soie pour les soyeux et des papillons pour les lépidoptéristes. Il fournissait des flots ininterrompus de sauterelles craquantes à la section reptile et à la fosse aux serpents du jardin zoologique. Mais, récemment, l'industrie cinématographique avait fait appel à ses services. S'il vous fallait une clairière, tachetée d'ombre, pullulant de papillons vaporeux, Georg Pfau était votre homme. Si vous vouliez des bourdons en vadrouille dans une prairie alpine, Georg vous apportait des centaines de ces actives bestioles. Il travaillait surtout pour un studio en particulier, du nom de Realismus Films Verlag qui se spécialisait dans de lugubres mélodrames misérabilistes et qui avait régulièrement besoin de papiers tue-mouches surchargés, de tas d'ordures grouillants et de taudis infestés. En un seul film Realismus, me raconta Georg avec fierté, il pouvait utiliser jusqu'à un millier de mouches vertes. Dans le milieu du cinéma, on l'appelait « l'Homme-Mouches » – *der Fliegenmann*.

Georg était un type taciturne mais placide qui semblait parfaitement heureux de sa vie. Son travail l'occupait beaucoup. Ses plaisirs se résumaient aux cigares (il fumait dès son lever et écrasait son dernier mégot avant d'éteindre sa lampe de chevet), la nourriture – les soupers gargantuesques de Frau Mittenklott – et la branlette mensuelle que lui administrait Karl-Heinz. Je lui servis un temps d'assistant quand mes fonds commencèrent à baisser. J'emballais des papillons morts pour les expédier aux collectionneurs ou bien j'apportais des plateaux de vers grouillants aux magasins d'articles de pêche. Un jour, nous nous rendîmes dans les immenses studios de l'UFA à Tempelhof. On y tournait une scène dans laquelle l'héroïne (interprétée par Nita Jungman, je crois) devait être réveillée par un papillon se posant sur son nez. Georg transportait un grand pot de confiture rempli de piérides du chou tandis que je trimbalais une lourde caisse doublée de zinc contenant un pain de glace enveloppé dans de la paille. On se doit d'admirer la technique. Georg encourageait ses insectes à agir en les glaçant pour ainsi dire jusqu'aux os. L'art, le doigté consistaient à juger quel point de froid devait atteindre le papillon ou la mouche avant de faire ce qu'on en attendait. Pas assez froid, et l'insecte s'envolait et s'échappait ; trop froid, et il mourait tout simplement ou bien tombait par terre, abruti.

Je regardai Georg opérer avec une véritable fascination. Nita Jungman dormait, les caméras à un mètre de son visage. Georg fouilla dans sa glacière où il avait mis un papillon à rafraîchir. L'insecte, transi et confus, reposait sur ses pattes, ouvrant et refermant très lentement ses ailes. Georg tira sur son cigare, pinça ses grosses lèvres molles et souffla un mince et délicat jet de fumée sur le papillon. Celui-ci, irrité, ne put réussir qu'un vol hébété de soixante centimètres de long. On espérait, naturellement, qu'il viserait, pour atterrir, le bout séduisant du joli petit nez retroussé de Nita Jungman. Tout se résumait à une fine équation entre un papillon correctement refroidi, et donc sans force, et la direction et la vitesse de l'aiguillon de fumée. Ce jour-là, Georg eut trois réussites sur cinq papillons. Le studio tout entier éclata en applaudissements. La plus grande fierté de Georg était une scène dont vous vous souviendrez probablement dans *Déception* de Heinrich Bern. Georg y persuadait une grosse mouche ordinaire de se poser sur chaque trait du visage du traître (Rex Emeram dans son plus grand rôle) en employant le coup de la glace et en traçant, avec la pointe d'une épingle, une minuscule traînée de miel, depuis les sourcils démoniaques jusqu'au nez crochu, et des lèvres sardoniques à la cicatrice du coup de sabre sur la joue. Georg m'affirma un jour, avec un sérieux passionné, que la seule chose importante dans la vie de tout Allemand mâle, c'était de pouvoir fumer en paix dans chaque coin de sa maison.

1924 s'acheva donc et j'étais toujours à Berlin, plus pauvre et n'accomplissant aucun progrès dans ma carrière. Au début de l'année, Sonia m'écrivit pour me supplier de rentrer pour la naissance de notre second enfant, et m'annoncer l'effroyable nouvelle que son père m'avait trouvé une situation dans son ancienne compagnie de produits pharmaceutiques en qualité d'apprenti vendeur. Ceci se passait juste au moment où je commençais à travailler au Windsor. J'envoyai à Sonia pratiquement tout le montant de ma première semaine de salaire, lui affirmai que les perspectives s'amélioraient (je ne précisai pas) et que le bébé, si c'était un garçon, devrait s'appeler Adam, et si c'était une fille, Emmeline, comme ma mère.

Je n'étais pas demeuré entièrement inactif. Karl-Heinz et moi, nous avions traduit mon scénario de *Sacrifice d'amour* qui, jusqu'ici, n'avait été refusé que deux fois. Karl-Heinz déclara qu'il aimerait interpréter le héros, et j'acceptai instantanément. C'est aussi simplement que s'ajouta donc à notre amitié une association professionnelle qui devait survivre aux épreuves et chocs les plus périlleux.

Karl-Heinz, aussi, connaissait davantage de succès. Il venait de jouer son premier vrai rôle, celui d'un astucieux détective chargé de l'enquête sur la disparition d'un locataire dans une pension de famille (impossible de me rappeler rien de plus de ce film, seulement remarquable pour les débuts de Karl-Heinz). Il avait à l'écran un impact séduisant, très accrocheur. Il donnait une impression d'être en rébellion latente, de maintenir une bonne conduite seulement au prix d'un grand effort. Le *Jahrbuch der Filmindustrie 1925* le décrivit comme une « très intéressante découverte ». Des propositions suivirent. Karl-Heinz me prêta de l'argent dont j'envoyai une partie à Sonia.

Puis, juste avant que je ne rende sa place à Ulrich Pfau, les événements se mirent en marche et ma vie commença à changer. Nous étions en mars, et j'attendais le printemps avec impatience. Je vivais à Berlin depuis plus de quatre mois et me sentais oppressé par sa grisaille neuve et massive. Les modestes succès de Karl-Heinz me rendaient plus conscient encore de ma frustrante inaction. J'étais de mauvaise humeur, doublement irrité par une lettre de Sonia reçue ce matin-là et m'informant que mon second fils était né dix jours auparavant et qu'il s'appelait Hereford. Il y avait apparemment eu des Hereford dans la famille Shorrold « depuis des siècles » (je cite : « Vous avez entendu parler de Hereford-le-Vigilant, me dit Vincent Shorrold plus tard, nous remontons jusqu'à lui »). Tout en allant et venant devant le Windsor, je me sentais de plus en plus déprimé. « John James Todd, me répétai-je, accompagné de ses deux fils Vincent et Hereford. » Non, vraiment, c'était trop épouvantable ! Une fois de plus, je soupçonnai l'influence sournoise de Vincent Shorrold.

Juste avant que je ne sois relevé, vers quatre heures, un taxi s'arrêta devant l'hôtel. J'ouvris la porte, et Karl-Heinz en sortit. Il arborait un pardessus fauve avec un col de fourrure. Il chaussa des lunettes de soleil et fit mine de se chauffer les mains sur ma flamboyante redingote.

« Très drôle, dis-je.

– Il faut qu'on prenne un verre quand tu auras fini. J'ai un cadeau pour toi. On se retrouve au Bar Anglais. »

Le Bar Anglais donnait sur Unter den Linden, dans le passage. Il n'avait strictement rien d'anglais mais Karl-Heinz pensait me faire plaisir. Quand je le rejoignis, il était au milieu d'un repas. Il portait toujours son manteau. Je commandai un demi-litre de Pilsner.

« J'aime bien ton pardessus.

– Tu en veux ? » Il me montra son assiette. « Je paie.

– Qu'est-ce que c'est ?

– Du jambon fumé, cuit au champagne. Délicieux. Avec de la sauce au raifort.

– Tentant, mais non, merci. Que célébrons-nous ?

– J'ai un boulot. Fantastique. Les Films Realismus. A. E. Groth met en scène. *Journal d'une prostituée*. Je touche... » il réfléchit, « cinq cents dollars.

– Tu joues la prostituée ?

– Et j'ai un cadeau pour toi. » Il sourit et me tendit un livre enveloppé de papier marron. « C'est par le même type qu'à Weilberg. Tu sais – Rousseau. »

*

Je lus *Julie ou la Nouvelle Héloïse* en deux jours avec un effort directement proportionné à ma consternation et ma déception croissantes. Après l'inoubliable allégresse des *Confessions*, cette rhétorique ampoulée, ces attitudes larmoyantes, ces délires implacables me furent une cruelle désillusion. Pour une œuvre censée faire date dans l'histoire de l'effort artistique humain et ouvrir la voie à tout ce que nous connaissons sous le nom de romantisme, elle me parut extraordinairement laborieuse.

Je trouve difficile d'expliquer aujourd'hui le pourquoi de certaines de mes actions, à cette époque. Je n'avais que vingt-six ans, mais la guerre m'avait pourvu de l'expérience de plusieurs vies. J'étais constamment – ou du moins, c'était mon impression – au bord d'idées géniales, et ce sentiment est parfois aussi important que l'idée elle-même. Alors, pourquoi, ayant ainsi réagi au livre, décidai-je de l'adapter pour un film ? Je n'en ai aucune explication honnête. Il me sembla que c'était là une chose à faire. Et donc je la fis.

J'écrivis le scénario de *Julie* en dix-sept jours. Je transposai l'histoire de nos jours, mais j'en gardai la simplicité essentielle. Saint-Preux – sensible, mélancolique, le cœur en écharpe – est le précepteur de la belle et blonde Julie qui habite un château idyllique. Ils tombent amoureux l'un de l'autre. Ils se confient, chacun de leur côté, à l'amie de Julie, Claire (vive, brune), qui fait en sorte que tous deux soient informés de leur passion mutuelle. Emportée par cette passion, Julie se donne à Saint-Preux. Ils font l'amour. Puis Julie est frappée par le remords. Elle s'écarte de Saint-Preux et, à moitié folle d'égarement, épouse un drôle de vieux bonhomme appelé le baron Wolmar (le choix initial du père de Julie). Saint-Preux, suicidaire, se jette tête première dans la direction de Paris et de ses lieux de perdition. Désespéré, il décide cependant de ne pas mettre fin à ses jours en recevant une lettre de Julie qui lui affirme que, toute mariée qu'elle soit, lui, Saint-Preux, demeurera toujours proche de son cœur.

Wolmar – prudent, sagace, un connaisseur de l'esprit humain –, qui est au courant de l'ancienne liaison de Julie avec son ex-précepteur, invite Saint-Preux (qui est au bord de la dépression nerveuse) à venir vivre chez eux. C'est une pénible et profonde épreuve, mais Julie et Saint-Preux réussissent à demeurer vertueux. Le baron Wolmar annonce alors qu'il part pour un long voyage et les laisse tous deux. Julie et Saint-Preux subissent un terrible supplice de tentation et de frustration, mais Julie ne succombe pas, elle reste fidèle. Puis, drame, elle est victime d'un accident fatal. Sur son lit de mort, elle informe Saint-Preux qu'elle l'a toujours aimé. La caméra se fixe sur le visage bouleversé de Saint-Preux. Julie meurt. Fin.

Un bon travail, je crois, et l'histoire n'était pas plus invraisemblable que celles qui se tournaient alors. Karl-Heinz l'adora, et c'est lui qui suggéra de l'apporter à Realismus. Je pensais que c'était franchement du temps perdu, mais Karl-Heinz répétait que son idée ne manquait pas de logique. Il tournait alors le *Journal d'une prostituée* : Realismus s'intéressait obligatoirement à sa carrière, et il avait accès au président de la compagnie, Duric Lodokian. J'acceptai de tenter le coup, et il emporta le scénario avec lui.

Duric Lodokian était un Arménien immensément riche qui avait fui son pays natal en 1896 peu après le commencement des massacres et des pogroms turcs contre les Arméniens, pour se réfugier en Russie. Il avait de nouveau fui en 1918, après la Révolution russe, parmi les premiers de ces milliers d'émigrés russes qui devaient trouver asile à Berlin. Lodokian avait fait sa fortune dans les noix. Il se décrivait lui-même comme un « importateur de noix ». Il parlait le russe, l'allemand, le français et un anglais passable. Il avait vendu quantité de noix en Angleterre, racontait-il, mais d'un seul type : des noix du Brésil. Des centaines de tonnes de noix du Brésil. « Mais qu'est-ce qu'ils font avec les noix du Brésil ? » me demanda-t-il. Je répondis que je n'en savais rien. Je dois dire que je trouve difficile d'imaginer une fortune fondée sur des noix, mais c'était la base de la puissance de Lodokian (« chaque fois que j'ouvre une pistache, je dis merci », me dit-il un jour). Le commerce des noix le soutint à travers les quelques hauts et les multiples bas de sa passion pour le cinéma. Realismus Films Verlag A. G., *c'était* Duric Lodokian, et aucun film

ne se faisait s'il ne se conformait pas à la philosophie implicite dans le nom de la compagnie. Son grand triomphe,
Lodokian l'avait connu en 1920 avec un film sur les horreurs et les dangers des maladies vénériennes intitulé *le
Salaire du péché.* « Critique implacable de la société »
résumerait assez bien, je pense, le credo Lodokian-
Realismus. Vrai, ceci allait plutôt à contre-courant des idées
du Berlin des années trente, mais pour trois « fours », Lodokian faisait un petit succès qui le renforçait dans ses convic-
tions, et il persévérait. Il existait en fait une « école » Realismus en opposition de principe aux films UFA, les
expressionnistes, le mouvement *Neue Sachlichkeit* et tous
les divers « ismes » et groupements artistiques qui fleuris-
saient alors. Parmi ses metteurs en scène attitrés, Realismus
comptait Werner Hitzig et Egon Gast. Lodokian venait de
persuader le célèbre cinéaste suédois A. E. Groth d'entrer
dans la compagnie et le *Journal d'une prostituée* était le
résultat de cette alliance.

Lodokian était un petit homme vif et brun de soixante et
quelques années. Brun comme une de ses noix, pensai-je
lorsque je le rencontrai pour la première fois, dans les
bureaux de Realismus à l'angle de la Französische Strasse
et de la Friedrich Strasse. Il avait le visage et les mains
couverts de grosses taches hépatiques. Il fumait une cigarette à filtre de carton, et la main qui la tenait tremblait
légèrement. Quand il parlait, il donnait l'impression de le
faire à travers une sorte de ressac de sifflements et de gargouillis vasculaires comme s'il souffrait d'emphysème. Il
y avait derrière son bureau un fauteuil roulant et une bouteille d'oxygène. Il me présenta d'abord à son fils Aram,
debout à ses côtés. Aram, aussi petit et pimpant que son
père, avait mon âge et une tendance à l'embonpoint. Il avait
aussi des yeux noirs aux paupières un peu tombantes et une
nette fente au menton. Ses joues grassouillettes donnaient
un curieux aplati à son crâne. Nous nous serrâmes la main
et il sourit. Un sourire éclatant. Il exsudait le charme comme
un parfum. Il me produisit instantanément le même effet
que Karl-Heinz. Deux secondes après les avoir rencontrés
tous les deux, vous les aimiez et vous vouliez qu'ils vous
aiment aussi. La seule différence avec Aram Lodokian, c'est

qu'il y avait un petit effet secondaire. Une minute après avoir succombé au charme, il vous venait un moment de doute quant à la sagesse d'y avoir cédé. Juste un moment très bref et qui passait. Bien que Karl-Heinz fût sous beaucoup de rapports fort peu recommandable, il ne me laissa jamais cet arrière-goût.

Je m'assis.

« Que savez-vous de mon pays ? » me demanda Duric Lodokian.

J'optai pour la franchise :

« Absolument rien. »

Il se leva dans un énorme effort, se traîna péniblement jusqu'à la fenêtre et me fit signe de le rejoindre. Nous contemplâmes la foule sur la Friedrich Strasse.

« Croyez-vous qu'ils sachent au sujet des deux millions ? Bien sûr que non.

– Des deux millions de quoi ?

– Des deux millions d'Arméniens que les Turcs ont tués en 1915. Le plus grand génocide de l'histoire mondiale. »

Je ne sus quoi dire.

« Personne ne veut savoir la vérité. C'est pour ça que je fais ces films. »

Il joignit ses mains tavelées et les secoua vers moi, dans un geste curieux. Il procédait toujours ainsi pour souligner un argument.

« Ne tournez pas le dos à la réalité, me dit-il avec véhémence. Ne laissez pas les gens trop rêver. C'est dangereux. »

Un vers d'un poème moderne me vint en tête :

« La nature humaine ne peut pas supporter trop de réalité », citai-je de travers.

« C'est le seul remède, dit-il. Le seul remède. »

Je demeurai une fois de plus sans réplique.

Il lui fallut deux minutes pour regagner son siège. Il alluma une cigarette.

« C'est pour cela que j'aime votre film, déclara-t-il, de manière déroutante. Très bonne philosophie, Jean-Jacques Rousseau. Ça, *c'est* Realismus. Vous parlez à Aram, il fera les contrats. »

Je me sentis le corps en effervescence – mon sang transformé en eau de Seltz. Je serrai la main du vieil homme, puis Aram Lodokian m'emmena dans un autre bureau. Je crois que nous parlâmes vaguement de contrats. Je me rappelle Aram suggérant un cachet de dix mille dollars. Il m'expliqua qu'ils payaient en dollars à cause de l'inflation. Il sourit avec l'air de s'excuser. Je promis de prendre un avocat dans l'après-midi. Il fit venir du café et des gâteaux et m'offrit une cigarette russe. Ses sourires et son charme m'enveloppaient comme un châle.

« Avez-vous songé à la distribution ? » dit-il en se penchant pour me donner du feu. Son anglais était parfait, sans accent, et c'est peut-être pourquoi précisément il paraissait étranger. Il se renfonça dans son fauteuil et frotta de la jointure de l'index la fente de son menton, de haut en bas. Un geste fréquent qui me fit soudain penser à cette fente comme à un sillon creusé par un mouvement constant.

« Eh bien... Karl-Heinz pour Saint-Preux.

– Excellent ! Que diriez-vous de Monika Alt pour Julie ?

– Peut-être.

– Ou bien Lola Templin-Tavel ? »

Nous continuâmes à deviser, prenant plaisir à cette étape du projet d'un film, quand tout, absolument tout, est possible. En partant, je lui demandai s'il pourrait m'avancer cinq cents dollars sur mon cachet. Sans la moindre hésitation il me fit un chèque. Je filai droit dans un bureau de poste et télégraphiai à Sonia :

ARGENT ENVOYÉ. STOP. VIENS BERLIN AU PLUS VITE TENDRESSES JOHN JAMES.

Je ne m'explique toujours pas pourquoi Duric Lodokian estima que *Julie* était un sujet pour Realismus. Je crois, aujourd'hui, qu'Aram eut plus d'influence qu'il ne l'admettait. Il le nia à l'époque, affirmant qu'il s'agissait d'une combinaison du nom de Rousseau, de l'extrême longueur du livre et de la brièveté relative de mon scénario. Son père avait été très impressionné par le fait que j'aie pu tirer une histoire d'un matériel aussi peu maniable.

« Il y a des imbéciles, dit Aram, qui croient vraiment qu'une histoire n'a pas d'importance. Mais une bonne histoire satisfera *n'importe qui*. Beaux éclairages, beaux décors, beaux costumes, caméra imaginative, puissance de style, tout ça c'est pour une petite coterie. »

J'étais à moitié d'accord avec lui. Mais, en tout cas, quelles que fussent les raisons de la sélection de *Julie*, je savais que j'étais maintenant en route. Le chemin devant moi était enfin clair. Et puis, d'ailleurs, je trouve inutile de m'interroger trop longtemps sur les raisons des choses. Nous ne pouvons influencer les événements que dans une certaine mesure. La chaîne de cause à effet peut être illusoire et trompeuse. Pourquoi cette balle brisa-t-elle les dents de Somerville-Start et non les miennes ? Qu'est-ce qui poussa Karl-Heinz à m'envoyer cette carte postale ? Et ainsi de suite. Un peu de réflexion et les prétendus « motifs » de votre vie ne vous apparaissent rien de plus qu'une accumulation de hasards et de chances. Nous croyons reconnaître le bon et le mauvais sort lorsqu'ils nous affectent mais, en réalité, il n'existe rien d'autre que le *sort*. De ce point de vue, le contrat Realismus n'apparaissait pas du tout fortuit.

Je pris un avocat, des documents furent établis, signés, et la moitié de mon cachet déposée dans un compte en banque tout juste ouvert. Soudain, de nouveau, j'étais riche. Je me mis en quête d'un appartement meublé pour ma famille et moi et m'installai dans un bureau des studios Realismus, près de l'énorme usine à gaz de Grunewald.

Je trouvai un meublé pas trop éloigné du 129b, sur Rudolph Platz, à quelques immeubles de là. Tout comme Karl-Heinz, je répugnais étrangement à changer de quartier. Le dernier soir avant mon déménagement (Sonia et les enfants devaient arriver une semaine plus tard), nous fîmes un dernier dîner de réjouissances. Je donnai à Frau Mittenklott une somme supplémentaire, et elle nous prépara un repas gigantesque qui fit s'étrangler même Georg de surprise. Nous eûmes de la soupe de blé vert, de la carpe marinée au vinaigre avec de la sauce raifort, du ragoût de mouton au paprika et un pudding au chocolat chaud. Une plaisante soirée dans cet appartement surchauffé et poussiéreux, rempli de bourdonnements, et nous bûmes tous beaucoup trop. Je promis à Georg qu'aucun film n'utiliserait jamais autant d'insectes que *Julie* allait le faire. Ce fut une belle soirée. Prophétique aussi. Pour la première fois, je remarquai combien Karl-Heinz buvait – couronnant le tout avec trois verres de cognac à la fin du dîner. Et puis, nous parlâmes de l'attribution du rôle de Julie. Je racontai que, pour l'instant, Monika Alt était en tête de liste. Karl-Heinz fit la grimace.

« Je vois très bien qu'elle peut être bonne, dit-il, mais avant de lui donner le job tu devrais voir quelqu'un d'autre.

– Qui ?

– Doon Bogan. »

Doon Bogan, Doon Bogan. Même encore aujourd'hui, je peux à peine écrire le nom.

Villa Luxe, 18 juin 1972.

Le vieil autobus de la ville nous dépose au couvent, à la limite du village. Aucun courrier pour moi aujourd'hui – une journée un peu gaspillée. Je traverse le village en direction du sentier qui mène à ma villa. Comme je passe devant l'église, Ulrike, la jeune Allemande, surgit dans l'ombre d'un arc-boutant.

« Monsieur Todd ?

– Quoi !... Hello. Excusez-moi, vous m'avez fait peur.

– Puis-je vous offrir un verre ?

– C'est que je suis un peu...

– S'il vous plaît, je voudrais vous demander quelque chose. »

Nous allons au bar d'Ernesto. Surprise, il est là, je l'entends hurler avec colère sur sa mère dans la cuisine. Nous nous installons à la terrasse, et Feliz nous apporte deux bières. C'est le moment le plus agréable de la soirée. Le soleil a perdu sa chaleur, les baigneurs tout roses rentrent lentement de la plage, bientôt les premières chauves-souris piqueront entre les pins. Je lève mon verre frais à Ulrike. Sans ses lunettes, et avec le bronzage uni qu'elle a acquis maintenant, elle est vraiment très jolie.

« Monsieur Todd, avez-vous jamais fait des films ? »

Un instant, je songe à nier.

« Comment le savez-vous ? Oui, c'est vrai.

– J'en étais sûre ! » Elle a un large sourire.

Elle m'explique : son petit ami est maître de conférences

à l'université de Munich. Il s'occupe beaucoup d'études cinématographiques.

« Quand vous m'avez dit votre nom, j'ai pensé l'avoir déjà entendu. Je lui ai écrit à votre sujet. Il m'a répondu hier. » Elle me regarde sous le nez : « Il dit que vous étiez très célèbre.

– Eh bien, oui, je suppose. Il y a quarante ans. »

Elle continue à me parler du travail que fait son « boy-friend » pour le Festival du film de Berlin. Une rétrospective : Les films muets du cinéma allemand. Elle déplie une feuille de papier.

« Il voudrait que je vous pose quelques questions. Vous permettez ?

– Allez-y.

– Bon. Question n° 1 : Savez-vous ce qu'est devenue une vedette de cinéma du nom de Doon Bogan ? »

9

Passions

Je savais de qui parlait Karl-Heinz. Doon Bogan était une Américaine, une vedette de cinéma avec un énorme public en Allemagne dû à l'invraisemblable succès d'un invraisemblable film intitulé *Méphistophéla* et réalisé par Alexander Mavrocordato en 1922, une version de *Faust* dans laquelle – oui – Méphistophélès était une femme. Doon portait du noir d'un bout à l'autre du film. Son visage, d'un blanc crayeux avec des paupières ombrées, des lèvres pâles, était encadré en permanence par un capuchon noir ajusté. Elle était l'incarnation parfaite du destin, du sexe et de la mort, et le film lui-même, d'un style expressionniste plutôt maladroit, ne manquait pas de puissance dans son désordre et sa noirceur tapageuse. Doon Bogan devint célèbre, épousa son metteur en scène Alexander Mavrocordato, en divorça un an plus tard et resta à Berlin où elle fit d'autres films à succès avec des gens tels que Pabst, Murnau et Kluge. Je demandai à Aram ce qu'il pensait de l'idée de Karl-Heinz. Intéressé, il suggéra que nous rencontrions Doon Bogan pour la sonder là-dessus. Il me prévint simplement que le budget de *Julie* augmenterait considérablement si elle consentait à jouer le rôle.

Nous lui envoyâmes le scénario et convînmes d'un rendez-vous pour déjeuner à l'hôtel Adlon ou au Métropole. Peut-être le Bristol... Je m'emmêle un peu dans les détails de cette journée. Je me rappelle en entrant la sensation de douceur de l'épaisse moquette marron sous mes pieds à travers les semelles fines de mes coûteuses chaussures neuves. A l'intérieur, un bar somptueusement sinistre. Dehors, une journée morne : des nuages d'étain ventrus menaçaient de pluie la ville, un vent nerveux soufflait en rafales, s'accrochant aux manteaux et aux jupes des voyageurs qui sortaient de la station Friedrich Strasse, en face (ce devait être le Métropole, après tout). J'arrivai en avance, après être passé par une agence de voyages pour régler une histoire de billets pour Sonia et les enfants et m'être heurté à un problème administratif absurde. La discussion stérile avec le préposé qui s'était ensuivie m'avait irrité et je filai tout droit au bar prendre un verre. Je commandai un double gin à l'eau et me calmai un peu.

Une femme blonde en robe vert jade assise dans un fauteuil au fond de la pièce me regardait avec insistance. Ses cheveux étaient blond pâle – ivoire – courts, avec une frange férocement coupée net à mi-front... De grandes lèvres rouges minces mais bien dessinées. Un petit nez étroit, sensiblement recourbé. Où l'avais-je déjà vue... ? Elle se leva. Elle était grande, aussi grande que moi, même avec les ballerines qui chaussaient ses longs pieds un peu tournés en dehors. Elle s'avança vers moi avec une démarche étrangement élégante, à grandes enjambées, comme une championne de natation, par exemple, musclée mais souple, avec une grâce de dauphin.

« Monsieur Todd ? »

J'acquiesçai. Il me fallut lever les yeux. Juste un peu – une drôle de sensation.

« Je suis Doon Bogan. »

Nous nous serrâmes la main. Ma paume brusquement moite. Ses doigts secs, la pression d'une grosse bague, l'espace d'une seconde.

« Pardonnez-moi. Je n'ai pas... je croyais que vous aviez des cheveux », je m'éclaircis la gorge, soudain encombrée de flegme, « des cheveux noirs.

– C'est vrai. Mais Julie est blonde, n'est-ce pas ? »

Aram Lodokian arriva à cet instant précis. Alex Mavrocordato, le « conseiller » de Doon, quelques minutes plus tard.

Il me suffit du temps du déjeuner qui suivit pour tomber follement, désespérément, amoureux d'elle. Elle rayonnait d'une séduction physique incandescente, mais mon engagement affectif suivit très vite. Je crois que ce fut son rire. Elle riait sans effort, d'une voix profonde, un crescendo.

Chez certaines gens, cette facilité est simplement idiote. Mais chez Doon, je sentis qu'elle était le gage d'une véritable générosité d'esprit. Son rire était un cadeau pour les autres, vous vous sentiez bien en l'entendant – ou, du moins, est-ce ainsi que je raisonnai dans mon nouveau et prodigieux état.

Nous bûmes. Nous déjeunâmes. Je n'étais plus qu'une coquille. Je ne pesais plus rien sur ma chaise. Je touchai à peine à ma nourriture, mais je bus tellement qu'Aram dut commander deux bouteilles de vin supplémentaires.

Plus tard, après leur départ, nous prîmes, Aram et moi, un café et des cigares dans le fumoir du Métropole. J'avais la gorge en feu et une migraine à hurler.

« Fichtre, vous avez bu comme un trou, dit Aram.

– C'est elle, Julie », dis-je, la voix rauque. Mon cigare avait un goût de vomi.

« On ne peut pas lui donner vingt-cinq. C'est de la folie. Vingt, peut-être. Tout juste.

– Je ne peux pas le faire avec qui que ce soit d'autre. »

Aram me regarda d'un air perplexe. Il portait un costume bleu avec des reflets métalliques aigue-marine. Il avait un mauvais goût coûteux en matière de vêtements.

« Prenez cinq mille dollars sur mon cachet, dis-je. Remboursez-les-moi sous forme de bonus si nous finissons dans les temps.

– Vous n'êtes pas bien ?

– Je n'ai jamais été aussi sûr de quoi que ce soit dans ma vie.

– Ce n'est pas une si mauvaise idée. » Il sourit. « Ce sera un bon stimulant pour vous. »

Aram m'aimait bien, mais il n'était pas bête. Il économisa cinq mille dollars et s'offrit Doon Bogan. Il m'assura être impressionné par mon intégrité artistique. J'acceptai le compliment.

Vous connaissez ce sentiment ? Quand vous rencontrez quelqu'un et que vous *savez*. Ce creux soudain dans la poitrine, comme si vos poumons, votre cœur, vos entrailles avaient disparu et que la cage thoracique semble craquer comme les douves d'un fût sous une pression trop forte. Des lueurs, des signes de ce que je ressentais maintenant, j'en avais déjà eu avec Faye Hobhouse, Dagmar – Huguette même. Cela, je crois, n'est pas sans rapport avec la peur : une peur de l'impuissance – non pas sexuelle, mais la peur de ne pas avoir le pouvoir ou la capacité de capter l'objet de votre fatale passion. La crainte obsédante de ne plus jamais en avoir l'occasion, de voir le moment vous échapper pour toujours.

Assis là avec Aram, j'étais vidé, anéanti par cette peur.

« Détendez-vous, dit Aram en me tapotant le genou. Ah, tiens, oui, j'oubliais : on a reçu ça pour vous au studio. »

C'était un télégramme de Sonia : elle arriverait avec les enfants dans quatre jours...

Je fus soudain pris d'une nausée. Une lassitude mentale, un désespoir presque total.

Je revis Doon avant l'arrivée de Sonia. Dans les bureaux de Realismus où nous nous rencontrâmes pour signer les contrats. Karl-Heinz était présent et Mavrocordato aussi, à mon agacement. Un gros bel homme joufflu, avec de larges épaules et un grand torse mou, Mavrocordato avait des cheveux prématurément gris. Apparemment, Doon vivait encore de temps en temps avec lui et en usait comme d'une sorte d'imprésario. Aram entra, poussant son père dans son fauteuil roulant. On ouvrit des bouteilles de champagne et l'on but au succès de *Julie*. Ce jour-là, je souffrais d'une indigestion chronique, et les bulles acides du champagne me brûlèrent l'œsophage sur toute sa longueur. A croire que chacune de mes rencontres avec Doon devait se teinter d'une coloration physique : j'étais la proie d'une mixture de sensations confuses : maux de cœur, au propre comme au figuré, une haine amère pour ce gros nounours de Mavrocordato ; des bouffées d'allégresse et de fierté à propos de *Julie*. Et une sourde inquiétude quant à l'arrivée imminente de ma femme et de mes enfants.

Au milieu des bavardages et des toasts, Duric Lodokian me fit signe d'approcher de son fauteuil roulant et me serra la main. Puis il m'attira vers lui, mon oreille contre son haleine tabagique :

« Fantasticale, cette fille, dit-il en toussant. Bon Dieu, j'aimerais bien me la faire une fois avant de mourir.

– Moi aussi », dis-je, en tapant du poing ma poitrine en feu. « Moi aussi. »

« J'aime Doon Bogan, j'aime Doon Bogan », tel était le refrain inopportun qui me courait dans la tête tandis que je regardai Sonia, Mrs. Shorrold et mes deux enfants s'avancer sur le quai vers moi. Je n'avais pas compté sur ma belle-mère, mais il était raisonnable de supposer que Sonia n'aurait pas pu se débrouiller seule pendant le voyage. Tout en embrassant ma femme, je tentai d'effacer l'image de Doon de mon esprit. Quoiqu'un peu fatiguée, Sonia, dans un joli tailleur couleur d'huître, était aussi élégante que de coutume. Terrifié, Vincent recula en me voyant, comme devant un inconnu menaçant. Mrs. Shorrold portait Hereford. Il était gros, avait l'air gai et me secoua vigoureusement son poing sous le nez, en signe de bienvenue, je l'espérais. Il devait avoir dans les trois mois.

Je m'occupai des bagages, organisai deux taxis pour nous transporter eux et nous à Rudolf Platz. Le soleil brillait et, en traversant le centre de la ville, je montrai du doigt tel ou tel point d'intérêt. Sonia, visiblement, était excitée et impressionnée. Berlin paraissait neuf et cosmopolite. Mais la mine de Sonia s'assombrit plutôt lorsque, retraversant la Spree, nous prîmes la Stralauer Strasse et la direction de l'appartement. Les beaux immeubles le cédèrent à des rues résidentielles tristes. De temps à autre, la rivière réapparaissait sur notre droite, avec ses grappes désordonnées de péniches, ses quais encombrés de tas de briques et de sable, de sacs et de cageots de légumes.

« Pourquoi habitons-nous par ici ? se plaignit Sonia, alors que nous débarquions à Rudolf Platz.

– C'est très bon marché, répliquai-je.

– Mais je croyais que tu avais dit que nous étions riches.

– Nous le sommes. » J'essayai de contenir l'irritation dans ma voix. « Nous déménagerons, ne t'en fais pas. Nous déménagerons demain.

– Inutile de faire du sarcasme, Johnny. »

Je comprenais parfaitement qu'à ses yeux l'appartement laissât à désirer. Je n'avais pas la prétention d'être un décorateur. Mais, en tout cas, j'avais demandé à Frau Mittenklott de venir deux fois par semaine faire le ménage, et la cuisine, quand son travail chez Georg Pfau lui en laisserait le loisir. Le côté peu satisfaisant de nos retrouvailles fut aggravé par mon incapacité à faire l'amour à Sonia ce soir-là. Un sentiment de culpabilité à cause de Doon me rendit impuissant.

« Que se passe-t-il ? s'enquit gentiment Sonia.

– Je ne sais pas... Je pense que je suis fatigué. Trop de travail. Le film... » Je continuai à raconter n'importe quoi, cherchant refuge dans le monologue, et bientôt Sonia s'endormit.

Très vite, à Rudolf Platz, la routine d'une prétendue vie de famille s'établit, rendue plus facile et plus tolérable – du moins pour Sonia – par l'existence d'un compte en banque pourvu. On engagea une nurse pour les garçons, et Sonia et sa mère coururent avec acharnement les magasins pour acheter les rideaux, tapis, meubles et autres accessoires nécessaires au foyer convenable que je n'avais pas su préparer. Le week-end, nous allions soit à la plage, au Wannsee, soit pique-niquer dans la forêt de Grünewald, soit à Potsdam en bateau. Il y avait à l'époque, dans le milieu du cinéma à Berlin, une importante présence britannique due au nombre considérable de coproductions anglo-allemandes, et Sonia retrouva très vite des filles de sa connaissance parmi les employées des studios. Vincent Shorrold vint même passer un mois de vacances. Soudain, ma vie reprit son vieux contexte, chose que je trouvai – après des mois de célibat et de liberté – dérangeante. Je me concentrai sur mon film.

Juillet et août passèrent. Nous attendions que Karl-Heinz eût terminé le *Journal d'une prostituée* (A. E. Groth était notoirement pédant – personne ne pouvait l'obliger à se hâter). Entre-temps, les innombrables problèmes d'intendance d'une production de film se résolvaient péniblement. Nous découvrîmes notre château de rêve près d'Arneberg, avec vue sur l'Elbe, puis le perdîmes quand le propriétaire s'avisa de doubler le prix de la location. Nous en trouvâmes un autre. Une immense réplique des toits de Paris (la rue vue de la mansarde de Saint-Preux) fut construite puis détruite dans un incendie assez grave aux studios de Grünewald. Monika Alt (Claire) eut un avortement, rapidement suivi d'une dépression nerveuse, et fut remplacée par Lola Templin-Tavel. Et ainsi de suite.

Je me retrouvai de plus en plus harcelé par de multiples agacements matériels quotidiens. Aram Lodokian – absorbé par la direction de Realismus (l'état de santé du vieux Duric semblait s'aggraver) – ne pouvait consacrer que peu de temps à *Julie*. Je suggérai d'engager un coproducteur, et Aram acquiesça. J'écrivis à Leo Druce à Londres et lui proposai le job. Leo vendit son affaire de location de voitures et débarqua à Berlin fin août. Ainsi se reconstitua la vieille équipe.

Leo se montra d'une reconnaissance presque embarrassante : « Tu n'arrêtes pas de me tirer du pétrin », me dit-il. Je lui affirmai qu'il me rendait, *lui*, service, et sa présence, en effet, se révéla sans prix. J'eus bientôt des loisirs et, sous le prétexte de quelques retouches au scénario, j'allai rendre visite à Doon Bogan.

Elle habitait dans le quartier Ouest, sur Schlüter Strasse, près du Kurfürstendamm et pas loin du Palmenhaus Café. Son appartement était petit et encombré, sans aucun effort d'enjolivement ou de décoration. Les quelques témoignages de sa richesse et de sa célébrité – un piano demi-queue en noyer, supportant une armée de photographies dans des cadres d'argent, un long canapé de chrome et de cuir – contrastaient fortement avec son désordre personnel. Une demi-douzaine de robes gisaient sur le dossier d'un fauteuil. Dans le hall, s'entassait une énorme pile de ce qui ressemblait absurdement à des tracts politiques.

Elle me fit entrer dans le salon. Elle avait un cardigan bleu cobalt sur un chemisier et une cravate. L'ourlet de sa jupe de crêpe se défaisait dans le dos. Elle portait – comme je finis par apprendre qu'elle le faisait toujours – des ballerines de cuir. Doon ne manquait pas d'assurance mais, bizarrement, sa taille l'embarrassait. L'image que je garde surtout d'elle, à son entrée dans une pièce, est le soulagement avec lequel elle se jetait sur un siège comme si elle avait marché durant des heures. Obligée de rester debout à

299

une réception ou à un cocktail, elle fonçait droit sur un pilier ou un mur contre lequel s'appuyer. Ce n'était pas par *politesse* envers des hommes plus petits qu'elle : elle agissait de la même manière avec Mavrocordato qui la dépassait par la taille.

Elle s'assit vivement sur le canapé de cuir et alluma une cigarette. Je lui fis les compliments mensongers habituels au sujet de son appartement. Au-dessus de la cheminée, trônait la photo floue d'une femme brune aux traits volontaires et à la coiffure vieux jeu.

« Votre mère ? m'enquis-je.

– Rosa Luxemburg.

– Rosa qui ?

– Bon Dieu ! » Elle parut surprise. « Vous ne la connaissez pas ?

– Non. Qui est-ce ?

– Ces salopards des Corps francs l'ont assassinée. En 1919.

– Oh... La politique. » Je me souvenais qu'il y avait eu une tentative avortée de révolution communiste à l'époque. Je pris une cigarette dans la boîte en marqueterie sur la table. « Puis-je vous demander du feu ?

– Que voulez-vous dire : "Oh... La politique" ? La politique ne vous intéresse pas ?

– Certainement pas. » Je pointai ma cigarette sur elle : « La politique, c'est l'intérêt personnel sous le déguisement de lieux communs. » Une phrase qu'avait prononcée Karl-Heinz, un jour. Je trouvais qu'elle sonnait bien.

« Vous ne croyez tout de même pas ça ? » La voix était blanche, sérieuse, l'accent américain soudain très prononcé. Je sentis que j'étais sur le point de commettre quelque chose d'irréparable.

« Bien sûr que non. » J'esquissai un sourire. « Une taquinerie. J'ai toujours tendance à faire marcher les gens. »

Elle me regarda, le sourcil froncé, sceptique.

« J'admets que je suis un cynique, poursuivis-je, espérant ne pas avoir l'air aussi paniqué que je l'étais. Mais je fais des exceptions. » Je fis un signe du côté de la photo. « Les gens comme Rosa, par exemple. »

Je retins mon souffle. Elle se détendit.

« C'est Alex qui vous a donné l'idée. Il vous a dit que vous me feriez râler, pas vrai ?

– Alex qui ?

– Alex Mavrocordato. Il ne peut pas supporter que je sois une communiste. Ce connard.

– Non, vraiment, c'est ma faute. Ma conception absurde de la plaisanterie. » J'agitai les mains. Je dus m'asseoir : ma jambe gauche tremblait tout entière, Dieu sait pourquoi. Qu'est-ce qui m'avait pris, nom d'un chien ? Pourquoi personne ne m'avait-il averti ? L'appartement était rempli de bouquins qui maintenant paraissaient pesants, sérieux, de gauche.

Je changeai de sujet pour parler du scénario et du rôle de Julie. Elle m'expliqua très gravement que le rôle la passionnait parce qu'elle s'intéressait au concept de la vertu et qu'elle était fatiguée de jouer « des putains et des salopes ». Nous continuâmes à bavarder. Elle était d'une vive intelligence et elle avait profondément réfléchi au film. L'après-midi s'écoula, l'appartement se fit sombre. Doon se leva pour allumer.

« Voulez-vous un verre, John ? » C'était la première fois qu'elle prononçait mon prénom. Je sentis la chamade familière s'attaquer à ma poitrine. « Préférez-vous qu'on vous appelle John ou James ?

– Ce que vous voudrez.

– Que pensez-vous de James ? Jamie ?

– Hrrrmm. Hah... hummm. Pardon. Oui. Très bien.

– Bon, alors, Jamie, et ce verre ?

– Gin à l'eau, s'il vous plaît.

– Seigneur Dieu ! »

(Pourquoi buvais-je ça, à l'époque ? Pure affectation, mais c'était fort.) Elle partit le chercher dans une autre pièce. Longues enjambées, sa jupe s'enroulant autour de ses mollets. Le susurrement de ses ballerines sur le parquet. J'entrevis sur le haut de son crâne une minuscule rosette de cheveux noirs, une repousse de racines. Je compris soudain pourquoi elle était une si grande vedette en Europe : elle était différente des femmes européennes ou du moins perçue comme telle. Elle venait du Nouveau Monde et n'était pas impressionnée par le Vieux ni prisonnière de ses vues étroites. Rien de particulier ne l'indiquait en elle, rien sur quoi on pût mettre le doigt, mais cette sensation d'une séduisante alternative semblait l'envelopper comme un ectoplasme.

Elle me tendit mon verre. Je bus en m'étranglant. L'unique lampe allumée teintait d'orange l'ivoire de ses cheveux. Son petit nez crochu jetait une ombre sur son visage.

« Vous êtes sûr qu'Alex ne vous a pas soufflé cette blague sur Rosa ?

– Certain. Je ne l'ai pas revu depuis la signature des contrats.

– Ça lui ressemblerait bien... »

Silence.

« Est-ce que vous et lui... ? Non pas que ça me regarde. Mais je... »

Ce fut ma seconde erreur. Elle me jeta un regard aigu. Pour la première fois – et je le crois –, elle sentit les tentacules fiévreux et moites de mon désir s'avancer sournoisement vers elle, tripoter ses jupes.

« Pourquoi ? Qu'est-ce que ça peut vous faire ?

– Rien... sinon satisfaire une curiosité débridée. »

Elle le crut.

« Nous avons des hauts et des bas, Alex et moi. Voilà tout. »

Je m'en allai peu après. Je sentais une douleur me déchirer la poitrine. Je remontai le Kurfürstendamm, le long des magasins illuminés et des cafés étincelants, des cinémas au néon et des élégantes maisons au décor surchargé. La douleur refusait de me lâcher. Elle était le résultat, je le savais, d'un mélange de désir intense et de la conviction attristée que ma vie ou plutôt la plupart des choses qui m'appartenaient allaient être altérées, blessées ou détruites à cause de ce désir même.

J'entrai dans un café, commandai un verre, puis me rendis aux toilettes pour me masturber dans mon mouchoir. Ce qui produisit l'effet recherché de disperser ces sentiments chagrins et ces craintes non moins chagrines. A présent, je me sentais simplement déprimé et vaseux. Je hélai un taxi et rentrai chez moi rejoindre ma femme et mes enfants.

Je m'efforçai par à-coups et très vaillamment d'oublier Doon. Ou, plus précisément, dans la mesure où je devais bientôt la voir tous les jours, je m'efforçai de diriger ailleurs l'élan impitoyable de mes sentiments. C'est une force insidieuse que celle qui vous habite quand vous aimez et désirez quelqu'un sans rien pouvoir faire. Non seulement elle vous entrave, mais elle pèse aussi sur ceux qui sont innocents de ses agissements. Sonia, par exemple. Toute l'attirance que j'avais éprouvée pour elle s'évapora lentement comme une flaque au soleil. Sa netteté, la raie bien droite de ses cheveux, la lourdeur de ses hanches devinrent des défauts et des sujets d'irritation.

Je me rappelle, un jour d'août, nous allâmes nous baigner sur la grande plage du Wannsee. Moi, Sonia, Vincent et Noreen Shorrold, Vincent junior et bébé Hereford. La plage grouillait de Berlinois roses ou bronzés. J'étais assis en maillot de bain et peignoir d'éponge, et je buvais consciencieusement, gobelet après gobelet de Bakélite, du vin blanc frais. Mon fils Vincent (il était brun comme moi, mais ressemblait des pieds à la tête à un Shorrold) trottinait entre ses grands-parents. Une épingle de nourrice à la bouche, Sonia, penchée sur Hereford, se concentrait sur une opération d'assèchement et de nettoyage (je n'ai jamais vu un autre enfant pisser et déféquer autant que celui-là : il avait un instinct de vandale pour souiller tout ce qui était propre, Hereford). Je sentis – et, tel était mon état mental, accueillis avec gratitude – les signes avant-coureurs d'une migraine qui montait lentement en moi. Je tentai vaguement de me réfugier dans les réconforts de l'autosatisfaction : j'avais là mon heureuse petite famille, me dis-je, ma femme, mes fils. J'étais relativement riche avec la perspective d'autres richesses éminemment réalisables. Et, en tant qu'artiste, j'étais à la veille de produire mon premier vrai grand film. Pourquoi donc alors sentais-je l'air autour de moi chargé de mon propre mécontentement, crépitant d'irritation statique ? Pourquoi quand Hereford arquait son dos et tortillait son cou pour me regarder, je ne chatouillais pas le petit gars sous son triple menton ou je ne frottais pas son ventre grassouillet d'une main fièrement paternelle ? Parce que... parce que je pensais à Doon en me demandant si elle passait la journée avec ce salopard de Mavrocordato. Tiens, ça pouvait bien être eux dans cette vedette qui filait à toute allure, coupant à travers le lac en direction d'une quelconque villa nichée dans les bouleaux, de l'autre côté du Havel... Une fille nagea vigoureusement jusqu'à un radeau et, dans un joli mouvement fluide, se hissa dessus. La laine cerise de son maillot collait à ses seins et à son ventre. J'essayai d'imaginer Doon en maillot de bain. Et même lorsque la jeune fille ôta son bonnet de caoutchouc pour secouer ses cheveux noirs, je songeai à Doon qui, coupant sa longue et sombre chevelure, l'avait teinte en blond pour *Julie*. Pour moi.

Une tape sur mon avant-bras. Petit Vince (comme ses grands-parents, à mon horreur, l'appelaient désormais) me tendit un sandwich à la langue et au cresson, sous les vifs applaudissements des autres adultes. Son regard était rempli de crainte. Pourquoi l'enfant avait-il peur de moi ? Cruel, je lui dis non, merci. Il éclata en sanglots, laissa tomber le sandwich dans le sable et se réfugia sur les vastes cuisses de sa mère.

« Johnny, *vraiment* !
– Je n'avais pas faim.
– Oh, mais quand même...
– Nom de Dieu ! Je ne vais pas m'étouffer pour lui faire plaisir ! »

Je me levai et je me débarrassai avec rage de mon peignoir. Je partis à grands pas vers l'eau et plongeai. Un choc froid, une glissade silencieuse, un calme soudain. Je me détestais.

*

Je ne vous infligerai pas les détails du tournage de *Julie*. Il me suffira de dire que, dès le début, je sus que tout marcherait bien. Karl-Heinz était superbe. Nous lui avions blanchi le visage, creusé les joues et l'orbite des yeux pour rehausser caractère d'âme tourmentée, au martyre. Ce qui donnait un « frisson » particulier au film, c'était les deux moments d'exquise anticipation qu'il contenait. Le premier se situait avant que l'amour de Saint-Preux et Julie eût été consommé. Le second suscitait encore plus d'incertitude angoissée sur la question de savoir si leur sens de l'honneur permettrait à leur vertu de survivre. La beauté de Doon et son charme érotique irrésistible y ajoutaient un zeste supplémentaire. Son comportement à l'écran débordait d'une sensualité innocente qui, dans la seconde partie, quand elle essayait de rester fidèle à Wolmar, jouait sur votre frustration jusqu'à l'agonie. Les deux amants se désiraient désespérément. Seules les restrictions abstraites et éthérées de la morale les maintenaient physiquement à part. Une fois le vieux baron parti, tout jouait en leur faveur – le lieu, l'occasion, l'inclination –, mais un code d'honneur plus fort s'interposait entre eux.

Il y avait, à la fin du film, une scène qui, lorsque nous en vîmes les rushes, nous fit nous accrocher à nos chaises tout en hurlant à Karl-Heinz des encouragements obscènes.

Il est tard, le soir. Une lune pâlissante éclaire le château du baron Wolmar. Sur la terrasse, Saint-Preux lutte avec sa conscience tout en fumant une cigarette (rappelez-vous, on a modernisé), les phalènes papillonnent autour des lumières (merci, Georg). Puis, un peu plus loin, par la porte-fenêtre qui donne sur la même longue terrasse, Julie sort de son boudoir. Elle porte un négligé arachnéen somptueux que la brise nocturne fait parfois ondoyer. Elle s'avance vers Saint-Preux, son regard accroché au sien. Elle fait halte à cinquante centimètres de lui. Sous-titre : « *J'aime cette heure de la soirée. Puis-je avoir une cigarette ?* » D'un seul mouvement, Saint-Preux sort son porte-cigarettes de sa poche et l'ouvre. Gros plan des doigts de Julie prenant une cigarette – ses ongles laqués sur l'étroit cylindre blanc. Saint-Preux – cigarette à la bouche – cherche son briquet dans l'autre poche, mais une légère hésitation de Julie l'arrête. Julie met sa cigarette dans sa bouche (gros plan : ces grandes lèvres rouges, ce papier blanc). Elle oscille et se penche vers Saint-Preux. Bout de cigarette contre bout de cigarette. Feu, flamme, ronds de fumée. Ils se séparent, yeux dans les yeux. Ils tirent sur leurs cigarettes, exhalent...

La fumée, sur fond de lune, monte et retombe autour d'eux en épaisses volutes...

Cette scène a été beaucoup copiée, parfois de manière flagrante, parfois indirectement. Ce fut, je crois, la première utilisation, dans un film, de la cigarette en tant que symbole érotique. Le résultat était d'une telle efficacité et d'une telle puissance que le censeur faillit couper la scène. Aram me rapporta les commentaires de ce bureaucrate obtus : « Il dit qu'ils forniquent sur l'écran. » Notre entêtement à nous en tenir au pied de la lettre – « Mais ils ne font que fumer. Ils ne se touchent même pas ! » – triompha. On ne nous supprima pas une seule image.

Bien entendu, Doon fit aussi un triomphe dans le film. Non qu'elle eût besoin de s'élever au-dessus des hauteurs stellaires qu'elle occupait déjà. Son dernier jour de tournage eut lieu quinze jours avant la fin complète des prises de vues. Il s'agissait de la scène dans laquelle, sur son lit de mort, elle déclare n'avoir jamais cessé d'aimer Saint-Preux. Nos deux dernières semaines devaient être consacrées au séjour à Paris de Saint-Preux, qui, soutenu par la foi de Julie, résiste bravement aux tentations de la grande ville.

Je fis envoyer du champagne et des fleurs dans la loge de Doon. Aram Lodokian avait organisé, pour un peu plus tard dans la soirée, une réception d'adieux officielle. Je me sentais calme. Doon et moi avions bien travaillé ensemble, sans le moindre désaccord. Elle avait vu que je savais ce que je faisais (même si vous n'avez aucune idée de ce que vous faites, le talent essentiel requis chez un metteur en scène, en ce qui concerne les acteurs, est de leur donner l'impression incontestable que vous le savez) et, chose importante, il n'y avait pas eu la moindre suggestion d'intimité entre nous. Certainement pas de sa part, et j'avais eu le soin prudent de ne pas trahir une seconde fois mes propres désirs. Il me semblait que j'étais enfin arrivé à me contrôler. Même lors des quelques visites de Mavrocordato sur le tournage. Et même si, à mes yeux jaloux, ils semblaient s'entendre extraordinairement bien pour un couple divorcé. Alors pourquoi me rendis-je seul dans sa loge ? Je voulais lui dire au revoir et je voulais, personnellement et en privé, sceller nos rapports du sceau de l'amitié. Amitié teintée d'un ce-qui-aurait-pu-être terriblement tentant. Ou du moins est-ce ce que je me disais.

Doon portait encore la chemise de nuit de son lit de mort, une chose en satin à bretelles décolletée dans le dos. Elle avait noué négligemment un long peignoir par-dessus. Son habilleuse était en train de repasser dans l'antichambre. Doon me versa un verre de champagne et nous échangeâmes quelques compliments anodins sur le film.

« Avez-vous rencontré Alex en chemin ?

– Alex qui ? » Je ne ratais jamais le coup.

« Bon Dieu, Jamie ! Mavrocordato. Il est censé venir me chercher.

– Non. Aucun signe. »

L'habilleuse – une petite femme à l'air mécontent – sortit de la pièce voisine pour apporter une veste courte noire garnie de boutons en strass.

« Tu l'as arrangée ?

– Vous feriez mieux de l'essayer. »

Doon fit glisser son peignoir et enfila la veste.

« C'est parfait. Merci, Dora, tu peux partir. »

Dora s'éclipsa. Bras tendu, plié, retendu, Doon vérifia l'ajustement de sa veste, puis elle l'ôta et la jeta sur le dossier d'un fauteuil. Une manche rétive fit tomber par terre son verre à moitié vide qui se brisa.

« Merde ! » dit-elle. Elle s'agenouilla pour ramasser les morceaux.

A voir le long corps mince de Doon, on aurait pu imaginer sa poitrine menue. Pas du tout. Elle avait de larges seins plats, aux petits tétons, très peu affaissés. Des rondeurs gentiment bombées couvrant une assez grande surface, comme le couvercle d'une soupière. Je les contemplais maintenant alors qu'à genoux sous mes yeux, elle m'en offrait, par l'entrebâillement de sa chemise de nuit, une vue sans obstacle.

Ma langue parut s'enfler à bloquer ma gorge tandis que je glissais de ma chaise pour m'agenouiller à mon tour devant elle, mes doigts cherchant des fragments à l'aveuglette. L'archéologue érotique... Je sentis une bouffée de son parfum, une sorte de lavande. Elle leva les yeux vers moi. Les miens se détournèrent juste à temps.

« Hé, laissez donc ça. Dora s'en occupera dès... »

Je l'embrassai avec une violence excessive, écrasant douloureusement mon nez contre sa joue, simultanément l'attrapant par les épaules et nous relevant tous deux. Je pressai mon bas-ventre saillant contre sa hanche et la poussai en arrière pour la faire enfin tomber sur le sofa. Elle renversa violemment la tête en arrière.

« Je vous aime, Doon, dis-je. Je vous ai-MEEAA-GHHH ! »

Une souffrance infernale, inhumaine. La masse dure de son genou écrasa mes testicules contre l'os du bassin. J'eus l'impression d'avoir été fendu du périnée jusqu'au sommet de mon crâne par un pic à glace, ou empalé sur une gigantesque corne réfrigérée. (Messieurs, vous savez sûrement de quoi je parle. Mesdames, croyez-moi sur parole, il n'existe pas de supplice plus diabolique.) Tout devint bleu, noir, pourpre, orange, blanc. J'ouvris les yeux. Un cri ultrasonique parut se répercuter autour de la pièce comme celui d'une créature démente prise au piège. J'étais par terre – totalement couillonné, on peut le dire –, des éclats de verre étincelaient sous mes yeux. Mes mains entourèrent les fragments discordants de mon appareil viril en ruine.

Je tournai la tête. Doon tout habillée (combien de temps s'était écoulé, bonté divine ?) se tenait debout près de la porte. A travers le cri dans ma tête, je crus l'entendre me dire calmement :

« Je ne veux plus jamais vous revoir, torche-cul ! »

Je sentis le vomi – une grosse boule remuante – dans ma gorge. Je me mis à ramper vers la salle de bains. Quelqu'un frappa à la porte derrière moi, puis la voix de Mavrocordato demanda : « Que se passe-t-il ? » « Rien », répondit Doon, et la porte se referma. Je suis certain d'avoir entendu des rires.

Je ne pus jamais arriver jusqu'à la cuvette des cabinets. Je dégueulai sur le linoléum – un joli dessin de fleurs de lys marron – à un mètre du but. Je laissai à Dora le soin de le nettoyer le lendemain matin.

*

Julie fut un énorme succès. Un succès international. Realismus Films fit plus d'un million de dollars en Allemagne,
France, Angleterre et Amérique. Doon Bogan devint pour
un an ou deux l'actrice la plus séduisante et la plus célèbre
d'Europe. Karl-Heinz fut proclamé « le jeune premier le
plus subtilement *hoch-modern* ». Mais nous y reviendrons
plus tard. Juste au moment où mes succès professionnels
atteignaient leur zénith, ma vie privée entra dans une phase
étrangement troublée.

Je crois, en fait, que ma « brouille » avec Doon – si ce
n'est pas là un euphémisme trop absurde – me rendit un
peu fou. Même après une fin de non-recevoir aussi brutale
et sans équivoque, je ne pouvais pas effacer ou prétendre
ignorer mes sentiments à son égard. Que peut-on faire en
pareille circonstance ? Si vous êtes obsédé, vous êtes
obsédé. Elle me téléphona deux jours après l'incident.

« Ça va ?

– Comment ? Oui. Je boite un peu, mais à part ça... écoutez, Doon, je...

– Je n'aurais pas dû y aller si fort. Mais j'étais furieuse.
Et pas seulement contre vous. Je n'étais pas dans mon
assiette ce jour-là.

– Bon Dieu, je suis tellement désolé. Terriblement. Je
n'aurais jamais...

– Vous êtes un idiot, John James Todd. Un gros grand
idiot ignorant de première classe. »

Elle raccrocha. Je n'avais pas la moindre idée de ce
qu'elle voulait dire. Ou plutôt si, mais il me semblait qu'elle
avait suggéré quelque chose d'autre... En l'occurrence, je
n'en appris pas davantage, car je dus me concentrer sur
l'achèvement du film que nous terminâmes sans histoire
dans les temps prévus. Aram me paya mes cinq mille dollars
de bonus sans sourciller. La première du film eut lieu le
16 février 1926 au Kino-Palast sur le Kurfürstendamm
avec un accompagnement musical exécuté par un orchestre
symphonique au grand complet, et le reste appartient à
l'Histoire.

Nous déménageâmes de Rudolf Platz, pour aller habiter une villa neuve à Charlottenburg. Le quartier était en plein développement : des maisons se construisaient partout et les rues étaient bordées de jeunes et frêles tilleuls protégés par des enclos de piquets de fer. Mrs. Shorrold nous quitta et Sonia engagea une nurse anglaise (Lily Maidbow, une fille efficace, dénuée de charme et pratiquement muette) pour s'occuper des garçons. Notre maison sentait le neuf – la cire à parquets, la peinture fraîche, le cuir et le tissu neufs –, elle possédait un grand jardin planté de bouleaux et de mélèzes qu'entourait une clôture d'osier blanc. Elle ne me plut jamais. Je m'y sentais comme un de ces jeunes tilleuls. Je n'avais nul besoin d'un isolement aussi rigoureux. Tout cet attirail, c'était celui de l'âge mûr florissant, de l'opulence bourgeoise. Je trouvais l'endroit oppressant, menaçant – mais il est concevable que ma réaction eût été la même à l'égard de n'importe quelle autre maison que j'aurais habitée à l'époque. Je n'étais pas d'humeur à m'installer dans la vie, à engloutir de gros dîners à la table de ma salle à manger, à faire sauter des bambins sur mes genoux. Doon m'avait détraqué, j'avançai de guingois, comme la première fois où j'étais monté à l'attaque, ivre. Autour de Sonia, tout était stable, placide, réglé. Je vivais dans une géométrie différente.

Je passais de longues heures, au cours de l'automne et de l'hiver 1925, en compagnie de Leo Druce, à monter *Julie*, à écrire et réécrire les sous-titres. Sonia ne se plaignait pas de mes absences prolongées. Elle s'activait beaucoup elle-même et profitait plus que moi de la nouvelle prospérité des Todd. Leo, je crois, soupçonna que quelque chose n'allait pas mais, avec son ineffable tact, ne me posa aucune question. Il prenait rapidement racine à Berlin et entretenait une liaison amusante avec Lola Templin-Tavel. Quand j'en avais assez de travailler et que je ne pouvais pas supporter l'idée de rentrer à la maison, j'allais rencontrer Karl-Heinz dans un bar de la Uhland Strasse, tout à côté du Kurfürstendamm. Cet endroit n'avait rien de louche ni de dépravé bien que ce fussent là les qualités que s'employaient à reproduire ses voisins et rivaux. Notre bar, le Dix, se composait de deux pièces : la première, plus petite, offrait un comptoir en zinc, quelques tables et des chaises ; l'autre, la plus grande, deux billards. Sa laideur même en garantissait la fréquentation réduite. Karl-Heinz et moi, nous nous installions dans la petite pièce pour boire et, de temps à autre, nous faisions une partie de billard. J'en vins à adorer ce lieu, embué de la fumée chaude des cigares, bourdonnant des conversations à mi-voix, du froissement des journaux (pendus au mur sur des bâtons) et du cliquetis rassurant des solides boules de billard en ivoire. Un bar anonyme, peuplé de clients de passage. Le propriétaire et sa grosse épouse aux cheveux roux ne tentaient pas de cultiver des habitués. Ce qui, dans cette période difficile, me convenait parfaitement.

Je racontai tout à Karl-Heinz et il se donna gentiment la peine de compatir avec moi. Il n'était pas surpris, m'affirma-t-il. Il s'était attendu que quelque chose vînt mettre ma vie à l'envers. Comment ça ? lui demandai-je, mais il refusa de s'étendre. Plus tard, il me dit qu'il n'avait jamais pu comprendre pourquoi j'avais épousé Sonia. Quand je lui expliquai la véritable raison – pour le sexe – il se montra encore plus surpris. Je crois qu'il me considérait – en tant qu'hétérosexuel type – un peu comme naïf chronique en la matière.

Mais, en ami véritable, il écoutait patiemment mes lamentations répétées. J'ai honte, aujourd'hui, de repenser à ces échanges unilatéraux. Je ne le questionnais jamais sur lui, je ne pensais jamais à ce qu'il faisait quand je le quittais enfin ou quand il me laissait. J'étais plongé jusqu'au cou dans le bourbier de mon propre égoïsme. Je songeais à mon Irlandais (je repensais beaucoup à la guerre, à l'époque) se noyant dans la boue du Saillant : « Je m'enfonce ! »... Pas étonnant. Impossible de fuir Doon. Mes journées se passaient à regarder son image trémulante défiler sur les tables de montage. Karl-Heinz savait que tout ce dont j'avais besoin, c'était d'une oreille amie, et il me la prêtait avec altruisme. Du moins, nous pouvions nous interrompre pour jouer au billard (il jouait abominablement, se montrait inca-

pable de calculer les angles les plus simples. Je gagnais
toujours).

Nous étions au début de la nouvelle année. Le film était
terminé et nous attendions sa sortie quand, finalement, la
patience de Karl-Heinz l'abandonna. Comme d'habitude,
nous nous trouvions au Dix. Karl-Heinz buvait de la bière
et puis du schnaps pour la faire descendre. Je buvais du
Moselle. J'étais un peu ivre, débordant d'un typique apitoiement sur moi-même, serinant les louanges de la beauté
de Doon et l'immensité de mon désir pour elle. Je marquai
une pause. A ma grande surprise, Karl-Heinz prit mes mains
entre les siennes et me fixa de ses yeux noirs enfouis sous
l'accent circonflexe de ses sourcils.

« Johnny, annonça-t-il, je vais te dire quelque chose de
très simple. » Il esquissa un sourire un rien malicieux. « Les
garçons sont mieux que les filles.

– Écoute, Karl-Heinz, non. » Je lui rendis un sourire
teinté d'excuse. « Je n'ai pas – tu le sais – ce genre de
penchant.

– Mais tu n'as jamais vraiment essayé. Je peux te montrer. C'est marrant.

– Non, franchement...

– Mais je t'aime beaucoup, Johnny, je t'assure.

– Non, vraiment. Je sais. Je t'aime beaucoup moi aussi. »
J'étais ému.

Il me lâcha les mains.

« C'est Doon, expliquai-je. Elle est la seule... Je suis
obsédé. Je suis obsédé par elle.

– Bon. D'accord. » Il s'impatientait. « Il n'y a qu'une
chose à faire avec ce genre d'obsession. Il faut t'en trouver
une autre. »

Il avait raison. Après son départ, je réfléchis à ce qu'il
avait dit. Je n'oublierais jamais Doon (en fait, je ne l'avais
pas revue depuis des mois), mais enfin, raisonnai-je, il
devait tout de même bien y avoir place dans ma vie pour
autre chose que ce désir destructeur et non payé de retour ?
Il me fallait faire face à la réalité. Ma vie ne pouvait tout
simplement pas se laisser paralyser par ce rejet.

Les lumières brillaient dans la maison lorsque je rentrai

au garage notre nouvelle voiture – une Packard, le choix de Sonia. Sonia, couchée, le visage bien démaquillé et les cheveux ramassés derrière les oreilles, ne dormait pas. Elle avait un peu grossi ces derniers temps et la rondeur accrue de ses joues accentuait le pointu de son petit menton. Je la trouvai jolie. Un bon signe. Karl-Heinz ne m'avait peut-être pas fourni de réponse, mais il semblait que sa proposition m'eût fait un certain effet – fait sauter de son sillon l'aiguille du disque. J'éteignis la lumière, me blottis contre Sonia et glissai une main sous sa chemise de nuit pour en couvrir un sein de fillette... Je suis sûr que notre troisième enfant fut conçu cette nuit-là.

J'avais, bien entendu, une autre obsession, mais qui demeurait latente, temporairement éclipsée par la crise Doon : Moi. Mon développement en tant qu'artiste. Mes rêves, mes ambitions. Le lendemain, je ressortis littéralement le tout au grand air.

Dans mon bureau des studios Realismus, à Grünewald, je gardais une vieille malle contenant certaines possessions précieuses telles que mes bobines de *Après la bataille*, mes albums de photos, mon journal (abandonné pour l'instant), les lettres de Hamish et ce genre de choses. Par superstition, je suppose, je refusais de les conserver à la maison avec moi. Il avait neigé pendant la nuit et, de ma fenêtre, je voyais les trois énormes gazomètres du *Berliner Gas-Anstalt* couronnés de gâteaux d'acier blanc généreusement saupoudrés de sucre glace.

Négligemment, presque distraitement, j'ouvris la malle et contemplai ces témoins de mon passé, comme un chaman blasé qui regarderait un tas d'os éparpillé pour essayer sans enthousiasme d'en tirer des indications pour l'avenir. Ces reliques, ces totems précieux de mes rêves de jeunesse... Je pris une liasse de feuilles de papier écornées, entourée d'une ficelle. Les pages d'un livre. Je lus :

« *Je forme une entreprise qui n'eut jamais d'exemple et dont l'exécution n'aura point d'imitateur...* »

La convulsion ne dura que quelques secondes. Car ce fut une convulsion. C'est la seule fois où je l'ai ressentie aussi physiquement. Le souffle divin. L'inspiration. La visite des

Muses – appelez ça comme vous voudrez. Ce fut la confirmation révélée de ce que je devais faire. Pour moi, ma tâche était maintenant claire. J'allais faire le plus grand film que le monde ait jamais vu. Il serait sans exemple et n'aurait pas d'imitateur. J'allais faire un film des *Confessions* de Jean-Jacques Rousseau.

Villa Luxe, 20 juin 1972.

Installé sur ma « vigie », j'essaie de distinguer à la jumelle ce qui se passe sur la plage. Une voiture de police vient d'arriver et quelqu'un a été arrêté, je crois, mais c'est un peu loin pour moi. Un nudiste, peut-être ? Ma main tremble trop. Je songe à acheter un trépied.

De la maison, Emilia crie que j'ai un visiteur. Je m'approche. C'est Ulrike. Elle voudrait la permission de descendre sur ma plage. Bien sûr, dis-je.

Nous sommes debout sur la terrasse, à l'ombre, nous contemplons la piscine vide et brûlante.

« Quel dommage pour votre piscine.

– C'est ce figuier. Là-bas. Les racines. Elles traversent le béton, à la recherche d'eau. Vous voyez les fissures ?

– De si loin, avec autant de force. C'est incroyable.

– Apparemment elles peuvent traverser trente centimètres de béton. Ça arrive constamment – les citernes, les fosses septiques.

– Ah, la Nature ! » fit-elle sans aucun cynisme. Plutôt de l'admiration.

Je montrai du doigt son sac :

« On va chasser le spécimen ? Je vous ai vue, l'autre jour, dans votre bateau. » Je me sentis rougir et tentai de ne pas y prêter attention. « A quoi travaillez-vous ? dis-je très vite.

– Certaines espèces de crabes.

– Vraiment ? » Que pouvait-on ajouter sur les crabes ? « Plein de crabes sur ces rochers. »

315

Elle fronça les sourcils comme si elle percevait mon indifférence.

« J'ai écrit une petite thèse sur le crabe Fiddler. Vous savez, celui avec une seule pince géante. » Elle se tut puis reprit : « Savez-vous qu'avant et après l'accouplement, le mâle console la femelle en la caressant avec sa pince, très tendrement.

– Non. Je...

– Et puis – ça, c'est étonnant –, ils font l'amour face à face.

– Vraiment ?

– Tenez, vous voyez ? J'ai dit "font l'amour" comme si c'étaient des humains. En dehors de nous, ils sont les seuls animaux à se comporter ainsi. Face à face, comme ça. » Elle tendit ses mains. « Seulement nous et le crabe Fiddler. Pour quelle raison ?

– Je ne sais pas. »

La brise remua l'arbre sous lequel nous nous trouvions. Les taches de lumière se déplacèrent sur son visage et le blouson d'éponge bleu ciel qu'elle portait. Nous étions à cinquante centimètres l'un de l'autre.

« Extraordinaire », dis-je.

Elle ramassa son sac.

« Mon ami dit qu'on passe votre film – *Julie*. Peut-être qu'à mon retour je pourrai le voir. Il dit que c'est très bon.

– C'est vrai. Mais il devrait voir... » Je m'arrêtai juste à temps. « J'étais très content de ce film. Je suis ravi qu'il soit projeté en ce moment. Doon... Doon Bogan est merveilleuse. »

10

Camarades

J'attendis, avec sagesse et prudence, longtemps après la sortie de *Julie* pour aller voir les Lodokian avec mon nouveau projet. Aram me harcelait depuis des semaines à propos de la signature d'un second contrat avec Realismus, mais j'avais temporisé, calculant que l'audace de ma proposition serait plus facile à digérer si *Julie* faisait déjà sérieusement recette. Je me montrai donc évasif, à en être agaçant, sur ce qu'il convenait d'entreprendre, chaque fois que Duric et Aram amenaient le sujet sur le tapis.

J'étais au demeurant déjà assez occupé par le succès de *Julie* : premières de gala à Munich, Hambourg et Francfort, innombrables conférences de presse et interviews. De longs articles sur moi parurent dans *Ufa-Magazin*, *Film-Photos*, *Illustrierter*, *Film-Courier* et *Kino*. Ce fut le film qui obtint le plus de succès et fut le plus discuté dans Berlin jusqu'à la sortie de *Potemkine* à la fin d'avril. Aram expédia Karl-Heinz et Doon en tournée de promotion à travers l'Angleterre, la France et l'Italie, mais nos deux vedettes refusèrent d'accompagner le film aux USA – Doon par une sorte d'obstination à se considérer comme exilée, et Karl-Heinz pour l'étrange mais simple raison que ce n'était pas son genre de pays.

Pour ma part, le triomphe de *Julie* se révéla extrêmement gratifiant. Je me sentais calme, plein d'une confiance en moi toute neuve, ce qui explique que, dans les nombreux papiers publiés par les journaux et les revues, je fus décrit à plusieurs reprises comme « impassible » ou « rêveur ». Je rêvais en effet – à ce que je devais entreprendre – et j'avançais avec une ferme détermination. Le conseil de Karl-Heinz avait été astucieux : ma nouvelle obsession me sauva. Je n'avais pas oublié Doon (nous nous rencontrions de temps à autre dans des réceptions, mais avec toujours des douzaines de personnes autour de nous ; « aimable » décrit le mieux son attitude alors à mon égard), mais je la trouvais de rapport plus facile.

En juin, les profits de *Julie* furent tels que Realismus me paya un bonus de soixante-quinze mille dollars, une somme considérable pour l'époque. Aram m'offrit cinquante mille autres dollars pour mettre en scène deux films du studio : *Frédéric le Grand* avec Karl-Heinz et *Jeanne d'Arc* avec Doon. Je lui demandai de me donner le temps de réfléchir.

Je lus et relus *les Confessions* et ne cessai de modifier mes plans à leur propos. L'échelle et l'étendue de mon projet bourgeonnaient dans mon esprit. L'ébauche d'un synopsis préliminaire me fit calculer que le film durerait huit ou neuf heures. Durant une semaine, je fus au désespoir, puis je me rendis brusquement compte que sa longueur même pouvait en fait devenir la plus grande qualité du film. Je tirerais du livre non pas un, mais *trois* films de trois heures, une œuvre véritablement épique, un monument à la mesure de l'homme qui l'avait inspiré.

En mars, Sonia annonça qu'elle était à nouveau enceinte et, au même moment, quoique sans rapport avec cette nouvelle, je louai pour mon usage personnel un petit chalet à la campagne, dans les bois de la Jungfernheide, à une heure de Berlin. J'y vivais durant la semaine en solitaire, à travailler secrètement au premier jet du scénario des *Confessions*, et je retournais passer les week-ends en famille. A mon vague étonnement, un vendredi, alors que je rentrais en voiture à Charlottenburg, je me découvris réellement content à l'idée de rejoindre les miens. Vincent n'avait plus peur de moi et Hereford s'affirmait comme un bébé affectueux et attirant. Je consacrais de longues heures à lui apprendre à marcher, durant lesquelles il se ramassait d'effroyables pelles, s'effondrant contre les tables, dégringolant les escaliers, rebondissant contre les murs. Il tombait par terre – vlan ! –, demeurait un instant médusé comme s'il réfléchissait à la manière la mieux adaptée de réagir à cette infortune. Il suffisait alors de rire ostensiblement – « Ha-ha-ha ! Hereford, ho-ho-ho ! » – et il se joignait immédiatement à vous, tout meurtri ou hors d'haleine qu'il fût. Un gentil petit gars qui faisait encore dans ses culottes à la moindre occasion.

Je commis cet été-là une faute qui devait avoir plus tard d'amères conséquences. Un mercredi de juin, je rentrai en ville pour assister au mariage de Leo Druce. Il épousait Lola Templin-Tavel. La cérémonie eut lieu dans la jolie église anglicane (Saint-Georges) du parc du Schloss Montbijou et fut suivie d'une réception au Palast Hotel. Après le service, Sonia se sentit mal et me laissa aller seul à la réception. Un nombre remarquable d'invités s'y pressaient, et je me souviens m'être demandé comment Leo Druce, coproducteur débutant, avait réussi à convier tant de personnalités à son mariage – Pola Negri, Emil Jannings, Walter Rutman, Tilly de Garmo, le baryton Michael Bohnen, Conrad Veidt, Lil Dagover et bien d'autres. Une réflexion machinale : je n'en voulais nullement à Leo, mais je me rappelle avoir fait à ce sujet une remarque – prophétique – et complimenté ironiquement Leo sur ses aptitudes à faire son chemin dans le monde. Il répliqua, avec une modestie caractéristique, que les gens étaient venus uniquement à cause de Lola. J'aurais pu ajouter que c'était précisément là mon propos, mais je m'abstins.

Il faisait chaud et le nombre insuffisant de fenêtres ouvertes dans le Palast ne laissait pas passer le moindre souffle. J'étouffais dans ma queue-de-pie et mon col dur et je bus un peu trop de *cup* glacé au champagne pour compenser. Je commençai à m'amuser et à prendre plaisir aux éloges que me valait le succès de *Julie*. Ce jour-là, je sentais une sorte de puissance émaner de moi, renforcée par le secret que je possédais.

Je parlais à Leo quand Aram s'approcha. Il portait un gilet de brocart or vif et des guêtres assorties. Sur n'importe qui d'autre, cela aurait paru comique mais, Dieu sait pourquoi, Aram pouvait se permettre la vulgarité la plus crasse. Nous félicitâmes de nouveau Leo de sa bonne fortune (avec un rien d'hypocrisie : la célèbre vivacité de Lola avait un côté franchement neurasthénique) et nous nous louâmes nous-mêmes de la vente de *Julie* à la RKO.

« J'embarque pour New York la semaine prochaine, dit

Aram. Ils sont fous de *Julie.* Ils veulent tous les nouveaux films Realismus. » Il marqua une pause significative. « Ils me proposent des ponts d'or pour *Frédéric le Grand.*

– Je suis occupé, dis-je.

– Que fabriques-tu dans ce cottage, nom d'un chien ?

– Je te le dirai bientôt. Très bientôt.

– Mais quand vas-tu te mettre à *Frédéric* ? Il faut qu'on commence cet été.

– Écoute-moi, lançai-je. Fais-le faire par Leo. »

Ils me regardèrent tous deux médusés.

« Tu peux le faire, Leo. Bien sûr que tu peux.

– Mais c'est ton film à toi – réservé –, Karl-Heinz et...

– C'est mon cadeau de mariage pour toi. » Je les pris tous deux par les épaules. Je ne suis pas très porté sur ce genre de gestes, mais j'étais un peu ivre. « Vas-y, Aram. Donne-le à Leo. Il peut le faire. »

Aram paraissait réfléchir : un œil légèrement clos, les dents mordant la lèvre inférieure.

« Parlons-en à ton retour de lune de miel.

– Écoute, John, es-tu sûr que... ? »

Je pressai Leo une fois de plus impulsivement contre moi. « Certain. De toute manière, j'ai autre chose en train. »

D'autres surprises m'attendaient. J'allai me faire remplir mon verre de punch et, tandis qu'on me servait, j'entendis mon nom et me retournai pour voir un jeune homme parfaitement chauve avec un sourire de plaisir idiot sur la figure.

« Almyr Nelson, dit-il. "Bébé". Tu te rappelles ?

– Naturellement. Comment vas-tu, Bébé ? »

Il lissa une chevelure imaginaire sur son étincelant crâne rose.

« Un peu déplumé là-haut, autrement très bien. » Il sourit encore : « Dis donc, ça marche drôlement fort pour toi... Écoute, Harold est ici. Viens lui dire bonjour.

– Avec plaisir. »

Plus gras que jamais, Faithfull serrait de très près une fille que je connaissais, Monika Alt, laquelle s'éventait vigoureusement avec un menu. Elle m'accueillit comme si nous étions de vieux amis, bien que nous ne fussions guère que de vagues relations.

« Dieu soit loué, murmura-t-elle en m'embrassant. Quelle abominable haleine !

– Regarde qui j'ai dégoté, Harry, dit Nelson en me poussant. Ce vieux Todd, l'intrépide aéronaute. C'est-y pas incroyable ? »

Faithfull réussit à esquisser un sourire.

« Todd... Félicitations. » Son visage était trempé de sueur. J'eus droit à une bouffée du parfum de ses dents pourries au moment où il ouvrit la bouche.

Je le remerciai de ses compliments. « Que fabriques-tu par ici ? m'enquis-je.

– Viens de commencer un film.

– Intitulé *Les jumeaux géniaux vont en bateau*, ajouta gaiement Bébé Nelson. La suite d'une série.

– Ça m'a l'air très amusant, dis-je. A propos, Faithfull, si j'étais toi, je ferais quelque chose pour mes dents. Tu pues du bec ! »

J'attrapai le bras de Monika et, faisant demi-tour, nous traversâmes la foule, les épaules de Monika secouées d'un rire silencieux et horrifié. J'avais fait preuve de puérilité, je le sais, mais ces occasions sont rares dans la vie et ne doivent pas être négligées. Chérissez-les, savourez-les, elles réconfortent un peu dans les moments difficiles.

Nous prîmes un autre verre, Monika et moi, et je lui racontai mes anciennes bagarres avec Harold Faithfull. Nous rîmes encore plus. Monika Alt avait dans les trente-cinq ans, je pense, une dizaine d'années de plus que moi. Une femme mince et musclée, une actrice de théâtre autrefois célèbre, mais dont la carrière n'avait jamais repris pleinement après l'interruption de la guerre. Mariée trois ou quatre fois, elle buvait un peu trop. Tout en me parlant, elle s'appuyait de temps à autre sur moi, un sein s'écrasant contre mon bras. Ce pouvait être accidentel, mais je suis d'avis qu'une femme sait exactement quand ses seins entrent en contact avec un être ou un objet, animé ou non. La chaleur, l'alcool, ma grossière sortie à Faithfull et le nouveau sentiment de confiance qui m'irradiait me firent soudain trouver Monika attirante. Je me sentis des fourmillements dans l'aine. Je doute fort cependant que j'aurais couché avec elle cet après-midi-là si je n'avais pas aperçu, à ce moment précis, Doon et Mavrocordato de l'autre côté de la pièce.

« Ouf ! Il fait si chaud ici dedans, dit Monika en soufflant discrètement dans son décolleté. Oh ! regardez ! Voilà votre vedette.

– Et si nous filions ? répliquai-je. Venez donc faire un pique-nique dans ma villa. »

Monika vint me voir au chalet une ou deux fois par semaine durant le reste de l'été. Nous faisions l'amour, puis nous déjeunions. Après quoi, elle aimait bien prendre un bain de soleil nue dans le jardin derrière la maison, une politique que j'encourageais puisque c'était la vue que j'avais de la fenêtre de mon bureau. Elle retournait à Berlin en fin d'après-midi, à la fraîche. Nous n'en fîmes jamais davantage. Son corps mince, chaud et huilé avec ses petits seins à l'air bizarrement aplati demeurent inévitablement associés à la genèse de mes films des *Confessions*. Je finis pas me prendre d'affection pour elle et elle pour moi, je crois, bien que nous ne parlions jamais de nos sentiments. Peut-être est-ce la raison pour laquelle elle revenait. Elle avait sur son ventre une demi-douzaine de cicatrices, anciennes et récentes. Je comptais une appendicite et une césarienne, mais je fus incapable d'identifier les autres. Je lui demandai comment elle les avait acquises.

« Trop d'hommes, chéri, répliqua-t-elle. Trop d'hommes. »

Un jour, Aram arriva sans crier gare alors qu'elle était là. Il venait de rentrer des États-Unis et *Frédéric le Grand* devait commencer incessamment. Il ne parut pas particulièrement surpris de voir Monika. De la fenêtre de mon bureau, nous regardions le corps étalé luisant d'huile solaire.

« Je n'ai rien contre Monika, dit-il avec prévenance. Mais, pour un homme dans ta position, je crois que c'est une grosse erreur que de s'embarquer avec une actrice.

– Je ne m'embarque pas. Ne t'en fais pas. »

Je me tournai vers lui. Il portait un costume en seersucker bleu pastel – acheté en Amérique, je présume –, une chemise rouge et une énorme casquette de golf en toile. Il avait l'air ridicule.

« D'ailleurs, ajoutai-je, que fiches-tu ici ? Tu sais bien que c'est mon refuge secret.

– Mon père est en train de mourir. Il veut te voir. »

La chaleur dans Berlin, au cours de cet été 1926, était immense. Elle tombait d'un ciel brumeux de la couleur du costume d'Aram, et de la lourdeur d'un miroir. C'est alors qu'on appréciait les grandes rues propres de la ville. Au moins, dans ces larges avenues et ces vastes boulevards, l'air pouvait remuer. L'après-midi où je revins avec Aram devait être celui d'une fête chômée, car les trottoirs semblaient étrangement déserts et les grands magasins de la Leipziger Strasse étaient éteints et fermés. Je me rappelle avoir entendu les sons d'une demi-douzaine de fanfares municipales en traversant le Tiergarten. Je ne sus jamais de quoi il s'agissait.

Je me sentais déprimé par les nouvelles du père d'Aram. Je m'étais attaché au vieux Duric, qui m'avait pardonné ma désertion du style Realismus une fois que l'argent de *Julie* avait coulé à flots. Il affirmait qu'il utiliserait ces fonds à faire une série de films sur la vermine de nos cités. « Vous voulez dire les auteurs d'attentats à la pudeur contre les enfants, les sadiques, ce genre de choses ? » lui demandai-je. « Non, non ! hurla-t-il. Les rats et les puces ! Les rats et les puces ! » Je ne l'avais connu que malade et, bêtement, j'avais fini par croire que ses halètements et ses sifflements, sa lenteur d'escargot et son omniprésent cylindre d'oxygène faisaient autant partie de lui que ses taches de vieillesse et ses cheveux gris. Brusquement, tout ceci se révélait être des marques de maladie, ce qui me bouleversait et m'ôtait toute gaieté.

Les Lodokian, père et fils, habitaient une splendide maison sur la Kronen Strasse. A l'intérieur, il faisait sombre, volets et rideaux fermés rappelant énergiquement au visiteur la chaleur de l'été. Un maître d'hôtel nous ouvrit et un infirmier nous conduisit à l'étage.

Duric Lodokian était assis – ou plutôt à demi allongé sur

une rampe molle de coussins, son masque à oxygène dans une main et une cigarette russe dans l'autre. Il s'exprimait par saccades oppressées de quelques secondes, s'interrompant pour avaler de l'oxygène ou pour tirer une faible bouffée de sa cigarette. Sa peau brune était moite et d'un gris boueux. Ses taches se remarquaient davantage. Il avait la couleur de ces œufs mouchetés (pondus par les mouettes ou je ne sais plus quel gibier à plume, mais ils furent des hors-d'œuvres très en vogue dans les dîners au cours des années trente. Je ne pus jamais y toucher – ils me rappelaient Duric mourant).

Aram et moi nous assîmes de chaque côté de son lit. La couverture, autour du cendrier, était jonchée de cendres. Il était trop faible pour secouer correctement ses cigarettes. Après les banales questions d'usage, je lui demandai avec précaution :

« Êtes-vous sûr que vous devriez fumer, Duric ?

– Ne soyez pas idiot. Ça ne m'a jamais fait de mal. Pourquoi m'arrêterais-je à présent ?

– Je suis d'accord, je suis d'accord. Ne vous en privez pas. Puis-je en avoir une ? »

J'allumai une cigarette. Aram aussi. Nous fumâmes en chœur tandis que Duric se refaisait en oxygène.

« Écoutez, dit-il finalement. Approchez. »

Je me penchai un peu plus vers lui.

« Qu'est-ce que c'est que ce film que vous voulez faire ? Pourquoi faites-vous tellement le difficile ? »

Je jetai un coup d'œil à Aram. Il paraissait un peu surpris. Je décidai de répondre.

« Je veux tirer un film d'un livre qui a pour titre *les Confessions*.

– De qui ?

– Rousseau.

– Encore Rousseau ? Ça c'est *bien*, très bien. Ça me plaît. Pas à toi Aram ?

– Il refuse de m'en parler. »

Ils échangèrent quelques mots rapides d'arménien.

« Êtes-vous prêt à commencer ? demanda Duric.

– Je travaille au scénario. » J'interceptai l'œil d'Aram. « C'est, euh, très long.

– Ça m'est égal. Realismus doit le produire. » Il posa sa main sur mon genou. « Il faut que ce soit un film Realismus, John. Aram vous aidera.

– Quand je dis "long", avançai-je avec circonspection, je veux dire très long. Extrêmement long.

– C'est quoi "extrêmement" ? dit Aram.

– Je veux faire trois films. De trois heures chacun.

– *Quoi ?*

– Bonne idée, dit Duric. *Phantastisch.* On le fait chez Realismus, naturellement. Promets-moi, Aram. J'insiste : *promets.* »

Aram avait l'air d'un homme qui essaie de maîtriser une envie de vomir.

« Oui, papa... Si c'est vraiment possible.

– Pas de "si". Je veux promesse nette.

– Je promets. »

Duric se rallongea. Il paraissait épuisé, sa poitrine frêle se soulevait et retombait à un rythme alarmant. J'eus l'impression que je pourrais y percer un trou avec mon poing, comme si son corps avait été fait de balsa et de papier, pareil à un modèle d'avion. Quand il respirait, on pouvait entendre des petites explosions et des gargouillements glaireux à l'intérieur de sa cage thoracique. Ses yeux brillaient de larmes, à moins que ce ne fût peut-être que de chassie. Il m'attira de nouveau plus près.

« Promettez-moi aussi, John.

– Bien sûr. N'importe quoi.

– Ne laissez pas Aram vendre l'affaire. Surveillez-le.

– Quelle affaire ? » Je regardai Aram. « Realismus ? Il ne la vendra jamais, ne vous en faites pas.

– Non. » Il s'endormait. « Les noix.

– J'y veillerai, dis-je. Je vous promets. »

Aram sonna et nous nous levâmes. L'infirmier entra et mit le masque à oxygène sur le visage de Duric. Ce qui sembla le réveiller. Il nous fit signe de revenir. Nous nous accroupîmes près de lui. Ses yeux étaient à peine ouverts, juste une fente révélant une lueur d'un brun limpide.

« N'abandonnez jamais les noix », dit-il. Ce furent ses derniers mots. Il s'endormit et mourut trois jours plus tard.

A ses funérailles, Aram et moi versâmes de copieuses

larmes. Je tentai d'abord de les retenir, mais, en voyant Aram, je décidai de suivre son exemple et de me laisser aller. Je m'offris un « bon coup de grandes eaux », comme aurait dit Oonagh. Je m'en sentis étonnamment mieux d'ailleurs, et je crois qu'Aram fut touché. Étrange de voir Aram pleurer. Nous quittâmes la tombe en reniflant, nous essuyant les yeux et éternuant dans d'immenses mouchoirs.

« C'était un drôle de vieux sournois, dit Aram. Un film de neuf heures. Bon Dieu !

– Ce sera sensationnel, dis-je. Attends de voir. Il n'y a jamais rien eu de pareil.

– Normalement, poursuivit Aram, je ne l'aurais jamais fait. Je crois qu'il faut que je te le dise. Je crois que c'est une folie, une catastrophe.

– Mais tu as promis.

– Je sais, je sais.

– J'ai promis moi aussi, ajoutai-je. Agrippe-toi à ces noix. »

Aram se mit à rire :

« Trop tard, John, hélas ! J'ai vendu Lodokian Nussen il y a quatre mois. »

Je me sentis un peu dupé dans cette histoire, mais je n'y pouvais strictement rien. Plus tard, je me demandai si Aram ne m'avait pas menti simplement pour me tenir à l'écart de ses affaires... Je n'avais aucun moyen de savoir. Cependant, je bénissais le vieux Duric d'avoir arraché sur son lit de mort cette promesse à son fils. Je présumais inviolables les liens du sang et les serments des mourants arméniens, et dans un sens ils le furent. Aram se montra toujours fidèle à la lettre de sa promesse, sinon à son esprit. Quelques jours après, nous signâmes les contrats. Je recevais un salaire (rétroactif) de mille dollars par mois pour la période durant laquelle j'écrivais le scénario, et Realismus me payait dix mille dollars d'avance sur les droits mondiaux restant à négocier. De plus, il était confirmé que je mettrais le film en scène et que je participerais à ses bénéfices. D'aimables notices parurent dans les journaux. Je me rappelle que j'en découpai une et l'épinglai au mur au-dessus de mon bureau de la villa. « Les Films Realismus ont annoncé hier que John James Todd tournerait en 1927 *les Confessions* de Jean-Jacques Rousseau en extérieurs en Suisse et en France. K.-H. jouera le rôle principal. » Ce qui provoqua un certain nombre de spéculations chez les journalistes. Auxquelles je répondis, je crois, de manière plaisamment oblique. Il n'y a rien comme refuser d'être spécifique pour susciter la curiosité.

Le premier jet des *Confessions : Première Partie* faisait plus de six cents pages. Après un mois d'efforts, je réussis à le réduire d'environ cent pages. Je commençai à travailler sur la Deuxième Partie au cours de l'automne, mais sans avancer. J'avais constamment l'esprit à la Première Partie – le metteur en scène prenant en moi le pas sur l'écrivain. Il existait quantité de problèmes techniques à résoudre ou à tester : les traquenards logistiques se multipliaient dans ma tête. J'écrivis environ deux cents autres pages avant de décider d'abandonner un moment la Deuxième Partie. D'ailleurs, l'hiver approchait et il ne faisait pas chaud dans le chalet. Monika avait cessé de venir maintenant que les occasions de se bronzer avaient disparu. Nous nous rencontrâmes une ou deux fois dans son appartement, mais ce n'était plus la même chose. Notre curieuse liaison entra en hibernation, tacitement, sans aucune rancune de part et d'autre, en attendant le retour d'un temps plus clément.

Je quittai donc le chalet de la Jungfernheide et retournai dans notre maison de Charlottenburg. Sonia était enceinte jusqu'aux dents – le bébé devait naître en décembre. Je me mis au travail dans mon bureau de Realismus et, à la fin de l'année, je produisis un manuscrit final des *Confessions : Première Partie* qui faisait trois cent cinquante pages. Je savais bien entendu qu'il était pratiquement deux fois plus long qu'il ne l'aurait dû, mais je ne m'en inquiétais pas. « Une fois le tournage commencé, rassurai-je Aram, tu verras comme ça se réduira. » Il ne parut pas indûment troublé. Il formait le projet pour le début de l'année d'un autre voyage aux États-Unis où il espérait réunir des fonds pour le film. Le *Frédéric le Grand* de Leo Druce avait obtenu de grosses avances ; *Jeanne d'Arc* engendrait la même excitation.

Aram fit preuve de trop de calme, je m'en rends compte à présent, et cette tranquillité, il me la communiqua. Nous établîmes un plan de travail. La préproduction commencerait en janvier 1927, le tournage en juin. Je livrerais terminé un film de trois heures en juin 1928 pour une sortie à l'automne de la même année. Tout ceci paraissait éminemment réalisable. Ces dates, ces plans nés de très vagues discussions semblèrent définitivement fixés comme le mouvement des étoiles dans les cieux ou la table des marées. Nous avions créé un emploi du temps et avec lui une sorte de réalité. Il ne possédait aucune véritable existence au-delà de notre volonté, mais nous agissions comme s'il en avait eu une.

« Nous commencerons la Deuxième Partie en 1929, dis-je à Aram. Le tout devrait être fini en 1931. On les montrera tous ensemble. Un film de neuf heures. » Je me tus, puis : « Ce sera magnifique, repris-je avec une confiance totale, absolue. Attends de voir ce que je peux faire. Des choses stupéfiantes. Il n'y aura plus jamais un film comme celui-là.

– Formidable, dit-il. Mais finissons d'abord la Première Partie. »

Début décembre, Sonia mit au monde des jumelles. Pour la première fois, j'étais près de ma femme quand l'événement survint. Je fus très surpris par la nouvelle. Sonia m'affirma m'en avoir informé un mois avant son accouchement, mais, dans ce cas, je n'avais pas fait attention. Je le jure. Ceci démontre désagréablement à quel point *les Confessions : Première Partie* m'absorbaient. Ma vie de famille n'était guère plus qu'une toile de fond. Elle ne retenait mon attention que lorsque je m'y appliquais. J'en restai abasourdi. Tout d'un coup, j'avais *quatre* enfants ! J'éprouvais de vagues accès de panique. Que diable étais-je en train de faire ?

Durant ce mois de décembre, notre maison fut sens dessus dessous. Sonia et Lily étant pleinement occupées avec les filles – Emmeline et Annabelle –, je dus, pendant un temps, surveiller les deux garçons. Pour je ne sais quelle raison, Frau Mittenklott – qui nous suivait depuis Rudolf Platz – s'était vu confier la responsabilité des décorations de Noël. Dans le salon trônait un immense sapin vert garni de vraies bougies, de vrais gâteaux et d'un genre de sablé décoratif. Des répliques miniatures jonchaient l'entrée et la salle à manger. Des branches supplémentaires avaient été arrachées à d'autres conifères et suspendues dans tous les coins possibles, au-dessus des portes, des fenêtres et des escaliers. L'air était imprégné d'odeurs de résine qui m'irritaient les yeux et me rappelaient les expériences antiseptiques de mon père. D'énormes flots de ruban velouté rouge ornaient les dessus de cheminée et, sur tous les rebords, cadres ou coins de table, la brave femme avait posé ou pendu les cadeaux miniatures – des boîtes d'allumettes, enveloppées de papier multicolore et remplies de raisins secs ou de noix, qu'ouvraient les enfants chaque fois que l'impatience devenait trop vive ou l'attente trop longue. C'était là, m'informa Frau Mittenklott, la bizarre coutume du village où elle était née et avait grandi. Notre maison semblait l'exemple type de la fête, le brillant symbole de la saison des réjouissances. Le supplice atteignit des sommets avec l'arrivée de Vincent et Noreen Shorrold venus de Londres partager notre allégresse.

Le jour de Noël 1926, nous étions tous réunis dans le salon. John James Todd, le metteur en scène, sa femme Sonia, leurs quatre enfants – Vincent, Hereford, Emmeline et Annabelle –, la nurse Lily Maidbow et les beaux-parents, Mr. et Mrs. Shorrold. Dans la cuisine, Frau Mittenklott faisait rôtir une oie, trois lapins, un cochon de lait – une ferme entière pour autant que je sache. Je venais d'ouvrir le cadeau de Sonia. Une pipe. Une abominable chose en écume de mer recourbée avec un fourneau jaune sculpté, de la taille d'une tasse à café et – c'est la vérité – agrémentée de pompons rouges et verts.

« Je ne peux pas fumer *ça*, dis-je, choqué, à Sonia.

– Bien sûr que si, Johnny, intervint Vincent Shorrold. Rien de mieux qu'une pipe pour un homme.

– Et que diable cela veut-il dire ? Non, mais, sérieusement, je ne peux pas mettre ça à la bouche. On se ficherait de moi !

« Tenez, donnez, je vais vous la mettre en route, mon garçon », dit Vincent Shorrold. Il me la prit des mains et entreprit de la bourrer à coups de poignées entières de tabac en provenance de sa propre blague.

« C'est une sacrée cheminée, pour sûr, commenta-t-il en tassant le tabac avec ses pouces. Il y a une boîte et demie de gros-cul là-dedans. » Il mit la pipe entre ses dents. Je vis ses mâchoires se contracter sous l'effort.

« Sacré poids, fit-il. Ça va vous flanquer un bon torticolis, ça. »

Il lui fallut cinq ou six allumettes et autant de minutes pour allumer la masse compacte de tabac. La pièce fut bientôt remplie de strates fumeuses qui se déplaçaient lentement. Les jumelles se mirent à pleurer, leurs yeux tout neufs irrités. Je demeurai immobile dans mon fauteuil, le visage impassible. Les femmes contemplaient avec admiration Vincent Shorrold fumer, souffler et cracher une épaisse fumée par tous les orifices de sa tête.

« Un tirage épatant, dit-il en s'approchant, toujours suçant et soufflant. C'est parti pour deux bonnes heures. » Il me tendit l'infâme objet, avec ses petits pompons virevoltants et son tuyau brillant de la salive Shorrold.

« Tire une bouffée, John, dit Sonia.

– Allez-y, Johnny », encouragea sa mère.

Le téléphone sonna.

Je me jetai hors de mon fauteuil et me précipitai dans l'entrée pour répondre (pourquoi gardions-nous – pourquoi les gens gardaient-ils – le téléphone dans l'entrée, à l'époque ?). J'arrachai le récepteur à son support.

« Oui ?

– Jamie ?

– Oui. » C'était Doon. Mon corps se mit à trembler tout entier. Je m'assis très lentement.

« Est-ce que... ? » Elle s'interrompit. Elle paraissait bouleversée. « Est-ce que vous pensiez vraiment ce que vous avez dit ce soir-là ?

– Quel soir ? »

Elle raccrocha. Je savais bien quel soir, naturellement. Je m'injuriai pour ne pas avoir réagi plus vite. Mais comment aurais-je pu penser sainement dans ce cirque de grotte de

Noël de maison ? Je mis mon manteau, mon chapeau et retournai dans le salon. Shorrold rallumait la pipe.

« John ? fit Sonia, surprise par ma tenue.

– Je dois sortir, dis-je. Des problèmes... Karl-Heinz. Il est malade.

– Mais le dîner ?

– Gardez-m'en. Je ne sais pas quand je rentrerai. »

Exultant, je sortis. Il avait neigé plus tôt dans la semaine, mais tout avait fondu. L'après-midi était morne et froid. Je pris la direction du Kurfürstendamm, Schülter Strasse et l'appartement de Doon.

Pas de réponse. Je frappai à nouveau. Je pressai mon oreille contre la porte froide pour écouter les bruits à l'intérieur.

Un petit jeune homme soigné portant une serviette neuve monta les marches.

« Vous cherchez Miss Bogan ? s'enquit-il.

– Oui.

– Vous venez juste de la manquer. Je l'ai rencontrée dans la rue en venant ici. Vous pouvez peut-être la rattraper. Elle allait côté nord. En direction de la Knie. »

Je l'aperçus alors qu'elle traversait le carrefour encombré de Schiller et Grolman Strasse. Elle portait un manteau de cuir et un feutre brun très enfoncé ur la tête. Je crus qu'elle allait au théâtre Schiller, mais elle le dépassa sans s'arrêter. Pourquoi ne l'ai-je pas abordée dans la rue ? Pourquoi n'ai-je pas couru derrière elle, tapé sur son épaule ?... Parce que, en revoyant sa haute silhouette à l'allure si décidée, je me sentis brusquement faible et incertain. Pourquoi m'avait-elle téléphoné après des mois de silence ? Qu'avait-elle voulu dire avec sa question ? Je savais ce que j'avais dit ce soir-là, alors pourquoi en voulait-elle une confirmation ? Je ne pouvais produire aucune réponse convaincante à ces interrogations, excepté celles que je souhaitais, et je la suivis donc discrètement à travers les rues froides et calmes, encore plus désertes à présent que, nous éloignant du centre, nous pénétrions dans le secteur industriel de Lutzow. Elle tourna à droite à hauteur du canal de Landwehr, en face de l'immensité des usines Siemens, et franchit le seuil de ce qui ressemblait à une salle de réunion ou une chapelle protestante.

Je fis halte. La lumière de cet après-midi de granit pâlissait. Le canal paraissait solide et très froid comme si l'eau visqueuse était sur le point de geler. Je demeurai là, hésitant, de plus en plus frigorifié. Je n'avais ni écharpe ni gants. Devais-je attendre ? Elle resterait peut-être des heures... J'entrai.

Au fond d'un vestibule étroit, un jeune homme était assis derrière une table. Il portait un pardessus, un pull à col roulé et un feutre mou brun de bonne qualité. Il avait un certain nombre de papiers devant lui.

« 'Jour, dis-je.

– Êtes-vous membre ? » Ses mâchoires proéminentes et carrées avaient besoin d'un rasage.

« Je veux m'inscrire, improvisai-je. J'ai rendez-vous avec Miss Bogan. »

Le nom l'impressionna.

« Ah ! Bon. Parfait. Il ne devrait pas y avoir de problème. » Il fouilla dans le tiroir du bureau et produisit un formulaire : « Ça fera deux cents marks, dit-il. Remplissez ça. Pour l'instant, je peux vous donner une carte temporaire. Nous vous enverrons l'officielle plus tard. »

De quel genre de club s'agissait-il ? me demandai-je tout en tendant mon argent. J'entendais des rumeurs de conversation dans la salle. Le quartier était très moche, trop moche pour un club porno. Je remplis la moitié du formulaire – nom, adresse, profession – avant de penser à m'enquérir de ce que signifiaient les initiales figurant sur l'en-tête.

L'homme parut soudain méfiant.

« Association des artistes révolutionnaires, dit-il. Du KPD. »

Le parti communiste.

« Mais, bien sûr. » Je réussis plus ou moins à rire. « Où avais-je la tête ? »

Il inscrivit mon nom sur un carré de carton dont il tamponna et signa soigneusement le verso. Il se leva et me serra la main.

« Bienvenue », dit-il. Puis, avec un geste en direction de la porte : « Le meeting commence tout juste. »

Il devait y avoir plus de deux cents personnes à l'intérieur, surtout des hommes, mais aussi un bon nombre de femmes. Autant d'artistes ? pensai-je. Pas de trace de Doon. Je m'avançai timidement, collai mon dos à un mur et attendis. Sur l'estrade, un homme frêle s'exprimait passionnément à coups de clichés. Je perdis instantanément tout intérêt. A l'époque, politique, croyances et dogmes m'indifféraient. La politique spécialement – je n'étais pas encore devenu une de ses malheureuses victimes. Comme le dit Tchekhov, je désirais seulement être un artiste libre. Tout en observant donc les visages dans l'auditoire, attentifs, sérieux, impassibles et immobiles, je notais que certains d'entre eux appartenaient à des gens aisés ; ceux-là n'étaient pas tous des travailleurs ou des étudiants. Je me demandais ce qui, en eux ou dans cette affaire, attirait Doon ici.

Les orateurs changèrent, mais pas le ton des discours ni l'étendue réduite du vocabulaire. Les applaudissements éclataient, passionnés, à la fin de chaque intervention. Puis Doon monta à la tribune. J'écoutai ce qu'elle avait à dire. Elle attaqua l'institution de Noël et, songeant à la mascarade que ma propre maison présentait, je me mis à applaudir bruyamment tous les classiques griefs idéologiques. Elle conclut en priant de contribuer aux finances du Parti. Elle allait passer parmi nous, dit-elle, pour faire la quête.

J'attendis qu'elle arrive près de moi. Quatre personnes passaient dans l'assistance avec des boîtes, alors que la réunion était laborieusement ajournée par le même petit homme frêle qui l'avait ouverte. Je changeai constamment de place et fis ainsi deux oboles avant que Doon et moi, finalement, nous nous rencontrions.

Tandis que je fourrais mes billets dans son carton, je sentis une angoissante faiblesse imprégner mon corps. A mon crédit et à ma joie, elle rougit. Des bruits admiratifs saluèrent chez mes voisins mes largesses à l'égard du Parti.

« Merci, camarade », dit-elle. Puis, à voix basse : « Que faites-vous ici ?

– Je vous ai suivie. Après votre coup de téléphone. Il fallait que je vous voie.

– Êtes-vous membre ?

– Oui.

– Depuis quand ? Je vous croyais un cynique.

– Oh ! Pas depuis très longtemps... Les gens ont le droit de changer d'idée, vous savez.

– Attendez-moi à la fin. »

Je m'étais trompé quant à la clôture du meeting. Il dura encore trois heures. Lorsqu'il s'acheva, je tombais d'inanition. Mon estomac s'entendait à un mètre, ma bouche débordait de salive à l'idée du grog de Noël de Frau Mittenklott, de son lapin au paprika et de son *Schokoladenstrudel*.

Il faisait nuit quand Doon et moi nous partîmes enfin. Nous regagnâmes à pied son appartement, elle parlant avec animation de la cellule, de la cause, de la lutte, des camarades. Je la laissais bavarder – elle avait glissé sa main dans la mienne et j'étais assez proche d'elle pour respirer son parfum de lavande. Finalement, je n'en pus supporter davantage et je la poussai dans un petit café en sous-sol.

Je commandai deux cafés au kirsch et à la crème fouettée, et avalai deux grosses tranches plutôt consistantes d'une tarte aux dattes rassise. Puis je posai ma main sur celle de Doon.

« Doon, dis-je, pourquoi avez-vous téléphoné ?

– Je n'aurais pas dû.

– Mais vous l'avez fait.

– Bon Dieu... Je ne sais pas. J'avais le cafard. Saloperie de Noël. Je le déteste... J'ai quitté Alex. Il y a quinze jours. J'attendais l'heure du meeting et j'ai pensé que – merde. C'était idiot de ma part. »

J'avais la bouche sèche : « Je le pense encore. »

Elle alluma une cigarette. Elle paraissait mal à l'aise, à présent.

« C'est gentil à vous de dire ça, Jamie. » Elle s'efforçait de garder son calme. « Mais vous n'y êtes pas obligé. Pas pour me faire plaisir. Puis-je avoir un autre café ?

– Mais, c'est vrai. Je l'ai su dès que je vous ai vue le premier jour au Métropole. »

Elle baissa les yeux, souffla un gros jet de fumée sur sa gauche.

« Mais vous êtes marié. Vous avez deux enfants...

– Quatre, maintenant.

– Seigneur Jésus ! Quatre ?

– Sonia a eu des jumelles voici trois semaines.

– Grands dieux ! Bon, eh bien voilà... C'est inutile. On ne devrait même pas en parler. Je n'aurais jamais dû vous appeler. »

Elle continua à énumérer ses objections. Je me sentais à court d'oxygène, comme Duric Lodokian. Je respirais par la bouche et le nez, mais mes poumons se sentaient privés d'air. Il fallait que je sorte Doon du sujet femme et enfants. Elle s'interrompit pour ôter son chapeau.

« Regardez. Je les ai gardés blonds. Souvenir de *Julie*. »

L'idée me sauta à la figure comme une perdrix hors de la bruyère.

« J'allais reprendre contact avec vous de toute façon, dis-je lentement. Je vous veux pour mon prochain film. Avec Karl-Heinz, de nouveau.

– Oh ! oui. J'ai lu des choses dans les journaux. Mais quel rôle y a-t-il pour moi là-dedans ?

– Celui d'une Mme de Warens.

– Je ne sais pas...

– Vous seriez merveilleuse.

– Je ne crois pas que ce soit une si bonne idée. Comment s'appelle le film déjà ?

– *Les Confessions.* »

Villa Luxe, 22 juin 1972.

Emilia se conduit bizarrement depuis quelque temps. La faute en est à ce trou dans le volet, j'en suis certain. L'autre jour, elle ne pipait mot. Et puis, hier, elle est arrivée avec du rouge à lèvres et de vilaines boucles d'oreilles en bois. Je sens aussi qu'elle n'aime pas Ulrike. Curieux à quel point les femmes peuvent devenir possessives. Je lui ai dit qu'Ulrike avait la permission d'utiliser la plage, ce qui l'a visiblement irritée. Je n'ai pas envie de me fatiguer à comprendre ce qui se passe. Se pourrait-il – aussi absurde que cela paraisse – qu'elle fût jalouse ? Seigneur...

Il est temps, pour ceux d'entre vous qui ne le connaissent pas, que je vous parle un peu de Jean-Jacques Rousseau. Je vous donnerai d'abord l'image publique, la version officielle, que nous pouvons rapidement oublier. Malheureusement, ma bibliothèque, ici, est pauvre. Je ne peux citer que le *Guide de l'étudiant en philosophie européenne* d'une certaine Dr Ida Milby-Low (MA, PhD, Oxford) publié en 1934. Je m'excuse, mais ceci n'est que la simple enveloppe de l'homme qui nous intéresse. Soyez indulgent.

« *Jean-Jacques Rousseau* (1712-1778) naquit à Genève le 28 juin 1712. Son père était un réparateur de montres (un horloger, en fait) et sa mère mourut immédiatement après sa naissance. Il ne reçut aucune instruction régulière, mais ce qu'il en eut au cours de ses jeunes années s'accrut de la lecture des romans français que contenait la bibliothèque paternelle. Durant l'enfance de Rousseau, son père fut obligé de quitter Genève à la suite d'une querelle, et le jeune Jean-Jacques fut confié d'abord à un pasteur de campagne et plus tard à un oncle. Après une adolescence turbulente, il fut mis en apprentissage chez un graveur qui tenta vainement de le discipliner un peu. Profondément malheureux, Rousseau s'enfuit de chez son employeur et de la Suisse pour arriver à Annecy, en Savoie, où il fit très vite la connaissance d'une Mme de Warens, une femme de mœurs faciles. [*Ceci est la voix de Miss Milby-Low – professeur vieille fille, je parie, avec une moustache, et dont les seuls vices sont une rare cigarette et un petit coup en douce de la bouteille de sherry qu'elle garde dans le tiroir de son bureau.*]

» Mme de Warens envoya Rousseau à Turin où il fut converti au catholicisme et fut employé comme domestique par deux riches familles aristocratiques. Il aurait pu devenir l'intendant d'une de ces maisons, n'eût été son éternelle instabilité qui le fit s'envoler de nouveau. Fuyant une fois de plus ses responsabilités, il retourna à Annecy chez Mme de Warens qui devint, selon la propre expression de Rousseau, sa "*Maman*".

» A partir de là, se succédèrent une série d'emplois temporaires et d'errances diverses. Rousseau décida de faire carrière dans la musique et travailla de manière intermittente comme chanteur de maîtrise. Il composa même un opéra, durant cette période incertaine d'attachements passagers à des aventuriers, qui le vit voyager à Lausanne et à Paris. Chaque fois, il retourna inévitablement à Mme de Warens avec laquelle il avait vécu d'abord à Chambéry, puis aux Charmettes, une charmante maison de campagne des environs. Rousseau poursuivit là son éducation, pendant une période de relative tranquillité, grâce à un régime volontaire de lectures voraces et sans discrimination. Sentimentalement, toutefois, sa vie était moins calme. Mme de Warens avait introduit dans sa maison un homme appelé Witzenreid. Rousseau, incapable de partager sa "Maman" avec un autre, quitta les Charmettes pour devenir un professeur itinérant. Il n'avait que peu écrit à cette époque de sa vie et n'avait aucune conscience de son génie.

» En 1742, il décida d'aller tenter fortune à Paris grâce à un nouveau système de notation musicale de son invention. Le système n'obtint jamais de succès, et Rousseau demeura inconnu. En 1744, Rousseau se lia avec une Thérèse Levasseur, une fille ignorante de bas étage [*de nouveau la voix de la salle des professeurs*] qui devint la mère de ses enfants.

» Rousseau gagnait alors sa vie grâce à la copie de musique, à des travaux de secrétariat et aussi au succès, très limité, de ses opéras-comiques. En 1749, Diderot (q.v.) l'invita à contribuer à *l'Encyclopédie* française (q.v.) pour laquelle Rousseau écrivit les articles sur la musique et l'économie politique. Il fut ainsi amené à fréquenter des intellectuels tels que d'Alembert et F. M Grimm, un Allemand d'une impiété crasse.

» Les trente-huit premières années de la vie de Rousseau se déroulèrent dans une obscurité presque totale. Il occupa une série d'emplois domestiques et se serait probablement contenté de faire partie de la clique des *encyclopédistes* (qui réussissaient à trouver l'aimable civilisation de la France monarchique trop despotique pour leur goût) si son *Discours sur les sciences et les arts* ne lui avait valu gloire et renom. Dans cet ouvrage, il affirmait – une éloquence incroyable obscurcissant l'invraisemblable paradoxe – que l'homme est plus heureux à l'état sauvage et naturel qu'à l'état civilisé. Il devint la coqueluche de Paris et son *Discours* se révéla le passeport qu'il recherchait pour pénétrer dans la haute société. [*Il ne l'avait jamais RECHERCHÉ.*]

» Entre-temps, Thérèse Levasseur lui avait donné cinq enfants que, sans le moindre scrupule, il abandonna tous successivement à la porte de l'Hospice des enfants trouvés.

» Mais la gloire et ses pompes cohabitaient mal avec l'homme qui avait prescrit le "bon sauvage" comme modèle à l'humanité. En 1754, Rousseau retourna à Genève, renonça promptement à la religion catholique et redevint un calviniste et un citoyen genevois. Sa retraite fut brève. La société et ses riches protecteurs se révélèrent une tentation trop forte et Rousseau accepta l'offre de Mme d'Épinay de s'installer à l'Hermitage, une agréable maisonnette située sur sa propriété, dans la forêt de Montmorency. Le calme et la paix de la campagne l'enchantèrent, mais ne devaient pas durer. Mme d'Épinay réclamait sa compagnie ; Diderot et Grimm le suppliaient de revenir à Paris ; et puis Rousseau tomba amoureux de la sœur de Mme d'Épinay, la comtesse d'Houdetot, qui était la maîtresse du noble poète-soldat Saint-Lambert. Ceci provoqua d'abord des complications, puis des tensions et des récriminations, et enfin une violente acrimonie entre les participants.

» Avec une facilité surprenante, Rousseau se trouva un autre protecteur, le maréchal de Luxembourg, à qui revint alors l'honneur de fournir un gîte au philosophe et à sa catin. [*Ça, c'est le comble de la rosserie universitaire.*] Mais de nouvelles gloires attendaient Rousseau. En l'espace de dix-huit mois (1761-1762), trois œuvres importantes furent publiées : *la Nouvelle Héloïse*, *Émile* et *Du contrat social*, offrant des points de vue révolutionnaires sur tous les sujets les plus vitaux pour l'humanité et la société : gouvernement, éducation, religion, morale sexuelle, vie de famille, la source de nos émotions profondes et de l'amour.

» Ceci représenta l'*annus mirabilis* de Rousseau, mais, comme si souvent avec lui, il n'en résulta que des désastres. Les opinions non orthodoxes sur la religion exposées dans l'*Émile* offensèrent les autorités. Le livre fut condamné et un mandat d'arrêt lancé contre son auteur. Cependant, on accorda à Rousseau toute latitude pour s'enfuir, et il gagna rapidement la Suisse. Mais s'y retrouvant désormais indésirable, il se réfugia à Neuchâtel, à l'époque en territoire prussien. Il y vécut au calme, en reclus campagnard, commença à écrire ses *Confessions*, tout en recevant de temps à autre quelques visiteurs dont le jeune Écossais James Boswell, le futur biographe du Dr Samuel Johnson (q.v.).

» Conscient de la fragilité de sa position d'exilé à Neuchâtel, Rousseau accepta la généreuse invitation de David Hume (q.v.), le philosophe, à venir vivre en Angleterre. Il s'installa à Wootton Hall, près d'Ashbourne. C'est alors que le complexe de persécution dont il avait toujours souffert s'empara sérieusement de lui pour dégénérer en une forme chronique de délire mental. Rousseau finit par se convaincre que Hume – son bienfaiteur – complotait en réalité contre lui par jalousie. Il l'accusa d'intercepter son courrier. Une violente querelle s'ensuivit et Rousseau et Mlle Levasseur regagnèrent le continent. Après une succession de brefs séjours en province, Rousseau se réinstalla à Paris, toléré par un gouvernement indulgent et peu rancunier qui ne l'inquiéta jamais. Il acheva *les Confessions* (qui furent publiées après sa mort) et composa les fameux *Dialogues : Rousseau, juge de Jean-Jacques* et les sereines *Rêveries du promeneur solitaire*.

» Dans *les Confessions*, ce bizarre besoin impératif de dire impitoyablement toute la vérité sur soi s'avère plus original qu'édifiant, mais les *Rêveries*, plus contemplatives, suscitent un sentiment de pitié pour un homme dont on doit reconnaître qu'il fut lui-même son pire ennemi. Un homme chez lequel des dons étonnants furent entachés et diminués par de graves défauts de caractère et de jugement. Égoïsme et paranoïa, vanité et opportunisme insensé, ingratitude crasse, passion et préjugés gouvernèrent ce penseur naïf et parfois avisé. Il est en effet vrai que Rousseau et ses œuvres transformèrent irrévocablement la pensée et la sensibilité européennes, mais il faut ajouter que ce ne fut pas toujours pour le mieux. Il mourut le 2 juillet 1778 à Ermenonville, d'une attaque d'apoplexie. »

L'apoplexie est la seule réponse adéquate à ce paragraphe final qui doit être à coup sûr la plus méprisable et honteuse épitaphe jamais accolée à l'un des grands génies de l'histoire moderne. Je ne le reproduis que comme un petit exemple de ce que Jean-Jacques eut – et a continué – à endurer de tous les gens étroits d'esprit au cours de sa vie tourmentée, et même au-delà. Je ne ferai pas l'honneur de plus de commentaire aux malveillantes insinuations, multiples erreurs et omissions du Dr Milby-Low. Nous avons là en gros l'esquisse de la vie unique et difficile de Jean-Jacques – nous l'éclairerons davantage plus tard. Entre-temps, il suffit de faire deux remarques.

Un. Soyez-en persuadé, rien de ce que raconte ici Milby-Low n'est omis dans *les Confessions*, comme vous seriez pardonné de le croire en vous fiant au ton de révélation satisfait dont elle use parfois. Rousseau lui-même fut et demeure la source de toutes les calomnies que lui infligent les pédants et les prudes. Tout est étalé avec une sincérité intrépide dans ce livre magnifique et ses compagnons – *Rousseau, juge de Jean-Jacques* et les *Rêveries*. Il n'omet aucun méfait, du plus grand au plus petit : de l'abandon de ses enfants au fait de pisser subrepticement dans la soupière d'une voisine revêche au moment où celle-ci avait le dos tourné. Rousseau est jugé par Jean-Jacques et non pas par les Milby-Low de ce monde.

Deux. N'est-il pas curieux qu'une vie poursuivie par la malchance, déchirée par les querelles, la déception et l'amertume soit plus ou moins considérée par le reste de l'humanité comme étant la faute de la malheureuse victime ? Vrai, il existe des gens qui sont leur « propre pire ennemi », qui mènent une course folle à l'autodestruction. Mais alors, pourquoi ne pas admettre aussi qu'un homme ou une femme puisse être affligé d'une maudite guigne, puisse se voir refuser les chances offertes aux autres, puisse être entouré de faux amis et de fourbes flatteurs ? Pourquoi pas ? Rien n'existe dans l'ordre des choses pour affirmer que cela ne sera jamais le cas – que ce sera toujours le résultat d'une volonté propre mal dirigée. Il n'existe aucune garantie de chance, aucune assurance que vos alliés seront toujours fidèles, que l'injustice et l'indifférence ne prévaudront point constamment. Pourquoi donc, dans ces cas-là (celui de Jean-Jacques), le monde hurle-t-il à la paranoïa, la folie, la misanthropie, l'ingratitude, l'égoïsme forcené ?

Je vais vous dire pourquoi. Parce que les gens s'en sentent mieux, plus en sécurité. Ils peuvent supporter, à la rigueur, une existence *bénie des dieux* – il y a alors de l'espoir pour nous tous –, mais une vie *maudite* met chacun mal à l'aise. Si l'on peut en blâmer entièrement la victime, il semble alors que la Fatalité soit plus ou moins sous contrôle – nous jouons un rôle aussi important qu'elle dans notre chute. Nous sommes en quelque sorte des agents responsables. La chance, le hasard, le petit bonheur et la contingence ne dictent pas vraiment la manière dont va le monde.

11

Les Confessions : Première Partie

Nous commençâmes à tourner *les Confessions : Première Partie* en juillet 1927, un mois plus tard que prévu. La Première Partie devait couvrir la vie de Rousseau depuis sa naissance en 1712 jusqu'en 1739, quand, malgré lui et le cœur lourd, il décide de laisser sa « Maman » bien-aimée, son amante et sa bienfaitrice, à son rival, le détestable Witzenrcid, et d'aller chercher fortune ailleurs. La Deuxième Partie traiterait de son ascension à la célébrité et se terminerait avec le scandale de l'*Émile* et la fuite en Suisse. La Troisième Partie – je n'y avais qu'à peine réfléchi, je l'avoue – concernerait ses dernières années : le déplaisant exil en Angleterre, l'amère querelle avec Hume, le retour à Paris et la sereine passion de la fin de sa vie pour la botanique. Telles étaient les grandes lignes du plan ambitieux que j'avais conçu. La Première Partie était prête à être filmée, le plus gros de la Deuxième avait été rédigé et la Troisième, j'en étais convaincu, s'écrirait pratiquement d'elle-même quand nous y arriverions d'ici trois ans. Je me sentais grisé, plein d'énergie et d'enthousiasme, à la veille d'une grande aventure.

Entre-temps, Doon et moi... Rien ne se passa le soir après le meeting. Nous bûmes nos cafés-kirsch et je la raccompagnai à pied chez elle. A la porte de son appartement, elle me permit de l'embrasser sur la joue. « Je crois que vous aimerez Mme de Warens », dis-je. « Je l'espère », répliquat-elle avec sincérité.

Après cette rencontre, je ne serais rentré pour rien au monde directement chez moi. Je me rendis d'abord Stralauer Allee pour faire confirmer par Karl-Heinz mon alibi à l'égard de Sonia, mais l'appartement de Georg était dans le noir. Alors, sans savoir pourquoi, j'allai jusqu'au Tiergarten et descendis de voiture pour contempler – par superstition, je suppose – le Rousseau-Insel, une petite île plantée d'arbres située au milieu d'un des lacs qui parsèment l'immense parc. Karl-Heinz m'avait parlé de cette île-monument. Je l'avais visitée une ou deux fois, plus par sens du devoir que par inspiration. Ce soir-là, elle n'offrait guère cette dernière denrée non plus. Les arbres étaient nus et des plaques de neige luisaient dans l'obscurité comme des feuilles de journaux éparpillées par le vent. Je regardai mon souffle se condenser puis s'évaporer devant moi, et tentai de penser sérieusement au travail qui m'attendait dans les quelques années à venir, mais mes pensées retournaient – inévitablement – à Doon... Le poids tiède de sa main au creux de mon coude. La petite moustache de crème fouettée sur sa lèvre supérieure tandis qu'elle buvait son café-kirsch. La rapidité avec laquelle la pointe humide de sa langue l'avait nettoyée. Incarnerait-elle Mme de Warens ?... Je n'avais pas songé à elle pour le rôle à cause de cette rupture entre nous depuis *Julie* mais, aujourd'hui, je me demandais pourquoi il m'avait fallu si longtemps pour l'envisager. Elle ne jouerait que dans la Première Partie, mais cela signifiait tout de même des mois à côté d'elle. Je respirai longuement. Étais-je bien certain de ce que je faisais, ce soir de Noël, avec ma femme et mes quatre enfants attendant, impatiemment sans doute, mon retour à la maison ? Non. Oui. Peut-être... Je fis demi-tour et regagnai ma voiture.

Tout au long des premiers six mois de 1927, je travaillai avec acharnement à mettre en place l'énorme machine qui donnerait vie aux *Confessions*. Mon but premier et essentiel, ma devise de travail, c'était de reproduire sur la pellicule les événements de l'existence d'un homme avec une attention pour les détails encore jamais vue. De la même manière que Rousseau s'était présenté, à moi lecteur, en toute franchise, ainsi offrirais-je à mon tour à des millions de spectateurs dans le monde le portrait d'un homme peint avec une telle intimité, une telle fidélité et une telle vraisemblance qu'ils en viendraient à le connaître comme ils se connaissaient eux-mêmes. Rien ne serait épargné. Ce serait l'histoire de la vie d'un être humain extraordinaire, mais un être héroïque par son humanité seule. L'esprit individuel posséderait son grand et immortel document.

J'avais des plans grandioses quant à la manière de parvenir à ce but et l'intention d'utiliser tous les trucages et les techniques à la disposition du cinéaste moderne – plus un certain nombre de ma propre invention. Je pousserais la forme cinématique à ses limites extrêmes.

J'eus la chance qu'Aram réussisse à financer le budget que ce rêve exigeait. Le succès de *Julie* avait été tel que de larges participations avaient été prises dans le nouveau film par un groupe de banquiers allemands, ainsi que par Pathé en France, et Goldfilm, une chaîne de cinémas américaine. Mon propre pays n'offrit pas un sou. Entre-temps, Aram rentra des États-Unis pourvu d'une flopée d'investisseurs pour les films Realismus et, fait plus étrange, d'une nouvelle identité pour lui.

Une affaire vraiment bizarre. J'allai voir Aram dès le premier matin de son retour aux studios. La porte de ses bureaux était ouverte et un ouvrier remplaçait la plaque portant son nom. Sans y prêter plus d'attention, j'entrai. Ces derniers temps, Aram s'était mis à porter des chemises de couleur, mais toujours avec un col blanc, quel que fût son costume. Aujourd'hui, il arborait un complet de gros tweed marron et une chemise rouge. Nous nous serrâmes la main. Il me fit part de toutes les bonnes nouvelles : Leo Druce avait terminé *Frédéric le Grand* (pas un travail de première bourre, mais ça irait. Aram donnait *Jeanne d'Arc* à Egon Gast) et il était prêt à reprendre son rôle de producteur pour *les Confessions*. L'argent était là, un million et demi de dollars au complet. (« Mais pas plus, John », dit-il.) Doon Bogan avait été engagée, pour le rôle de Mme de Warens. Nous continuâmes à discuter de détails : les nouveaux studios aménagés dans des hangars juste à l'extérieur de Spandau ; le nombre de semaines de tournage requis en Suisse, et ainsi de suite. Quand nous eûmes fini, je me levai et dis :

« Eh bien, Aram, je...

– Ah ! oui, justement, voilà autre chose. » Il me tendit

une carte de visite. Je la regardai et lus : « Eadweard A.L. Simmonette. »

« Qui est-ce ?

– Moi.

– Pardon ?

– J'ai changé de nom.

– Mais Edward ne s'épelle pas comme ça.

– Si, si, on peut. C'est admis. Mais je veux qu'on m'appelle "Eddie". Eddie Simmonette. A partir d'aujourd'hui, s'il te plaît, John. Je ne suis plus Aram Lodokian.

– Aram, nom de Dieu ! Es-tu... ? »

Son visage se durcit. C'était un homme de l'humeur la plus égale : le voir aussi blessé et furieux me troubla.

« John, ne nous disputons pas pour ça, je t'en supplie. Désormais, je suis Eddie. Tu ne dois plus jamais m'appeler Aram. »

Je décidai de lui rendre sa bonne humeur.

« Très bien. Eddie. *Eddie*. Mais ça n'est pas facile.

– J'ai informé tout le reste de la compagnie. Tous mes amis et associés. » Il sourit : « Tu verras, d'ici un jour ou deux, ça paraîtra la chose la plus naturelle au monde. »

Était-il fou ?

« Mais pourquoi ?

– J'en avais envie depuis longtemps. Il m'a fallu attendre la mort de mon père, cela va de soi. Je ne veux plus être un Lodokian. » Il me toucha le coude. « Les temps changent, John. Le monde de demain appartient aux Eddie Simmonette. Tu n'as jamais été en Amérique... C'est là que l'idée m'est venue. »

Tout cela n'avait pour moi aucun sens, mais après tout c'était son droit. Ainsi donc *exit* Aram Lodokian. Entrée d'Eddie Simmonette. Et le plus drôle de l'histoire, c'est que Aram/Eddie avait raison.

*

En mars, je ramenai la famille au pays pour le mariage de Thompson. Cela ne m'arrangeait guère, mais j'avais été touché par une lettre personnelle de Thompson me demandant de venir. Nous voyageâmes en première classe et passâmes deux jours à Londres, au Claridges. J'y réservai deux suites, une pour Sonia et moi, l'autre pour Lily et les enfants. Je fis de même au North British Hôtel d'Édimbourg. A la fenêtre du North British, je considérai en silence pendant dix minutes ou à peu près la vue familière. Le château, les jardins, Princes Street. Il faisait typiquement gris et humide. Le château dominait de sa masse noire les jardins trempés, fouettés par le vent, et la ville aux falaises gluantes de pluie. Je repensai à mon dernier séjour, six ou sept ans auparavant, lors du tournage de *Petit MacGregor gagne le Sweepstake*. Et j'étais là aujourd'hui, à vingt-huit ans, riche, célèbre, avec une nombreuse progéniture, des domestiques... J'aurais dû me sentir content de moi, plein d'une suffisance et d'une supériorité du style je-vous-l'avais-bien-dit. Mais plus je restais à contempler ce paysage implacable, plus ce sentiment d'autosatisfaction devenait difficile à atteindre. Je savais que mon père ne serait pas impressionné.

Nous ne nous étions pas vus depuis six ans. Mes yeux brûlaient d'émotion quand il entra dans notre suite accompagné de Thompson et de sa future épouse. Sonia avait aligné les enfants comme pour une revue de détail. Elle se sentait un peu nerveuse aussi : c'était sa première rencontre avec son beau-père. Les garçons faisaient bien astiqués dans leur tenue de golf – des vestes Norfolk avec des pantalons aux chevilles –, et les filles – des angelots en dentelle – étaient assises aux deux coins d'un canapé avec Lily au milieu. Mon père se montra égal à lui-même : guindé, poli, enfermé dans sa réserve comme une relique sous une cloche de verre.

« Hello John », dit-il. Je serrai énergiquement sa main froide. « Et voici Sonia je pense... Tu peux me lâcher maintenant, John. »

La réunion fut compassée, crispée. La conversation absurdement banale. Mon père avait maintenant des cheveux très gris quoiqu'il fût plus mince et droit que jamais, dans une forme étonnante pour un homme de soixante-cinq ans.

347

Thompson s'était installé dans un embonpoint qui lui convenait fort bien. Il était un de ces hommes corpulents pour qui une perte de poids équivaudrait à un affront, à de l'indécence presque. Il s'élevait régulièrement dans la hiérarchie de la banque et, m'annonça-t-il, venait d'être nommé au conseil d'administration – d'où sa décision de convoler. Je lui enviais sa jeune et ardente fiancée, Heather (qui me raconta timidement combien elle avait aimé *Julie*). Elle était jolie, dans le genre rose et inoffensif. Elle s'agitait nerveusement autour des enfants, contente de trouver là une diversion. A côté d'elle, Sonia faisait presque figure de « mémère ». Pour une jeune femme, les hanches de Sonia étaient indûment larges : son torse paraissait s'appuyer dessus comme un buste antique sur son piédestal. Elle portait des vêtements sombres, coûteux et bien coupés qui déguisaient dans une certaine mesure ses formes, mais son vaste postérieur lui conférait, à l'époque, une présence dont la frêle et nerveuse Heather, à ses côtés, ne faisait qu'accentuer la solidité. Heather était une de ces filles, je le voyais bien, dont l'heureux caractère ne s'assombrissait même pas sous les plus noirs nuages de l'adversité (elle me repoussa de manière charmante quelques années plus tard quand je lui fis un rentre-dedans grossier et honteux). Demeuré debout avec mon père et mon frère – tournant en chœur notre cuillère dans notre tasse de thé tenue à hauteur de poitrine –, je regardais les femmes maintenir l'ordre chez les enfants. Je crois que ce fut à ce moment-là que les dernières gouttes d'amour que j'avais encore pour Sonia s'évaporèrent pour toujours. Pourquoi ? Pourquoi ces choses arrivent-elles ? Je savais que, maintenant, j'avais Doon.

Je jetai un coup d'œil à mon père. Son visage était sans expression.

« Eh bien, Innes, lançai-je, c'est épatant d'avoir la famille réunie à nouveau ! »

Je le vis tressaillir en m'entendant user de son prénom. Thompson l'appelait « Papa » – ridicule chez un homme adulte, pensai-je.

« Curieux noms que tu as choisis pour tes garçons », dit-il

avec l'ébauche d'un sourire. Le vieux salaud. « Originaires de la lignée Shorrold, j'imagine. »

Le mariage. Pas mal – tolérable. Normalement, je déteste les mariages. Toute cette fausse sincérité de circonstance me rend malade. Donald et Faye Verulam étaient présents. Donald plus courtois et patricien que jamais. Faye vieillissant avec charme et bon goût. Je me sentais désormais en sécurité avec Faye, très à mon aise. Divers grands gaillards de cousins Dale vinrent aussi, et je fus surpris de découvrir que le vieux Sir Hector était encore vivant. Et plutôt en meilleure forme que dans mon souvenir de 1919, lorsque je le poussais autour du jardin de Drumlarish House. Il lampait du sherry et tentait de manger un morceau, en voie de désagrégation, du gâteau de mariage quand je m'approchai de lui.

« Grand-Père ! hurlai-je. C'est moi, John James ! »

Il était abominablement mal rasé, et des miettes de gâteau s'accrochaient à ses repousses de barbe. Ses yeux humides pivotaient dans tous les sens.

« Johnny ! Comment vas-tu, petit ?
– Bien, bien.
– As-tu trouvé du travail ?
– Oui, oui. »

Je me défendis de répéter mes réponses. Je sentis une immense tristesse m'envahir brusquement en regardant ce vieil homme écroulé dans sa chaise roulante.

« Belle journée, dit-il.
– Oui, oui.
– Va me chercher un autre petit sherry avant que mon infirmière ne revienne. »

Ce que je fis, avant de m'envoyer moi-même quelques whiskies en guise de réconfort, ce qui explique probablement pourquoi je perdis totalement mon sang-froid avec Oonagh. Elle avait naturellement été invitée au mariage, mais jouait docilement son rôle de vieille servante fidèle en restant assise sur une chaise droite à l'extrême limite du groupe familial. Elle buvait du thé et tenait une assiette de petits fours sur ses genoux lorsque je la découvris. Courbée par l'arthrite, incapable de grimper désormais les escaliers, elle avait cessé de travailler pour mon père. Deux cannes pendaient au dossier de sa chaise. Ses cheveux drus étaient prématurément gris, et elle s'était adoucie et élargie avec l'âge. Elle portait une blouse blanche informe, une jupe épaisse et des bottes lacées à l'ancienne.

« Pas trop célèbre pour me parler, alors ?

– Ne sois pas bête, Oonagh. » Je l'embrassai. Ma voix trembla. Ma tête se gonfla d'une décennie de larmes retenues, comme un melon trop mûr sur le point d'éclater. Je sentis, ici et maintenant, ma jeunesse et mon passé s'éloigner à jamais. Les changements advenus durant mes six ans d'absence étaient trop immenses et trop spectaculaires pour être machinalement assimilés. J'étais parti trop longtemps. La géographie de ma vie antérieure, ses points fixes et ses certitudes étaient à présent totalement dépassés. Je ne rencontrais plus que mutabilité et déclin : revenir sur le passé, se souvenir, ne faisait que souligner notre affreuse fragilité.

« Quelle jolie broche, dis-je, la voix rauque, en désignant un bout de quartz monté sur argent que Oonagh portait au cou.

– C'est toi qui me l'as donnée, petit sot. »

Mon visage se plissa et les larmes jaillirent. Les épaules secouées de sanglots, reniflant ma morve, je fis un chèque de cent livres et le fourrai dans la main d'une Oonagh stupéfaite.

Plus tard, ayant retrouvé mon calme, j'eus avec Thompson une conversation embarrassée. Je pense qu'il voulut se montrer affectueux, mais, une fois de plus, les années s'interposaient entre nous, comme des chaperons, et nous n'échangeâmes que des platitudes. Ce fut cependant notre instant de plus grand rapprochement en tant qu'adultes, ce qui est déjà quelque chose. Ce gros homme rougeaud est mon frère, me dis-je. Impossible d'ignorer ces liens du sang. Je fis un effort. Nous parlâmes argent. Il me demanda si j'avais beaucoup de capitaux. Je lui répondis que oui. Il jeta un coup d'œil autour de lui et baissa la voix.

« Sors-les d'Allemagne, John. Je t'en prie.

– Pourquoi ? Les choses s'améliorent. Je suis même payé en dollars.

– C'est déjà ça. Mais je sortirais mon argent quand

même. Ramène-le ici. Ou en France, ou en Suisse. C'est un bon conseil.

– Je vais aller tourner en Suisse plus tard cette année. »

Il se rapprocha de moi. Sa main plana un instant comme pour se placer sur mon épaule. Elle toucha légèrement ma manche, comme une feuille.

« Veux-tu me faire plaisir, John ? dit-il. Prends ton argent en liquide et emporte-le avec toi en Suisse. Je te dirai où le déposer. »

J'avais manifestement l'air sceptique.

« Je t'en prie, insista-t-il. Laisse-moi tout organiser. » Il s'excitait. Le sourire qu'il me fit ne ressemblait pas à son faible rictus habituel. L'espace d'un instant, je perçus le plaisir presque charnel qu'il prenait à son travail et pourquoi, par voie de conséquence, il faisait un si bon banquier. Pour Thompson, rien – y compris, dirais-je, sa jeune épouse – n'était aussi amusant que l'argent. J'acceptai. Il promit de m'envoyer tous les détails.

« Tu me remercieras de ça, affirma-t-il. Crois-moi, John, je sais ce que je dis. »

Il avait raison. C'est le meilleur et le seul service qu'il me rendît jamais.

*

Aram Lodokian – pardon – Eddie Simmonette avait loué les entrepôts et les ateliers d'une vieille usine militaire de Spandau, sur le Staacken, qui furent facilement transformés en studios et consacrés entièrement aux *Confessions* : *Première Partie*. Nous y possédions trois plateaux de tailles différentes, plus tout l'équipement technique et l'expertise nécessaires.

Laissez-moi, sans préambule, vous raconter notre premier jour de tournage tel qu'il se déroula pour les acteurs et les techniciens. Je vous donnerai ainsi le meilleur exemple de la manière dont je conçus *les Confessions* et le plan d'en faire le film le plus extraordinaire de l'histoire du cinéma. Le compte rendu suivant parut dans le numéro d'août 1927 de *Kino*. Je traduis :

« 17 juillet 1927. Studios Realismus, Spandau. 7 heures du matin. Le metteur en scène John James Todd réunit tous les acteurs et les techniciens du film au complet sur le plus grand des trois plateaux du studio. Chacun est présent, qu'il ou elle soit requis ou non pour travailler ce jour-là. En tout, cent soixante-sept hommes, femmes et enfants. S'adressant à eux, Todd leur souhaite la bienvenue et leur demande un dévouement total. Debout sur la plate-forme d'un échafaudage qui fait partie du décor représentant la chambre de Mme de Warens dans son château d'Annecy, il domine la foule. Sa voix est claire, son allemand simple, mais semé de fautes. Son curieux accent exige une concentration supplémentaire. C'est un homme brun, ardent, de taille moyenne, plutôt râblé. Son comportement témoigne d'une énergie et d'une passion presque incontrôlables. Il déclare aux membres de son auditoire qu'ils sont extrêmement privilégiés de travailler à ce qui, leur affirme-t-il avec une confiance époustouflante, deviendra le film le plus célèbre de l'histoire du cinéma. Si grande est sa conviction, si évidentes la fierté et l'allégresse sur son visage, que ce bref et violent discours est accueilli par des applaudissements bruyants. Quelques personnes écrasent une larme. Todd traverse la foule, hommes et femmes se précipitent pour lui serrer la main ou lui taper sur l'épaule.

» 7 h 30. Sur un plateau plus petit, nous découvrons l'intérieur de la maison d'Isaac Rousseau, à Genève. Suzanne Rousseau (Traudl Niemöller) est en train de donner naissance à Jean-Jacques. Sur un côté de la scène, un orchestre de quinze exécutants joue *l'Élégie* de Massenet. Todd passe une heure à filmer des gros plans du visage de Suzanne Rousseau à qui il ne cesse d'ordonner de crier et de crier encore. Sa manie de la perfection la réduit au désespoir. Derrière la caméra se trouve aussi Karl-Heinz Kornfeld. Todd lui a demandé d'être présent durant cette scène, costumé, comme s'il assistait à sa propre naissance.

» A 9 heures, une ambulance amène une jeune mère et son bébé né, littéralement, quelques heures plus tôt. On les installe dans un lit tout près de celui de Suzanne Rousseau.

Au moment de la naissance simulée de Jean-Jacques, le bébé est arraché au sein de sa vraie mère, barbouillé d'huile d'olive et tendu à bout de bras – hurlant, dégoulinant, entre les jambes écartées de l'actrice. Todd passe une autre demi-heure à filmer le visage du nourrisson en gros plan jusqu'à ce que la mère, épuisée, exige de retourner avec son enfant à la maternité de l'hôpital local.

» Le tournage de la matinée est suivi d'une pause d'une heure pour le déjeuner. Karl-Heinz Kornfeld prend son repas en tête à tête avec Todd dans une salle à manger privée.

» 13 h 30. De retour sur le plateau n° 3, nous remarquons l'installation de deux caméras. Une sur le lit de mort de Suzanne Rousseau et l'autre face à Karl-Heinz Kornfeld que l'on a de nouveau placé de façon à lui donner une vue parfaite du lit. L'orchestre joue une adaptation du *Requiem* de Fauré tandis que Suzanne Rousseau meurt en appelant son bébé. Isaac Rousseau la contemple, le visage ravagé de larmes de glycérine. "Pensez à vos propres mères !" vocifère Todd aux acteurs tandis que les caméras tournent "Mon fils ! Mon fils !" sanglote Suzanne Rousseau, pathétique. "Pense à ta mère en train de mourir !" hurle Todd. La musique augmente. Todd lui-même sanglote sans pouvoir se reprendre. Des techniciens se mettent à pleurer. Sur les derniers accords sonores, Suzanne Rousseau suffoque, tente de se soulever de son oreiller et retombe en arrière, morte. A ce moment précis, sur un signe de Todd, une porte s'ouvre dans le studio pour laisser entrer une vieille femme ahurie avec un manteau démodé et un chapeau de paille noir. Karl-Heinz Kornfeld la regarde un moment comme en état de choc avant de s'écrouler par terre en sanglotant. La vieille dame s'avance péniblement en appelant : "Karl-Heinz ! Karl-Heinz" ! "Coupez !" crie Todd. Indescriptible et total tohu-bohu.

» La vieille dame est la mère de Kornfeld qu'il n'a pas revue depuis cinq ans. Todd l'a fait venir en secret de Darmstadt, où elle vit veuve et pauvre, jusqu'aux studios, pour cette unique apparition. »

Je dois vous dire que Karl-Heinz faillit ne pas me pardonner cette petite manigance. Mais l'émotion qu'exprima son visage était stupéfiante. J'entendais que Karl-Heinz fût lié à ce film d'une manière incomparable. C'est pourquoi je voulus qu'il soit témoin, pour ainsi dire, de sa propre naissance, et j'ordonnai aux autres acteurs de substituer leur propre mère à Suzanne Rousseau. Je savais que Karl se sentait coupable de négliger sa mère et je savais que la soudaine apparition de la vieille dame, alors qu'il avait la tête remplie d'images morbides, aurait un effet dévastateur. J'avais absolument raison. Il demeura anéanti, muet, tremblant de désarroi et d'épuisement mental. La musique, excellente, fut essentielle aussi. J'employais l'orchestre pour toutes les scènes importantes : je le gardais en permanence sous la main. Chacun donna la représentation de sa vie, même le bébé... Une idée brillante, celle-là. Une petite chose si fragile, ridée, encore rouge et ratatinée. La voir tenue ainsi hurlant sous les *sunlights* était infiniment émouvant. Malheureusement, et malgré tous nos efforts, le bébé prit froid et faillit mourir. Un parent zélé persuada la mère (que j'avais payée généreusement) de nous faire un procès, et nous fûmes obligés de nous arranger à l'amiable pour éviter la mauvaise publicité dont elle nous menaçait. Aram/Eddie se montra rudement furieux de ce supplément de budget imprévu, mais quand je lui fis visionner le film, il dut reconnaître la puissance de ce qui autrement n'aurait été qu'une scène banale.

Mais ce fut l'effet durable produit sur Karl-Heinz qui me donna le plus de satisfaction. Il avait affiché une attitude typiquement blasée à l'égard du film au cours de la préparation du tournage. Ce genre de cynisme facile, paresseux, était la dernière chose que je désirais chez un homme qui, sous les traits de Jean-Jacques Rousseau, était destiné à enflammer les imaginations humaines. En l'espace d'une seule journée, il se vit naître, assista à la mort de sa mère et puis à sa miraculeuse résurrection. Ce fut un choc dont je ne voulais pas qu'il se remît jamais et, de ce jour-là, sa dévotion aux *Confessions* ne fut dépassée que par la mienne.

Il comprit donc complètement que je refonde en entier

le programme de tournage plus d'un mois après nos débuts. Le plan avait été de filmer tous les intérieurs avant d'aller en France et en Suisse tourner en extérieurs à Genève et Annecy. Mais, je m'en rendis compte à mesure que le jour approchait pour Doon et Karl-Heinz de jouer leurs premières scènes ensemble, ce tournage sans ordre chronologique – dès maintenant – aurait un effet désastreux sur l'atmosphère d'intense émotion que nous nous étions efforcés de créer avec tant de soin. Il me parut évident que le moment capital, dans cette chronique de Jean-Jacques jeune homme, était sa rencontre avec Mme de Warens et l'histoire d'amour qui s'était ensuivie. Tourner des scènes *après* cette rencontre avant qu'elle n'ait eut lieu (en séquence filmée) et faire reproduire par les acteurs les sommets d'émotions que j'exigeais serait trop leur demander. D'ordinaire, le tournage chronologique est quelque chose dont je me dispense volontiers, mais ici je le savais essentiel. Et Karl-Heinz qui, au demeurant, avait quelque peu douté de son aptitude à exprimer un désir hétérosexuel convaincant (ceci devait être d'un ordre très différent du mélodrame de Saint-Preux et Julie), fut de mon avis. Je passai trois nuits avec Leo et notre directeur de production à mettre au point un nouveau calendrier, après quoi Leo se rendit à Annecy pour voir si nous pouvions arriver plus tôt sur nos extérieurs. Nous achevâmes la première partie du tournage à Spandau par la fameuse scène du pipi dans la soupe. Nous utilisâmes de la véritable urine (la mienne) sans en avertir l'actrice qui jouait la vieille acariâtre. Ses raclements de gorge et ses crachats au moment où elle goûta la soupe furent absolument authentiques. Je lui racontai qu'il s'agissait de vinaigre à haute dose (j'en avais une bouteille à moitié vide sous la main), mais il me fallut longtemps pour la convaincre, et l'accessoire se révéla décisif.

Nous partîmes pour Annecy en septembre, une immense caravane d'acteurs, de techniciens et d'équipement occupant un train entier. J'étais fou de joie de voir cette troupe rassemblée sous mes ordres, mais je me sentais inquiet aussi. Quand Rousseau s'en va voir Mme de Warens pour la première fois, il envisage la rencontre comme une « terrible audience ». A présent, j'éprouvais un peu ce genre d'appréhension. Je laissais Berlin et ma famille derrière moi. Une fois cette chose faite, une fois libre de ces rênes, je savais qu'il me serait impossible de maîtriser davantage mes sentiments pour Doon. Pour l'instant, un fragile équilibre régnait entre nous. Doon me croyait fidèle à Sonia et interprétait mes gigantesques efforts de retenue comme un signe de ma résignation à ce que nous ne soyons que des amis. En dehors des séances de travail sur le scénario ou des essayages de costumes et autres choses du genre, je ne l'avais vue en public que trois fois depuis ce soir de Noël, et chaque fois en réponse à son invitation à un meeting du KPD. Je supportais ces interminables harangues uniquement parce qu'elles me rapprochaient physiquement d'elle et qu'ensuite nous allions prendre un verre ou manger un morceau. Mais même alors, nous n'avions réussi à être seuls qu'une fois. Doon essayait sans cesse d'inviter d'autres camarades à se joindre à nous et, parce que c'était elle, ils acceptaient toujours. Bon Dieu ! Le sérieux mortel et dénué d'humour de ces jeunes gens, hommes et femmes ! Je regardais fixement Doon, empêtrée dans une discussion passionnée, et de temps en temps, en gage de mon intérêt, je faisais un signe d'approbation ou je marmonnais une remarque idiote quelconque – « Tiens, voilà une idée fascinante » ou « Je suis entièrement d'accord » ou encore « C'est un scandale ! ». Mais tout ceci était désormais derrière nous. Pendant un mois ou plus, nous habiterions la même bâtisse : l'Imperial Palace Hotel sur les bords du lac d'Annecy.

*

A cette époque – 1927 – Annecy n'était pas l'endroit à la mode qu'elle est devenue, mais je la trouvais un lieu exquis avec sa vue spectaculaire sur les eaux bleues du lac et son cercle de montagnes. J'adorais la vieille ville, ses canaux et ses rues en arcades, et la manière dont le château dominait tant de paysages me rappelait vaguement Édimbourg. J'imaginais Jean-Jacques ici, à seize ans, arrivant au point crucial de sa vie, arpentant ces allées étroites... Même la cathédrale, que le guide décrit comme « un édifice gothique médiocre », possédait un charme particulier et précis. Jean-Jacques y avait été choriste et sa voix avait résonné sous ces voûtes banales.

Leo s'était débrouillé pour nous loger tous, mais dans des hôtels différents éparpillés dans la ville. Nous nous mîmes au travail sur-le-champ, repérages de prises de vues, suppression des équipements modernes des rues, engagement de figurants locaux. Durant deux journées enchanteresses, nous sillonnâmes le petit lac, sur un bateau de plaisance pourvu d'un restaurant, pour filmer les prés et les vergers descendant en pente douce vers le rivage, avec les montagnes insouciantes au-dessus. Le décor, le beau temps et l'air limpide eurent tous un effet rousseauistique sur nous. Cette première visite d'Annecy fut la plus heureuse expérience de tournage de ma vie. Nous travaillâmes dans l'harmonie et avec une efficacité curieusement paisible. Je pus expédier des télégrammes rassurants à Aram/Eddie à Berlin. Tout allait bien – sauf moi.

Fuyant son désagréable apprentissage à Genève (nous tournerions ceci plus tard), Rousseau se rendit en Savoie – alors un duché indépendant et un sanctuaire fréquent pour les exilés et apostats du calvinisme, reçus avec un saint délice par les prêtres au prosélytisme zélé, en qualité de convertis politiques au catholicisme. Tout d'abord, un vieux curé recueillit Jean-Jacques pendant quelques jours, puis l'envoya à Annecy avec une lettre d'introduction pour une baronne suisse, elle-même récente convertie, qui procurait souvent abri et secours aux réfugiés protestants.

Nous eûmes quelques problèmes avec Karl-Heinz qui manifestement ne paraissait pas seize ans. Nous le coiffâmes d'une perruque brune assez longue – à hauteur d'épaules – avec une ébauche de frange, qui lui donna un air étrange, mais adéquat, d'adolescent. Annecy, en 1728, était une sorte d'usine à convertis – importante et grouillante d'activité, abondamment peuplée d'exilés, de nonnes et de prêtres. Cette scène de rue, vingt minutes après le commencement du film, est l'une de mes meilleures mises en scène de foule et la première pour laquelle j'utilisai à son plein effet une caméra mobile. J'avais fait attacher une caméra et un trépied sur une petite charrette poussée par deux solides garçons. La scène s'ouvre sur un gros plan de cloches en action dans le clocher d'une église, puis recul et panoramique sur le visage de Jean-Jacques levé vers elles. Ensuite, la caméra s'éloigne peu à peu et nous voyons Jean-Jacques se frayer un chemin incertain à travers la foule des garnements, citoyens, prêtres, bonnes sœurs et soldats. La caméra semble se faufiler sans effort, comme une présence invisible parmi les corps qui s'entrecroisent, puis serpenter sous les arcades tandis que Jean-Jacques, serrant sa lettre d'introduction, poursuit sa course hésitante vers « la terrible audience » avec Mme de Warens.

Il me fallut cinq jours pour filmer cette scène. J'avoue que je la prolongeai sans nécessité afin de retarder et de magnifier la première apparition de Doon dans le film, mais l'équipe était désormais habituée à mon désir quasi fanatique de perfection, et personne ne devina mon vrai motif. Je fis recostumer des extras, repeindre des maisons. Je fis même déplacer de cinquante mètres à l'horizon une rangée de six cyprès afin d'améliorer la composition d'une seule prise de vue. Mais, finalement, je ne pus différer davantage – Doon elle-même s'impatientait. Nous étions depuis quinze jours à Annecy, et elle n'avait rien fait d'autre que répéter.

Nous avions découvert un endroit pratiquement identique au site original de la maison de Warens (démolie, le croirez-vous, pour faire place à un commissariat de police !). Dans *les Confessions*, Jean-Jacques raconte comment il y arriva pour s'entendre dire que Mme de Warens venait juste de s'en aller à la messe. Elle jouissait d'une entrée privée à l'église voisine qu'elle atteignait par un sentier que bordait, d'un côté, le mur d'un jardin et, de l'autre, un ruisseau. C'est là que Jean-Jacques la rattrapa au moment où elle s'apprêtait à pénétrer dans l'église. Il l'appela, elle se retourna et – comme il le dit – « dès cet instant, je fus à elle ».

La nuit précédant le tournage de cette scène, je ne fermai pas l'œil. Comment capter cet instant, ces secondes brûlantes, frémissantes quand votre amour explose pour quelqu'un d'autre ? Je repensai, bien entendu, à cette rencontre dans le bar du Métropole à Berlin. Quel décor banal, insipide – un bar vide dans un hôtel de luxe ! Et combien maladroits mes premiers mots absurdes... Comment faire passer dans la rencontre de Jean-Jacques avec sa *Maman* tout ce que j'éprouvais pour Doon ? Impossible, naturellement. La musique aiderait ; tout comme le montage que je ferais de ces images, et la véracité des expressions sur le visage des acteurs. J'avais même mon propre objectif : l'Objectif Todd à lentille douce – un colloïde à la lanoline d'une exceptionnelle clarté saisi entre deux plaques de verre qui embuait ou estompait moins qu'il ne donnait aux visages une lumineuse beauté poudreuse. (Je pris la précaution de le faire breveter à la fois en Europe et aux États-Unis : les *royalties* me procurèrent plus tard un soutien financier vital.) Avec de la chance et beaucoup de travail, nous aurions une scène merveilleuse, mais je ne pourrais jamais reproduire mes sentiments.

Baronne de Warens. Louise-Eléonore. Aucun portrait authentique n'existe d'elle, mais la tendre description de Jean-Jacques la fait revivre. Elle avait vingt-huit ans quand ils se rencontrèrent. Lui, seize. Elle avait abandonné maison et mari pour la religion catholique, mais, dans sa vie, la dévotion religieuse et les ardeurs érotiques se chevauchaient souvent. Elle fut une efficace prosélyte. Fait révélateur, ses convertis étaient tous des jeunes gens qui habitaient chez elle durant leur catéchisme. « Elle avait un air caressant et tendre, dit Jean-Jacques, un regard très doux, un sourire angélique, d'abondants cheveux cendrés d'une beauté peu commune et auxquels elle donnait un tour négligé qui la rendait très piquante. Elle était petite de stature, et ramassée un peu dans sa taille, mais il était impossible de voir une plus belle tête, un plus beau sein, de plus belles mains et de plus beaux bras. »

La taille de Doon ne concordait pas, mais je trouvais

dans sa chevelure une remarquable coïncidence. Ses cheveux étaient plus longs maintenant que dans *Julie*, mais nous fîmes faire plusieurs perruques, dans le style négligé décrit par Rousseau, qui la rendaient incroyablement séduisante. Je l'habillai d'une robe vert jade, très décolletée, avec une écharpe de mousseline transparente jetée sur la gorge et la naissance des seins. Que quiconque fût allé ainsi vêtu à l'église en 1728, je l'ignorais et m'en moquais – le réalisme que je recherchais ici était sentimental et n'avait rien à voir avec l'exactitude pédante d'un costume historique.

Nous tournâmes la scène de la rencontre en fin d'après-midi quand la lumière est douce et diffuse et les ombres allongées. Des problèmes techniques réussirent à me distraire de mon émotion fébrile, encore que toute la journée j'eusse l'impression d'avoir une boîte d'allumettes coincée dans la gorge. Je n'arrêtais pas de me masser la trachée, d'avaler de l'air et de tousser. Un moment, je pris la place de mon cameraman – Horst Immelman – derrière la caméra. Je m'étais réservé de filmer les gros plans de Doon lorsqu'elle réagit à l'appel de Jean-Jacques... Le visage de Doon se tournant pour regarder l'objectif : la piété – s'embrumant de surprise puis d'une vive curiosité. C'en fut presque trop à supporter pour moi. La courbe pure de sa mâchoire, de son cou et de sa gorge contre le bois sombre clouté de fer de la porte de l'église forme une contrepose magistrale. L'éclat de la soie transparente autour des seins restés dans l'ombre, le rythme de la respiration à peine perceptible de ces mêmes seins, les déplacements subtils de leurs pâles contours représentaient le summum absolu de l'érotisme discret mais fervent. Et puis je la fis avancer vers Jean-Jacques. Son corps tout entier fut pris dans l'objectif de la caméra qui reculait à mesure sur son bruyant chariot. Installé derrière la caméra – protégé par elle –, je contemplai cette démarche singulière, hautaine, et je fus de retour, ce fameux jour, au Métropole, au moment où elle s'avança vers moi sur les tapis épais et le parquet luisant, à travers les fauteuils de cuir, ses cuisses frôlant au passage leurs dossiers arrondis. Ses longues jambes musclées de nageuse. Ces pieds curieux, attachants, un peu trop tournés en dehors, un peu trop larges dans ces impossibles balle-rines...

Est-ce que je vous parais délirant ? Emporté, captivé, complètement enferré ? Est-ce que je vous parais amou-reux ? Je réussis à crier « Coupez ! » et donnai l'ordre de terminer la journée, en dépit des gros plans de Karl-Heinz encore prévus au programme. L'équipe obéit. Je quittai la scène. Il fallait que je m'en aille. Muet, tremblant, je des-cendis jusqu'au lac, superbe dans la lumière du crépuscule, et m'embarquai spontanément sur un de ces jolis bateaux qui toutes les heures partent faire le tour des stations esti-vales riveraines. Je débarquai à Menthon-Saint-Bernard, m'assis à la terrasse de la Pension des Glaïeuls, contem-plant sans le voir le paysage sur lequel la nuit tombait et, durant les quatre heures qui suivirent, bus consciencieuse-ment trois bouteilles de vin et d'innombrables cognacs. Je payai une petite fortune à un péquenaud propriétaire d'une fourgonnette pour me ramener à Annecy. Après de mul-tiples incidents mécaniques mineurs et une erreur de tour-nant, nous y arrivâmes bien après minuit.

Je montai droit à la suite de Doon et frappai plusieurs fois à la porte avant qu'elle ne vienne m'ouvrir. Visible-ment, je l'avais réveillée.

« Jamie ? Mais, bon Dieu, que se passe-t-il ?

– Il fallait que je vous dise que, cet après-midi, vous étiez... C'était sensationnel.

– Eh bien, merci. »

Elle portait une chemise de nuit de petite fille, en flanelle blanche imprimée de fleurettes bleues, qui lui arrivait à la cheville. Je titubai, elle tendit la main pour m'empêcher de tomber. Je n'eus pas besoin d'autre invitation.

Nous fîmes l'amour cette nuit-là, encore que je n'aie que la parole de Doon à ce sujet. Je ne me rappelle rien, une amnésie alcoolique caractérisée me privant de tout souvenir au-delà de cette image de la chemise de nuit. Doon me raconta plus tard que j'avais « joui en une seconde ». Je suppose que ce fut la conclusion spontanée qui convenait à une journée explosive.

Je me réveillai le lendemain matin, nu, dans le grand lit à deux places de Doon. Ma tête palpitait et bourdonnait comme une dynamo. J'imaginai mes tempes gonflant et se rétractant horriblement tout comme les gorges de certaines grenouilles des tropiques lorsqu'elles coassent ou sont en rut ou réclament leurs droits territoriaux ou font Dieu sait quoi d'autre. Puis Doon arriva du salon apportant le petit déjeuner sur un vaste plateau tintinnabulant qu'elle déposa sur le lit, près de mes pieds. Puis, cruellement, elle ouvrit les rideaux, et mes globes oculaires parurent se ratatiner, comme frappés par un jet de jus de citron. Les yeux fermés, je sentis qu'elle ouvrait les fenêtres. Une brise.

« Un temps superbe, dit-elle. Bonjour ! » Elle m'embrassa sur la joue. « Alors, qui donc a pris une bonne biture hier soir ? » Elle sourit. Elle semblait de bonne humeur.

Lentement, très lentement, je commençais à saisir les implications de notre situation. Elle s'assit en tailleur au pied du lit. Elle portait encore sa chemise de nuit (des oiseaux bleus, pas des fleurs), la jupe tendue en tambour entre ses genoux. Elle me versa du café. Je pris la tasse et l'installai bruyamment sur ma poitrine, la chaleur réconfortante pénétrant bientôt à travers le drap. Elle alluma une cigarette et me la tendit.

J'avalai quelques gorgées de café, tirai une bouffée méfiante de ma cigarette. Je retrouvai ma voix.

« Doon, je...

– Ne parle pas, dit-elle. Tu n'as pas besoin de dire quoi que ce soit. »

Elle changea de position, s'appuya sur un coude et but son café ou son thé. Un sein gonfla lourdement le pilou de sa chemise de nuit. Ses cheveux blond ivoire étaient décoiffés. Elle me regarda par-dessus le petit cratère fumant de sa tasse.

« Tu as été gentil hier soir. Tu as joui en une seconde, mais tu as été gentil. »

Elle avait les lèvres humides. Elle tendit la main derrière elle pour prendre une assiette qu'elle garnit d'un toast, de beurre, d'un pot de miel, d'un couteau. Ses seins bougeaient, s'aplatissaient, puis reprenaient place avec chacun de ses mouvements. Je lampai mon café, sentis sa chaude progression horizontale dans mon ventre. Je serrai mes fesses contre le coton froissé des draps. Je frottai ma nuque doucement de droite à gauche sur l'oreiller. Entendis mes cheveux se frotter les uns contre les autres sur ma tête. Le genou de Doon – carré, osseux – apparut sous l'ourlet de sa chemise. Bruit de couteau sur le toast. Soudain, partout, des textures.

« Tu ne peux pas te rappeler ? dit-elle.

– Si, je peux. Je pensai – je pense chaque mot de ce que j'ai dit. »

Elle mordit dans son toast. *Crrrunkch.* Un doigt vint palper une miette au coin de sa lèvre. Elle dévissa le couvercle du pot de miel. Métal fileté sur verre fileté. Du miel transparent. Du soleil liquide dans cette lumière chaude. Le soleil ricocha sur le couteau. Ce rayon – photon, disait Hamish – courba l'espace solaire jusqu'à l'angle de cette lame et de là jusqu'à ma rétine terrifiée. Dehors le lac bleu et les montagnes...

« Alors, qu'est-ce que tu as *dit* ? »

Je sentis ma queue se gonfler et rouler sur ma cuisse.

« Eh bien ? »

Le drap tendu à la hauteur de mon aine s'affaissa, se releva.

« Allez, vas-y. »

J'ôtai ma tasse de café de ma poitrine, un geste préliminaire à sa pose sur la table de nuit, mais, avant que j'aie pu l'achever, Doon s'était penchée en avant et avait rejeté le drap d'un coup sec.

« Hummm. Qu'avons-nous donc ici ? » Elle l'empoigna fermement par la base.

J'étais au milieu du grand lit. Mon bras droit tendu, tenant la tasse de café et la soucoupe, se trouvait à quinze centimètres trop loin de la table de nuit. J'avais une cigarette dans la main gauche. Il fallait que je pose cette tasse. Je la transférai de toute urgence dans ma main gauche, non sans quelques bruits et éclaboussures. Dix centimètres trop court. Je me sentis cloué, immobilisé. Les bras en croix, crucifié, chevillé. La main de Doon sur le pieu qui me maintenait cloué.

« Doon ! » dis-je faiblement.

Elle faisait quelque chose avec son couteau.

Le miel était frais. Surprenant – il paraît toujours chaud, comme une matière en fusion, mais il était frais. Je la regardai l'étaler. Il coula épais sur le faîte de ses jointures et se rassembla en flaque luisante dans les poils de mon pubis. Ma jambe gauche fut saisie d'un tremblement nerveux, mon dos s'arqua.

« Doon, bon Dieu de Dieu... », faiblement, comme succombant à l'anesthésie. La fraîcheur se déplaça rapidement à travers l'éventail des températures, en hausse.

Elle me regarda tout en le faisant, les joues creusées, les yeux candides et vifs. Pleins de gaieté. Je ne pus pas soutenir ce regard longtemps. Je me rallongeai. La pression grandit. La cigarette tomba et roula hors du lit. Puis, bientôt après, la tasse de café s'effondra avec fracas et se renversa sur les draps.

*

Dieu seul sait ce que les femmes de chambre pensèrent en découvrant plus tard dans la matinée ce lit dévasté, couvert de traînées de miel, de miettes de toast, de taches de café et d'un trou de cigarette. Au moment suprême, mon pied envoya balader le plateau avec l'*infusion* de verveine de Doon, fit tomber les couteaux en cascade, renversa le contenu des assiettes. Ce fut seulement plus tard, en voyant la surface immaculée du lit refait, que j'en fis la remarque à Doon. Elle rit. « Bon Dieu, quel petit salaud malpropre tu fais ! » Elle me rassura. Les femmes de chambre en voient de toutes les couleurs, affirma-t-elle ; elles sont comme les infirmières : rien ne les choque.

Durant le tournage à Annecy, nous passâmes toutes nos nuits ensemble. Lorsque nous déménageâmes à Chambéry en octobre, Doon rentra à Berlin pour dix jours. On n'avait pas besoin d'elle, dit-elle, et j'avais beaucoup de travail à rattraper. Elle avait raison – nous étions en retard d'au moins quinze jours sur le programme. Je lui demandai de ne pas voir Mavrocordato pendant son séjour à Berlin. Elle me répondit de ne pas être stupide.

Elle partit et le temps changea : des bourrasques de pluie et des chutes de neige qui nous retardèrent encore davantage. A son retour, nous réussîmes à tourner quelques scènes à la ferme des Charmettes et aussi le fameux épisode du pavillon.

Le temps a passé et Rousseau, âgé maintenant de vingt ans, gagne sa vie comme professeur de musique à Chambéry où Mme de Warens a transporté ses pénates. Jeune homme agréable, il se révèle un peu trop séduisant pour les mères de ses jeunes élèves. Il ne saurait tarder à être la proie de l'une d'elles. Mme de Warens décide de prendre elle-même les devants. L'affaire se passe, ou plutôt la question est soulevée dans une petite serre située au milieu d'un jardin herboriste que possède Mme de Warens. Rousseau avait pris l'habitude d'y travailler et, lorsqu'il faisait beau, lui et Mme de Warens y dînaient. Un soir, après souper, Mme de Warens lui suggère très ouvertement qu'il est temps pour lui de perdre sa virginité et lui offre d'être sa partenaire dans cette entreprise. Sur le ton le plus grave, elle lui donne huit jours pour réfléchir à sa proposition, délai que Rousseau, quelque peu choqué, accepte avec empressement. Huit jours plus tard, dans le petit pavillon, a lieu la session d'initiation.

Je fis construire un pavillon à l'identique dans un jardin muré adapté. Certains matins nous passions des heures à balayer la neige fraîche dans les allées et sur les pelouses, avant de recréer la lumière du soleil avec nos puissantes lampes à arc. Il s'agissait d'une scène importante – à la fois bizarre et comique – et d'une révélation sur la nature arrangeante de la sexualité de Mme de Warens, qui aurait un rapport spécial avec la conclusion de la Première Partie.

Diriger Karl-Heinz et Doon dans une scène d'amour me fit un effet étrange. J'avais l'intention de terminer dès le premier baiser avec un fondu enchaîné sur l'extérieur de la serre, les panneaux de verre rendus soudain opaques et dorés par les reflets du soleil. Mon sous-titre était une citation directe du livre : « Fus-je heureux ? Non, je goûtai le plaisir. Je ne sais quelle invincible tristesse en empoisonnait le charme. »

Comme je comprenais bien ce sentiment ! Je n'avais plus jamais connu avec Doon le même abandon naturel de ce premier matin. Nous faisions l'amour avec un plaisir et un enthousiasme intenses et mutuels, mais elle m'arrêtait toujours dès que je voulais lui dire combien je tenais à elle. Mais, voyons, tu m'as déjà raconté tout ça, disait-elle. Tu n'as pas besoin de me le répéter.

*

Le mauvais temps ayant arrêté le tournage, nous rentrâmes à Berlin à la mi-novembre. Je n'étais pas bien, je m'en souviens, j'avais un gros rhume et le cœur lourd. A Annecy et Chambéry, je m'étais senti libéré de ma conscience et de mes responsabilités. La banale vérité est qu'il suffit de la distance physique pour rendre l'adultère sans souci ni problème. A présent, de retour à la maison, il me fallut obligatoirement prendre la duplicité pour partenaire. Je trouvai débilitant et déprimant l'effort de mélanger mensonges et racontars à des bouts de vérité. Et puis, la maison ressemblait à un véritable cirque avec les omniprésents Shorrold revenus pour deux mois à l'occasion de Noël et du jour de l'An. Une année s'était-elle vraiment écoulée ? J'aurais dû être en train de faire la fête : mon film se tournait ; j'étais l'amant de la seule femme que j'avais jamais vraiment adorée, mais ces équations ne sont jamais aussi simples. Dans notre villa de Charlottenburg, nous étions neuf : cinq adultes, quatre enfants. Et une seule salle de bains. Je me mis à passer des nuits dans les studios de Spandau simplement pour demeurer à l'écart.

De gros problèmes se présentaient côté film. Nous fîmes une ébauche de montage avec le matériel déjà en boîte. Elle durait quatre heures et quarante-cinq minutes. Je ne savais pas comment annoncer cela à Eddie (fait curieux, ce n'est que maintenant que je trouvais facile de l'appeler ainsi). En outre, la Première Partie était loin d'être achevée. Il nous

366

restait encore les scènes de Genève, et le mauvais temps subi à Annecy et Chambéry signifiait que nous aurions à y retourner l'année prochaine. En même temps, impossible de nier que ce que nous avions en boîte était superbe. Une histoire se déroulait là qui s'avérait totalement passionnante, et Karl-Heinz, tout comme Doon, crevait l'écran.

Début janvier, je montrai à Eddie des séquences soigneusement choisies de notre ébauche, intercalées d'un commentaire de liaison de mon cru. Mes précautions étaient inutiles : il se déclara emballé et profondément ému. Après quoi, il se tut un instant.

« Brillant ! Fantastique ! reprit-il. Mais où est le film ? Ça, c'est le travail de six mois ? » Il paraissait plus triste que furieux.

« Il y en a encore, dis-je. Je ne t'ai pas montré le reste. »

Nous entrâmes dans le vif du sujet. Nous discutâmes, nous marchandâmes. J'étais en position de force : *Jeanne d'Arc* avait été un grand succès – pas tout à fait une *Julie*, mais très satisfaisant quand même. *Julie* se donnait toujours aux États-Unis. Eddie voulait la Première Partie terminée au 28 juillet. J'exigeai la fin septembre. Je l'emportai. Eddie stipula que je devrais renoncer à mon bonus de vingt-cinq mille dollars si je débordais d'un seul jour sur octobre. Nous économisâmes de l'argent en arrêtant le film pendant deux mois – mars et avril. J'ajoute ce détail parce que j'ai lu les histoires les plus folles et les plus inconsidérées sur le tournage des *Confessions*. On écrivit même que j'avais passé cinq ans à faire un film de deux heures. Je signale donc pour mémoire que la phase 1 des *Confessions : Première Partie* dura de juillet 1927 à février 1928. La phase 2 devait commencer à Chambéry en 1928.

Doon et moi, nous nous efforcions de nous voir aussi souvent que nous le pouvions. Elle insistait toutefois pour que, si nous faisions l'amour, nous passions la nuit entière ensemble. Comme vous pouvez l'imaginer, cette exigence assez raisonnable me compliqua encore davantage la vie. Mes mensonges à Sonia se firent de moins en moins circonspects. Je trouvais de plus en plus malaisé tout ce brouillage de pistes. Et mon relâchement fut encouragé par la stupéfiante naïveté de Sonia. Ou bien son indifférence.

En février, je passai un week-end entier avec Doon. Vendredi soir, samedi, samedi soir. Je rentrai à la maison le dimanche soir.

« Où étais-tu ? s'enquit Sonia.

– Je te l'ai dit. Aux studios, pour le montage.

– Mais ils m'ont répondu que tu n'étais pas là. Que tu étais parti vendredi soir.

– Ridicule. Bien sûr que j'y étais.

– J'ai téléphoné toute la journée, samedi.

– Eh bien, c'est que j'ai fait des allées et venues.

– Ça s'explique, alors.

– Quoi ?

– Quelqu'un m'a raconté t'avoir vu en ville samedi soir. Dans un restaurant. Sur le Kurfürstendamm. »

Légère panique.

« Oui... C'est que j'ai dû voir Doon Bogan. Des décisions – tu comprends – à propos du scénario.

– Comment va Doon ?

– Pardon ?... Oh, bien, bien... Pourquoi me téléphonais-tu ?

– Hereford était malade.

– Il est rétabli ?

– Il le semble maintenant. Juste un mauvais rhume.

– Inutile de me téléphoner simplement parce qu'un des enfants a un rhume, Sonia. »

Je trouvai cette conversation extrêmement inquiétante. Je scrutai avec soin l'expression de Sonia (elle jouait la Patience), mais elle me parut entièrement crédule. Pourtant, elle m'avait pratiquement pris au piège. Un questionnaire plus intelligent, eût-elle été vraiment soupçonneuse, m'aurait certainement coincé. *Eût-elle été vraiment soupçonneuse... ?* Et pourquoi n'était-elle *pas* soupçonneuse ? Les jours suivants cette question m'asticota. Je n'y vis que deux réponses. Un : ou bien elle était d'une confiance idiote. Deux : ou bien mes absences prolongées de la maison l'arrangeaient d'une manière quelconque.

Je finis par interroger Doon.

« Crois-tu que Sonia pourrait jamais avoir une liaison ?

– Pourquoi pas ? Tu en as bien une. Crois-tu qu'il faille un talent spécial ?

– Je le suppose.

– Elle est séduisante.

– *Sonia ?*

– Ouais. Dans le genre Sainte-Mère du Réconfort.

– Vraiment ?

– Ben, je sais seulement qu'Alex disait qu'elle avait du sex-appeal. Il aimait les Anglaises. »

Ceci ne m'avança nullement. Pourtant, Sonia semblait la même. Je n'avais pas éprouvé le moindre élan d'attraction sexuelle à son égard depuis que j'avais revu Doon le soir de Noël 1926. Mais une fois la graine semée, le soupçon se mit à fleurir. Elle était très souvent seule ; elle était riche ; elle disposait de domestiques, d'une voiture, et d'un chauffeur si nécessaire ; les enfants avaient leur nurse... Que faisait-elle toute la journée ?

C'est durant mon chômage forcé de mars et avril que ces soupçons devinrent intolérables. Doon m'invita à l'accompagner à une conférence de l'Internationale socialiste à Paris, mais je déclinai sous prétexte que la phase 2 de la Première Partie exigeait ma présence à Berlin. J'estimais que j'avais consacré assez de temps et d'efforts à la Cause, avec mes généreuses donations, mes signatures d'innombrables pétitions et de lettres de protestations aux journaux. J'avais réussi à réduire ma participation aux meetings mais, aux côtés de Doon, j'avais en fait participé à deux marches du KPD dans les rues de Berlin. Quel que soit l'amour que j'éprouvais pour elle, je ne tenais pas à faire subir à cet amour l'épreuve d'une conférence de quinze jours.

Ainsi donc, faute de distractions, je me mis à ruminer à propos de Sonia et décidai, à contrecœur, de la faire suivre. Je demandai à Eddie s'il connaissait un détective privé.

« Oui, dit-il. Pour quoi faire ? »

Je mentis. Je lui expliquai qu'une amie de Sonia voulait

lui emprunter de l'argent. Je désirais simplement une enquête discrète sur le « plan » proposé.

Eddie me jeta un regard perspicace. « Nous utilisions un type nommé Eugen pour récupérer nos créances. Je ne l'ai jamais rencontré mais son taux de réussite était remarquable.

– Il me paraît idéal, dis-je. Quelle est son adresse ? »

Je fus soulagé de découvrir que E. P. Eugen habitait un quartier peu chic du Nord de la ville – Wedding – dans une petite rue voisine de l'Hôpital des maladies contagieuses, avec une vue sinistre du canal de Berlin à son extrémité sud. Je me trouvai – et je suis sûr que c'était le cas pour tous les autres clients d'Eugen – étrangement rassuré par un endroit aussi anonyme. Je m'y rendis par le *Ringbahn* – ça me parut plus adapté – et descendis à la station de Putlitz Strasse. Je n'étais jamais encore venu dans ce secteur : il s'étalait bizarrement – des entrepôts, un parc tout neuf qui semblait ne pas apprécier son environnement, le grand hôpital moderne à l'aspect fonctionnel. Je gagnai rapidement Fehmarn Strasse.

« Eugen P. Eugen. Récupération de Créances et Enquêtes de Réputation », annonçait la porte. Je frappai, et une jeune fille à lunettes m'ouvrit. Un homme petit, presque délicat, reposait une fesse sur ce que je pris pour le bureau de la fille. Il se retourna et examina le bout étincelant de sa botte pendante.

« J'ai rendez-vous avec Herr Eugen, dis-je. Je suis Herr Braun.

– Ah ! Herr Braun. » Le petit homme se leva. « Je suis Eugen. Entrez. »

Je suivis Eugen dans son bureau. Il était vraiment très petit, pas plus d'un mètre cinquante, et impeccablement habillé. Il avait des cheveux blonds bien séparés par une raie et des cils presque blancs qui lui donnaient un air de candeur enfantine. Nous nous assîmes. Eugen sortit un long cigare du tiroir de son bureau et l'alluma. Un geste machinal, j'imagine, qui semblait dire : je suis peut-être petit mais j'ai une grosse queue. Il me déplut instantanément.

Il me fit part de ses conditions et je lui fis part de mon affaire. Je lui expliquai que je voulais faire suivre une femme avec la plus grande discrétion. Je ne lui donnai aucun nom, simplement mon adresse et la description de Sonia. Je voulais savoir où elle allait, les gens qu'elle rencontrait et ce qu'ils faisaient. C'était simple et net, et notre discussion dura moins de cinq minutes. Je le réglai d'avance, et il promit de me fournir un rapport complet dans un mois. Je me levai pour partir, mais Eugen contourna son bureau à la vitesse d'un chat et m'arrêta à la porte.

« M'obligerez-vous de votre autographe, Herr Todd ? Pour ma secrétaire. Elle a vu *Julie* cinq ou dix fois. Quinze peut-être. »

Je signai, de mauvais gré, mais sans commentaire.

« Aussi moi je suis grand admirateur », dit-il en anglais, d'une voix douce confidentielle. Puis, comme je partais, il ajouta, d'un ton plein de sous-entendus : « Bonne journée, Herr Braun. »

J'eus de ses nouvelles à peine quinze jours après. J'étais très occupé par la reprise prochaine du tournage. Leo se trouvait en Suisse pour superviser la construction d'un énorme décor près de la petite ville de Gex qui représenterait la Genève du dix-huitième siècle. Je travaillais sur une invention technique révolutionnaire et calculais comment l'intégrer au film quand l'appel téléphonique d'Eugen me fut transféré dans les laboratoires photographiques de Spandau.

« Je ne m'attendais pas à votre appel, dis-je.

– J'ai à la fois de bonnes et de mauvaises nouvelles, répliqua-t-il. Je dois en discuter avec vous. »

Nous convînmes de nous rencontrer dans un petit café près de son bureau à la fin de l'après-midi. C'était un café-cave, désagréablement voisin de l'entrée principale de l'*Institut für Infektionskrankenhaus*. Eugen, assis dans le fond du café à une table étroite, mangeait des concombres farcis. Une méchante éraflure toute fraîche lui barrait le visage du front au menton. A part cela, il était aussi pimpant que jamais. Il cessa de manger dès qu'il me vit et alluma un de ses stupides cigares.

« Puis-je vous offrir un peu de bière ? Du vin ? On mange très bien ici. Excellent – et à des prix modestes.

– Non, merci. Que s'est-il passé ?

– Votre femme. Elle m'a démasqué. »

Eugen me raconta qu'il avait coutume d'utiliser une petite moto pour suivre les voitures. Il avait ainsi filé Sonia dix jours durant sans être découvert. L'avant-veille, se dispensant du chauffeur, elle s'était mise au volant elle-même. La voyant prendre une route inhabituelle, Eugen avait cru tenir enfin une piste. Quelque part dans la campagne, près de Dallgow, sur un petit chemin tranquille, Eugen, au détour d'un virage, avait failli rentrer dans l'arrière de la voiture de Sonia (notre Packard) délibérément garée là dans ce but. Eugen avait freiné, fait une embardée et une chute de sa moto. Les vêtements déchirés, le visage écorché, il était demeuré momentanément assommé. Lui faisant face, Sonia avait brandi un revolver (qui devait être celui d'un des gosses – j'admirais son courage et son aplomb) et exigé de savoir pourquoi il la suivait.

Il regarda son concombre.

« Je lui ai confessé que j'avais un béguin fou pour elle, dit-il. Pardonnez-moi, mais c'est la meilleure excuse. Ça prend toujours. »

Sonia avait fouillé son portefeuille et trouvé ses cartes de visite (c'est là que je fus reconnaissant à Eugen de la description euphémique de son métier).

« Mais je dois vous dire, poursuivit-il. Une bonne nouvelle. C'est une femme honnête. Il n'y a rien d'illicite dans sa vie, rien du tout. Elle voit ses amies, elle emmène ses enfants au parc. Elle fait des courses. Elle joue aux cartes deux fois par semaine avec d'autres dames. C'est tout. »

Nous discutâmes vaguement le bout de gras à propos de ses honoraires. Il affirma que le trop-perçu de son avance couvrait à peine les dégâts infligés à sa moto, ses vêtements, sa figure et son amour-propre. Je cédai et rentrai chez moi plutôt soulagé. Sonia ne me mentionna jamais l'incident. Pourquoi ? Me soupçonna-t-elle ? Ou fut-elle flattée par l'alibi d'Eugen ? Bien que rassuré, je continuai à me faire un souci illogique, quoique rien dans l'attitude de Sonia ni sur son visage de plus en plus serein et rond (Berlin la rendait joufflue) ne pût raisonnablement me causer la moindre alarme.

*

Le moment est-il venu de rendre un bref hommage à Eddie Simmonette ? Je lui dois tant (remarquez, il m'en doit un paquet aussi) et je n'oublierai jamais sa générosité et son indulgence, son aide et sa compréhension quand j'allai le trouver, en avril 1928, pour lui faire part de mon projet de réviser complètement certains aspects des *Confessions* et de tourner à nouveau plusieurs des scènes filmées l'année précédente.

J'eus cette hardiesse – j'y allai un peu fort – uniquement à cause de la promesse que le vieux Duric lui avait arrachée sur son lit de mort. Je ne crois pas que j'aurais fait preuve d'autant de confiance et d'audace avec un autre commanditaire. Mais, motifs sentimentaux mis à part, il existait à cette époque d'excellentes raisons commerciales pour commanditer un film de John James Todd. Quoi qu'il en soit, je tentai ma démarche parce que certaines séquences me tracassaient et que je leur cherchais une solution.

La vérité, c'est que, dès 1928, il n'y avait plus grand-chose à inventer avec la caméra. Tous les prétendus gadgets et astuces que vous voyez aujourd'hui utilisés à l'écran avaient été découverts avant la fin des trois premières décades du siècle. Montage rapide, exposition multiple, caméras mobiles, prises de vues angulaires, éclairages à contre-jour, écrans mats, flou artistique, cache-dégradé, prises de vues sur grue, diffuseur d'objectif, etc., tout était à la disposition du metteur en scène. Pour faire une comparaison, c'était comme si l'histoire de la peinture était passée, en vingt-cinq ans, des gros pâtés sur une paroi de cave à l'expression abstraite moderne. Nous expérimentions même alors un genre d'images à trois dimensions, et c'était là une des nouvelles techniques que je voulais utiliser. Une firme française produisait un type de pellicule gaufrée qui, à la projection, donnait aux acteurs sinon un effet véritablement tridimensionnel, du moins celui d'un bas-relief. Elle était particulièrement efficace en gros plans. La quantité requise pour le film coûtait cher, mais nous l'avions prévue au budget. Je comptais m'en servir dans le fameux épisode de la cueillette des cerises que nous tournerions au cours de l'été à Chambéry.

Toute technique cinématographique, j'en suis convaincu (et comme pour beaucoup de mes théories, je suis probablement le seul), prend sa source dans le rêve. On rêvait en mouvement ralenti avant d'avoir inventé la caméra mobile. Déjà, dans nos songes, nous intercalions des actions parallèles, nous opérions des montages d'images bien avant qu'un m'as-tu-vu de Russe prétendît nous montrer comment. C'est de là que le film dérive son pouvoir particulier. Il recrée sur l'écran ce qui s'est passé dans notre inconscient. J'ai rencontré un jour un célèbre metteur en scène (que je ne nommerai pas) qui se vantait d'être le premier à avoir fait courir sur un fil tendu une caméra télécommandée pour nous donner ainsi, pour la première fois, la sensation de voler comme un oiseau. Mais, lui dis-je, depuis la naissance de la conscience, les gens volent dans leurs rêves. Beaucoup de mes inventions (la caméra portative, mon objectif à flou artistique) sont nées de mes rêves. Telle était donc la position dans laquelle je me trouvais. Prenons une autre image – une bougie immobile en train de brûler. Elle est belle, elle illumine. Maintenant, soufflez doucement sur la flamme et observez comme elle se transforme, vacille, danse. Pour moi, le rôle du metteur en scène d'un film consistait à souffler sur la flamme. J'avais, dans *les Confessions*, tout à ma disposition pour faire danser et scintiller cette flamme – ma vision, les acteurs, l'équipement technique et le talent de mes collaborateurs –, mais je me sentais encore contrecarré et limité par les restrictions de l'objectif et ce que nous pouvions faire de lui, ce rectangle fixe, immuable, qu'il nous fallait remplir. Et c'est alors, au cours de ce printemps de 1928, que je rêvai de Rousseau allant à pied de Genève en Savoie. Je le vis parcourir à grands pas le paysage glacé avec les immenses montagnes en arrière-plan. C'était comme si je l'avais regardé marcher à un kilomètre devant moi, sous mes yeux... Quand je me réveillai, je sus que ma tâche, dans *les Confessions*, était de me débrouiller pour échapper aux limitations de l'objectif.

La solution du problème surgit si rapidement que je fus

stupéfait qu'elle ne soit venue encore à l'idée de quiconque. Si je ne pouvais pas agrandir les dimensions de l'objectif et, par là, celles de l'écran, je multiplierais tout bonnement les options à ma disposition : j'utiliserais trois caméras, cinq caméras, et j'en synchroniserais les images que je projetterais sur un nombre correspondant d'écrans contigus. J'eus soudain la vision de mon cinéma du futur. On s'assiérait en rond dans un amphithéâtre doublé d'un écran circulaire. La marche de Jean-Jacques embrasserait 360 degrés.

Mais nous en étions encore loin. Je m'attelai avec Horst Immelman, mon cameraman, à résoudre les détails pratiques (pas grand-chose à dire de Horst – la quarantaine, chaleureux, efficace, un *artisan de luxe*). Nous comprîmes très vite que le mieux que nous puissions faire se limitait à la liaison de trois caméras, sinon la synchronisation, le réglage et la continuité des images deviendraient un cauchemar de complications. Horst pensait que l'on pouvait monter un prototype en un mois. J'allai voir Eddie pour le convaincre de la nécessité de l'utiliser. Il comprit immédiatement les avantages immenses qu'apporterait ce système, mais fit remarquer que, pour qu'il en vaille la peine, il fallait aussi lui adapter les salles de cinéma du monde entier. Juste remarque. En fin de compte, il fut décidé que je tournerais certaines scènes avec la Tri-Kamera (son nom désormais), et – une idée d'Eddie – Realismus adapterait des salles clés pour les premières, les présentations aux professionnels et à la publicité. Eddie s'enthousiasma pour mon invention, mais pas pour les bonnes raisons. Il la considérait comme un coup publicitaire spectaculaire sans s'intéresser à sa potentialité esthétique. Nous – Horst et moi – le quittâmes avec un budget et un calendrier révisés. Je refilmerais deux scènes – la marche de Rousseau jusqu'en Savoie et sa première rencontre avec Mme de Warens – et j'utiliserais aussi la Tri-Kamera pour deux nouvelles séquences : l'épisode de la cueillette des cerises et le mélancolique départ de Jean-Jacques des Charmettes, suivi de l'arrivée à Paris. Si le système marchait, et que la réaction du public fût favorable, nous verrions à augmenter les scènes en Tri-Kamera dans les Deuxième et Troisième Parties.

Et nous fûmes donc prêts à repartir. J'avais devant moi

le reste de l'année planifié et financé. Printemps et été à Genève, Annecy et Chambéry. L'automne occupé par le tournage des séquences en Tri-Kamera. L'hiver, retour à Spandau pour les intérieurs en studio. Nouvelle date de livraison : le 1er juillet 1929. La Deuxième Partie débuterait à l'automne de cette année-là.

*

Avant notre départ pour la France, je demandai à Doon de m'épouser mais, typique de ma part, avec mon habituelle et stupide précipitation, je choisis le plus mauvais moment. J'étais chez elle, nous venions de faire l'amour. Je m'habillai pour aller acheter des cigarettes. En prenant mon pardessus et mon chapeau au portemanteau, j'y vis accrochée une écharpe de laine fine imprimée de dessins façon cachemire que je ne connaissais pas. Je la pris et la sentis. Brillantine et cigare... Je la raccrochai et sortis. Tant bien que mal j'achetai des cigarettes.

Mavrocordato.

Mavrocordato était venu dans l'appartement. J'imaginai l'écharpe autour de son cou épais. En revenant du bureau de tabac, je m'envoyai une série d'ordres, tous m'enjoignant le calme, la logique, l'objectivité, l'amour-propre, mais que j'oubliai promptement dès que j'eus franchi la porte.

« Grouille-toi avec ces cigarettes ! » cria Doon.

Je décrochai l'écharpe de Mavrocordato et la fourrai dans ma poche. J'entrai dans la chambre et lançai un paquet de cigarettes sur le lit. Doon se redressa pour l'attraper, exposant ses seins au moment où elle se penchait. J'agitai l'écharpe devant elle. Elle leva la tête.

« Mavrocordato est venu ici, pas vrai ?

– Oui. » Franche, pas troublée.

Je sentis mes yeux se remplir de larmes.

« Il a oublié son écharpe. Tu devrais te montrer plus prudente.

– Non, ce n'est pas à lui.

– Comment ?

– Ce n'est pas son écharpe. C'est le plombier qui est venu lundi – non, mardi – qui l'a laissée.

– Le plombier...

– Bravo !

– Mais tu as bien dit que Mavrocordato était venu ici ?

– Oui. »

Je sentis ma colère faire demi-tour en l'air comme un boomerang et revenir vers moi.

« Qu'est-ce qu'il est venu foutre ? demandai-je. Je veux dire, quel foutu droit a-t-il... ? Et mes sentiments à moi, bon Dieu ?

– On a bavardé. Merde, j'ai été mariée avec lui tu sais ! »

Je m'assis sur le lit et lui pris la main.

« Doon, je veux que tu m'épouses. Je t'en supplie. Marions-nous.

– Non. Je ne veux pas me remarier. Une fois m'a suffi. Avec personne. Même pas toi. »

Elle dégagea sa main de la mienne, alluma sa cigarette et se rallongea sur le lit.

« Pourquoi nous marier ? Tu n'es pas heureux ?

– Naturellement que je le suis. C'est pour ça.

– Eh bien, laissons les choses en l'état.

– Je t'interdis de revoir ce... cette grosse merde poilue !

– Tu ne m'interdis rien du tout. Je l'aime bien. Je le verrai si ça me plaît. Tu n'as pas besoin d'être là. Bon Dieu, ne sois pas stupide, Jamie. De toute manière, tu es déjà marié. »

Pourquoi ne savons-nous pas nous contenter des choses telles qu'elles sont ? Est-ce un défaut humain fondamental que ce besoin constant d'améliorer sa vie ?... Existe-t-il un profond rêve atavique que nous chérissons tous et selon lequel, aussi organisée et satisfaisante notre existence soit-elle, elle pourrait avec un effort devenir un peu meilleure ? Chimères, mirages, illusions – ne pas s'y fier. Pourquoi continuai-je à harceler Doon ainsi ? Pourquoi continuai-je à me harceler moi-même ? Tout allait bien jusqu'à ce que je décide, unilatéralement, que cela pourrait aller mieux.

Ce soir-là, je ne laissai pas Doon en paix, plaidant en faveur du mariage avec une âpre insistance, ce qui finit par l'ennuyer profondément. Nous échangeâmes des mots vifs, nous nous engueulâmes. Je lui fis alors des excuses et tentai de me calmer, mais la soirée était fichue. J'avais usé d'un ton câlin, égoïste. Doon avait raison, bon Dieu : mes arguments n'avaient pas le moindre pouvoir légal.

Peu après cette proposition manquée, je rentrai chez moi un soir vers huit heures et demie. Sonia parlait à Lily dans la cuisine. Je montai à l'étage sans lui dire bonsoir. Vers neuf heures et demie, je vis Vincent passer son nez dans l'entrebâillement de la porte de sa chambre.

« Va au lit ! avertis-je.

— Papa, Hereford veut pas me répondre.

— C'est un garçon raisonnable. Il dort. »

Je fis rentrer Vincent dans sa chambre et l'aidai à se recoucher. Puis je m'approchai du lit de Hereford. Celui-ci gisait sur le dos, un bras rejeté en arrière, deux traînées brillantes de morve lui dégoulinant des narines. Je pris mon mouchoir pour lui essuyer la lèvre. A la seconde où je le touchai, je compris qu'il était mort. Il était à peine tiède. Je le soulevai et sa tête retomba en arrière. Un curieux bruit de gargouillis lui sortit de la gorge. Les yeux ruisselants de larmes, je l'embrassai et le reposai sur son lit. J'allai vers Vincent, le fis lever et sortir de la pièce.

Le rhume de Hereford avait traîné avant de se transformer en mauvaise toux, de disparaître et puis de revenir. L'enfant n'avait pas eu l'air de s'en soucier. Pour lui, je suppose, c'était juste deux autres orifices — le nez et la bouche — excrétant de concert avec ceux du bas. Il avait trois ans.

Villa Luxe, 23 juin 1972.

Que dire à propos de Hereford ? Je crois, je crois sincèrement, que tout aurait pu être différent s'il avait vécu. *Mais
je ne peux pas en être sûr.* Je ne peux être sûr de rien.
Hamish serait d'accord avec cette conclusion. Tout ce qui
me reste, c'est un agrégat sentimental de souvenirs tendres
et de vœux pieux. Je sais seulement que j'aimais ce petit
garçon autrement que mes autres enfants. Quelque chose
en moi répondait à sa présence empotée et anarchique, aussi
irrité et soucieux que je fusse. Et puis, il disparut.

Est-ce la sorte de circonstance dans laquelle une vie
humaine (la mienne) fait un saut quantique ? Un de ces
bonds soudains, une brusque discontinuité qui change tout ?
Plus rien ne fut tout à fait pareil après la mort de Hereford,
le monde prit une teinte et une texture différentes. D'où
sortons-nous cette drôle d'idée que l'ordre, la causalité, le
bon sens et la continuité devraient nécessairement prévaloir
dans le monde dans lequel nous, humains, vivons et respi-
rons ? Oui, pensai-je, venant d'être la victime d'un coup
du sort particulièrement brutal, je peux voir combien cet
endroit est gouverné par la chance et le hasard. Je peux
comprendre maintenant combien les visions de discontinuité et de pluralité conviennent à mon expérience, bien
mieux que des idées d'ordre et de volontarisme. Nous ne
pouvons rien tenir pour certain. Nous ne pouvons rien déter-
miner. Nous ne fonctionnons que sur des termes de probabilité optimiste. Cela a marché ainsi, peut-être cela mar-
chera-t-il encore. Mais ne comptez pas dessus.

Je me rends à la ville principale, le port, pour voir l'avocat d'Eddie au sujet du remplissage de la piscine. Pavée de pierre blanche et bordée de lauriers-roses odorants, la grand-place est d'une élégance un peu râpée. Les bâtiments jaunâtres tout autour ont de hautes fenêtres avec des volets et des balcons de fer forgé. A un bout se dresse une amusante statue baroque de deux soldats empanachés et lourdement armés se colletant avec le drapeau de la liberté.

Partout les touristes pullulent. Dans son bureau étouffant, l'avocat se montre diplomate. Il a tendance à remettre les choses au lendemain. Il s'excuse. Que peut-il faire ? Peut-être, à la fin de la saison touristique...

Je pars et rejoins les visiteurs tapageurs de notre île. Je retrouve mon café préféré, au-dessus du port, et après seulement dix minutes d'attente, je m'empare d'un siège. Je déguste une glace – pistache, toujours de la pistache – et bois un café. Je pense à Ulrike. C'est une charmante fille. Le hâle qu'elle a maintenant lui va bien. Elle éclate de santé et d'une confiance joyeuse dans sa vie et son travail. J'essaie d'imaginer son boy-friend, le cinéaste. Je vois une barbe, une chemise à carreaux, un nom comme Rudi ou Rolf. Tout paraît bien aller, Ulrike, mais faites gaffe. Rappelez-vous le Principe de l'Incertitude. Il gouverne les molécules dont nous sommes faits. Un peu de lui risque de pénétrer notre monde humain. Si les racines d'un figuier peuvent arriver à traverser un mur de solide béton, qui barrera la route au Principe de l'Incertitude ? Regardez ma vie – vécue dans une dévotion totale à ses capricieux décrets.

Je m'arrête. Je deviens déprimé. Je lève la tête et, juste à cet instant, passe un car de touristes. Et là, à une fenêtre, montrant du doigt les pittoresques attractions de notre port, se trouve un homme que je connais. Un Américain. Du calme, me dis-je, ça peut n'être qu'une coïncidence. Ce doit être une coïncidence. Ce n'est peut-être pas lui du tout. Il ne t'a jamais *vu*, et, de toute manière, personne ne sait que tu es ici.

12

La fin d'une ère

Au cours de l'été 1730, Mme de Warens quitta temporairement Annecy, laissant Jean-Jacques derrière elle. Durant son absence, Jean-Jacques passa agréablement le temps à badiner avec des jeunes femmes dont plusieurs, du moins l'affirme-t-il dans *les Confessions*, étaient amoureuses de lui. Par une très belle journée, il alla se promener à la campagne. Dans un vallon, le long d'un ruisseau, il rencontra deux jeunes filles qui avaient des difficultés à faire traverser leurs chevaux. Rousseau connaissait déjà l'une d'elles – une Mlle de Graffenried –, qui le présenta à son amie – Mlle Galley. Elles étaient toutes deux jolies, surtout Mlle Galley qui était « en même temps très mignonne et très formée, ce qui est pour une fille le plus beau moment ». Rousseau les aida à franchir le gué, et les jeunes filles insistèrent pour qu'il les accompagne le reste de la journée. Elles se rendaient au château de la Tour, à Thones, une grande ferme appartenant à la famille de Mlle Galley.

Une fois arrivés au château, ils firent un charmant déjeuner dans la cuisine. Gardant pour plus tard leur café et leurs gâteaux, ils décidèrent d'achever leur repas en allant cueillir des cerises dans le verger du château. Rousseau grimpa aux arbres et jeta des cerises aux filles qui lui renvoyèrent les noyaux pour s'amuser. Un jeu galant s'ensuivit. « Mlle Galley, avançant son tablier et reculant la tête, se présentait si bien, et je visais si juste que je lui fis tomber un bouquet de cerises dans les seins. Et de rire ! Je me disais en moi-même : Que mes lèvres ne sont-elles des cerises ! Comme je les leur jetterais aussi de bon cœur. »

Mais rien ne se passa. Ce fut une idylle vibrante de sous-entendus sensuels et de virtualités inaccomplies. Comme vous pouvez l'imaginer, cette scène s'était gravée au fer chaud dans mon esprit lorsque je l'avais lue dans ma froide cellule de Weilberg. Et, rappelez-vous, je la lus étant vierge (mes deux bien-aimées se nommant Huguette et Dagmar), et il se trouve qu'à l'époque où elle se situe, Jean-Jacques était vierge aussi. Il n'oublia jamais cette journée dans le verger. Ce fut pour lui un moment, il s'en rendit compte plus tard, qui prouvait que l'érotique sensualité de l'innocence est souvent plus puissante que les plaisirs charnels de l'âge adulte.

Je filmai la journée entière telle que Rousseau l'a décrite. Après avoir passé au peigne fin les théâtres et les music-halls de Grenoble, Nice et Lyon, j'engageai deux jeunes filles du pays. C'était leur apparence qui importait et non pas leurs dons de comédiennes. Tout ce que je leur demandais, c'était d'avoir le physique de l'emploi, de pouffer de rire et de flirter. Karl-Heinz incarnait un monstre de frustration fiévreuse, positivement défiguré sous les pressions contraires du désir et de la timidité. Dans notre verger, nous creusâmes le centre d'un arbre pour y monter une plate-forme de caméra. Nous utilisâmes de la pellicule gaufrée pour l'instant où les seins de Mlle Galley « attrapent » le bouquet de cerises. C'est durant cette semaine-là que je découvris une autre possibilité à la Tri-Kamera. Je me rendis compte qu'elle n'était pas condamnée à ne créer qu'une seule longue et vaste image – elle pouvait tout aussi bien en produire trois séparées. Durant toute une épuisante soirée, Horst et moi nous mîmes au point, à l'aide de diagrammes, une séquence d'énormes gros plans utilisant la pellicule gaufrée. Les acteurs demeurèrent stupéfaits lorsque nous leur poussâmes les caméras à quelques centimètres du visage, et sous tous les angles possibles, nous arrêtant entre les prises de vues pour consulter des masses de notes et de croquis gribouillés. La séquence, dans son érotisme contenu, est d'une puissance à vous couper le souffle comme en ont témoigné ceux qui la virent sur les trois écrans. Laissez-moi vous la décrire.

Tout l'épisode, en termes de film, procède de manière orthodoxe. La rencontre au bord du ruisseau, la course jusqu'au château, le repas dans la cuisine. Puis, tandis que le trio se dirige vers le verger, les rideaux de scène du cinéma sont tirés pour révéler deux écrans en angle, contigus au principal. Les deux projecteurs auxiliaires se mettent en marche et, soudain, nous avons trois images séparées. Trois têtes : Jean-Jacques, flanqué de Mlles Graffenried et Galley. Nous les voyons échanger des regards à la dérobée. Chacune de leur côté, les deux jeunes filles lèvent la tête tandis que Jean-Jacques, sur l'écran central, grimpe sur l'arbre. Puis la pellicule gaufrée passe dans le projecteur et nous voyons les contours des images se déplacer et s'affermir. Les grappes de cerises semblent prendre la forme de fruits en trois dimensions. Sur l'arrière-plan de feuillages, la parfaite pâleur des visages et des épaules des jeunes filles les fait paraître moulées en relief dans le plâtre. Nous contemplons en même temps que Jean-Jacques les deux délicieuses créatures qui lèvent le nez vers lui. Les filles mangent les cerises, recrachent les noyaux dans leur main et en bombardent Jean-Jacques qui tente d'éviter les aimables grêlons.

Puis l'écran central est rempli par Mlle Galley, tête en l'air, le tablier tendu pour attraper plus de fruits. Le visage de Jean-Jacques en train de comploter sa revanche occupe un écran latéral. Sa main cueillant un bouquet de cerises occupe l'autre. Écran central : nous avançons lentement sur la gorge de Mlle Galley, son décolleté profond, le mouvement de ses bras pressant un tout petit peu ses seins l'un contre l'autre. Le va-et-vient de sa poitrine rythmé par son souffle haletant, l'ombre profonde et tendre de la naissance des seins. La main de Jean-Jacques s'élance. Les cerises atterrissent sur l'écran central. Lèvres, cerises, lèvres. Yeux, cerises, yeux. Puis les trois bouches éclatent de rire. Nous reculons. Au centre, le rire de Jean-Jacques masque l'agonie de son visage. Les écrans latéraux s'assombrissent, les rideaux reviennent les recouvrir.

L'effet est magnifique. Lors de la première, il révolutionna l'assistance. L'organisation de tout cela fut extrêmement laborieuse. (Je dois rendre hommage à Mlle Sandrine Storri, une danseuse de cabaret de Lyon, qui retomba dans l'obscurité après le film où elle jouait Mlle Galley. Elle fit preuve d'une patience et d'une bonne humeur remarquables tandis que, grimpé sur une chaise, je jetais des douzaines de grappes de cerises sur ses seins, la caméra de Horst vrombissant à moins de trente centimètres.)

Naturellement, ma joie et ma fierté de cette scène ne furent pas immédiates. Nous travaillions à l'aveuglette. Je dus attendre de nombreux mois avant de voir la séquence projetée sur trois grands écrans. Pour moi, et je m'exprime avec une objectivité et une franchise totales, je crois qu'elle représente le mariage le plus complet et le plus effectif de la forme et du fond, dans le film tout entier. La pellicule en relief et la Tri-Kamera constituaient les techniques parfaites pour rendre le tendre érotisme de cet après-midi d'été près d'Annecy. Ajoutez à cela l'utilisation audacieuse d'énormes gros plans de lèvres et d'yeux, de cerises noires luisantes et des seins pâles et haletants... images subjugantes. Mes gros plans dans *les Confessions : Première Partie* furent les plus énormes jamais vus à l'écran jusqu'alors (plus gros que ceux d'Eisenstein, à coup sûr) et, chose dont je suis particulièrement fier, sans un sous-titre à l'horizon.

Nous continuâmes donc à travailler durant tout l'été, victimes de plus de retards et de contretemps techniques qu'à l'accoutumée. Le stock de pellicule en relief était d'une fragilité notoire et la Tri-Kamera nous donna des ennuis compréhensibles de mise au point. La liste des problèmes, interminable, est de peu d'intérêt aujourd'hui, mais vous aurez une idée des conditions dans lesquelles nous opérions si je vous dis que, après la journée de travail, nous devions, Horst, Leo et moi, nous rendre à Genève – où se trouvait le plus proche laboratoire capable de développer le film en relief – pour examiner les épreuves du tournage de la veille. Le plus souvent, nous découvrions un défaut dans le négatif, des bulles ou des paillettes, qui nous obligeait à recommencer. Le tournage de la séquence des cerises, d'environ deux minutes et demie, nous prit le plus gros du mois de juillet. A la fin du même mois, je reçus un télégramme furieux d'Eddie soulignant que la proportion de pellicule utilisée par rapport au film produit était de 80 pour 1. En d'autres termes, je tournai quatre-vingts minutes de film pour une minute de projection. Une proportion de 30 pour 1 est considérée comme généreuse, 15 pour 1 n'est pas impossible. Toujours est-il que la nouvelle se répandit, et c'est à partir de cette époque-là que des histoires malveillantes se mirent à circuler sur ma prodigalité, mon extravagance et mon sens maniaque de la perfection. Après une attaque virulente et particulièrement sournoise dans ce torchon de *Das grosse Bilderbuch des Films*, je retournai même à Berlin pour calmer et rassurer Eddie.

Nous avions maintenant dépassé notre budget. Nous étions en retard sur notre calendrier. Mais ce que nous avions produit était extraordinaire. Il est vrai de dire – et c'est l'une des curieuses forces des films – que la dernière situation peut toujours avoir raison des deux autres. Il n'y a pas de conteste possible dans la bataille entre l'Art et la Comptabilité. Les spectateurs se moquent des bilans. Eddie le savait, mais nos autres financiers se montraient moins heureux. *Julie* était sortie en 1926. Nous approchions à présent du dernier trimestre de 1928 sans le moindre film en vue. A mon insu, Eddie avait été obligé de racheter la part de Goldfilm et renégociait ses accords avec Pathé. *Les Confessions* étaient en passe de devenir très vite un projet Realismus, pur et simple...

Les retards signifièrent que nous dûmes remettre une fois encore le tournage des Charmettes et nous partîmes pour Gex en Suisse, filmer les scènes de Genève. L'immense décor – les remparts de Genève – attendait, inutilisé, depuis deux mois, et Leo devait, par contrat, le démonter avant la fin septembre.

Doon ne m'avait pas quitté durant cet été épuisant, mais passionnant. Je lui en étais immensément reconnaissant. Je crois qu'elle comprit que mon chagrin de la mort de Hereford était plus profond que je ne le montrais et, en effet, je ne pense pas que j'aurais pu continuer si je ne l'avais pas retrouvée tous les soirs. A Annecy, elle travailla de temps à autre (nous passâmes une semaine frustrante à tenter de refilmer sa première rencontre avec Jean-Jacques, mais la Tri-Kamera ne cessa de tomber en panne) ; mais à Gex, elle n'eut plus rien à faire et je sentis l'ennui s'emparer d'elle. Fait curieux, je parus me calmer une fois que nous eûmes atteint la Suisse, bien que nos problèmes ne fussent en rien diminués. Peut-être était-ce la campagne. Ce que j'aimais dans le paysage, c'était la manière dont chaque parcelle de terre arable était cultivée – certains champs de vignes ne faisaient pas plus d'un mètre carré, nichés dans des coins biscornus, à l'angle d'une falaise et d'une grange, ou sur une saillie un peu large au flanc de la montagne. C'est cette agriculture immaculée, plutôt que la grandeur des paysages, qui me rassura. Elle indiquait, pensai-je, une détermination et une résolution qui s'accordaient aux miennes, et je commençai à me détendre.

Il me fut plus facile, dans cet état d'esprit, de m'offrir un week-end de repos quand une partie des remparts de Genève s'effondra, et que le tournage dut être suspendu pendant la reconstruction. Gex ne se trouvait pas loin de Montreux, où je suggérai à Doon de passer deux nuits. Mais elle voulut aller à la montagne, et nous partîmes donc en voiture le long d'une des vallées, grimpant en zigzag au-dessus du lac, à travers les forêts, pour atteindre l'air raréfié des plateaux montagneux. Nous passâmes la nuit dans un petit village (j'oublie le nom) dans un hôtel entièrement fait, semblait-il, de bois dense et noueux, sculpté à outrance. On nous servit même un repas de jambon, cornichons et pommes de terre, sur des assiettes de bois travaillé. Ce qui nous parut à tous deux un rien étouffant. On avait l'impression, dit Doon, d'habiter un sinistre conte de fées. Nous décidâmes de partir le samedi matin et de retourner au lac pour le déjeuner.

La matinée était ensoleillée mais froide. Un banc de nuages horizontaux cachait complètement le lac, comme si nous avions été exclus du monde d'en bas. Heureux, nous descendions sans difficulté les virages en épingle à cheveux, tout en riant à propos du monstrueux hôtel en bois. Au détour d'un de ces virages, nous dépassâmes une voiture en panne, et un homme – le conducteur – tenta de nous faire signe d'arrêter, mais nous allions trop vite pour freiner à temps.

« Il a l'air d'avoir si froid, dit Doon. Arrête-toi. »

Je freinai, stoppai cinquante mètres plus loin et descendis. Je fis signe à l'homme de venir vers nous. Le type, pas très grand, se mit à courir, tout content. Puis, brusquement, il s'arrêta, jeta un coup d'œil par-dessus son épaule à sa voiture, et bondit dans un pré avant de se mettre à courir vers un groupe de sapins. C'est alors que je le reconnus. A la surprise de Doon, je m'élançai à sa poursuite.

Je dégringolai rapidement la pente à travers l'herbe épaisse gorgée de rosée, moulinant des bras pour garder mon équilibre. Je gagnai bientôt en distance sur ma proie à qui ses chaussures de ville ne donnaient aucune prise sur le sol glissant. Il tomba plusieurs fois, et je le rattrapai, étalé de tout son long en bordure des sapins.

Trempé et frissonnant, Eugen P. Eugen se releva et entre-prit d'ôter terreau et aiguilles de pin de son beau costume.

« Monsieur Todd, dit-il. Quel plaisir de vous revoir !

– Pourquoi me suivez-vous, Eugen ? » J'étais calme. Je savais que je pourrais aisément me sortir de n'importe quel absurde chantage en gestation.

« Votre femme m'a engagé », répliqua-t-il avec un petit sourire. Il baissa les yeux : « Mes chaussures sont fichues.

– Mais vous ne pouvez pas travailler pour *elle*, dis-je avec colère. C'est *moi* qui vous ai engagé.

– Herr Todd. » Il écarta les mains dans un geste d'excuse. « Il faut bien qu'un homme gagne sa vie ! »

Il me raconta que Sonia s'était mise en rapport avec lui une quinzaine de jours avant (je n'ai aucune idée de ce qui lui mit la puce à l'oreille : ce pouvait être un de mes trente-six alibis ineptes), il était venu à Annecy et nous avait suivis en Suisse. Il avait déjà envoyé à Sonia deux longs rapports lui décrivant par le menu l'infidélité de son mari. Eugen me débita tout ceci avec une fierté perverse, comme s'il s'agissait là d'une preuve de son efficacité – un talent, sem-blait-il sous-entendre –, dont je pouvais moi aussi témoi-gner. Tandis qu'il entrait dans les détails de ses rapports, je fermai les yeux. Un oiseau quelconque chantait bruyam-ment dans les arbres. Je sentais la rosée s'insinuer à travers mes semelles, comme à la recherche de la sensation de fatigue et de vague remords qui se propageait vers le bas de mon corps et prenait sa source – semblait-il – dans une sorte de glande située sur le sommet de ma tête. Sonia savait depuis quinze jours. Quel sort m'attendait à Berlin ?

Je fus réveillé par l'appel de Doon, au bord de la route. Nous nous retournâmes, Eugen et moi.

« Ah ! Miss Bogan ! Une magnifique actrice », dit-il.

Je pensai que j'aurais dû éprouver plus d'animosité à l'égard d'Eugen que je ne le faisais. Je tentai de susciter en moi une grosse rage – sans succès.

« Ta gueule, petit salopard », lançai-je sans conviction. Puis je criai : « J'arrive ! » à Doon et retraversai le pré humide et luisant en direction de la route.

« Herr Todd. » Eugen glissa et dérapa derrière moi. « Pourriez-vous par hasard ?... Je vous serais extrêmement reconnaissant de me ramener jusqu'au lac. Ces voitures de location...

– Désolé. » Je continuai à m'éloigner à grands pas.

« Ne vous inquiétez pas, Herr Todd. Je comprends très bien. »

*

Sonia attendit jusqu'à mon retour à Berlin en octobre. Entre-temps, nous ne communiquâmes point. Le soleil brillait, et il restait encore quelques feuilles aux couleurs vives de l'automne sur les bouleaux du jardin de Charlottenburg. Je descendis de voiture, mes pas ralentis par une cargaison entière de sentiments de culpabilité. La maison était en partie vidée. Les tapis avaient disparu, mais les tableaux pendaient encore aux murs.

Sonia était en noir. Je suppose qu'elle portait le deuil de Hereford, mais l'effet de menace et de condamnation convenait parfaitement. Dieu sait pourquoi, elle paraissait soudain beaucoup plus vieille que moi et, en voyant son visage, pâle mais impeccablement maquillé, je me sentis saisi d'une peur enfantine à son égard. J'avais péché. Même moi je n'arrivais pas à rassembler mon audace. Il me fallait affronter ma sentence. Sonia s'en tint à un seul reproche, mais il fut suffisant.

« Hereford meurt. Et puis tu me fais ça. »

Mensonges et excuses me remplirent la bouche, mais je les refusai.

« Sonia, je... Où sont les enfants ?

– Dans un hôtel. Nous rentrons à Londres demain. »

Je me frottai la figure comme si je la lavais. Je voyais la longue avenue du ressentiment et de l'amertume s'étendre devant moi.

« J'aime Doon, dis-je. Je l'aime depuis des années. Je veux l'épouser. »

Ce fut une erreur. Ma franchise impulsive provoqua de nouveau ma perte. Je n'aurais dû rien faire d'autre que m'excuser ce jour-là. Je vis les larmes monter aux yeux de Sonia jusqu'alors remarquablement secs.

« Oh ! *vraiment !* répliqua-t-elle avec un cynisme venimeux. Eh bien, tu n'obtiendras aucun divorce de moi. »

Elle prit une lettre dans son sac, me la donna, dit au revoir et partit. Je m'assis et lus la lettre écrite par son avocat au sujet des obligations financières dont je devais m'acquitter à l'égard de ma femme et de mes enfants : tant par mois à transférer dans ce compte-ci ou dans cet autre, un fonds spécial d'investissement pour les enfants, des arrangements sujets à une révision annuelle, etc.

Je versai quelques larmes prévisibles d'apitoiement sur moi-même et laissai mon esprit retourner en arrière à ces jours d'après-guerre à Superb-Imperial, l'époque de Raymond Maude, des *Petit MacGregor*, de la bière et des côtelettes du grill-room d'Islington. Sonia, alors, avait représenté tout ce que je désirais ; ce n'était pas vraiment sa faute si j'étais tombé amoureux de Doon. Je m'étais développé sur le tard. En 1920, je n'étais qu'à moitié formé, maintenant que j'y repensais. J'avais survécu au Saillant et au camp de prisonniers, mais sentimentalement je n'étais pas plus avancé qu'à l'époque de l'Académie Minto. J'errai dans notre maison, revivant des chapitres de mon passé. Mais le fantôme du petit Hereford semblait hanter chambres et couloirs : j'entendais les échos de ses babillages et de ses collisions à chaque pas et dans chaque recoin, et bientôt la chape de chagrin et de regret qui pesait sur mes épaules me chassa dehors.

Je ne retournai jamais dans cette maison. J'en fis emballer le contenu que je vendis un peu à perte. J'envoyai l'argent à Sonia puisqu'il me faudrait un certain temps pour transférer à Londres les fonds que j'avais déposés en Suisse. Notre séparation se révéla une affaire assommante autant que déprimante ; l'avocat de Sonia était un homme solennel, particulièrement agressif, et je redoutais ses sommations régulières à me rendre à son bureau pour aplanir telle ou telle difficulté ou bien de mesquins griefs.

Entre-temps, nous continuions à tourner bien entendu, et à un rythme épuisant dans l'espoir de rattraper le temps perdu. A ma consternation, l'ébauche de montage du film faisait maintenant plus de sept heures, et il nous restait encore à filmer le départ des Charmettes et l'arrivée à Paris.

Je demandai à Doon si je pouvais venir habiter chez elle, mais elle refusa. Un refus parfaitement raisonnable : elle m'expliqua que nous devions attendre un peu. J'étais trop désorienté pour protester longtemps et, en attendant, je déménageai dans la lugubre demeure d'Eddie sur la Kronen Strasse. Eddie me manifesta sa sympathie, mais il se souciait plus de ma vie professionnelle que de ma vie privée.

« Je t'avais bien dit de pas t'embarquer avec des actrices, me fit-il remarquer. Regarde-toi maintenant : des problèmes d'argent, pas de maison, pas de famille...

— Je ne *m'embarque* pas, dis-je gravement. Je *l'aime*, ne comprends-tu pas cela ? Je suis libre à présent. Je ne pourrais pas être plus heureux. Vraiment. Sonia consentira enfin à divorcer, et alors Doon et moi nous nous marierons.

— Elle a dit ça ? Doon ?

— En fait, elle dit qu'elle ne veut pas se marier.

— Parfait.

— Mais elle le fera.

— Elle ne t'épousera jamais, John. Elle se connaît. Si elle dit qu'elle ne le fera pas, c'est qu'elle ne le fera pas.

— C'est là où tu te trompes, mon ami. »

Il avait raison. Je voyais beaucoup Doon, je travaillais avec elle, nous passions la plupart de nos nuits ensemble, mais une ou deux fois par semaine, je dormais ailleurs. Il semblait que ce fût simplement par hasard. Je travaillais tard, les messages n'atteignaient pas leur destinataire, meetings et rendez-vous faisaient obstacle. Quand je le lui reprochais ou montrais de l'humeur, elle utilisait une sorte de logique lucide que je ne pouvais pas réfuter.

« Je te vois ce soir ? disais-je.

– J'ai un meeting jusque très tard.

– J'attendrai.

– A quelle heure commences-tu à travailler demain matin ?

– Six heures.

– Je rentrerai vers trois heures.

– Ah.

– Tu ne préfères pas plutôt avoir une bonne nuit de sommeil ? Je te rejoindrai pour le déjeuner. »

Que pouvais-je répondre ? Tout ceci était parfaitement raisonnable. Mais il y a des moments dans votre vie où la méthode raisonnable est exactement celle dont vous ne voulez pas. Je voulais être irresponsable, comme si cela pouvait souligner mon amour pour elle, atténuer mon sentiment de culpabilité à l'égard de Hereford et Sonia. Je voulais des signes de grande passion. Je voulais que nous déclarions tous deux qu'un instant passé loin l'un de l'autre était un martyre ; que trois heures de sommeil et un réveil embrumé étaient la preuve véritable d'une éternelle dévotion. Mais jamais je n'obtins cela.

Sentimentalement, j'allais plutôt mal après que Sonia m'eut quitté, mais au moins, pour une fois, le travail marchait bien. La Tri-Kamera se comportait impeccablement dans les scènes refaites, et les premiers essais de la séquence de la cueillette des cerises étaient une révélation.

Nous la montrâmes à Eddie au début de l'année, avec un accompagnement d'orchestre. Il fut emballé, me prit dans ses bras et m'embrassa sur les deux joues, le Lodokian, en lui, faisant craquer un instant le vernis Simmonette. Sur son insistance, nous la montrâmes de nouveau à certains commanditaires qui s'extasièrent tout autant. Des fonds supplémentaires arrivèrent. Des rumeurs commencèrent à se répandre dans la profession au sujet du film, de ses techniques révolutionnaires, sur une échelle et d'une taille seulement égalées par l'ambition du metteur en scène. Je suppose que le début de 1929 me vit au sommet de ma célébrité. Impressionnantes réalisations passées, possibilités d'avenir illimitées. Je fus fêté, courtisé, flatté. Lubitsch m'écrivit d'Hollywood pour m'y inviter. Je donnai des interviews à des journalistes venus de France, d'Italie, d'Angleterre et des États-Unis. En Allemagne, à Berlin, je devins pour quelques mois un nom connu de chacun. Des étrangers m'accostaient dans la rue, m'offraient des verres dans les bars, me faisaient signer des menus dans les restaurants. Tous les signes extérieurs grisants d'une célébrité passagère. Un éditeur voulut publier mon autobiographie. D'un article sur mes souvenirs de guerre, on suggéra de faire un film. Le monde entier, semble-t-il, brûlait d'impatience. *Les Confessions*, à en croire un journal, serait un film insurpassable.

Étais-je heureux ? Oui et non. Je trouve difficile de repenser à moi à cette époque. J'avais trente ans. J'étais sur le point d'accomplir tout ce dont j'avais rêvé et plus... Mais j'étais inquiet aussi. Dans une sorte d'effort de justification, je faisais souvent un bilan des profits et pertes de ma vie. Vrai, j'étais riche et fameux – mais mon petit garçon était mort. Vrai, *les Confessions* allaient abasourdir l'univers – mais mon mariage était fini, ma femme et mes enfants partis. Vrai, j'aimais une actrice belle et célèbre – mais elle refusait de m'épouser. Et ainsi de suite. Dès que j'étais seul, cette curieuse litanie schizoïde m'entrait dans la tête pour prévenir toute conclusion hâtive quant à mon sort fortuné.

Je mentionne cela parce que c'est la seule explication que je peux trouver à ce que je fis ensuite. Ou alors, c'est que je devais être un peu fou... Mais je crois qu'inconsciemment je voulais me rendre la vie difficile, simplement pour gonfler la colonne « pertes ». Cela vous paraît-il tordu ? Je pense que nous avons tendance à agir ainsi plus souvent que nous ne le croyons.

Deux aspects des *Confessions* coïncidèrent fatidiquement, en mars 1929, à me pousser sur cette voie.

En 1738, Rousseau avait reçu sa part d'héritage et pour la première fois de sa vie se trouvait en possession d'une coquette somme d'argent. Mais il ne se sentait pas bien – « dépérissant » comme il le dit –, et s'était diagnostiqué lui-même un polype au cœur. Un certain médecin de Montpellier passait pour avoir traité pareil cas avec succès, et Jean-Jacques partit le consulter.

Fait significatif, ce départ coïncida avec l'arrivée de son rival Witzenreid dans l'entourage de Mme de Warens. La grande histoire d'amour approchait de sa fin : les choses n'étaient plus ce qu'elles avaient été autrefois entre Rousseau et sa *Maman* bien-aimée.

En route pour Montpellier, Rousseau rencontra et se lia avec un groupe d'aimables voyageurs dont une Mme de Larnage et le marquis de Torignan. Mme de Larnage était charmante, très maquillée, âgée de quarante-quatre ans et mère de dix enfants, et l'entrée en scène de Jean-Jacques se révéla beaucoup plus séduisante pour elle que la présence de son admirateur attitré, le vieux marquis. Pour une raison inconnue – et c'est ce qui m'attira dans cet épisode –, Rousseau, en cette compagnie, sembla avoir honte de ses origines modestes et, de manière fort surprenante, prétendit être un Anglais nommé Dudding. Par une chance extrême, personne ne demanda à « Mr. Dudding » de s'exprimer dans sa langue maternelle – dont il ne savait pas un mot. Mme de Larnage lui fit connaître sans détour ses sentiments, et, lors d'une nuit d'étape dans un relais de poste, Jean-Jacques se rendit à cette « sensuelle et voluptueuse femme ». Ils se séparèrent avant d'arriver à Montpellier, Jean-Jacques – physiquement épuisé – promettant un rendez-vous à quelques semaines de là. Rendez-vous qui n'eut jamais lieu. Rousseau, après avoir appris quelques phrases d'anglais, afin d'étoffer le déguisement Dudding, et repris de la santé, partit avec l'intention de rejoindre Mme de Larnage à Bourg-Saint-Andéol. Toutefois, en chemin, son remords de trahir *Maman* fut si intense qu'il interrompit son voyage et retourna immédiatement la retrouver à Chambéry. Il fut reçu fraîchement. Witzenreid était toujours là. La place de Jean-Jacques était prise.

Nous tournâmes le voyage en chaise dans la forêt domaniale voisine de Spandau, et je donnai à Monika Alt le rôle de Mme de Larnage. J'étudiai à la loupe l'épisode dans *les Confessions* pour tenter de comprendre les motifs du flirt de Rousseau avec Mme de Larnage. Était-ce une vengeance préventive parce qu'il savait que Witzenreid le chasserait du nid ? Ou était-ce quelque chose en Mme de Larnage qu'il ne pouvait pas trouver chez *Maman* ? Dans le livre, il va jusqu'à comparer les deux expériences charnelles. Avec *Maman*, dit-il, le plaisir était toujours accompagné de mélancolie, mais avec Mme de Larnage, affirme-t-il, « j'étais fier d'être homme. Je me livrais à mes sens avec joie, avec confiance ». Que voulait-il dire ? Que se passa-t-il ?

Les Confessions sont remarquables de candeur, surtout à propos de la nature sexuelle de leur auteur. Depuis son plus jeune âge, Jean-Jacques aimait être dominé. Quand il était enfant, à Bossey, la sœur de son précepteur, Mlle Lamber-cier, dut cesser de lui donner la fessée pour le punir quand elle s'aperçut à quel point il y prenait plaisir. Plus tard, à Nyon, une très jeune fille – Mlle Goton – accepta de jouer les sévères maîtresses d'école et de le fouetter. Ce fut le seul moment dans sa vie, insinue-t-il, où un membre du sexe opposé comprit vraiment *et* satisfit ses désirs profonds. Mme de Larnage, me demandai-je, avait-elle fait de même ?

Je dois avouer que je fus content de revoir Monika. Nous nous installâmes à Falkenhagen, sur la route de Spandau, pendant trois ou quatre jours, tandis que nous tournions les scènes de voyage avec chaises et chevaux. Monika était au courant de ma liaison avec Doon et se montrait discrète-ment provocatrice au sujet de notre passé. « C'est tout oublié, Johnny », déclara-t-elle à plus d'une reprise, mimant des lèvres scellées, ce qui naturellement ne fit que raviver mes souvenirs.

Le dernier soir, dans la petite *gasthaus* de Falkenhagen, nous eûmes une discussion grivoise à propos de Jean-Jacques et de la flagellation. Karl-Heinz affirma qu'il trou-vait la chose très facile à admettre. Gunter Koll (il jouait le marquis) dit qu'il la pensait dépravée. Monika prétendit la comprendre – quoiqu'elle n'eût aucun penchant de ce genre elle-même. Elle expliqua que si un homme la priait de le battre et qu'il dût en tirer vraiment du plaisir, elle ne le lui refuserait pas.

« Alors si je te demandais : "Monika, je veux que tu me battes", ça ne te choquerait pas ? dis-je.

– Pas du tout. »

Nous continuâmes à bavarder. Karl-Heinz nous parla d'un homme avec lequel il avait couché et qui aimait qu'on lui pressât du jus d'agrume sur le corps.

« Dieu sait pourquoi, il préférait les pamplemousses », dit Karl-Heinz.

La conversation dégénéra à mesure que nous commandions à boire.

Plus tard, en sortant de l'unique salle de bains de la *gasthaus*, je tombai sur Monika qui attendait son tour.

« Ah, Monika », fis-je stupidement.

Nous étions debout, assez proches l'un de l'autre. Je portais un pyjama et une robe de chambre. Elle me regarda en souriant :

« Tu veux essayer ? dit-elle.

– Je te rejoins dans une demi-heure. »

Elle était encore habillée quand j'arrivai dans sa chambre. Elle paraissait incapable d'effacer de ses lèvres un sourire entendu.

« Écoute, Monika..., commençai-je avec précaution.

– Ce n'est qu'une expérience. C'est ça ?

– C'est ça. » Le mensonge me plut. « Purement dans l'intérêt de la recherche. » Le prétexte accéléra ma respiration.

« Que veux-tu que j'utilise ? s'enquit-elle. J'ai un journal. Mon père me battait avec un journal enroulé. Ou une brosse.

– Pourquoi pas une chaussure ? Une pantoufle ? »

Nous sélectionnâmes une jolie pantoufle de daim souple, puis nous nous dévisageâmes.

« Crois-tu que je devrais être nu ? dis-je.

– Oh oui, je crois. »

J'ôtai mes vêtements.

« Tu vois, tu es déjà tout excité. Veux-tu que je...

– Non, je crois qu'il faut que tu restes habillée. » J'entendais le sang battre en vagues à mes oreilles.

Elle s'assit sur le lit. Je m'agenouillai près d'elle, puis me courbai sur ses genoux. Ses mains caressèrent mon dos et mes fesses.

« Monika, s'il te plaît ! »

– Pardon. J'oubliais. Il s'agit simplement de critique littéraire. On y va ? »

Elle me flanqua une bonne raclée. Mes fesses rougirent
puis brûlèrent. L'érection que j'avais eue s'affaissa totalement.

« Plus fort ?

– Non. Arrête, arrête », dis-je faiblement. Je me relevai.
« Ouille ! fis-je en frottant mon derrière douloureux. Quel
foutu *supplice* !

– Et tu vois, ça ne marche pas. » Elle se mit debout.
« Peut-être devrais-je me mettre toute nue aussi. »

Je la regardai. Elle laissa tomber la pantoufle et
commença à se déshabiller.

« Oui, dis-je. C'est peut-être une bonne idée. »

*

Je recommençai à tenir mon journal après une interruption de plusieurs années.

> *Chambéry, 15 mai 1929. Tournage à notre version des*
> *Charmettes. La maison est idéale. Verger en fleurs ravis-*
> *sant. Nous avons planté 400 vignes adultes dans le*
> *champ derrière et arrangé le jardin devant en terrasses.*
> *Nous n'attendons plus qu'une journée ensoleillée.*

J'écrivis ceci alors que, assis dans un petit village de
tentes au flanc de la ferme, nous écoutions la pluie crépiter
sur la toile tendue au-dessus de nos têtes. La Tri-Kamera
était montée, prête à fonctionner. Les ruches étaient à poste
et Georg Pfau avait cinq mille abeilles prêtes à être lâchées
sur les prés verdoyants et le verger en fleurs, dès que le
soleil percerait les nuages. Nous attendions le beau temps
– dont les services météorologiques de Grenoble nous assu-
raient qu'il arrivait – depuis quatre jours. Chacun mourait
d'ennui. Il nous restait une seule scène à filmer et *les*
Confessions : Première Partie seraient terminées.

Peu m'importait la qualité du temps pour le départ de

Rousseau des Charmettes, que j'avais déjà tourné dans un crachin consternant, mais il était absolument essentiel qu'à son retour un merveilleux soleil, dans la meilleure tradition de l'illusion pathétique, reflétât son humeur. Rappelez-vous, il a récemment trahi *Maman* avec Mme de Larnage, et sa conscience vient de guider de nouveau ses pas vers Les Charmettes – où il n'est nullement attendu. J'avais un peu changé les choses décrites dans le livre. Là, Jean-Jacques retrouve Mme de Warens dans son boudoir. Dans le film, je voulais le voir marcher le long du chemin de campagne bordé de haies chargées de fleurs, le visage plein d'une impatience joyeuse. Il frappe à la porte de la ferme. Pas de réponse. Il entend au loin l'éclat d'un rire féminin. Lentement, il descend vers le verger (ici, nous devrions nous rappeler l'idylle de la séquence de la cueillette des cerises), et tombe sur *Maman* et Witzenreid en train de pique-niquer. Witzenreid, allongé sur l'herbe, sa tête sur les genoux de *Maman*. (Rousseau décrivait Witzenreid comme « un garçon perruquier... grand, fade blondin, avec le visage plat et l'esprit de même, dont la conversation trahissait les affectations et le mauvais goût de son état ».) Jean-Jacques s'approche d'eux. Nous passons sur trois écrans – les trois visages en gros plan, chacun essayant de dissimuler ses sentiments respectifs. C'est la fin de l'histoire d'amour. Je voulais que ce fût un moment de poignante amertume dans le décor d'un été débordant de beauté et de parfums. Mais tout ce que nous avions, c'était de la pluie.

J'étais prêt à attendre. Je n'avais pas permis au temps de gâter mon film jusqu'à présent, et je n'allais pas m'y résoudre maintenant. Assise sur une chaise longue à côté de moi, Doon, costumée et maquillée, lisait un livre. Je jetai un coup d'œil sur son beau profil ferme et me sentis saisi d'un délicieux élan d'amour pour elle. Ma seule et unique nuit avec Monika Alt, à Falkenhagen, n'avait été qu'une aberration passagère, une simple affaire de circonstances et d'humeur (et de Monika) se liguant contre moi. Je n'en éprouvais aucun remords, parce qu'elle n'avait rien changé. Doon et moi, nous continuions à nous voir pratiquement chaque jour. Je passais nombre de mes nuits chez elle, où je gardais la plupart de mes vêtements et de mes objets. Je parlais de temps à autre d'acheter un plus grand appartement pour nous deux – Doon ne soulevait pas d'objection, ce qui signifiait que nous vivrions ensemble avant longtemps. Mon seul souci restait les tournages futurs. Mme de Warens, à la fin de la Première Partie, disparaît complètement du récit des *Confessions*, Doon et moi serions souvent séparés au cours des trois prochaines années durant lesquelles je filmerais les Deuxième et Troisième Parties.

Doon fouilla dans son sac et en sortit un étui à cigarettes. Je souris, ravi par l'anachronisme étrangement excitant d'une aristocrate du dix-huitième siècle fumant une Lucky Strike. Elle se retourna et intercepta mon regard.

« Foutue pluie, dis-je.

– Jamie, j'y pensais, est-ce que la scène ne serait pas mieux sous la pluie ? Après tout, c'est un moment déprimant.

– Absolument pas. » Je réitérai mes arguments. Elle s'ennuyait, elle était désœuvrée. Elle savait qu'elle ne me ferait jamais céder.

« Bon, eh bien, puis-je descendre à l'hôtel ? J'ai des trucs à ranger. »

Je levai les yeux sur la masse compacte des nuages gris. Si le soleil se montrait, nous n'aurions le temps de tourner que l'arrivée de Jean-Jacques à la porte. J'acquiesçai. Elle s'en alla avec un soulagement compréhensible.

Pour quelle raison retournai-je plus tôt que prévu dans la vallée ? Pourquoi y précédai-je la troupe et les techniciens ? Impossible de me le rappeler. Je crois que Leo m'apporta un télégramme d'Eddie à propos de certaines dépenses, et je pense que je voulus consulter mes notes de production avant de dicter ma réponse. Quoi qu'il en soit, je me fis reconduire à l'Hôtel de France, sur le quai Nézia (je vous le recommande si jamais vous deviez vous trouver à Chambéry). Une promenade agréable, même sous la pluie. Je m'en souviens parce que je me sentais d'humeur si parfaitement sereine. Il ne me restait qu'une scène à filmer ; *les Confessions : Première Partie* étaient tout ce dont j'avais rêvé. J'éprouvai la belle confiance d'un grand artiste – un Vinci, un Rembrandt, un Monet – contemplant son tableau achevé, se demandant seulement où apposer sa signature.

Fis-je halte dans ma chambre avant de monter dans la suite de Doon ? (L'hôtel n'en possédait qu'une, assez exiguë, au dernier étage sous les combles, aménagée dans d'ex-chambres de service.) Je le crois. Je pense que je réfutai ou confirmai la question d'Eddie. Puis je m'engageai nonchalamment dans le corridor, grimpai les marches raides et entrai dans le salon de Doon.

Alexander Mavrocordato y était assis, en train de fumer et de lire un scénario, mon scénario. Une serviette de cuir reposait contre le pied de sa chaise. Il était habillé en sport – *à l'anglaise* –, veste fantaisie, pantalon de serge, chemise crème, foulard. Il leva les yeux à mon entrée. Sans surprise, sans remords, sans accueil.

« Ah, Todd, dit-il. A ce qu'il paraît, le temps vous cause des problèmes. »

Je crus un instant que j'allais avoir une crise cardiaque, si intense fut la douleur qui, partant de mon aisselle gauche, me traversa la poitrine en zigzag. Mais elle s'estompa avec une soudaineté gratifiante. (Vous ai-je dit que Mavrocordato était russe ? Ou du moins le prétendait-il. Il parlait l'anglais avec un épais accent d'Europe centrale. Je suis certain qu'il portait un nom d'emprunt. Quelqu'un me raconta un jour qu'il s'appelait en réalité Otto Blač – le « č » prononcé « ch ».)

« Oui, réussis-je à dire, obligeant ma tête à rester immobile et à ne pas se tourner dans la direction de la chambre de Doon. Des problèmes mineurs. Très mineurs... Oui, parfaitement mineurs. »

Il jeta le scénario sur la table. « Un sacré film que vous faites.

– Merci. » Je demeurais debout tel un majordome, raide au milieu de la pièce, incliné très légèrement en avant, comme si j'attendais de recevoir un ordre. Je sentis que si Doon n'arrivait pas très vite, je me briserais en éclats tant j'étais tendu.

Elle entra en se brossant les cheveux. J'entrevis une seconde le lit – plat, pas froissé. Je me détendis, très légèrement.

« Salut, chéri, me dit-elle. Regarde qui est là, ajouta-t-elle en me montrant Mavrocordato.

– Oui, fis-je en me tournant vers lui. Que voulez-vous exactement ?

– Il fait un film, expliqua Doon. Il veut que je sois dedans.

– Non, dis-je.

– Non, quoi ? s'enquit Mavrocordato.

– Non, elle ne sera pas dans votre film.

– Jamie ? Tu ne tournes pas rond ? »

Mavrocordato sourit d'un air las :

« Je ne crois pas que la décision vous appartienne, Todd, sauf votre respect.

– Laissez tomber, répliquai-je. Sauf votre respect. »

Doon me cloua d'un regard agrandi par la colère. Elle se tourna vers Mavrocordato :

« Nous parlerons plus tard. »

Il se leva, prit sa serviette, l'ouvrit et posa un scénario sur la table. Je le ramassai et le lui tendis. Je sentis l'odeur aigre de son cigare.

« Je te laisse le scénario, Doon », dit-il en le reposant de nouveau.

Je le ramassai et le lui redonnai. Nous recommençâmes trois fois la manœuvre.

« Reprends ça, Blač », dis-je.

Il me débita une série de jurons dans son malheureux charabia, une panade de sons mâchouillés.

« Casse-toi, connard. » Une fière concision anglo-saxonne.

« Arrête, Jamie ! »

Doon était furieuse, mais je m'en fichais. Je me sentais très calme, mes veines et mes artères comme ventilées par la fraîche brise alpine. Mavrocordato demeurait planté là, les mains sur les hanches, tel un mendiant assommant qui continuerait à insister.

« Il est toujours aussi enfantin ? » demanda-t-il à Doon.

C'est le regard qu'il lui jeta qui déclencha tout. Un regard intime, possessif, entendu.

Spontanément, j'interrogeai Doon :

« Est-ce que tu as couché avec lui ? Depuis que nous... »

Je ne terminai pas ma phrase. Elle avait le visage crispé, les traits tirés.

Mavrocordato s'esclaffa :

« Ah, *oui* ! Nous y voilà, maintenant ! Très anglais !

– Eh bien ?

– Oui, répondit-elle. Une ou deux fois.

– En souvenir du bon vieux temps ! » commenta Mavrocordato.

Je le frappai de toutes mes forces, un crochet du droit haut placé qui le cueillit devant l'oreille gauche. J'entendis mes jointures se briser avant de sentir la souffrance. Il s'effondra, mais se releva en titubant presque immédiatement. Je lui décochai deux autres coups forcenés au visage, un droit et un gauche. Le gauche lui écrasa le nez, le droit lui enfonça l'épaule. Je rugis de douleur tandis que mes jointures brisées crissaient sur ses os.

Mavrocordato vacillait, crachant du sang et des mucosités – de la morve – sur le tapis, comme un taureau touché à mort dans l'arène. Doon jurait et nous hurlait d'arrêter. Ma main droite me faisait l'effet d'avoir été plongée dans un seau de lames aiguisées. La douleur cuisante avait un écho métallique.

Son premier coup de poing me prit à l'oblique, haut sur la tête. Puis il tenta de me flanquer son genou dans l'aine, mais, plié comme je l'étais, son genou s'enfonça dans mes côtes, en faisant exploser l'air hors de mes poumons. Je me sentis tomber lentement, et son second coup de poing atterrit comme une massue sur ma nuque. Il m'attrapa par le col, ouvrit la porte et me traîna dehors. Je ne voyais plus rien, sauf une série de météores défilant devant mes yeux comme un banc de petits poissons vifs. Je tendis le bras pour accrocher quelque chose – je crus qu'il y avait un mur devant moi –, et ne rencontrai que de l'air. Puis je fus expédié dans l'espace par la force vicieuse de sa botte dans mon derrière. Je plongeai tête première dans l'escalier.

*

Je terminai le tournage de la scène finale des *Confessions* dix jours plus tard avec deux doigts brisés, une sévère fracture double de mon bras droit, trois côtes enfoncées et des bleus énormes sur tout le corps. J'avais le torse solidement bandé, le bras et la main droite dans le plâtre, et le cerveau ramolli par les calmants.

Doon n'arrêtait pas de rire, et nous fûmes obligés de faire beaucoup de prises de vues. Mais finalement tout fonctionna, et la scène fut tournée exactement comme je voulais.

Je pardonnai à Doon, avec une magnanimité coupable, quand elle s'excusa de ne pas m'avoir tenu au courant pour Mavrocordato. Elle n'avait pas honte, dit-elle, utilisant des arguments identiques à ceux dont j'avais usé moi-même pour me libérer la conscience à propos de Monika. Et elle jouerait dans son film. Ce qui à présent, sans que je sache pourquoi, ne m'agaçait plus autant. Mais elle se montra d'une grande gentillesse durant ma semaine de convalescence. Elle s'occupa de moi avec un soin plein de gaieté et de sincérité.

Eddie Simmonette vint assister au dernier jour de tournage. Il me parut manquer étrangement d'entrain. Il ne se joignit pas aux grands vivats poussés par l'équipe entière lorsque, pour la dernière fois, je criai : « Coupez ! C'est bon ! » Ma propre joie fut brève. J'étais épuisé par presque deux années de combat créatif, et pourtant je savais fort bien que je n'avais achevé qu'un tiers du projet.

Mais, ce soir-là, à l'Hôtel de France, nous étions très gais. On fit de grands discours ampoulés exprimant une mutuelle admiration, on échangea des petits cadeaux, on but beaucoup de champagne. Quand on en arriva aux chansons, Eddie vint vers moi, et me demanda d'aller bavarder un peu dehors avec lui.

Nous sortîmes faire quelques pas le long de la Leysse en direction du jardin public. La nuit était calme, embaumée, le ciel clair. Nous parlâmes de choses et d'autres sans importance. Eddie me demanda comment allaient mon bras et mes côtes. Finalement, je lui dis :

« Qu'est-ce qui cloche, Eddie ? Des problèmes d'argent ? »

Il gloussa :

« Il y a toujours des problèmes d'argent ! »

– Que se passe-t-il alors ? »

Il fit halte sous un réverbère. De l'autre côté de la rivière, je voyais les sentiers de gravier du jardin, les branches lépreuses et tordues des tilleuls écimés, grotesques dans l'obscurité.

« Quoi qu'il arrive, John, commença-t-il lentement, je veux que tu saches que je ne serai jamais aussi fier de quoi que ce soit comme je le suis des *Confessions*. C'est un chef-d'œuvre. Un merveilleux film.

– Merci, Eddie. » Je sentis mon cœur étouffer d'affection pour ce petit homme brun coquet. « Mais que veux-tu dire par "quoi qu'il arrive" ? »

Il me regarda. Je ne pourrais pas le jurer – sa voix ne laissa rien passer –, mais je crois que ses yeux brillaient de larmes. Il prit dans sa poche un journal plié. C'était une revue spécialisée *Kino-Magazin*. D'énormes titres barraient la première page :

FIN DE LA GUERRE DES BREVETS ! ! !
LE CONSORTIUM TOBIS-KLANGFILM TRIOMPHE ! ! !

J'avais trop bu. J'étais las.

« De quoi s'agit-il ? demandai-je.

– Je pense que nous arrivons trop tard, dit-il d'un ton doux et désespéré. *Les Confessions*, c'est trop tard.

– Tard ? Trop tard pour quoi ?

– Pour le son. »

Villa Luxe, 24 juin 1972.

Le son. Le son... je ne m'étais jamais soucié du son. Je savais qu'il en était question, mais cela me semblait une toquade. En outre, c'était une invention qui ramènerait le cinéma aux origines théâtrales et littéraires dont il avait réussi à se dégager. Je le considérais un peu avec l'attitude d'un peintre à l'égard de nouveaux progrès dans l'art de la pointe sèche. Il me paraissait ne rien avoir à faire avec la pureté du film de cinéma. Moi qui détestais tant les légendes, qui avais inventé le sous-titre superimposé de façon que l'écran ne ressemblât jamais à un tableau noir, qu'avais-je à faire – qu'avait à faire n'importe quel spécialiste de l'art cinématographique – avec des dialogues, avec le « parlant » ? Comment les mots pouvaient-ils jouer un rôle quelconque dans un mode d'expression purement visuel ?

Eh bien, l'histoire prouva que j'avais tort. Mais nous avons perdu autant que nous avons gagné. Avec le son, il est trop facile d'*expliquer*, trop facile d'être précis. Cette dangereuse frange d'ambiguïté disparut à jamais. Les suggestions puissantes, très diverses de l'image furent assujetties au bavardage. Le raisonnement articulé l'emporta sur la liberté qu'avait l'image d'opérer au-dessous du niveau du conscient... Je peux continuer. La technologie étouffa un art en 1927 – ou quelle que soit la date à laquelle cet abominable chanteur noirci au cirage coin-couina pour la première fois sur pellicule –, et aujourd'hui, des dizaines d'années plus tard, nous luttons toujours pour retrouver cette merveilleuse qualité subversive du film muet arrivé à maturité.

En tout cas, je répète tous ces vieux arguments avec Ulrike, un soir, dans la villa de ses parents. Elle fait un excellent public – elle est d'accord avec tout ce que je dis.

Herr Gunter est grand, avec le teint vif. Il a les joues rouges comme s'il avait passé la journée à arpenter une campagne balayée par la bourrasque. Il ressemble à un fermier anglais. Sa famille entière est rassemblée sur la terrasse de la piscine avec de nombreux autres invités – inconnus de moi –, venus des nouvelles villas que l'on construit sur les rives de notre baie. La plupart des adultes ont délaissé la piscine, mais les enfants continuent à crier et à s'amuser dedans et autour. Ulrike m'a demandé si je voulais nager, mais j'ai décliné, disant que je ne me sentais pas très bien. En fait, j'hésite à exposer mon corps de vieillard au milieu de tant de sensualité et de jeunesse bronzée. Ma chair est flasque et plissée. Ma poitrine plate s'est transformée en deux seins mous pendouillants. La toison virile qui couvrait mon corps est devenue mystérieusement longue et soyeuse. Mes jambes sont maigres, mes fesses à moitié dégonflées. Tous les signes habituels. J'aurais pu me baigner en compagnie de deux ou trois témoins, mais pas devant cette assemblée tapageuse, énergique.

Ulrike me raconte que son boy-friend arrivera demain et qu'il est extrêmement impatient de me rencontrer. Elle dit qu'un ou deux magazines de cinéma lui ont demandé de m'interviewer. Y vois-je un inconvénient ?

« Pas de photos, dis-je très vite, songeant à l'homme dans l'autobus. Et il ne devra pas publier mon adresse.

– Bien sûr que non. »

Nous continuons à parler. Elle connaît bien le cinéma, et j'ai plaisir à lui faire part de mes opinions.

« Mais, et la couleur, monsieur Todd ? Vous ne pouvez pas être contre.

– Oh, que si, mais pas aussi fortement que contre le son. »

Je lui explique que la couleur rend le film banal. Ça devient exactement la même chose que voir. Nous voyons le monde en couleurs ; le noir et blanc rend le film très différent, c'est un voile d'artifice essentiel, comme les deux

405

dimensions de la toile d'un peintre qui prétendent être trois. En ce qui concerne le cinéma – la grande forme d'art du vingtième siècle –, l'addition du son et l'apparition de la couleur l'ont privé de son caractère unique.

« Et d'ailleurs, je poursuis, m'échauffant – Anneliese vient d'arriver –, la couleur est moderne, et donc le noir et blanc devient le passé, la couleur de l'histoire. Pensez à la Grande Guerre. Vous ne la connaissez qu'en noir et blanc. Il n'existe pas de photos en couleurs de la Grande Guerre, et pourtant je peux vous assurer que ce fut un événement très coloré. Imaginez-le en couleurs – vous en tireriez une impression totalement différente. Quand je revois des bandes d'actualités, je la reconnais à peine – toute cette monochromie ! »

Herr Gunter s'approche pour m'interroger sur mes aventures de la Première Guerre. Je lui en raconte quelques-unes. Les gens se rassemblent autour de nous, fascinés par les souvenirs d'un vieil homme. Le soleil plonge derrière le crocodile du cap et les premières chauves-souris commencent à filer entre les pins.

13

La fin d'une liaison

Ce fut entre la nomination d'Adolf Hitler à la Chancellerie et l'incendie du Reichstag que Doon m'annonça qu'elle déménageait à Paris. Ses arguments étaient irrésistibles. Huit de ses collègues appartenant à l'Association des artistes avaient été tués au cours de l'année précédente et l'Association elle-même mise hors la loi. Elle doutait fort, dit-elle, de pouvoir jamais retravailler dans un film allemand, le pays était fichu, elle n'avait aucune envie d'y vivre, et ainsi de suite.

Je l'encourageai à partir et déclarai que je la rejoindrais dès que j'aurais terminé la nouvelle version parlée des *Confessions*. En fait, dès cette époque, début 1933, la moitié de l'industrie cinématographique allemande semblait désormais installée à l'étranger. J'accompagnai Doon à la gare de Lehrte. Elle n'avait pratiquement pas de bagages. Nous nous embrassâmes, nous nous assurâmes de notre amour réciproque et elle partit.

Je quittai la gare tristement. Les drapeaux aux couleurs désagréablement vives – rouge, blanc et noir – flottaient partout. Des hommes en uniforme vendaient des journaux à la criée sur un ton bruyant et assuré. Je hélai un taxi et songeai à aller au Métropole prendre un verre symbolique, mais y renonçai. Je savais que j'en sortirais encore plus déprimé, et j'avais déjà suffisamment de problèmes sur le dos.

*

Ce n'est pas seulement l'arrivée du « parlant » qui avait tué *les Confessions*. Le krach de Wall Street y avait eu sa part. En 1930, quand les répercussions de l'effondrement financier de l'Amérique vinrent frapper l'édifice chancelant de l'industrie allemande, Realismus Films frôla dangereusement la banqueroute. Les studios de Spandau furent fermés et nous déménageâmes nos bureaux près de l'usine à gaz de Grünewald. Nous étions à l'étroit dans les salles de montage inconfortables, et l'entretien de nos machines laissait à désirer. Pendant que j'œuvrais ainsi dans la gêne sur les kilomètres de pellicule que nous avions filmés, les foules se pressaient dans les cinémas pour voir et écouter le babillage de voix imbéciles dans *Die Nacht gehört Uns* et *Melodie des Herzens*. Peut-être, si nous avions eu plus d'argent et de meilleures facilités, *les Confessions* auraient pu encore faire leur effet, car les films parlants étaient rares et leur qualité lamentable. Mais, lorsque nous fûmes enfin prêts – février 1931 –, les cinémas étaient remplis d'opérettes insupportables, de piètres comédies musicales mal ficelées, jouées par des garçons ou des filles du genre petit-bourgeois, ou bien des véhicules publicitaires manifestes pour des ténors sur le retour, tels que Kiepura et Neumark.

Dans sa version finale, *les Confessions : Première Partie* duraient cinq heures et quarante-huit minutes. Il n'avait pas été difficile de convaincre Eddie que la seule chance de succès du film résidait dans la mise en valeur de son ampleur et de ses extraordinaires particularités. Nous louâmes l'énorme Gloria-Palast sur le Kurfürstendamm, et y installâmes trois vastes écrans. On rassembla un orchestre de soixante exécutants (à la dernière minute, Furtwängler nous refusa la Philharmonie de Berlin – désormais je ne lui adressai plus jamais la parole). Le 27 février eut lieu une soirée de gala. Le grand auditorium resta à moitié vide. Quelques centaines de gens seulement virent *les Confessions* comme elles devaient être vues. Une consolation : la presse fit au film un accueil délirant, mais sur un ton triste qui sentait les adieux. L'*Illustrierter Film-Kunst* en est un exemple :

« C'est comme si Todd avait lancé, en cette ère de l'automobile, de l'aéroplane et des transatlantiques, un splendide trois-mâts avec voiles blanches gonflées, salons somptueux et lignes suprêmement élégantes. Magnifique, mais d'un autre âge que le nôtre. »

Le film se donna pendant une semaine au Gloria-Palast, devant des salles moyennement pleines, avant que nous ne soyons obligés de le retirer. Le seul bénéfice fut que la publicité ranima brièvement la prospérité de Realismus. Leo Druce tourna rapidement une comédie musicale, au sujet de trois laveurs de carreaux au chômage, qui obtint un minimum de succès. Les offres se multiplièrent pour moi. J'aurais pu faire n'importe quel nombre de films dans une demi-douzaine de pays si je l'avais voulu, mais je refusai tout. Je ne m'appesantirai pas sur mes sentiments, mais mon désespoir devant ce qui était arrivé fut si profond que j'envisageai à moitié sérieusement de me suicider, surtout quand Doon – contre mon gré – partit pour l'Italie tourner le film de Mavrocordato. Karl-Heinz travaillait à la UFA sur un nouveau contrat. On aura la mesure de ma dépression dans le fait que je n'intervins pas lorsque Eddie fit monter, et doubler d'une bande sonore exécrable, une version de quatre-vingt-dix minutes des *Confessions*, rebaptisée *Jean-Jacques !* Cela afin d'apaiser Pathé et les commanditaires français. *Jean-Jacques !* ne fut projeté je crois qu'en France et en Belgique. Je ne l'ai jamais vu, j'exigeai que mon nom soit retiré du générique, je le renie entièrement.

J'achetai un appartement moderne dans le quartier ouest de la ville, mais Doon ne vint jamais y vivre avec moi. J'étais dans un tel état que j'abandonnai bientôt mes tentatives pour l'en persuader. Jusqu'à son départ pour Paris, et dans la mesure où son travail et ses activités politiques le permettaient, nous continuâmes à nous voir comme par le passé, en faisant des allées et venues entre les deux adresses. Je suppose que nous menions une vie mondaine, mais je me rappelle très peu de chose de ces mois difficiles après l'effondrement des *Confessions*. J'ai, parmi mes papiers, un petit agenda pour l'année 1932. Je cite ses entrées au complet :

Le reste en blanc.

C'est Eddie qui m'encouragea à songer à une adaptation des *Confessions* pour le parlant. Pas totalement par altruisme. Le film avait coûté près de deux millions de dollars sans en rapporter pratiquement le moindre. Nous ne pouvions manifestement rien faire avec la Première Partie, mais Eddie me rappela que nous avions encore devant nous les Deuxième et Troisième Parties. N'était-il pas possible de commencer à les filmer avec le son, et d'utiliser des tronçons de la Première Partie en flash-back ? Peu à peu, mon enthousiasme se ranima de lui-même. Durant plusieurs semaines, je me passai et repassai le film. Oui, il *existait* des épisodes où les voix pourraient être synchronisées avec les mouvements des lèvres ; il *existait* des séquences qui pourraient être sauvées par la superposition de la voix d'un narrateur. De nouveaux plans me vinrent à l'esprit, et, à la fin de 1932, j'entamai le doublage sonore.

Je fus contraint de procéder par petits bouts, puisque Doon et Karl-Heinz étaient pris par d'autres films, et il me fallut en outre pas mal d'essais avant d'arriver à une synchronisation parfaite. Mais je travaillais de nouveau et, entre ces séances de doublage, j'écrivis un narratif pour Karl-Heinz, et nous commençâmes les enregistrements musicaux qui accompagneraient les scènes majeures.

Semble-t-il absurdement naïf aujourd'hui de raconter que je ne m'inquiétai guère de la montée du nazisme ? Pour être parfaitement honnête, je prenais ses partisans pour une bande de grotesques plaisantins. Je me souviens d'avoir assisté, avec Doon au printemps 1932 – à contrecœur et sous la menace –, à un meeting de l'Association au cours duquel une bagarre éclata à la porte, et l'on entendit des bruits de verre brisé. Je m'enquis, à la fin, de la raison de ce brouhaha.

« Ces salopards de nazis ! dit Doon.

– Qu'est-ce qu'ils veulent ? »

Elle me regarda avec une stupéfaction mauvaise.

« Nom de Dieu, Jamie, où vis-tu ?

– A Chambéry », répliquai-je.

Doon comprit. Mais c'est le plus proche contact que j'eus jamais avec les nazis.

Pourtant, je suis sûr qu'elle me décrivait en détail ce qui se passait dans le pays, mais cela me passait au-dessus des oreilles. Rien de plus facile que de donner l'impression d'une écoute attentive, même lorsque votre esprit est entièrement ailleurs. Je me rappelle, au milieu de 1932, avant les élections, le soutien bruyant qu'apporta Doon à la décision des communistes de ne pas voter avec les sociaux-démocrates. Et, quand les nazis eurent gagné tous ces sièges-là, elle continua à prétendre que la décision avait été la bonne... Sociaux-démocrates, communistes, nazis, nationalistes, Hindenburg, von Papen, von Schleicher, interdiction des SS et des SA, annulation de l'interdiction des SS et des SA – autour de combien de tables berlinoises bourdonnaient ces noms et ces sujets ? Vrai, je remarquais les uniformes dans la rue, et il semblait qu'il y eût constamment une marche, une démonstration ou un rassemblement en cours. Mais souvenez-vous, ce n'était pas mon pays et, en ce qui me concernait, il y avait des affaires plus pressantes à résoudre.

Cependant, Georg Pfau me raconta quelque chose que je me rappelle encore fort bien. Ce pauvre Georg se faisait attaquer par des casseurs avec une régularité déprimante. Le 129b était voisin d'une salle fréquemment utilisée par le KPD pour ses meetings, et Georg, qui rentrait souvent tard à pied de son travail, fut agressé deux fois par des gangs de nazis, et tomba même un jour dans une embuscade communiste.

Il arriva un matin aux studios pour un enregistrement (il m'apportait un panier de cigales) avec les deux yeux au beurre noir et un gros bleu sur le front. Je lui manifestai ma sympathie.

« A l'origine de tout ça, me dit-il calmement, il y a le problème bavarois. Tu comprends, les Bavarois nous *haïs-*

sent, nous les Prussiens. C'est ça le danger. Et ils ne seront pas contents tant qu'ils ne nous auront pas à leur botte. C'est ça la raison de tout ce *verdammte* problème. Il s'agit d'une guerre civile allemande. Voilà ce qu'on est en train de vivre. »

Il s'en montrait très inquiet. Je répétais souvent sa remarque dans des dîners, dès que la conversation tournait à la politique et, chaque fois, cela provoquait une sérieuse discussion – à laquelle je ne prenais pas part, simplement satisfait d'en avoir été l'initiateur. Mais le sombre pessimisme de Georg n'était pas très répandu. Parmi nos amis et connaissances, l'humeur était à la passion, mais aussi à la patience. « Oui, disaient les gens, les choses vont mal pour l'instant mais ce n'est qu'une phase. Ça passera, vous verrez. »

Même Doon le pensait, encore que la phase qui, pour elle, devait succéder à la présente me parût totalement dénuée de réalisme. Je lui faisais remarquer que l'Association était un groupe dissident d'une faction (la Ligue des artistes) qui avait rompu avec le KPD. Cela ne constituait pas une base très ferme sur laquelle construire une société nouvelle.

« Mais nos principes sont universels, répliquait-elle.
– Que veux-tu dire ?
– De quel côté est ton cœur ?
– A gauche. »

C'était une ingénieuse réplique de débat, mais elle me revint souvent en mémoire plus tard, quand je devins moi-même la victime d'idéologies politiques.

Mais Adolf Hitler chancelier s'avéra trop difficile à digérer pour Doon. Elle forma presque immédiatement le projet de partir. Il faut dire aussi que sa propre carrière n'allait pas très fort. Doon parlait l'allemand, mais pas au niveau requis pour les productions germaniques. Le film qu'elle avait tourné avec Mavrocordato (*le Cauchemar blond*, est-il besoin d'en dire davantage ?) avait, sans surprise, fait un four. Elle ne recevait d'offres désormais que pour des coproductions anglaises ou américaines (d'où le voyage à Paris), mais les rôles n'étaient que des vignettes – la vamp, la fofolle, la touriste ou l'héritière américaines de service.

Mavrocordato se trouvait déjà à Paris, où il travaillait avec Pommer et Pabst. Depuis des mois, il essayait de persuader Doon de venir s'y installer. En fin de compte, Adolf Hitler devait fournir l'argument décisif.

Pourquoi la laissai-je partir ? Bizarrement, je ne me faisais plus de souci au sujet de Mavrocordato. Je devinais que, si elle en avait envie, Doon coucherait peut-être de nouveau avec lui, mais aucune interdiction de ma part n'y changerait rien. En fait je pensais qu'une séparation passagère nous serait bénéfique. Depuis le départ de Sonia, ma vie avec Doon n'avait pas été la félicité totale à laquelle je m'étais attendu. Nous ressemblions à ces petits gadgets de baromètre, avec un monsieur et une dame surgissant tour à tour pour annoncer la pluie ou le beau temps. Le sort voulut que, au début des années trente, nos succès et nos humeurs réciproques coïncident rarement. Alors que j'étais terrassé par le désastre des *Confessions*, Doon travaillait. Quand je repris du poil de la bête et me remis à l'ouvrage sur la version sonore, Doon se trouva dans l'incapacité de décrocher un rôle décent, et dans un marasme moral dû à la situation politique. Je la laissai donc partir tristement, mais avec une certaine confiance. J'avais le projet d'aller tourner bientôt à Neuchâtel, nous ne serions pas trop éloignés, Doon pourrait me rejoindre pour les week-ends. *Les Confessions* terminées, j'irais habiter volontiers avec elle n'importe où. De toute manière, je ne voyais pas mon séjour en Allemagne se prolonger beaucoup plus longtemps. Eddie venait d'être convoqué au ministère de la Propagande par Goebbels lui-même, et sommé d'expliquer la raison pour laquelle il était en train de faire un film sur le socialiste français notoire Jean-Jacques Rousseau. Eddie s'en était sorti en disant que le Rousseau qu'il avait l'intention de filmer était en fait un Suisse. Mais la main fatale du censeur était prête à s'abattre. Paris offrirait peut-être même une base admirable d'où achever le film. Sans forcer, j'essayai de persuader Eddie de transférer Realismus dans un autre pays. Il me répondit qu'il y songerait

*

413

Les Confessions existaient à présent en trois versions. Il y avait l'indigne et consternant *Jean-Jacques !*, il y avait les six heures de ma *Première Partie* définitive, et nous avions maintenant cinquante minutes d'épisodes doublés – fragments qui attendaient d'être reliés par de nouvelles séquences que nous formions le projet de filmer à la fin de l'année et au début de 1934.

Karl-Heinz serait libéré de son contrat avec la UFA en novembre, et nous tournerions alors les scènes de Neuchâtel. Nous accolerions le nouveau narratif aux flash-back, et filmerions ensuite les années de gloire et de célébrité à Paris. Cette Deuxième Partie engloberait en résumé la Première Partie, et serait plus ou moins entièrement sonorisée. Du moins est-ce ainsi qu'Eddie et moi nous l'avions mise au point. Mais Eddie ne débordait pas d'optimisme. Realismus, quoique sorti financièrement du bois (m'assura-t-il), n'avait plus sa puissance d'autrefois. A. E. Groth était reparti en Suède où il avait eu une attaque. Gast et Hitzig, les deux metteurs en scène les plus courus, après moi, avaient rejoint le flot toujours croissant des exilés : Gast à Paris, Hitzig à Londres. Leo était requis par la production de mon film, et d'ailleurs les deux siens n'avaient pas eu beaucoup de succès. Même le plus charitable de ses amis (c'est-à-dire moi) n'aurait pu qualifier que d'« honnête » le talent de Leo. En outre, il avait des soucis personnels. Lola avait divorcé, et, après un aller et retour à Hollywood, lui faisait maintenant un procès sous un prétexte quelconque. Eddie ne pouvait plus se permettre d'engager des directeurs chevronnés. Le choix qu'il avait à faire maintenant, en tant que patron d'un petit studio en perte de vitesse, était soit de produire de la camelote osée, soit de s'accrocher à sa vedette. Il savait que j'aurais pu travailler n'importe quand à la UFA, Terra ou Tobis, si je l'avais souhaité. Mais je fus loyal. Eddie se débrouilla pour ramasser assez d'argent, et le tournage des *Confessions : Deuxième Partie* fut annoncé par de petits placards publicitaires dans la presse spécialisée.

*

Extrait de mon journal :

17 fév. 1934. Hôtel du Lac et Bellevue, Neuchâtel. **Journée réussie.** *Anny a réagi merveilleusement au* **jet de** *pierres à travers la fenêtre. Réelle terreur. Malheureusement, elle a été un peu égratignée sur un bras, et j'ai donc décidé de remettre à plus tard les scènes anglaises. Un cri est un cri dans n'importe quelle langue. Aucune nouvelle encore de Doon. Tous mes télégrammes à Paris demeurent sans réponse. Bonne ambiance dans l'équipe. Il n'y a aucun doute que le son a un rôle limité à jouer dans le cinéma. Le bruit du verre se brisant et les hurlements d'Anny sont authentiquement effrayants.*

Fidèles à nous-mêmes, nous commençâmes la Deuxième Partie avec du retard. Nous arrivâmes à Neuchâtel début janvier. Le départ de la gare de Stettin contrasta fortement avec celui de 1928. Notre petite troupe n'occupait plus qu'un compartiment et un wagon à bagages. Mais il était tout de même exaltant de se remettre au travail. Malgré l'interruption, j'éprouvais un grand sentiment de continuité en nous installant à l'hôtel. Voici que nous étions de nouveau dans un hôtel moyen, de classe moyenne, sur les rives d'un lac entouré de montagnes. Annecy, Genève, et maintenant Neuchâtel. Le pèlerinage des *Confessions* continuait à retracer les pas de Jean-Jacques. Et nous étions de nouveau tous là : moi, Leo, Karl-Heinz, Horst Immelman, chacun dévoué à sa tâche. Seule Doon manquait, mais elle n'était pas loin.

Le premier désastre se produisit avant qu'un seul centimètre de pellicule ait été tourné. Helene Rednitz, qui jouait Thérèse Levasseur, attrapa une bronchite et, après avoir gardé le lit une semaine, repartit pour Berlin. Leo, Karl-Heinz et moi passâmes deux jours à Genève à courir les bars, les théâtres et les spectacles de variétés pour trouver une remplaçante. Nous découvrîmes notre Thérèse au Théâtre de la Comédie, une jeune fille qui jouait les soubrettes dans une farce éculée. Elle s'appelait Anne-Louise Corsalettes. Je décidai de la rebaptiser Anny La Lance (d'après un petit village au bord du lac de Neuchâtel), et, aimerais-je ajouter, une étoile était née. Je tirai certainement beaucoup de plaisir de l'occasion que j'eus ainsi de dire : « Je vous veux dans mon film », mais Anny n'était pas une actrice, elle avait tout bonnement le parfait physique de l'emploi. Rousseau décrit Thérèse comme « une fille sensible, sans coquetterie, avec un regard vif et doux ». Anny avait de grands yeux sombres et un visage plat assez joli. C'était une grande fille aux épaules et aux hanches fortes, et c'est précisément la lourdeur de ses entrées et sorties sur scène qui avait attiré notre attention, avant de nous amener dans les coulisses. Elle fut, bien entendu, emballée par notre proposition.

Voilà donc pour Anny La Lance. Elle joua fort bien sous ma direction. Elle faisait tout ce que je lui demandais, et ne me tenait pas rancune de la faire marcher afin d'obtenir la bonne réaction (comme pour l'incident cité ci-dessus dans mon journal, au cours duquel la maison de Jean-Jacques est lapidée par des villageois hostiles et soupçonneux). Le tournage marchait bien, et je filmais en même temps les versions anglaise et allemande – tels sont les problèmes du parlant. L'accent anglais de Karl-Heinz était très germanique, et Anny ne parlait que le français, mais je pourrais la faire doubler plus tard.

Mon seul vague souci était le silence de Doon. Nous avions passé un Noël un peu difficile à Paris – peu accoutumés que nous étions l'un et l'autre aux retrouvailles. Nous ne nous montrâmes pas à notre avantage. Ni l'un ni l'autre n'écrivait beaucoup non plus, et il s'écoula un mois avant que je ne lui envoie, à son adresse parisienne, un télégramme qui demeura sans réponse. J'en fus surpris, mais supposai qu'elle était partie quelque part tourner un film.

Le lendemain du jour où j'écrivis ce passage de mon journal, Eddie Simmonette surgit à l'improviste. Il arriva alors que nous venions de terminer notre dîner. Il n'était pas rasé, et la fente de son menton pullulait de repousses de barbe. Il était venu en voiture de Berlin en passant par l'Autriche, un voyage ardu qui lui avait pris cinq jours. Je compris que quelque chose n'allait pas, car il portait des vêtements sales. Il apportait les pires nouvelles. D'abord, le malheureux Georg avait été arrêté et incarcéré sous un prétexte quelconque. Ses liens avec Realismus Films avaient provoqué l'ouverture d'une enquête sur les studios. Peu après, Eddie avait apparemment été déclaré « non Aryen ». Le scandale inhérent à l'affaire avait incité les banques à retirer leurs garanties, et ses créanciers à se jeter sur lui. Les studios avaient été fermés, le personnel congédié et tous les biens d'Eddie saisis.

« Tous ? » dis-je. Je sentis une horrible nausée me remonter le corps en se tortillant comme une chose coincée dans un terrier.

« Au complet.

– Et *les Confessions* ? » J'eus du mal à sortir le mot. « Le négatif.

– Oh, ça, je l'ai dans le coffre de ma voiture. Et aussi cette vieille malle que tu gardais là-bas. Non, je parle de ma maison, des studios... »

Je l'obligeai sur-le-champ à m'emmener à sa voiture – une grosse Audi – et à ouvrir le coffre. J'aperçus les boîtes d'aluminium brillant. Je les comptai – quatorze. Je posai un instant mon front sur le toit glacé de la voiture.

« Tu as des nouvelles de Doon ? demanda-t-il.

– Non.

– Elle a appelé de l'étranger. Elle te cherchait. Je n'ai pas pu lui parler – la police était là.

– Quand ça ?

– Il y a dix jours. »

Ça n'avait pas de sens, je pensais qu'elle savait où j'étais, mais je n'eus pas le temps d'y réfléchir. Nous convoquâmes l'équipe dans la salle à manger de l'hôtel pour la mettre au courant de ce qui s'était passé. Eddie expliqua qu'il paierait et congédierait tout le monde le lendemain matin. Il parla vaguement d'aller s'installer à Paris et de tout y rassembler à la fin de l'année, une fois qu'il aurait une base sûre.

Plus tard ce soir-là, nous eûmes, Eddie et moi, une conversation en tête à tête. Il m'affirma qu'après avoir payé l'équipe et les dettes du film il lui resterait en tout et pour tout deux mille dollars.

« C'est terminé, dit-il. Je suis désolé, John.

– Pour le moment, dis-je bravement. Ça a survécu au parlant et au krach de Wall Street. Ce n'est que partie remise. »

Une moitié de moi le croyait vraiment, je suppose ; l'autre avait envie de s'allonger et de mourir.

« Tu as de l'argent ici, non ? » s'enquit-il.

J'en avais, à Genève. Les profits de *Julie* que Thompson m'avait fait transférer d'Allemagne, moins un certain nombre de paiements à Sonia.

« Oui. Pourquoi ?

– Je veux te vendre les négatifs des *Confessions*, dit-il, pour cinquante mille dollars. »

Jusqu'à aujourd'hui, je me demande encore de temps à autre si Eddie m'a roulé. Parfois, j'en suis persuadé, parfois absolument pas. Il savait que j'avais de l'argent en Suisse, puisque je lui avais fait part du conseil de Thompson – qu'il avait choisi d'ignorer.

Lors d'un grand moment de dépression dans ma vie, je fus convaincu qu'il avait monté *les Confessions : Deuxième Partie* simplement pour m'expédier en Suisse, avec l'intention précise de me vendre la Première Partie. Il devait savoir que je l'achèterais. Pourtant, en fin de compte, je fus obligé de l'absoudre ; le plan était beaucoup trop compliqué, même pour le cerveau byzantin d'Eddie. Par exemple, il ne pouvait pas savoir qu'une enquête serait ouverte contre lui et qu'il serait déclaré non Aryen. Mais, dans ce désastre, les cartes se retournèrent à point en sa faveur. J'avais quelque chose comme un peu plus de soixante-dix mille dollars dans une banque de Genève. Eddie avait très bien fixé son prix.

Il nous fallut deux jours pour régler nos affaires à Neuchâtel. Nous nous fîmes des adieux moroses. Karl-Heinz déclara qu'il rentrait à Berlin voir ce qu'il pouvait faire pour Georg. Je lui dis que je partais tout droit sur Paris, et le pressai de nous rejoindre, Doon et moi, là-bas. Il me répondit qu'il allait voir.

Anny La Lance prit la fin subite de sa courte carrière cinématographique et le retour à son ancienne identité avec un calme surprenant. Elle déclara que tout cela lui avait paru trop beau pour durer, et se contenta de demander que nous la ramenions à Genève où nous nous rendions, Eddie et moi.

Nous passâmes la journée avec un avocat. Il se trouva que Eddie avait apporté tous les documents nécessaires avec lui. A présent, nous avions une raison de bénir l'existence de *Jean-Jacques ! Les Confessions : Première Partie* appartenaient entièrement à Realismus Films Verlag A.G. Le négatif du film et tout ce qui avait été tourné de la Deuxième Partie furent dès lors acquis par John James Todd esq. pour cinquante mille dollars, moins les frais et honoraires de l'avocat. J'allai à ma banque retirer l'argent en des liasses de billets qu'à ma surprise Eddie réussit à faire tenir au complet dans sa serviette.

Le temps d'hiver était doux, le soleil brillait sur le lac, tandis que nous prenions un verre d'adieu dans un café. Accrochée jusqu'à la dernière minute à son avenir perdu, Anny La Lance était encore avec nous. Garée le long du trottoir, m'attendait la grosse Audi, ma propriété désormais – Eddie l'avait généreusement incluse dans notre transaction.

« Eh bien, dis-je. Ça y est. Quand pars-tu pour Paris ?

– Je n'y vais pas, répondit-il. Je vais en Amérique. » Il tapota sa serviette. « Voir ce que je peux faire là-bas. » Il sourit. « Pourquoi ne viens-tu pas avec moi ? Hein, Johnny ? C'est là-bas qu'est l'avenir.

– Mon avenir m'attend dans cette voiture, dis-je. Non, je vais à Paris. Retrouver Doon. »

Je sonnai à la porte de l'appartement de Doon. Elle habitait un immeuble assez miteux de la rue de Grenelle. Je n'obtins pas de réponse et me mis à la recherche de la concierge. En l'occurrence, un gros costaud en maillot de corps et bretelles qui arrosait d'herbicide les mauvaises herbes dans la cour humide. Il m'informa que Mlle Bogan était partie.

« Quand revient-elle ? » m'enquis-je.

419

Non. Je n'avais pas compris. Elle était partie pour de bon. Elle ne reviendrait pas.

Je sentis la tristesse m'infecter comme un germe.

« Où est-elle allée ? L'a-t-elle dit ?

– Non, répondit-il. Elle est partie, c'est tout. M. Mavrocordato est venu, et ils sont partis ensemble. »

14

Étés de chien

Je rentrai à Londres dans la semaine. Je vendis l'Audi à Paris et achetai une grande malle-cabine pour y transférer le contenu de l'ancienne et les bobines des *Confessions*. Je la déposai dans les coffres d'une banque de Piccadilly. Je louai un modeste appartement dans Islington, non loin des ex-studios de Superb-Imperial, et considérai mon avenir.

Je trouvais étrange d'être de retour à Londres après dix ans d'absence. La ville était plus animée et plus sale que Berlin mais, à cette exception près, elle apparut plus ou moins la même à mon regard indifférent. Sonia et les enfants habitaient à présent une grande maison près de Parson's Green. Je choisis délibérément de vivre aussi loin que possible du territoire Shorrold.

Je me sentis déprimé et souvent bien misérable durant ces premières semaines à Londres. J'avais pris extraordinairement bien, ou du moins le croyais-je, la disparition de Realismus Films et la fin de mes rêves autour des *Confessions*. Sans doute, je suppose, parce que je n'avais jamais vraiment été persuadé que la version parlante fût réellement faisable. Y travailler représentait un effort plus désespéré qu'enthousiaste – un défi et non pas une conviction. J'avais besoin de plus de temps pour engendrer ce sentiment-là.

Aussi dur à croire que cela puisse être, l'ambition en moi était pratiquement morte, en vérité, depuis 1929. Je montai la Deuxième Partie et en tournai ce que je pus animé par une énergie qui venait plus d'un élan sur sa fin que d'une nouvelle source créatrice spontanée. L'ambition était morte et maintenant j'avais besoin d'un sentiment fort pour remplir l'espace rendu vacant. C'est pourquoi je m'étais rendu à Paris avec une si joyeuse impatience et pourquoi la tra-

hison de Doon avait été le choc le plus brutal que j'avais
dû subir.

Je n'arrivais pas à croire qu'elle eût pu partir avec Mavrocordato. Je n'éprouvais que haine et dégoût pour ce qu'elle
m'avait fait. Pour essayer d'oublier, je passai deux jours à
me cuiter (on buvait beaucoup plus à l'époque, je crois).
Finalement, dessoûlé, abruti, en ayant marre, je me demandai que faire à présent. Retourner à Berlin était hors de
question. Eddie filait en Amérique, alors pourquoi ne pas
le rejoindre là-bas ? Un moment, je fus tenté. J'allai même
dans une agence de voyages me renseigner pour une place
de bateau. Mais j'étais trop blessé et trop triste pour sauter
tout de suite un tel pas. Ainsi donc, dans un état d'esprit
touchant à l'apathie, je pris la direction de l'Angleterre avec
mes films, mes scénarios et mes petites affaires pour m'atte-
ler à la tâche de recoller ma vie.

Il me fallut deux semaines avant de réussir à aller voir
Sonia et mes enfants dans la maison que je louais pour eux.
Un samedi, dans le taxi qui m'emmenait le long de King's
Road, je revécus en mémoire les souvenirs de mes premières années de mariage. Je me permis un sourire de nostalgie. Je repensai à moi plus jeune avec affection. Quel
idiot sentimental et impulsif j'avais été alors !

J'eus un choc quand Sonia m'ouvrit la porte. Cela faisait
un temps considérable que je ne l'avais vue et elle devait
bien avoir perdu dans les vingt kilos depuis. Ses vêtements
étaient toujours aussi soignés, et sa raie médiane aussi impitoyablement dessinée, mais son visage autrefois rond et
joufflu était émacié, sévère. Elle portait des lunettes à mon-
ture caramel pâle et tenait une cigarette à la main. Jamais
elle n'avait fumé pendant toutes les années où je l'avais
connue.

« Hello, John, dit-elle. C'est gentil à toi de venir. »

Je la suivis à l'intérieur. Ses hanches rondes avaient
complètement fondu.

« Tu vas bien ? demandai-je, inquiet.

– En pleine forme.

– Qu'est-il arrivé à ta voix ? »

L'accent londonien avait disparu.

« De quoi parles-tu ? »

Sonia, je m'en rendis compte, avait pris des intonations radicalement distinguées. Elle parlait comme une actrice.

« De rien, de rien. »

Nous entrâmes dans le salon où mes enfants m'attendaient : Vincent, onze ans, cheveux châtains, fade, un Shorrold des pieds à la tête ; les filles – Emmeline et Annabelle – attifées de manière absurde, comme pour une pantomime, avec des robes de soie blanche et des nœuds de satin dans les cheveux Elles étaient potelées, comme leur mère jadis, et timides. Je les embrassais tous, ces étrangers. Dans un coin s'agitait une silhouette familière. Lily Maidbow. La fidèle Lily.

« Hello, monsieur Todd », fit-elle.

Je contemplais, gêné, ma famille et ma servante. Avais-je vraiment quoi que ce fût en commun avec ces gens ? J'essayai d'oublier la douloureuse absence de Hereford.

« Quel plaisir de vous revoir tous, dis-je à la manière d'un directeur d'école, les mains derrière mon dos.

– Il faut que les petites s'en aillent, annonça Sonia.

– Quel dommage.

– Elles ont une répétition en costumes de la pièce de fin d'année.

– Ah. Bon. Parfait. »

Elles s'en allèrent. Lily emmena Vincent. « Au revoir, Papa », dirent-ils gauchement comme s'il s'agissait d'un mot inconnu. Sonia et moi nous assîmes. Elle m'offrit une cigarette que je refusai.

« Depuis quand fumes-tu ?

– Devine. Un sherry ?

– Mmm... Oui, s'il te plaît. »

De vagues remords m'étouffaient mollement comme des coussins géants. Je fus brusquement saisi d'une envie folle de fuir cette maison sinistre.

« Les enfants ont bonne mine, dis-je avec un petit sourire contraint.

– J'ai besoin d'argent, John. Mille livres de plus par an. Vincent entre en pension...

– En pension !

– Et je vais y mettre aussi les filles ; une école près d'Ascot.

423

– Bon Dieu ! »

Je me livrai à de rapides calculs. Je possédais environ vingt mille dollars et l'appartement de Berlin. Je ne pouvais pas compter sur une vente rapide de l'appartement. A six dollars la livre, j'avais donc un peu plus de trois mille livres. Mille livres à Sonia m'en laisseraient deux pour vivre.

« Je pourrais me débrouiller pour t'en donner deux cents, je pense. »

Je ne reproduirai pas les grossièretés de langage dont usa Sonia après que je lui eus expliqué comment j'avais racheté le négatif des *Confessions* à Eddie Simmonette. Fait impressionnant, le nouvel accent ne dérapa jamais. Les insultes le cédèrent à de calmes et sérieuses menaces. Le nom de son avocat – un Mr. Devize – fut fréquemment évoqué. Finalement, je lui promis les mille livres et le montant de la vente de l'appartement. Elle se calma un peu.

« Tu n'auras qu'à te trouver du travail, dit-elle. Tu peux gagner beaucoup d'argent comme metteur en scène. Je suis navrée, John, mais il va falloir que je mette Mr. Devize au courant de ton achat de ce film. Tu n'avais pas le droit de dépenser cet argent. Il nous appartenait à nous tous. »

Elle sortit de la pièce en appelant Lily pour qu'elle me raccompagne à la porte. Je comptai les mégots dans le cendrier – cinq. Lily s'avança, les yeux baissés.

Dans le hall, en mettant mon manteau et mon chapeau, je posai une question.

« Que fait Mrs. Todd ces jours-ci, Lily ?

– Eh bien... elle joue aux cartes, surtout. Avec ces trois amies qui viennent. Elles jouent aux cartes pendant des heures. Des jours. Et elles fument. Elles fument quelque chose de terrible. Les cartes, les cigarettes, les tasses de café. Elles jouent toute la nuit, des fois. Je me lève le matin et elles y sont encore.

– Seigneur... » Je me sentis très déprimé.

« Oh, et puis elle va voir ce Mr. Devize. »

Après quoi, je partis. Et, étant donné la tournure des événements, ce fut la dernière fois que je vis ma famille.

*

Je cherchai sans conviction du travail. Je rencontrai des gens et leur parlai des *Confessions : Deuxième Partie*, mais je ne soulevai guère d'enthousiasme. Mr. Devize me convoqua plusieurs fois dans son bureau. C'était un grand gaillard d'aspect onctueux, avec des cheveux clairsemés et gominés, qui aimait à user d'un pince-nez demi-lune. Il était agressif et déplaisant. Je l'avais immédiatement étiqueté comme *arriviste* malgré sa cravate de collège et le timbre professionnel mélodieux de sa voix. J'étalai devant lui mes documents et mes comptes, y compris l'acte de vente notarié d'Eddie. Il les fit vérifier et rapporta à Sonia que j'étais vraiment aussi impécunieux que je le prétendais.

Ce marasme financier ne me tourmentait pas. La prospérité matérielle n'a jamais eu beaucoup d'importance pour moi. J'ai toujours pris la richesse et la gloire pour les séduisantes illusions qu'elles sont.

Début juin, faute de mieux à faire, je montai à Édimbourg. La vérité, c'est que j'étais très seul à Londres et que, dans cet état, on se fait facilement des idées sentimentales au sujet de sa famille et de son pays. Je sous-louai l'appartement pour l'été et pris la direction du nord.

Je réussis à passer deux jours avec mon père avant que l'implacable ironie de ses interrogatoires ne me chasse. Il avait enfin quitté son vieil appartement pour une élégante maison géorgienne sur India Street, dans la Ville Nouvelle. De là, je m'installai à la pension Scotia, un établissement modeste mais propre dans Bruntsfield. Je prenais le petit déjeuner dans ma chambre, le repas de midi dans un pub et celui du soir, à sept heures précises, en compagnie des autres pensionnaires, tous d'honnêtes hommes exerçant des professions libérales, en majorité des ingénieurs et des géomètres qui travaillaient loin de chez eux et y retournaient en fin de semaine. Souvent, le week-end, je me retrouvais tout seul au Scotia dont la propriétaire, Mme veuve Darling, me tenait pour un excentrique un peu louche qu'elle traitait avec une condescendance manifeste, me présentant aux nouveaux clients comme : « Mr. Todd, notre producteur de cinéma. »

Aujourd'hui, en rétrospective, je pense que, durant toute cette première moitié de 1934, j'ai dû souffrir d'une dépres-

425

sion nerveuse légère mais prolongée. J'étais amorphe et maussade. Je me sentais trahi et abandonné par Doon. Je me considérais comme une infortunée victime de la technologie. Je me traînais à travers ces longues semaines d'été en promenades dans la ville ou dans la campagne, sur les collines de Pentland. Je revisitais régulièrement tous les lieux de mon enfance : Anstruther, North Berwick, Cramond. Et même l'Académie Minto, pour découvrir qu'elle avait été transformée en auberge de la jeunesse. On aura une idée de mon humeur et de ma mélancolie si on sait que ma rêverie la plus fréquente consistait à m'imaginer en vieillard. Je suis sûr qu'il s'agit là d'un signe infaillible de la fin de la jeunesse. J'avais plusieurs versions en vogue : le vieux débauché fringant à la barbichette grise, un gin dans une main et la fesse d'une danseuse dans l'autre ; ou le charmant excentrique papillonnant adoré de tous ; ou encore le bel octogénaire ascétique imprégné de sagesse clairvoyante et tranquille. Je ne m'imaginais jamais ressemblant, même de loin, à mon père. J'avais trente-cinq ans, et je ne pouvais pas me débarrasser de la conviction que ma vie était finie. Ma grande œuvre était aussi complète qu'elle le serait jamais ; mon grand amour m'avait abandonné. J'étais à la moitié de mes quatorze lustres et ce qu'il en restait s'étendait devant moi, aussi plat qu'un marais salant.

Mon Dieu, si j'avais eu cette chance...

En août, je fus brusquement sorti de ma torpeur introspective et de mon apitoiement sur moi-même. Sonia m'écrivit pour m'annoncer son intention de divorcer. Mr. Devize avait tout arrangé. Un homme du nom de Orr entrerait bientôt en contact avec moi. Il m'expliquerait exactement ce que je devais faire.

Orr arriva une semaine après la lettre de Sonia. Mrs. Darling m'apporta le plateau de mon petit déjeuner et dit sur un ton de dédain affligé :

« Il y a un... homme. Du nom de Orr. Il veut vous voir, monsieur Todd. Nous l'avons mis dans le fumoir. En lieu sûr. »

Orr était un petit cube d'homme engoncé dans un gros costume de mauvaise qualité. Assis bien raide, il fumait une cigarette comme s'il l'essayait, et en examinait le bout après chaque bouffée. Je remarquai que l'ongle et les deux premières jointures de son index étaient aussi brunâtres que du thé sans lait. Il s'était mal rasé ce matin-là, sa mâchoire à vif portait des traces de coupures et un petit rubis de croûte étincelait au bord d'une narine. Il sentait puissamment la brillantine.

« Ian Orr », dit-il en se levant. Il mesurait dans les un mètre cinquante. Je fus convaincu qu'il avait été dans les Bantams. Il mit sa cigarette dans sa bouche afin de libérer sa main droite. Nous nous serrâmes la main. Il avait la poignée ferme. Puis il fouilla chaque poche de son costume avant de découvrir une vieille carte de visite qui indiquait : « Ian Orr. Agence de Détection Privée. Spécialistes en Divorce et Recouvrement de Dettes. » Après Eugen, Orr. J'eus soudain la morne prémonition que ma vie allait être harcelée par cette sorte de types.

« Venons-en tout de suite au cœur du sujet. » Je ne voyais aucune raison d'être aimable. Pourtant, Orr expliqua ce que nous devions faire avec un enthousiasme quasiment contagieux. Nous aurions pu tout aussi bien être en train d'organiser un tournoi de whist ou une chasse au trésor plutôt que de mettre en scène ma culpabilité dans un cas de divorce. En résumé, Sonia obtiendrait plus rapidement et plus facilement le divorce si j'étais surpris en flagrant délit d'adultère. Les Londoniens chics passaient un après-midi avec une putain de Mayfair à l'hôtel Métropole de Brighton. Pour moi, Orr avait réservé une chambre pour deux nuits (pour plus de vraisemblance, expliqua-t-il) à l'Hôtel de la Sobriété Harry Lauder de Joppa, la prolongation ouest de Portobello, théâtre de mes premières excursions au bord de la mer. A un moment réglé d'avance de mon séjour, Orr nous « surprendrait », moi et la femme avec laquelle je me trouverais, et témoignerait à cet effet devant le tribunal en qualité de témoin principal de la plaignante.

« Bien, dis-je. D'accord. Mais ai-je vraiment besoin de rester deux nuits ?

– Je trouve toujours que c'est bien plus convaincant, monsieur. Vous comprenez, pour de l'adultère vrai, solide. Pas simplement une partie de jambes en l'air d'un soir.

– Comme vous voudrez. »

Orr avait un accent écossais fortement haché, très nasal. Il prononçait « adultère » : « adèle-tare ».

Il me sourit. Il avait des petites dents jaune foncé.

« On peut trouver une pââte en ville ou à Joppa.

– Prenons-en une ici. »

Le soir, Orr et moi descendîmes sur les quais de Leith dans un pub appelé le Linlithgow. Le bar abondait en miroirs non moins abondamment gravés de scènes écossaises typiques. La salle était illuminée au point que j'eus envie de me protéger les yeux. Elle était remplie d'hommes et de marins qui semblaient faire exprès de ne pas prêter attention aux « filles » – trois seulement – assises le dos au mur derrière une longue table.

Orr acheta deux demis de bière « spéciale » (c'est moi qui payais en fait, son tarif était de deux guinées par jour plus « frais divers »). Nous restâmes à boire debout au bar, pour décider du choix de ma compagne.

« Ça m'est égal, dis-je. Je n'ai pas l'intention de faire quoi que ce soit avec elle.

– Autant que vous rigoliez un *peu*, monsieur Todd. C'est vous qui payez. »

Il traversa de l'autre côté pour aller parler aux femmes et revint avec l'une d'elles qu'il me présenta comme Senga. Elle était jeune, plutôt lourde, et louchait un peu. Elle portait un manteau de velours râpé sur une robe imprimée crasseuse. Nous conclûmes rapidement nos arrangements. Je la rencontrerais le lendemain à 16 h 30 sous l'horloge de la gare de Portobello. Elle recevrait un paiement de cinq livres après la « découverte ».

Senga m'attendait à l'heure dite, avec les mêmes vêtements et pas de bagages. Je lui demandai d'où venait son curieux prénom.

« C'est Agnes à l'envers », dit-elle.

L'Hôtel de la Sobriété Harry Lauder ne se trouvait pas loin de la gare. C'était une simple et solide bâtisse de pierre, peinte en blanc avec des meneaux marron, séparée de la mer par la route principale. On m'avait enjoint de prendre un nom d'emprunt et je nous enregistrai donc comme

Mr. et Mrs. A. Lenvers. Le propriétaire, un petit homme grassouillet avec une épaisse moustache blonde, nous emmena dans notre chambre. Il avait un air familier. Une fois à l'intérieur, il se présenta.

« Alexander Orr, annonça-t-il avec un large sourire. Appelez-moi Eck. Ian a tout organisé. Ne vous inquiétez de rien, monsieur Todd. Je m'occupe de tous ses clients. » Il ne prêta aucune attention à Senga, comme si elle n'existait pas. « Puis-je vous offrir un petit verre ? Je vous fais monter une bouteille. Rhum ou whisky ?

– Qu'aimeriez-vous, Senga ?

– Je prendrai un rhum.

– Et du rhum vous aurez, monsieur Todd !

– Je croyais qu'on ne servait pas d'alcool dans cet hôtel, dis-je.

– Oh, mais oui, c'est exact. Comme ça, on n'a pas d'ennuis avec la police. »

Après l'arrivée de la bouteille, je déballai mes quelques vêtements. Senga prit un verre, un grand rhum à l'eau. Je n'en avais pas bu depuis la guerre, et l'odeur vaguement écœurante me ramena à ce jour dans le Saillant quand nous étions montés à l'assaut pour la première fois. Je tâtai la cicatrice laissée par la dent de Somerville-Start.

« Vous n'avez rien avec vous ? demandai-je à Senga.

– Non.

– Pas même une brosse à dents ? Une chemise de nuit ?

– Non. »

Nous sortîmes faire quelques courses. Nous prîmes un tram pour Portobello et j'achetai à Senga une brosse à dents, une boîte de poudre dentifrice, un peigne, une savonnette, un gant et une trousse de toilette. Puis nous allâmes nous promener sur la plage. La taciturne Senga faisait un compagnon idéal. Nous longeâmes la plage en direction de la jetée et de Restalrig. Une brise froide soufflait avec force sur l'estuaire, et je dus enfoncer fermement mon chapeau sur ma tête. J'avais l'esprit rempli de Souvenirs : les pique-niques avec Oonagh et Thompson, Donald Verulam prenant des photos, le chien Ralph, les noyés de Nieuport, Dagmar... Je laissais mon imagination s'emballer un peu sur Dagmar. Peut-être irais-je en Norvège, la chercher...

« Hé, m'sieur ! »

Je me retournai. Senga était restée très en arrière. Je revins sur mes pas.

« J' peux point morcher dinsse sable, 'vec ces chaussoures.

– Eh bien, ôtez-les, alors.

– Quoin ? Oh, hou-hou. Que j' suis bête. »

Elle ôta ses chaussures et nous nous remîmes en marche. Nous dûmes faire trois kilomètres. Je crois que Senga y prit plaisir. Tout en nous promenant, une idée de film se forma dans ma tête. Sur le chemin du retour, j'achetai un carnet pour l'y noter.

Eck Orr nous fit monter notre dîner dans la chambre – maquereau bouilli et purée de pommes de terre. Senga recousit l'ourlet défait de son manteau et consolida un bouton de ma veste. Lorsque je commentai son habileté, elle m'expliqua qu'elle avait été, pendant un temps très court, femme de chambre dans une des maisons du comte de Wemyss. Après le dîner, j'écrivis mon idée de film. Il s'agissait exactement de ma propre situation : un homme obligé de s'inventer un adultère pour obtenir le divorce, la différence étant que l'homme tombe passionnément amoureux de la prostituée qu'il engage, ce qui complique les choses de manière désastreuse. Je pensais que cela ferait un gentil mélodrame satirique. J'écrivis une douzaine de pages tandis que Senga buvait du rhum à l'eau en silence. Ce soir-là, pendant que nous attendions d'être découverts, je sentis une étrange sérénité m'envahir et, pour la première fois depuis mon retour en Grande-Bretagne, un élan de ma vieille énergie. Je jetai un coup d'œil à Senga. Son astigmatisme avait quelque chose de curieusement séduisant : il paraissait traduire une espièglerie latente, tout à fait contraire à sa vraie nature.

A onze heures, Orr ne s'étant pas manifesté, nous nous préparâmes à nous coucher avec cérémonie. J'allai mettre mon pyjama et ma robe de chambre dans le W.-C. au bout du couloir. Puis, tandis que je me lavais la figure avec l'eau du broc dans la cuvette, Senga se glissa hors de sa robe et dans les draps. Je lui demandai si elle désirait utiliser sa brosse à dents, mais elle répondit que non.

430

Elle s'endormit presque immédiatement. Allongé dans le noir, j'écoutais son léger ronflement, me demandant si Ian Orr allait surgir d'une minute à l'autre. J'entendais le bruit de voix masculines venant de la pièce en dessous que je supposais être le bar où l'on ne servait pas d'alcool. Dehors, le soir d'été fit place à la nuit, j'entendis le teuf-teuf d'un train sur la ligne LNER et des voitures passer sur la route côtière en direction de Musselburgh.

Le lendemain était un samedi et il pleuvait. Le lit de Senga était vide quand je me réveillai, mais son manteau et sa robe se trouvaient toujours dans l'armoire. J'allai à la fenêtre regarder les toits mouillés de Joppa. Au-delà de la route, l'estuaire couleur d'étain était calme et au-delà gisait tout le reste de l'Écosse... La pluie paraissait tomber du ciel bas solide sur le pays tout entier.

Senga revint, des toilettes je suppose, vêtue de ma robe de chambre.

« Ah, zêtes debout. J'ai emprunté vat' rab' de choumb. »

Elle l'ôta et me la tendit. Elle avait dormi avec ses sous-vêtements, et sa culotte de coton était très froissée. Je vis qu'elle avait des seins pointus, et son allure, avec ses jambes nues et ses chaussures à talons hauts éculés avait quelque chose de provocant. J'aperçus un peu de duvet brun sur ses mollets.

« Senga, je... »

La porte s'ouvrit brusquement en grand et Ian Orr entra.

« Bonjour, monsieur Todd, bonjour votousses ! »

Je dus régler à Eck Orr les deux nuits complètes. Je réglai toutes mes notes, y compris celle de Senga dans le bureau de l'hôtel. Nous bûmes à l'heureuse conclusion de mon divorce. Eck leva son verre.

« A la bonne nôtre, y a-t-y mieux que nous ?

– Sacrément peu – ça c'est vrai », ajouta Ian Orr.

Plus tard, Eck demanda en douce à Senga de rester, mais je fus content qu'elle refuse. Nous dîmes au revoir aux frères Orr et partîmes à pied pour la gare.

« Où allez-vous ? demandai-je, tandis que nous attendions un train. Waverley ?

– Je vais prendre l'omnibus pour Bonnington. »

Nous étions assis côte à côte sur le banc du quai. Il pleuvait toujours. Je me sentis vaguement escroqué de ma seconde nuit avec elle.

« Vous allez souvent dans ce pub – le Linlithgow ? » Ce fut la seule allusion que je fis à sa profession.

« Ouais, des fois.

– Peut-être que je vous y verrai.

– Peut-être, ouais. »

Son train arriva au bout de cinq minutes. Elle se leva.

« Merci pour la trousse de toilette, monsieur Todd. Alors, salut ! »

*

Mon film *le Divorce* fut présenté à la presse en août 1935. *Close-up* le décrivit comme « un puissant mélodrame, parfois choquant, très dans le style allemand ». « Un film adroit et impressionnant trahi par le jeu médiocre des acteurs », déclara *Bioscope*. Dans mon scénario, l'impossible histoire d'amour se termine avec le héros tuant la prostituée indifférente à sa passion avant de se suicider. Je le tournai avec plein d'ombres : implacablement ténébreux dans chaque scène. Un petit film pas cher comparé à l'échelle à laquelle je m'étais accoutumé avec *les Confessions*, mais j'en étais content. Il était imprégné de sa propre étrange passion. Dans l'ensemble *le Divorce* eut une bonne presse quoiqu'un succès financier moyen. Ceci résultant du contrat de distribution inepte négocié par la compagnie productrice – Astra-King. Mais je fus content du film pour plusieurs raisons, la moindre n'étant pas qu'il constituait un mémento des vingt-quatre heures bizarres que j'avais passées à Joppa à commettre un adultère avec Senga. Il s'accrut d'autres avantages. Les bonnes revues attirèrent l'attention de Gaumont, J. Arthur Rank et British Lion. *Les Confessions : Deuxième Partie* revinrent sur le tapis.

Mon partisan le plus ardent était le célèbre Courtney Young, connu aussi sous le nom de « Mr. Film », « Père du cinéma anglais » et autres épithètes flatteuses. Young était un homme immensément riche qui avait fait fortune dans les secteurs ancillaires de l'industrie cinématographique. Il avait commencé par la location d'équipement – éclairages et caméras – puis s'était étendu aux costumes. Il avait racheté un studio durant la crise d'après-guerre, l'avait démoli et avait revendu le terrain à la compagnie d'électricité. Avec l'argent, il avait acheté la deuxième plus importante chaîne de salles de cinéma du Nord de l'Angleterre. Et ainsi de suite. Il était un de ces hommes qui aurait réussi, et de la même manière, quel que fût le choix de son industrie – il se trouvait que c'était le cinéma. A présent, il faisait des films. Sa compagnie, Court Films, avait produit deux navets coûteux : *Vanity Fair* et *Sir Walter Raleigh*, mais ceci ne l'avait nullement découragé. Il s'emballa pour *les Confessions.*

Young était grand, corpulent, avec un beau visage gâté par de grosses poches sous les yeux. Il avait des cheveux blond-roux qu'il brossait en arrière, dégageant une peau pâle sans aucune tache de rousseur. On se disait qu'il aurait dû être brun et mélancolique. Le fait qu'il ne le soit pas était un peu dérangeant. Pendant un temps, je me demandai s'il ne teignait pas ses cheveux, mais je le vis un jour nu (sous la douche de son club de golf) et il avait les poils du pubis aussi pâles que du duvet de chardon.

Je n'aimais pas beaucoup Young, mais j'avais besoin de lui. Il était marié à Meredith Pershing, une actrice du muet encore fort belle, et je passais bon nombre de week-ends dans leur maison de campagne près de High Wycombe. Il me paya pour remanier mes scénarios de façon à donner plus d'importance à la période anglaise de Rousseau (il voulait faire jouer David Hume par Hector Seago), ce que je fis. Il me fallut beaucoup de persuasion pour le convaincre d'accepter Karl-Heinz pour le rôle de Rousseau, mais j'en fis une condition à ma mise en scène. Finalement, il fut forcé d'accepter.

Nous étions au printemps 1936, mars ou avril, je crois, quand Leo Druce revint enfin de Berlin. Il n'était pas dans un état brillant, après avoir été mêlé à la sale affaire qui avait suivi la mort de son ex-femme, Lola Templin-Tavel.

Le corps de Lola avait été retrouvé dans un bosquet près du Wannsee avec une balle dans la tête et un revolver à côté. Mais dans sa chambre, elle avait laissé une lettre expliquant qu'elle et Leo allaient organiser un double suicide, exactement semblable à celui de Kleist et de sa maîtresse Henrietta Vogel (Lola avait fait sa réputation en jouant Henrietta Vogel dans une pièce qui avait longtemps tenu l'affiche). Leo ignorait tout de cela et protesta bien haut quand il fut arrêté pour meurtre. Un scandale à sensation s'ensuivit et ce ne fut que grâce à des personnes venues témoigner de la dinguerie totale de Lola que les poursuites contre Leo furent abandonnées.

Depuis son film sur les laveurs de carreaux, Leo avait fait trois autres comédies musicales de bas étage et il était désormais considéré, je suppose, comme un metteur en scène plutôt qu'un producteur.

Nous nous rencontrâmes pour déjeuner d'huîtres chez un écailler du Strand. Leo paraissait amaigri et il avait besoin d'une coupe de cheveux. Nous nous serrâmes la main avec autant de chaleur que peut en engendrer ce geste.

« Je suis parti avec pratiquement rien, dit-il. Il fallait que je me tire de cet endroit. Tu aurais dû voir ces babouins qui m'ont arrêté... et la prison ! C'est tous ces uniformes que je ne peux pas supporter. Soudain, tout le monde a le droit de se déguiser. Et les drapeaux. Des drapeaux partout. Jamais vu un pays aussi fou de drapeaux ! »

Nous commandâmes de la soupe à la tortue et trois douzaines d'huîtres auxquelles, à ma surprise, j'avais pris goût. Pour célébrer nos retrouvailles, je demandai du champagne.

« Ça marche pour toi, Johnny ? »

Je lui racontai que *les Confessions* étaient de nouveau en route.

« Merveilleux. Excellente nouvelle. J'ai vu *le Divorce*. Épatant. La fin m'a un peu secoué, je peux te le dire ! » Il leva le menton et avala une huître. « Tu comprends... avec Lola charriant à ce point comme ça ! »

Je lui demandai des nouvelles de Doon. Il me dit qu'il n'en avait aucune. Nous parlâmes de l'occupation de la Ruhr, de la vie à Berlin et d'amis communs. Il me raconta que Georg Pfau était mort dans une sorte de camp d'internement. Karl-Heinz jouait dans une pièce à succès au Schiller Theater, mais continuait d'habiter l'appartement de Georg dont il était maintenant le propriétaire.

« C'est plein de cadavres d'insectes, dit Leo. Mais il n'a pas l'air de s'en soucier.

– Il faut que je lui écrive. Qu'il vienne pour rencontrer Young. » Je regardai Leo. « Que dirais-tu de continuer à faire des *Confessions* une production Todd-Druce ? Je vais en parler à Young. »

Il posa sa tasse de café avec un air solennel :

« Je ne sais pas ce que je ferais sans toi, John. » Il leva la main, paume en avant. « Non, je le répète, c'est vrai. Je te dirais que cette histoire de Lola a failli m'achever.

– Tu n'y penses pas, dis-je. A quoi servent les amis ? »

Leo vint habiter avec moi pendant une semaine environ, jusqu'à ce qu'il puisse trouver quelque chose à lui. Je le présentai à Young, qui accepta très vite de lui faire produire *les Confessions*. En attendant, Young lui confia la supervision de la version musicale de *Major Barbara* tandis que je m'attelais à de sérieuses révisions de mon scénario. Le redécoupage proposé par Young me plaisait assez. Je voyais maintenant la Deuxième Partie comme essentiellement un film sur l'exil. Elle s'ouvrait avec Rousseau traversant la Manche à bord de la malle de Douvres et approchant le port par un jour de bourrasques pluvieuses. Il est seul (Thérèse suivrait plus tard, escortée par Boswell)*. Ses pensées se tournent vers le passé, la gloire et la disgrâce qu'il a connues, les louanges et les calomnies. Il rencontre Hume et s'installe bientôt en Angleterre. Puis, réuni à l'infidèle Thérèse, il commence à écrire *les Confessions*. Il revient en esprit à sa jeunesse, Genève, *Maman*, Paris et le début de la célébrité... Dans une série de souvenirs morcelés, nous

---

* Je découvris en 1955, lors de la parution des journaux intimes de Boswell, que Thérèse avait profité de cette occasion pour être infidèle. Selon le décompte de Boswell dans son journal, ils baisèrent quatorze fois en trois jours. Thérèse, insatiable, laissa le jeune Écossais complètement sur le flanc. Cette révélation me causa un véritable choc. Je n'ai jamais pu jusqu'à ce jour pardonner à Boswell son ignoble trahison de Jean-Jacques.

revivons sa vie passée (ici, je pourrais utiliser une partie de métrage de la Première Partie). Peu à peu, cependant, la solitude vient à bout de lui. Il s'accoutume mal à l'Angleterre et aux Anglais sans chaleur. Il se met à soupçonner Hume d'intercepter son courrier... Je travaillais d'arrachepied et avec une satisfaction croissante. Pour la première fois depuis mon départ de Berlin, j'éprouvais de nouveau un peu de contentement. Je commençai même à tirer un certain plaisir de ma vie de célibataire – travail le matin, déjeuner dans un pub du coin, une petite promenade dans les rues d'Islington, quelques courses peut-être, puis une autre longue séance de travail jusqu'à sept ou huit heures du soir. Ensuite, je pouvais aller soit au théâtre soit au cinéma et souper plus tard. Souvent, j'avais rendez-vous avec Leo. Il fricotait à présent avec une girl de la troupe de *Major Barbara* (je lui reprochai une telle banalité) appelée Belinda, et je les rejoignais eux et d'autres amis au restaurant ou dans des soirées, ou dans n'importe quel endroit où l'on était supposé « rigoler » ce soir-là. Je rencontrai bon nombre de filles intelligentes et ambitieuses au cours de ces soirées, mais elles durent me trouver un compagnon décevant. Mon esprit était de nouveau plein de Jean-Jacques et j'écoutais à peine les amusants propos qu'échangeaient insatiablement les autres. Durant l'été, j'allais passer un week-end sur deux ou trois chez les Courtney Young. C'est chez eux qu'un samedi je lus dans le *Times* l'annonce de mon divorce d'avec Sonia pour cause d'adultère commis à l'Hôtel de la Sobriété Harry Lauder, Joppa, Midlothian, en compagnie d'une certaine Agnes Outram. (« Très Johnny Todd, dans un sens », commenta Young, ce qui m'agaça.) Je n'éprouvai ni chagrin ni déception et répondis par un sourire aimable aux manifestations de sympathie des autres invités. Je repensai plutôt avec quelque émotion à ces deux journées bizarres et à l'étrange charade que nous avions jouée – moi, Senga et les efficaces frères Orr...

Quelques jours plus tard, Sonia m'écrivit pour m'informer qu'elle épousait son avocat, Devize, et qu'il proposait d'adopter légalement mes trois enfants. Je donnai ma bénédiction à leur entreprise. Je n'avais plus rien à faire là-bas.

Puis je reçus une autre lettre qui me remplit vraiment de joie :

Hello Johnny !

Bon Dieu tu devrais voir Berlin aujourd'hui. On est dans les gros ennuis. Je suis un grand succès dans une mauvaise pièce. Célèbre de nouveau comme *Julie*. Bonnes nouvelles pour Jean-Jacques. Je gagne encore un peu d'argent et puis je viens en Angleterre. Pauvre Georg est mort, tu sais. Je te raconte quand je te vois. Dis à ton Mr. Young que je veux mille livres par semaine pour ton film. Hello à Leo.

Au revoir. Une bonne poignée de main anglaise de ton ami allemand.

Karl-Heinz.

Fin juillet, un mercredi de bruine tiède, Courtney Young me téléphona pour me demander d'aller le voir. Je sais que c'était un mercredi parce que j'étais sorti après le déjeuner acheter des bananes et que j'avais trouvé les magasins fermés. J'avais oublié l'après-midi hebdomadaire de fermeture. J'étais rentré à la maison et commençais juste à écrire la scène au cours de laquelle Rousseau accuse Hume de comploter contre sa réputation quand le téléphone sonna. Young voulait me voir sur-le-champ.

Aussi curieux que cela paraisse à raconter maintenant, un roman intitulé *Grand Alfred* par une certaine Land Fothergill (un prénom invraisemblable pour une femme) avait connu, durant cet été 1936, un énorme succès tant en Grande-Bretagne qu'aux États-Unis. Cet après-midi-là dans son bureau de Portland Square, Young m'annonça qu'il venait d'acquérir les droits cinématographiques pour cinquante mille livres, une somme considérable, l'emportant ainsi sur MGM et la Twentieth Century Fox. Le livre avait pour sujet Alfred le Grand, ridiculement romancé (j'avais atteint la page 7 quand il me tomba des mains), mais Young affirma qu'on en tirerait *le* film à grand spectacle anglais capable de rivaliser avec n'importe quelle production américaine. La distribution comprendrait Hartley Dale, Laurence Olivier, Merle Oberon, Cecily Dart, Charles Laughton et Felicia Feast. Il envisageait un budget d'un million de livres. Un seul homme pouvait en être le metteur en scène – John James Todd.

« Ne dites rien, m'interrompit en hâte Young. Réfléchissez-y. Mon engagement à l'égard des *Confessions* a la solidité du roc. Mais ceci est une chance que nous devons saisir.

– Mais et *les Confessions*, alors ? dis-je. Karl-Heinz arrive.

– Épatant. Merveilleux. Il doit bien y avoir un rôle pour lui dans *Alfred*. Nous ferons *les Confessions* ensuite. » Il s'approcha de la fenêtre et s'adressa aux platanes du square. « Réfléchissez, John, réfléchissez. Après *Alfred*... le monde entier parle de ce livre. Songez à ce que nous serons capables de faire avec *les Confessions*. » Il se retourna, sa figure pâle presque fiévreuse. « Et vous êtes le seul homme à pouvoir le faire. Vous êtes le seul metteur en scène anglais – pardon, britannique – qui ait jamais travaillé sur cette énorme échelle. J'ai vu ce que vous avez fait avec *les Confessions*. Vous disposerez d'un million de livres pour *Alfred*... »

Il continua à m'inonder de statistiques, prédictions et flatteries grossières. Je rentrai chez moi et réfléchis pendant des heures. Je téléphonai à Leo et lui dis que j'avais besoin de ses conseils. Nous nous rencontrâmes le soir même dans un restaurant tranquille de Bloomsbury.

« Il n'y a qu'une chose à faire, dit Leo.

– Laquelle ?

– Tu ne dois pas lâcher *les Confessions*.

– Je sais.

– Young est en train d'essayer de te court-circuiter. Il a ce truc qui lui brûle les doigts. S'il arrive à te persuader une fois de remettre *les Confessions* à plus tard, il recommencera. Tu perdras son intérêt *à lui* une fois qu'il verra que le tien peut être détourné.

– Tu as raison. » Il avait raison. « Je sais. » Je lui souris. « J'avais simplement besoin de l'entendre de la bouche de quelqu'un d'autre, je pense. Merci, Leo.

– Merde, on a attendu assez longtemps, dit-il. Continuons à foncer, bon Dieu ! Et si on prenait une autre bouteille de rosé ? »

438

C'est ainsi que les choses se passèrent. Je téléphonai à Young le lendemain matin. Je lui dis que j'étais profondément honoré par son offre, mais que j'avais consacré des années de ma vie aux *Confessions* et que mettre maintenant sur une étagère ce travail juste au moment où il allait porter ses fruits serait à mon sens désastreux. Hélas, j'étais dans l'obligation de dire non au *Grand Alfred*. Cela avait été une des plus difficiles décisions de ma vie.

« Merci, John, répondit-il. Je suis triste. J'aimerais que vous changiez d'idée, mais je crois pouvoir comprendre votre position. »

Nous nous dîmes au revoir. J'exprimai mon plaisir à l'idée de les voir, Meredith et lui, au week-end.

Le lendemain, dans le *Manchester Guardian*, je lus que le *Grand Alfred* de Land Fothergill allait être tourné par « Court Films », appartenant à Courtney Young. Le metteur en scène en serait « Mr. Leo Druce, le cinéaste de réputation internationale ».

Dans l'après-midi, je reçus un télégramme. Regrettons *Confessions* désormais sans intérêt pour Court Films. On me souhaitait bonne chance.

Le soir, debout au milieu de mon living-room, Leo Druce essayait de se sortir par des mensonges d'une situation impossible. Il était inquiet. Il n'arrêtait pas de se passer les mains dans son épaisse chevelure.

« Tu *dois* me croire, John. Je ne le savais pas. Je le *jure*. Je n'en avais pas la moindre idée au moment de notre conversation. Je n'aurais jamais cru qu'il me le demanderait.

– Espèce de foutu menteur ! » J'avais déjà répété ça au moins vingt fois.

« Il m'a téléphoné sans que je m'y attende du tout. On s'est rencontrés. Il m'a annoncé que *les Confessions* ne se faisaient plus. Terminé. Est-ce que je voulais mettre en scène *Grand Alfred* ? Tu le lui avais refusé net.

– Tu aurais dû lui dire où se le mettre, son *Grand Alfred* !

– A quoi bon ? Écoute, je suis fauché. Je n'ai pas de boulot. C'est l'occasion d'une vie.

– Espèce d'ordure puante !

– Je te le jure (sa voix se cassa), je ne savais pas. C'est fini pour *les Confessions*, Johnny. Mets-toi à ma place.

– Non, merci !

– Retourne le voir. Dis-lui que tu as changé d'idée. Ça m'est égal. Tu le fais, toi.

– Tu es une punaise, Druce. Je ne voudrais même pas pisser sur la tombe de Young, maintenant. C'est de la merde. Vous faites un couple parfait. J'espère que vous serez très heureux.

– John, je t'en supplie... »

Je sentis mon visage se durcir, comme s'il se congelait lentement.

« C'est moi qui t'ai fait, Druce. Je t'ai donné toutes tes chances. Quand je pense...

– John, je t'en prie...

– Quand je pense à tout ce que j'ai fait pour toi. Au nombre de fois où je t'ai aidé. Et voilà ce que tu me fais.

– Je lui dirai que je n'en veux pas. Dis-lui que tu as changé d'idée.

– Tu me dégoûtes. Fous le camp.

– John...

– FOUS LE CAMP ! »

Je gueulai vraiment. Le barrage céda. Je le traitai de tous les noms ignobles auxquels je pus songer. Il résista, immobile, une minute ou deux et puis s'en alla. Après son départ, je m'assis et concoctai une tuerie. J'allais assassiner Young, sa femme et leurs enfants. J'allais torturer Druce d'indicible manière jusqu'à ce qu'il en meure. Puis je me mettrais à la recherche de leurs familles et alliés et je me jetterais sur eux dans l'obscurité. J'allais mener mon petit pogrom à moi, nettoyer le monde de ces méprisables microbes humains...

Enfin, c'est le genre de choses qu'on fait – le genre de choses qu'on se dit dans des moments pareils. J'avais atteint le point le plus bas de ma vie. Les profondeurs les plus noires. Le nadir. Seules des pensées de vengeance affreuse me permirent de continuer à fonctionner. Je finis par me calmer. La première chose dont je me rendis compte fut qu'il me fallait partir. Il fallait que je quitte Londres. Et où donc allais-je ? Je retournai en Écosse.

440

*

Je louai un petit cottage glacial sur le domaine du vieux Sir Hector Dale à Drumlarish. Le brave vieillard encore tout juste de ce monde était grabataire et complètement gaga quatre-vingt-dix pour cent du temps. Un de ses petits-fils, mon cousin Mungo Dale, s'occupait des propriétés de plus en plus délabrées. Mungo était un gros type blond de quarante ans totalement stupide et dont je trouvais la compagnie étrangement consolante. Je ne le vis jamais porter autre chose qu'un kilt. De temps à autre, il passait au cottage me demander si j'avais envie de participer aux travaux de la ferme – réparation des levées de pierres sèches, nourriture du bétail, etc. – mais je refusais toujours poliment. Je n'ai jamais cherché de consolation dans le labeur physique. Mes forces sont purement mentales.

Mungo était bien trop timide pour se marier et, en fait, se trouvait très heureux de veiller sur le domaine et son antique grand-père. Aucun des autres Dale n'aimait vivre à Drumlarish, et ils étaient tous solidement établis à Glasgow et Édimbourg à des postes divers et peu exigeants. Mungo hériterait la maison et les terres quand le vieux Sir Hector finirait par mourir. Mungo habitait avec lui dans la grande bâtisse (plus glaciale que mon cottage) et racontait avec une certaine fierté qu'il dormait dans la même chambre depuis plus de quarante ans. Un vieux couple s'occupait de leur nourriture et tentait de maîtriser la poussière et autres formes envahissantes de dégradation. Grâce à la vente de temps à autre de quelques actions, d'un bon tableau ou d'un meuble, et à la location de pâturages et de chasses, l'endroit continuait à tenir à peine debout.

Durant l'hiver 1936-1937, j'entrai dans une sorte d'hibernation mentale. Je me laissai pousser la barbe. Je travaillai vaguement à mon scénario et tentai de ne pas attraper froid. Ma vie sociale consistait en visites à Mungo et Sir Hector, avec quelques rares expéditions jusqu'à Glenfinnan pour acheter des provisions et prendre de l'argent à la banque. Mes finances étaient à peu près aussi brillantes que celles de Sir Hector. Je passai Noël chez mon père avec Thomp-

441

son et Heather, mais rentrai à Drumlarish avant Hogmanay. J'évitais d'acheter des journaux et d'écouter la radio. Ma seule source de nouvelles était Mungo.

« Il y a la guerre en Espagne, m'annonça-t-il en janvier, alors que nous allions en voiture à Glenfinnan chercher du pétrole.

– Ah, oui ? Qu'est-ce qui se passe ?

– Eh bien, pour te dire la vérité, John, je ne suis pas très sûr. Mais c'est moche, je crois.

– Je vois.

– T'ais jaimais été un Espaigne, John ?

– Non, je ne peux pas dire que j'y ai été.

– J'ai entendu dire que c'était un drolemun beau pays.

– Oui, moi aussi. »

Ainsi conversions-nous. Nous pouvions parler comme ça pendant des heures, en général le soir dans la cuisine de la grande maison, une bouteille de whisky et deux verres devant nous. Peu à peu, je guéris. Je rasai ma barbe. En février, je terminai mon scénario des *Confessions : Deuxième Partie* et le retapai à la machine bien proprement.

Mungo arriva un jour avec une provision de tourbe pour le feu. Il aperçut la rame de papier neuf.

« Fini ? » s'enquit-il.

Je répondis oui.

« Je me rappelle ce film à toi, cette *Julie.* J'étais à Perth, j'y étais allé pour acheter une vache. Chouette film. Jolie cette fille, hein ? Ravissante. »

En repensant soudain à Doon, je sentis mes entrailles se nouer. Mungo continuait ses éloges à sa beauté. La tête me tournait de chagrin. Je respirai profondément.

« Peux pas attendre de voir le prochain. »

Pour m'éloigner de moi-même, j'expliquai à Mungo une part de mes problèmes, la manière dont Leo Druce et Courtney Young m'avaient trahi (Mungo ne m'avait jamais demandé la raison de ma venue à Drumlarish). Il écouta patiemment, en fronçant parfois les sourcils de concentration.

« Il me semble, dit-il après que je lui eus exposé en détail le rôle d'un producteur dans la confection d'un film, que tu t'en sortirais bien mieux si tu organisais ça tout seul.

Pourquoi tu ne vas pas dans une banque emprunter l'argent ? »

Un sourire condescendant s'était déjà à moitié formé sur mes lèvres quand Mungo ajouta : « Pourquoi tu ne vas pas demander à ton frère, à ce Thompson ? »

Je fus désolé de quitter Drumlarish. J'avais retrouvé là-bas une paix relative et je m'étais attaché à mon cottage glacial, au paysage sauvage et battu, à l'herbe moussue, aux arbres tenaces ramassés sur eux-mêmes, aux méandres grisâtres des murs de pierres sèches qui escaladaient les grandes collines rudes. Mungo me conduisit jusqu'à Glenfinnan dans l'antique Humbert noire de Sir Hector : courbé sur le volant comme s'il avait à se pencher au pare-brise, ses deux jambes écartées de chaque côté, ses genoux poilus balafrés dépassant de son kilt, aussi solides que les rochers de granit au flanc de la colline, le klaxon agressif à l'égard des moutons sales et hirsutes qui broutaient sur les bas-côtés de la route. J'arrivai à la gare avec une violente migraine.

Je ne peux pas expliquer pourquoi, mais mon attitude envers Édimbourg avait changé depuis ma dernière visite. Nous étions au début de l'habituel et abominable printemps écossais, cette extension annuelle de l'hiver. La ville semblait indûment sombre, presque noire sous les nuages bas et tourmentés. Il pleuvait sans arrêt, ni déluge ni crachin, simplement une pluie régulière incessante. Le vent décapait les rues. Peut-être est-ce parce que j'attendais quelque chose d'elle, que je venais en demandeur et non pas en citoyen, mais, pour la première fois, je frissonnai devant la raideur lourde de la ville et je me sentis mal à l'aise face à sa réserve sévère.

Je n'avertis personne de mon arrivée. Je louai une chambre au Scotia et repris ma vie d'autrefois au milieu des pensionnaires anonymes. Mrs. Darling n'apprécia pas mon retour.

Je créai et enregistrai une compagnie : Aleph-Zéro Films Ltd. Aleph-Zéro, le nom du signe de l'infini – un hommage indirect à Hamish. Elle comportait dix actions d'une livre

pièce. J'en gardai neuf et en donnai une à Mungo par reconnaissance. Je me fis dessiner un en-tête et imprimer du
papier à lettre : ALEPH-ZÉRO. Cela me plaisait. Des copies
du scénario furent imprimées et reliées. J'établis un budget
préliminaire et le fis taper professionnellement à la machine
par une agence spécialisée. Ce n'est qu'alors que j'allai
voir Thompson avec ma proposition.

J'aurais dû déjà raconter que, depuis son mariage en
1927, Thompson Todd avait produit une descendance. Innes
naquit en 1933, Emmeline en 1935. Les noms de nos père
et mère, bien entendu (peu importait qu'une de mes filles
fût déjà appelée Emmeline...). Thompson et Heather avaient
déménagé quelques années plus tôt à Cramond, dans une
grande maison neuve en grès puce clair, avec une belle vue
sur la Forth et l'île de Cramond. Quand je fus prêt, je téléphonai et pris un autobus au pont de Waverley. Thompson
vint me chercher à la gare de Cramond pour me conduire
à sa maison. Mon neveu et ma nièce m'accueillirent avec
un enthousiasme poli. Heather avait encore le teint frais et
son allure de jeune fille, mais le corps un peu plus rond,
ce qui lui seyait. Une fois de plus, je me demandai ce qu'une
fille aussi jolie avait bien pu trouver à Thompson, gros et
luisant, avec maintenant des cheveux prématurément gris.
Il avait toujours été pressé de vieillir, Thompson, et son
corps lui rendait ce service. Il ressemblait plus à un oncle
qu'à un frère aîné. Heather, je le vis, était excitée par mon
arrivée. Elle espérait, me dit-elle, que je n'y voyais pas
d'inconvénient mais elle avait invité des voisins à venir
prendre un verre ce soir-là et faire ma connaissance. Elle
me pressa de venir habiter chez eux aussi longtemps que
je le souhaiterais. Je compris que pour elle, sinon pour
Thompson, j'étais un peu une célébrité. Je lui en fus reconnaissant. Mon amour-propre, comme fait d'une matière
érectile, s'enfla et grossit. L'aimable adulation de Heather
eut l'effet d'un catalyseur. Oui, me dis-je, oui – tu es John
James Todd. Tu fus la coqueluche de Berlin. Tu es le créateur d'un des plus grands films du muet jamais réalisés. Ta
carrière vient d'en prendre un coup, mais n'oublie pas ce
que tu as accompli et ce qui t'attend dans l'avenir.

J'acceptai l'invitation de Heather et me fis envoyer mes

bagages du Scotia. Dans l'après-midi, j'exposai ma proposition à Thompson et lui demandai de suggérer au conseil d'administration de sa banque d'investir dans Aleph-Zéro Films Ltd.

« Je n'ai pas besoin de tout le montant du budget, dis-je. Vingt-cinq mille livres suffiront. Avec ça, je peux aller demander le reste à Astra-King, Gainsborough, Gaumont-British ou n'importe qui. »

Thompson me posa quelques questions. Il parut impressionné par mon exposé.

« Je vais en parler au conseil, John, dit-il. C'est le moins que je puisse faire. Mais je dois te prévenir, ne sois pas trop optimiste.

– Pas du tout, répliquai-je. C'est cartes sur table. Je veux juste qu'ils considèrent ça comme un investissement pur et simple. Comme n'importe quel autre. »

Heather passa la tête par la porte du bureau de Thompson. Elle avait recoiffé ses épais cheveux courts, mis une touche de rouge à lèvres et un peu de fard à joues. Elle paraissait extraordinairement jolie sous certains angles.

« Tout le monde est là, Thompson, annonça-t-elle. Ils meurent d'envie de rencontrer John. »

Je me levai et boutonnai mon veston.

« J'arrive, j'arrive », dis-je.

Je lui fis honneur.

Au cours de la semaine suivante, je déjeunai avec les principaux directeurs de la banque de Thompson. Nous mangeâmes de la mauvaise nourriture dans des clubs silencieux et dans des salles à manger d'hôtels vides et surchauffées. J'expliquai mon film à des hommes mornes et graves qui, pour une raison quelconque, me rappelèrent tous mon père. Thompson conserva une stricte neutralité, n'intervenant que pour clarifier un point de temps à autre. Enfin, on m'informa qu'une réunion du conseil se tiendrait d'ici deux semaines et qu'une décision y serait prise.

En dépit de tous les conseils pratiques de prudence que je me donnai les jours qui suivirent, je ne pus m'empêcher de sentir monter en moi une excitation croissante. J'éprouvais aussi une satisfaction plus âpre, une délectation cynique. J'étais content que Courtney Young m'eût envoyé balader. Maintenant, j'allais avoir le plaisir de lui frotter le nez dans sa consternante sottise. Je ne pus m'empêcher non plus de faire des rêves à plus long terme. Je voyais Aleph-Zéro devenir une excellente maison de production cinématographique, négocier des contrats avec des studios plus grands – rien de trop ambitieux, remarquez, simplement trois ou quatre films par an. Peut-être inviterais-je Eddie Simmonette à devenir mon associé. Pour la première fois de ma vie, je commençai à réfléchir à ce que je ferais après *les Confessions. Après ?* Après *les Confessions.* Cela sonnait irréel. Ma vie entière d'adulte avait été, semblait-il, hypothéquée par l'idée de ce film, tout le reste avait été secondaire, accidentel. Que ferais-je après *les Confessions* ? Je n'en avais aucune idée.

Je suppose que c'est cette soudaine confiance en moi qui me poussa à me comporter comme je le fis. Vous le savez, je suis l'impuissante victime de mes propres désirs. Je ne peux pas résister à la tentation, surtout quand je l'engendre moi-même.

J'aimais Heather énormément. Nous devînmes bons amis en quelques jours. C'était une spectatrice de cinéma avide et intelligente. Elle avait vu *Julie* et *le Divorce* plusieurs fois, et je suis sûr qu'elle trouvait en moi une intéressante diversion à l'imperturbable Thompson. Pendant que j'attendais la décision de la banque, nous passâmes beaucoup de temps ensemble. Nous bavardions sans fin. Nous fîmes des promenades avec les enfants, Innes et Emmeline. Je lui racontais des anecdotes sur mes tournages, les grands metteurs en scène et les vedettes de cinéma que j'avais connus – A. E. Groth et Fritz Lang, Nazimova, Gast, Emil Jannings et Pola Negri et bien d'autres. Elle était ravie. Je lui parlais de moi, de mes rêves à propos des *Confessions*, de mon mariage avec Sonia, de ma longue liaison avec Doon. Heather en sut très vite très long sur moi. Bien souvent, l'après-midi, nous allions en voiture à Édimbourg voir en matinée tel ou tel film que nous pouvions trouver, avant d'aller en discuter passionnément dans des salons de thé remplis de vieilles dames élégantes et chapeautées. Non seulement Heather m'aimait bien, mais je crois qu'elle avait pour moi une admiration un peu béate. C'est une dangereuse impression à donner à un homme, surtout un impulsif chronique tel que moi, doté d'une maîtrise minimale de ses sentiments.

Un matin, un mercredi ou un jeudi vers la fin d'avril, je me trouvais dans le salon de Thompson. Un feu brûlait dans la cheminée, il faisait chaud et j'étais seul avec Heather dans la maison. Thompson était à son travail, les enfants jouaient chez des petits voisins. Il restait encore une heure avant le déjeuner. Une vague mais délicieuse odeur de rôti venait de la cuisine où Heather s'affairait avec la cuisinière. Je me servis un grand verre de sherry et en bus deux bonnes gorgées. Ce premier verre de la journée... Je me regardai dans la glace. Je portais un vieux costume de tweed sable, une chemise crème à col mou et une cravate de tricot vert bouteille. Je décidai dans une bouffée d'ivresse que j'étais étonnamment beau. Rêveusement, je me passai la main dans les cheveux. D'un doigt, je me bouclai une mèche sur le front. Je le répète, j'eus une agréable érection narcissique deux bonnes minutes avant l'entrée de Heather dans la pièce.

« Sherry ? fit-elle, arrivant précipitamment de la cuisine. Prenez-en un autre.

– Merci. » On peut parfois s'enivrer avec une seule gorgée. D'habitude, je tiens parfaitement le coup, mais ce matin-là j'étais déjà délicieusement dans le brouillard.

Heather remplit mon verre. Elle portait une robe bleu pâle avec un faux col marin. Son décolleté en V s'arrêtait à deux centimètres au-dessus de la naissance de ses seins.

« Ouf, j'en mourais d'envie ! dit-elle. Cette cuisinière, vraiment ! Pourtant ce n'est que du mouton. » Elle fit tinter son verre contre le mien. « A la bonne vôtre !

– Haut les cœurs ! »

Nous levâmes nos verres. Nous bûmes. Je m'approchais déjà pour l'embrasser quand elle ôta le verre de ses lèvres. Je sentis le sherry. Ses lèvres étaient fraîches. Ses seins s'écrasèrent contre ma poitrine. Timidement, nos langues se touchèrent. Une seconde je connus ce moment de bonheur inoubliable – une tranquillité, un calme profond au cœur de toute chose.

Puis elle me repoussa. Violemment. Elle recula. Elle

paraissait effrayée comme si je l'avais menacée de quelque chose d'affreux.

« Je regrette que vous ayez fait ça, dit-elle d'une voix triste et indignée. Ce n'est pas gentil de votre part.

– Heather... » Je posai ma main sur son épaule. Elle la rejeta d'un geste brusque.

« Vous avez tout gâché à présent. » Elle semblait calme, nullement au bord des larmes. « Pourquoi n'avez-vous pas réfléchi, John. Pourquoi n'avez-vous pas réfléchi ? »

J'aurais presque préféré qu'elle pleure. Sa tristesse solennelle me troublait profondément.

« Parce que je ne le fais jamais, répliquai-je avec franchise.

– Vous auriez dû choisir de *ne pas* agir ainsi, dit-elle. Comme moi. Ne pouviez-vous pas voir que moi j'avais fait ce choix ? Parfois, choisir de *ne pas* faire quelque chose est aussi important que... »

Elle hésita, mais j'avais compris le fond de son raisonnement. Le tournant de gauche ou celui de droite ? Quelle avenue de possibilités choisir ? On veut la meilleure, mais il y aura toujours une décision qui vous donnera le pire de tous les mondes possibles. Il semble que j'aie le don de prendre celle-là.

Nous ne nous embrassâmes ni ne nous touchâmes plus jamais. Et nous perdîmes ce que nous possédions avant que je ne nous embarque dans ces quelques secondes irréfléchies. Ce baiser ne nous ouvrit aucune porte : il annula simplement les alternatives et nous laissa tous deux appauvris. Ce que j'envie le plus chez les gens, c'est leur capacité d'utiliser de manière positive la modération et le sacrifice. De vivre et d'être heureux avec le négatif, la route non choisie. A l'échelle des gigantesques déceptions de ma vie, mes trois secondes d'étreinte avec Heather peuvent être considérées comme insignifiantes, mais elles se révélèrent un petit regret durable, comme un appendice grommelant, harcelant, harcelant.

Ma gaffe suivante fut d'un genre différent. Elle me coûta très cher, ses ramifications furent immenses, mais je me la pardonnai sur-le-champ. Tout homme dans ma position aurait agi de même.

J'allai chez le dentiste, le dentiste de Thompson, un type gentil de Barnton, pour me faire soigner une carie. Ceci deux jours après mon – quoi ? – accrochage avec Heather et trois ou quatre jours avant la cruciale réunion de la banque. Je m'assis dans la salle d'attente et m'emparai d'un numéro du *Daily Herald* qui traînait par là. Le journal, comme tout le reste de la presse britannique, débordait de détails sur les imminentes cérémonies du Couronnement. Je le feuilletai. Je m'arrêtai brusquement sur une page en croyant voir une photo de Sonia, mais c'était celle de Mrs. Wallis Simpson. Puis, au-dessous, un titre me tira l'œil :

VINGTIÈME ANNIVERSAIRE
DE LA TROISIÈME BATAILLE D'YPRES.

Et là, pour le coup, ce visage, je le reconnus. Je poursuivis ma lecture.

> Dans le cadre de notre série commémorant cette grande bataille, nous invitons nos vétérans à partager avec nous leurs souvenirs. Cette semaine, le distingué metteur en scène Mr. Leo Druce, qui tourne en ce moment le *Grand Alfred* de Court Films, nous raconte son rôle dans la bataille.

L'article s'intitulait : *Bombardement de la crête de Frezenburg.* Je lus :

> Nous montâmes à l'assaut à l'aube. Nous avions pour objectif la première ligne de tranchées allemandes sur la crête notoire et meurtrière de Frezenburg. J'étais à la tête du groupe de bombardement de la compagnie D du 13e bataillon (Public Schools) du régiment d'Infanterie légère du South Oxfordshire. Les mitrailleuses boches n'ouvrirent le feu que lorsque nous eûmes atteint le centre de ce périlleux bourbier qu'était le *no man's land*. Ce fut soudain l'enfer. Les balles sifflaient dans l'air comme des abeilles en folie, à ceci près que la piqûre de ces insectes-ci était mortelle. Je vis le commandant de notre section tomber, atteint en plein cœur, alors qu'il portait secours à un camarade blessé. Avant de mourir,

il nous fit de la main signe de continuer en criant :
« Allez-y, les petits gars ! » Nous avançâmes à travers
la grêle impitoyable des balles. Puis, sur ma droite, se
produisit une énorme déflagration et mon ami intime,
l'Honorable Maitland Bookbinder, se désintégra littéralement tandis que son sac de grenades explosait. Les
champs de la Flandre n'étaient plus qu'un charnier ruisselant du sang anglais. Nous continuâmes d'avancer bravement, les hommes tombaient comme des mouches
autour de nous. Heureusement, le fantastique tir de barrage de nos canons avait ouvert d'énormes brèches dans
les barbelés allemands...

Leo Druce avait dûment lancé toutes ses grenades.
Modestement il « ne s'était pas arrêté pour voir le terrible
résultat de ces puissantes détonations ». Puis, sur le chemin
du retour – pour aller refaire un plein de grenades, cela va
de soi –, il avait été soufflé par une explosion et s'était
réveillé avec une « douleur cuisante » à la jambe gauche.
Il avait néanmoins réussi à ramper jusqu'à nos lignes où il
avait perdu connaissance sous l'effet de la douleur et de la
perte de sang. Revenant à lui dans un poste d'évacuation
des blessés, il comprit que :

> La bataille était terminée pour moi. Mais j'étais fier
> d'avoir joué mon rôle dans l'un des plus durs, l'un des
> plus courageux conflits qu'ait connus le monde moderne.

Le récit se poursuivait avec d'autres banalités sur « nos
hommes qui s'étaient battus comme des lions » et le devoir
que nous avions de ne pas laisser ces morts héroïques sombrer dans l'oubli. Je fus à ce moment-là appelé dans le
cabinet du dentiste. Je ne sentis rien. J'étais en proie à une
rage bouillonnante, crépitante. Pendant que le dentiste y
allait de sa roulette, je composais ma lettre au rédacteur en
chef du *Daily Herald*. Je l'écrivis le soir même et la postai
le lendemain. Par malheur, j'ai égaré la coupure de presse
mais j'ai conservé un brouillon parmi mes papiers.

> Monsieur,
> Mr. Leo Druce relate avec une vive autorité ses dra-
> matiques souvenirs de l'attaque de la crête de Frezen-

450

burg par le 13ᵉ bataillon (PS) du ILSO. Ceci est extrêmement curieux. Je faisais partie de ce même groupe de bombardement que commandait le caporal-chef Druce et je n'ai jamais aperçu ce dernier durant toute notre intervention. Le seul membre de notre groupe qui bombarda avec succès les lignes allemandes fut Mr. Julian Teague, acte de bravoure pour lequel il a été décoré plus tard, je crois.

Quand je retrouvai Mr. Druce, il m'expliqua son absence du champ de bataille de la manière qui suit : il avait reçu une balle dans le mollet quelques secondes après avoir quitté notre tranchée. Il me demanda de lui raconter les événements de cette journée (au cours de laquelle notre groupe subit d'épouvantables pertes) puisque, et je pense citer exactement ses mots : « Je n'ai absolument rien vu. »

Il est déjà assez déplorable que des individus qui se proclament eux-mêmes des héros comme Mr. Druce viennent assister à des réunions de régiment en arborant des médailles auxquelles ils n'ont pas droit, mais qu'un journal tel que le vôtre permette à des charlatans de gonfler frauduleusement leurs réputations non existantes de « vaillants soldats » constitue véritablement un désagréable sinon intolérable affront à la mémoire de ces hommes qui ont péri dans la plus inutile des batailles.

Je demeure, Monsieur, votre très dévoué

John James Todd (ex-simple soldat, 13ᵉ bat. [PS]).

Je crois avoir nuancé un peu la violence écumante de la dernière phrase et changé un mot ou deux (je crois que je traitai Druce de « laborieux faiseur de clichés »), mais c'est essentiellement la même lettre qui parut trois jours plus tard. Je n'ai aucun regret. C'était une sublime occasion de vengeance – j'en imaginai la lecture dans le manoir des Young, près de High Wycombe, au milieu d'un affreux silence gêné. Mais j'écrivis aussi par principe. Personne, parmi ce groupe d'ignorants aveugles, n'avait droit aux grands airs de force d'âme et de bravoure que se donnait Druce – excepté Teague peut-être, et regardez où ça l'avait mené. Ce fut donc d'abord et avant tout une pure affaire de principe, mais je dois avouer que j'eus grand plaisir à imaginer l'atroce honte de Druce quand la lettre serait lue par ses amis et collaborateurs. J'attendais sa rétractation en jubilant. Quel démenti songerait-il, pouvait-il vraiment songer à m'opposer ? J'envisageai de me mettre en rapport avec Teague et Noel Kite pour voir s'ils aimeraient se joindre à moi, mais je fus pris par autre chose et, en fait, j'avais complètement oublié l'histoire quand le jour de la décision de la banque arriva.

J'entrai dans cette banque (un vaste temple grec dans George Street) comme si je me présentais devant un tribunal céleste. Le marbre froid des halls et des couloirs, les bustes et les portraits sombres, les portiers et les huissiers en uniforme, l'absence recherchée de la lumière et de la moindre touche humaine (pas même un bouquet de fleurs, nom d'un chien !) semblaient annoncer que les hôtes de ces lieux prenaient leurs affaires très au sérieux. J'attendis dans une antichambre sans air en sifflotant bêtement entre mes dents. Aleph-Zéro vivrait ou mourrait aujourd'hui, et soudain je compris l'optimisme idiot de mes projets.

Puis Thompson sortit. Son sourire ne révéla rien, le masque professionnel demeura admirable. Mais alors que je passais devant lui pour entrer dans la salle du conseil, il me murmura à l'oreille :

« Détends-toi. Bonnes nouvelles. »

Dans la salle, assis derrière une longue table, se trouvaient trois des directeurs de la banque avec lesquels j'avais déjeuné. Je retardai un peu les événements, et irritai tout le monde en acceptant l'offre, purement de forme, que me fit le président d'une tasse de thé ou de café. Tandis que Thompson partait à la recherche de quelqu'un qui pût me fournir l'un ou l'autre de ces breuvages (je n'avais pas fait de choix : n'importe lequel m'irait, avais-je dit nerveusement, ce qui serait le plus simple), nous échangeâmes des banalités empruntées jusqu'à ce qu'une petite femme en blouse verte m'apportât une tasse de café au lait tremblotant, avec une peau, et un biscuit sablé brisé sur une assiette de porcelaine. Je ne touchai à rien.

Un des hommes prit la parole, les deux autres approuvant de la tête. Thompson contemplait, impassible, ses mains jointes posées en équilibre sur la table devant lui.

« Nous avons été très impressionnés par votre... votre

452

proposition de "film". Chacun de nous, je crois. » Hoche-
ments de têtes, grommellements d'approbation. « Vous
comprendrez, monsieur Todd, que l'industrie "cinématographique" n'est pas l'une de celles dans lesquelles la banque
investit d'habitude. » Je fis un signe affirmatif. Ce type avait
un accent écossais hyperdistingué. Il prononçait « banque » : « bunque ». « Mais je suis heureux de dire que, dans
votre cas, nous avons considéré qu'il s'agissait d'un
domaine qui valait vraiment la peine qu'on s'y engageât. »

Je sentis le soulagement m'envahir, chaud et confortable,
presque comme si j'avais fait pipi sous moi.

Le président (je crois qu'il s'appelait McIndoe) consulta
ses notes. « En conséquence de quoi, le Département des
Investissements a décidé d'avancer à votre compagnie la
somme de mille cinq cents livres au taux d'intérêt en cours.
Mais, sur l'insistance de votre frère, et il a, ha, ha, plaidé
la cause avec beaucoup d'éloquence – nous avons porté le
prêt à deux mille cinq cents livres. »

McIndoe se leva et me tendit sa main par-dessus la table :
« Ravi de conclure affaire avec vous, monsieur Todd. »

Je réussis – comment, je ne le saurai jamais –, je réussis
à garder mon sang-froid. Je produisis une sorte de sourire
et serrai la main de Thompson qui me raccompagnait à la
porte.

« Ce n'est pas autant que tu espérais, je le sais, dit
Thompson. Mais c'est un début. » Il sourit. « Tu n'as pas
idée à quel point l'idée de prêter de l'argent à une compagnie cinématographique paraissait une hérésie au conseil –
à certains membres de notre conseil. » Il gloussa. « Ça n'a
pas été exactement une décision unanime, je peux te le dire
en confidence, bien entendu, on a crié au "népotisme" et
tout le reste.

– Je te suis très reconnaissant.

– Rappelle-toi, John, petits ruisseaux et grandes rivières... » Il me tapa sur l'épaule. « Seigneur Dieu, est-ce qu'il
pleuvrait encore ? »

Je crois que c'est mon impuissance qui m'affligea en vérité. Je ne pouvais pas tout à fait crier et hurler à l'injustice. Je ne pouvais guère non plus reprocher à Thompson de ne pas m'avoir soutenu. Je crois franchement que j'aurais été plus heureux s'ils m'avaient fait jeter dehors par leurs larbins. A quoi diable serviraient deux mille cinq cents livres ? Quels studios cette munificence allait-elle convaincre ? Il me fallait quitter la maison de Thompson sur-le-champ. La glaciale politesse de Heather était déjà assez pénible, mais en plus Thompson était si content de lui ! Sa bonne action le remplissait d'un plaisir béat intolérable. Je pense qu'il s'était toujours senti coupable à mon sujet, et ce prêt effaçait en quelque sorte toute son indifférence d'autrefois. Il se montra vraiment bouleversé par l'annonce de mon départ. Je me réinstallai provisoirement chez mon père, ce qui se révéla une terrible erreur. Il fut ainsi le témoin de l'affront final.

Assis dans son salon, je parcourais d'un œil *The Scotsman*. Mon père était dans son bureau de l'autre côté du hall. Cela devait se passer quatre ou cinq jours après ma séance à la banque où je possédais désormais un compte créditeur de deux mille cinq cents livres. De temps en temps, je me demandais quoi en faire et je commençais à conclure qu'il me fallait simplement les rendre – je n'étais pas certain de pouvoir payer les intérêts au-delà de deux mois.

J'entendis la sonnette de la porte d'entrée. Joan, la gouvernante de mon père, alla ouvrir. Une conversation s'ensuivit puis j'entendis mon père sortir de son bureau. D'autres échanges de propos. Je n'y prêtai plus attention jusqu'à ce que mon père vienne dans le salon.

« John, il y a ici un monsieur qui voudrait te voir. »

Ian Orr entra. Il portait son vieux costume lustré et tenait son chapeau à la main, une couronne creuse me faisant face qui me permit de voir clairement les effets d'années de brillantine et de sueur sur la doublure. Je me levai. Que pouvait bien vouloir ce type ?

« Hello, Orr. Que puis-je faire pour vous ?

– Êtes-vous John James Todd ? »

Je le regardai sous le nez. Était-il devenu fou ? Il semblait un peu gêné. Il avait le visage aussi mal rasé que d'habitude, rouge et enflammé. Un sparadrap ornait le lobe d'une oreille.

« Qu'est-ce que vous racontez ? dis-je.

– Oui, naturellement c'est lui », intervint mon père, impatient.

Orr me tendit une enveloppe couleur crème. Je l'ouvris.

« Je vous demande terriblement pardon de ça, monsieur Todd. Je regrette de ne pas avoir pu refuser. Mais voilà ! »

C'était une assignation en justice. Leo Druce me poursuivait pour diffamation.

Mon père me prit le papier des mains.

« Je peux y jeter un petit coup d'œil ? Merci, John. »

Trois jours plus tard, à Londres, mon avocat m'expliqua le problème. Un jeune homme pâle avec de longs poignets ou, en tout cas, c'était l'effet curieux que produisaient ses mains en sortant de ses manchettes amidonnées. Il s'appelait Cordwainer et était un associé de la firme Devize, Broome et Cordwainer. J'avais téléphoné à Sonia pour lui demander si Devize accepterait de me représenter. Il refusa, mais me passa à Cordwainer.

Tandis que je réfléchissais aux nouvelles dont il venait de me faire part, les mains blanches de Cordwainer lissaient sans qu'il en fût besoin le papier buvard immaculé du sous-main posé sur son bureau. Mon erreur capitale ne tenait pas au fait d'avoir accusé Druce d'inventer son rôle dans l'attaque sur la côte de Frezenburg. C'est d'alléguer qu'il portait des décorations auxquelles il n'avait pas droit qui faisait procès. Je me sentis tout à coup sans recours. Mon cerveau se vida. Je ne perçus plus que des bruits : la circulation dans le lointain, quelqu'un parlant au bout du couloir, le frottement des mains blanches de Cordwainer sur le buvard.

« Êtes-vous en mesure de prouver, s'enquit-il doucement, que Druce ait jamais porté des décorations auxquelles il n'avait pas droit ?

– Eh bien, moralement, il... Non, dis-je.

– Alors, nous n'avons pas le choix, poursuivit-il. Vous devez faire publier à vos frais dans le *Herald* une annonce rétractant les assertions contenues dans votre lettre et présentant vos excuses.

– Nom de Dieu...

– Et l'avocat de Mr. Druce m'a informé qu'un règlement à l'amiable de deux mille guinées serait acceptable.

– *Deux mille guinées !*

– Exact.

– Mais, bon Dieu de bon Dieu, je n'ai tout bonnement pas... ce... ce... genre... de... fortune... »

Le prêt de Thompson servit donc à apaiser Leo Druce. Une fois payée l'annonce (aussi bourrée d'ambiguïté que je le pus), les honoraires d'avocat – Devize m'obtint charitablement un rabais de 10 % –, il me resta trois cent vingt-cinq livres. Je sentis, avec une forte certitude, que je n'avais plus que l'option de m'enfuir du pays. Mais où aller ?

Villa Luxe, 25 juin 1972.

Il arrive quelque chose de bizarre à Emilia. Aujourd'hui, elle est venue travailler avec une nouvelle robe, rouge à pois blancs, et des sandales à talons de liège compensés. Tout à fait impropres à ses gros pieds calleux. Elle se montre très amicale et pleine de sollicitude.

Je la complimente sur sa robe. Une terrible erreur. Elle minaude comme une ingénue. Mon horrible soupçon se confirme : elle répond à ce qu'elle juge être mon attirance charnelle pour elle... Et puis je me tance. Sa vie ne se réduit pas à ses activités domestiques à la Villa Luxe. Dieu seul sait ce qu'elle fabrique quand elle part d'ici.

En servant le déjeuner, elle dit :

« Ah oui, tiens. Mon amie m'a dit qu'un homme vous cherchait en ville.

– En ville ? Pas au village ?

– Non, en ville. Vous savez, mon amie qui travaille à la poste. L'homme lui a demandé là-bas. »

Je bus un peu d'eau. J'avais soudain la gorge sèche.

« De quoi a-t-il l'air ?

– Elle n'a pas dit. Elle m'a dit un homme, c'est tout. Un Américain.

– Lui a-t-elle raconté quelque chose ?

– Bien sûr que non. Cette information est entre nous. Vous voulez encore du melon ?

– Non, merci.

– Je l'ai apporté spécialement pour vous.

457

– Non, non. Je n'ai pas faim, merci bien. »

J'ai senti de nouveau le passé, comme un brouillard montant sournoisement de la mer, envelopper la maison, s'insinuer dans les pièces. Une odeur humide, ancienne, saline.

15

Pacific Palisades

Le jour où la guerre commença en Europe fut celui où mon visa de résident temporaire expira. Tandis qu'Adolf Hitler envahissait la Pologne, le 3 septembre 1939, je quittai ma maison de Pacific Palisades, Los Angeles, Californie, pour gagner en voiture la frontière au sud et, au-delà, Tijuana, Mexique. A l'époque, j'avais une vieille Mercury grise, modèle 1935. Elle m'emmena à Tijuana sans problème.

Je continuai sur Rincon, un petit village en dehors de Tijuana sur la route de Tecate, de l'autre côté du plateau où se trouve l'aéroport. En ce temps-là, il arrivait tout juste encore à préserver son statut de bourg indépendant. Il comportait une rue principale avec un petit square à un bout, deux hôtels et un tribunal, rien de très attrayant, mais bien plus agréable et meilleur marché que Tijuana et ses prix scandaleusement exagérés. En attendant le renouvellement de son visa de résident, on n'habitait Rincon que par raison d'économie. Je dis « on » mais je veux dire les Européens, les exilés. Il existait une population mouvante relativement constante de deux à quatre douzaines d'individus – Allemands, Autrichiens, Tchèques, Polonais – venus de Los Angeles. Composée surtout de gens de cinéma avec, à l'occasion, un peintre, un musicien ou un romancier. Les deux hôtels étaient le Vera Cruz et le Imperador Maximilian. Le Max, comme on l'appelait, offrait une très petite piscine et un restaurant. Le Vera Cruz coûtait moins cher. Sur l'arrière, se trouvaient six cottages en planches pour les pensionnaires à long terme. Ma dernière visite ici datait d'un an auparavant. Il ne m'avait fallu qu'une semaine pour me faire délivrer un nouveau permis. Une fois en possession de ce document, nous pouvions retourner à Los Angeles et reprendre notre vie pour un an de plus.

Je descendis au Max. La route avait été longue. Je mangeai un steak haché, des frites et des « frigoles » arrosés d'un verre de bière, et regagnai ma chambre. Je n'avais reconnu aucun des visages dans le restaurant. Debout à ma fenêtre, je contemplai la rue principale – l'Avenida Emilio Carraza – bordée d'arbres poussiéreux. La nuit tombait. Les réverbères fonctionnaient, mais ils étaient irrégulièrement espacés. Deux d'entre eux illuminaient brillamment la façade d'une station d'essence. Une petite allée de magasins ainsi qu'un dispensaire demeuraient dans une obscurité malcommode. Un bimoteur passa sur nos têtes pour aller atterrir à l'aéroport de Tijuana. Plus loin dans la rue, des guirlandes d'ampoules multicolores s'accrochaient aux deux grands arbres qui ombrageaient la terrasse de la Cerveceria Americana. Quelques jeunes Mexicains traînaient devant le cinéma où se donnait *Los Manos de Orlac*. J'aperçus un vieux romancier allemand et sa femme rentrant de leur morose petite promenade hygiénique. Un chien pissa contre les parois blanches des pneus d'une vieille Ford. La nuit était chaude.

*

Quand j'arrivai à Los Angeles en 1937 – par avion de New York, quinze heures de vol *via* Chicago à bord d'un long parcours UAL « Sky Lounge » –, j'eus l'impression de rentrer chez moi. La moitié de Berlin semblait se trouver là – Wilder, Reitlinger, Thomas Mann, Lang et bien d'autres. Je vécus chez Werner et Hanni Hitzig durant le premier mois. Egon Gast habitait trois maisons plus loin. La majorité des réfugiés allemands s'étaient installés dans les environs financièrement plus abordables du canyon de Santa Monica, en particulier à Brentwood et Pacific Palisades. Sur nos budgets réduits, nous nous recevions aussi souvent que possible dans les petites maisons des uns et des autres. Je m'inscrivis à la Ligue antinazie d'Hollywood et, certains jours, je parlais plus l'allemand que l'anglais. La plupart de mes compagnons se montraient abattus et démoralisés – à juste titre. Leur patrie les avait rejetés ou vice versa, et les triomphes et la célébrité qu'ils avaient connus comptaient fort peu dans leur nouveau pays. Ils occupaient – à part quelques-uns – des emplois charitables et sans avenir, dans différents studios. Dans l'ensemble, ils parlaient mal la langue, ou pas du tout. L'avenir était sombre avec des perspectives toujours plus limitées. Mais moi, au contraire, j'étais surexcité. Pour commencer, j'aimais le soleil et la proximité de l'immense océan. Et j'étais soulagé de me retrouver hors de la Grande-Bretagne. Souvenez-vous, à la différence des autres, j'arrivais à Los Angeles en laissant derrière moi une situation peu avantageuse. Et je n'avais pas de problème de langue. Je ne venais pas de quitter une somptueuse villa dans le Grünewald pour une petite maison en bois perchée en haut d'un chemin raide dans les faubourgs d'un canyon. Pour moi, Pacific Palisades représentait une excellente affaire en échange de la pension Scotia, de la maison de mon père et de mon appartement d'Islington. Et, à mes yeux, la Grande-Bretagne symbolisait la mauvaise foi, les promesses non tenues, la faillite de mon mariage, mes ambitions contrecarrées et une injuste persécution judiciaire. J'étais parfaitement heureux de me refaire une santé en Californie.

Des élans de bonne conscience libérale incitèrent de nombreux studios à offrir des situations aux réfugiés. Toutefois, ceci n'allait généralement pas plus loin que le paiement d'un modeste salaire à ne rien faire. Egon Gast était sous contrat avec la Twentieth Century Fox. Depuis un an et demi qu'il habitait Los Angeles, il attendait toujours de faire son premier film. Il me trouva un travail de rédacteur à cent dollars par semaine. A l'époque, cela représentait un salaire décent – tout juste. Certains écrivains, disait-on, gagnaient jusqu'à trois mille cinq cents dollars par semaine. Aldous Huxley me raconta un jour qu'il avait gagné quinze mille dollars pour deux mois de travail. A l'égard des émigrés, les studios se montraient attentionnés à défaut d'être généreux.

Le premier jour où je me rendis à mon bureau de la Fox,

le nom au-dessus de ma porte indiquait « J. J. Todt ». Les quatre autres bureaux de cet étage étaient tous occupés par des Allemands – metteurs en scène et écrivains. On se serait cru un peu dans un ghetto ou dans le pavillon des contagieux d'un hôpital. Peut-être n'était-il pas si surprenant que nous eussions tendance à faire clan. A l'heure du déjeuner, nous mangions en groupe dans un coin de la cantine, et mes compagnons gémissaient et se plaignaient de la vénalité et de la stupidité crasse du travail qu'on leur demandait – des normes dévaluées qui leur étaient imposées. Ils affichaient tous le mépris dédaigneux des gens perpétuellement inquiets. Des types – je ne citerai pas de noms – qui avaient produit des comédies musicales vulgaires et des épopées historiques idiotes devenaient à présent des intellectuels et des *artistes* pur-sang, suprêmes arbitres du bon goût.

Je ne me plaignais pas. Extraordinaire mais vrai, pendant les quelques mois que je passai à la Fox, je fus payé des milliers de dollars sans jamais lever le petit doigt. Grâce à mon nouveau salaire, je quittai la maison des Hitzig et pris un petit appartement – 361 $\frac{1}{2}$ Encanto Drive – à côté du Chatauqua Boulevard. C'était la moitié d'une maison, la moitié supérieure, que je sous-louais à un illustrateur appelé Ernst Kupfer. Un homme lugubre et solennel, connu à présent sous le nom de Ernest Cooper, il faisait un travail sérieux en qualité d'animateur chez Walt Disney. Lui et sa femme Utta avaient quatre enfants qui vivaient tous avec eux au rez-de-chaussée. Utta était petite, brune, d'une corpulence paysanne avec une vaste poitrine en étagère affaissée. Elle s'affairait infatigablement dans la maison, disciplinant ses enfants (trois garçons et une petite fille) au moyen de vives et brutales punitions, généralement de violentes claques sur les mollets, exactement pareilles à celles qu'administrait Oonagh.

Je disposais à mon étage d'une chambre, une salle de bains, un petit salon dominé par un canapé en peau de poulain et, à côté, une petite cuisine avec un réchaud à trois feux, une glacière électrique et un évier en bois. Je me sentais coupable de disposer d'autant d'espace quand j'entendais les Cooper se bousculer au-dessous.

De la fenêtre de la kitchenette, on voyait le Pacifique,

toujours gris : il n'était jamais bleu, même les jours de grand soleil. La maison, construite en bois, sur un lotissement taillardé dans une colline broussailleuse, avait accès à la route par trois volées de marches qui partaient d'une véranda. Ernst tondait de temps à autre la pelouse en pente raide, mais le faire régulièrement aurait indûment embelli la maison qui se serait alors trop distinguée de ses voisines. Encanto Drive avait un air miteux et usé aux entournures. Et il semblait qu'il y eût des enfants partout. Certains soirs, en garant ma voiture au retour du bureau, quand je voyais les adolescents en vadrouille, les tout-petits, les mômes hurlant sur leurs bicyclettes, je me faisais l'effet d'un adulte perdu au milieu d'une cour de récréation.

Je m'installai à la Fox rapidement et sans problème. Mon chèque aussi était rédigé au nom de J. J. Todt, mais je ne songeai jamais à m'en plaindre. En principe, il était entendu que je travaillais sur mon propre projet. J'étais censé le montrer une fois terminé au scénariste en chef (un homme que je ne revis jamais après le premier jour). Les semaines s'écoulaient agréablement. Ce que je faisais ? J'appris à jouer au tennis, j'acquis un hâle et je pris un peu de poids. J'allais me baigner avec les deux fils aînés d'Ernst, Clancy et Elroy. (« Zont américains maintenant, disait Ernst. Europe, fini. ») Je bricolai un peu sur mon scénario des *Confessions : Deuxième Partie*. Je ne réfléchissais guère et je me sentais étrangement indifférent aux choses. Une des raisons de cette attitude, c'est que, en ce qui concernait la vie ici, sur la côte du Pacifique, l'Europe aurait tout aussi bien pu disparaître de la carte du monde. Au cours de nos dîners, de nos pique-niques et des réunions de la Ligue antinazie, nous discutions vivement des événements politiques en Europe, mais nous émergions de ces séances pour plonger dans des royaumes ensoleillés, prospères, désintéressés et indifférents. Inévitablement, Hitler, Mussolini, Chamberlain, la Tchécoslovaquie, l'Anschluss finirent bientôt par n'être plus que des arguments d'un débat éthéré : principes abstraits, positions légales. D'une certaine manière, ou du moins c'est ce qu'il me semblait, ces agitations lointaines n'étaient plus mon problème.

La seconde raison est que je perdis tout sentiment

d'urgence. Un fait nouveau et plus difficile à expliquer. Pour moi, aujourd'hui, la léthargie est liée plus à l'esprit d'un lieu qu'à un état d'esprit. Je trouve tout simplement impossible de travailler dans certains endroits. Peut-être, à Los Angeles, l'absence de véritables saisons y avait-elle une part. Le thermomètre variait de quelques degrés, on mettait un chandail, il faisait gris et pluvieux – voilà ce qui décrit une quelconque journée d'été en Angleterre et non pas *l'hiver.* Et les arbres étaient toujours verts. Le temps passait sans ses démarcations habituelles. La sève ne montait jamais au printemps, les journées ne diminuaient pas, les nuits ne s'allongeaient pas. Mon quarantième anniversaire approchait, la moitié de ma vie s'était écoulée, et pourtant j'avais l'air plus jeune que jamais. Les quelques kilos que j'avais pris adoucissaient les angles et les déclivités de mon visage d'adulte. J'essayai de susciter en moi un peu d'énergie, mais sans grand succès. Pour compenser, je me disais que je prenais mon temps.

Mais peut-être que, tel un champ, chaque vie a besoin d'une période de jachère. La mienne, en l'occurrence, dura deux ans et se termina avec l'invasion de la Pologne. Mais j'anticipe.

Dès mon arrivée, ou presque, à Los Angeles, je fis trois choses. J'écrivis à Thompson et tentai de retrouver Doon et Eddie Simmonette. J'avais quitté l'Angleterre sans en informer quiconque. Thompson fut, selon son expression, « terrassé ». A ses yeux, toute l'affaire apparaissait comme une escroquerie et une trahison de la pire sorte. Il envisagea de rembourser lui-même le prêt, mais décida en fin de compte de me laisser subir les conséquences de mes actes. Je cite une partie de la lettre qu'il m'adressa :

> ... Ta conduite, après le choc initial, n'a pas paru, à la réflexion, tellement surprenante. Tu as toujours été de très loin le membre le plus égoïste de notre famille, le plus rebelle et le plus irresponsable. Ce genre d'attitude cavalière à l'égard de ses plus sérieuses obligations est peut-être considéré comme la norme dans ton « monde » mais je t'assure qu'il est un anathème pour le monde de la finance. Je considère ton manquement à tes engagements pour le prêt consenti par la banque comme une

choquante insulte personnelle tout autant qu'un acte criminel. Je ne peux pas te pardonner le chagrin et l'embarras que tu nous as causés à Heather et à moi...

Etc. Etc. Je comprenais fort bien qu'il eût terriblement perdu la face et j'en étais sincèrement navré. Mais qu'aurais-je pu faire d'autre ? Je lui répondis brièvement, m'excusai de nouveau et annonçai que j'enverrais cent dollars par mois, et plus si les circonstances le permettaient, jusqu'au remboursement total de ma dette. Je tins parole tout le temps que je travaillai à la Fox.

Fait très surprenant, et un peu inquiétant, je n'avais aucune nouvelle de Doon. Peu de gens semblaient même se souvenir d'elle. Au mieux, j'obtenais : « Est-ce qu'elle n'est pas partie pour l'Europe dans les années vingt ? » J'en arrivai à conclure, à contrecœur, qu'elle se trouvait encore en France. Willi Gast, le frère d'Egon, débarqua à Los Angeles et me raconta qu'une communauté importante d'émigrés vivait à Sanary, dans le Sud de la France, et qu'il y avait vu Mavrocordato. Je présumai que c'était là où je pourrais retrouver Doon – si j'en avais envie.

Eddie Simmonette, comme je le découvris, se trouvait à New York où il produisait des films en yiddish. Je lui écrivis et – fidèle à lui-même – il m'offrit un job, mais je refusai. Je m'étais installé à présent, et l'effort de déménager à l'Est me parut trop fatigant. La léthargie californienne me coagulait déjà le sang dans les veines, et me ralentissait. D'ailleurs, je ne parlais pas le yiddish... mais Eddie non plus, que je sache. Je ne bougeai pas.

En sus de mon salaire de la Fox, je me fis un peu d'argent complémentaire grâce à un homme nommé Smee, Monroe Smee, que j'avais rencontré aux réunions de la Ligue antinazie. Smee était un type à l'air malheureux avec des cheveux aussi fuyants que son menton et des dents de cheval, jaunes et espacées. Il m'expliqua qu'il dirigeait une petite affaire de production et me demanda de lire des scénarios pour lui, à vingt-cinq dollars la pièce. J'en lus sept avant de jeter l'éponge. Les scénarios étaient ridiculement mauvais, tout à fait consternants. Je m'étais attendu à des écrits sérieux, de bonne tenue, mais ce qu'il m'envoya était de la

camelote de la pire espèce – des histoires policières ampou-
lées, assorties de grinçantes théories conspiratoires, et des
romances à l'eau de rose d'une sentimentalité positivement
écœurante, autant que je m'en souvienne. Smee nourrissait
de grands espoirs à propos de ces scénarios, et j'hésitais à
les démolir à fond comme je pensais qu'ils le méritaient,
mais je le fis. Je lui rappelai qu'il me payait pour que je
lui donne honnêtement mon opinion de professionnel.

Durant quelques semaines, nous nous rencontrâmes souvent. Je ne détestais pas Smee, mais il n'était tout bonnement pas mon genre d'homme. Il n'avait qu'une plaisanterie à son répertoire et il en faisait un usage incessant. Si,
par exemple, en quittant un café vous lui demandiez :
« Vous venez ? », il répliquait : « Comme l'actrice disait à
l'évêque. » Si vous disiez : « Est-ce que je reste à l'intérieur ? », il ajoutait : « Comme l'évêque dit à l'actrice. »
Ce tic facétieux faillit me rendre fou. Il était étonnant de
voir comment, dans l'esprit de Smee, la question la plus
innocente pouvait se transformer en un gag évêque/actrice.

Je lui rendis le dernier scénario – le septième – un soir
après une réunion de la Ligue, et lui annonçai que je démis-
sionnais. Je m'excusai.

« Je ne peux simplement plus continuer, dis-je.

– Comme l'évêque dit à l'actrice.

– Non, sérieusement, Monroe, où que vous ayez dégoté
ces scénaristes, virez-les. Ce sont des bons à rien, pire que
des bons à rien. Vous devriez pouvoir trouver mieux que
ça. Demandez au premier venu dans la rue... Vous comprenez, ça c'est de la merde. Vraiment. Et ce *Promesses, Promesses*, je crois que c'est probablement le pire scénario que
j'aie jamais lu. Ce type, on devrait l'enfermer. Comment
s'appelle-t-il ?

– *Promesses, Promesses* ? C'était, ah, Edgar Douglas.

– Bon, eh bien, il faudrait qu'il se fasse soigner. Cette
histoire a en fait un côté assez dégoûtant. »

Smee sourit :

« Eh bien en tout cas, je vous suis reconnaissant, John.
Au moins vous êtes franc. » Il avait le visage moite. Il trans-
pirait facilement. « Mais il faut que je sois honnête avec

vous puisque vous laissez tomber. Je suis Edgar Douglas. J'ai écrit *Promesses, Promesses.* Je les ai tous écrits.

– *Nom de Dieu !* Monroe ! Merde, pourquoi n'avez-vous pas...

– Non, non. Ne vous en faites pas. Je vous remercie. » Son sourire était maintenant très artificiel. « Je n'aurais jamais su. Je ne peux pas juger mes propres trucs. J'avais besoin d'un avis sincère.

– Bon Dieu... Il faut que je vous rende votre argent.

– Pas question, vous l'avez gagné.

– Mais, je me sens tellement con.

– Comme l'actrice dit à l'évêque... Non, vraiment, John, il fallait que je le sache. Je respecte votre franchise. Je ne suis pas fait pour être scénariste. Maintenant, je le sais. Directeur de repérages je suis, directeur de repérages je resterai.

– Monroe, je...

– Sans rancune. »

Nous nous serrâmes la main.

« Je vous dois un service, dit-il. Vraiment. »

Je fus très embêté par cette histoire et je persistais à m'excuser auprès de lui quand nous nous rencontrions à la Ligue. Il continuait à me dire de ne plus y penser, ce que je finis par faire. Mais je gardai l'argent qu'il m'avait versé. Il avait raison, je l'avais vraiment gagné.

Et c'est ainsi que je me laissais flotter à travers 1938 et le début de 1939. Le jour de mon quarantième anniversaire (on me donnait dix ans de moins), j'étais invité à un déjeuner-tennis à Bel-Air chez un metteur en scène anglais du nom de Cyril Norman. Norman était un homosexuel, originaire du Nord de l'Angleterre, qui prenait son tennis très au sérieux, et la journée avait été organisée en une série de rencontres en simple et double. Je devais donner le signal d'envoi des festivités avec un match en double : Clive Brook et moi contre Ronald Coleman et Richard Barthelmass. J'avais laissé ma raquette au bureau et passai l'y chercher avant de me rendre à Bel-Air.

Je me garai dans le premier espace libre venu et montai en courant à l'étage. Je ressortis deux minutes plus tard pour trouver un immense coupé Chrysler bloquant partiellement ma voiture. Son conducteur, un petit homme rougeaud en costume gris clair orné d'une pochette de soie jaune, se tenait debout à côté. Je portais un pantalon de flanelle blanche, une chemise blanche, un jersey de coton bleu marine. Et ma raquette de tennis. Nous étions un mercredi, à onze heures du matin.

« Désolé, dis-je. Je m'en vais tout de suite.

– Vous travaillez ici ? s'enquit l'homme.

– Oui. »

Il m'examina des pieds à la tête.

« J'aurais pu me tromper. Qu'est-ce que vous faites ?

– Je suis scénariste », dis-je. Son ton me déplaisait.

« Ah, ouais ? Alors peut-être que vous pouvez lire ? »

Je le regardai, puis je consultai ma montre.

« Écoutez, j'adorerais rester bavarder mais je suis pressé. »

Il pointa son doigt :

« Qu'est-ce que vous croyez que ce foutu écriteau veut dire ? "Prière de garer ici" ? »

Il y avait un écriteau. PRIVÉ. RÉSERVÉ et un nom que je ne pouvais pas lire à cette distance.

« Si vous déplacez votre voiture, dis-je patiemment, je vous rends votre place. J'étais pressé.

– J'en ai rien à chier que tu sois pressé. Pour commencer, tu n'as pas le droit d'être ici, péteux. »

Je montai dans ma voiture.

« Hé ! Enculé ! T'es anglais ?

– Écossais.

– Comment tu t'appelles ?

– Todd. » Je mis le moteur en marche.

« Todd ? Todd ?... » Il réfléchit. Puis il écarquilla les yeux. « J. J. Todt ! T'es ce putain de scénariste *allemand*. Comment ça, tu es *écossais* ? On n'engage pas des scénaristes *écossais*, ici ! Y a pas de putains de réfugiés écossais !

– Tu ferais mieux de déplacer ta voiture, petit connard, ou je rentre dedans.

– T'es viré, trouduc ! Je vais te faire un procès pour escroquerie !

– Eh bien, vas-y ! » Je songeai à descendre et à lui foncer dessus avec ma raquette de tennis. Au lieu de quoi, je recu-

468

lai à toute allure et arrachai bien proprement tout le pare-chocs avant de sa voiture neuve. Pour faire bonne mesure, je repassai dessus en partant.

Je fus viré. Dès le lendemain. J'ignore qui était l'homme, un quelconque m'as-tu-vu de vice-président, je suppose, mais, Dieu sait pourquoi, le bruit se répandit qu'il s'agissait de Darryl Zanuck en personne. Je suis certain que ce n'était pas lui, mais en tout cas la rumeur continua à circuler et atterrit même dans quelques colonnes de potins : « Le malheureux scénariste allemand J. J. Todt a accroché le pare-chocs de D. F. Zanuck sur le parking de la Fox la semaine dernière et s'est fait promptement flanquer à la porte. » « Le scénariste J. J. Todt a laissé sa voiture le long du trottoir dans l'enceinte de la Fox avant de faire un saut à son bureau pour y chercher sa raquette de tennis. Mais le blanc-bec de scénariste qui s'était garé à la place du Prés. s'est fait sortir avec fracas du court par un ace de Zanuck ! *Nein, Nein,* J. J. ! »

Et ainsi que vont ces choses, je me mis moi-même à en tirer succès dans les dîners. Mais si cela fit une bonne histoire pour les cocktail-parties, cela signifia aussi la quasi-impossibilité de trouver un autre job.

« Bon Dieu ! Alors vous êtes le type que Zanuck a viré ?

– Non, disais-je. Ce n'était pas lui. Je ne l'ai jamais rencontré.

– Mais je l'ai lu dans les journaux. Vous n'avez pas vu ? Merde, qu'est-ce que vous lui avez donc dit, bon Dieu ? »

Mes dénégations demeuraient sans effet. Aucun des grands studios n'accepta de m'engager. Non seulement j'étais entaché de la fausse affaire Zanuck, mais j'étais aussi désormais irrévocablement associé aux émigrés. Les gens me félicitaient souvent de mon excellent anglais, et il y avait un trop grand nombre d'Européens pour un trop petit nombre de situations. Je me rendis compte alors de l'extraordinaire ténacité des premières impressions. A partir de là, je cessai de faire autant confiance aux miennes.

Je restai sans travail pendant deux ou trois mois. Sur les deux cents émigrés vivant à Los Angeles, trente ou quarante, je suppose, étaient régulièrement employés. Entre les autres, la compétition pour les situations vacantes était féroce. Je dus faire comme tout le monde.

Je payai une partie de mon loyer en donnant des leçons de maths – ou math, comme j'avais maintenant ordre de dire – à Elroy Cooper. Elroy était un môme intelligent mais paresseux. Je le fis travailler dur et je découvris que j'y prenais plaisir. J'aimais les mathématiques aussi ; elles me ramenaient à mes débuts à l'Académie Minto, avec Hamish.

Mais je fus bientôt à court de fonds et je finis par accepter le premier travail que l'on m'offrit. L'Associated Motion Picture Releasing Corporation avait un nom ronflant. En réalité, il s'agissait d'une des compagnies de cinéma du Poverty Row qui produisait des films d'horreur de série B, et aussi, sa spécialité, des westerns. L'homme qui me proposa le job s'appelait Brodie McMaster. Il venait de l'Illinois, mais était très fier de son ascendance écossaise. Pour une fois, le lien ethnique joua à mon avantage.

Le seul problème, c'était que AMPR payait ses scénaristes cinquante dollars par semaine. En conséquence, ceux-ci avaient tendance à être très vieux, très pauvres ou très drogués. Durant mon séjour à l'AMPR, je travaillai avec deux morphinomanes, un amateur de cocaïne et une demi-douzaine d'ivrognes. Je figurai au générique de plusieurs films AMPR, mais je ne me rappelle absolument pas lesquels.

Ainsi ma vie recommença, mais sur un train plus réduit encore qu'avant. Dépourvu pratiquement désormais d'économies, j'avais interrompu mes remboursements à la banque de Thompson. A part mon salaire, je ne tirais que de maigres droits de mes films (*Jean-Jacques !* se donnait alors dans l'Afrique francophone) et de mes brevets. La courbe de ma fortune ne cessait de descendre.

Mais j'étais assez heureux. Ces deux années à Hollywood avant la Seconde Guerre mondiale me paraissent maintenant parmi les plus tranquilles et les plus insouciantes de ma vie. Un peu comme un séjour à l'université : une période limitée d'indépendance avec peu de responsabilités et des finances réduites. Le soleil brillait, j'avais du travail, un peu d'argent, des amis, une vie sociale, un endroit où habiter. Que voulais-je de plus ?

Du sexe. Le sexe présenta un certain problème jusqu'à l'arrivée de Monika Alt dans le secteur. Cela peut paraître étrange, mais j'étais resté pratiquement célibataire depuis que Doon m'avait quitté. J'avais rendu une visite insatisfaisante à une prostituée à Paris au cours de ma nouba de consolation après la fin des *Confessions : Deuxième Partie* et une liaison sans tendresse avec la chef maquilleuse durant le tournage du *Divorce* (liaison qui se termina le jour où nous pliâmes bagage – sa décision à elle). Autrement, je le jure, rien. Après le départ de Doon, je me sentis sexuellement desséché. De temps à autre, un vieil élan me revenait, avec Senga par exemple et, durant une semaine de chaleur à Drumlarish, une sorte de saison du rut, je suppose. Je demandai à Mungo ce qu'on pouvait trouver localement, et il me parla d'une vieille femme qui vivait dans une masure sur la route de Glenfinnan et qu'on pouvait s'offrir pour un verre de whisky, mais je ne fus pas tenté. La trahison de Doon m'avait laissé d'une sentimentalité excessive. Je revins à la consolation et à la fiabilité totale des méthodes adolescentes.

Toutefois, l'Amérique m'avait à nouveau stimulé et peu après m'être installé au 361 $\frac{1}{2}$ Encanto Drive, je recherchai et gagnai les faveurs de la gérante d'un café situé sur le Pacific Coast Highway. Elle s'appelait Lorelei, Lorelei Mandrazon. Je crois qu'elle était à moitié turque, et que Lorelei était une approximation de son prénom ottoman. Divorcée, avec trois jeunes enfants – Hall, Chauncy et Nora-Lee –, elle avait dans les quarante ans. Lori's, son café, se trouvait à dix minutes d'une agréable marche d'Encanto Drive. Son ex-mari, un Philippin, dirigeait une entreprise de jardinage. Il l'avait établie dans son commerce et ils étaient restés bons amis. Je le rencontrai plusieurs fois. Quoi qu'il en soit, Lori était robuste, bien en chair, avec des cheveux blonds drus – encore une victime de la permanente – et un joli visage, toujours éclatant de maquillage. Je pense que c'est la combinaison du teint olivâtre et de ces couleurs vives contrastant avec la blondeur nordique de la chevelure qui me séduisit. Nous faisions assez régulièrement l'amour, deux fois par semaine en moyenne, avec plaisir et sans complications, généralement tôt dans la soirée, après la fermeture du café, et puis nous sortions dîner ou voir un film.

Je fus heureux de revoir Monika. Elle avait quitté Berlin en 1934 pour venir tout droit à Hollywood où elle avait connu un bref et modeste succès dans deux ou trois films à suspense où elle jouait les sous-Marlène Dietrich. Ce voyage avait eu l'avantage supplémentaire de lui procurer un ami et la citoyenneté américaine. Pendant un an, elle s'était contentée d'être Mrs. Geraldo Berasconi, mais un divorce avait suivi, accompagné d'une tentative de retour à l'écran. Monika cependant, aussi étonnant que cela pût paraître quand j'y songeais, avait maintenant cinquante ans, et le flot des émigrés avait produit un trop-plein de femmes fatales étrangères. Elle conservait fort belle allure, je dois dire – cheveux plus courts, plus mince que jamais mais plus soignée. Malheureusement, son nouvel époux s'appelait Harold Faithfull.

Faithfull continuait à donner avec succès dans la médiocrité – ils ne réussissent jamais vraiment ces gens-là, mais ils ne semblent jamais échouer totalement non plus. Il était à Hollywood, sous contrat avec Warners et, comme la plupart des metteurs en scène européens du cru, se consacrait à produire des films qui donnaient de la « Vieille Europe » une version inepte destinée à la consommation américaine.

Je rencontrai Monika et Faithfull à un match de cricket à Bel-Air (organisé une fois encore par l'infatigable Cyril Norman, une horrible occasion chaque année pour tous les « has-been », petits rôles et salonnards professionnels d'afficher leur anglicité de théâtre). Faithfull ne m'adressa pas la parole, sauf pour lancer : « Les temps sont durs, Todd ? Manque de pot », avant de s'éloigner. Il était très gros, mais encore fâcheusement beau avec son côté bichonné et florissant, ses épais cheveux gris rejetés droit en arrière. Chaque fois que je le voyais, j'étais pris d'une étrange envie cannibale de me tailler un steak dans son arrière-train dodu. J'ai le sentiment que Faithfull aurait eu bon goût – un genre porc, avec de la couenne bien craquante, servi avec des pommes de terre rôties, des choux de Bruxelles et de la sauce aux pommes. Il avait un merveilleux tailleur. Ses costumes impeccablement coupés le faisaient paraître plus fuselé que corpulent.

Monika refusait de le quitter pour moi (elle m'expliqua qu'il s'était fait soigner les dents) et ils formaient un couple élégant. Mais elle venait de temps en temps de Mulholland Drive en voiture me voir dans mon petit appartement. J'ai toujours eu de l'affection pour Monika et nous nous entendions bien. Le sexe n'était pas la seule raison de notre association continue. Monika n'était pas snob. Faithfull ne me fréquentait pas parce que j'étais un scénariste à cinquante dollars la semaine, dans Poverty Row. Monika avait un sens de l'égalité européen que ne possèdent pas les Anglais. Les temps sont durs ?... Manque de pot. Personne, venant de Berlin, n'aurait dit cela en 1939.

*

Le lendemain, je me rendis à Tijuana au consulat américain pour faire renouveler mon visa de résident. J'attendis une heure le consul, un Mr. Lexter, homme d'un certain âge, calme, un missionnaire baptiste laïque, m'informa-t-il lui-même plus tard. La grosse masse indisciplinée de ses cheveux gris s'obstinait à lui retomber sur le front en une impossible frange de garçonnet. Il nous examina mon formulaire et moi et m'affirma qu'il faisait suivre immédiatement ma demande. Puis, abandonnant un instant son impassibilité de fonctionnaire, il me dit : « Je pense que votre pays fait une belle et noble chose, monsieur Todd. Je prie pour que cesse ce fléau. » Ce n'est qu'alors (Mr. Lexter alla obligeamment me chercher un journal américain) que j'appris que la guerre avait été déclarée.

Je quittai le consulat pour l'hôtel Cuatro Naciones au coin de la rue. Je m'assis dans le bar et lus les informations. Je bus plusieurs bières en m'interrogeant sur ce que je devais faire. Comment me sentais-je ?... Pour commencer, étrangement partagé. Puis sentimentalement patriotique et larmoyant. Puis irrité et frustré. Je songeai à mon séjour à Berlin et à tous mes amis allemands. Puis je repensai à ces

473

salopards enragés avec leurs uniformes et leurs drapeaux. Je n'étais pas du tout surpris par la nouvelle. A Santa Monica, notre branche de la Ligue antinazie prédisait depuis des années la guerre en Europe. A présent, cette guerre était là, et les arguments abstraits devenaient brusquement des faits concrets. Pour une raison quelconque, je pensai à mon père, Hamish et Mungo avant de me préoccuper de mes trois enfants. Cette substitution de loyauté me fâcha. Je me détestai soudain d'avoir abandonné si facilement Vincent, Emmeline et Annabelle à Devize. Je fis un déjeuner solitaire – chorizos, fromage de chèvre et une bouteille de vin doux – me sentant de plus en plus déprimé à mesure que mes craintes particulières – destruction du pays, mort des êtres chers – se fondaient dans une lamentation larmoyante et généralisée.

Je retournai en esprit à 1914. Je repensai au Saillant, aux bombardiers, à cette journée avec Teague. C'était bien ma chance d'arriver à faire tenir deux guerres européennes dans mes quatre décades. Comment tout ceci pouvait-il se produire de nouveau ? Et si vite ?... Et puis, *nom de Dieu !*, Karl-Heinz ? Qu'allait-il advenir de Karl-Heinz ? Je fus alors saisi d'une amère pitié pour moi-même, seul dans cette ville-frontière bruyante et puante. Qu'est-ce que je foutais ici ? Je me mis en colère. Je repartis à grands pas vers le consulat, mais il était fermé. J'eus une violente altercation avec un concierge impassible. Je laissai un mot pressant Lexter d'expédier au plus vite ma demande, car je souhaitais rentrer immédiatement en Grande-Bretagne.

Ce fut une curieuse journée. Je retournai à Rincon et fis mes valises. Puis je les défis. Le soir, je descendis à la Cerveceria Americana. L'endroit était rempli d'Allemands lugubres. Tandis que je bavardais avec eux sur la terrasse, je me rendis soudain compte que nous étions en principe des ennemis. Pour faire passer cette absurdité, je bus trop de tequila aneja et pariai cent dollars avec un aimable type appelé Ramon Dusenberry que les États-Unis déclareraient la guerre à l'Allemagne avant la fin novembre. Quand je quittai la Cerveceria à deux heures du matin, elle résonnait encore bruyamment de controverses moroses.

J'avoue que les événements de la semaine suivante sont

difficiles à démêler pour moi. Les entrées de mon journal ne sont pas datées.

> *Mercredi. Tijuana. Lexter dit qu'il fera tout ce qu'il peut pour activer les choses. Retour à Rincon. Soirée Cerveceria.*
> *F. dit que Hitler demandera la paix une fois qu'il aura la Pologne...*
> *Vendredi. Tijuana. Lexter – pas de nouvelles. Télégraphié Père envoyer argent. Téléphoné Lori pour faire passer message aux Cooper et à Monika – pas de réponse de AMPR.*
> *Mardi. Herr et Frau K. repartis L. A.*
> *Samedi. Americana – Dusenberry.*
> *Dimanche. Plié bagages. Réglé note – 330 pesos...*
> *Lundi. Télégraphié AMPR pour avance salaire.*
> *Pas de nouvelles Lexter. Ne peux pas comprendre retard. Retour Rincon. Nouvelle chambre. Défait valises...*
> *Mercredi. Dusenberry me parie que la Russie s'alliera avec l'Allemagne contre la France et l'Angleterre – 50 dollars... [Ici un trou inexplicable d'une semaine.]*
> *Mercredi. Lexter annonce que ma demande de renouvellement de visa a été refusée.*

Un coup inattendu celui-là. Je me trouvais à Mexico depuis bientôt trois semaines et, en dépit de ce retard sans précédent, je n'avais pas soupçonné un seul instant qu'on ne m'autoriserait pas à retourner aux États-Unis. Lexter se montra désolé mais formel. Il ne consentit pas à m'expliquer pourquoi on me refusait l'entrée du pays. Sa sympathie pour moi, ses bons sentiments libéraux pro-européens disparurent derrière une réserve d'apparatchik. Symbole de mes difficultés, il devint naturellement mon ennemi. Soudain, je découvris en sa crinière un manque de naturel offensant. Un homme de son âge, lui suggérai-je, ne devrait-il pas cesser de jouer au collégien ? Il appela un marine pour me flanquer dehors. Je lui présentai mes excuses, expliquai que j'étais à bout de nerfs, que mon pays était en guerre, que j'étais hors de moi. Nous nous rassîmes. Ce devait être une simple erreur, dit-il. Il allait enquêter. Il me conseilla dè faire ce que tout émigrant frustré faisait : être patient et refaire une demande.

Je suivis son avis. J'aurais pu faire une autre chose : prendre dans un port mexicain un bateau pour l'Angleterre. Mais je me heurtais maintenant à l'autre éternel problème – l'argent. La loyauté chauvine de Brodie McMaster à l'égard d'un compatriote écossais avait ses limites. Il m'envoya une semaine de salaire en guise de préavis. J'étais sans travail. Les Cooper écrivirent pour dire que, faute de paiement du loyer, ils ne pourraient me garder mon appartement que jusqu'à la fin octobre. Bientôt, je serais sans abri. Je quittai l'hôtel pour un cottage en planches derrière le Vera Cruz, à seize pesos par jour, meilleur marché qu'une chambre double au Max. Au bout d'une semaine et quelques calculs supplémentaires, je déménageai dans une chambre simple du bâtiment principal qui ressemblait fâcheusement à ma cellule de Weilberg mais ne coûtait que onze pesos par jour.

Ma vie devint une étrange routine. Je prenais un petit déjeuner modeste au Vera Cruz – *pan dolce* et café. Durant la matinée, j'écrivais des lettres. Je déjeunais dans un restaurant pas cher (entouré de locaux monoglottes et soupçonneux. Que fabriquait ici tous les jours ce *gringo* avec son vieux journal, à manger des *refritos*, des œufs et du riz arrosés d'une bouteille d'eau minérale Garci-Crespo ?). Après déjeuner, je m'offrais une longue sieste. Le soir, j'achetais deux *quesadillas* graisseuses – hachis et fromage – à un éventaire sur le bord de l'Avenida, en allant à l'Americana. Là, je tentais, et généralement réussissais, de m'enivrer légèrement avec une alternance de tequila et de bière. Je devins un habitué. Il y avait toujours de nouveaux émigrés avec qui engager la conversation, mais je crains que les gens n'aient eu tendance à m'éviter après deux ou trois soirées en ma compagnie. Je ne savais parler que d'une chose, et en détail – le complot qui m'empêchait de rentrer aux États-Unis. J'étais devenu un emmerdeur. Même Monroe Smee (que la Ligue antinazie m'avait délégué avec un peu d'argent) ne resta que vingt-quatre heures.

Trois fois par semaine, puis une seule pour économiser l'essence, je me rendais à Tijuana. J'allais au consulat m'enquérir des progrès de ma nouvelle demande et changer les livres que l'on me permettait généreusement d'emprunter à sa petite bibliothèque éclectique. Lexter était un homme honnête et sérieux, mais même lui admettait que

476

l'ineptie bureaucratique n'était pas la seule raison de ce retard. Toutefois, il ne pouvait pas clarifier davantage les choses. Après quoi, j'allais expédier mes lettres et prendre mon courrier à la poste, achetais n'importe quel journal de langue anglaise disponible et regagnais Rincon et mes sinistres pénates au Vera Cruz.

Le jour de Noël 1939, je partis pour Tecate, garai la voiture dans des buissons et fis plusieurs kilomètres au-delà de la frontière jusqu'à Portrero où je recouvrai la raison et je revins sur mes pas. Tant d'enquêtes officielles avaient été ouvertes à ma demande, tant d'agences gouvernementales avaient reçu les détails de mon identité que, je m'en rendais compte, je devais être le candidat-immigrant le plus documenté qu'aient jamais connu les États-Unis. J'aurais de la chance si je tenais plus d'une semaine avant qu'on ne me redépose à Tijuana avec tout espoir envolé. Et Lexter ne me pardonnerait jamais. Il était mon seul recours. Je devais simplement me montrer patient.

Ma mendicité par correspondance me permettait de rester juste à la limite supérieure de la pauvreté. Lori, les Cooper, Monika, les Hitzig, les Gast et la Ligue antinazie me subventionnèrent durant mon exil. Tout mon éclat californien disparut. J'avais remaigri, ne coupais plus que rarement mes cheveux et portais des vêtements crasseux. Mes amis m'écrivaient régulièrement, m'envoyaient de la nourriture, des journaux et des magazines. Même mon père m'écrivit. Je lui avais demandé cinquante livres par télégramme. Il me répondit qu'il verrait ce qu'il pourrait faire – et puis, le silence. Mes lettres à Eddie Simmonette me revinrent marquées « retour à l'envoyeur ». A mes yeux, l'écriture sur l'enveloppe ressemblait bizarrement à celle d'Eddie, mais je ne pouvais pas le jurer.

J'avais l'impression d'être en quarantaine. Un chien soupçonné de rage. J'étais libre, mais je ne l'étais pas. Libre à Mexico de faire ce que je voulais à condition que ce ne fût pas la seule chose que je désirais : partir. J'attrapai, avec une charmante putain de Tijuana, une très vilaine affaire qui me coûta vingt dollars à soigner. Je n'allai pas voir Lexter pendant deux semaines uniquement par honte. Ces yeux pâles de missionnaire voyaient tout, je le savais.

Mon journal :

Rincon. 1er février 1940. Fiesta d'El Rescante, en l'honneur de Notre Seigneur du Secours. J'ai mis un cierge à l'église de Notre-Dame-de-Los-Dolores. Tout ceci n'est que trop horriblement approprié. La batterie de ma voiture est à plat et je ne peux pas m'en payer une neuve. Possessions : une Mercury 1935 immobilisée. Deux valises de vêtements usagés. Un appareil photo. 27 dollars et 55 cents. L'effrayante idée me vient que je pourrais continuer comme ça indéfiniment. Des années peuvent s'écouler. Assez d'argent pour rester à Rincon mais pas assez pour fuir. Si seulement Thompson m'aidait. Je hais ce gros salopard moralisateur ! Je crois que je comprends le piège de la pauvreté. Il faut que vous ayez un peu d'argent, un peu d'amour-propre, un peu de respect pour l'autorité. Ainsi, vous ne mourez pas de faim, vous ne mendiez pas et vous ne volez pas. Et ainsi, vous ne faites jamais rien.

Ce soir-là j'allai à l'Americana vendre mon appareil photo, un coûteux Leica acheté à Berlin en 1932 (je prenais encore des photos de temps en temps, surtout des portraits sur le vif des gens avec qui je travaillais). Juan, le patron, m'en avait offert deux cents pesos.

La fiesta était plus ou moins terminée. Dans le crépuscule bleuté et chaud, un orchestre jouait et des gens dansaient sur la Playa Zaragoza, au bout de la grand-rue. Dieu merci, tous les feux d'artifice avaient cessé. Pour une fois, l'Avenida Emilio Carraza était vide de voitures. Sous les arbres penchés – et garnis de guirlandes – deux policiers épuisés ramassaient les pancartes de *No estacionarse*. Difficile d'imaginer que toute l'Europe était en guerre. Pour la première fois, je me rendis compte combien il était facile d'être neutre.

La terrasse de l'Americana regorgeait de gens venus en famille. Je me frayai un chemin à travers les tables jusqu'au bar sombre et demandai Juan.

« Monsieur Todd, enfin ! »

Je me retournai. Dusenberry me souriait amicalement. Je ne l'avais pas vu depuis des semaines. Moitié Mexicain, moitié Américain, Ramon Dusenberry habitait San Diego mais conservait à Rincon une grande maison où vivait sa mère. Il était dans les affaires de presse. Il possédait une chaîne dc journaux locaux des deux côtés de la frontière. Mince, avec une ossature fine et une barbichette soignée, il était brun de peau et noir de cheveux, mais il parlait l'anglais comme un Américain.

« Hello », dis-je sans enthousiasme. La fiesta m'avait déprimé.

« Encore ici ?

– Pour mon malheur.

– Vous me devez cent dollars. Les États-Unis s'entêtent à rester neutres. »

J'éclatai de rire, puis j'eus envie de vomir. Brièvement, avec un laconisme passionné, je lui exposai ma situation. Une de ses mains fines tapotait le marbre du comptoir. Elle ressemblait à la main d'une femme élégante – brun clair, lisse, ongles brillants, très propres.

« Eh bien, qu'allons-nous faire de vous, monsieur Todd ? »

Je soupirai :

« Ne me dites pas qu'il s'agit d'une affaire d'honneur... Écoutez, je suis fauché. A sec, ratissé. *No tener un centavo*, mon pote. »

Il ne releva pas mon ton agressif. Je m'excusai.

« Je suis vraiment sans un sou. J'essaie même de vendre cet appareil photo à Juan.

– Z-êtes photographe ?

– Oui, naturellement. Je suis metteur en scène, nom d'une pipe !

– Z-avez jamais travaillé pour des journaux ?

– J'étais cameraman d'actualités pendant la Grande Guerre. » Je me sentis brusquement vieux : « Vous savez, 14-18, marmonnai-je.

– Z-avez une voiture ?

– Pourquoi ça ? Oui. »

Il sourit. Il était beau d'une manière vaguement menaçante, hyper raffinée.

« Vous êtes juste l'homme que je cherche. »

*

C'est ainsi que je devins photographe aux *Clarion* de Tijuana, Tecate, Rumorosa et Mexicali. Au cours de mes quelques semaines de travail, je présidai à une douzaine de mariages, quatre fiestas, deux intronisations de maires, plusieurs concours de bétail, l'incendie d'un entrepôt à Mexicali, l'arrestation de l'auteur d'un viol dans le village de La Hechicera, l'élection de Miss Baja California 1940 et, mon scoop, la collision d'un train de marchandises avec un camion rempli d'oranges sur la voie ferrée entre Mexicali et Nuevo Leon. Ma photo du corps du chauffeur du camion gisant sur un lit d'oranges renversées fut publiée dans tout le Mexique et même, me dit-on, dans quelques magazines américains.

Ramon Dusenberry me payait vingt-cinq dollars par semaine plus des bonus. Je restai au Vera Cruz, en partie par affection pour l'endroit (le minable a son charme pour les minables) et en partie pour faire des économies. J'abandonnai mon projet de retourner à Los Angeles, quelque chose ou quelqu'un bloquait cette route avec beaucoup trop d'efficacité. Je décidai, à la place, d'aller à Tampico, dès que j'aurais assez d'argent de côté, tenter de trouver une place sur un cargo à destination de la Grande-Bretagne. Si cela se révélait impossible, je descendrais au Honduras britannique ou j'irais aux Antilles et me débrouillerais pour rentrer à partir de là.

Curieux, cependant, de voir combien le fait de travailler soulagea mon anxiété. Je fis réparer la Mercury et l'utilisai d'un bout à l'autre de la frontière pour me rendre sur les lieux de tout événement jugé digne d'être photographié par un de mes quatre rédacteurs en chef. Je prenais un étrange plaisir à ces randonnées, et à conduire à travers l'aride paysage poussiéreux sur la route mal pavée parallèle à la frontière. Je me fis confectionner à Mexicali des costumes de grosse toile, je pris goût au mescal. Je devins une figure connue à Rincon, et j'ouvris un compte à la branche de Tijuana de la Banco Nacional de Mexico où mes économies s'accumulèrent avec régularité. Je me laissai dire que, dans

480

les villes de la frontière, la venue du photographe gringo pour couvrir votre mariage avait un certain cachet social. En bref, je commençai à m'adapter.

Puis, un soir, à la mi-avril, je tournai dans l'Avenida Emilio Carraza pour aller garer devant le Vera Cruz. Je venais de photographier le gagnant du prix de cinq mille pesos de la Loterie fédérale régionale. La fille du propriétaire, Elisa, qui faisait la réceptionniste, me tendit un message :

« Rendez-vous au bar du Max. 7 h. Monika. »

Je me rasai, changeai de chemise et allai la retrouver. Elle m'attendait au bar. Elle paraissait avoir chaud. Un restant de canicule, combinée aux ventilateurs de plafond du Max, avait réussi à déranger sa coiffure soigneusement crantée. Les petites rides verticales au-dessus de ses lèvres brillaient de sueur. Nous nous embrassâmes, mes paumes sur ses épaules nues et moites.

« Bon Dieu, que t'est-il arrivé ? »

Je me regardai dans le miroir du bar.

« Rien.

– Tu n'as pas l'air... Nous nous faisions du souci pour toi. »

D'avoir cessé d'écrire à mes amis donnait une certaine mesure de mon nouveau contentement. Personne n'avait reçu de nouvelles depuis des semaines.

Nous allâmes à l'Americana prendre une bière fraîche sous les lumières multicolores des arbres. Les cheveux de Monika se teintaient de bleu, de vert, de rouge. J'eus un élan d'affection pour elle. Je ne m'attends jamais à inspirer l'amitié, sans parler de la loyauté. Ces moments, ces gestes me désarment. Je lui pris la main.

« C'est gentil de ta part de venir à ma recherche. Mais je vais bien. Enfin, je vais bien à présent.

– Eddie Simmonette est arrivé. Il veut te voir.

– Eddie ? Mais où était-il ? J'ai dû lui écrire une douzaine de lettres.

– Personne ne le sait. Mais il est riche. Il a acheté une compagnie cinématographique. Werner travaille déjà pour lui.

– Que veut-il ?

« – Il veut que tu fasses un film.

– Seigneur Jésus ! »

Au cours du dîner au Max, j'expliquai mes nouveaux projets de voyage à Monika. Des mois d'une vaine attente pour avoir un visa rendaient inutiles d'autres tentatives. D'une manière ou d'une autre, je rentrerais en Angleterre.

« Quelles sont les dernières nouvelles de la guerre ? m'enquis-je. On est un peu en retard ici.

– Oh, zut, je ne peux pas me rappeler... Pas grand-chose. Il se passe des trucs en Norvège, je crois. » Elle prit ma main. « Il faut que tu reviennes, Eddie a des projets.

– Merveilleux. Mais comment ? »

Elle sourit :

« Simple, dit-elle. On va se marier. »

*

J'épousai Monika Alt le 23 avril 1940 dans les bureaux du consulat américain à Tijuana. Mr. Lexter officia. Ramon Dusenberry était mon garçon d'honneur. L'autre témoin était Miss Rafaella Placacos Diaz, la secrétaire de Lexter. Deux heures plus tard, nous traversâmes la frontière des États-Unis. En tant qu'époux d'une des citoyennes de ce pays, je passai le contrôle de l'immigration sans le moindre délai.

Villa Luxe, 26 juin 1972.

Je me rappelle aujourd'hui, je ne sais pourquoi, une conversation avec Elroy Cooper à l'époque où je lui donnais des leçons.

« Est-ce que Dieu peut entendre tout ce que nous disons ? demanda-t-il un jour à propos de rien.

– Non, répliquai-je distraitement.

– Pourquoi ?

– Parce que je ne crois pas qu'il y ait un Dieu.

– Ah ouais ? Alors à quoi croyez-vous ? »

Il était intelligent, Elroy, pas un garçon à laisser passer les choses. Il attendait une réponse, et je me rendis compte que je n'y avais jamais très profondément réfléchi. Je pensai à une phrase que Hamish répétait souvent : « Quiconque ne peut expliquer son travail à un garçon de quatorze ans est un charlatan. »

Je tapotai la couverture du livre de math d'Elroy. Par coïncidence, nous étions en train d'étudier les nombres premiers et leur recherche. Je me lançai.

« Eh bien, j'ai tendance à croire en ceci, dis-je. En la science – les maths et la physique. Je préfère croire ce qu'elles nous disent au sujet du monde. » Je marquai un temps d'arrêt. « Elles disent que le monde est un endroit extrêmement complexe mais qu'à sa base, à son niveau élémentaire de base, c'est un royaume d'événements hasardeux gouvernés par la chance et l'incertitude. Il n'a pas de sens, pas de sens logique que nous puissions comprendre. Il ne peut pas être expliqué par ce que toi et moi considérerions comme des idées de bon sens. Voilà le fond, la base de tout. Mais ce que nous faisons, en tant qu'êtres humains, dans notre vie quotidienne, est de nous promener en prétendant que le monde possède un sens, que nous découvrirons un jour qu'il existe une signification et un fondement solide à tout. » Je souris. « Remarque, je pense qu'au fin fond de notre cœur nous devons croire ce que les mathématiciens et les physiciens nous racontent. Les gens ont des manières diverses de prétendre que le monde a un sens et croire en Dieu – un Dieu, ou des dieux – est simplement l'une d'elles. »

Elroy se montra sceptique :

« Mais est-ce que Dieu n'aurait pas pu faire que le monde paraisse ainsi ? Vous comprenez, pour nous tromper ?

– Je suppose que c'est une théorie, mais elle est un peu faible. Il n'y aurait pas beaucoup de raisons de croire en Dieu, à ce moment-là. Tu vois, les gens aiment à penser qu'il y a une signification à la vie et un ordre caché dans l'univers. Ce serait un Dieu bien étrange qui ferait connaître sa présence en arrangeant les choses de façon qu'elles n'aient aucun sens et en rendant l'univers hasardeux et imprévisible.

– Je ne sais pas. Il peut faire ce qu'il veut.

– Un très célèbre mathématicien a dit : "Dieu est peut-être sournois, mais il ne joue pas aux dés", ou quelque chose du genre. Je ne crois pas que tu puisses avoir un Dieu joueur de dés. Il n'y a pas de raison. En fait, je crois qu'elles s'excluent mutuellement ces idées, celle de Dieu et celle des dés. Tu vois, si...

– Est-ce qu'on pourrait se remettre à ces nombres premiers ? »

Une autre chose que j'ai oubliée de vous dire : pendant que j'étais en ville l'autre jour, je suis entré dans une librairie. Dans la section de langue anglaise, j'ai trouvé un livre intitulé *l'Encyclopédie du cinéma.* Il y avait un article sous mon nom. Je l'ai copié.

TODD, JOHN JAMES, *né 1899, m. 1960 ? Metteur en scène anglais de l'époque du muet (Julie, Jean-Jacques !), a réapparu brièvement à Hollywood durant la Deuxième Guerre mondiale où il produisit un certain nombre de westerns série B quelconques.*

16

Le Kid

Entre 1940 et 1943 je fis onze westerns, tous, sauf un, d'une durée de moins d'une heure. Parmi lesquels je me rappelle : *Justice au pistolet*, *Quatre Fusils pour le Texas* et *Sauve-qui-peut !* Comme d'habitude, les titres en disent long sur le niveau des films. Je les tournai rapidement, efficacement et totalement sans passion. J'aurais pu aussi bien fabriquer des chaises longues. Tout ce qu'on leur demandait, c'était de fonctionner.

Eddie Simmonette était arrivé à Hollywood au début de 1940 avec une fortune considérable. Je n'ai jamais su comment il était devenu de nouveau aussi riche – ce n'était certainement pas grâce à ses films yiddish. Je crois que cela avait un rapport avec les restrictions de change du temps de guerre et l'or métal. De temps en temps, il faisait des voyages en Amérique du Sud. Un jour, il se rendit aux Bahamas. Je lui demandai pourquoi.

« Pour voir le duc de Windsor.

– Oh, mais oui, *bien entendu*, Eddie.

– C'est la vérité. Tu n'es pas obligé de me croire. »

J'éclatai de rire et lui dis que, naturellement, je ne le croyais pas. Je pense qu'en le poussant un peu il m'aurait tout raconté. Mais je crus qu'il me faisait marcher. Quoi qu'il en soit, il acheta une petite compagnie nommée Lone Star Films et doubla sa production. Nous faisions des westerns et quelques films à suspense. J'ai l'impression que Lone Star faisait partie de cette vaste manipulation financière, mais je n'ai jamais réussi à comprendre où et comment elle s'y raccrochait.

J'étais content de travailler, même à un niveau aussi modeste. Il n'était pas désagréable non plus de connaître à nouveau la prospérité. Je restai à Pacific Palisades. J'aimais l'océan. J'achetai une maison plus grande sur le Chatauqua Boulevard, et nous nous installâmes, Monika et moi, dans une sorte de routine domestique.

Nous divorçâmes, tout à fait à l'amiable, six mois plus tard. Nous faisions des amants passables mais des époux lamentables. Nos relations avaient besoin de clandestinité pour s'épanouir. Je crois qu'une fois mariés nous nous ennuyâmes l'un avec l'autre. Je recommençai à voir Lori en cachette, et Monika se lia avec un jeune homme qu'elle avait rencontré. Il apparut rapidement que nous devions nous séparer.

Cependant, elle me raconta un fait qui clarifia quelque peu le passé récent. Manifestement, au cours d'une discussion d'ivrognes avec Faithfull, elle l'avait fait râler avec notre liaison et ses détails les plus intimes – taille des organes génitaux Todd *vis-à-vis* du membre viril Faithfull, ingéniosité des positions, réserves de vigueur, etc. Faithfull flanqua Monika dehors et, se précipitant fulminant chez moi pour me défier et me « donner une leçon », découvrit que j'étais à Rincon en train d'attendre le renouvellement de mon visa. Il se rendit tout droit chez un de ses copains du consulat britannique et le fit alerter les services de l'immigration américaine à mon sujet. Une enquête plus approfondie révéla que j'étais poursuivi pour dettes en Écosse. Ce fut assez pour m'immobiliser à Rincon tous ces mois durant.

Cette histoire eut entre autres effets celui d'apaiser ma conscience patriotique. Si les services diplomatiques anglais pouvaient s'associer à un complot destiné à me faire traiter d'étranger indésirable, alors je n'allais certainement pas me précipiter pour servir mon pays. D'ailleurs, Hollywood était rempli d'acteurs, de metteurs en scène et de producteurs anglais – Korda, Wilcox, Olivier, Spenser Bellamy, Norman et des tas d'autres. Je ne faisais pas tache.

Je ne fréquentais pas la communauté britannique. Je restais avec les émigrés, mes amis berlinois. Désormais, on savait qui réussirait à Hollywood et qui arriverait juste à se débrouiller. Eddie, je dois dire, se montrait loyal à la bande de Realismus. Hitzig, Gast et moi nous ne cessions de travailler sur les séries B de Lone Star. Nos étoiles s'étaient stabilisées – au moins elles ne déclinaient plus – tandis que d'autres montaient. Lang, Glucksman, Wilder, Strauss, Brecht – voilà qui étaient les gens fêtés et ambitieux. Nous leur souhaitions de réussir. Sincèrement.

J'avais une autre raison d'éviter les Anglais. En 1942, Leo Druce débarqua avec Courtney Young pour tourner *Une affaire risquée*, un soporifique à grand spectacle sur le duc de Wellington et la bataille de Waterloo, de la propagande britannique à peine déguisée à destination du public américain. Je me promenais au bord de la mer un dimanche à Malibu et je passai devant la terrasse en surplomb d'une maison de plage où se déroulait un déjeuner bruyant. Avec un choc qui me fit froid dans le dos, je reconnus le visage de Druce parmi les invités. Quelqu'un se pencha par-dessus la balustrade et me cria de monter les rejoindre. Je vis Druce tourner la tête en entendant mon nom. Je fis en sorte que nos regards ne se rencontrent pas. Un instant, je fus tenté par l'idée d'une réconciliation – après tout, nous avions été amis pendant près de vingt ans – mais mon élan charitable fut étouffé par le souvenir de ce jour où il m'avait conseillé avec tant de conviction et d'altruisme de refuser *Grand Alfred* (un demi-succès, comme tous ses films). Je compris que je ne pourrais jamais lui pardonner. Sa cupidité et son ambition m'avaient fait perdre *les Confessions* et m'avaient chassé de mon pays. Il n'existait aucune possibilité de renouer notre vieille amitié chaleureuse. Je fis un signe de la main, criai une excuse et poursuivis mon chemin.

A peu près à cette époque, arriva aussi à Hollywood quelqu'un que, paradoxalement, je fus plus heureux de revoir. Fauché et sans travail, Alex Mavrocordato débarqua dans le cercle des émigrés. Il n'avait pas bonne mine : son poids et sa corpulence paraissaient être devenus pour lui un fardeau, un ballast mou. Il possédait encore sa grande stature, mais il en avait perdu l'aura, si vous voyez ce que je veux dire. Autrefois, il donnait l'impression de remplir la pièce comme si une sorte de force magnétique avait émané de sa personnalité. Il n'en allait plus de même. Un périple difficile à travers la France de Vichy et l'Espagne, suivi par une longue attente à Lisbonne pour un bateau à destination

489

de l'Ouest semblaient l'avoir abattu, débarrassé de sa brutalité. Il habitait chez les Cooper et j'allai l'y voir peu après son arrivée. Nous gagnâmes à pied le Lori's et je lui offris un steak de quatre cents grammes avec deux œufs à cheval accompagnés de frites et d'une salade verte.

Nous nous assîmes dans le café vivement éclairé. Des jeunes gens riaient et bavardaient dans les stalles. Lori et ses souriantes serveuses arpentaient les allées. Les lumières joyeuses de la jetée de Malibu s'étiraient paresseusement dans l'obscurité. Mavrocordato mastiquait son steak avec vigueur. Je lui commandai une autre bière.

« Bon Dieu, dit-il avec une certaine amertume, la guerre c'est l'horreur. » Il regarda autour de lui d'un air incrédule : « Vous devriez voir l'Europe. »

Je me sentis démangé de remords.

« Vous vous habituerez, dis-je un peu piteux. C'est très facile.

— Toujours au bon endroit au bon moment, lança-t-il. Vous retombez bien sur vos pieds, hein, Todd ?

— Ce n'est pas comme ça que je le vois, répliquai-je avant d'ajouter, gentiment : Vous ne savez vraiment pas de quoi vous parlez.

— Ah ! qui dira ce que j'ai souffert ! » Il avait de l'humour, Mavrocordato.

« Quelque chose du genre.

— Bon, eh bien il faut que je vous remercie pour le repas. Que puis-je pour vous ?

— Où est Doon ? Qu'est-il arrivé à Doon ?

— Je n'ai pas revu Doon depuis... » Il réfléchit. « Bon Dieu, huit, presque neuf ans. 1934, Paris. »

J'éprouvais la plus étrange des sensations, un bizarre mélange d'inquiétude et d'allégresse.

« Mais elle était à Sanary avec vous.

— Pendant une semaine. Puis elle est partie. Elle est allée à Neuchâtel vous chercher.

— Mais nous n'étions plus là... »

J'avais le cerveau bloqué, en déroute. Je me sentais abruti, obtus, comme un homme affligé d'un gros rhume.

Mavrocordato me raconta qu'il avait revu Doon à Paris en janvier 1934, après notre malheureux Noël ensemble.

Elle paraissait très déprimée, me dit-il. Elle était ivre la plupart du temps. Ils quittèrent Paris ensemble : il pensait que la Riviera lui ferait du bien. Mais ils n'avaient pas cessé de se disputer. Elle parlait constamment de retourner en Amérique. Elle est allée à Neuchâtel pour vous mettre au courant de sa décision, ajouta-t-il. Il ne l'avait plus revue.

Nous remontâmes lentement à pied la route vers la maison des Cooper. Ma tête grouillait des révélations que je venais d'entendre.

« Alors, elle a dû aller... venir ici ?

– Oui. C'est ce que j'ai toujours cru.

– Je pensais... » J'étais soudain prêt à pleurer comme un gamin. « Je pensais qu'elle était partie avec vous...

– Je le lui ai demandé, dit Mavrocordato avec un peu de sa vieille fougue. Voyez-vous, je lui ai même demandé de me réépouser. » Il haussa les épaules. « Vous connaissez Doon. Je pense toujours qu'elle est un peu folle. » Il se tapota la tête.

Je continuais à réfléchir.

« Mais si elle est venue ici, où est-elle ?

– Si elle a continué à boire comme à Paris, elle doit être morte. Ou très malade. »

Nous fîmes halte au bas des trois volées de marches qui menaient chez les Cooper. Mavrocordato partageait le 361 $\frac{1}{2}$ avec deux autres réfugiés sans ressources.

« Il vaut mieux que j'essaie de la retrouver, dis-je d'un ton vague.

– Dites-lui bonjour pour moi. »

Nous nous serrâmes la main.

« Écoutez, Todd, si vous avez besoin d'un assistant pour votre film... Le passé peut facilement s'oublier.

– Bien sûr, dis-je. J'y penserai. » Je n'éprouvais qu'une immense gratitude à l'égard de Mavrocordato. Je ne tirai aucun plaisir de ce triomphe.

Je rentrai chez moi et bus une demi-bouteille de VAT 69 en repensant à Doon et à ces nouvelles. Elle ne m'avait pas trahi. Elle s'était simplement enfuie. Je me sentis bizarre : j'aurais dû exulter, le cœur rempli de joie. Mais non. Si elle se trouvait en Amérique depuis 1934, pourquoi n'y avait-il aucun signe d'elle ? Pas la moindre trace ? Tous ses vieux amis de Berlin étaient à Hollywood, pourquoi n'avait-elle jamais une seule fois repris contact avec eux ?

Eddie me conseilla de m'adresser au Bureau des disparus.

« D'où venait-elle ? dit-il. Enfin, tu vois, sa ville natale ?

– Aucune idée. Mon Dieu !

– C'est très utile. »

Eddie était marié à présent, à une petite femme brune timide du nom d'Artemisia Parke. Je fus frappé par le fait que, depuis les nombreuses années que je le connaissais, c'était la première fois que je l'associais à une femme. Dans un sens, une vie amoureuse, une vie sexuelle même paraissaient incongrues pour lui, superflues. Il était comme un de ces vers ou une de ces amibes, du genre hermaphrodite, qui peuvent se suffire à eux-mêmes (et je ne dis pas ça méchamment). Comme la plupart des aspects de sa vie à cette époque, le mariage d'Eddie semblait le moyen d'une mystérieuse fin. Eddie ne se montra ni inquiet ni curieux du mystère Doon.

« C'était une étrange fille, Johnny, je te l'ai dit il y a des années. Elle a pu se suicider. » Il claqua des doigts. « Ça se casse, ce type-là, comme ça.

– Pas Doon.

– Tu devrais savoir. »

Il soupira. Il s'apprêtait à aller jouer au golf et il portait une tenue avec des losanges jaune citron, terre brûlée et bordeaux. J'avais un léger mal de tête dû à mon assaut sur le VAT 69 – et ces couleurs vives s'appuyaient douloureusement sur mes globes oculaires. Je sortis une paire de lunettes de soleil vertes de la poche de mon veston et les chaussai. Nous étions assis dans son immense maison de Beverly Hills.

« En tout cas, dit-il, tu ne vas pas partir en courant. J'ai un nouveau projet pour toi. Le plus grand jusqu'ici.

– Ah oui ? Quoi ?

– Un film sur Billy le Kid. Mais, écoute bien, en couleur. »

J'allai à San Diego voir Ramon Dusenberry. Depuis qu'il avait été mon témoin à mon mariage, nous étions très liés. Nous nous rencontrions de temps en temps quand il venait à Los Angeles pour ses affaires. Il était un grand admirateur de mes westerns. « Dès que tu en auras assez du cinéma, tu peux reprendre ton boulot », plaisantait-il. J'aimais bien Ramon, et pas seulement pour son enthousiasme flatteur. Il était plus vieux que moi et je lui avais unilatéralement attribué le rôle de frère aîné, maintenant que Thompson avait abandonné le sien. Je lui demandai comment faire pour retrouver Doon. Il me répondit qu'il avait un ami dans la police de San Diego qui pourrait peut-être m'aider.

Nous étions au yacht-club de Ramon, qui surplombait la marina. Il faisait une belle journée claire, un ciel vide de nuages. Un hydravion – un Catalina – passa à basse altitude en route vers la base navale. Là-bas en Europe, l'armée Rouge, au cours de son avance sur le Dniepr, s'emparait de Kharkov. La RAF bombardait Cologne. L'aviation américaine pilonnait Saint-Nazaire.

« Alors, quel est le prochain film ? s'enquit Ramon.

– Pardon ? Ah, Billy le Kid, dis-je.

– Pas possible ! Dis donc, il faut que tu rencontres Garfield Barry.

– Ah oui ?

– Oui, et comment ! Le vieux Garfield l'*a connu*, bon sang ! »

Après le déjeuner, Ramon me conduisit au nord de la côte, à Cardiff-on-the-Sea, dans une maison de retraite baptisée Bella Vista, en face de la plage publique de l'autre côté de l'autoroute. Elle se composait d'une série de petits bungalows de style anglais reliés par des passages couverts. Ici et là des palmiers et quelques poivriers antiques abritaient des bancs en bois. Nous découvrîmes Garfield Barry assis, dehors, dans un fauteuil roulant un peu trop proche de l'arroseur automatique d'une pelouse. L'arrière de sa tête et ses épaules étaient trempés de gouttelettes. Nous le poussâmes à l'abri.

Barry était un vieux loustic plein de vie, mais qu'une récente attaque d'apoplexie avait paralysé. Il avait un gros nez et des yeux vifs larmoyants, un crâne bosselé sous une mince bourre de cheveux blancs. Un des journaux de Ramon avait publié une longue interview de lui à l'occasion

de ses quatre-vingt-cinq ans, deux mois plus tôt, intitulée :
« Le dernier homme à avoir connu Billy le Kid » (ce qui
était parfaitement vrai, je crois. Il existait encore deux
vieilles dames qui se souvenaient du Kid, mais Barry était
définitivement le dernier mâle).

Barry était né en 1857. Son père tenait un « saloon » à
Fort Summer, au Nouveau-Mexique, où Barry avait été lui-
même receveur des postes durant cinquante ans. En 1880,
l'année de la mort du Kid là-bas, Barry avait vingt-deux
ans, un an de plus que le *desperado*. Cela me fit un effet
étrange de parler au vieil homme. Je me rendis compte que
Billy le Kid lui-même aurait pu vivre aussi longtemps si
les circonstances avaient été différentes. J'éprouvais une
étrange mélancolie. Voici que moi, âgé de quarante-quatre
ans, né dix-neuf ans après que Pat Garrett eut tué le Kid,
je parlais à leur contemporain. Entre-temps, le soleil brillait
sur San Diego et l'armée Rouge continuait d'avancer vers
le Dniepr. J'éprouvai une sorte de désorientation grisante
dans l'espace et le temps, le présent et le passé. Les mondes
objectif et subjectif que j'occupais semblaient tourbillonner
et danser autour de moi. Je me forçai à me concentrer sur
le vieil homme.

« Comment était-il ? dis-je. Billy le Kid ?

– Eh bien, pour commencer, il ne s'appelait pas Billy le
Kid. Il s'appelait Henry McCarty et je dirais... » Le vieil
homme s'arrêta pour reprendre haleine. La brise fit bouger
ses cheveux fins et les branches du poivrier au-dessus de
lui. Je songeai brusquement au vieux Duric Lodokian sur
son lit de mort à Berlin. « ... Je dirais que c'était la plus
méchante, avec le cul le plus bas et les dents les plus en
avant, de toutes les salopes de petites crapules que j'aie
jamais rencontrées. »

A l'aide des évocations de Barry, je récrivis le mauvais
scénario d'Eddie. Le Robin des Bois américain disparut
pour faire place à quelque chose de plus sinistre. Selon mon
récit, Henry McCarty était un sale avorton qui tuait le charmant William Bonney et lui volait son nom. Le shérif Pat
Garrett, immensément grand (un mètre quatre-vingt-dix-

huit d'après Barry), devenait un ange vengeur, lugubre et moralisateur. Si je pris pas mal de libertés avec l'Histoire, les faits demeurèrent exacts. Il s'agissait du dix-huitième film sur Billy le Kid, mais le premier à le dépeindre tel qu'il était en réalité.

« Il n'était même pas gaucher », me raconta Garfield Barry. Nous examinions la seule photo connue du Kid où on le voit debout avec un fusil à côté de lui. « Un imbécile a inversé le négatif la première fois qu'on l'a utilisé et maintenant tout le monde croit qu'il tirait de la main gauche », expliqua Barry. Il gloussa et toussa.

Je scrutai la photo.

« Nom de Dieu. Il a des talons de dix centimètres à ses bottes, dis-je.

– Vous z'ai dit que c'était une petite salope de demi-portion. »

Je crois que ce fut une de mes plus brillantes idées de ce tournage. Sonny Pyle, un étonnant jeune acteur (dont la mort tragique en 1944 fut une immense perte pour le cinéma), joua le Kid en portant, pendant tout le film, des talons galbés de dix centimètres de haut, ce qui donnait un effet des plus curieux à chaque geste, à chaque posture. Pyle avait un visage mince avec de grands yeux étonnés, et nous lui fixâmes un dentier de façon à obtenir le fameux sourire en dents de lapin. Beaucoup de gens ont par la suite disséqué son interprétation sans être capables de dire précisément pourquoi elle était si fascinante. Très simplement, c'est grâce aux talons hauts. Mon Billy le Kid vacille : il doit monter les escaliers avec précaution ; il saute de son cheval avec une prudence atypique. Il marche les genoux curieusement pliés. Pour la première fois depuis *le Divorce*, je travaillais avec un certain enthousiasme sur un film.

Je pense que c'est ce qui plut à Eddie. J'eus peu de mal à le convaincre que nous devions tourner au Nouveau-Mexique. Le budget doubla puis tripla.

« Oui, Johnny, dit-il d'un ton patient. Je sais. Authenticité des extérieurs. J'ai déjà entendu tout ça, tu ne te rappelles pas ? »

A la fin de l'année, je pris l'avion pour Albuquerque et les repérages. Nous installâmes notre base à Roswell et parcourûmes en voiture les plateaux de Pecos à la recherche de petits villages qui pourraient passer pour Lincoln et Fort Summer au dix-neuvième siècle. Pour la première fois aussi, je m'excitai sur les possibilités qu'offrait la couleur. J'avais autour de moi les montagnes rouges et violettes, les maisons d'adobe roses et bleues, les champs houleux de foin et de luzerne, les parois des canyons pointillés de pins pignons et de jeunes chênes. Cela servirait de décor à mon édifiante histoire dans laquelle shérif Pat Garrett était le héros et Kid le vilain.

Je me proposais d'appeler le film *Alias Billy le Kid*, mais je décidai en fin de compte d'utiliser le nom que donnaient les cowboys à leur revolver à six coups : *l'Égalisateur.*

Je suis fier de *l'Égalisateur.* Il ne se compare pas aux *Confessions : Première Partie*, mais il fut réalisé vite – avec une sorte de ferveur courroucée qui me permit d'imprégner ce genre rebattu d'une rare passion. Nous tournâmes au printemps de 1944. Padiko devint Lincoln ; Little Black, Fort Summer. Il y avait encore de la neige sur les monts El Capitan, et je les gardais à l'arrière-plan de toutes les prises de vues extérieures possibles. Froids et lointains, ils sont une présence permanente dans le film. Nous tournâmes aussi dans une plantation de fruits près de la rivière Ruidoso. Des hectares de pêches, prunes, pommes et poires étaient en fleurs, celles-ci formant un nuage bas de fumée rose et blanc à travers le paysage. (Vous vous rappellerez cette scène quand Pat Garrett – Nash McLure – traque le Kid à travers le rose bonbon du champ de pêchers.) J'usai de la couleur comme un peintre. J'en barbouillai tout, littéralement. C'était mon premier film en technicolor et je le rehaussai de tous les tons possibles. Je repeignis les maisons d'adobe de Padiko. Le Kid fuma des cigarettes roulées dans du papier jaune vif. Je fis jeter de la teinture bleue dans les rivières. Et chaque chose dans le paysage possédait une fraîcheur printanière – les fourrés épineux des « chaparral », les peupliers, les touffes d'herbe et tous les buissons. Le film entier flamboyait.

D'où venaient cette application et la ferveur courroucée dont j'ai parlé ? Pourquoi, vous entends-je demander, n'étaient-elles pas présentes dans *Justice au revolver*, *Qua-*

tre Fusils pour le Texas et *Sauve-qui-peut !* ? C'est que, je vous répondrai, je tombais sur Leo Druce une semaine avant le commencement du tournage – la rencontre eut l'effet d'un puissant aiguillon.

Nous nous retrouvâmes dans la salle de départ de l'aéroport de Los Angeles. Je prenais un « Sky Chief » de Transcontinental et Western pour Albuquerque, *via* El Paso. Druce partait pour New York. Nos deux avions avaient du retard. Druce était en compagnie d'une femme élégante (son épouse ?) et de deux autres hommes. J'étais seul. C'était la première fois que nous nous rencontrions face à face depuis six ans. Il avait des cheveux gris maintenant et un peu plus d'embonpoint. Il paraissait florissant. Je décidai de faire semblant de ne pas le voir et continuai à lire mon journal, mais il s'approcha de moi. Il fumait un cigare, et je soupçonne qu'il avait bu. Il s'arrêta à peu près à deux mètres. Je levai les yeux.

« Salut, Todd. Encore ici ? » dit-il.

Je ne relevai pas l'allusion insultante.

« Toi aussi, je vois.

– Ah, mais je suis sur le chemin du retour. En Angleterre.

– *Bon voyage.* » Je me replongeai dans mon journal. Lequel abondait en conjectures sur un deuxième front.

« T'as pas de message pour les copains laissés au pays ?

– Tire-toi, c'est tout, Druce », dis-je. Je suis sûr que c'est mon indifférence qui l'enragea le plus.

« Ça fait un bail que t'es planqué dans ton trou de dégonflé. »

Je me levai et m'avançai sur lui. Il recula vivement puis se reprit.

« Écoute, Druce, dis-je d'une voix calme mais pleine de venin, je n'ai pas besoin de faire mes preuves, ni à toi ni à personne. J'ai passé trois mois dans ce putain de Saillant et six mois dans un camp de prisonniers pendant que tu étais en convalescence à faire des additions dans les magasins de l'intendance. Alors, tire-toi et fous-moi la paix.

– La prochaine fois que tu montes en ballon, assure-toi que le vent souffle dans la bonne direction.

– La prochaine fois que tu te tires dans la jambe, n'oublie pas d'ôter les traces de poudre sur ton pantalon. »

Je jure que, jusqu'à ce moment-là, je n'avais jamais considéré la balle qui avait traversé la jambe de Druce comme autrement qu'allemande. Le choc dans son regard me confirma la justesse de mon sarcasme.

Il me gifla.

« Espèce de sale lâche ! »

On m'a raconté que le hurlement que je poussai en sautant sur lui fut tout à fait inhumain. Je fus maîtrisé assez vite par des employés de la TWA, mais pas avant que mes poings brandis en matraque n'aient opéré leur jonction avec cette gueule satisfaite de poltron malhonnête. Je lui avais fermé un œil et ouvert la lèvre supérieure. Je sentis un cri de triomphe silencieux et primitif résonner dans mon corps tandis que les compagnons de Druce l'emmenaient plié en deux, gémissant, vers les toilettes.

« Espèce de cinglé ! me lança-t-il faiblement. Tu me paieras ça !

– Tu ne pourrais pas penser à quelque chose d'un peu plus original à dire ! » hurlais-je en réponse. Je suis ravi de rapporter que la salle de départ entière éclata de rire.

Je me trouvais à Albuquerque et Roswell quand l'histoire parut dans les journaux, et je n'en vis rien. Je crois qu'elle fut relatée avec beaucoup d'ironie : les « Angliches » se tapant dessus réciproquement à Los Angeles, alors que le véritable ennemi se trouvait outre-mer. En tout cas, cela plus l'incident Zanuck suffirent à me faire passer pour un bagarreur-né. Longtemps après encore, les gens, en me saluant, se reculaient avec des gestes de terreur feinte, et les maîtresses de maison me suppliaient malicieusement de ne pas brutaliser les invités. Ne croyez jamais ce que vous lisez dans les journaux.

*

Nous étions à une semaine de la fin du tournage quand je reçus le message. L'équipe filmait dans Padilla une scène à l'ombre des arbres du square lorsqu'un courrier du bureau de la production à Roswell arriva avec un télégramme :

Le film terminé, je louai une voiture, remontai à Albuquerque et, de là, passai par les montagnes en Arizona. Il
me fallut deux jours pleins, mais je n'ai aucun souvenir des
superbes paysages que je traversai. Je n'ai aucun souvenir
de mon humeur : je crois que j'en étais dépourvu. Cela
faisait si longtemps : je ne voulais pas que l'optimisme ni
le pessimisme me fassent du tort. Je trouverais ce que je
trouverais.

Je quittai l'autoroute avant Winslow et découvris Montezuma, une petite ville à la lisière de la réserve navajo.
Des montagnes lointaines encerclaient le vaste plateau. Il
faisait chaud et sec.

Je pris la rue principale. Elle comprenait une station
d'essence, un terrain d'exposition de voitures d'occasion,
un supermarché Piggly-Wiggly et un grand magasin de
confection à bon marché. Je me garai devant une entreprise
de pompes funèbres et descendis à pied le trottoir défoncé
jusqu'à un petit marché en plein air. Les éventaires – fruits
et légumes – étaient desservis surtout par des Navajos. Si
vous vouliez vous cacher, Montezuma semblait un bon
choix. Je demandai à un type qui vendait des bijoux de
pacotille et des tapis multicolores s'il savait où habitait
Doon Bogan.

« Miss Bogan ? Pour sûr. Retournez à la station et prenez
à droite. C'est un vieux ranch à trois kilomètres plus loin
sur la route – "La Colonie". Vous pouvez pas le rater. »

Je suivis ses instructions. La route courait entre des
broussailles d'armoise et de manzanitas. Une pancarte fraîchement peinte annonçait « La Colonie », une maison basse
en bois avec des grillages rouillés aux fenêtres et un corral
délabré. Trois voitures étaient parquées dehors, deux avec
des plaques californiennes. J'avais la bouche sèche. Mes
mouvements étaient lents et étudiés comme si je me
remettais d'une grave maladie. Je frappai à la porte et
n'obtins pas de réponse. Je fis le tour de la maison. Dans
une cuisine, un homme mince, chauve et torse nu, en short
de treillis, lavait des assiettes dans une bassine d'étain.

« Je cherche Miss Bogan, dis-je.

– Salut ! vous devez être Wally Garalaga. Enchanté de vous rencontrer, Wally. Je suis Morris Drexel. »

Il s'essuya les mains sur un torchon et me tendit la droite. Je la serrai.

« On s'était dit que vous arriveriez ici assez tard », expliqua Drexel. Il avait une poitrine étroite avec des poils gris autour des seins.

« Je m'appelle Todd. On ne m'attend pas. Je suis un vieil ami de Doon.

– Oh... excusez-moi. Nous attendions un Mr. Garalaga. » Il me conduisit à la porte et pointa du doigt : « Vous voyez cet arroyo ? Suivez-le un peu. Doon est là-bas. »

Je me mis en marche. Bon Dieu, Doon se serait-elle mise en ménage avec Morris Drexel ?... Je ne pouvais pas l'imaginer. Je descendis le lit sableux de l'arroyo tout en réfléchissant à cette hypothèse. Je commençai à transpirer. La chaleur semblait prisonnière du ravin. Je défis ma cravate. J'avais laissé ma veste dans la voiture.

Puis j'aperçus Doon et je fis halte. Debout devant un chevalet, elle me tournait le dos. Elle portait une chemise en jean sur un pantalon de coutil blanc et un chapeau de paille à large bord. Je me sentis défaillir. Ma bouche était toujours aussi sèche que le fond du ravin.

« Doon », appelai-je en m'avançant de quelques pas.

Elle se retourna. Elle avait des lunettes noires.

« Morris ?

– Non, bon Dieu, c'est *moi* ! »

Elle échangea ses lunettes de soleil pour des lunettes de vue.

« Doux Jésus, dit-elle. Tiens, par exemple ! John James Todd ! »

Assis dans le grand salon de « La Colonie », je m'efforçai de maîtriser les sentiments contradictoires d'une émotion profonde et d'une irritation grandissante. La pièce, simple et confortable, était tapissée de tableaux abstraits qui auraient pu à la rigueur passer pour des paysages. Les œuvres de Doon. Elles semblaient à mes yeux totalement dénuées de mérite. Dans la cuisine, Doon préparait un pichet de thé glacé. Elle revint.

« Désolée, dit-elle. Rita n'a pas été chercher de la glace en ville. Est-ce que du thé relativement froid t'ira ?

– Bien. Parfait. Tu n'as pas de glacière ?

– Nous n'avons pas l'électricité. »

Je m'obligeai à sourire et tentai de me réconcilier avec le changement qui s'était opéré en elle. Doon était plus mince et très bronzée. Ses cheveux longs, secs, châtain foncé, se striaient de gris. J'avais vécu si longtemps avec sa frange courte blonde que j'avais l'impression maintenant de bavarder avec sa sœur aînée ou sa tante. Elle mit ses lunettes, chercha ses cigarettes, les trouva et en alluma une. Sa voix était plus profonde – rocailleuse à force de fumer.

« T'en veux une ?

– Non merci. J'essaie d'arrêter.

– Ne prends pas ce ton brusque, Jamie... Alors, que s'est-il passé après le Mexique ? »

Je terminai le bref récit des années écoulées depuis en omettant mon mariage avec Monika. Doon m'avait déjà raconté son histoire. En quittant Sanary, elle était allée à Neuchâtel pour me faire part de sa décision de retourner en Amérique. Elle n'avait trouvé aucune trace de nous, seulement la nouvelle que le film était tombé à l'eau. Elle repartit pour l'Amérique et Hollywood qu'elle détesta après un mois où elle se découvrit solitaire, misérable et oubliée. Elle avait donc, selon son expression, « démissionné ». Elle acheta cet ancien ranch et se mit à la peinture. Ses fonds commençant à baisser, elle avait transformé sa maison en retraite d'artistes. Elle joignait les deux bouts sans trop de difficultés, dit-elle.

« Mais pourquoi, demandai-je avec précaution, pourquoi, nom d'un chien, ne t'es-tu pas mise en rapport avec moi ?

– J'ai essayé. J'ai essayé de te téléphoner à Berlin, j'ai eu une espèce de flic au bout du fil. Je suis allée à Neuchâtel. Vous étiez tous partis. C'était fini, Jamie, tu le sais. Je ne pouvais pas continuer à courir l'Europe à ta poursuite. »

Je ne pus rien répondre à cela.

« Je suis heureuse maintenant, dit-elle. Je ne l'étais vraiment pas à Paris. »

Je lui racontai donc ce qui m'était arrivé. Je me sentais triste, brusquement saisi d'une immense fatigue. J'aurais pu dormir pendant une semaine.

« Alors, tu fais des westerns ? Pour Eddie Simmonette ? Ce n'est pas un peu dégradant ?

– Je joins les deux bouts sans trop de difficultés.

– Tu vois, ça y est. On se dispute déjà... Désolée, ajouta-t-elle. Reprends un peu de thé. »

Elle se leva pour prendre le pichet. Je m'approchai d'elle.

« Doon, j'ai vu Alex Mavrocordato.

– Alex ? Comment va-t-il ?

– *Arrête !* Cesse de jouer les foutus durs à cuire ! »

Morris Drexel vint jeter un coup d'œil dans la pièce. Je me calmai.

« Tu ne comprends donc pas ? J'ai cru que tu étais partie avec *lui*. J'ai cru que tu l'avais préféré à moi... C'est pour ça que je n'ai jamais tenté de te retrouver. J'essayais de me guérir, est-ce que tu vois ? J'essayais de t'oublier.

– Eh bien, naturellement. Il le fallait.

– Mais alors, il m'a raconté ce qui était arrivé en réalité. »
Je regardai par la fenêtre et vis deux femmes passer avec des toiles sous le bras. Deux « artistes », comme Morris, des pensionnaires.

Je fermai les yeux. Un gémissement mélancolique résonnait en mélopée aiguë dans ma tête. J'avais conduit trop longtemps. Les énormes frustrations inutiles des années passées loin de Doon devenaient presque insupportables. Seule l'irritation que provoquait en moi son calme m'empêchait de pleurer. J'étais épuisé par mes semaines de travail sur le film. Que m'étais-je attendu à trouver ici ? La Doon que j'avais connue à Berlin dans les années vingt ? Avec sa robe verte et sa frange blonde ? Je me mis avec lassitude à me traiter de tous les noms : imbécile, idiot, romantique invétéré... Je rouvris les yeux. Doon s'était rassise et me regardait. Elle avait passé une jambe par-dessus le bras de son fauteuil. Elle possédait encore cette grâce de danseuse à laquelle je l'avais toujours associée. Peut-être, le temps venu, pourrions-nous rétablir notre vieille intimité... Mais trop d'événements nous séparaient. Ma Doon était une beauté provocante, blonde, au teint lisse, pleine d'enthousiasmes fous. Cette cynique, maigre, à la peau hâlée et à la voix rauque, était quelqu'un d'entièrement différent.

« Tu n'as pratiquement pas changé, Jamie, dit-elle comme si elle avait lu dans mes pensées. Tu n'es peut-être pas aussi mince. Quelques cheveux gris. Tu parais un peu fatigué. » Elle sourit. « Pourquoi es-tu venu ?

– Tu me manquais, dis-je désespérément. Plus rien n'a jamais été pareil. Je voulais te voir. Je ne peux pas te dire...

– J'espère que tu n'as pas reçu un trop grand choc. » Elle se leva et se dirigea vers la porte. Manifestement, elle ne voulait pas parler. « Tu restes à déjeuner ?

– Oui », répondis-je. Je ne pouvais simplement pas m'en aller. « S'il te plaît. »

Je restai donc et bavardai sans effort avec l'ennuyeux Morris, Rita et Elaine, les deux fringantes lesbiennes, et je m'efforçai de ne pas penser à Doon ni au passé.

Quand je partis dans l'après-midi, elle ôta ses lunettes pour me laisser l'embrasser sur la joue. Je plongeai mon regard dans ses yeux de myope et tentai d'évoquer ce jour au Métropole, à Berlin, vingt ans auparavant.

« Ne te fais pas de bile, dit-elle doucement. Je me rappelle que tu m'as dit une fois : "Creuse ton ornière à toi." Je suis heureuse, je te le répète. Eh bien alors, sois-le aussi, *toi*. Reviens nous voir, vite. »

Je repartis en proie au désespoir le plus noir. J'étais convaincu que nous ne nous reverrions jamais. Je me trompais.

*

Impossible de me débarrasser de ma dépression. Je pouvais la mesurer en millibars. Vous connaissez ce genre d'humeur ? Je suis sûr que oui. Je voyais en ma vie un catalogue fait d'occasions ratées, de décisions excessives, d'impulsivité folle, aveugle, et naturellement de circonstances absurdes et d'affreuse malchance. Que Doon et moi, entre tous, eussions fini par devenir presque des étrangers me semblait la tragédie la plus atroce. Je repensais aux dix dernières années et les voyais comme un champ stérile couvert par des nuages de déception, de trahison, de fuite et de persécution. Peut-être, me disais-je, ma vie personnelle servait simplement de conduit au *zeitgeist* de cette décennie odieuse et malhonnête... mais nous étions déjà depuis quatre ans dans les années quarante – j'avais déjà moi avancé de quatre ans dans *ma* quarantaine. J'étais aussi vieux que le siècle et pourtant complètement à contre-courant de lui. Le monde était en guerre, et que faisais-je ? Je démolissais le mythe de Billy le Kid et je rendais une visite triste et inutile à mon vieil amour. J'étais coincé dans mon humeur des années trente – échec et désillusion. Il était temps que cela change.

Deux lettres déconcertantes, toutes deux vieilles de quinze jours, m'attendaient à mon retour de Montezuma. L'une venait de Hamish... Il m'annonçait simplement qu'il était récemment arrivé aux États-Unis et travaillait pour une organisation gouvernementale américaine appelée l'Institut national de la recherche à Zion, New Jersey, pas loin de Princeton. Il espérait que nous pourrions nous voir bientôt, puis ajoutait :

> Je ne peux pas te dire à quel point j'ai été désolé de te voir calomnié de manière aussi méprisable. J'ai écrit plusieurs lettres pour ta défense mais aucune n'a été publiée. Je soupçonne que tu sers de bouc émissaire à de plus éminents conciliateurs.

Quelle calomnie ? De quelle conciliation parlait-il ? La seconde lettre, de mon père, me rendit encore plus perplexe.

> Mon cher John,
> Je me sens forcé de t'écrire parce que je sais le chagrin que tu dois éprouver devant ces scandaleuses allégations. La belle lettre écrite par un Mr. Julian Teague pour ta défense, et parue dans le *Times* de mercredi, est venue un peu trop tard, je le crains, pour réparer le

dommage ou freiner le mouvement. Je voulais simplement que tu saches que ta famille (et ceci inclut Thompson) est à tes côtés durant cette période difficile et désagréable.

Je me porte étonnamment bien pour un vieil homme. Je te prie de transmettre mes respects à ta nouvelle épouse Monika, et j'espère que nous nous verrons tous bientôt dans des circonstances plus heureuses.

Ton fidèle

Papa.

C'est le « Papa » qui me secoua. Il n'avait jamais terminé une lettre aussi affectueusement. Mais que se passait-il ? Visiblement, on m'avait affreusement calomnié dans la presse britannique. J'écrivis à mon père et à Hamish pour réclamer plus d'informations.

Je n'eus pas longtemps à attendre. Je me trouvais dans la salle de montage de Lone Star, en train de travailler sur l'*Égalisateur*, quand je reçus un coup de fil d'un reporter du *Los Angeles Times*. Il voulait me parler, déclara-t-il. Je présumai qu'il s'agissait du nouveau film.

Je le rencontrai dans un bar au coin de la rue. La matinée était fraîche et ensoleillée, l'endroit tranquille. La radio jouait en sourdine des airs de rumba. Je me commandai un bourbon Four Roses avec de la glace et du *ginger ale* dans un grand verre. Je picorai quelques bretzels offerts dans un bol sur le comptoir. Le journaliste arriva et se présenta comme Karl Shunway. Il étala une série de coupures de presse sur le bar.

« Qu'avez-vous à dire là-dessus ? » demanda-t-il.

Laissez-moi vous résumer brièvement l'histoire de cette campagne de diffamation plutôt sordide. Elle avait commencé dans une revue cinématographique anglaise à petit tirage, *Cinema Monthly*, avec un article intitulé « Orteils au soleil : notre industrie absente », lequel entendait critiquer le grand nombre d'acteurs, producteurs, scénaristes et metteurs en scène britanniques qui menaient la grande vie à Hollywood pendant que leur pays était en guerre. En fait, les trois quarts de l'article étaient consacrés à une attaque en règle contre moi. Parmi les mensonges, je cite : j'avais été pronazi avant la guerre, durant les années vingt, à l'époque où je m'étais fait un nom à Berlin. J'étais resté en Allemagne bien après l'arrivée de Hitler au pouvoir. Incapable de progresser dans ma carrière en Grande-Bretagne, j'étais parti pour les États-Unis dès que les nuages de la guerre avaient (inévitablement) « plané, menaçants » sur l'Europe. A Hollywood, j'avais fréquenté les Allemands, épousé une actrice allemande – une certaine Matilda Halte – et, au commencement de la guerre, je m'étais enfui au Mexique plusieurs mois avant de revenir discrètement à Hollywood quand j'avais jugé que je ne risquais plus rien. Aujourd'hui, je passais mon temps à faire des films sans intérêt et à vivre de manière tapageuse et ostentatoire.

L'affaire aurait pu s'arrêter là si un quelconque cinéphile parmi les éditorialistes du *Times* n'avait lu l'article et, par un jour de disette, n'avait pondu un article, publié en troisième position dans la colonne des éditoriaux, et « déplorant l'exemple donné par des artistes et intellectuels anglais qui attendaient la fin de la guerre au Pays du Lotus qu'étaient les États-Unis, loin des difficultés et des souffrances endurées par l'Europe ». En outre, « l'exemple de John James Todd, un metteur en scène anglais, est singulièrement peu édifiant », disait l'éditorialiste qui poursuivait en esquissant les allégations de *Cinema Monthly*, et concluait en exhortant le gouvernement à saisir et confisquer tous les biens desdits artistes dans le pays jusqu'à ce « qu'ils daignent regagner nos rivages assiégés pour se défendre eux-mêmes ».

Ce fut pour la presse le signal de la curée. On écrivit des articles à mon sujet, on publia des photos de starlettes et de piscines, de supermarchés et de plages ensoleillées. Ici et là surgit une vieille photo de moi, brun et souriant, l'air de dire : « Tant pis pour vous, andouilles ! » Une légende disait :

> *John James Todd, un chahuteur notoire dans les fêtes de Hollywood, conduit une voiture de luxe et habite une maison de huit pièces surplombant l'océan Pacifique. Un autre metteur en scène anglais, qui a visité récemment Hollywood au cours d'une campagne de propagande pour les bons de la Défense nationale, a déclaré :*

« *Todd paraît tout à fait chez lui. Très franchement, il n'est pas le genre qu'on veut revoir ici. Nous nous portons beaucoup mieux sans lui.* »

A ma première bouffée fiévreuse de honte succéda une nausée plus générale. Il devait s'agir de la vengeance de Druce. Je repris l'article de *Cinema Monthly*. Il était signé « De notre envoyé spécial à Hollywood ». De nouveau, je fus en proie à un vieux sentiment d'impuissance. Consciencieusement, je réfutai les arguments point par point pour Shunway. J'avais quitté Berlin en 1933. J'étais et avais toujours été antinazi. J'avais appartenu à une organisation antinazie à Berlin dans les années vingt et j'étais membre de la Ligue antinazie de Hollywood. J'expliquai le séjour au Mexique et décrivis en détail ma modeste maison et la sobriété de ma vie.

« Et cette bagarre que vous avez eue à l'aéroport de LA ?
– Une affaire personnelle.
– Est-ce que Zanuck ne vous a pas viré du parking de la Fox ? »

Je démentis aussi cette histoire. Les traits de Druce me revinrent en mémoire. Je faillis raconter à Shunway l'affaire de la blessure volontaire, mais y renonçai sagement. Shunway nota tout dans son carnet. Deux jours plus tard, en quatrième page du *Los Angeles Times*, un petit article parut sur deux colonnes, intitulé : « Le metteur en scène Todd démolit les calomnies britanniques. »

Personne ne le lut ou du moins personne n'en parla. Mais les mensonges eurent leur effet sur moi. Combinés à l'échec total de mes retrouvailles avec Doon, ils me plongèrent dans une dépression nerveuse. J'imaginais les gens lisant ces histoires et y croyant. J'écrivis à ma famille – et même à Sonia – pour leur demander de répandre la vérité. Je vis combien aisément la manière dont les gens considéraient un individu pouvait changer. Qui se rappellerait à présent le triomphe de *Julie* et des *Confessions : Première Partie* ? Que représentait la lettre de Julian Teague contre cette énorme marée de calomnies et d'insinuations ? J'eus l'impression d'avoir gaspillé ma vie à la fois comme artiste et comme homme. Tous mes films étaient oubliés. Le centre de ma vie sentimentale – Doon – avait disparu en m'abandonnant. Le monde et l'avenir paraissaient mornes, hostiles, sans attrait. Je me mis à boire plus qu'il n'était bon pour ma santé, sans sortir de la maison pendant des journées entières. Je compris qu'il me fallait rapidement faire quelque chose pour ne pas sombrer. Eddie, ravi de *l'Égalisateur*, m'offrait un scénario sur le hors-la-loi Jesse James. Mais les racontars injustes et absurdes sur ma position de « planqué » me bouleversèrent. Je commençai à me sentir coupable. Le remords m'infecta. Moi, entre tous... Mais ce genre d'accusation est insidieux – elle touche au cœur même de notre amour-propre. J'oubliai le Saillant, les horreurs que j'avais endurées au cours de la Grande Guerre. Idiot que j'étais, une seule décision me parut possible : j'entrepris d'organiser mon retour en Europe.

Mais à quel titre ? J'étais trop vieux pour m'engager. Et d'ailleurs, je n'avais nul désir de tuer quiconque – excepté Leo Druce. Ramon Dusenberry résolut mon problème dès que je le lui confiai. Je devins un correspondant de guerre officiel pour le Dusenberry Press Syndicate. J'expédierais les dernières nouvelles des fronts européens au *Herald-Post* de Chula-Vista, au *Sentinel* d'El Cajon, à la *Gazette* d'Imperial County et à l'*Argus* de Calexico. J'avais retrouvé mon vieux boulot. J'emballai mon Leica, achetai une machine à écrire portative et pris la direction de New York pour m'embarquer sur Londres.

Villa Luxe, 26 juin 1972.

Pour une raison que j'ignore, Emilia n'est pas venue aujourd'hui. A l'heure du déjeuner, je suis allé acheter des oranges au village, mais personne ne savait si elle était malade ou non. J'ai nettoyé la cuisine et lavé les assiettes sales, en partie pour lui faire plaisir, en partie pour lui donner des remords. Je suis alarmé par la complexité croissante de mes sentiments à son égard. Elle travaille ici depuis au moins trois ans et jusqu'à récemment je ne lui ai jamais accordé plus qu'une attention distraite.

Ce soir, j'emporte mon verre jusqu'à mon fauteuil sur le bord de la falaise et je regarde le soleil se coucher. Je remarque que, même si la colline du crocodile plonge la villa dans l'ombre, ma petite plage sur la baie en dessous reste ensoleillée environ une demi-heure de plus. Peut-être y descendrai-je demain. J'ai envie de me baigner.

Et c'est ainsi que je partis pour une autre guerre, avec exactement le même genre de motifs idiots qui m'avaient mené à la première. Mais avant d'embarquer pour l'Europe, je rendis visite à Hamish, à Zion.

Je disposais de quelques jours à New York et décidai d'en consacrer un à aller voir Hamish. Je lui téléphonai et m'organisai. Je pris un train pour Princeton et, de là, un taxi pour Zion. Il fallut se renseigner plusieurs fois avant de trouver l'Institut national pour la recherche. Nous le découvrîmes finalement, logé dans une ancienne école à la lisière de la petite ville. Un joli bâtiment de brique rouge, sans étage, construit autour d'un quadrilatère de gazon. J'attendis dans une sorte de loge de concierge que Hamish vienne me chercher.

Il n'avait pas beaucoup changé. Il portait même encore les vêtements que je lui avais vus la dernière fois : pantalon de flanelle grise, des chaussures robustes, une veste de tweed – toujours imprégnée de son odeur moisie de célibataire. Je notai qu'il lui manquait des dents. Hamish n'était pas un homme encombré par la vanité. Sa seule concession à la chaleur et aux mœurs américaines était l'absence de cravate. Son col ouvert exposait sa gorge pâle. Nous nous serrâmes la main avec un peu de nervosité.

« Je croyais que tu serais en uniforme, dit-il.

– Eh bien, j'en ai un, mais je ne me sens pas à l'aise dedans pour l'instant.

– Pareil pour moi. J'en ai un aussi. On a l'air idiot avec, dans un sens. »

Nous bavardâmes un peu gauchement en traversant le vaste quadrilatère. En face se trouvaient des terrains de jeux et des courts de tennis, mais ces derniers étaient à présent couverts d'une série d'abris préfabriqués tout neufs que des câbles reliaient au bâtiment principal. Certains abris avaient des fenêtres passées au blanc d'Espagne. Ici et là apparaissaient des signes incompréhensibles : INR/77/Déc. 1/2 55e.

« Nous avons doublé nos effectifs, expliqua Hamish. D'où ces cages à lapin.

– Qu'est-ce que tu fais ici ?

– Oh, des trucs pour le gouvernement. Des maths surtout. »

Il me conduisit à sa hutte surélevée par des piles de briques au bord du terrain de football. Sur la porte, on lisait : « INR Major H. Malahide. »

« Tu es un major ? » dis-je, étonné.

Hamish se mit à rire.

« Il semble qu'on ait dû me bombarder ainsi à cause de mon travail. Ça ne fait pas la moindre différence, simplement on me paie plus. »

L'abri, à l'intérieur, était meublé d'un bureau classique, deux vieux fauteuils de cuir, un évier et une cuisinière. Plus loin, s'alignaient des rangées de calculatrices électroniques automatiques. Un petit homme à lunettes était penché sur l'une d'elles et lisait les chiffres qu'elle avait imprimés.

« Qui veut un dry martini ? proposa Hamish. La plus merveilleuse invention connue de l'homme.

– Oui, s'il te plaît, dis-je.

– Pas pour moi, Hamish, dit le petit homme. Il faut que je m'en aille. » Il avait un fort accent d'Europe centrale.

« A propos, dit Hamish, je te présente Kurt. » Je lui serrai la main. « Kurt, voici John – l'ami dont je t'ai parlé.

– *Bon Dieu !* Dieu du ciel ! John James Todd. » Ma main fut vigoureusement resecouée par Kurt. « Je suis honoré de vous rencontrer, monsieur Todd. Sincèrement honoré. » Il me serrait la main avec une incrédulité ravie.

Il avait une voix aiguë. Il était chaudement habillé avec un chandail épais sous son costume gris et une écharpe de laine pendue autour du cou. De grosses mèches grises striaient de manière spectaculaire ses cheveux noirs rejetés en arrière. Son regard était d'une grande intensité : amical, mais profondément curieux.

« Je n'oublie jamais cette soirée à Berlin. Jamais, dit-il. 1932. Votre film, *Die Konfessionen*.

– Vous l'avez vu ?

– Oui. Trois fois en une semaine. Gloria-Palast... Monsieur Todd, je vous le dis. Le film le plus extraordinaire. Un travail de génie.

– Merci beaucoup. »

Il noua son écharpe et prit un pardessus de tweed accroché derrière la porte. Le soleil brillait très fort sur l'herbe des terrains de jeux. Kurt boutonna son manteau.

« Mon seul regret, c'est que je n'ai jamais vu ni la Deuxième, ni la Troisième Partie.

– Elles n'ont jamais été produites. J'ai commencé la Deuxième Partie – nous avons dû l'abandonner.

– Quel dommage... Mais il faut que vous les finissiez, monsieur Todd, il le faut. C'est l'œuvre la plus extraordinaire. Vous ne devez pas la laisser inachevée. » En disant cela, il jeta un coup d'œil à Hamish et éclata d'un étrange rire aigu, glapissant, auquel Hamish se joignit.

« Elle est très bonne, Hamish », dit-il.

Kurt me serra la main pour la troisième fois.

« J'insiste, monsieur Todd. Je n'ai jamais vu un film pareil. Finissez-le. Sinon, ce serait le plus terrible gaspillage. » Il releva le col de son manteau et se tourna vers Hamish : « Ça paraît bon, Hamish. Je crois que vous êtes sur la bonne voie. Au revoir, monsieur Todd. Je n'oublierai pas notre très mémorable rencontre. » Il partit.

Je regardai Hamish :

« Qui diable était-ce ?

– Probablement le plus brillant mathématicien du monde.

– Vraiment ?... Étonnant qu'il ait vu *les Confessions*. Quelle coïncidence... Qu'a-t-il de si brillant ? »

Hamish mit de la glace dans son shaker.

« Il a produit ce théorème, le Théorème de l'Inachevé – c'est pour ça qu'on riait. Ça a fait des ravages. » Il secoua le shaker. « Changé le visage des mathématiques pour toujours. » Il remplit deux verres et me regarda : « En fait, j'allais t'écrire pour t'en parler, pour essayer de t'expliquer le théorème de Kurt. C'est très troublant de voir comment tout coïncide. Maintenant que tu es là, je peux te le raconter.

– Formidable. »

Hamish me tendit un verre :

« Content de te revoir, John.

– A la tienne. »

Ce soir-là, nous dînâmes dans un des moins mauvais restaurants de Zion. Je crois que nous mangeâmes une sorte de pot-au-feu suivi par de la crème glacée. Je me rappelle à peine avoir mangé. Hamish ne cessa pas de parler – avec, en plus, l'intense concentration de tous les solitaires – de la Mécanique Quantique et de son bizarre univers de hasards et d'hypothèses. Il cita des noms : Einstein, Bohr, la Déclaration de Copenhague, De Broglie, les expériences imaginaires, le chat de Schrödinger. Mais il revenait toujours à Werner Heisenberg et à son Principe d'Incertitude et comment tout s'enchaînait avec le Théorème de l'Inachevé de Kurt. On avait finalement démontré, dit-il à un moment donné, que la vérité absolue était une chimère, une ambition totalement vaine. Dans la somme des connaissances humaines, il existerait toujours de cruelles incertitudes. Et Kurt avait montré comment, même dans les systèmes formels les plus abstraits, il y aurait des trous, des vides et des illogismes qui ne pourraient jamais être maîtrisés.

Enfin, nous réglâmes notre addition et sortîmes. Je me sentais stupide, la tête bourrée d'étranges concepts. La nuit était chaude. En revenant vers l'Institut, je respirai lentement, profondément.

« Des sables mouvants, John. Des sables mouvants.

– Oui ?

– Nous vivons des temps extraordinaires. On les appellera l'Age de l'Incertitude. L'Age de l'Inachevé.

– Oui, répétais-je simplement.

– Remarquable, non ? » Il se tut un instant. « Des limites. Des limites partout.

– C'est plutôt déprimant, dans un sens.

– Pourquoi ? » Je parus l'étonner. « Il peut y avoir des incertitudes, mais ne crois-tu pas qu'il vaut mieux vivre en le sachant parfaitement plutôt que de continuer à chercher des "vérités" illusoires qui ne pourront jamais exister ? »

Je quittai Hamish à Zion le lendemain. La visite s'était révélée troublante. Nous étions retournés dans son abri pour un dernier verre et il avait continué deux heures encore à parler de Kurt, Heisenberg, Schrodinger et les autres. Je me sentis un peu inquiet aussi : je craignais qu'il ne fût devenu obsédé et qu'il veuille me faire partager son obsession. Je regardai ses rangées de machines à calcul et lui demandai ce qu'il en faisait. Il me raconta qu'il travaillait encore sur les nombres premiers.

« De très, très grands, dit-il. D'énormes. » Il pensait avoir trouvé un moyen d'inventer un code indéchiffrable grâce à l'utilisation de ces gigantesques nombres premiers. Ce qui expliquait pourquoi il travaillait pour le gouvernement et pourquoi il avait le rang de major.

Il tapa un nombre sur une machine qui imprima 2 146 319 807.

« C'est le plus grand nombre premier connu de l'homme,

dit-il. J'essaie d'en découvrir un qui serait une fois et demie plus grand. » Il fit un geste en direction des machines. « Avec l'aide de ces petites-là. Une fois que j'aurai trouvé, je pourrai fabriquer le code. »

Il passa une heure de plus à expliquer comment le code fonctionnerait, mais cela me passa totalement au-dessus de la tête.

Dans le train qui me ramenait à New York, je continuai à penser à Kurt, à son Théorème de l'Inachevé et à ses implications. Cela m'intriguait de savoir que le petit homme qui avait adoré mon film avait ôté à tout l'univers des mathématiques les bases de la certitude. Combien remarquable également qu'il avait vu mon film et combien flatteur que celui-ci ait pu autant affecter un homme aussi extraordinaire. J'éprouvais un radieux élan de respect à mon propre égard. Kurt avait raison, d'ailleurs. *Les Confessions : Première Partie* était une œuvre de génie. Il fallait bien le reconnaître. Je connaissais sa valeur et je me devais à moi-même et au monde de ne pas la laisser languir inachevée.

Je contemplai par la fenêtre les marécages du New Jersey. Mais d'abord, il y avait une guerre à finir.

17

L'invasion de Saint-Tropez

Saint-Tropez, 16 août 1944. Hier le Sud de la France a été envahi par 300 000 soldats des armées américaine et française. L'Opération Dragoon commençait. Une vaste armada de plus de 1 200 navires, la flotte d'invasion la plus importante que la Méditerranée ait jamais vue, s'est rassemblée secrètement au large des plages dorées de la Riviera. Des milliers de parachutistes ont été lâchés à l'intérieur des terres avant l'aube. 959 avions ont pilonné les défenses côtières le long d'un front s'étendant de Cavalaire à Fréjus...

Je m'arrêtai un instant. Je pensais avoir trouvé le ton juste. J'imaginai le papier lu par une de ces voix radiophoniques pressantes, style « Actualités », et qui était précisément à mon sens le genre de voix requis. Je ne trouvais pas le journalisme facile du tout.

Je tapais à la machine, assis à la terrasse d'un café en ruine sur le port de Saint-Tropez. Les Allemands avaient fait sauter les installations portuaires et, en les démolissant, avaient méchamment endommagé la plupart des maisons sur le quai. Le reste du vieux village était plus ou moins intact. Le grand hôtel blanc – l'hôtel Sube et Continental – semblait vibrer de clarté sous le soleil de midi. Les remparts et les fortifications de la citadelle se découpaient nettement sur le ciel bleu délavé. J'avalai la dernière goutte de la bière que m'avait apportée le patron guilleret du café en ruine. Les vingt-quatre heures de la veille avaient été une bien curieuse journée.

Les forces d'invasion – la 7e armée du général Patch – avaient attaqué trois secteurs de la côte. « Alpha Force »,

les plages de Cavalaire et de Saint-Tropez. « Delta Force »
se concentrait sur Sainte-Maxime, et « Camel Force » se
partageait entre Fréjus et Saint-Raphaël. J'étais affecté à
une compagnie du 17ᵉ RCT *(Regimental Combat Team)* qui
débarquerait sur la plage « Alpha Yellow », la longue étendue de sable de la baie de Pampelonne.

Il y avait une épaisse brume le 15 août, si épaisse qu'elle
en paraissait artificielle. Tout en regardant par-dessus le
plat-bord de la péniche de débarquement qui s'approchait
avec un « teufteuf » régulier de la plage de Pampelonne, je
me remémorai ce jour à Nieuport quand j'avais donné une
fausse alerte aux gaz. Je ne savais pas très bien si cette
épaisse ligne de brouillard blanc était de la brume ou de la
poussière soulevée par les bombardiers et le tir de barrage
des navires. Je soupçonnai que quiconque se trouvait à la
barre connaissait le même problème, parce que nous débar-
quâmes un peu à l'écart du but, dans une petite crique
rocheuse couverte de galets. Je gardais les yeux fixés sur
le capitaine Loomis tandis que, à l'avant de la péniche, il
débarquait en tête de sa compagnie sur la plage. L'ambiance
était étrangement calme pour une invasion. Personne ne
nous tirait dessus.

Je sautai. L'eau froide m'arriva aux cuisses. Je portais
une tenue de combat de grosse toile vert olive, une sangle
avec une bouteille d'eau et un casque de métal sur lequel
j'avais peint PRESSE en lettres de dix centimètres de haut.
Un drapeau américain de la taille d'une enveloppe avait été
mal cousu sur ma manche gauche. Je tenais à bout de bras
le paquet contenant mon appareil photo, la pellicule et mes
rations. En pataugeant vers le rivage, j'eus la sensation
d'une eau étrangement visqueuse et ferme contre mes cuisses. Je baissai les yeux. Des poissons morts. Sur des centimètres d'épaisseur. Des rougets, des mulets, de la blanchaille, des milliers de sardines formaient une épaisse
croûte piscicole à la surface. Je m'ébrouai hors de l'eau et
escaladai péniblement les rochers derrière un Loomis
furieux nous conduisant là où nous aurions dû débarquer.
Loomis était un jeune homme ridiculement fier de son rôle
de meneur d'hommes. Un nez en trompette et des lèvres
charnues satinées lui donnaient un air étrangement efféminé

convenant mal au froncement martial de sourcils qui lui plissait le front en permanence.

Le long de la plage démolie et fumante sur notre gauche, on apercevait d'autres péniches qui venaient déposer leurs hommes au milieu du désordre des fortifications métalliques anti-invasion placées juste au-dessus du niveau de la marée. A présent, quelque part dans le lointain, j'entendais la pétarade d'armes à feu légères. Loomis rassembla sa compagnie et attendit les ingénieurs et leurs détecteurs de mines qui devaient nous guider hors de la plage. Je m'éloignai, en passant par une trouée dans un écran de pins parasols, pour aller uriner. L'eau froide avait stimulé ma vessie et, maintenant que la peur d'une résistance du débarquement paraissait sans motif, il fallait que je me soulage.

Derrière les pins se trouvait un bout de sable propre et quelques vieilles paillotes jaunes plutôt esquintées par le tir de barrage qui avait précédé l'invasion. Une pancarte indiquait *Tahiti Plage*. Je pissai dessus et reboutonnais ma braguette quand un bel homme avec un béret, une chemise blanche et un short bleu, surgit de derrière l'une des cabines. Il trimbalait une mitraillette allemande.

« *Hé-ho ! l'Américain !* dit-il. Quoi de neuf ? »

Il me secoua par la main et m'informa en français qu'il s'appelait Luc, qu'il était dans la Résistance et qu'il allait nous guider sur Saint-Tropez. Puis j'entendis Loomis crier :

« Todd ! Où êtes-vous, bordel ! »

Je ramenai Luc à Loomis à travers les pins. Loomis était en rage.

« Il y a des putains de mines partout, cul béni ! me hurla-t-il.

– Quoi de neuf ? » lui demanda Luc en lui serrant la main.

Plus tard, je pris une photo de Luc, des cabanes et de l'écriteau *Tahiti Plage*. J'aimais à penser que j'avais personnellement libéré cette plage tranquille de l'armée allemande.

Finalement, après que des sentiers sûrs eurent été marqués dans les champs de mines, la 17ᵉ RCT quitta la tête de pont et prit la direction du village à travers la broussaille et les pinèdes de la péninsule de Saint-Tropez. La journée se fit très chaude. Au-dessus de nos têtes, un Piper-

Cub de reconnaissance vrombissait d'agaçante manière. A 10 h 15, tous les tirs semblaient avoir cessé. Dans les bois, l'air crissait du chant des cigales. De temps en temps, une trouée dans les arbres ou une montée de terrain permettait une vue du golfe avec le massif des Maures en toile de fond. Dans la baie où se trouvait l'immense flotte, le soleil dansait joliment sur les ballons d'argent de la DCA accrochés au-dessus des navires gris et immobiles. Le grondement d'un duel d'artillerie traversait le golfe en provenance de Fréjus et de Sainte-Maxime. De minces nuages de fumée montaient des maisons en feu. Je pensai que ce pouvait bien ne pas avoir été l'invasion la plus excitante de la guerre, mais qu'elle était certainement la plus agréable. Peut-être avais-je eu de la chance, après tout.

*

Voyez-vous, je n'étais jamais arrivé à Londres. Aux bureaux de l'Association des journaux d'Amérique du Nord, j'avais demandé à être envoyé en Normandie. Je fus tout d'abord consterné quand je découvris que j'avais ordre de procéder sur Ajaccio, Corse, *via* Casablanca et Palerme pour y rejoindre la 7e armée. Je voyageai sur un plateau rempli de dynamite, en compagnie de deux autres journalistes de l'Association, Sam M. Goodforth, grand reporter – ainsi que sa carte m'en informa – du *Bugle* de Forth Worth, et Elmore Pico, de la chaîne Hearst. Maigre et névrosé, Pico devait mourir sur la plage de Saint-Raphaël. « Camel Force », à laquelle il était affecté, connut les combats les plus violents de l'Opération Dragoon. Pico m'expliqua pourquoi nous allions en Corse.

« Parce que nous n'écrivons pas pour ce putain de *Life*, ou *Collier's* ou bien *McCalls*. Nous ne sommes pas célèbres, nous ne sommes pas de foutus romanciers. Nous n'avons pas d'amis importants. Tous les gros bonnets vont en Normandie. Ils y vont en avion. Nous, les zozos, on se retrouve dans cette saloperie de Corse ! »

Il ne cessa de gémir jusqu'à Casablanca où il attrapa la

dysenterie. Goodforth et moi, nous atteignîmes la Corse en juillet. Pico nous rejoignit début août. De Casablanca et de Salerne, j'expédiai régulièrement des papiers pour les publications Dusenberry, mais j'appris plus tard qu'ils étaient restés sur le carreau parce que trop ennuyeux.

Ma déception d'être affecté au théâtre des opérations en Méditerranée ne dura pas. Ainsi que je l'avais espéré, mon nouveau travail me procura la tranquillité d'esprit que je recherchais. Il suffisait de porter un uniforme et de posséder un casque. Je sentais, de manière étrange, que la décision que j'avais prise avait eu l'effet de me soumettre volontairement une fois de plus aux contingences de l'univers. J'avais cessé de tenter de tracer une route ; je me contentais de me laisser porter par le courant. Même le sinistre Pico avec ses incessantes rouspétances ne m'irritait pas outre mesure.

*

Au milieu de l'après-midi du 15 août, Saint-Tropez fut débarrassé de ses Allemands dont la plupart soit avaient fui soit s'étaient rendus. Sur le port en ruine, en compagnie de Luc et d'une assez jolie fille du nom de Nadine qui arborait un revolver à sa ceinture, j'assistai au rassemblement des prisonniers, avant leur acheminement au pas cadencé vers la plage. Un groupe important d'environ cent vingt hommes ; ils portaient des uniformes de la Wehrmacht, mais ils avaient plus l'air d'Arabes que d'Allemands. Je demandai à Nadine d'où ils venaient.

« De la *Ost Legion*, dit-elle. Arménie, Azerbaïdjan, Géorgie. Ils ne parlent même pas allemand.

– On a plein de Polonais ici aussi », ajouta Luc.

Il m'offrit une cigarette, une Gauloise. Je l'allumai, et le goût âpre du tabac me rappela soudain Annecy et les premiers jours de ma liaison avec Doon. Tout à coup, je fus heureux d'être de retour en France, en Europe. Nous allâmes dans un bar boire un pastis. Luc et Nadine furent fascinés d'apprendre que j'étais metteur en scène. Nous

519

emportâmes nos verres dehors. Le bar se trouvait dans une des ruelles étroites en retrait du port. Nous nous assîmes à l'ombre, mais le soleil de la fin de l'après-midi tapait fort sur les tuiles vieux rose des toits. J'avalais de grandes gorgées de ma boisson anisée. Nadine avait d'épais cheveux bouclés retenus par des barrettes d'écaille. Elle était brune de peau et portait une robe imprimée bleu et blanc, et de jolies espadrilles. Je me demandai si elle et Luc étaient amants. Je me sentis brusquement très attiré physiquement par elle, peut-être à cause de son revolver. Je regardai la main qui tenait sa cigarette. Ses ongles étaient courts et sales. La manière dont elle était assise faisait se renfler doucement son sein droit par-dessus la crosse du revolver passé dans sa ceinture. Je vis tout de suite ces images comme si elles étaient projetées sur un écran. Son visage brun expressif tandis qu'elle répondait par une moue sceptique à un argument de Luc. Sa façon insouciante de tirer sur sa cigarette : de lever son menton et de garder les yeux fixés sur Luc tout en soufflant la fumée de côté. La boisson jaune pâle. Son sein. Le revolver. L'espace d'une seconde ou deux – le plus léger mouvement de la caméra –, tant de choses suggérées, tant de choses implicites. Je me rappelai Kurt, l'ami de Hamish, et ce qu'il m'avait dit. Je compris alors que *les Confessions* n'étaient pas terminées.

Je pris en photo Luc et Nadine et les quittai pour aller retrouver Loomis au QG de la compagnie à présent installé dans une vieille villa des alentours. Mon paquetage s'y trouvait ainsi que ma machine à écrire. Loomis avait permis à ses sourcils de se détendre, et il me communiqua mes nouvelles consignes, à savoir que je devais me rendre en voiture dans un endroit appelé Le Muy, à quelques kilomètres à l'intérieur des terres, pour couvrir les conséquences du débarquement des troupes aéroportées.

« Il semble qu'il y ait au 509e un colonel originaire de San Diego, dit Loomis. Il a appris que vous étiez ici et il veut un gros reportage sur le coin pour ses concitoyens. » Il me regarda d'un air curieux. J'étais sans cesse obligé de me rappeler que j'avais vingt ans de plus que Loomis.

« D'où êtes-vous, Todd ?

– Édimbourg, Écosse.

– Ah ! ouais ? Comment s'appelle votre journal ?

– Le *Herald-Post* de Chula-Vista. C'est le plus important de ceux pour lesquels je travaille.

– Seigneur Dieu ! » Il secoua la tête. « Vous avez un chauffeur et une jeep dehors. Arrangez-vous donc avec lui pour demain. »

Je sortis dans le jardin envahi par les mimosas, les tamaris et la lavande. La nuit était chaude. De l'autre côté de la baie, des incendies brûlaient encore dans Sainte-Maxime. Les flammes faisaient un joli effet sur l'eau.

Je trouvai ma jeep, mais pas trace du chauffeur. Je regardai autour de moi et aperçus quelqu'un accroupi sur un buisson de lavande.

« Ça va ? m'enquis-je.

– Oh ! oui, monsieur. »

Il se releva. Il était grand, bien bâti. Je ne pouvais pas distinguer ses traits dans l'obscurité. Il avait une voix cultivée. Il inhala avec ostentation.

« Avez-vous senti l'air ici, monsieur ? » Nous inspirâmes profondément tous les deux. « Les pins, l'eucalyptus, la lavande... Grisant. »

Il me tendit une touffe de lavande :

« Sentez ça. »

Je sentis. L'odeur était si forte qu'il me sembla avoir inhalé de la poudre fine. J'éternuai.

« Excusez-moi, mais êtes-vous mon chauffeur ?

– Si vous êtes John James Todd du *Herald-Post* de Chula-Vista, oui.

– C'est moi, en effet. Comment vous appelez-vous ?

– Deuxième classe Brown, monsieur.

– Quel est votre prénom ? Et inutile de m'appeler "Monsieur". Je ne suis pas un officier, ni un militaire.

– Deux Chiens Courants.

– Je vous demande pardon ?

– Deux Chiens Courants. Je suis un Cherokee. Un Indien cherokee pour vous. Un "Peau-Rouge" au cas où vous vous demanderiez. » Il avait un ton gentiment ironique, dénué d'agressivité.

Je n'eus pas l'occasion de bien examiner Deux Chiens Courants avant le lendemain. Nous nous retrouvâmes au

QG de la compagnie après que j'eus écrit et câblé mon reportage de l'invasion pour les publications Dusenberry. Deux Chiens, comme je finis par l'appeler, était jeune – dans les vingt ans –, grand et solide. Il avait un nez crochu classique, des yeux étroits et des cheveux noirs coupés en brosse très courte.

« Bonjour, monsieur Todd, dit-il. Encore une autre journée superbe. »

Nous partîmes en voiture, doublant en chemin de longues colonnes de camions et d'hommes qui avançaient à l'intérieur des terres. Peu après le déjeuner, nous arrivâmes au Plan de la Tour où un lieutenant de la 157e RCT nous affirma que la route du Muy était dégagée. La liaison avait été opérée ce matin-là avec les patrouilles du 509e régiment aéroporté.

Nous continuâmes sur notre route mal pavée, aux accotements poussiéreux. Les collines autour de nous étaient couvertes de broussailles et de jeunes plantations de pins. De chaque côté, on voyait s'entasser des villages bruns et rose-orangé, des petites fermes et des oliveraies. Le ciel bleu au-dessus était balafré par les minces sillages de sel des Marauders et des Liberators venus des bases de Corse et de Sardaigne.

« Vous avez vu ce raid hier ? me demanda Deux Chiens. Spectaculaire, non ? »

Il y avait eu une attaque aérienne sur les navires à l'ancre au large de Saint-Tropez. Pendant cinq bonnes minutes, le ciel s'était embrasé de projecteurs et de balles traçantes. Deux Chiens me raconta qu'un avion avait été abattu, mais je n'avais rien vu. Nous cahotions toujours sur notre route. Assise sous un olivier, une vieille femme en noir surveillait ses chèvres. Elle nous fit un signe de la main au passage. Tout était calme et tranquille : je songeai combien il était facile pour le monde d'engloutir une guerre.

« On paierait cher pour des vacances comme ça, dit Deux Chiens.

– On en a de la veine !

– D'où êtes-vous, monsieur Todd ?

– Édimbourg. Édimbourg, Écosse.

– Comment ça se fait que vous travailliez pour le *Herald-Post* de Chula-Vista ?

– C'est une incroyablement longue histoire. » Je changeai de sujet. « Et vous, d'où venez-vous ?

– Du Nouveau-Mexique. Une petite ville appelée Platt.

– Vraiment ? J'ai tourné un film au Nouveau-Mexique au début de l'année.

– Sans blague ? Comment il s'appelle ?

– *L'Égalisateur*. »

Deux Chiens arrêta la jeep.

« Vous avez fait *l'Égalisateur* ?

– Oui.

– Je l'ai vu ! Merde. Juste avant de partir. Ça se joue partout, félicitations.

– Ah ! oui ? » Je réfléchis un instant. J'avais quitté New York pour Casablanca à la mi-juin. Eddie devait avoir avancé la sortie du film. Je ressentis une vague inquiétude. Comment se faisait-il qu'il me fallait découvrir ça à bord d'une jeep dans le Sud de la France ?

Deux Chiens remit le moteur en marche et nous repartîmes. Je l'écoutai me raconter divers épisodes de mon film. Il en avait bien saisi les intentions.

« Que faisiez-vous avant de vous engager ?

– Commis-voyageur. Parfums et cosmétiques.

– D'où la lavande. »

Nous continuâmes à parler : de films, de parfums, des ambitions de Deux Chiens quant à sa carrière. Il avait un diplôme d'études supérieures et la question inexprimée se glissa entre nous.

« Comment se fait-il que vous soyez...

– Dans le parc automobile ? On ne nomme pas officier de la "foutue vermine rouge", monsieur Todd.

– Eh bien, il n'y a rien de mal à être deuxième classe. J'en ai été un aussi.

– Pas possible ! Quand ?

– La Grande Guerre. 1914-1918. » Bon Dieu, me dis-je, il n'y a que vingt-six ans ! Je sentis mon âge me grimper sur les épaules comme le vieil homme de la mer. Deux Chiens avait vingt-deux ans... Nous poursuivîmes notre conversation tout en conduisant à travers le paysage tremblant de chaleur. J'aimais bien ce grand type brun avec ses opinions nourries de culture et d'ironie désabusée. Nous discutâmes encore de *l'Égalisateur.* Du débarquement. De la Riviera. Deux Chiens venait de me demander si j'avais lu Ernest Hemingway quand la jeep tomba en panne.

Nous avions descendu la colline et nous nous trouvions dans un petit vallon boisé traversé par le lit sec d'une rivière. La vallée de l'Argan, selon ma carte. Je calculai que nous étions environ à dix kilomètres du Muy. Le virage suivant était caché par un bois de chênes-lièges, leurs troncs ocre dépouillés de leur écorce. Deux Chiens vérifia le moteur et déclara que la pompe d'alimentation ne fonctionnait pas. Je consultai de nouveau la carte.

« Il y a un petit village en haut de la route. Si nous sommes là où nous le pensons. »

Deux Chiens prit sa carabine à l'arrière de la jeep et nous nous mîmes en marche. Nous étions au milieu de l'après-midi et, désormais privés de la brise rafraîchissante engendrée par la vitesse de la jeep, nous sentions de plein fouet la chaleur du soleil. Au bout d'un kilomètre, je regrettai de ne pas avoir laissé mon casque dans la voiture. Je le portais comme une soupière, bringuebalant au bout de sa jugulaire, et je songeai sérieusement à le jeter. Rien ne bougeait. Le raclement métallique des cigales ne faisait que souligner le silence.

Le hameau – Castel-Dion – consistait en quelques maisons, des granges et une église à moitié en ruine. Aucun espoir de faire réparer notre pompe ici. Nous remontâmes la rue principale. Tout au bout, une petite foule tranquille entourait un camion renversé. Comme nous approchions, un vieil homme s'avança vers nous.

« *Écossais ?* » dit-il.

Je le regardai avec une franche stupéfaction. « Comment ?

– *Américains* », répliqua Deux Chiens en désignant le drapeau sur ma manche.

Le vieil homme nous emmena vers le camion. La foule des villageois s'écarta, nous laissant voir plusieurs cadavres, certains vilainement brûlés. Ils portaient des uniformes allemands, mais il s'agissait d'Arabes au teint basané appartenant à la *Ost Legion*. Ils étaient morts depuis des heures, le matin probablement. Le sang répandu était noir, coagulé comme de la mélasse. Les mouches se promenaient partout. Les quelques habitants de Castel-Dion paraissaient incapables de faire quoi que ce fût à propos de ce spectacle morbide, sauf de le contempler.

« Qui a fait ça ? demandai-je au vieil homme.

– *Sept Écossais*, dit-il. *Les paras.* » Il se mit alors à décrire l'incident à la française, avec moult gestes et effets sonores. « *Paf ! Pan-pan-pan ! Boum ! Clac ! Fini. Bof !* » Il s'épousseta les mains.

Je savais, d'après le *briefing* précédant le débarquement, que les seules troupes britanniques à prendre part à l'Opération Dragoon *étaient* des parachutistes de la 2e brigade. Je supposais qu'une unité en vadrouille devait être responsable de cette embuscade... Mais s'agissait-il de parachutistes écossais ?... Et je n'avais aucune idée sur la manière de disposer des cadavres. Je consultai Deux Chiens qui suggéra de faire d'abord réparer la jeep. J'expliquai le problème au vieil homme qui nous ramena au village et nous montra une route coupant à travers des champs de vignes. « Demandez à la villa », dit-il. Deux Chiens et moi, nous nous mîmes en route. Au-delà des vignes s'ouvrait une avenue de cyprès avec au bout deux piliers de pierre – sans portail – avec un nom gravé sur l'un d'eux : Villa Gladys.

« ViIla Gladys, épela Deux Chiens. Merde. Est-ce que tout ça vous paraît normal ? » Il regarda sa carabine. « C'est que je tire comme un pied... Supposez que ce soit un piège ? » Il me tendit l'arme. « Pourquoi ne prenez-vous pas ça ?

– Non, non. Absolument pas. Je ne toucherai jamais plus à un fusil. Je l'ai juré, après la dernière guerre – les choses qui se sont passées, vous comprenez. » Je souris, gêné. « Écoutez, nous sommes à des kilomètres des combats. Je suis sûr que tout va bien. » J'essayai de ne pas repenser à la dernière fois où je m'étais servi d'un fusil. 1917. Le Saillant. Mon Irlandais en train de se noyer.

Nous avançâmes avec précaution dans l'allée. Ici et là des parachutes abandonnés pendaient dans les arbres comme d'immenses fleurs molles ou se drapaient autour des murets des vignobles à la manière de champignons géants mourants. Puis, dans un champ, nous aperçûmes les carcasses en contreplaqué d'une demi-douzaine de planeurs Waco, réduites en allumettes. Au détour d'un mur, la Villa Gladys apparut, un petit château en pierre avec une tour sans toit. Bien rangés au bord de la cour de gravier gisaient cinq corps enveloppés dans des couvertures. Un vieil homme armé d'un râteau et une vieille femme les contemplaient, l'œil vague. En nous voyant, la vieille rentra en courant dans la maison et en ressortit avec un autre vieux. Grand, droit, celui-ci portait une veste de lin, une chemise avec col et cravate, des pantalons de toile trop larges et des sandales. Un fin réseau de capillaires éclatés lui rougissait le nez et les joues. Des cheveux gris, raides, cachaient mal sa calvitie. En d'autres circonstances, j'aurais pensé qu'il était anglais.

« *Nous sommes américains...* commençai-je.

– Dieu soit loué, répliqua-t-il en anglais. Vous ne cherchez pas ces gars ? Un des planeurs s'est brisé très méchamment.

– Vous êtes anglais ? dis-je. Nom de Dieu ! »

Il me regarda, perspicace :

« Et vous n'êtes pas un Amerloque, je parie. Pas avec cet accent.

– Non. Non, je suis... je suis écossais. » Je ne sais pas pourquoi, mais je sentis qu'il y avait quelque chose de funeste à propos de ma nationalité ce jour-là. Elle n'avait jamais suscité autant d'interrogations au cours de six ans d'Amérique.

« Des paras écossais nous ont atterri dessus l'avant-dernière nuit », expliqua-t-il. Il fit un geste en direction des cadavres. « Il y en a un là. Tombé en plein dans mes cloches à concombres. S'est coupé la gorge. Les autres cocos ont décampé avant l'arrivée des planeurs. » Il contempla les engins démolis. « Z-ont fait un affreux *foutu* gâchis dans mes vignes. » Il sourit. « Quand même content de vous voir. Peut-être pourrez-vous m'aider pour un autre problème. »

Nous fîmes le tour du château en passant devant une piscine vide. Le vieil homme me dit qu'il s'appelait Peter

Cavenaugh-Crabbe (deux b et un e). Il avait acheté la Villa Gladys en 1902 et y vivait depuis.

« Vous n'avez pas eu d'ennuis avec les Allemands ?

– Pas le moindre. Pas jusqu'à ce que ce type arrive. »

Nous nous étions arrêtés devant une petite remise en pierre à l'extrémité d'une grange. La porte était verrouillée de l'extérieur. A l'intérieur, on entendait des poules glousser.

« Il y a un Frisé là-dedans », annonça Cavenaugh-Crabbe. Puis, après un coup d'œil à Deux Chiens, il baissa la voix pour ajouter : « Quoique, pour moi, il m'a plus l'air d'un Arabe. Il s'est faufilé ici ce matin tôt – pour voler des œufs sans doute. Le vieux Lucien là-bas (il désigna le jardinier porteur de râteau) l'a repéré et l'a enfermé. Je ne crois pas qu'il ait un revolver, mais on n'est jamais trop prudent.

– Que voulez-vous que nous fassions ?

– Que vous me débarrassiez de cette fripouille, naturellement. Vous êtes des militaires, vous.

– Moi, non. Je suis un journaliste.

– Bon, eh bien et ce gars-là ? Il a un fusil.

– Oui, mais... Voyez-vous, notre jeep est en panne.

– Ne vous inquiétez pas pour le transport. J'ai une vieille Citroën que vous pouvez réquisitionner. Donnez-moi un bon et laissez-la ensuite au Muy. »

Je regardai Deux Chiens. Il haussa les épaules.

« D'accord, alors », dis-je. Je m'approchai de la porte de la remise et criai au travers en allemand :

« Nous sommes des soldats américains. Sortez avec les mains en l'air ! »

Une voix nous parvint de l'intérieur : « *Kamerad !* »

Je déverrouillai la porte et reculai. Deux Chiens couvrait la sortie avec sa carabine. Une couple de poules méfiantes s'avança furtivement au grand jour. Puis le soldat apparut. Il était sans casque, dans un uniforme mal ajusté, avachi et taché de sang. Du blanc d'œuf brillait épais sur les repousses de barbe de son menton. Il était petit, râblé, basané, avec un front étroit. Il clignota des yeux, l'air stupide, sous le soleil.

« *Hände hoch* », dis-je. Il obéit immédiatement.

« Ce salaud s'est envoyé mes œufs, dit Cavenaugh-Crabbe. J'en étais sûr. »

Il s'éloigna et revint au volant d'une voiture noire, très poussiéreuse et pourvue de larges marchepieds, qu'il sortit d'une grange. Je lui fis un reçu que je signai par ordre et au nom du général Patch, commandant de la 7e armée.

« Je vais conduire, dis-je à Deux Chiens. Vous le surveillez derrière. »

Du bout de sa carabine, Deux Chiens fit monter le soldat – un Adzerbaïdjanais, je pense – à l'arrière de la voiture.

« Si vous suivez cette piste entre les vignes (Cavenaugh-Crabbe montra du doigt le chemin), vous tomberez sur la route Le Muy-Fréjus cinq minutes après. Vous tournerez alors à gauche.

– Bien, dis-je.

– Merci beaucoup, dit Cavenaugh-Crabbe. Et vous pouvez dire aux toubibs de venir chercher les cadavres. Ils sont au soleil depuis deux jours maintenant et ils commencent à gazouiller un tantinet.

– Certainement.

– Mille mercis. A propos, quel est votre nom ? Je vous suis très reconnaissant.

– Todd. John James Todd. »

Il regarda Deux Chiens d'un air interrogateur.

« Deux Chiens Courants.

– Répétez-moi ça.

– Deux Chiens Courants.

– Ah oui ?... Eh bien, parfait. »

Je me mis au volant de la voiture. Deux Chiens se glissa à l'arrière à côté de l'Azerbaïdjanais. Il régnait une forte odeur de caca de poule.

Je fis un signe d'adieu à notre hôte et pris le chemin de terre cahoteux dans la direction indiquée.

« On paierait cher pour des vacances comme ça », dis-je à Deux Chiens.

Il nous fallut vingt minutes pour atteindre la route Le Muy-Fréjus, bien plus longtemps que ne l'avait estimé Cavenaugh-Crabbe. J'arrêtai la voiture trente mètres avant le croisement. Je craignais que nous ne nous soyons égarés. Je descendis et regardai autour de moi. Il faisait encore très

chaud. La poussière que nous avions soulevée restait suspendue dans l'air. Je consultai ma montre – 4 h 15 – la
journée avait été longue.

Une bagarre éclata à l'arrière de la voiture. Deux Chiens
poussa l'Azerbaïdjanais dehors.

« Regardez les poches de ce type, monsieur Todd. Y a
quelque chose qui me chiffonne. »

Le soldat demeurait immobile, ses mains à moitié levées.
Les deux poches de sa tunique, noires de sang séché, étaient
boutonnées et gonflées.

« Il est blessé ?

– Non. Regardez ses poignets. »

L'homme portait deux montres-bracelets à chaque poignet. Je lui ordonnai en allemand de vider ses poches. Il ne
parut pas comprendre. Je tendis les bras pour déboutonner
un des rabats et, à ma stupéfaction, il écarta mes mains
d'une tape.

« *Nein* », dit-il en reculant d'un pas. Il avait l'air nerveux,
inquiet. Puis, brusquement, il tourna les talons et s'enfuit
dans les vignes.

Deux Chiens partit à sa poursuite en hurlant. Je suivis.
Deux Chiens courait sur les allées entre les vignes, beaucoup plus facilement que le soldat. Il le rattrapa à la lisière
d'un petit bosquet de chênes-lièges et, tenant sa carabine
par le canon, il lui fit décrire un grand arc, comme avec un
club de golf. La crosse ricocha lourdement sur la tête du
soldat. Quand je les rejoignis, Deux Chiens le braquait avec
son arme. Le soldat essayait de se relever sur les genoux,
mais retombait comme un boxeur qui a son compte. Deux
Chiens lui donna un coup de pied. Cette fois, le soldat abandonna et resta étalé de tout son long.

« Fouillez ses poches, monsieur Todd. »

J'étais hors d'haleine. Des rayons de soleil poussiéreux
se glissaient à l'oblique entre les feuilles des chênes-lièges.
L'Azerbaïdjanais avait une vilaine entaille au-dessus de son
oreille droite. Les yeux fermés, le visage couvert de poussière, il gémissait vaguement. Prudemment, avec un pressentiment nauséeux, je déboutonnai sa poche et enfonçai
ma main dedans. Mes doigts sentirent quelque chose.

Je pensai : du cervelas, des petites saucisses allemandes, du boudin azerbaïdjanais.

Je retirai cinq doigts coupés, des doigts de femmes, des doigts jeunes et vieux, tous chargés de bagues.

Je ne hurlai pas. Je fus simplement secoué par un tremblement perceptible, comme quelqu'un brusquement saisi par le froid.

« Bon Dieu de merde », dit Deux Chiens.

L'homme avait quatorze doigts bagués dans ses poches revolver. Ses poches de poitrine étaient remplies de bijoux et de montres. A présent, je me sentais malade. L'homme gisait toujours par terre, gémissant un peu.

« Que va-t-on faire ? dis-je.

– Je ne sais pas, répondit Deux Chiens.

– Peut-être devrait-on... »

Deux Chiens mit le canon de sa carabine dans l'oreille gauche de l'homme et tira. La tête sursauta légèrement et puis parut se dégonfler à demi. Deux Chiens recula et tira trois balles dans le corps du soldat. Des bouffées de poussière montèrent de la tunique.

« On dira qu'il a essayé de s'échapper, OK, monsieur Todd ?

– Comment ? Oui, bien. Absolument. »

Nous ne touchâmes à rien. Nous laissâmes les doigts – un petit tas de bûchettes humaines – à côté du cadavre. Nous regagnâmes la voiture en silence à travers la vigne. Deux des portes étaient grandes ouvertes. Autour de nous, il y avait les bois, les collines, les petits champs, les vignes. Des oiseaux s'envolèrent haut dans le ciel bleu pâle. A nos pieds, dans l'herbe, les cigales chantaient.

Deux Chiens me tapota l'épaule :

« La meilleure chose à faire. Je crois qu'il le fallait.

– Quelle journée, dis-je.

– Je conduis ?

– Non, non. Laissez-moi. Ça me distraira. »

Nous remontâmes en voiture et je démarrai. Nous rejoignîmes ce que j'espérais être la route Le Muy-Fréjus et tournâmes à gauche selon la consigne. Nous avions parcouru, je suppose, quatre cents mètres environ quand la première balle fit éclater le pare-brise tandis qu'un coup de poing métallique résonnait dans la paroi de la voiture. J'eus l'impression d'avoir été frappé à la cuisse, et mon pied droit appuya instinctivement sur l'accélérateur. Nous fîmes une embardée et plongeâmes dans un fossé. Je me cognai la tête et perdis presque connaissance. Mon cerveau se fit brouillard. Je sentis que Deux Chiens m'aidait à sortir de la voiture.

J'arrivai plus ou moins à me tenir debout sur la route. Deux Chiens ne cessait de me demander : « Est-ce que ça va ? Est-ce que ça va ? » J'eus conscience d'une chaleur humide sur mon torse. Avant de m'écrouler, je vis les parachutistes s'avancer vers nous et j'entendis les clairs accents de mon pays natal :

« Désolé, les Amerlos. On a crrru que vuzétiez des Frrrisés dain ine pitain de Merc. Y a quaquin de blassé ? »

Villa Luxe, 27 juin 1972.

Je suis parti pour la plage aujourd'hui avec une grande envie de me baigner. Mais j'ai fait demi-tour au bout de cinq minutes. Ma jambe me faisait un peu mal...

Si seulement on n'avait pas tué l'Azerbaïdjanais... Si seulement je ne m'étais pas offert à conduire...

Deux Chiens se fit un bleu au coude. Je pris une balle dans la poitrine, très haut sur le côté droit. Elle démolit une côte, traversa le poumon et ressortit par l'omoplate. Le grand muscle fémoral de ma cuisse gauche se retrouva presque sectionné comme par le couteau d'un boucher. Les deux conséquences durables de cet accident furent une tendance à boiter quand j'étais fatigué et la perte de mon excellent service de première balle au tennis.

De toute manière, ce raisonnement du genre « si seulement » est futile. S'y livrer, c'est se soumettre aveuglément aux lois de cause à effet. La cause de mes blessures par balle fut un para écossais à la gâchette facile. Toute tentative de remonter plus loin est condamnée à l'échec. Pourrait-on dire que le fait que j'ai été blessé fut le résultat de la campagne de calomnies de Leo Druce dans la presse britannique ? Dans un sens, cela serait entièrement exact. Dans un autre, c'est manifestement absurde. Ce fut un manque de chance. Un événement fortuit. L'état quantique pénétrant par effraction dans une vie humaine. Je n'ai aucune rancune à l'égard de ce soldat.

Je passai ma convalescence dans un grand hôpital naval près de Washington DC. On s'occupa fort bien de moi –

Eddie y veilla. Des fleurs tous les jours, la meilleure nourriture. *L'Égalisateur*, ainsi que Deux Chiens me l'avait dit, avait été un succès considérable. J'avais gagné de l'argent. Lone Star se portait fort bien tout comme son propriétaire. Eddie avait de grands projets, m'expliqua-t-il : nous allions faire Jesse James et ensuite Kit Carson. Nous pourrions exploiter toute la gamme des héros populaires de l'Ouest. Quand je quittai l'hôpital, il m'invita à venir chez lui à Los Angeles, mais j'allai passer le reste de la guerre chez Ramon Dusenberry à San Diego, recouvrant lentement mais régulièrement ma santé. Je fonctionnais, semblait-il, fort bien avec un seul poumon. Je me demandai pourquoi la nature s'est donné le mal de doubler cet organe – peut-être pour le cas où vous prendriez une balle dans le premier.

Dès la fin de 1945, j'étais aussi rétabli que je pourrais jamais l'être. Eddie insistait encore pour me faire lire son scénario sur Jesse James. Je m'abritai derrière des raisons de santé aussi longtemps que je le pus, mais c'est alors qu'arriva une lettre qui changea tout et me fit adopter une ligne de conduite différente.

L'enveloppe qui la contenait avait un curieux aspect, surchargée comme elle l'était de tampons officiels et d'inscriptions à l'encre de Chine. D'abord expédiée chez mon père, elle m'avait enfin retrouvé. Elle venait de Karl-Heinz et elle était datée d'octobre 1945.

> Mon cher Johnny,
> Tellement désolé de te demander pour ceci mais pourrais-tu me prêter de l'argent ? 100 dollars est tout ce qu'il me faut et je te serai redevable pour toujours et toujours. Je sais que ça paraît comme une fortune à demander mais on me dit que là-bas à Hollywood USA les billets poussent sur les arbres dans vos jardins. Cueille-m'en un bouquet s'il te plaît et envoie-le-moi au Dandy Bar, 574 Kurfürstendamm, Zone britannique, Berlin.
> Comment vont les choses pour moi ? Ne le demande pas, mon vieil ami, ne le demande pas.
> Une chaleureuse poignée de main anglaise de ton vieux gardien de prison.
> Karl-Heinz.

Karl-Heinz était vivant. C'était la meilleure nouvelle. Comment ? Par quelle invraisemblable chance ? Soudain, la léthargie de ma vie de convalescent s'évanouit. Je sus ce que je devais faire à présent. J'allais recommencer à travailler pour le *Herald-Post* de Chula-Vista.

18

Berlin. Année zéro

En route pour Berlin, je débordais d'un étonnant optimisme. J'avais le sentiment, aussi difficile que ce soit à croire, que ma vie recommençait à nouveau. Karl-Heinz était vivant. Je savais que, désormais, d'une manière ou d'une autre, nous finirions *les Confessions*, et bien que je n'eusse aucune idée de la forme que cela prendrait, j'étais certain que cela se ferait. Trop de temps passé sur des lits d'hôpital. Trop d'heures à contempler l'océan Pacifique sans rien pour m'occuper l'esprit, c'est ce que je vous entends dire. J'avais envoyé à Karl-Heinz l'argent qu'il m'avait demandé, et maintenant il ne me restait plus qu'à le retrouver.

Toutefois, cette allégresse – ce bon vieux sentiment exaltant d'un avenir prometteur – commença à se dissiper tandis que nous survolions la ville à l'approche de Tempelhof. Je m'étais préparé à un spectacle de destruction, mais la vision à laquelle je fus confronté cet après-midi de mars 1946 était moins choquante qu'irréelle – avec un côté bizarre, sinistre. Berlin avait disparu, sa silhouette s'était évanouie. Dans une ville, quand vous regardez autour de vous, vous voyez des tours, des toits, des clochers, des pignons, des cheminées, des cimes d'arbres. La lumière vous arrive à travers des angles et par-dessus des plans inclinés, tantôt se glissant dans des ruelles, tantôt baignant l'ensemble des vastes boulevards et des parcs. Berlin n'était pas rasée, les carcasses des immeubles tenaient encore debout, mais elle avait perdu toutes les particularités qui la rendaient si singulière – qui en faisaient « Berlin ». Seul le Funkturm demeurait haut et intact au-dessus des rues dévastées. Tout le reste était uniformément gris, tout le reste avait été ravagé.

Comment puis-je l'expliquer ? S'il vous est arrivé de voir une équipe de rugby quitter le terrain à la fin d'une partie jouée dans des conditions de temps et de boue exceptionnelles, vous pourrez peut-être faire une analogie. Fatigués, échevelés, sales, tout englués de boue, les joueurs semblent soudain avoir la même taille et la même corpulence. L'ailier mince et vif devient indiscernable du talonneur chauve avec sa brioche de buveur de bière. Leur rude épreuve, leur épuisement, leur débraillé les a homogénéisés. Et c'était ce qui était arrivé à Berlin. Ce n'était plus qu'une immense ruine. La ville avait fusionné.

J'étais cantonné dans une villa de Zehlendorf-West, dans le secteur américain. Pour une raison que j'ignore, le bureau de presse du gouvernement militaire la désignait sous les initiales PRS-4. Une demi-douzaine de journalistes y habitaient, et une femme pâle et silencieuse nommée Frau Hanf la dirigeait. Grande et plutôt belle dans le genre épuisé, tendu, Frau Hanf était le modèle même de la bienséance. Je n'eus jamais l'audace de lui poser une question personnelle.

Le lendemain, on nous emmena faire le tour de la ville. Ma dépression s'accentua. Ce qui m'accabla, ce fut le fouillis des décombres. Il paraissait impossible qu'on pût jamais les dégager. Je n'imaginais pas comment une ville nouvelle pourrait jamais renaître de cette dévastation. Nous remontâmes en voiture le Kurfürstendamm en direction de la Gedächtniskirche. Les maisons, de chaque côté, n'étaient plus que carcasses brûlées, façades branlantes, posées entre d'énormes tas de gravats. Pourtant, à ma stupéfaction, j'aperçus des enseignes de couleurs vives, de la peinture fraîche, du néon même. Boutiques, cafés, *localen* étaient ouverts et prétendaient bravement faire leur métier. Les rues étaient pleines de gens, le dos rond, absorbés, à la démarche inhabituellement lente pour des Berlinois. Partout, des équipes de femmes en pantalons crasseux triaient des briques. En face de l'église, le Gloria-Palast – où s'étaient jouées *les Confessions : Première Partie* pendant une semaine – s'était engouffré dans un cratère de pierre et de béton.

Plus loin. Un autre choc effroyable. Le Tiegarten avait

disparu ! Disparu complètement, plus un arbre. A la place, des milliers de lopins de terre défraîchis. Cette transformation m'atterra. J'essayai d'imaginer Hyde Park, le Bois de Boulogne, Central Park devenus d'immenses jardins potagers, tous les arbres coupés pour faire du bois de chauffage...

Sur la Porte de Brandebourg, des drapeaux rouges et des portraits de Lénine. Plaquée sur la misérable noirceur des immeubles incendiés du voisinage, la pure blancheur du monument du Soldat inconnu russe paraissait presque obscène. Le Dom, le Schloss, la Chancellerie... L'hôtel Adlon, la Wilhelm Strasse... tous fracassés ou démolis. Je regardai par la fenêtre le lugubre spectacle, les équipes de femmes et de prisonniers de guerre triant les ruines, une séquence débridée de « avant » et « après » défilant dans ma tête. Où étaient le Bristol, l'Eden, l'Esplanade ? Où étaient les ambassades, les théâtres, les grands magasins ? Ce tas de briques, c'était le bar où j'allais prendre un verre après mes heures de travail devant la porte du Windsor. Dans ce vide se trouvait autrefois la maison de Duric Lodokian. Cette montagne de décombres, c'était l'hôtel où Leo Druce avait donné sa réception de mariage. Monika Alt avait habité derrière cette façade calcinée... Et ainsi de suite. Il ne sert à rien de ressasser le conflit d'émotions, les souvenirs doux et amers que suscita en moi cette journée. Mes réactions diminuèrent ensuite, avec une certaine rapidité d'ailleurs. On s'habitue à tout. La normalité est comme une mauvaise herbe tenace : elle s'installe dans les endroits les plus invraisemblables. Mais je ne pus jamais m'habituer à ce qui était arrivé à la Spree. Peut-être parce que, ce premier jour de mon arrivée à Berlin en 1924, tôt le matin avant que la ville ne soit réveillée, en sortant de la gare de Lehrte, j'avais marché le long de ses rives, dans une aube brumeuse et froide. A présent, obstruée, polluée, festonnée d'écume, épaisse de pourriture et d'excréments, elle était devenue l'égout de la ville. Ses robustes ponts ornementés étaient tous détruits et des travées de bois remplaçaient les arches brisées. Elle paraissait presque trop solide pour couler, mais si on supportait d'attendre assez longtemps (on aurait pu pendre un chapeau à son odeur, comme disaient les Berlinois), on voyait sa surface bouger et tourbillonner tant bien que mal, comme si elle avait été un ancien prototype de rivière pas encore au point, un modèle vétuste désormais périmé.

Mon journal. Une journée type.

Berlin, 25 mars 1946. Réveillé tôt après une mauvaise nuit. Frau Hanf me sert obligeamment un petit déjeuner très matinal de porridge et de compote avant que les autres journalistes ne soient levés. Je l'ai fait asseoir et prendre un café avec moi en lui offrant une cigarette. Je lui ai demandé ce que son mari faisait avant la guerre – elle a répondu qu'il fabriquait des machines à laver. Elle ignore où il est maintenant. Nous avons parlé de la manière de s'y prendre pour retrouver une personne disparue. Vous pouvez mettre des affichettes dans la ville, dit-elle. Il y a même des agences qui retrouvent vos parents contre honoraires. Le Gouvernement militaire et la Commission de contrôle ne servent absolument à rien. Elle a dit cela sans ressentiment ni amertume.

Suis allé en voiture à la Kommandanture pour un briefing sur la prochaine réunion des quatre puissances. Assommant. Bavardé avec un capitaine de l'état-major américain qui affirme que les Russes n'ont pas violé à l'excès. Ils étaient plus intéressés par le pillage, dit-il. Étant donné que la majorité des troupes russes étaient des Asiatiques, il estime que le nombre de viols à Berlin est resté à peu près « dans la moyenne ». Il s'est toutefois montré fort amer sur la question des bas de soie. « Il y a plus de femmes à Berlin qui portent des bas de soie qu'il n'y en a à Paris ou à Londres », insistait-il. Voir si je peux me faire confirmer ça.

Déjeuner au mess des corr. de guerre à l'hôtel Am Zoo. Soupe Windsor, poitrine de bœuf, chou en sauce. Amené sur le tapis la théorie des bas de soie. Plusieurs personnes d'accord. Écrit un petit article pour le Herald-Post sur l'affaire. Plus tard dans après-midi ai pris photos dans un parc de tanks incendiés – très spectaculaire.

Vu DIE SPUR DES FALKEN. *Pas mal. Bogart excellent. Cinéma glacial. Passé au Dandy Bar. Pas de trace de Henni. Rentré.*

Le Dandy Bar se trouvait dans une petite rue tout à côté du Kurfürstendamm. Il occupait le rez-de-chaussée et le sous-sol d'un immeuble en ruine. Dans le vestibule, il y avait le bureau de la réception et un vestiaire. Des marches menaient au sous-sol où un bar, des tables et des chaises entouraient une petite scène et une piste de danse. L'endroit ne manquait pas de prétention. Certains des murs étaient garnis de boiseries, récupérées dans des maisons plus grandioses, et la peluche rouge abondait. Les tables avaient des nappes blanches et les serveurs des uniformes. Le Dandy était fréquenté presque exclusivement par des soldats américains – soumis à des lois de fraternisation plus conciliantes – et des filles.

J'y allai le soir après mon tour de la ville. Le bar était ouvert mais vide. Un orchestre composé de trois hommes décharnés en chemise hawaïenne flottante jouait, plutôt bien, *Don't fence me in.* Je montrai une photo de Karl-Heinz au barman. Oui, dit-il, il venait ici au temps du « vieux » Dandy Bar, avant les transformations décidées par la direction. Autrefois, c'était un bar pour homosexuels, « hommes et femmes », ajouta-t-il, généreux. Depuis on n'avait pas revu Karl-Heinz. « Ça fait combien de temps ? » m'enquis-je. « Quatre ou cinq mois », répliqua-t-il. Non, aucune lettre pour lui n'avait été reçue ni remise. Je laissai un message, juste en cas, et pris l'habitude de passer par là presque tous les soirs. Il semblait que ce fût la seule chose que je puisse faire. Une bouteille de vin y coûtait dix livres et j'y mangeai une fois un plat de viande dont quelqu'un me raconta plus tard que c'était de l'« épagneul ».

Durant ces premières semaines à Berlin, je fis assez consciencieusement mon travail et m'associai à d'autres journalistes. Très vite, je fus rattrapé par l'apathie et le désœuvrement qui semblaient fermenter dans l'air au-dessus de la ville en ruine. Un peu comme à Los Angeles, à ceci près qu'ici le climat permanent était fait de misère et de dénuement. Ceux d'entre nous exempts de ces afflictions étaient tout de même contaminés par l'ambiance régnante, comme par un virus dans l'air. Les conversations se faisaient sur le ton de la plainte et du ronchonnement. Installés dans nos night-clubs en sous-sol, nous buvions et mangions à satiété, en gémissant sur notre travail et nos conditions de vie. Dehors, le reste de la ville descendait aux enfers.

Non pas que mon ardeur à retrouver Karl-Heinz eût diminué, mais je ne pouvais penser à aucun autre moyen de la canaliser excepté m'asseoir au bar du Dandy, buvant, écoutant l'orchestre et espérant vaguement qu'il fasse une apparition. Parfois, je visitais d'autres clubs – Rio Rita's, Femina, Tabasco – avec leurs lesbiennes et leurs fantastiques travestis, les racketteurs, les trafiquants de chocolat et de cigarettes accompagnés de leurs poules de luxe. En dépit de toute évidence, on pouvait vivre fort bien à Berlin à cette époque, à condition d'en avoir les moyens. Mais je découvris – et cela n'avait rien à voir avec Karl-Heinz – que je préférais la prétention miteuse du Dandy et sa multitude sans cesse renouvelée de putains.

Un soir, je bavardai avec une de ces filles. Henni. Je n'éprouvais aucune attirance physique pour elle, mais la presse américaine réclamait désespérément des articles sur le règne du vice en Allemagne occupée – comment les GIs vainqueurs se faisaient corrompre par les *Fräuleins* vaincues – et comme Henni était seule, je me dis que je pourrais peut-être tirer d'elle un papier d'« intérêt humain ». Elle était grande, très pâle, d'une pâleur presque cadavérique. Ses cheveux blonds épais avaient besoin d'un shampooing. Sa lèvre supérieure allongée lui donnait un air un peu dolent. Elle buvait de l'eau colorée et fumait une cigarette. Elle me dit qu'elle attendait un major du 82e aéroporté, mais il ne vint pas. Elle me raconta qu'elle avait fait partie des chœurs du Deutsches Operahaus. Je lui offris une autre cigarette et commandai une bouteille de vin. Après que nous eûmes bavardé pendant une demi-heure, elle me montra mon paquet de cigarettes et dit, en anglais et sans grand enthousiasme : « Tu me donnes ça, on va bésire. »

Elle me ramena dans la chambre qu'elle occupait avec sa mère à côté de Savigny Platz. Son père, un professeur de musique, s'était empoisonné à l'entrée des Russes dans la ville. Sa mère, une vieille dame, me sourit poliment et quitta la pièce qui était petite, très froide et bien tenue. Il y avait de nombreuses photos de chats aux murs. La fenêtre qui donnait sur une cour remplie de gravats n'avait plus qu'un seul carreau de verre, les autres étant remplacés par du carton.

Henni prépara un thé léger que nous bûmes sans sucre ni lait. Elle rangea mes cigarettes dans un placard.

« Ma mère sera ravie, dit-elle. On pourra les vendre demain. » Elle fit un geste vers le lit. « On y va ? La faim incite beaucoup à la prostitution. »

Henni me plut. Je trouvais amusant et tout à fait inoffensif son pragmatisme caustique. J'allais au Dandy presque chaque soir et, quand elle était là, je repartais avec elle. J'apportais de la nourriture et du chocolat, mais ce qu'elle voulait en réalité, c'était des cigarettes, la seule devise forte dans le Berlin de l'époque. Chaque fois que j'achetais un carton de deux cents Lucky Strike au grand PX du secteur américain, je me disais : « Dix nuits avec Henni. » La mère de Henni les emportait au marché noir du Tiegarten et les échangeait contre des vivres. En 1946, Berlin était bourré de prostituées, presque toutes des amateurs. 300 000 au moins, déclara un journaliste. C'était en outre une cité de femmes, trois pour un homme. La compétition était telle que Henni avait des difficultés à trouver des clients, et puis aussi quelque chose dans son expression dolente, vaguement dédaigneuse, rebutait les hommes. A part moi, me raconta-t-elle, elle faisait une moyenne de trois clients par semaine, et elle ne prenait jamais de Russes.

J'aimais bien demeurer allongé à côté d'elle, à bavarder (sa mère allait dans la chambre d'une voisine, plus loin dans le couloir). Il faisait chaud dans le lit, et nous y restions couchés pour fumer des Lucky Strike et boire du whisky. Je lui racontais mes années de Berlin (elle trouva étrange de penser que nous avions déjà vécu ensemble dans la ville – que je l'avais peut-être même rencontrée quand elle était petite fille. « Et regarde-nous maintenant », ajouta-t-elle). Elle me parlait de sa carrière de chanteuse et de son impatience de la recommencer. Un soir, je lui demandai de me chanter quelque chose et, sans attendre, allongée sur le dos, sa cigarette se consumant entre ses doigts, elle me chanta d'une voix pure et claire *Wohin sind die goldenen Zeiten*. La beauté obsédante de la mélodie me fit pleurer.

10 avril 1946. Ai réussi à avoir voiture et chauffeur pour moi seul et suis allé à la plage, sur le Havel, faire un pique-nique avec Henni. Nous avons traversé le Grünewald qui est plus ou moins intact. Une belle journée avec un soleil pâle. Des yachts et des vedettes sur le lac. Henni s'est baignée. J'ai refusé. Elle portait un maillot deux pièces bleu nuit et un bonnet de caoutchouc rouge et blanc. Elle a barboté énergiquement dans l'eau, puis en est sortie en courant et s'est jetée sur le sable pour prendre un bain de soleil Sous la laine de son costume, les bouts de ses seins étaient durs et dressés et les poils blonds de ses aisselles étaient brunis et lissés par l'eau.

Je me suis senti inexplicablement déprimé. N'eussent été les Chevrolet couleur kaki et les quelques uniformes sur la plage, nous aurions pu tout aussi bien être de retour dans les années trente. Que faisais-je là, en train d'obliger cette fille brillante et mystérieuse à se prostituer ? J'étais soudain accablé de remords. En manière d'expiation, j'ai passé une heure à lui parler de moi, comme si lui raconter abondamment ma vie pouvait, à ses yeux, me transformer de client en personne. Je lui ai parlé de Karl-Heinz et de mes recherches, de mon rêve de finir LES CONFESSIONS. *Elle a suggéré, pratique, que je laisse une affiche devant l'ancien appartement de Karl-Heinz disant que je le cherchais. Tout le monde à Berlin utilise cette méthode pour retrouver des amis et des parents. (Pourquoi n'y avais-je pas pensé ?)*

En repartant vers la ville, j'ai senti mes remords et ma gêne disparaître. Je suis rentré avec Henni faire l'amour. La cité en ruine, je le vois bien, est le véritable contexte de nos rapports. Mais pourquoi veux-je qu'elle ait au moins de l'affection pour moi ?

J'ai pris le U-bahn pour rentrer au PRS-4. Il s'est mis à pleuvoir alors que je faisais à pied les derniers mètres avant la villa et j'ai senti l'odeur des cadavres. La plupart des corps enfouis sous les décombres sont maintenant complètement décomposés, mais une chute de pluie semble encore en extraire un dernier relent imaginaire de putréfaction.

De retour chez Frau H., un type de Reuters que je connais vaguement – et qui vient juste d'arriver – m'a demandé si je connaissais un certain Monroe Smee.

J'avais complètement oublié Smee. J'ai répondu que je l'avais connu à Hollywood avant la guerre. Pourquoi ? « J'étais à Los Angeles, a dit ce type, et je l'ai rencontré. Il était très curieux de savoir ce que vous étiez devenu. »

Demain je vais à la Stralauer Allee. Frau H. nous sert un intéressant dîner. Deux petites carpes et une sauce faite de pain noir, bière, oignons, carottes et gingembre.

Berlin, à cette époque-là, n'était qu'un énorme tableau d'affichage. Sur chaque surface disponible étaient cloués, punaisés ou collés des pancartes et des prospectus. La plupart quêtaient des nouvelles des gens qui avaient autrefois occupé les maisons maintenant détruites, mais il y avait aussi des offres de vente et d'achat. Quelqu'un, dans notre rue, par exemple, désirait se procurer une paire de skis. Je rédigeai ma pancarte à l'encre rouge, demandant des informations sur Karl-Heinz Kornfeld, ancien occupant du 129b et, armé d'un marteau et de clous, je me mis en route.

L'immeuble était presque complètement démoli et, de la Spree voisine, émanait une odeur particulièrement putride. Je clouai ma pancarte sur le montant de la porte et reculai. Pour quelle raison Karl-Heinz pourrait-il bien vouloir revenir à cette ruine ? Par sentimentalité ? Très peu vraisemblable... Le printemps était bien avancé et les tas de décombres tout verts de mauvaises herbes. Une sensation d'impuissance m'envahit soudain. Henni m'avait dit que 25 000 réfugiés arrivaient chaque jour à Berlin en ce moment. Comment allais-je retrouver Karl-Heinz parmi ces gens ? Je compris que j'aurais dû aller immédiatement voir une de ces agences spécialisées dont Frau Hanf m'avait parlé. Ma tendance à tout remettre au lendemain m'irrita. Mon apathie berlinoise m'avait coûté plusieurs semaines. Je regardai ma pancarte clouée sur la porte. La rue contenait plusieurs de ces requêtes. Est-ce que quiconque venait lire ces choses-là ou bien s'agissait-il tout simplement d'une typique illusion d'activité berlinoise ? Je regagnai PRS-4 sans grande confiance.

Je résolus cependant de faire un dernier effort. Avec l'aide de Frau Hanf, je découvris les noms et adresses de deux agences auxquelles je communiquai l'identité de Karl-Heinz. On ne s'y montra pas optimiste. On suggéra que Karl-Heinz pouvait bien ne plus être à Berlin. Depuis la fin de la guerre, me dit-on, quatre millions de réfugiés avaient fui à l'Ouest ou été expulsés des pays occupés par les Russes. Peut-être Herr Kornfeld était-il parti avec eux ? On verrait ce qu'on pouvait faire.

Une semaine environ après ces visites, j'allai voir *Meine Frau die Hexe* au cinéma. Je ne sais pas très bien ce qui stimula ma mémoire – je crois qu'une des figurantes me rappela sa secrétaire –, mais je songeai soudain à Eugen P. Eugen. Était-il encore vivant ? Ça valait peut-être le coup d'essayer. Je repensai à nos précédentes rencontres. L'homme était tenace, impossible de le nier, et sans scrupules. Il n'était pas exclu qu'il se révélât plus efficace que des agences débordées.

L'immeuble qui avait abrité les bureaux d'Eugen avait été complètement détruit en même temps que le reste de Fehmarn Strasse. En fait, la rue n'avait pas encore été dégagée, seul un sentier serpentait à travers les montagnes de débris. Je savais que je me trouvais au bon endroit parce que je voyais à quelques centaines de mètres les bâtiments incendiés et désintégrés de l'Hôpital des Maladies Contagieuses. Puis, en revenant vers la station de Putlitz Strasse, j'eus une idée. Dix minutes de recherches supplémentaires m'amenèrent au petit café où Eugen avait l'habitude de déjeuner. Que mangeait-il le jour où il m'avait raconté que Sonia lui avait tapé dessus ? Des concombres ? Du chou ? Des saucisses ?... Oui, c'était du chou – je me souvenais de l'odeur.

Le café-cave existait toujours et il était ouvert. Au-dessus vacillait la façade d'une maison étayée par des arcs-boutants en bois. Je savais qu'Eugen serait là.

Bien entendu, il n'y était pas. La vie est rarement conciliante à ce point, mais le propriétaire déclara qu'il y avait une bonne chance qu'Eugen fût là ce soir.

Quand je revins à sept heures, une demi-douzaine de personnes fixaient des yeux en silence leurs verres de bière pâle en s'efforçant de ne pas regarder un petit homme qui mangeait goulûment et avec bruit dans un coin. Je compris que c'était Eugen, bien que je l'aurais difficilement reconnu. Il était décharné, et sa blonde chevelure avait disparu. Il portait une chemise de flanelle grise sans col et une veste d'uniforme verte. Trois grosses croûtes s'étalaient sur son crâne chauve. Je m'assis en face de lui.

« Herr Eugen ? »

Il leva la tête.

« Je m'appelle Todd. Vous avez fait un travail pour moi, il y a très longtemps. 1928... »

Il me regarda fixement et fronça les sourcils.

« Bon Dieu, dit-il. Bon Dieu, oui. Et puis on s'est revus en Suisse. Avec Miss Bogan. »

Nous nous serrâmes la main.

« Comment va Miss Bogan ?

– Elle va bien.

– Parfait. Parfait. Je suis un grand admirateur. »

Aucun de nous ne paraissait vouloir évoquer davantage notre dernière rencontre. Je lui expliquai ce que j'attendais de lui. Il fit la grimace.

« Difficile. Pratiquement impossible. » Il hésita. « Avez-vous une cigarette ? Êtes-vous sûr qu'il soit à Berlin ? »

Nous discutâmes des problèmes, puis de ses honoraires. Nous conclûmes sur cinq cents cigarettes. La transaction parut le rajeunir. Je retrouvais en lui, comme son âme, le petit homme blond sémillant.

« Puis-je vous offrir à manger ? Ils disent que ce sont des croquettes de lapin. Ce n'est peut-être pas du lapin, mais il y a certainement un minimum de sciure. »

Je déclinai poliment. Nous manquions d'aisance l'un avec l'autre. Vingt ans s'étaient écoulés.

« C'est étrange de se rencontrer de nouveau, dit-il. Je ne peux pas vous dire à quel point j'étais peiné, la dernière fois. Je me suis senti terriblement embarrassé. » Il éclata de rire. « Ce qui est très inhabituel dans mon métier. Ça ne me ressemble pas du tout. »

Il s'embarqua dans une longue plainte au sujet d'un tank incendié qui n'avait pas encore été enlevé du bout de la rue où il habitait. Je compatis avec lui.

« Que pensez-vous de notre merveilleuse ville ? demanda-t-il avec une soudaine amertume.

– C'est affreux, dis-je. Au début, je n'arrivais pas y croire.

– Pouvez-vous imaginer Londres, Paris, aussi totalement détruits ? »

Je réfléchis. Buckingham Palace rasé, la colonne de Nelson renversée, le Sacré-Cœur un tas de décombres blancs, tous les ponts sur la Tamise et la Seine effondrés, le Grand Palais ouvert à tous les vents...

« Difficile », avouai-je. J'étais sur le point de lui rappeler qui avait pris l'initiative de la démolition, mais je changeai de sujet. Je lui demandai où il allait entamer ses recherches de Karl-Heinz.

« Berlin est rempli de gangs, dit-il, des déserteurs, des apatrides, des réfugiés. Ils vivent dans des trous sous terre. Je vais enquêter auprès de la police. » Il sourit fièrement. « J'ai encore mes contacts là-bas. »

> *23 avril 1946. Interminable conférence de presse à Lancaster House – le QG britannique – annonçant l'échec des discussions en vue de la mise en commun des vivres dans les quatre secteurs. Bavardé avec un soldat anglais qui affirme que les officiers « vivent comme des dieux », tandis que les troufions sont consignés dans leurs casernes. Tout est interdit au simple soldat britannique. « Nous sommes une armée de gentilshommes et de balayeurs », dit-il. Il en va autrement dans le secteur américain.*
>
> *Au Dandy Bar. Henni me dit qu'elle a la possibilité d'obtenir un poste de professeur de musique dans une école, à Hambourg. Elle pense qu'elle devrait faire sortir sa mère de Berlin. Je l'encourage. Chez elle une heure, puis retour à PRS-4 à temps pour un dîner tardif. Je crois que Frau Hanf a un petit faible pour moi, elle se rappelle avoir vu* JULIE. *Je lui raconte ce qu'est devenue Doon.*
>
> *24 avril 1946. Vu une affiche de cinéma aujourd'hui – DER AUSGLEICHER, un western. J'ai failli passer devant jusqu'à ce que j'aie traduit le titre et vu EIN FILM VON J. J. TODD. La rumeur s'est vite répandue dans le mess des corr. de guerre et je me découvre une sorte de*

célébrité. Deux de mes collègues m'interviewent.
Curieux d'avoir à nouveau un film joué à Berlin.
    Un message d'Eugen. Nous devons nous rencontrer
demain à midi au Dandy Bar.

Eugen ne fut pas admis dans le bar parce qu'il était trop
mal habillé. J'arrivai pour le trouver en discussion avec le
portier. Je l'emmenai et le calmai. Il était au bord des
larmes.

« Bon Dieu ! Autrefois, je n'aurais même pas mis les
pieds dans un infect boui-boui pareil ! s'écria-t-il. J'appartenais à cinq clubs. Cinq. Très sélects. Les endroits les plus
fermés.

– L'avez-vous retrouvé ?

– Quoi ? Oui. Oui, je crois. »

Il se calma quand je lui eus donné les cigarettes.

Il me conduisit quelque part dans le secteur français. Il
y avait du tricolore partout. Je soupçonne que les Français
prenaient autant de plaisir à occuper Berlin que les Russes.
Nous laissâmes la voiture et remontâmes à pied une rue
partiellement dégagée. De terribles incendies avaient fait
rage ici, et les immeubles étaient noirs de suie. La journée
était fraîche et nuageuse avec parfois un peu de pluie. De
temps en temps, le vent vif détachait des murs un bout de
suie et l'envoyait valser en l'air comme un mouchoir de
deuil. Nous débouchâmes au coin de la rue sur un espace
ouvert, peut-être autrefois un petit square. Au-delà, les
maisons avaient été complètement rasées, et nous nous
retrouvâmes sur une surface de briques en miettes, de la
taille d'un terrain de football, enjolivée par des masses de
mauvaises herbes et de fleurs sauvages. Ici et là, des gens
paraissaient camper dans des trous creusés dans les décombres. Une trentaine de personnes étaient rassemblées autour
d'un grand feu ardent.

Non sans difficultés, Eugen et moi nous nous frayâmes
un chemin à travers le terrain inégal en direction d'une
église à moitié démolie. Je me sentais tout à fait bizarre. Je
n'arrivais pas à croire que j'allais rencontrer Karl-Heinz.
J'étais en proie à une agitation et à une envie de pleurer de

gamin. Je trébuchai sérieusement et ma jambe se mit à me faire mal.

Le toit de l'église avait disparu ainsi que tous les bancs et les meubles – pour finir en bois de chauffage, je présume. Beaucoup de gens semblaient habiter là, assis docilement contre le mur et veillant sur leurs balluchons, ou bien accroupis près de feux minuscules pour cuire de la nourriture dans des pots fumants. Nous descendîmes dans la crypte. A ma surprise, elle était éclairée à l'électricité et très enfumée. Eugen s'adressa à une jeune femme manchote. Je regardai autour, l'endroit était rempli de jeunes gens – filles et garçons. La manchote pointa son moignon vers le fond de la pièce.

Nous passâmes devant une rangée de tables improvisées branlantes sur lesquelles une demi-douzaine de personnes me parurent rouler des cigarettes sans que j'en sois très sûr. Je ne leur accordai qu'un coup d'œil.

Puis je vis Karl-Heinz.

Il faisait cuire quelque chose sur le grand fourneau à bois responsable de toute cette fumée. Il portait une capote épaisse mal coupée qui lui arrivait aux chevilles. Ses cheveux, récemment tondus, se réduisaient à présent à des repousses raides et inégales. Et en majorité grises. Il était très maigre, et son cou et sa mâchoire étaient ceux d'un vieil homme, peau lâche et fanons, aucune fermeté. Il leva la tête et se retourna. Ses sourcils étaient toujours les mêmes sombres accents circonflexes. Il sourit. Il lui manquait quelques dents.

« Hello, Johnny », dit-il simplement. Nous nous embrassâmes.

Il puait. Mais il me rappela ce matin de 1924 au 129b Stralauer Allee.

Je n'ai pas honte de vous dire que je pleurai. Comme un veau. J'étais tout à la fois heureux et terriblement triste de le revoir. Il n'avait que deux ans de plus que moi et il ressemblait à mon père. Nous nous assîmes autour du poêle et il insista pour nous servir un misérable déjeuner. Une soupe de vieux quignons à l'eau salée et des pommes de terre frites dans du marc de café récupéré dans les poubelles des mess de l'armée américaine.

« Au moins, ça leur donne un goût », dit-il.

Pendant que nous mangions, Karl-Heinz me raconta brièvement sa guerre. Il avait été déclaré inapte au service militaire à cause de son ulcère qui, grâce aux privations et à la grossière qualité de l'alcool qu'il consommait, s'était enflammé en 1942. Il continua à jouer tant que les théâtres restèrent ouverts. Il avait habité Hambourg un moment, puis Munich. Mais, vers la fin de la guerre, il fut mobilisé dans un bataillon spécial composé d'hommes souffrant tous de maladies d'estomac. On les expédia à l'est de Berlin pour faire face à l'avance russe.

« Une très drôle d'unité, Johnny. Nous ne parlions que de notre santé et de nos médecins. Quatre-vingt-quinze pour cent d'entre nous avaient un ulcère. » Je tentai sans succès d'imaginer ce bataillon.

Après qu'ils eurent battu en retraite du Ringbahn à Potsdamer Platz, Karl-Heinz décida que c'était le moment de déserter et de disparaître. Pendant trois mois, il prétendit qu'il était devenu fou.

« La meilleure interprétation de ma carrière, dit-il avec un petit sourire.

– Qu'est-ce que tu as fait ?

– Pas pendant qu'on mange, Johnny, s'il te plaît. »

Je regardai en direction des jeunes handicapés.

« Que se passe-t-il ici ?

– Eh bien, il fallait bien que je vive. Je suis devenu un *kippensammler*. Je ramassais les mégots. Et puis j'ai décidé de fonder une entreprise. Il y avait tous ces jeunes qui vivaient dans les ruines. Je les ai envoyés ramasser les mégots pour moi. Il faut sept bouts pour faire une cigarette neuve. Nous les vendons deux marks chacune. Je paie un peu les jeunes et puis on achète de la nourriture au marché noir. Pendant un temps, on a bien marché, mais alors tout le monde s'est mis à faire pareil. La vie est devenue de nouveau difficile. Et puis tu arrives... » Il sourit. « Bon Dieu, Johnny, tu te rappelles le jour où on s'est rencontrés à Weilberg ? 1918 ? »

Il se tut soudain. La pensée de tout ce temps écoulé parut le troubler. Son sourire s'effaça. Je fus troublé aussi. C'est une des conséquences les moins heureuses du vieillissement. Tout ce « passé » paraît s'amasser derrière le moment présent, le rendant insignifiant et sans valeur. Je pensai à nos deux vies. Tous ces efforts, toutes ces années, pour en arriver à manger des pommes de terre parfumées au café dans la crypte d'une église démolie par les bombardements. Autour de nous gisaient les ruines de la troisième plus grande ville du monde. Et il restait encore le futur à venir.

« Je veux te ramener avec moi, lui dis-je. Il faut qu'on t'envoie en Amérique.

– Très agréable idée, dit-il. Pour quoi faire ?

– Nous allons terminer *les Confessions.* »

Je crois que, pour la première fois depuis vingt-huit ans que nous nous connaissions, Karl-Heinz me regarda avec une admiration sans mélange.

*

Je trouvai à Karl-Heinz un endroit où loger, pas très loin de chez Henni. Je lus une annonce dans la rue offrant une chambre à louer dans un appartement en sous-sol. Les jeunes propriétaires furent ravis de l'accueillir. La femme l'avait vu plusieurs fois sur scène. Je lui achetai des vêtements, lui donnai de l'argent pour sa nourriture, le fis épouiller et passer une visite médicale. Je lui fis refaire quelques fausses dents et de nouveaux papiers. Tout ceci fut relativement facile. Le faire sortir du pays paraissait en revanche impossible.

Finalement, j'eus vent de mesures spéciales prises par le Home Office pour permettre à des citoyens allemands de rejoindre des membres de leur famille en Grande-Bretagne. Je fis une demande au nom de Karl-Heinz, disant qu'il était un demi-frère de Mungo Dale et qu'un logement et du travail l'attendaient à Drumlarish. Cette déclaration fut accueillie avec un certain scepticisme. On demanda des preuves. J'avais comploté avec Mungo qui écrivit obligeamment aux autorités pour expliquer que Karl-Heinz était né du second mariage de sa mère et qu'il avait passé de nombreux étés dans la famille avant la Grande Guerre. On avait un peu perdu contact avec lui depuis la mort de Mrs. Dale, mais on serait ravi de l'accueillir une fois de plus au sein de la maison Dale.

A Berlin, on entama la recherche de documents destinés à vérifier l'histoire. Cela prendrait du temps, me dit-on, et pourrait en fin de compte se révéler stérile – tant de papiers avaient été détruits. Nous étions alors presque en juin.

Je finis par résoudre le problème en allant faire chanter un colonel de la RAF (devenu par la suite Air Marshall Lord D.) qui occupait dans la hiérarchie du gouvernement militaire le poste requis pour accorder l'autorisation. Il amassait une fortune en expédiant à des marchands de Londres, par des avions de la RAF, des antiquités volées (un secret connu de tout le mess des correspondants de guerre). Il n'était pas le seul. Je pourrais citer une demi-douzaine d'officiers britanniques de haut rang qui s'assurèrent de confortables revenus d'après-guerre grâce au pillage en Allemagne. L'individu en question ne se montra nullement troublé par ma proposition. Il déclara qu'aucun rédacteur en chef d'un journal anglais n'oserait publier l'histoire. Je lui fis remarquer que, travaillant pour un journal américain, je n'avais pas les mêmes contraintes. Il soupira, et fit établir et approuver les papiers de Karl-Heinz pendant que j'attendais. Au moment où je partais, il me lança :

« Ce sont les votes de petits merdeux comme vous qui ont déboulonné Winston. »

Karl-Heinz quitta Berlin avant moi, mais son voyage dura plus longtemps. En tant que passager à basse priorité, il fut retardé, réexpédié, retenu encore, renvoyé dans la mauvaise direction. Ses papiers étaient en ordre, ce qui était le principal. Ce seul fait rendait inévitable qu'il finisse par atteindre sa destination.

Je fis mes adieux à Henni avec beaucoup de regret et de tristesse. Son espoir d'un travail à Hambourg ne s'était pas matérialisé. Mais elle avait appris par la logeuse de Karl-Heinz que je lui avais arrangé son départ de Berlin et elle m'avait demandé si je pourrais faire la même chose pour elle et sa mère. Je fus forcé de lui dire non. Je lui conseillai d'être patiente. La vie à Berlin ne pouvait pas durer éternellement ainsi. Lors de notre dernière nuit ensemble, nous étions étendus sur son lit mince, et nous fumions et buvions comme d'habitude – essayant tous les deux, je pense, de prétendre que nous recommencerions le lendemain soir.

« Es-tu marié ? interrogea Henni.

– Non.

– Veux-tu m'épouser ?

– *Comment ?*

– M'épouser, moi.

– Bonté divine !

– Je ne te plais pas ?

– Bien sûr que si.

– Eh bien, alors... On pourra divorcer dès qu'on sera en Angleterre.

– Je ne vais pas en Angleterre, je vais en Amérique.

– Encore mieux.

– Mais je ne suis pas américain. Il faut que je demande un permis.

– Mais si on te laisse entrer, on laissera sûrement entrer ta femme. Et ta belle-mère. »

J'aurais voulu lui raconter que j'avais déjà été marié à une Allemande et que ça n'avait duré que six mois.

« Écoute, dis-je. Je suis un vieux monsieur. J'ai quarante-sept ans. Vingt-cinq de plus que toi. Tu ne peux pas m'épouser. Ce serait une terrible erreur.

– Oh, bon, d'accord, fit-elle. Ma mère m'a dit qu'il fallait que j'essaie. Tu lui plais – beaucoup plus que le major Arbogast.

– D'où sort-il celui-là ?

– C'est mon autre jules qui vient ici. »

Je me sentis blessé puis ridicule.

« Tu t'en tireras très bien », dis-je d'un ton rassurant.

Je suis certain qu'elle s'en est très bien tirée.

Je quittai la ville par une douce journée de juin. L'habituel cocktail d'émotions bouillonnait dans mon cerveau. C'était cette ville qui avait fait ma carrière et ma réputation. Elle m'avait donné Doon. Elle m'avait aussi détruit, dans un sens. Et aujourd'hui, elle-même était détruite. J'avais l'étrange impression que je la reverrais bientôt, et je ne pris donc pas la peine de regarder par le hublot quand le DC 3 de l'armée de l'air américaine décolla de Tempelhof. Je me trompais. Dommage. Je ne suis jamais revenu.

Villa Luxe, 28 juin 1972.

Une journée magnifique, étouffante, insupportablement chaude. Je me demande si je tenterai le sentier de la plage aujourd'hui. Je peux le descendre sans trop de mal. C'est le retour qui me tue. Il y a dans la crique une petite rangée de cabanes en pierre dans lesquelles les pêcheurs remisent leurs barques. J'observe ces drôles de vieux bonshommes remonter le sentier après une journée de travail. Certes, ils ne courent pas, mais leur pas égal ne faiblit jamais. D'eux d'entre eux paraissent même plus vieux que moi. Comment se fait-il qu'ils y arrivent et moi pas ? Peut-être devrais-je demander à Ulrike de m'y emmener en bateau...

Il faisait très chaud ce jour de juin 1946 où Karl-Heinz et moi montâmes par le train en Écosse. Assis dans l'air épais du compartiment, nous contemplions la campagne anglaise resplendissante de tous les clichés de l'été. Nous fîmes une halte inexplicable de deux heures aux abords de Doncaster – ou était-ce Peterborough ? Je me rappelle vaguement que Karl-Heinz et moi, nous parlions de la guerre et de ses terribles conséquences. Je me souviens d'une chose qu'il a dite.

« Pourquoi l'avez-vous laissé faire ? lui demandai-je. Ne pouviez-vous pas prévoir ?

– Eh bien, je vais te dire, John, répondit-il. Il y a une chose à propos des Allemands – nous ressemblons beaucoup aux Britanniques pour cela. Nous n'avons aucun courage *social*. C'est pourquoi nous faisons de bons soldats et de mauvais citoyens.

– Aucun ? *Nous* non plus ?

– Non. Pas réellement. Tu ne crois pas que c'est vrai ? Nous ne nous plaignons jamais. Vous non plus. C'est toujours un mauvais signe dans une population. »

Nous passâmes deux jours à Édimbourg dans un hôtel de Princes Street. J'emmenai Karl-Heinz voir mon père, une rencontre dont l'idée me délectait depuis longtemps. Innes – Papa – avait vendu sa maison et vivait maintenant dans une maison de retraite à Peebles, à trente kilomètres d'Édimbourg, dans la vallée de la Tweed et pas loin de l'Académie Minto. Mon père avait quatre-vingt-quatre ans. Je le revois aujourd'hui, ses grosses jointures arthritiques tremblant à peine sur ses deux cannes. Nous prîmes le thé avec lui sur la terrasse de la maison assez imposante qu'il habitait (c'est devenu un hôtel depuis) sur une colline dominant la ville et le parc d'un vert éclatant que longeait l'eau vive et brune de la rivière.

« Alors ? Que vas-tu faire maintenant, John ?

– Eh bien, je retourne en Amérique. Karl-Heinz et moi, nous allons finir un film que nous avons commencé il y a quelque temps.

– Nom de Dieu ! » Il jurait davantage en vieillissant. « Finir ? Quand l'as-tu commencé ?

– En 1926. »

Il secoua la tête d'un air triste.

« Votre fils est un grand artiste, monsieur Todd, intervint Karl-Heinz. Réellement. »

Mon père regarda Karl-Heinz comme pour dire : « *Lui ?* Ce plaisantin ? »

« Oui, dit Karl-Heinz.

– Inutile d'être poli pour me faire plaisir, monsieur Kornfeld. Je connais bien mon fils. Plein de projets à la noix depuis le jour de sa naissance. » Son visage s'assombrit un instant. Je compris qu'il pensait à ma mère – ma naissance et sa mort, inséparables. « Je savais qu'il ne vaudrait jamais grand-chose. »

Nous rîmes poliment.

Puis il ôta une de ses mains d'une canne et me tapota le genou. Il laissa sa main là, légère, pâle comme une serviette.

« Tenez, pas comme son frère, par exemple. Il a très bien réussi, Thompson. Riche, heureux en affaires, belle famille. Grand maître de sa loge. »

Je ne me vexai pas. Je regardai le vieil homme. Il ne céderait pas d'un pouce. Quatre-vingt-quatre ans et toujours aussi intraitable.

« Tu n'es pas un mec commode, pas vrai, Innes ? dis-je. Tiens, prends une autre tasse de thé et ferme-la. »

Il se mit à rire. Longtemps et fort. Puis il ôta sa main de mon genou.

Ce n'est qu'après l'avoir quitté que je me rendis compte que sa main sur mon genou avait été le seul contact physique affectueux entre nous depuis mon enfance. Aujourd'hui, les larmes me montent aux yeux en y repensant. Ce geste traîne un lourd fardeau.

Je ne revis jamais mon père. Il mourut paisiblement dans son sommeil une nuit de l'hiver 1948.

19

Le solitaire de Hollywood

J'appris la mort de mon père alors que j'étais de retour
à Los Angeles, à me chamailler avec Eddie Simmonette à
propos de la mise en route de la préproduction de ce que
je considérais comme *les Confessions : Troisième Partie* –
mais que n'importe qui d'autre connaissait sous le titre *Père
de la Liberté*. Je fus terriblement bouleversé par la nouvelle,
bien plus que ce à quoi je m'étais attendu. Au milieu de
tout le chagrin, du regret et du remords des choses inex-
primées et inaccomplies, une obsession s'empara de moi –
peut-être, à mon sens aujourd'hui, pour me permettre de
faire face. Ce qui m'affligea le plus, ce fut de me rendre
brusquement compte que mon père avait pu mourir sans
avoir vu un de mes films. Je télégraphiai aussitôt à
Thompson.

> PÈRE A-T-IL JAMAIS VU MES FILMS. STOP. URGENT QUE JE
> SACHE AU PLUS TÔT. JOHN.

Thompson répondit lui-même :

> TA QUESTION DU PLUS EXTRÊME MAUVAIS GOÛT. STOP. SUG-
> GÈRE QUE TU CONSULTES MÉDECIN. STOP. THOMPSON TODD.

J'écrivis à Oonagh, à présent une très vieille dame vivant
à Musselburgh, pour lui poser la même question, et reçus
en réponse un gribouillage tremblotant dû à la main d'un
voisin :

> Cher Johnny,
> Terriblement triste nouvelle à propos de ton père.
> C'était un excellent brave homme et il nous manquera

à tous « vraiment affreux ». Je ne sais pas s'il a jamais vu tes « films » (je les ai vus bien des fois), mais je me rappelle très bien l'avoir entendu dire à de fréquentes reprises qu'il « abominait le kinéma ». Mais je suis sûre qu'il aurait changé d'idée si seulement il avait vu tes « images ». Je sais qu'il était très fier de ces « photos » que tu prenais quand tu étais « tout petiot »...

Et ainsi de suite pendant deux autres pages haletantes, bourrées d'expressions familières au sujet des « funérailles » et de la « famille ».

Je crois que c'est cette finalité dans le message d'Oonagh (je pouvais entendre très clairement, comme de par-delà la tombe, le son de la voix de mon père « abominant » et sentir son intense plaisir dans l'archaïque prononciation de « kinéma ») qui me le fit comprendre : même s'il avait été cinéphile acharné, il se serait débrouillé pour ignorer mon œuvre. Je m'exhortai à laisser tomber. Pourquoi était-il tellement important qu'un vieil homme hargneux ait vu mes films ? J'eus honte de mes abjects besoins filiaux – comme si tous les fils travaillaient seulement en vue d'une approbation paternelle. Idée grotesque !

Père de la Liberté n'était en surface rien de plus qu'un de ces conventionnels « biopics », une biographie épique comme en fabriquait n'importe quel studio hollywoodien – les sujets habituels étant des rois, des reines, des philanthropes et des musiciens. Vous voyez le genre. Eddie avait insisté pour que nous lui donnions cette forme si Lone Star devait en assurer le financement. J'avais donc remanié le scénario en 1934 avec cette restriction à l'esprit. Sa seconde condition était que je fasse ensuite le western Jesse James. *L'Égalisateur* avait été le meilleur film à recettes de Lone Star pour 1944 et 1945. Eddie en attendait avidement un autre. Il y avait aussi désormais l'urgent problème de l'âge de Karl-Heinz. Je décidai que l'on pourrait par convention l'utiliser à partir de la liaison avec Mme de Warens, quoique même cela dépassât légèrement les limites de la crédibilité. J'arrangeai un peu la vérité, en laissant suggérer que l'histoire se situait plus tard dans sa vie. La vraisemblance si haut vantée dans la Première Partie en prenait un coup, mais que pouvais-je faire d'autre en l'occurrence ? Je rallongeai considérablement les années d'enfance et d'adolescence. Ensuite un bon maquillage, une perruque épaisse et un éclairage soigné nous sortiraient d'affaire, ou du moins c'est ce que je soutins à Eddie qui n'était pas très chaud pour engager Karl-Heinz.

Karl-Heinz avait bien meilleure mine qu'à Berlin. Il se plaisait en Californie. Il prenait beaucoup de bains de soleil, et son hâle adoucissait les ombres et les angles de son visage. Sa santé s'améliorait aussi : ses ulcères – il en avait apparemment plusieurs – se guérirent. Le studio lui loua un appartement dans l'hôtel Cythera, au bord de l'océan à Santa Monica, pas très loin de chez moi, et je passais le voir presque chaque jour. Le faire venir d'Écosse avait été fort simple. *Père de la Liberté* allait se tourner, et Karl-Heinz y tenait le rôle principal. Son visa d'entrée et son permis de résident furent approuvés sans discussion par les autorités compétentes.

L'attitude de Karl-Heinz à l'égard de la vie tenait plus que jamais de la résignation sereine. Il accepta sa transformation de *kippersammler* troglodyte en vedette de cinéma hollywoodienne sans rien de plus qu'un haussement d'épaules et un léger sourire. Je reconnus le symptôme : il s'était abandonné au courant. A Santa Monica, il affectait de s'habiller dans le style artiste-légèrement-fauché – chemises délavées, pantalons amples, foulard –, et s'installa dans la communauté comme s'il revenait simplement de vacances. Un jour, alors que nous nous promenions sur la plage, un adolescent abandonna sa planche de surf et se précipita à grands bonds vers lui en criant : « Hé ! Hé Karl, mon vieux, comment vas-tu ? » Nous fûmes présentés l'un à l'autre (j'ai oublié l'invraisemblable prénom de ce môme – Chet, Brett ou Rhett, je crois), et Karl-Heinz et lui débattirent de l'endroit où ils se retrouveraient plus tard dans la soirée. Nous poursuivîmes notre promenade.

« Ah, les garçons... soupira Karl-Heinz, rêveur.
– Tu t'amuses ?
– Je voudrais qu'ils soient tous californiens. »
Je cessai désormais de me faire du souci pour lui.

Pause. Examen. Bilan. Nous voici en novembre 1948. J'aurai cinquante ans dans quelques mois. Je suis sur le point de commencer à tourner pour le compte de Lone Star Films un « biopic » à budget moyen sur la vie de Jean-Jacques Rousseau intitulé *Père de la Liberté*. Il aura pour vedette mon plus vieil ami, et sera produit et financé par un autre ami et collaborateur de longue date. Je vis seul dans la maison que je possède à Pacific Palisades, Los Angeles, Californie. Je ne suis pas riche, mais je ne suis pas pauvre non plus. *Père de la Liberté* sera mon dix-huitième film achevé. J'ai deux ex-épouses et trois enfants. J'ai quelques amis intimes : Karl-Heinz, Eddie, Hamish, Ramon, Monika, les Cooper, les Gast, les Hitzig (Lori Madrazon a été tuée dans un accident de voiture, en 1945). J'ai quelques ennemis. J'ai survécu à deux guerres mondiales et de sérieuses blessures. J'ai un poumon, un cœur solide, une jambe gauche faible et une raideur dans l'épaule droite. J'ai quelques kilos en trop, mes cheveux grisonnent, mais on me dit que je possède encore un certain charme ténébreux, ce qui est inhabituel chez un homme de mon âge. Mes déceptions sont profondes, mais peu nombreuses. Je n'étais pas réconcilié avec mon père lorsqu'il est mort. Mon frère refuse de me parler. Je suis coupé de mes enfants. Mon fils cadet que j'adorais est mort bébé. Et, pis que tout, la seule femme que j'aie vraiment aimée, et qui aurait pu transformer ma vie, m'a abandonné.

Mon plus grand moment de triomphe est venu tôt dans ma carrière. J'ai connu la célébrité, la richesse, et j'ai souffert de la pauvreté, de l'opprobre et de l'oubli. Ceux de mes films qui ont obtenu le plus grand succès commercial n'ont pas été mes meilleurs. Ma plus belle œuvre, la véritable expression de mon génie particulier, n'est ni connue ni reconnue.

Cela me paraît un honnête et assez raisonnable résumé. Un demi-siècle avec bien assez d'émotions et de désastres, direz-vous, pour remplir plusieurs vies. Et maintenant, avec une belle ordonnance structurale, je suis à la veille de m'embarquer dans un projet qui achèvera une tentative commencée vingt ans plus tôt. Oui, en effet, vous pouvez juger – en toute objectivité – que, tout bien considéré, étant donné l'absurdité des caprices du sort, *ceteris paribus*, John James Todd a été un homme fortuné.

Je le pensais aussi. Je le pensais aussi.

Puis, un jour, je reçus un coup de fil d'Eddie Simmonette. Accepterais-je de le rencontrer dans un certain drugstore sur le boulevard La Cienaga. Et d'avoir la bonté de m'assurer que je n'étais pas suivi. De quoi parles-tu ? demandai-je. Il refusa de le dire. J'en conclus qu'il allait m'annoncer son divorce. La rumeur courait qu'Artemisia et lui ne s'entendaient plus. Je me préparai à une séance de larmoiement de la part d'Eddie, un événement rare, mais déprimant. Bien entendu, je ne vérifiai nullement si j'étais suivi.

Il faisait beau, je me souviens, avec un soupçon de brume. Je m'arrêtai pour prendre une bouteille de Coca-Cola à un distributeur automatique, et la bus tout en conduisant vers mon lieu de rendez-vous avec Eddie. Je regardai les grands palmiers minces, les maisons bien nettes et les jardins immaculés, les longues voitures lourdes de chromes. Le Coca-Cola me laissa un goût sucré dans la bouche. Le long cauchemar qui devait être le reste de ma vie allait commencer.

Il était presque quatre heures de l'après-midi quand j'arrivai au drugstore. Je n'aperçus aucune trace de la voiture d'Eddie dehors, mais il était là, à mon entrée, affectant de s'intéresser aux romans policiers exposés sur un tourniquet. Nous nous assîmes dans une stalle. Il ôta ses lunettes noires et s'épongea la figure avec son mouchoir. Nous échangeâmes quelques banalités. Eddie essayait de maigrir. Il avait vraiment beaucoup grossi au cours des deux dernières années. La fente de son menton s'était creusée d'un bon centimètre.

« Comment va le régime ? m'enquis-je.

– Épatant. Épatant », dit-il.

La serveuse s'approcha.

« Tu veux quelque chose ? me demanda Eddie.

– J'aimerais un thé fort avec du citron. » Mes dents, un peu douloureuses, me donnaient l'impression d'être couvertes de peluche.

« Je prendrai un cheeseburger avec de la salade de chou rémoulade. Un milk-shake à la banane. Pas de frites. » Il me sourit. « Pas de frites. Pas de gnole. A quoi bon vivre ?

– De quoi s'agit-il, Eddie ? »

Il prit un air sérieux :

« Je crois qu'on a des problèmes. » Il sortit un magazine de sa poche, me le tendit ouvert à une page. Je regardai la couverture. Ça s'appelait *Amitiés rouges*. « Regarde cette liste. »

Je la parcourus des yeux. Je reconnus la plupart des noms. Herbert Biberman, Edward Dmytryk, Ring Lardner Jr., Dalton Trumbo, Humphrey Bogart, Danny Kaye, Eddie Cantor et bien d'autres.

« Tu sais qui ils sont ? s'enquit Eddie.

– Les Dix de Hollywood. Les gens qui ont signé cette fameuse pétition.

– C'est ça.

– Qu'est-ce que ça a à voir avec moi ?

– Continue à lire. »

J'allai en bout de liste. Groucho Marx, Bertolt Brecht, Frank Sinatra, John James Todd...

« Qu'est-ce que c'est que cette foutue histoire ? » Je regardai l'en-tête de la liste : « Les potes hollywoodiens de Joe Staline. » Le magazine était de mauvaise qualité – vilaine reproduction couleur, médiocre qualité de papier. J'en examinai le contenu. Il semblait abonder en points d'exclamation.

« Qu'est-ce que ça veut dire ?

– Que tu es dans la liste.

– Je le vois bien, nom de Dieu. Et alors ?

– As-tu signé cette pétition, n'importe quelle pétition en faveur des Dix ?

– Non. C'est-à-dire que je l'aurais signée si on me l'avait demandé. Mais on ne l'a pas fait. J'étais absent à ce moment-là. J'étais allé chercher Karl-Heinz à New York.

– Dieu merci, il n'est pas dedans.

– Pourquoi y serait-il ? Pourquoi y suis-je ?

« – C'est ce que je veux savoir.

– Aucune idée.

– Alors, ça doit être une erreur. » Il sourit de nouveau, le vieil Eddie, détendu, et tenant bien en main les rênes de sa destinée.

« Je ne sais pas pourquoi, John, mais cette histoire de cocos m'a vraiment foutu la trouille. Ces salopards – McCarthy, Parnell Thomas –, ils ont vraiment déclenché quelque chose. Maintenant, tout le monde se met à chasser les Rouges. » Il montra d'un geste le magazine. « Et puis à présent cette ordure. » Il soupira. « Pourquoi nous faisons-nous tant de mal à nous-mêmes ? »

Le « nous » me plut – ce bon vieil Aram Lodokian.

« Je vois bien pourquoi tu t'inquiètes, dis-je avec candeur. C'est que, bon Dieu, toi tu es même *né* en Russie. »

Il m'agrippa violemment par le bras :

« Jamais. Ne dis *jamais* ça à quiconque, John, jamais plus.

– Fichtre ! D'accord. Lâche-moi... Ne t'en fais pas, Eddie. Merde... »

Il se détendit de nouveau. Je ne l'avais jamais vu ainsi. Je le regardai manger son hamburger. Comme tout le monde à Los Angeles, j'avais entendu parler des Dix de Hollywood, du Sous-Comité permanent d'enquêtes du Sénat et du Comité des activités antiaméricaines de la Chambre des représentants. Ça me rappelait vaguement Berlin dans les années vingt. Je n'y prêtais guère d'attention. Je travaillais à *Père de la Liberté*.

Je repris la route de ma maison, un peu inquiet. Eddie m'avait raconté qu'*Amitiés rouges* était publié par une organisation nommée Alert Inc., avec une adresse sur Sunset Boulevard. En m'arrêtant devant chez moi, j'aperçus deux hommes en costume sombre debout sur le trottoir d'en face. A mon approche, l'un des deux – qui, je ne sais pourquoi, me parut vaguement familier – sauta dans une voiture et démarra. L'autre m'attendit de pied ferme.

« Puis-je vous aider ?

– Êtes-vous John James Todd ? »

563

Pourquoi entendis-je la voix de Ian Orr ? Je regrette de ne pas avoir eu la présence d'esprit de répondre : « C'est pour qui ? », mais je ne réussis qu'à acquiescer docilement. L'homme me tendit une enveloppe jaune et s'en alla.

J'attendis d'être à l'intérieur pour l'ouvrir. Je pris une bière dans le frigo, et mis en marche le climatiseur. Je tuai deux mouches dans la cuisine. Puis je m'occupai de mon enveloppe. Il y avait quelque chose d'instantanément déplaisant dans la feuille rose qu'elle contenait. D'ironique aussi : que le Comité des activités antiaméricaines de la Chambre des représentants imprimât ses convocations sur du papier d'une couleur aussi politiquement suspecte. Moi, John James Todd, devais me présenter devant le Sous-Comité Brayfield de la CAAC (nous l'appellerons CAAC, comme tout le monde le faisait), dans la chambre 1121 du Hollywood Roosevelt Hotel où je serais interrogé en « session exécutive ».

Je téléphonai à Eddie.

« *Oh, non !* Oh, putain de bordel, non ! » Il continua sur le même ton pendant un moment. « C'est pour quand ?

– La semaine prochaine.

– Petit Jésus de merde ! Est-ce que tu as un avocat ?

– Non.

– Je vais t'en trouver un. Il y a un jeune type qui travaille pour nous – très malin. Ne t'en fais pas, John. Je suis sûr que ce n'est qu'une affreuse erreur. Mais, écoute, il vaut mieux que tu restes à la maison en attendant. Travaille chez toi.

– D'accord. Mais on allait commencer la distribution.

– Débarrassons-nous d'abord de cette séance. »

Je fis ce qu'il me demandait. Je m'entretins confidentiellement avec quelques personnes qui me rassurèrent. Toutes les activités de la CAAC, me dirent-elles, étaient en principe suspendues en attendant le passage en appel des Dix de Hollywood. Personne n'arrivait à comprendre ce qui provoquait la réunion de ce sous-comité. Même mon avocat, Page Farrier, en demeurait perplexe.

Farrier était un jeune associé dans un cabinet d'avocats qui faisait beaucoup d'affaires avec Lone Star. Il avait près de trente ans, et il inspirait physiquement confiance. Il était grand, plus d'un mètre quatre-vingts, avec une forte mâchoire en avant et des cheveux épais bouclés, auxquels il imposait une raie. Il portait des nœuds papillon, chose que j'approuve chez les représentants des professions libérales : elle suggère des qualités humaines – la vanité, l'amour-propre –, derrière l'impassibilité de l'expert. Mais, après lui avoir parlé une demi-heure, je le trouvai moins rassurant. Il avait la voix douce et hésitante, avec un regard mobile qui ne rencontrait le vôtre que l'espace d'un dixième de seconde. Il me donna l'un des pires conseils que j'aie jamais reçus.

« Je pense que vous devriez prendre le Cinquième.

– Le Cinquième quoi ?

– Le Cinquième Amendement à la Constitution américaine.

– Qu'est-ce que c'est ?

– Cela signifie qu'on ne peut pas vous demander d'être votre propre témoin à charge. Si l'on vous pose une question susceptible de vous incriminer, vous pouvez refuser d'y répondre – en vous appuyant sur le Cinquième Amendement.

– Mais je n'ai rien fait.

– Je le prendrais juste en cas, monsieur Todd. C'est plus sûr que de prendre le Premier. Les Dix de Hollywood ont pris le Premier, et regardez ce qui leur est arrivé. Vous prenez le Premier, et on vous accuse d'outrage au Congrès. Ça peut signifier la prison.

– Nom de Dieu... D'accord. Mais quand dois-je le prendre ?

– Chaque fois qu'il semble que quelque chose que vous allez dire pourrait vous incriminer.

– Bon. Vous me ferez un petit clin d'œil si ça vous paraît une question délicate.

– Ah... je suis désolé, mais je ne serai pas là.

– Mais vous êtes mon putain d'avocat ! »

Page rougit. Il sortit un stylo de la poche de sa veste et l'y replaça avec soin.

« Monsieur Todd. Puis-je être franc avec vous ?

– Je vous en prie.

– D'ordinaire, je préférerais vraiment ne *pas* être associé à votre cas. Je ne suis qu'un associé junior du cabinet. Mais à cause de nos rapports avec Lone Star, on m'a demandé, on m'a assigné à votre affaire. » Il me fit un pâle sourire. « Je suis désolé. Nous n'avons même pas votre nom sur un dossier au bureau. »

J'eus l'impression qu'une sorte de transparence envahissait mon corps, comme si j'étais à mi-chemin de la disparition. J'existais, *ici*, mais de moins en moins de gens reconnaissaient ma présence. Page s'éclaircit la gorge et caressa le bout des ailes de son nœud papillon :

« Puis-je vous poser une question personnelle, monsieur ?

– Oui.

– Êtes-vous de fait un communiste ? Un membre du Parti ?

– Je vais prendre le Cinquième... Non, bien sûr que non. Je suis un metteur en scène. »

Il arbora un sourire béat de soulagement.

« Dieu, quelle bonne nouvelle ! » Il baissa la voix : « Je suis une personne à l'esprit large, mais je ne crois pas que ma conscience me permettrait de représenter un vrai communiste. Si ma fiancée le découvrait... » Il avala sa salive. « Merde, alors !

– Votre conscience peut reposer en paix. Dites-moi, voulez-vous un verre ?

– Non... Non, monsieur, je vous remercie. Il faut que je me sauve. Avez-vous une sortie de service ici ? »

*

Trois jours plus tard, je longeais le couloir du Hollywood Roosevelt Hotel en direction de la chambre 1121. Je frappai à la porte. L'homme qui m'avait remis ma citation à comparaître m'ouvrit. On me fit entrer.

La chambre 1121 était une suite. Le salon avait été vidé de son mobilier, et un long bureau installé à un bout avec trois chaises derrière. Une autre chaise, solitaire celle-là, était placée en face à deux mètres, au milieu de la pièce.

Un homme vêtu d'un costume bleu pâle fumait une cigarette debout près de la fenêtre. Il s'avança vers moi et me serra la main.

« Monsieur Todd ? Je suis enquêteur auprès du Comité. Paul Seager. Voici l'inspecteur Bonty. »

Seager avait une grosse figure avec des cheveux châtains clairsemés. Bonty – l'homme à la convocation – était brun, le teint cireux et une cicatrice de bec-de-lièvre comme MacKanness, le Bantam qui avait menacé de me tuer.

« Le représentant Brayfield nous rejoindra dans un moment. »

J'entendais, venant de la chambre, le bourdonnement d'un rasoir électrique. Nous attendions tous dans un silence gêné. Nos rôles allaient être définis, jusque-là nous ne savions pas si nous devions nous montrer aimables ou cérémonieux.

« Quel brouillard, aujourd'hui, avança Bonty.

– Oui, dis-je.

– Nous avons beaucoup de brouillard à Washington, dit Seager.

– Vraiment ? »

Brayfield entra en mettant sa veste. Le représentant à la Chambre, Byron Brayfield, était un homme corpulent qui pensait qu'un costume trois-pièces pouvait dissimuler le fait. Ce qui naturellement produisait le résultat contraire, tout en le condamnant à la chaleur et à l'inconfort. Son gilet était aussi serré qu'un corset, avec un petit éventail de plis, genre patte-d'oie, de chaque côté de la rangée de boutons. Il avait un visage charnu, avec un pli de graisse retombant tout autour de son col, des petits yeux vifs et des cheveux noirs, rares et frisottés, plaqués en arrière. Il n'offrit pas de me serrer la main. Nous prîmes nos places. Je me sentis une envie soudaine de filer aux toilettes. Seager passa un coup de téléphone, et une minute plus tard une sténo entra. Elle s'assit derrière moi.

Bonty prononça une sorte de préambule annonçant que le Sous-Comité Brayfield du Comité des activités antiaméricaines de la Chambre des représentants se trouvait en session exécutive. Puis la séance fut interrompue, tandis que Brayfield se mouchait avec une stupéfiante férocité. Son

visage devint très rouge, et il examina son mouchoir avec
soin comme s'il s'attendait à y découvrir des petits bouts
de cervelle. Enfin, Seager me fit prêter serment, et
l'audience commença.

BRAYFIELD : Vous comprenez, monsieur Todd, qu'il
s'agit ici d'un sous-comité spécial comprenant un seul
membre et créé en conséquence d'un dossier confiden-
tiel que nous, ah, qui est venu en notre possession, allé-
guant d'activités subversives menées par vous au cours
d'un certain nombre d'années.

TODD : Puis-je savoir qui vous a procuré ce dossier ?

BRAYFIELD : Il s'agit de renseignements secrets. Mais,
étant donné la gravité de ces abnégations, il a été décidé
de constituer ce comité... Vous avez vécu et travaillé à
Berlin, Allemagne, je crois ?

TODD : Oui. Et en Écosse, en Angleterre, en France, en
Suisse et aux États-Unis.

BRAYFIELD : Vous êtes à la veille de commencer la production d'un film intitulé *Père de la Liberté* ?

TODD : Oui.

BRAYFIELD : Et ceci est un film au sujet d'un *(consultant
ses notes)* homme appelé Rousseau ? Un socialiste français ?

TODD : Pour l'amour du Ciel !

BRAYFIELD : Qui produit ce film ?

TODD : Cela est du domaine public, je suggère que vous
mettiez l'enquêteur Seager sur l'affaire.

SEAGER : Je vous rappelle, monsieur Todd, qu'il s'agit
ici d'un sous-comité officiel. Nous avons le pouvoir de
vous poursuivre pour outrage à ses membres.

TODD : Merci de me le rappeler. Je ne répondrai à aucune
de vos questions tant que vous ne m'aurez pas dit qui
vous a donné ce dossier.

BRAYFIELD : Je vous ai déjà dit...

TODD : Est-ce quelqu'un appelé Leo Druce ?

SEAGER : Qui ?

BRAYFIELD : Seager !

TODD : Courtney Young ? Harold Faithfull ? Alexander
Mavrocordato ? *(Visages de bois.)*

BRAYFIELD : Qui sont ces gens ? Pouvons-nous revenir
à nos moutons ?... Nous croyons, monsieur Todd, sur la
base d'informations que nous avons dans ce dossier, que
vous êtes bien placé pour renseigner ce comité sur les
éléments subversifs et communisants des milieux cinématographiques de Hollywood. Toute information que

568

vous nous donnerez à ce sujet demeurera confidentielle, bien entendu... J'aimerais vous rappeler que nous sommes en session exécutive. Ah, tenant compte des noms et des informations que vous nous donnerez, le comité sera disposé à considérer d'un œil indulgent toute... toute imprudence que dans le passé vous pourriez avoir... euh... que vous pourriez avoir commise. Perpétrée.

TODD *(se lève et s'empare d'un journal sur une table voisine)* : Pourquoi perdez-vous votre temps, vous tous ? Pourquoi ? Arrêtez de vrais criminels. Tenez, tenez, au hasard dans le journal d'aujourd'hui *(il lit)* : « Deux hommes, Kemp P. Heald (vingt-cinq ans) et Coren Schlag (cinquante-deux ans) ont été accusés aujourd'hui d'avoir pénétré par effraction dans l'élevage de volailles Brewer, à Tujunga, le 14 novembre, et d'y avoir commis des actes sexuels indécents avec cinquante-quatre dindes de Noël, laissant pour mortes plus de vingt bêtes... » Vingt dieux ! Voilà vos criminels. Pourquoi ne courez-vous pas à leurs trousses au lieu de perdre tout votre temps et...

BONTY : Puis-je voir ce journal, s'il vous plaît ?

SEAGER : Monsieur Todd, voulez-vous vous rasseoir, je vous prie.

BRAYFIELD : Pouvez-vous prouver que ces deux hommes sont des agents soviétiques ? Ou membres du parti communiste ?

TODD : Quoi ?

BRAYFIELD : Ce n'est que dans ce cas que nous avons le pouvoir d'agir.

BONTY : Tout à parier que c'était des cocos.

SEAGER : Qui ?

BONTY : Les types qui se sont farçi les dindes. Ils font ce genre de choses en Russie, je l'ai lu. Ouais.

BRAYFIELD : Monsieur Bonty, s'il vous plaît !

BONTY : Pardon, monsieur.

BRAYFIELD : Monsieur Todd, avez-vous ou n'avez-vous jamais été membre du parti communiste ?

TODD : Je voudrais invoquer le Cinquième Amendement*. Je ne répondrai pas à cette question afin de ne pas risquer de m'incriminer moi-même – à vos yeux.

---

* A ajouter à ma liste de grandes premières : je fus le premier, à Hollywood, à invoquer le Cinquième Amendement. On n'en fit guère de publicité. Ramon Dusenberry tenta de lancer une campagne dans ses journaux, mais personne d'autre n'en parla. Ce n'est qu'en Californie du Sud qu'on m'appela « le solitaire de Hollywood ».

En voyant un sourire envahir momentanément les yeux de Brayfield et ses grosses joues, je compris que j'avais commis une erreur. Nous nous disputâmes un bout de temps sur mon droit à invoquer le Cinquième, et les menaces de Brayfield se firent de plus en plus explicites.

« Vous êtes un résident étranger ! me cria-t-il soudain. Nous pouvons déporter la racaille comme vous ! »

Tout cela fut supprimé de la retranscription des débats. Je me rendis compte plus tard que j'aurais dû suivre la méthode de Bertolt Brecht : mentir affreusement et me sauver en courant. Si Brecht n'avait pas pris cette décision, on aurait eu les Onze de Hollywood. Mais le vieux Bert s'enfuit à toute pompe. Quand on lui demanda, en 1947, s'il avait jamais demandé à entrer au parti communiste, il déclara, et je cite : « Non, non, non, non, non, jamais », et partit immédiatement pour la France. Assis dans mon salon, cet après-midi-là, en attendant l'arrivée de Page Farrier, je sentis des prémonitions néfastes envahir la maison comme de la vermine. Avais-je fait ce qu'il fallait ?

« Oui, dit Page. Sans aucun doute.

– Oh oui ! » dit Eddie Simmonette.

Cela se passait deux jours après l'audience. Nous étions installés dans ce qui avait été autrefois le café de Lori, et qui s'appelait désormais le Chauncy's, du nom de son fils aîné. La nouvelle de la mort de Lori m'avait infiniment peiné, et je ne pouvais pas imaginer le café sans elle. Au vrai, peu de souvenirs y restaient. Chauncy avait tout refait en mélanine et imitation pin – c'était à la fois plus moche et plus crasseux. Mais, lorsque Page avait téléphoné pour dire qu'Eddie désirait un rendez-vous « dans un endroit très discret », Chauncy's avait paru le mieux adapté.

Eddie portait des lunettes noires et un feutre à bords baissés. Page ne cessait pas de regarder par-dessus son épaule.

« Écoutez, ça ne vous ferait rien de vous détendre un peu ? dis-je furieux. Personne ne viendra vous chercher ici... Avez-vous appris quelque chose ? Vont-ils me poursuivre pour outrage au Comité ? »

Page pensait que je ne risquais rien au moins jusqu'à ce que la Cour suprême se prononce sur l'appel des Dix de Hollywood.

« Eh bien, tant mieux pour ça.

– Ah, malheureusement, monsieur Todd, vous figurez sur deux autres listes.

– Nom de Dieu ! Mais je n'ai rien fait. Quelles listes ?

– Celle du *Magazine de l'Association des Anciens Combattants* et celle de l'OCAPMOVA.

– La quoi ?

– L'Organisation du Cinéma Américain pour la Préservation du Mode de Vie Américain.

– Mais au moins tu n'es pas sur la liste de l'ACPIA, intervint Eddie. Dieu soit loué.

– ?

– L'Alliance Cinématographique pour la Préservation des Idéaux Américains.

– Épatant. Merveilleux. »

La serveuse s'approcha de notre table. Eddie et Page commandèrent des cafés. Je levai la tête. « Rien pour moi », dis-je. Brune, avec un air vaguement oriental, la fille portait un tablier crasseux sur une robe à carreaux. Elle était mince et jolie dans le genre sale, mais possible.

« Hé, *John*, s'écria-t-elle. Bon Dieu, comment ça va ? » Elle se pencha vers moi pour m'embrasser sur la joue. « Nora-Lee, dit-elle, Nora-Lee Madrazon.

– Bonté divine ! Mais bien sûr ! »

Je l'avais vue pour la dernière fois quatre ans auparavant, une asperge de gamine, boudeuse, les cheveux courts et les dents pourvues d'un appareil.

« Je vous retrouve plus tard, dit-elle. Formidable de vous revoir.

– Vous la connaissez ? dit Page, incrédule, la voix rendue aiguë par sa lubricité de puritain.

– Je connaissais sa mère.

– Page, demanda Eddie, voulez-vous nous laisser seuls un moment ? Il faut que je parle à John. »

Page alla s'installer sur une autre banquette. Nora-Lee apporta le café d'Eddie. Eddie tourna sa cuillère en silence. Je contemplai par la fenêtre la plage et le Pacifique. Il avait plu dans la matinée, et les routes luisaient. L'océan paraissait froid.

« John, ça fait trois listes maintenant sur lesquelles tu

571

es . *Amitiés rouges*, les Anciens Combattants et l'OCAP-MOVA.

– Quelqu'un a envoyé un dossier sur moi à ce comité. C'est la seule et unique raison de cette foutue... *farce* ! Quelqu'un est en train de comploter contre moi. Je suis victime de dénonciations. D'un coup monté.

– Par qui ?

– Je voudrais bien le savoir.

– Ce qui nous laisse toujours avec notre problème.

– Quel problème ? »

Eddie but une gorgée de son café, et fit une grimace de dégoût.

« Merde ! Ce truc ferait dégueuler un bouc ! » Il repoussa sa tasse. Il soupira, respira, se caressa le nez, se tira l'oreille.

« Après que les Dix ont été poursuivis pour outrage au Congrès, l'année dernière, il y a eu une réunion à New York au Waldorf-Astoria de l'ACA... l'Association cinématographique.

– Oui. Oui.

– On était cinquante. Tous les grands pontes. Nous avons dit, enfin il a été convenu, qu'aucun communiste ou élément subversif ne serait jamais sciemment employé dans l'industrie cinématographique.

– Et alors ?

– Tu as entendu Brayfield ? Il pense que tu es un élément subversif. Il pense que *Père de la Liberté* est un film subversif. Nous avons reçu des coups de téléphone des Anciens Combattants, des Vétérans catholiques, d'*Amitiés rouges*, et toute la bande. Ils croient que Rousseau et toi vous êtes deux bolchevistes.

– Tu vas pas t'inquiéter de ce que dit ce connard de Brayfield ?

– John... Je suis obligé de me conformer à la décision de l'ACA. Ne comprends-tu pas ? Je ne peux pas me permettre de faire autrement. »

Ce fut à cet instant que tout humour – du genre noir – disparut de la conversation.

« Alors qu'es-tu en train de me dire ?

– On arrête le film. Jusqu'à ce que les choses se soient calmées.

572

– Parfait. » Je sentis les larmes jaillir dans mes yeux. « Eh bien, je vais faire le Jesse James, alors, en attendant.

– Je suis navré, John.

– Allons, bon !

– Il va falloir que tu partes. Il faut que j'aie l'air de te flanquer à la porte. Tu es sur la liste grise maintenant.

– Elle me paraît drôlement noire. »

Il se pencha vers moi :

« Je viens de signer un contrat de quinze millions de dollars pour vingt films avec Loew's. Je ne peux pas risquer de compromettre la compagnie à cause de toi et de *Père de la Liberté*. Que ferais-tu à ma place ? La même chose, je sais. Il faut que je prenne mes distances avec toi. Mais je te soutiendrai, John. Tu ne manqueras de rien.

– Va te faire foutre.

– Tout ce que je te demande, c'est d'être discret. Ne cite pas mon nom. Ne mentionne jamais ce que tu as mentionné l'autre jour.

– Eh bien, après tout ce que tu es en train de faire pour moi, comment pourrais-je refuser ?

– Au nom de notre amitié. Tu t'en sortiras.

– Je peux aller ailleurs.

– Tu peux essayer... Mais ils te tiennent, John. Ils nous tiennent. Par les couilles. Attends que ça passe.

– Merci, Eddie.

– Ne joue pas au cynique, John. Ça ne te va pas.

– Je crois entendre mon père.

– Quoi que tu fasses, ne me téléphone jamais au bureau ou à la maison. Je garderai le contact par Page.

– Mais pourquoi ?

– Ton téléphone est probablement sur écoute.

– Vingt dieux !... »

Il se pencha par-dessus la table et m'embrassa sur les deux joues, l'Arménien en lui faisant brièvement surface, et puis dit quelque chose comme : « *Cesaretini toplamak.* » Je retrouvai cette phrase dans le dictionnaire turc-anglais de Lori. Elle signifiait : « Reprends courage ! »

Je restai seul, assis dans le café, un moment après le départ de Page et Eddie. Je sentis mon énergie se tarir comme un coureur qui sait qu'il est au bout de ses réserves.

J'avais envie de sangloter de frustration et de pitié pour moi, mais deux pensées rivalisaient dans ma tête, qui empêchèrent une reddition totale. D'abord, je m'émerveillai du manque de scrupules rigoureusement honorable dont faisait preuve Eddie. Je suppose que c'était la même sorte d'attitude qui avait permis à Duric Lodokian de survivre aux pogroms et aux révolutions et qui, à présent, venait à la rescousse de son fils. J'aurais voulu le railler, l'accuser de traîtrise et de déloyauté, mais je ne pouvais rien trouver à redire à sa logique... Elle m'inspirait même un certain respect.

L'autre question urgente concernait l'identité du dénonciateur. Qui ? Pourquoi ? Je savais qui étaient mes ennemis, mais je trouvais difficile de les créditer d'un complot aussi organisé. Il y avait dans ce plan quelque chose qui semblait indiquer de vastes ressources de méchanceté – toutes consacrées à m'abattre. Faithfull ? Druce ?... Ça paraissait très tiré par les cheveux.

Je soupirai, face, une fois de plus, aux ruines des *Confessions*. Combien de scénarios écrits, combien de faux départs, combien de conclusions prématurées ? L'idée, l'œuvre, paraissait presque vivante, animale dans sa capacité de survivre, d'évoluer et de s'adapter à la multitude d'obstacles que le siècle avait dressés sur son chemin. *Les Confessions* avaient une vie à elles, c'était vrai. Elles étaient nées, avaient grandi, souffert des défaites, continué à se battre, elles avaient changé, s'étaient adaptées... J'avais un besoin urgent de les finir, de les laisser vieillir et mourir. J'avais espéré que *Père de la Liberté* serait cet hybride final. Combien de temps devrais-je attendre ? Laisse passer, avait dit Eddie. Sois patient.

Je me levai avec l'idée de marcher le long de la plage, pour aller annoncer la mauvaise nouvelle à Karl-Heinz. Nora-Lee s'approcha. Je m'aperçus qu'elle était grande, et qu'elle portait des chaussures plates qui ressemblaient à des chaussons de danse. Je pensai soudain, douloureusement, à Doon.

« Voulez-vous monter un instant, John ? Nous avons gardé quelques affaires de Maman. Peut-être aimeriez-vous avoir quelque chose, une sorte de mémo. Non, ce n'est pas ça que je veux dire. Quel est le mot ?

– Souvenir.

– Ouais.

– J'aimerais beaucoup. »

Nous montâmes dans l'appartement. Je choisis le dictionnaire turc-anglais de Lori.

*

J'attendis quatre ans. Quatre ans durant, j'attendis que les choses se calment. Cela peut vous paraître étrange, peut-être même invraisemblable, mais ce fut pendant ces quatre ans que mes enfants me manquèrent le plus. Je n'ai pas parlé d'eux, mais je ne les avais pas oubliés. Ils me manquèrent intensément, désespérément – ou plutôt, c'est la version imaginaire que j'avais d'eux qui me manqua. Je pensais souvent à eux – Vincent et les jumelles, un jeune homme et deux jeunes femmes à présent, de complets étrangers pour moi et vice versa. Je leur avais écrit quand il le fallait, irrégulièrement, mais leurs lettres étaient banales, décevantes – et je dois dire que les miennes ne valaient guère mieux. C'est le changement de nom qui me chagrina et m'éloigna le plus : ce Vincent Devize ne me sembla plus être mon fils (cela peut se produire si facilement, croyez-moi). Par moments, j'étais torturé par la perte de Hereford. Hereford, mort depuis tant d'années, m'était plus proche et plus réel que mes trois enfants vivants. J'éprouvais à l'égard de ces derniers une sorte de tendresse platonique, mais dont les manifestations n'étaient que de simples gages, des obligations remplies sans effort ni enthousiasme.

Ma vie ne cessa de toucher le fond, comme on dit, jusqu'en 1953 – où elle sombra. Mais laissez-moi vous relater cet interlude peu satisfaisant.

Les Dix de Hollywood n'eurent pas tellement de chance non plus. Ils avaient invoqué le Premier Amendement – le droit de liberté de pensée et d'opinion inscrit dans la Constitution – et furent condamnés pour outrage au Congrès. Ce qui avait été prévu et fait délibérément. Il existait, à la Cour suprême, une majorité de juges libéraux qui, calculait-on, annuleraient le verdict. Par malheur, au cours de l'été 1949, deux des juges moururent, et furent remplacés par des réactionnaires invétérés. Les Dix allèrent en prison et les sessions du CAAC concernant les subversifs de Hollywood reprirent avec une vigueur et une malveillance renouvelées.

Ce fut une année d'inquiétude agitée et véritable, en ce qui me concerne. J'étais certain que Brayfield et son Sous-Comité publieraient leurs conclusions ou le dossier lui-même. Mais rien ne se passa. Peu à peu, je commençai à me détendre. Peut-être le dossier n'avait-il été qu'un truc grossier pour essayer de me faire avouer sous le coup de la panique ? Peut-être n'avait-il jamais existé ? Parfois, je voyais à la télévision les audiences publiques tenues à Washington, et je contemplais le gros visage suant de Brayfield, parmi ceux des autres membres du Comité, avec un mélange de haine et de fébrilité aiguë. Mais je paraissais avoir été oublié. D'autres furent cités à comparaître, invoquèrent le Cinquième Amendement et furent mis sur la liste noire, ou bien donnèrent des noms et furent acquittés. Puis, je compris que j'étais oublié, parce que le dommage avait déjà été fait. J'étais sur la liste grise. Je sollicitai du travail auprès d'autres studios – la Fox, RKO, Warners –, mais, comme l'avait prédit Eddie, ils me tenaient par les couilles.

En 1950, je fus rayé de la liste des Anciens Combattants, mais je continuai à figurer sur celles de *Amitiés rouges* et de l'OCAPMOVA. En 1952, je fis une courte apparition sur la liste de l'ACPIA, et reçus un coup de fil d'un type de Alert Inc., offrant de faire blanchir mon nom pour le prix de mille dollars. Je ne disposais pas alors de cette somme, et je lui demandai donc de me rappeler, mais il ne le fit jamais. Comme je n'avais plus tourné de films depuis 1944, je supposai que Alert Inc. avait conclu qu'il ne valait guère la peine de blanchir quelqu'un d'aussi manifestement peu employable que moi.

J'avais quelques économies, les bénéfices de *l'Égalisateur*, un peu d'argent hérité de mon père, et j'en fus bientôt réduit à vivre sur mon capital. J'écrivis trois versions du scénario de Jesse James pour Eddie, jusqu'à ce que je comprenne qu'il n'avait aucune intention de faire le film, et qu'il avait simplement trouvé là un moyen de me donner de l'argent. Finalement, je l'informai que je refusais de continuer. J'écrivis donc un autre scénario, l'histoire d'un amour d'adolescent inspiré de ma propre affaire avec Donald Verulam et Faye Hobhouse. En embellissant mes expériences de la Seconde Guerre mondiale avec Deux Chiens Courants, je produisis une aventure de guerre appelée *Alpha Beach, Saint-Tropez*. Eddie me les acheta par charité.

Je sous-louai le rez-de-chaussée de ma maison. Une chambre à Nora-Lee Madrazon et le reste à un couple australien, les Lind, amis des Cooper. Quand les fonds eurent encore baissé, je recommençai à donner des leçons, de maths, mais de plus en plus d'anglais, essentiellement à des émigrants japonais et à quelques cousins philippins de Nora-Lee. Les deux bouts se joignaient avec difficulté.

Quand je racontai à Karl-Heinz ce qui était arrivé, il parut plus soucieux pour moi que pour son avenir à lui. Fait curieux, à partir de ce moment-là, sa propre carrière se développa. Il jouait sous le nom de K. H. Cornfield, et il obtint très vite une série régulière de petits rôles – d'ordinaire incarnant des étrangers louches ou snobinards – au cinéma et à la télévision. Il ne déménagea jamais de ses deux pièces dans l'hôtel Cythera sur le bord de mer. L'hôtel devint un autre 129b Stralauer Allee : sa décrépitude et sa simplicité en faisaient la sorte d'environnement dans lequel Karl-Heinz s'épanouissait et, en outre, ainsi qu'il le disait, la plage était tellement pratique. Il me rassurait quand, dans des moments de dépression, je me plaignais de mon affreuse malchance. Ne t'en fais pas, Johnny, disait-il. Je sais que nous finirons *les Confessions*. Il voyait une sorte de signe magique dans notre rencontre à Weilberg en 1918. Plus de trente ans, me rappelait-il. Qui aurait pu deviner que nous vivrions tous deux à Los Angeles ? Ne devait-il pas y avoir nécessairement une raison à cela ? J'aurais bien voulu partager son assurance.

Les déclarations de guerre ont toujours affecté ma vie de manière surprenante. C'est à la fin de juin 1950, le lendemain du jour où les Nord-Coréens traversèrent le 38ᵉ parallèle, que débuta ma liaison avec Nora-Lee Madrazon. Elle monta chez moi avec un cousin pour lui organiser une leçon d'anglais, et resta prendre un café après son départ. Lori, quoique forte, avait eu un joli visage. Nora-Lee en avait hérité, avec des modifications dues à son sang philippin. Elle faisait orientale – peau brune, yeux fendus, cheveux noirs raides –, mais c'était en fait une Américaine impénitente. C'est cette juxtaposition qui m'attira particulièrement. J'avoue que ses dix-neuf ans jouèrent aussi un rôle. Elle avait un corps mince et brun, avec des tétons parfaitement ronds et presque noirs. Elle louait déjà sa chambre depuis un an quand nous devînmes amants, et ne pouvait pas comprendre pourquoi il m'avait fallu autant de temps.

« Chauncy et Hall s'imaginent qu'on s'envoie en l'air depuis que j'habite ici.

– Vraiment ? » Je n'allais pas au café très souvent, mais ceci expliquait la familiarité un peu leste avec laquelle ils m'accueillaient. « Ça ne les ennuie pas ?

– Pourquoi donc ? Ils sont au courant pour Maman et toi. T'es pratiquement de la famille. »

Et ainsi, ma vie se déroulait à ce niveau un peu réduit. J'avais toujours mon petit cercle d'amis – Karl-Heinz, les Gast, les Cooper, les Hitzig et Monika. La carrière de Monika aussi avait fait un bond en avant. Maintenant qu'elle s'avouait une femme d'âge mûr, elle commençait à travailler beaucoup plus, en particulier à la télévision. Elle me conseilla vivement d'essayer la télévision et puis les chaînes de radio, ce que je fis pour découvrir que la liste grise faisait de moi, encore, peut-être même davantage, un paria. Tant que j'apparaîtrais sur des listes, je n'obtiendrais pas de travail. Je songeai vaguement à payer pour faire « blanchir » mon nom mais, quand j'appelai Alert Inc., on m'expliqua qu'il m'en coûterait entre cinq et dix mille dollars. Plus j'attendais, plus cela devenait difficile.

J'avais beaucoup de temps à moi. Un des bénéfices de mes loisirs forcés fut ma découverte de la Californie au nord de Los Angeles. Karl-Heinz et moi fîmes deux longs séjours près de Carmel et la péninsule de Monterey en 1951 et 1952. La côte là-haut me plut beaucoup. Elle me rappelait un peu l'Écosse – les pins, les falaises, les petites plages au creux des criques – et les vacances de mon enfance avec Oonagh, Donald, Thompson et mon père.

Cependant, c'est au cours de ce second voyage, en 1952, que je découvris que l'on me surveillait de nouveau. Je remarquai une Dodge marron derrière nous, sur l'autoroute de Ventura à San Luis Opisbo, où nous nous arrêtâmes pour déjeuner. Je la revis deux jours plus tard, en allant aux sources chaudes de Tassajara. Je ne le dis pas à Karl-Heinz, parce que je ne voulus pas lui gâcher ses vacances. Je n'étais pas tellement inquiet. Depuis ma convocation devant le Sous-Comité Brayfield, je savais que j'étais surveillé. Comme Eddie l'avait prédit, mon téléphone fut mis sur écoute durant deux ans. Mon courrier était régulièrement intercepté (et tout ce qui venait de Grande-Bretagne ouvert). J'avais souvent conscience d'être suivi, bien que je ne fusse jamais capable d'identifier les hommes qui le faisaient. Une ou deux fois, j'aperçus une silhouette dans la foule qui me parut étrangement familière. Elle me rappela l'homme que j'avais vu sauter dans sa voiture, le jour où j'avais reçu ma convocation. Je ne vis jamais son visage. C'est quelque chose dans son allure qui me harcelait : ses épaules, l'inclinaison de son chapeau... impossible de dire.

L'année s'acheva, mon cinquante-quatrième anniversaire arriva et, pour la première fois, je commençai à envisager de tout laisser tomber. Un soir, alors que nous buvions du scotch dans son appartement au Cythera, Karl-Heinz se mit à parler des cinq mois qu'il avait passés à Drumlarish avec Mungo Dale – le vieux Sir Hector était mort en 1939. (En fait, Karl-Heinz parlait très affectueusement de Mungo et, de temps à autre, des spéculations lubriques me traversaient l'esprit...) Quoi qu'il en soit, je me sentis saisi d'une envie soudaine de tout abandonner, de rentrer en Écosse et d'y rester. Je la confiai à Karl-Heinz. Il me rit au nez. Tu deviendrais fou, dit-il. Attends d'avoir soixante ans, et puis, d'ailleurs, il faut que nous finissions *les Confessions*. Je fus ému par sa foi. Elle était bien plus grande que la mienne. « Ne t'en fais pas, dit-il, cette absurde chasse aux sorcières ne peut pas durer éternellement. »

Il se trompait. Quelques semaines plus tard, un dimanche, je déjeunais chez Ernest Cooper quand un officier de gendarmerie frappa à sa porte, et lui remit la redoutable convocation rose. Ernest parut avoir reçu une balle en plein cœur. J'essayai de le calmer.

« Ils ne peuvent rien te faire, Ernest. Ce n'est pas comme en Allemagne. Ils ne peuvent pas t'enfermer. Prends le Cinquième Amendement comme moi, c'est tout.

– Et puis après, ils te mettent sur la liste noire. Tu ne travailles plus depuis trois ans.

– Enfin, pas convenablement, c'est vrai. Mais... Pourquoi ne mens-tu pas ? Regarde Bertolt. »

Je n'eus aucun succès. Il était terrifié.

Le lendemain, Monika Alt me téléphona. Elle avait été convoquée. Werner Hitzig aussi.

« Tu es convoqué ? s'enquit-elle.

– Non. Pourquoi ? Je l'ai été en 1948.

– Eh bien, pourquoi est-ce qu'on nous convoque nous et pas toi ? Ils te surveillent depuis des années, dis-tu. »

Les allusions contenues dans sa voix me déplurent.

« Ça n'a aucun rapport avec moi, si c'est ce que tu veux dire.

– Pardonne-moi, John. Non, c'est que je m'inquiète, c'est tout. Tout marche si bien pour moi, en ce moment. J'ai un film à la Fox. Eddie m'a promis quelque chose à Lone Star. Je ne peux pas être mise sur ces saletés de listes, c'est tout bonnement impossible.

– Ils convoquent des masses de gens. Des centaines. Ça ne veut pas nécessairement dire quoi que ce soit. »

Je vis l'audition de Monika à la télévision. Ça ressemblait à une énorme conférence de presse : microphones, caméras, projecteurs, une foule d'environ quatre cents personnes. Monika était ravissante. Elle nia tout, et parut ne se heurter à aucune difficulté. Ernest admit qu'il avait été inscrit au parti communiste en Allemagne avant la Seconde Guerre mondiale, mais répéta avec insistance qu'il avait, depuis, désavoué toutes ses vieilles croyances et qu'il était aujourd'hui résolument et fièrement américain. Werner Hitzig invoqua le Cinquième.

Deux jours après, je trimbalais des sacs d'épicerie depuis un supermarché jusqu'à ma voiture, quand j'entendis un chuchotement rauque théâtral.

« *Monsieur Todd !* »

Je me retournai. C'était Page Farrier, accroupi derrière une Chrysler. Il me montra du doigt un éventaire de hot-dogs, deux cents mètres plus loin.

« *Je vous retrouve là-bas. Dix minutes.* »

Page se pointa enfin avec une prudence digne d'un commando en mission derrière les lignes ennemies. Je l'avais rencontré régulièrement au cours des années passées. Il collectait mes scénarios pour Eddie, et en apportait le paiement en liquide. Je le connaissais bien. Il s'assit. Je lui avais commandé une limonade et un chili-dog. Je savais qu'il aimait ça.

« Ah, non, merci, monsieur Todd. Vraiment, je ne peux pas manger.

— Comment va Brooke [sa femme] ? Et Rockwell et Stockyard [ses enfants] ?

— Stockyard. Bien, bien. Oui. Bien, tout le monde va bien.

— Parfait. Qu'est-ce qu'il se passe ?

— Vous avez été cité. En séance exécutive.

— *Quoi ?* Par qui, nom de Dieu !

— Des gens du nom de Monika Alt et Ernest Cooper. »

Ma tête s'étira comme si des petites griffes s'accrochaient férocement à la peau de mon crâne.

« Qu'ont-ils dit ? »

Il ouvrit un carnet :

« Que vous étiez membre d'une cellule communiste révolutionnaire à Berlin dans les années vingt. Que vous étiez membre de la branche Santa Monica de la Ligue antinazie dans les années trente. Que vous fréquentiez des éléments subversifs au Mexique en 1939. » Page paraissait avoir subi un choc. « C'est bien pire que la dernière fois, dit-il. Ils vont vous convoquer de nouveau. Cette fois-ci, ça va être Washington, le Comité au complet, la séance publique. Tout le tremblement.

— Bon Dieu. » Je me sentis très fatigué. « Que dois-je faire ? »

Page s'éclaircit la voix :

581

« Eh bien, dans ces séances, vous avez trois choix. Invoquer le Premier Amendement, et aller en prison pour outrage. Invoquer le Cinquième et confesser en fait votre culpabilité. Et vous passez sur la liste noire de l'ACA. Ou bien, en troisième ressort, vous donnez des noms. Donnez-leur tous les communistes et les ex-communistes que vous connaissez. Vous êtes blanchi et vous travaillez. » Il se tut et lança un cornichon de son assiette à sa bouche. « Vous voyez, dit-il en mastiquant, l'épreuve ultime, pour un témoin, ce n'est pas de mentir ou de dire la vérité. C'est la mesure dans laquelle il collabore avec le Comité. Et la seule manière de le faire, c'est de donner des renseignements.

– Alors, que suggérez-vous que je fasse ?

– Eh bien... Donnez des noms. Tout le monde le fait. Regardez, même vos amis vous ont cité. » Il eut un sourire étonné. « Je vais vous dire, les gens donnent leur famille, leurs amis, leurs collègues. N'importe quoi pour éviter la liste. » Il me regarda d'un air inquiet : « Mais, dans votre cas, monsieur Todd...

– Invoquer le Cinquième ?

– Oui.

– Qu'est-ce que je risque ?

– Ils peuvent vous expulser. Mais ça m'étonnerait, parce que vous êtes anglais. »

Je restai silencieux pendant un moment. Page se mit à mordiller son chili-dog.

« Une époque terrible que nous vivons en ce moment, monsieur Todd, dit-il. Je sais qu'il va y avoir un conflit nucléaire – une guerre atomique –, pour sûr. D'ici deux ou trois ans. C'est forcé.

– Tout de même pas.

– Si. Oh si. Sans aucun doute. Je suis absolument certain.

– Ce n'est tout de même pas ça qui vous tourmente ?

– Mais, et ces camps qu'on a préparés pour les subversifs ? On se prépare à une guerre.

– Ridicule.

– Non. La loi McArras. Tous les subversifs seront détenus dans des camps de concentration. Pourquoi voter une loi pour rien ?

– Moi inclus, sans aucun doute. Calmez-vous, Page, pour

l'amour de Dieu. Faites-vous une fleur. Et puis, écoutez, vous n'avez pas besoin de venir avec moi à Washington. Je peux prendre le Cinquième tout seul. Envoyez-moi vos honoraires. » Je lui tendis ma main. « A bientôt, Page.

– *Ne me serrez pas la main ! Ne faites pas ça.* Juste un petit signe banal comme ça... » Il me fit un sourire désabusé.

Je fis un petit signe banal et partis.

*

BRAYFIELD : Todd, vous avez le nez sur les portes du pénitencier ! Je vous préviens !

TODD : Le Cinquième Amendement permet...

BRAYFIELD : Ceci est une carte du parti communiste établie au nom de John James Todd à Berlin, Allemagne, en 1926.

TODD : Ceci est manifestement un faux.

BRAYFIELD : *La prochaine fois que vous niez, je fais appeler un gendarme pour vous emmener en prison !*

PRÉSIDENT : Représentant Brayfield, s'il vous plaît !

BRAYFIELD : Je m'excuse... Je soutiens, monsieur Todd, que votre dernier film, *l'Égalisateur*, était antiaméricain.

TODD : Il est proaméricain.

BRAYFIELD : Vous dénigrez un des héros de l'histoire populaire américaine, Billy le Kid.

TODD : Billy le Kid était un voleur et un assassin. Le héros de mon film est un représentant de la loi, tout comme Mr. Hoover, le shérif Pat Garrett. *(Murmures parmi les représentants à la Chambre.)* Puis-je demander si le représentant Brayfield a vu le film ?

BRAYFIELD : Non, je ne l'ai pas vu... Je n'ai pas besoin de voir de la pornographie pour savoir ce que c'est Quelle est votre nationalité, monsieur Todd ?

TODD : Je suis britannique.

BRAYFIELD : Depuis combien de temps habitez-vous les États-Unis ?

TODD : Depuis 1937, plus ou moins. J'ai fait deux séjours en Europe entre-temps. Un au cours de la Seconde Guerre mondiale en qualité de correspondant de guerre pour...

BRAYFIELD : Pourquoi n'avez-vous jamais demandé la

citoyenneté américaine ? Vous avez été marié à une Américaine, n'est-ce pas ?

TODD : Oui, mais je suis britannique. Il n'y avait nul besoin...

BRAYFIELD : Eh bien, monsieur Todd, je vais faire tout ce qui est en mon pouvoir pour vous faire réexpédier là-bas !

Les projecteurs de la télévision faisaient transpirer Brayfield plus que jamais. Sur le bureau, devant moi, s'alignaient sept microphones. Trois caméras de TV étaient disposées de manière à couvrir la scène en entier. De temps à autre, une lampe de flash éclatait dans la galerie réservée à la presse. Nous étions dans la salle de réunion des bureaux de la vieille Assemblée à Washington DC. Elle contenait quatre cents places assises. Aujourd'hui, elle était presque vide. Je remarquai les inspecteurs Seager et Bonty, assis en haut dans le fond. Bonty me fit un signe de la main. Il faut bien dire que l'interrogatoire de John James Todd n'attirait pas les foules. Je n'étais pas une star. Brayfield n'avait rien d'un Torquemada.

J'étais devant le Comité depuis quarante minutes. Quatre-vingt-dix pour cent des questions étaient venues de Brayfield. J'avais fourni, avec persistance et brutalité, des réponses évasives, invoquant le Cinquième Amendement chaque fois que l'envie m'en prenait. Nous observions pour l'instant une pause, tandis que Brayfield se mouchait avec sa sauvagerie habituelle, comme s'il essayait de faire rebondir ses globes oculaires sur le bureau en face de lui. Fidèle à lui-même, il chercha avec soin dans son mouchoir des petits bouts d'extrait de cervelle. Les autres représentants membres du Comité (j'oublie leurs noms, une bande quelconque d'opportunistes de second ordre, avides de publicité) échangèrent des regards manifestement dégoûtés. Je m'étais senti nerveux, mais désormais j'étais en proie à une colère froide. Brayfield était étonnamment bien renseigné à mon sujet et cela – paradoxalement – diminuait mon inquiétude. Je n'étais pas un « subversif », j'étais la victime d'un complot revanchard très élaboré et Brayfield, j'en étais sûr, y trempait jusqu'au cou.

REPRÉSENTANT EAMES : Monsieur Todd, ah... Connais-sez-vous les noms de membres du parti communiste et, si oui, seriez-vous prêt, consentiriez-vous librement à les fournir à ce comité ? En séance exécutive, bien entendu.

TODD : Eh bien, je m'offre à fournir le nom d'un dangereux fanatique qui s'emploie désespérément à entraver le cours de la justice et à saboter la Constitution américaine. Et je suis prêt à le nommer en audience publique.

EAMES : Je ne crois pas que...

PRÉSIDENT : Vraiment ? Et de qui s'agit-il ?

TODD : Le représentant Byron Brayfield ! Cet homme poursuit une vendetta personnelle contre moi !

Tumulte. Brayfield m'injuria abominablement. Je fus condamné à cinq cents dollars d'amende pour outrage à magistrat. La séance reprit après une suspension. Brayfield revint, armé d'autres questions d'une étonnante exactitude.

BRAYFIELD : Avez-vous assisté à une réunion de la Ligue antinazie de Hollywood, le soir du 14 novembre 1940, dans la maison de Stefan Dressler ?

TODD : Je refuse de répondre à cette question sur la base du...

BRAYFIELD : Vous avez vécu à Rincon, Mexique, pendant un certain temps au cours de l'année 1939 ?

TODD : Oui.

BRAYFIELD : Et à cette époque vous étiez ami avec Hans Eisler qui a comparu devant ce comité l'année dernière, n'est-ce pas ?

TODD : Je ne me rappelle plus. Des tas de gens passaient par Rincon.

Le Comité ne parvint à rien. Je fus congédié avant le déjeuner, Brayfield continuant à me menacer d'expulsion. Dans le couloir du Caucus Room, un journaliste du *Hollywood Reporter* m'arrêta. Il me demanda si j'avais la preuve de l'existence d'une liste noire.

« Oh, il existe une liste, et comment. Seulement personne ne veut l'admettre. »

Il s'enquit de ce que je faisais maintenant.

« Je donne des leçons de maths et d'anglais et je m'occupe de ce qui me regarde.

– C'est tout ? »

Il parut déçu et s'en alla. Je le regardai partir. Alors qu'il passait par une porte ouverte menant à une antichambre, j'aperçus Doon assise à l'intérieur. Elle portait une robe bleue à pois blancs, des chaussures et des gants blancs. Ses cheveux étaient relevés, son hâle plus foncé que jamais. Elle faisait maigre, vieille et dure. Elle me vit, se leva et s'avança vers moi.

Mon cœur... mes entrailles... Je l'embrassai sur la joue.

« Hello, Jamie.

– Que fais-tu ici ?

– Je suis convoquée. Je pense qu'ils veulent te coincer. »

Nous nous assîmes sur un banc dans le couloir.

« Ils paraissent tout savoir de moi, dis-je.

– Il y a un type qui est venu au ranch. Il m'a posé des tas de questions sur toi. Sur nous.

– A quoi ressemblait-il ?

– Le genre déplaisant. De gros espaces entre les dents. Il a dit s'appeler Brown. Et qu'il travaillait pour le FBI.

– Des espaces entre les dents ?... Qui cela pouvait-il être ? Brown. Des dents écartées. » Je regardai Doon. « Puis-je te voir ce soir ? »

Elle me donna le nom de son motel. Nous convînmes de nous rencontrer à huit heures.

Doon se parjura pour moi. Elle mentit au Comité avec astuce et sang-froid. Elle jura que je n'avais jamais appartenu au parti communiste, et déclara que la carte de membre était un faux absurde.

Plus tard, ce soir-là, dans un petit restaurant à l'ouest de la 14e Rue, nous évoquâmes le bon vieux temps. Doon fumait à la chaîne. Personne ne faisait attention à nous. Et je pensai : elle était la plus célèbre beauté d'Europe. Les femmes voulaient toutes l'imiter. Des millions d'hommes en rêvaient. Il y a trente ans, le monde était à ses pieds. Je sentis l'énorme indifférence de l'univers à l'égard de nos destins. Cela me fit froid.

« A quoi penses-tu ?

– A rien... Quand repars-tu ?

– Demain. J'ai trois nouveaux pensionnaires qui arrivent cette semaine. Pourvu qu'ils ne m'aient pas vue à la télé. »

Je la regardai. Je songeai à Doon et moi faisant l'amour, de quoi cela aurait-il l'air aujourd'hui ? Nos vieux corps.

« Doon. Je t'aime. Je n'ai jamais aimé personne d'autre. C'est aussi simple que cela. Tu es la seule...

– Jamie. Je t'en prie. Il y a des siècles de ça.

– Non, je te le répète. En te voyant ce matin, tout a recommencé. Comme ce jour-là au Métropole... »

Elle sourit :

« Il faut être deux, tu sais. On a tout bousillé. Ce n'est la faute de personne, mais ça n'aurait jamais marché. » Elle me tapota le poignet. « Tu es mon plus vieil ami. Et voilà. »

J'avais la bouche sèche. Je me forçai à sourire. Au moins, je le lui avais dit.

« Je suppose que tu as raison. »

Je la raccompagnai à son hôtel.

« Pourquoi ne rentres-tu pas en Angleterre, Jamie ? Tu n'as pas besoin de toutes ces emmerdes de la CAAC. Pars, c'est tout.

– Et Karl-Heinz ? Je l'ai fait venir ici.

– Bon Dieu, il s'en tirera très bien.

– Et mon film ?

– *Les Confessions* ? Pour l'amour du Ciel !

– Il faut que je le finisse. Bordel, j'ai cinquante-quatre ans. Je n'ai pas fait un seul film depuis neuf ans. Et j'étais si *près*... De toute manière, Eddie me le doit. »

Elle m'embrassa sur la joue.

« OK, mon chou. Fais ce que tu veux. Comme tu me le disais autrefois – creuse ta propre ornière. »

Je la serrai dans mes bras. Sentis son corps maigre contre le mien. Respirai l'odeur de tabac de ses cheveux drus. Elle n'avait aucun de mes regrets. Mes énormes regrets. Je me sentis désespérément triste – non pas parce que rien n'allait se passer, mais parce que, soudain, j'eus la brève vision d'une vie de rechange dans un monde différent. Connaissez-vous ces instants-là ? Je me vis à Paris, en 1934, frappant à la porte de Doon qui cette fois serait venue m'ouvrir. Une autre édition de ma vie, de nos vies, à laquelle ces deux personnes, debout devant un hôtel de Washington, n'avaient pas la permission de participer.

« Fais attention à toi, dit-elle gaiement. Et viens me rendre visite. Donne de tes nouvelles. »

Nous nous dîmes au revoir.

*

Après ma comparution devant le Comité à Washington, je connus une petite notoriété. Des articles et une photo parurent dans *Variety* et *Hollywood Reporter*. Dans ce dernier, le titre proclamait : « Ex-épouse dénonce Todd en séance CAAC. » La vieille Italienne qui vendait des fruits au coin de ma rue me cracha dessus, en me traitant de « laquais » des Rouges. Eddie Simmonette fut interviewé dans *Variety* sous la manchette : « Rien à faire ! dit le P-DG de Lone Star aux Rouges. »

> P-DG Eadweard Simmonette a reconnu avoir engagé Todd dans les années quarante comme metteur en scène de westerns série B. « Je l'avais vaguement connu à Berlin mais je n'avais jamais soupçonné qu'il fût coco. Il ne travaille plus pour moi depuis dix ans – depuis 1944 et *l'Égalisateur*. Je respecte ses compétences, mais je déplore ses opinions. »

Une projection de *l'Égalisateur* en dernière séance fut empêchée par une manifestation d'une organisation appelée ODCAD, et le film fut retiré de la circulation. Une autre maigre source de revenus se tarit. Je fis passer le nombre de mes heures de leçons à six par jour. Nora-Lee s'installa dans ma chambre, et je louai la sienne à un étudiant de l'UCLA. Stupidement, je prêtai à Chauncy et à Hall mille dollars pour repeindre le café, et n'en revis jamais le premier sou. Mon degré de pauvreté descendit à celui de Berlin en 1924.

J'allai voir Monika, mais elle avait déménagé à New York pour y faire de la télévision. Je lui parlai au téléphone.

« Je suis désolée, Johnny, mais j'étais obligée de le faire. Je n'avais pas le choix.

– Mais, nom de Dieu, nous avons été mariés toi et moi ! Mari et femme !

– Ne la ramène pas avec ça. Eddie Simmonette m'a donné cinq mille dollars pour que je t'épouse. Ce n'était strictement qu'un contrat d'affaires. »

Une autre révélation dont je n'avais pas besoin. Peu après mon retour de Washington, je me rendis chez les Cooper, mais je trouvai porte close. J'essuyai plusieurs fois la même rebuffade. Puis un beau jour, Elroy ouvrit.

« Salut, Elroy, dis-je. Ton papa est là ?

– Mon père s'excuse, mais il vous demande de ne plus revenir ici. »

Je le repoussai et entrai dans le hall. J'entendis la porte de la salle à manger se fermer à clé. Je tapai dessus.

« Ernest ! Voyons ! C'est idiot ! Sors de là ! »

Quand j'eus fini de crier, je l'entendis sangloter derrière la porte.

« Arrête, Ernest. Pour l'amour du Ciel, ça m'est égal, je te jure.

– Je suis désolé, John. Je suis désolé. Pardonne-moi, je t'en prie. Mais va-t'en. Ne reviens plus ici. Ils continuent à me surveiller. »

Elroy se tenait derrière moi, le visage déformé par la honte et l'indignation.

« Voulez-vous, s'il vous plaît, vous en aller et le laisser tranquille ! »

*

Durant plusieurs semaines, rien ne me déprima plus que ce nouveau statut de colonie de lépreux à moi tout seul. Même Werner Hitzig, qui avait invoqué le Cinquième, refusa de me fréquenter, parce qu'il payait maintenant Alert Inc. pour faire blanchir son nom. (Finalement, en 1954, il me dénonça comme communiste. L'ennui, c'était que, une fois que vous aviez été dénoncé, la curée commençait. Entre

589

1953 et 1955, je fus nommé vingt-sept fois, surtout par de parfaits inconnus.) Je perdis tous mes amis, à l'exception de Karl-Heinz, et tout lien avec les milieux cinématographiques.

Mais ce qui me surprit, ce fut que je continuai à être surveillé. Mon téléphone faisait d'étranges cliquetis quand je m'en servais. Un an après, mon courrier était toujours intercepté. Quelqu'un me suivait aussi, j'en étais sûr, encore que je n'en eusse aucune preuve. Fin 1955, un journal local appelé le *Ventura Bee* publia un virulent article me décrivant comme un agent communiste qui distillait le poison de l'idéologie soviétique dans l'esprit des immigrants, tout en prétendant leur enseigner l'anglais. Je demandai à Page d'entamer un procès en diffamation, mais il me conseilla énergiquement de n'en rien faire. Ramon Dusenberry découvrit que le *Ventura Bee* était la propriété de l'OCHAFD – l'Organisation des Citoyens Honnêtes d'Amérique en Faveur de la Démocratie –, à son tour sous la houlette de l'Union des Affaires Américaines dont l'adresse, Sunset Boulevard, était la même que celle d'*Amitiés rouges*.

C'est Toshiro Saimaru qui finalement me tira d'embarras. Toshiro était un homme d'affaires japonais corpulent, qui voulait améliorer son accent anglais. Il avait été grandement impressionné par Laurence Olivier dans *Henry Vee*, comme il disait, et l'avait choisi pour modèle. Nous nous lisions réciproquement quantité de vers de Shakespeare et de poètes anglais. Son accent ne s'améliorait pas, mais il semblait content et, pour moi, c'était cinq dollars de l'heure facilement gagnés. Un beau jour, nous lisions le *Mont Blanc* de Shelley.

« Et que serais-tu, répétai-je, et la terre et les étoiles et la mer, si pour l'imagination de l'esprit humain silence et solitude étaient le vide ?...

– Sirence et soritude étaient le vide.

– Formidable, Toshiro. Beaucoup mieux. Essayons l'*Ode au vent d'Ouest*. »

Il feuilleta son anthologie.

« Toshiro, est-ce que vous utilisez parfois un détective privé dans votre compagnie ?

– Oh oui. Très bon. Un type très bien. Mr. Sean O'Hara. »

Il m'inscrivit le nom et le numéro de téléphone. J'appelai, et une secrétaire me répondit que Mr. Sean O'Hara passerait me voir.

Le samedi matin suivant, quelqu'un frappa à la porte : un petit Japonais râblé, qui portait un costume beige et un chapeau mou.

« Pas de leçons le samedi », dis-je. Il parut déconcerté. « Nous pas donner leçon samedi... Pas lessonnii... jamais lessonnii samedi. Nous fermons. Fermer. Fermii.

– Vous vous trompez de client, frangin. »

Il me tendit une carte : SEAN O'HARA, DÉTECTIVE PRIVÉ. Je m'excusai et le fis entrer. Il avait un accent américain parfait. Je sentis la migraine me menacer. Eugen, Orr et maintenant O'Hara.

« Je suis vraiment désolé, dis-je. Votre nom. J'avais cette image de... C'est idiot de ma part. Vous m'en direz tant...

– Calmos, dit-il. Mon vrai blaze c'est Yatsuhaschi Ohara. Pendant toute une année je n'ai pas eu de boulot. Absolument que pouic, *nada*. Impossible d'imaginer pourquoi. Pas croyable, ce qu'une de ces apostrophes peut faire. Appelez-moi Sean. » Il alluma une Kool. « Quel est le problème, monsieur Todd ? »

Je lui racontai mon histoire.

« Je pense que quelqu'un est derrière toute cette affaire. Je veux simplement savoir qui c'est.

– Vingt-cinq dollars par jour plus les frais.

– D'accord. » Il me faudrait emprunter de l'argent à Nora-Lee. « Combien de temps croyez-vous que cela va prendre ?

– Qui le sait ? Une semaine – un mois ? Ne vous en faites pas, monsieur Todd, je trouverai qui c'est. »

En fait, je n'avais plus revu Eddie depuis deux ans. Peu après la visite de O'Hara, au cours de l'été 1956, Karl-Heinz passa quinze jours à l'hôpital avec un ulcère perforé. Il se remit, mais tout l'effet rajeunissant de ses années californiennes s'évanouit. Sous son hâle, il paraissait vieux et gris. Je lui rendis visite à l'hôpital après son opération.

« Nom de Dieu, Johnny, dit-il. Faisons vite ce foutu film. Autrement je serai dans une petite voiture. »

Je fus brusquement saisi d'une panique nerveuse. J'allai voir Page à son bureau sans le prévenir, pour organiser un rendez-vous avec Eddie. Sa secrétaire l'appela sur le téléphone intérieur.

« Un Mr. Todd vous demande. Il dit que c'est urgent. »

Page sortit en trombe.

« Monsieur *Smith* ! Quelle surprise ! »

Il me sortit tambour battant de son bureau.

« Pour l'amour du petit Jésus, John ! » gémit-il une fois que nous fûmes dehors. Nous nous appelions par nos prénoms, à présent. « Je ne vous connais pas, compris ? » Nous trouvâmes un café. « Quelqu'un a téléphoné l'autre jour pour demander si je vous représentais. Je crains que le bureau ne soit sur écoute. Je n'utilise plus que des cabines publiques.

– Merde, vous êtes pire que moi... Écoutez, je veux rencontrer Eddie.

– Je vais voir ce que je peux faire. Promettez-moi seulement de ne pas revenir ici comme ça. »

Eddie était au bord de l'eau devant sa maison sur la plage. Les vagues à bout de course venaient doucement lui lécher les pieds avant de se retirer. Il portait un short de bain cerise et moutarde, et il fumait un cigare. Son ventre en brioche bien ronde était suspendu comme un ballon de gymnastique sous ses seins dodus. De la terrasse de la maison montait la fumée d'un barbecue.

« Hé, John ! » s'écria-t-il en me voyant arriver, comme s'il ne s'était absolument rien passé.

Nous restâmes un moment à contempler ensemble les vagues rouler, se briser et se répandre sur le sable.

« Je suis désolé pour cet article dans *Variety*, dit-il. Mais je savais que tu comprendrais. » Il nous examina, moi et mes vêtements. « Tout va bien, John ? Tu n'as pas tellement bonne mine.

– Ça va. J'ai juste besoin de faire un autre film.

– Bientôt, John, bientôt. Viens là-haut, on va déjeuner un peu.

– Déjeuner ? Seigneur Dieu, tu es sûr ?

– Tout commence à changer. Ike Eisenhower est assuré d'un second mandat. Les gens se détendent. Même Trumbo a eu un Oscar.

– Ah oui ?

– Ouais. Pour *le Brave*.

– C'est lui qui a écrit ça ?

– Il s'appelle "Robert Rich". Tu ne sais pas ?

– Non. Rappelle-toi, je suis plutôt hors du coup ces temps-ci. »

Nous montâmes les marches de la terrasse. Une petite femme brune prenait un bain de soleil dans un maillot deux-pièces assorti aux couleurs de celui d'Eddie.

« Je te présente ma femme, Bonnie. Bonnie, dis bonjour à John James Todd, mon plus vieil ami. John, pourquoi tu ne te déshabilles pas un peu ? »

Plus tard, nous parlâmes de mes projets. Je lui décrivis l'état de santé de Karl-Heinz et lui expliquai que j'avais une nouvelle idée de film, non pas *Père de la Liberté*. Quelque chose sur une bien plus petite échelle, bien moins coûteux. Mais il fallait le tourner vite.

« Je ne sais pas, John. C'est une question de bien choisir le moment. Je suis sûr que je peux faire faire un scénario sous pseudonyme maintenant. Mais une mise en scène... Attendons un peu. »

Je pris une profonde inspiration :

« Eddie, j'ai fait beaucoup pour toi ces dernières années...

– Et j'ai fait beaucoup pour toi, John. »

C'était manifestement une de ces journées à utiliser des prénoms. Mais je crois qu'il sentit ma gravité.

« Oui, dis-je, en pensant à Monika. Mais regarde où nous en sommes aujourd'hui.

– Johnny, Johnny... » Il mit sa main sur mon épaule. « Mon père m'a dit quelque chose que je n'ai jamais oublié. Tu as deux forces dans la vie qui contrôlent tout. Deux seulement. Le Profit et les Valeurs humaines. Parfois elles concordent, mais la plupart du temps elles se font la guerre.

Choisis ton camp de bonne heure, m'a dit mon père et tiens-toi-z-y. Et, à propos mon père a ajouté : Rappelle-toi ceci ; le sens du Profit l'emporte toujours. » Il étendit les mains.

Je regardai au loin la mer.

« Ce n'est pas aussi simple que ça. »

Sean O'Hara vint me voir.

« Bon, je l'ai, dit-il. Ce type se trouve être un vice-président de l'OCAPMOVA. C'est un enquêteur de l'OCHAFD et de la CAAC. C'est un indicateur du FBI depuis 1934. Il possède cinquante pour cent d'*Amitiés rouges*, qui a un tirage mensuel de vingt-quatre mille copies à cinq dollars la passe. Voyez combien ça fait ? Cent vingt mille dollars par *mois*. Ce zigue déteste les cocos, et ça lui rapporte une masse de blé. Il est spécialiste des listes noires, il conseille les chaînes de radio et de télé, ainsi que les sponsors sur la rectitude des opinions de leurs employés. Un sacré type. Ce que je n'arrive pas à comprendre, c'est ce qu'il a contre vous.

– Comment s'appelle-t-il ?

– Monroe Smee. Ça vous dit quelque chose ? »

*

J'étais assis à côté de O'Hara sur le siège avant de sa Buick Roadmaster. Il avait un gobelet en carton de Pepsi-Cola au-dessus du tableau de bord, un sandwich pastrami-crevette dans une main, et une Kool dans l'autre. Il écrasa sa cigarette et mordit dans son sandwich. Il était huit heures et demie du matin.

« Cette vie de poulet est mauvaise pour la santé. Faut manger correctement. » Il m'offrit une cigarette. « C'est pour ça que je fume des menthols.

– Non, merci, dis-je. J'essaie d'abandonner. Je n'ai plus qu'un poumon.

– Sans blague ? Qu'est-ce qui s'est passé ?

« – J'ai été blessé pendant la guerre.

– Sans blague ? Bon Dieu... Vous avez droit à tout mon respect, monsieur Todd, vraiment. Par qui ? Les fritz ou nous autres ?

– En fait, j'ai été blessé par les miens... Je vous raconterai plus tard. »

Nous nous trouvions sur Sunset Boulevard, non loin de l'endroit où Beverly Hills devient Hollywood Ouest, garés devant l'immeuble qui abritait les bureaux de *Amitiés rouges*. En train d'attendre Smee.

« Il vient un mercredi sur deux, d'après mon gars », dit O'Hara.

Puis il se mit à chantonner à voix basse. Il se trompait toujours un peu dans les paroles. Aujourd'hui, c'était : « Un baiser sur les lèvres peut être très sentimental. » Hier, quand nous avions organisé le piquet, nous avions eu droit à · « Pelotage dans le noir, garçon triste, pelotage dans le noir. fille sans espoir. » Il baissa sa vitre et jeta dehors l'emballage de son sandwich.

« Le voilà », annonça-t-il.

Smee avait laissé sa voiture dans le parking extérieur de l'immeuble et s'avançait d'un pas vif sur le trottoir. Il portait un costume sombre et une serviette. Je revis le visage pâle, les dents écartées, le grand nez bosselé et le menton un peu fuyant. Il paraissait maigre et sec. Mais les cheveux châtains clairsemés avaient disparu. Une perruque brune, courte, soigneusement coiffée les remplaçait.

« Il était chauve autrefois, dis-je.

– Ouais, ça c'est de la vraie moumoute », dit O'Hara.

Je regardai Smee entrer dans l'immeuble. Que t'ai-je donc fait ? pensai-je. Je n'arrivais pas à croire que Monroe Smee fût le coupable. Il devait y avoir eu une erreur ou une confusion terrible.

Il ressortit à trois heures et demie. O'Hara avait déjeuné d'une portion de côte de bœuf, de pop-corn et de root beer, et avait largement entamé son second paquet de Kool. Nous suivîmes la voiture de Smee, une Cadillac Fleetwood, jusqu'à des bureaux du Wiltshire Boulevard puis chez son dentiste, dans Highland Park. Quand il en partit, il prit l'Almeda Street jusqu'à Long Beach et, au-delà, le Pacific

Coast Highway sud. Nous dépassâmes les forages de pétrole, Huntington Beach, Newport et arrivâmes dans l'élégante banlieue balnéaire de Balboa.

« Pas étonnant qu'il ne vienne en ville qu'un mercredi sur deux, dis-je. J'ai l'impression que nous conduisons depuis des heures. Je suis épuisé.

– Vous n'auriez jamais fait un flic, rigola O'Hara. Une fois, j'ai passé dix-huit heures dans ma voiture, sur un coup. »

Je compris que c'était là l'origine de l'odeur moite et renfermée de la Buick.

La maison de Smee était un grand bungalow en stuc avec un toit de tuile orange. Derrière, un long jardin et, au-delà, ce qui ressemblait à un quai privé avec deux bateaux. Au moment où la Cadillac de Smee pénétrait dans le garage, un adolescent en tenue de tennis sortit de la maison. Il fit un signe de la main à Smee, et partit au petit trot. Smee descendit de voiture et entra chez lui.

« Et maintenant ? s'enquit O'Hara.

– Il faut que je lui parle.

– Oui, bon, mais soyez prudent. »

Je sortis et je boutonnai ma veste. Je me sentais froissé et sale après une journée dans la voiture de O'Hara. Je me frottai le menton – j'avais besoin d'un coup de rasoir. J'aurais voulu avoir l'air plus élégant, plus prospère.

J'allai à la porte d'entrée et je sonnai. Une bonne d'origine hispanique vint m'ouvrir. Avec sur ses talons une femme maigre, au visage plutôt anguleux et des cheveux d'un blond jaune.

« Merci, Caridad », dit-elle. Puis à moi : « Oui ?

– Je voudrais parler à Mr. Smee. Cela concerne le Comité.

– Oh... » Elle fronça les sourcils. « Entrez. »

Je m'avançai dans le hall et, ce faisant, je sentis ma peur revenir. Mrs. Smee disparut dans une pièce et je l'entendis dire : « Monroe ? C'est un type du Comité. »

Smee sortit. Il portait des bretelles noires sur une chemise de nylon blanc.

« Hello, Monroe, dis-je. Je crois qu'il faut que nous parlions. »

Il parut très profondément choqué. Puis son nez se plissa de manière curieuse.

« Foutez-moi le camp, dit-il. Foutez le camp de ma maison, espèce de pourriture ! Espèce de pourriture communiste !

– Pour l'amour de Dieu, Smee...

– Espèce de salopard de Rouge malfaisant ! Comment osez-vous venir contaminer ma maison ! Comment osez-vous !

– Très impressionnant, dis-je. Ça mérite un Oscar. Maintenant, nous avons...

– *Foutez le camp ! Foutez le camp !* »

J'attrapai sa chemise à deux mains et le plaquai violemment contre le mur.

« Appelle la police ! hurla-t-il à sa femme.

– *Pourquoi ?* Pourquoi moi ? Laissez-moi en *paix* ! » Une colère meurtrière déformait désagréablement ma voix. Des années d'un trop-plein de frustration.

Mrs. Smee cria derrière moi. Je sentis ses poings marteler mon dos. Je lâchai Smee.

« Vous ne pouvez rien me faire de plus, dis-je. Foutez-moi simplement la paix. »

Il fouilla dans le tiroir d'une table dans l'entrée et en retira un petit revolver.

« Je pourrais vous tuer, Todd, ici et maintenant, et on me donnerait une médaille pour avoir tué une ordure de Rouge...

– Vous êtes dingue à lier !

– ... mais je ne veux pas que ça pue chez moi !

– Je vous tuerai, *vous* ! gueulai-je sans réfléchir à mon tour. Foutez-moi la paix ou je vous tuerai vous, je le jure !

– Dégagez, espèce de merde de coco ! Dégagez ma maison ! »

Il braqua son revolver sur moi.

« Vous êtes un dément. Fou enragé... je vous avertis ! »

Je reculai tout de même. Mrs. Smee était tombée à genoux et sanglotait bruyamment.

« Vous êtes foutu, Todd ! Je vous aurai !

– Et je vous ferai votre sale foutue peau ! »

Nous continuâmes à échanger des insultes tandis que

j'ouvrais la porte. Ma dernière vision fut celle de Mrs. Smee se relevant, accrochée au corps de son mari, en implorant celui-ci de lui donner le revolver.

Alors que je traversais à grands pas la pelouse, les arroseurs se mirent en marche – automatiquement, je présume –, et trempèrent mon pantalon jusqu'aux genoux. J'atteignis la voiture de O'Hara en valsant sur l'herbe.

« C'est lui qui vous a fait ça ? demanda O'Hara quand je m'assis près de lui. Vous voulez que j'aille lui cogner un peu dessus ? Une petite raclée des familles ?

– Non. Allons-nous-en. »

O'Hara démarra.

« Il a sorti un revolver, dis-je, éprouvant un choc à retardement. Vingt dieux ! Il m'a braqué un putain de revolver dessus !

– Enfant de salaud, dit O'Hara. Voulez-vous que j'aille lui casser les jambes ? Les bras ?

– Une autre fois, Sean. »

Il baissa la voix :

« Je peux faire ce genre de choses pour vous, monsieur Todd. N'importe quoi. Pas trop cher, pour certains clients. Vous me suivez ? »

Je n'écoutais pas.

« Il est fou », dis-je, mes bras et mon corps se mettant à trembler. Je me frottai le visage. « C'est aussi simple que ça. Un cinglé pur, complet, hors concours. »

Villa Luxe, 29 juin 1972.

Pourquoi Smee me haïssait-il avec une passion aussi violente ? Je n'en sais rien. Ce ne pouvait tout de même pas être simplement à cause de cette histoire de scénarios ? Mais il n'est pas exclu que cela ait commencé alors, une antipathie irrationnelle que son anticommunisme maniaque transforma en une haine vertueuse de patriote américain. Il était incontestablement fou, Smee, sous les saines apparences d'une vie parfaitement banale. Peut-être ne doit-on pas aller chercher plus loin. Une force démente opérant à Los Angeles, et sur le chemin de laquelle je me trouvai par hasard.

Et pourtant... avouez-le, nous avons tous rencontré des gens que nous avons instinctivement détestés. Il suffit d'un peu d'irritation pour transformer ce sentiment en quelque chose de radicalement venimeux. Je suppose que c'est à peu près ce que Smee doit avoir éprouvé à mon propos, surtout après que j'eus, avec tant de franchise, traîné dans la boue ses œuvres. Ce faisant, je retournai le couteau dans sa vanité – et il y a peu de gens plus vains parmi nous que les individus remplis d'illusions sur un talent dont ils sont dénués. Mais il était aussi un indicateur du FBI lorsqu'il me rencontra, et il est possible qu'il me considéra d'autant plus comme un traître... De toute façon, on ne peut guère conjecturer davantage là-dessus. Les facteurs de motivation dans un psychisme tel que celui de Smee sont trop obscurs et déroutants pour être élucidés. Il me haïssait : il était convaincu que j'étais communiste. M'abattre était de son devoir. Smee fut une donnée – disons un autre imprévu brutal vomi par ma vie. Et je n'avais jamais deviné, pas une seule seconde. Et cela rendit l'expérience encore plus alarmante. Monroe Smee, agent du FBI, enquêteur du CAAC, fléau des Rouges, entrepreneur anticommuniste. Ma Némésis de service.

Emilia a fait quelque chose de consternant à ses cheveux. Elle les a teints en noir – un bleu-noir métallique –, et coiffés en crans serrés autour de la tête. Elle porte un parfum dont j'ai cru, au déjeuner, sentir le goût dans ma nourriture. A deux reprises, ce matin, elle a trouvé le moyen de me frôler Et je la sens me regarder, en douce, comme si elle ne cessait de me soupeser. L'atmosphère de la maison est chargée d'électricité, frémissante, au bord de quelque chose de radical.

Sa nouvelle coiffure ne la flatte pas, mais, à mesure que la journée s'écoule, je me surprends à penser à elle plus fréquemment que je ne l'aurais cru possible. Il n'y a plus personne dans ma vie depuis des années, voyez-vous. Peut-être, comme Jean-Jacques, je pourrais faire pire que me mettre en ménage avec une personne telle qu'Emilia, fidèle et efficace. Tout comme il avait sa Thérèse, ainsi aurais-je mon Emilia... Je me projette dans cet avenir supposé, et – savez-vous ? – je lui trouve un charme réel. Emilia est encore pleine de vie. Elle est séduisante dans le genre non raffiné, légèrement primitif. Je pars à sa recherche. Elle est dans le salon que les volets tirés protègent du soleil. Elle époussette les livres de la bibliothèque, ce que je ne l'ai jamais vue faire encore. Soudain, je sais que je pourrais trouver une sorte de bonheur avec elle, une chose qu'il ne faut pas mépriser.

« Oh, monsieur Todd, dit-elle, cet homme continue à vous chercher. J'ai oublié de vous dire. Dans le village. L'Américain. »

Nom de Dieu !

« Vous l'avez vu ?

– Non, Ernesto me l'a dit, au bar. » Elle remarque l'expression soucieuse de mon visage. « Vous avez un problème, monsieur Todd ? Quelque chose qui ne va pas ? Vous pouvez me le dire. Si vous voulez. »

Précédée de son parfum, elle s'approche de moi. Je vais à sa rencontre. Elle s'arrête.

« Je ne sais pas, Emilia... Il s'est passé quelque chose, il y a longtemps. »

Sans réfléchir, je pose mes mains sur ses épaules. Pour la première fois, mes doigts pressent sa chair. Sa nouvelle chevelure a des reflets bleu mat. Elle tortille son chiffon entre ses mains.

« Monsieur Todd, vous avez des ennuis ?

– Je ne sais pas. »

Elle me repousse avec une force étonnante. Je trébuche, me cogne douloureusement le mollet sur une table basse. Emilia semble frissonner un peu. Elle a une main devant la bouche.

« Non, dit-elle. Non. Nous devons attendre. Nous devons attendre. »

Elle se retourne et s'enfuit en courant. Attendre quoi ? Une minute plus tard, j'entends démarrer sa mobylette. Je m'assieds. Que s'est-il donc passé là, je me demande ? Choc, honte, arrière-pensées ? La tête à deux mains...

Puis je me rappelle ce qu'elle m'a dit, et je sens ma peur revenir. On dirait une odeur, mes narines s'ouvrent, ma bouche s'empâte, s'assèche. Je décide de m'informer davantage auprès d'Ernesto.

Je remonte à pied le sentier qui mène au village. Le chemin de la villa Gunter est encombré de voitures et de jeeps. Des cris d'enfants et des bruits de conversation montent de la piscine. Il fait chaud. J'aurais dû prendre mon chapeau. Je ralentis. De chaque côté du sentier, la pinède semble rôtir dans son silence aride.

J'arrive chez Ernesto, desséché, mort de chaleur. La terrasse est déserte à part un couple en maillot de bain. Je regarde de plus près : Ulrike et un jeune homme. Je les salue d'un geste las.

« Monsieur Todd. Un instant. »

Ils s'approchent. Je me mets à l'ombre et m'appuie contre un pilier. Ulrike porte un bikini. En dépit de mon épuisement, je remarque la surface plane musclée de son ventre, le renflement et la naissance des seins, le frottement et la contraction de ses cuisses tandis qu'elle approche. Certaines femmes, s'avançant vers moi... Mon estomac flanche. Je pense à Doon. Si je n'étais pas aussi fatigué, je pleurerais. Mais que m'arrive-t-il aujourd'hui : il semble que je sois en proie à une sorte de priapisme sénile.

Ils sentent ma vague détresse. Vite, on m'assied, une bière fraîche atterrit devant moi, je décline des offres de nourriture. Je suis un vieil homme, j'ai plus de soixante-dix ans. Je n'arrête pas de l'oublier. Parfois, aussi difficile à croire que cela puisse paraître, je me sens un jeunot de dix-huit printemps.

« Ernesto est ici ? je demande.

– Non. Seulement Concepción.

– Ça ne fait rien.

– Monsieur Todd, j'aimerais vous présenter Tobias, mon boy-friend. »

Je dévisage le jeune homme. Cheveux bruns, tempes dégarnies. Il est mince avec des épaules larges. Il prend ma main.

« Monsieur Todd », dit-il. Il parle un bon anglais. « C'est un véritable honneur pour moi. Je n'arrivais pas à le croire quand Ulrike m'a parlé de vous. »

D'autres coups d'encensoir suivent. Je commence à me détendre et demande une autre bière. Tobias m'entretient des projets que ses collègues et lui forment depuis qu'Ulrike m'a découvert. A l'entendre parler on croirait que je suis un continent tout neuf. J'écoute à peine. Je l'écoute citer de vieux noms du passé : *Julie*, Doon Bogan, Karl-Heinz, Duric et Aram Lodokian, UFA, Realismus, *les Confessions*...

J'interromps :

« Est-ce que l'un d'entre vous par hasard aurait entendu parler d'un homme qui me chercherait ? Un Américain ?

– Un Américain ? Non.

– J'ai entendu dire que cet homme se renseignait à mon sujet. Auprès d'Ernesto. »

D'autres dénégations. Tobias se penche vers moi.

« Le grand mystère, monsieur Todd, c'est cela que nous voulons tous percer : *les Confessions : Première Partie* – qu'est-il arrivé à ce film ? Impossible d'en trouver une seule copie en Allemagne. Pas un seul négatif. On ne l'a pas vu depuis quarante ans. Savez-vous où trouver une copie ?

– Hélas, non (j'écarte les mains), désolé.

– Réfléchissez bien, implore Tobias. Imaginez, si nous pouvions en redénicher une. » Un instant il laisse son ambition l'emporter sur son altruisme. « Pensez à la découverte que cela serait ! Un chef-d'œuvre disparu retrouvé. Le plus grand film de l'époque du muet. Quelle nouvelle renversante !

– Je regrette de ne pas pouvoir vous aider, dis-je. Mais tout a dû être détruit pendant la guerre. »

La Dernière Promenade
de Jean-Jacques Rousseau

La Dernière Promenade de Jean-Jacques Rousseau a, je crois, son culte et ses fidèles dans le milieu des clubs cinématographiques universitaires. J'ai vu un jour dans un magazine un sondage y où il arrivait en troisième position *ex aequo* avec *Juliette des Esprits*, après *Un chien andalou* et *l'Année dernière à Marienbad* dans la catégorie « Original et Avant-Garde ». C'est le dernier film que je fis et de loin le plus étrange.

Il fut tourné en trois semaines, coûta cent vingt-huit mille dollars, et dure une heure et dix minutes. Eddie le finança (« Pas plus de cent briques pour un film d'art ») à condition que j'utilise un pseudonyme et que je mette en scène ensuite une histoire à grand spectacle et petit budget intitulée *Hercule et les Sirènes*. J'acceptai sur-le-champ. Je savais que *la Dernière Promenade* serait mon dernier film.

Les ultimes années de la vie de Jean-Jacques se passèrent dans un état de tranquillité relative, mis à part quelques crises intermittentes de sa paranoïa aiguë. Il était célèbre et recherché, mais ne fit aucune tentative pour profiter de son renom. Il recevait de nombreux visiteurs, encourageant les jeunes en particulier à venir le voir, et reprit son ancien métier de copiste de partitions musicales. Son grand violon d'Ingres était la botanique ou l'herboristerie comme il le disait, et il n'avait pas de plus intense plaisir que celui de faire de longues promenades solitaires dans la campagne autour de Paris. Durant les deux dernières années de sa vie – 1777 et 1778 –, il écrivit le fragment final de son autobiographie, *les Rêveries du promeneur solitaire*. Il ne l'acheva pas mais, au cours de ces dix promenades, il examine sa vie du point de vue serein de la vieillesse. *Les Confessions* sont passionnées et pleines de vigueur. *Les Rêveries* sont élégiaques et empreintes de sagesse. Durant l'été de 1778, sa santé déclinant, Rousseau alla s'installer avec Thérèse dans un pavillon à Ermenonville, au nord-est de Paris, près de Senlis, sur les terres du marquis de Girardin. Là, il travailla aux *Rêveries*, herborisa et parut reprendre des forces.

Le 1er juillet 1778 fut une journée chaude. Rousseau alla faire une longue promenade avec le fils du marquis dans le parc d'Ermenonville. Le soir, il dîna fort bien en compagnie du marquis et de sa famille. Il se montra aimable et plein de verve. Cependant, le lendemain, il se sentit malade. Thérèse supposa qu'on avait trop mangé. A dix heures, alors qu'il regardait le jardin par la fenêtre, il eut une sévère attaque d'apoplexie. Il s'écroula par terre, le souffle coupé, à l'agonie, et cognant sa tête contre le sol, il se blessa gravement. Il mourut presque immédiatement.

*

La Dernière Promenade de Jean-Jacques Rousseau s'ouvre sur un plan de la salle à manger du pavillon. Assis à table, Jean-Jacques (Karl-Heinz) prend son petit déjeuner. Le jeune Girardin vient le chercher et ils partent pour leur promenade. Le pavillon, nous remarquons alors, est situé dans un pré sur la péninsule de Monterrey près de Big Sur. Le sentiment de réalité que la scène initiale semblait donner si fidèlement commence à se déliter et ne se retrouvera jamais.

Lorsque Jean-Jacques avait ramassé et examiné une plante, il avait pour habitude de nouer un ruban rouge ou or autour d'un spécimen de même type pour que l'on sache qu'il avait été catalogué. En quittant le pavillon, Girardin et lui se trouvent dans une prairie animée de rubans rouges et or. Ils pénètrent dans un bosquet et descendent dans un petit canyon boisé au fond duquel court une rivière rapide et peu profonde (le Little Sur, en fait). Deux jeunes filles sont assises au bord, l'une coiffant l'autre. A l'arrière-plan, leurs chevaux sont en train de paître. Jean-Jacques les regarde remonter et franchir la rivière. Nous enchaînons sur le prélude à l'idylle avec les cerises des *Confessions : Première Partie*. La couleur le cède au noir et blanc. Nous voyons un jeune Jean-Jacques aider les jeunes filles à traverser un cours d'eau similaire. Puis nous intercalons, dans la séquence du verger, les visages curieux du vieux Jean-Jacques et de Girardin, déconcertés. Plus tard, ils herborisent, Jean-Jacques noue avec application des rubans rouges et or autour des plantes, à mesure qu'ils avancent. Ils arrivent près d'un ermitage. Les moines leur offrent à déjeuner. Durant le repas, un texte est lu qui rappelle combien il est futile pour l'homme de se plaindre de son sort. « Dieu a sorti l'homme de rien. Il ne lui doit rien. »

Après le déjeuner, ils vont dans le jardin de l'ermitage. Devant un écran, un groupe de Californiens d'aujourd'hui regardent des extraits des *Confessions : Première Partie*. Le vieux Jean-Jacques se regarde arriver jeune à Annecy, en route vers la maison de Mme de Warens.

Jean-Jacques et Girardin repartent. En chemin, ils traversent le Pacific Coast Highway (nullement dérangés par les automobiles). Ils s'arrêtent au bord de la route dans un café rempli de touristes vulgaires. Le propriétaire reconnaît Jean-Jacques, dresse une table pour lui sous un séquoia et lui apporte du vin, du pain et du fromage.

> GIRARDIN : Il semble bien vous connaître.
> ROUSSEAU : A la belle saison, nous venions ici, ma femme et moi, manger la côtelette du soir.

Comme ils approchent du pavillon, ils remarquent un grand chien danois sautant et bondissant à travers les prés. L'animal aperçoit Jean-Jacques et se précipite. Il se jette sur lui et le fait violemment tomber. Inconscient, Jean-Jacques a une vision de Mme de Warens, le dos tourné, s'apprêtant à franchir le seuil de la porte de l'église, à Annecy. Puis il voit le lac d'Annecy se fondre dans l'océan

607

Pacifique, au large de Big Sur. Il entend la voix du moine :
« Toute chair est semblable à de l'herbe. Elle sèche et la
fleur en tombe. » Nous voyons la prairie aux rubans palpi-
tants qu'ils ont traversée ce matin se dissoudre en une étendue de cendres fumantes (un membre de la Garde nationale,
armé d'un lance-flammes et surveillé par la caserne des
pompiers du Carmel, fut responsable de cette transformation).

Jean-Jacques reprend ses esprits et ils rentrent à la maison. Nous enchaînons avec la scène du dîner auquel sont
présents le marquis, la marquise et leurs enfants. Les chan-
delles clignotent, reflétées dans la vaisselle d'argent. Jean-
Jacques discourt avec une animation presque insensée. Plus
tard, quand tout le monde est parti et que Thérèse est couchée, il reste seul dans la grande pièce sombre et regarde
par la fenêtre le jardin baigné de lune. Un instant, nous
apercevons le grand danois traverser en bondissant la
pelouse. Puis les fenêtres deviennent des écrans sur lesquels
se projette la vision qu'a eue Jean-Jacques tout à l'heure :
Mme de Warens sur le point d'entrer à l'église.

« Julie », chuchote-t-il.

Elle se retourne. Et c'est Doon.

Soudain, l'image est fendue par une pierre. Puis des
dizaines de cailloux se fracassent contre les carreaux. Le
verre se brise et vole en éclats. Nous sommes de retour à
Motiers, la foule lapide sa maison. Une pierre atteint Jean-
Jacques au front, le sang ruisselle. Il porte les mains à sa
poitrine dans un geste d'atroce souffrance, et s'écroule par
terre.

Thérèse entre. La pièce est exactement comme elle était.
Tranquille. Un délicieux clair de lune l'inonde. Jean-
Jacques gît mort sur le plancher. Fin. Générique.

Le film avait pour sources *les Rêveries*, la description
par Bernardin de Saint-Pierre d'une promenade faite en
compagnie de Rousseau, mes propres souvenirs (que vous
aurez sans nul doute identifiés), et un pillage inspiré de
mon subconscient. Je rassemblai mes sources, et le récit
sembla couler de ma plume avec une facilité que je n'avais

jamais connue. Le seul critique de quelque réputation qui remarqua le film écrivit : « *La Dernière Promenade* exerce une séduisante influence sur le spectateur, mais demeure, en fin de compte, un labyrinthe de symboles impénétrables. » Ah mais, rappelez-vous, il existe toujours un chemin pour sortir du labyrinthe.

Nous tournâmes le film à la fin de l'été 1958. Les trois dernières années, l'Oscar du meilleur scénario avait été attribué à des écrivains mis à l'index et usant de pseudonymes. Eddie était persuadé que l'année 1959 verrait la MPA annuler ses oukases contre ceux qui avaient refusé de collaborer avec la CAAC. L'heure était bonne, disait-il, mais il voulait tout de même me voir figurer sous un pseudonyme au générique. Je choisis le nom de John Witzenreid.

Je pris à faire ce petit film autant de plaisir que m'en avait procuré le tournage à grande échelle des *Confessions*. Notre distribution se composait d'amateurs et de figurants. Nous avions une équipe réduite, basée à San Francisco, et nous partions tourner en extérieur partout où il nous en prenait la fantaisie.

Pendant une quinzaine de jours, nous louâmes, Karl-Heinz et moi, le petit cabanon que nous avions occupé au cours de nos vacances précédentes. Il avait été un peu retapé : il possédait désormais une douche et une cuisine modernisée. Karl-Heinz n'était pas bien, il devait après le tournage entrer à l'hôpital pour une autre opération sur son ulcère, mais notre séjour dans la petite maison sembla le faire revivre. Nous évoquâmes beaucoup le passé, nos quarante années d'amitié. Le soir, le brouillard montait de la mer pour envelopper les spectaculaires couchers du soleil comme une lentille pour flou artistique Todd.

C'est là que je mis au point le dry martini – style John James Todd. Un : faire refroidir chaque élément – gin, Noilly Prat, citron, verre et shaker – pratiquement au degré zéro. Deux : remplir une soucoupe de Noilly Prat et retourner le verre dedans. Le bord du verre doit être immergé sur un bon centimètre. Trois : remplir le shaker de glace et ajouter le gin. Ne pas secouer, mais faire tourner doucement deux ou trois fois. Quatre : prendre le verre dans la soucoupe. Cinq : le remplir de gin. Six : prélever un morceau de la peau du citron et vaporiser quelques gouttelettes du zeste à la surface du gin. Sept : déguster. Cette méthode est infaillible. Elle seule permet : *a*) de garantir une adjonction minimale de Noilly Prat au gin, et *b*) d'en sentir le goût. Sinon, autant boire du gin pur. Le vermouth est un ingrédient capital. Ceux qui disent : « Montrez le Noilly Prat au gin » ne savent pas de quoi ils parlent. Il s'agit d'un *cocktail*, pas d'une lampée d'alcool pur.

Je buvais donc ces dry martinis, Karl-Heinz avalait un liquide blanc crayeux pour tapisser son estomac, et nous regardions la terre basculer dans l'obscurité. Encore que je fusse dans l'obligation de ne pas le remarquer, ces soirées avaient un peu le caractère d'un adieu. Karl-Heinz, avec nonchalance et ironie, commença à méditer sur la mort. Pour ma part, je savais que mon film des *Confessions* serait bientôt aussi complet qu'il pouvait l'être. Sans Karl-Heinz, il n'y aurait aucune raison de persévérer davantage.

Alors que nous procédions au montage du film, Karl-Heinz entra à l'hôpital. L'opération fut apparemment un succès, et il revint bientôt à l'hôtel. Je lui rendais souvent visite. Il affirmait aller bien, mais il paraissait frêle et vieilli. Nous faisions de lentes promenades le long du trottoir de béton, prenant une demi-heure pour parcourir une centaine de mètres.

Un jour, on me demanda de descendre de la salle de montage de Lone Star à la réception. Il s'agissait d'une affaire urgente et personnelle, me dit-on. Debout, le dos tourné, un grand type en vêtements de sport contemplait le parking inondé de soleil. Il se retourna.

« Bon Dieu ! m'écriai-je. Deux Chiens Courants.

— Monsieur Todd ! Vous avez bonne mine. »

Nous nous serrâmes la main. J'étais content de le revoir.

« Que faites-vous ? m'enquis-je.

— Toujours dans le commerce. Mais je suis passé aux chaussures. »

Nous échangeâmes rapidement nos nouvelles. Il m'avait vu pour la dernière fois à Saint-Tropez en 1944, emporté sur une civière à bord d'un LCT à Tahiti-Plage... Je lui demandai s'il avait le temps de prendre un verre ou de manger un morceau, mais il me montra du doigt dehors une vieille voiture découverte contenant une jeune femme et trois enfants.

« Les vacances, dit-il. On monte au Yosemite. Je voulais seulement vous parler de quelque chose, quelque chose d'étrange.

– Comment ça ?

– Eh bien, il y a un mois environ, un type est venu me voir. A dit qu'il appartenait à une association d'Anciens Combattants. S'est mis à me questionner sur le débarquement. Et puis, il est devenu plus précis. Il s'est mis à me questionner sur vous. Et puis, tenez-vous bien, il s'est mis à me questionner sur cet Allemand...

– Celui que vous...

– Ouais.

– Jésus ! Comment savait-il ?

– C'est ce que je me suis d'abord demandé. Mais, voyez-vous, j'ai tout raconté à ces mecs, ces parachutistes, après. Ils ont ramassé son corps et ceux des morts de la villa. Je pense que, à un moment donné, quelqu'un a écrit un rapport. Un type du bureau de la Police militaire m'a interrogé. Vous étiez grièvement blessé, et ils voulaient savoir ce qu'on fabriquait dans cette voiture. Et je suppose que le vieux de la villa – comment s'appelait-il ?

– Je ne me rappelle plus.

– Eh bien, je pense qu'il y a été aussi mêlé. Je crois qu'il était fumasse que sa voiture ait été bousillée. Vous lui aviez signé ce reçu et il s'est pointé au Muy à la recherche de sa voiture. Il réclamait une compensation. Tout ça doit bien figurer sur un rapport quelque part.

– Cavenaugh-Crabbe, voilà son nom.

– Ouais. Bon alors ce type – des Anciens Combattants – a dit que le dossier avait été rouvert et que vous étiez soupçonné d'avoir exécuté cet Allemand. Meurtre d'un prisonnier de guerre, qu'il a dit.

– Mais, c'est dingue !

– C'est ce que je lui ai dit. » Deux Chiens baissa la voix : « Je lui ai raconté que c'était moi qui l'avais fait. Le type avait voulu s'enfuir. Je l'avais descendu et ensuite nous avions trouvé les doigts... Comme on avait dit.

– Exactement. Vingt dieux, je n'avais même pas de revolver.

– Il a dit qu'il allait en Europe poursuivre son enquête. Il est devenu mauvais quand je lui ai dit que c'était moi qui l'avais fait. Il a dit que je n'avais pas besoin de raconter des bobards pour vous protéger.

– A quoi ressemblait-il ?

– Il avait un genre de perruque noire sur le crâne. Des trous entre les dents. »

Je raccompagnai Deux Chiens à sa voiture et fis la connaissance de sa famille. Sa femme, très jolie, paraissait mexicaine. Son fils aîné avait dix ans. Il me présenta comme « Mr. Todd, le metteur en scène, l'homme avec qui j'ai fait la guerre ». Je serrai la main de chacun. Je me sentis très vieux, comme un grand-père.

« Monsieur ? demanda l'aîné des garçons. Est-ce vrai que vous avez été blessé par votre propre camp ?

– Oui », dis-je. J'aurais voulu pouvoir me vanter d'avoir pris d'assaut un nid de mitrailleuses ou deux. « Un manque de chance. Parfois ça arrive. »

Nous nous dîmes au revoir. Je remerciai Deux Chiens, et nous fîmes poliment le projet de garder le contact.

De retour au bureau, je téléphonai immédiatement à O'Hara.

« Je crois que Smee va ou est déjà allé en Europe, lui expliquai-je. Pouvez-vous vérifier ?

– Avec plaisir, monsieur Tood. Mais je dois vous dire que depuis que nous avons fait affaire pour la dernière fois, mes tarifs sont passés à trente-cinq dollars par jour. »

Une semaine plus tard, O'Hara m'appela pour m'annoncer que Smee s'était récemment rendu par avion à Londres pour le compte de la CAAC. Je raccrochai. Une folle frustration me nouait le cerveau. Ma tête me faisait mal. Que se passait-il ? Que recherchait ce type ? Pourquoi ne pouvait-il pas me laisser en paix ? Le téléphone sonna.

« Oui ?

– Monsieur Todd ? Ici Mr. Ashplanter de l'hôtel Cythera. Nous sommes un peu inquiets au sujet de Mr. Kornfeld. Sa porte est verrouillée, et nous n'arrivons pas à obtenir de réponse de lui. »

Le visage de Karl-Heinz était sans expression. Ses yeux étaient légèrement entrouverts comme sa bouche. Je tentai de lire une mort paisible dans sa contenance et j'y réussis presque. Je touchai sa main. Elle était raide et froide. J'aurais préféré ne pas l'avoir vu... Mais combien de morts avais-je vus dans ma vie ? Des centaines et des centaines. Les plus anonymes : les noyés de Nieuport, les matelas éventrés et les meubles démolis du *no man's land*. Quelques-uns avaient été des proches. Mais deux seulement m'avaient fait trembler et me recroqueviller intérieurement. Deux seulement m'avaient emmené dans le cul-de-sac de ma propre mortalité. Mon défunt fils Hereford et mon défunt ami Karl-Heinz...

Mrs. Ashplanter, en larmes, appela un médecin et les croque-morts. Je m'éloignai vers la plage. Un bruit métallique de musique rythmée montait de quelque part. Un groupe de jeunes gens jouaient au volley-ball, hurlant et jubilant avec une énergie héroïque. Les vagues arrivaient, crémeuses d'écume, d'aussi loin que le Japon, m'avait-on dit un jour. Quel voyage... Peut-être irais-je au Japon, l'année suivante. De toute manière, qui s'en souciait ?

*

Nous décidâmes de sortir *la Dernière Promenade de Jean-Jacques Rousseau* dans un petit cinéma d'art et d'essai de Westwood appelé le Rio. Nous choisîmes la date du 2 juillet 1960, cent quatre-vingt-deuxième jour anniversaire de la mort de Jean-Jacques. Eddie approuva le plan. Il détestait le film, mais il pensait que l'anniversaire pourrait attirer un peu la presse.

En approchant du cinéma le soir de la première, je fus ravi de voir une large foule – plus d'une centaine de personnes – rassemblée devant. Il faisait chaud avec un brouillard fumeux, une odeur de matou dans l'air. Puis je m'aperçus que les gens brandissaient d'immenses banderoles : ASSOCIATION FÉMININE DE PASADENA POUR LA SOBRIÉTÉ, lus-je, et aussi SECTION BURBANK : CHEVALIERS COMMANDEURS DEUXIÈME DEGRÉ DU CERCLE D'OR.

Voilà bien ma chance, me dis-je, nous avons une convention dans l'hôtel voisin. Mais, en arrivant plus près, je vis que les gens étaient tous massés devant l'entrée du cinéma. Je distinguai quelques acteurs en tenue de soirée debout dans la rue, l'air désemparé. J'essayai de me frayer un chemin à travers la foule. Un jeune type au visage anguleux me barra la route.

« Ceci est un piquet de grève officiel, monsieur. Ce film est un film de propagande communiste fait par un subversif.

– Excusez-moi, je vous prie.

– Le metteur en scène de ce film a été cité et enregistré comme un membre du parti communiste. »

Je me sentis soudain faiblir. Je reculai.

Eddie descendit d'une énorme limousine.

« Que se passe-t-il, John ?

– Une espèce de piquet de grève de fous furieux. Des zozos complètement abscons, ce soir !

– Nom de Dieu ! »

Eddie se rengouffra d'un bond dans sa voiture. Par l'entrebâillement de la vitre baissée d'un centimètre, il me dit :

« Fais-moi savoir comment ça s'est passé. Bonne chance. »

Il démarra sous les applaudissements de la foule. Un homme en smoking vint vers moi.

« Monsieur Todd ? Je suis le directeur.

– Désolé de cette histoire. Peut-on retarder la projection d'une heure ou à peu près ? Ils vont finir par se lasser et s'en aller bientôt. »

Je m'aperçus que le visage de l'homme était pâle et tendu.

« Quelqu'un m'a menacé, monsieur. Il a dit qu'il allait mettre le feu au cinéma si nous projetions le film.

– Un cinglé, c'est tout. Appelez un flic.

– Je crois que c'était un flic. Il m'a montré un insigne. Je crois qu'il appartenait au FBI.

– Qui était-ce ? »

Le directeur parcourut la foule du regard.

« Le voilà, c'est lui dans le fond. Il est en train de tourner au coin. »

Je vis une perruque noire taillée en brosse au-dessus des têtes de la foule.

« *Smee !* »

Je me mis à courir. J'évitai les manifestants et filai le long du cinéma. Je vis à cinquante mètres plus loin une voiture démarrer et filer. Une Cadillac Fleetwood.

*

Je partis en voiture vers le nord. De retour à notre cabanon de bagnard, près de Big Sur. Je quittai l'autoroute côtière pour descendre l'allée étroite qui menait à la maison. Le cabanon avait un toit de papier goudronné tout neuf, la haie tout autour regorgeait d'églantines et de belles-de-jour, le jardin de lupins et de coquelicots. Je garai la voiture dans l'allée et fis plusieurs voyages pour descendre mes bagages et mes provisions jusqu'à la maison. Presque aussitôt après mon arrivée, je sentis le calme m'envahir. Le brouillard au-dessus de la mer se levait, mais des lambeaux s'accrochaient encore à la pointe comme de la mousseline déchirée par les rochers.

Je consacrai quatre journées solitaires et agréables à réfléchir à mon avenir. Trois fois par semaine, le laitier passait. Il klaxonnait là-haut sur la grand-route, et on grimpait chercher son courrier et acheter des provisions. A l'instar d'un bateau à vapeur sur un fleuve d'Afrique, son arrivée attirait les gens du voisinage et, telle une tribu, nous nous réunissions autour de sa camionnette pour bavarder. J'en étais à mon quatrième séjour en quelques années, et je commençais à reconnaître les habitants : les hippies solitaires, les artistes ratés, les baratineurs rigolards. Quand ils me demandaient ce que je faisais et que je répondais « metteur en scène », je les voyais se détendre. « Un des nôtres, les entendais-je penser, un autre fantaisiste. »

Je repris ma vieille habitude de faire à pied les trois kilomètres jusqu'à l'embouchure de la Little Sur pour ma baignade du soir. Je me déshabillai au milieu des dunes rocheuses et me précipitai, tout nu, dans les modestes vagues.

Ce devait être, je crois, ma cinquième soirée sur la plage. J'attendis qu'une voiture solitaire ait filé sur la grand-route avant d'entreprendre ma course naturiste vers la mer. Je baissai les yeux sur la toison drue et grise qui couvrait mon corps, et tapotai quelques mesures rythmées sur ma petite brioche bien ferme. Je vérifiai la route – rien à l'horizon – et m'élançai au trot vers l'eau.

Soufflant, hennissant, je me laissai un moment fouetter par les vagues. Je ne m'aventurais jamais loin, heureux de barboter bêtement dans les rouleaux. Debout dans l'eau mousseuse qui m'arrivait à la taille, je laissais les vagues surgir et me bousculer. Une lame particulièrement forte me renversa et, avant de couler à pic, j'aperçus un éclair de lumière à flanc de coteau. Je me relevai en m'ébrouant. Tandis que le rouleau suivant se préparait à me rattraper, je me retrouvai dans une nappe d'eau temporairement calme, striée d'écume. A trois cents mètres de là, je distinguai la petite silhouette d'un homme s'enfuyant de derrière un rocher, et disparaissant dans un taillis de bouleaux.

Je plongeai. Je nageai, m'éloignai de côté, et fis surface une seconde pour respirer. Je ne vis plus aucun mouvement sur la colline. Je nageai vigoureusement en direction du nord, en essayant de ne pas avoir froid, avant de faire machine arrière. Le soleil semblait vouloir rester au-dessus de l'horizon pour l'éternité.

Quand il fit suffisamment nuit, j'émergeai avec précaution et retrouvai mes vêtements et ma serviette. Une fois habillé, j'attendis une heure avant de grimper jusqu'à la route, et puis dix minutes qu'une voiture s'arrête. Je me fis déposer dans un bistrot à quelques kilomètres de là. Je commandai un café et de la nourriture, et me demandai quoi faire à présent.

Je songeai d'abord à appeler la police. Mais Smee appartenait – ou avait appartenu – au FBI. Il possédait une sorte d'insigne, cela ne faisait aucun doute. Je savais qu'il était en train de m'attendre au cabanon. J'appelai Sean O'Hara.

« Venir là-bas maintenant ? s'écria-t-il. Ça fait dans les quatre cents kilomètres. Vous êtes fou ?

– Je m'en fiche, dis-je. Smee est ici... Allô, allô ? »

La ligne était très mauvaise.

« ... voulez que je fasse ? entendis-je O'Hara demander.

– Ça m'est égal, hurlai-je. Tirez-le-moi simplement de mes jambes. Ce type a déjà assez brisé ma vie comme ça.

– Vos jambes sont brisées ? Il vous a tiré dessus ?

– Non. Lui. Débarrassez-m'en. Tirez-le-moi des pattes. Tirez-le-moi de là. »

Un long silence suivit, rempli de friture et de sifflements.

« Allô ?

– OK, monsieur Todd, je vais m'en occuper pour vous. Mais ça vous coûtera... Allô ?... Un boulot comme ça en déplacement...

– Je m'en fous de ce que ça coûte. *Je m'en fous*. Faites-le, c'est tout.

– Pour vous, mille dollars. Mais cinq cents d'arrhes ou je ne bouge pas. »

Pour une faveur spéciale, je trouvai ça un peu raide, mais j'aurais payé n'importe quoi pour flanquer la trouille à Smee.

J'expliquai à O'Hara d'aller voir Eddie. Eddie lui verserait les cinq cents dollars. Je me sentais épuisé par ma longue nage. Je donnai à O'Hara des indications précises sur la manière d'atteindre le cabanon.

« Il est obligatoirement là-bas, dis-je. A faire le piquet. A m'attendre.

– Ne vous en faites pas, monsieur Todd, j'arrive. Dès que j'ai touché l'argent. C'est comme si c'était fait. »

Je lui donnai l'adresse d'Eddie et raccrochai. Je fis une ou deux prières et téléphonai à Eddie. Il était chez lui.

« Cinq cents tickets ? Tu as des ennuis ?... Qu'est-ce qui se passe avec cette putain de ligne ? Allô ?...

– J'ai simplement besoin d'une intervention rapide. Ce type est le seul capable de la faire. Je t'expliquerai plus tard.

– OK, John. Comment s'appelle-t-il ?

– Sean O'Hara.

– Comment ?

– *Sean O'Hara !*

– Comment le reconnaîtrai-je ?

– Il est japonais.

– Putain ! »

Finalement, il accepta. Je restai dans le bistrot jusqu'à la fermeture. J'achetai une bouteille de whisky au cafetier et entamai la longue marche de retour à mon cabanon, quinze ou dix-huit kilomètres d'une route en montées, descentes et virages en épingle à cheveux. J'arrivai à la maison vers cinq heures du matin. Il faisait frais et un brouillard laiteux épais couvrait l'océan, plat comme un champ de neige. Je descendis l'allée avec beaucoup de précaution. Assis sur le capot de ma voiture, O'Hara fumait.

« Sean, dis-je à voix basse, c'est moi.

– Salut, monsieur Todd, dit-il. Exactement comme vous l'aviez prédit. Il vous attendait. Je suis arrivé ici il y a à peu près une heure. Je suis descendu le long de la route très doucement, bien en silence. Je l'ai entendu pisser. Fin du problème.

– Il est encore ici ?

– Pour sûr. Là-haut un peu plus loin. »

J'étais passé devant lui. Smee s'était caché dans les buissons au bord du chemin d'où il pouvait surveiller toutes les approches de la maison. Il gisait parfaitement immobile, une grosse paire de jumelles militaires à côté de lui. Délogée, sa perruque avançait presque jusqu'à ses sourcils. Il avait l'air stupide et laid.

« Il n'est pas mort, non ?

– J'espère bien foutrement que si. Pour mille dollars, Sean O'Hara vous livre un mort.

– Quoi ?... Bordel de Dieu ! Mais pourquoi avez-vous fait ça ?

– Parce que vous m'avez dit qu'il fallait le tirer.

– J'ai dit que je voulais que vous me le *tiriez des pattes*.

– Hé-ho ! Non. Non, monsieur Todd. Vous m'avez bien dit tirer. Je vous ai demandé de répéter.

– J'ai dit : "tirer des pattes". Je ne voulais pas que vous le tuiez. Bordel de merde !

– Vous avez dit que vous vous foutiez de la manière dont

618

je m'y prendrais. A n'importe quel tarif. Débarrassez-vous en. »

O'Hara continua à jacasser, se justifiant avec fierté. Tremblant, je m'agenouillai près de Smee. Il ne portait aucune marque. Je cherchai vainement son pouls. Je tendis un doigt mouillé sous ses narines. Pas le moindre souffle rafraîchissant.

« Qu'avez-vous fait ?

– Je me suis approché derrière lui sans bruit. Il n'a pas pu m'entendre, vu son pipi comme qui dirait, et j'ai fait ceci. »

Je sentis les deux index épais et durs de O'Hara s'enfoncer gentiment dans le creux au-dessous du lobe de mes oreilles. Je frissonnai.

« Vous appuyez fort, ils perdent conscience en vingt secondes. Puis ils meurent deux minutes après. Sans une égratignure. »

Et voilà. Pour cinq cents dollars de plus, Sean accepta de m'aider à disposer du cadavre. Nous l'embarquâmes dans sa voiture que je conduisis, O'Hara suivant derrière moi, vers un endroit au sud, où la route longeait le bord d'une falaise, très haut sur l'océan. Je ne pouvais pas voir les rochers ni la mer, sous moi tout n'était que brumes tourbillonnantes, épaisses, mouvantes. La voiture de Smee avait été louée sous un faux nom. O'Hara débarrassa le cadavre de tous les autres documents et s'offrit à les détruire pour la somme de vingt-cinq dollars. J'acceptai. Nous installâmes Smee à la place du chauffeur, nous relâchâmes le frein à main et poussâmes la voiture par-dessus bord. Je la vis faire un tonneau dans l'immensité blanche. Puis j'entendis un plouf. Sean me raccompagna au cabanon. J'avais six cents dollars que je lui remis. Je dis que je lui enverrais le reste. Il partit. Je me couchai. Je dormis jusqu'à midi. Puis je pris ma voiture et la direction de Los Angeles, Eddie, et mon salut.

Villa Luxe, 2 juillet 1972.

La nuit dernière, je me suis réveillé vers trois heures du matin. J'ai entendu des pas dehors. Tout d'abord, je ne leur ai pas prêté attention. Les pêcheurs passent souvent à n'importe quelle heure devant la maison en se rendant sur la plage. Mais, tandis que j'étais là, couché, je me suis rendu compte que cette personne marchait *autour* de la villa. Raide et immobile dans mon lit, j'ai reverrouillé et refermé mentalement chaque porte et chaque volet de chaque fenêtre. Oui, j'en étais sûr. Je suis maniaque dans ma façon de tout fermer le soir.

Je me suis levé pour essayer d'apercevoir ce visiteur nocturne. J'ai gagné le hall à croupetons. Je l'entendais dehors sur le gravier de la cour. Puis, ses pas se sont éloignés. Quelques minutes plus tard, une voiture a démarré.

Le matin, je sors. Le soleil tape. Le ciel est bleu pâle. Je ne distingue aucune trace de pas. A mi-chemin du sentier, je découvre un mégot de cigarette. Lucky Strike. Cela signifie-t-il quelque chose en cette ère d'omniprésentes marques internationales ?

Toujours est-il que le fait est là... Le fait est là, et il me faut y faire face. Le corps de Smee n'a jamais été retrouvé. La voiture fut découverte quinze jours après que O'Hara l'eut poussée par-dessus la falaise (tout cela me fut raconté par Eddie. J'étais déjà en Europe). On supposa que le chauffeur avait été éjecté alors que le véhicule tournoyait en l'air avant de plonger dans l'eau. On procéda à des recherches, mais sans découvrir aucun cadavre. Smee ayant loué la voiture sous un faux nom, il fallut plusieurs semaines avant qu'on fasse le rapprochement. Sa femme avait signalé sa disparition peu après mon départ. Elle le croyait en déplacement à Chicago pour le compte de la CAAC. D'après ce que savait Eddie, aucun lien n'avait été établi entre Smee et moi. Personne n'était venu du FBI pour l'interroger. Cette partie de la côte était semée de cabanons et de terrains de camping. Il était impossible de savoir qui s'était trouvé là au moment de l'accident. Car on considérait encore l'affaire comme un accident. Seul l'alibi de Smee pouvait éveiller un soupçon. Il avait annoncé à tout le monde qu'il se rendait à Chicago. Le FBI démentit qu'il travaillât sur une affaire pour eux. Ainsi que je l'avais supposé, Smee, à ce moment-là, poursuivait sa propre vendetta perverse. Je suppose qu'il pensait qu'il n'y avait plus qu'une seule manière de m'avoir avant que je ne sois réhabilité. Les services de Alert Inc. ne livrèrent aucune indication non plus. Leurs dossiers étaient remplis de « communistes » et de « subversifs » dont ils avaient détruit la vie. Smee avait des milliers d'ennemis. Aucun verdict ne fut rendu à l'issue de l'enquête. Le dossier demeura ouvert.

Je m'étais rendu droit chez Eddie pour tout lui raconter. Il me reprocha de ne pas être venu plus tôt. « J'aurais pu arranger tout ça, John, dit-il avec tristesse. Tellement plus proprement. » Ma légèreté l'irrita. Je me rendis compte qu'il y avait chez Eddie Simmonette des aspects qui me demeuraient complètement opaques. Et bien pis, par inadvertance, je l'avais compromis lui aussi, en lui demandant de payer O'Hara. O'Hara était venu chez lui, l'avait vu, avait reçu de l'argent de ses mains. Toutefois, il ne s'inquiétait pas trop à propos de O'Hara. On pouvait compter sur son silence. Le problème, c'était moi.

Eddie me renvoya chez moi avec le conseil de régler mes affaires de manière méthodique, sans aucune précipitation malséante. Je vendis la maison. Je dis adieu à Nora-Lee (un véritable regret rétrospectivement, mais à l'époque je ne songeai plus à rien d'autre qu'à ma sécurité). Dix jours après la mort de Smee, je volais vers Londres.

Je suivis les instructions d'Eddie à la lettre. Je me rendis à Paris, où je louai une voiture avec laquelle je traversai plusieurs frontières (ostensiblement pour procéder à des repérages d'extérieurs). Enfin, après avoir brouillé encore un peu plus mes traces, j'arrivai sur cette île et emménageai dans la villa d'Eddie. Il me donna le choix entre trois propriétés qu'il possédait en Méditerranée, et où je pourrais me cacher. J'optai pour cette île (les autres maisons se trouvaient en Turquie et à Beyrouth). Elle était alors quasiment inconnue, et n'avait rien de la vague notoriété qu'elle possède aujourd'hui. Et c'est ainsi que commença mon exil. Seul Eddie savait où j'étais. Il garda un contact discret, à distance. Continua de me rassurer sur l'absence complète de soupçons. Quelques mois après mon arrivée, Mrs. Smee, se rappelant soudain ma bagarre avec son mari et nos menaces mutuelles, alla voir la police (quelque chose me dit que Mrs. Smee ne fut point trop malheureuse de perdre Smee). Une médiocre description de moi fut publiée, mais comme Mrs. Smee affirma ne pas se souvenir de mon nom, l'enquête n'alla pas très loin. Eddie me conseilla de laisser passer deux ou trois ans. D'attendre que tout ceci se calmât. Je ne bougeai pas, très heureux dans un curieux sens. Eddie me rendit visite de temps à autre sur son yacht. Il était mon seul contact avec ma vie d'autrefois. Il tenta de me persuader de revenir. Mais je refusai.

Pourquoi donc suis-je resté ? Culpabilité, peur, paix, isolement, indolence, vieillesse, apathie, ce curieux contentement dont j'ai parlé. Tout cela est vrai. Mais, quelque part dans ma tête, la terreur profonde d'être découvert. Et puis, il faut que je le dise : je n'ai jamais été totalement convaincu que Smee fût mort. La technique de O'Hara me paraissait douteuse. Et si elle n'avait fait que provoquer chez Smee une profonde perte de conscience, un coma ? Et si, une fois éjecté de la voiture, il avait repris connaissance sous le choc de l'eau froide ? Vous pouvez rire de mes frayeurs, je le faisais moi aussi la plupart du temps. Mais ces pensées reviennent vous hanter. Vous êtes couché seul, la nuit, dans votre lit, et votre esprit est la proie d'idées encore plus bizarres. Je suis resté parce que je me sentais à l'abri. J'étais loin. Et puis trop, c'est trop.

Je prends l'autobus pour aller en ville et, une fois arrivé, j'entreprends la visite de tous les hôtels de touristes. Au troisième, le registre me fournit le nom de l'homme que je cherche. Le réceptionniste me dirige sur la piscine.

J'examine la grande terrasse épaisse de corps à moitié nus. Au-delà de la piscine se trouve un bout de plage brun sale et, plus loin encore, une tour en ruine sur un îlot rocheux. Je passe lentement entre les tables, les chaises et les rangées d'adorateurs du soleil, à la recherche du visage que j'ai vu dans l'autobus l'autre jour. Enfin, je le découvre au milieu de quatre couples américains d'âge mûr et d'allure solide. Les restes du déjeuner jonchent la table. La fumée bleue des cigares monte dans le soleil. Rires. Gros ventres. Chapeaux de paille.

« Hello, inspecteur Bonty », dis-je.

Bonty regarde autour de lui. Aucune lueur de reconnaissance.

« Désolé, mon vieux ?... » Sa drôle de lèvre. Son demi-zozotement.

« Todd. John James Todd. »

Je vois son cerveau tourner en rond.

« Mr. Todd ?... Ouais. *Ouais !* J'y suis ! Mr. *Todd.* Bon Dieu, ça fait plaisir de vous revoir. C'est pas croyable ! Après tant d'années. »

Il est convaincant. Il se lève.

« Écoutez. Hé, les gars. Une minute. Je veux vous présenter John James Todd. Le metteur en scène de cinéma... Martha, tu te souviens... John... euh, lui et moi on s'est rencontrés au cours d'une enquête de la CAAC. Quand vous avons-nous convoqué, John ? En 1954 ?

– En 1948, la première fois.

– Ah la belle époque, la belle époque ! »

Je fus présenté à tout le monde. Je serrai sept mains. Souris à des sourires. Bonty vraiment très fier.

« Bon Dieu, je me souviens de votre affaire. Brayfield –

merde, vous lui avez foncé dans le chou à ce con, comme aucun autre subversif ! C'était fantastique. »

Il se met à raconter à ses amis mon histoire avec Brayfield.

« ... et puis il dit ceci, en plein tribunal à Washington DC, nom de Dieu ! : "Pour sûr que je vais citer un fou dangereux qui essaie de détruire la Constitution des États-Unis. – Oui ? dit le président. – Le représentant Brayfield", dit John ici présent. » Éclats de rire et applaudissements. « Je vous dis, Brayfield a pratiquement chié dans ses culottes tellement il était en rage... John, asseyez-vous donc. Que prendrez-vous ? Quelle incroyable coïncidence ! Je ne vous aurais jamais reconnu. Z-êtes devenu un indigène ici, hein, John ?

– Pourrais-je vous dire un mot en privé ? Juste un instant.

– Excusez-nous, bonnes gens. On revient tout de suite. »

Nous allons jusqu'au muret qui nous sépare de l'étroite plage. Je dis :

« Très bien. Vous pouvez laisser tomber la comédie maintenant. Où est Smee ?

– Qui ?

– Smee. Le type qui vous a refilé le dossier. Vous savez, l'inspecteur Smee du CAAC.

– Smee... Ah, ouais. Il est mort.

– Il est ici. Sur cette île.

– John, vous vous sentez OK ? Smee est mort. Il s'est envoyé en voiture par-dessus une falaise du Carmel, y a des années.

– Il est ici, et vous le savez. Vous êtes à mes trousses, vous travaillez avec lui.

– John, venez prendre un verre. Vous êtes absent depuis trop longtemps. Ces foutaises du CAAC, c'est fini maintenant.

– Ne me mentez pas, Bonty. C'est vous ou c'est Smee qui avez posé des questions sur moi ?

– John, cela n'est pas très amusant. En fait, vous commencez à me casser le cul.

– Mais je *sais*. Il n'y a aucune raison de faire semblant.

– Qu'est-ce que vous êtes ? Cinglé ? Un genre de dingue paranoïaque ? »

624

Je bats en retraite.

« Laissez tomber. Désolé de vous embêter. Dites au revoir pour moi. »

Je le laisse planté là, à me regarder, les mains sur les hanches.

Il est quatre heures quand je reviens au village. Je me sens épuisé et crasseux. Mais ce qui est pire, c'est la confusion qui règne en moi et me met au supplice. Je me sens mal à l'aise, effrayé. Je me sens vieux. Je ne peux pas faire face à ce qui se passe. Bonty a raison. Eddie a raison. Smee doit être mort, tout de même... Je suis incapable de raisonner. Qui, quoi, où, quand ?

J'essaie le café. Ernesto n'est pas là, comme d'habitude. Sale feignant ! Je descends le chemin qui mène chez moi. Trois hommes attendent devant le portail. Je pousse un audible soupir de soulagement en constatant que ce sont des gens du pays, des vieux. Fait étrange, ils sont tous habillés de costumes noirs poussiéreux.

« Messieurs, puis-je vous aider ? » dis-je.

Ils me cernent. Visages bruns couturés, moustaches grises. Ils se mettent à crier. A pointer leurs doigts. Ils parlent un patois rapide et guttural que je ne peux pas comprendre. Leurs bouches coléreuses m'arrosent de postillons. Je ne comprends rien sauf un mot :

« Emilia... Emilia... Emilia... »

Seigneur Jésus ! Son mari et ses frères. Je ne les aurais jamais crus si antiques. Pas étonnant qu'Emilia s'intéresse à moi. Puis, un des vieux bonshommes me crache au visage. Un autre me flanque un grand coup de sa canne sur les épaules. J'allonge un coup de poing au cracheur. Il a des cheveux gris graisseux. J'espère que c'est le mari. Je le touche au larynx. Il part à la renverse avec des raclements de gorge et des haut-le-cœur. Je suis toujours d'attaque pour une bagarre. Puis, un coup dans mes jambes me prive de leur usage. Je tombe par terre.

« *Salauds !* » je hurle, soudain terrifié. Ces vieux sont chaussés de bottes prodigieuses.

625

J'entends une femme crier. *Police ! Arrêtez !* Emilia, je pense. Dieu te bénisse.

Les vieux reculent. Je secoue la tête et lève les yeux. Ulrike. Elle passe à l'allemand. Ces consonnes âpres, impitoyables font l'effet d'un fouet. Soudain intimidés, le cocu et ses copains se tirent en traînant la patte. Cheveux Gras se retourne et me crie dessus. A la revanche, sans doute.

Ulrike m'aide à me remettre sur pied. Je lui explique qu'il s'agit d'un absurde malentendu. Elle me ramène dans la maison et s'occupe de moi. Une tasse de café. Un sparadrap sur une jointure égratignée.

« Vous ne devriez pas vous battre à votre âge », dit-elle.

Elle a raison. Je me sens terriblement mal, nerveux, comme si tous mes organes en surchauffe fonctionnaient de travers. Le poumon éclate. Le cœur tremble. L'estomac se soulève. Comme une vieille bagnole prête à rendre l'âme une bonne fois pour toutes.

Je me lève et lui prends la main.

« Tenez, dis-je. Venez voir. »

Je l'emmène dans mon bureau. Là, je tire de côté les cartons pleins de papiers et de documents et dégage la pile de boîtes en métal d'argent mat.

« C'est à vous, dis-je. A vous et à Tobias. Prenez-le, montrez-le, faites-en ce que vous voudrez.

– Qu'est-ce que c'est ?

– *Les Confessions.* »

*

Qu'est-ce qui m'amène à la plage ce soir ? Je ne sais pas. J'avais envie de me baigner. Nu, dans la mer, tout comme à Big Sur. Mon dos et mes jambes me faisaient mal, là où ces vieux abrutis m'ont frappé. Je me suis imaginé flottant, porté par l'eau salée. La fraîcheur, le soulagement.

Je sens que quelque chose est fini ou bien est sur le point de finir. Ou bien alors que quelque chose va commencer. J'avance prudemment entre les pins. Le sentier de la plage, quoique bien tracé, est étroit et serpente parfois dangereusement près de la falaise.

Tout en marchant, je songe à quelque chose que j'ai lu autrefois sur une certaine espèce de fourmi – une fourmi puante qui vit dans les forêts de l'Afrique occidentale. Au sol, cette fourmi mène une vie de fourmi sans histoire. Elle ne sait rien du sort curieux et bizarre que la nature lui réserve. Car, dans ces forêts, existe un certain type de champignon qui pousse au sommet des grands arbres. A certaines époques, ce champignon dégage dans l'air des millions de spores, qui s'envolent de-ci, de-là, portées par les plus légères brises, et finissent par atterrir au sol. Selon les lois du hasard, quelques spores tombent sur des animaux, des reptiles et des insectes rampants. Elles sont tout à fait inoffensives sauf à l'égard d'une espèce : notre fourmi puante. Cette minuscule spore s'abat sur la fourmi puante dont le système l'absorbe. Elle rend la fourmi folle. Rappelez-vous que l'habitat de la fourmi puante est le sol, mais le poison mortel contenu dans la spore lui donne brusquement le désir de grimper aux arbres. Et donc, pour la première et la dernière fois de sa vie, la fourmi puante quitte le sol et commence à monter. Elle grimpe et grimpe, de plus en plus haut, jusqu'à ce qu'elle ne puisse plus grimper davantage. Là-haut, au sommet de l'arbre, elle enfonce ses mandibules dans l'ultime branche – solidement, irrémédiablement –, et elle meurt tout à coup. A l'intérieur de la fourmi morte, le champignon pousse paisiblement, nourri par la chair de la fourmi, bien au chaud au sommet de l'arbre. La fourmi est consommée et un nouveau champignon est né.

Parfois, je repense à ma vie, et je me vois comme une fourmi puante folle poussée par la spore de mon hasard. Aujourd'hui, je le sens, le temps est venu d'enfoncer mes mandibules dans l'écorce au sommet de l'arbre.

John James Todd sur la plage

Le soleil est chaud sur la plage. Le ronronnement des petites déferlantes méditerranéennes est idéalement apaisant. J'abandonne l'idée de nager. Je m'assieds au soleil (doucement, mon garçon, doucement) et m'efforce de me détendre.

Hamish est mort d'un cancer de la gorge, la semaine dernière. Rapidement, Dieu merci. J'ai oublié de vous le dire – en fait, j'ai choisi de ne pas le faire, ça aurait pu gâter mon histoire. Son notaire m'a écrit : les dernières volontés de Hamish ont été qu'on m'envoie ses articles sur la théorie des nombres premiers et une monographie incomplète sur le Principe d'Incertitude de Werner Heisenberg et le Théorème de l'Inachevé de Kurt Gödel. Pauvre Hamish. Je suppose qu'il était devenu un peu fou avant sa mort. Cela peut arriver aisément, je le sais. Je vais et je viens sur la plage en versant quelques larmes sur lui. Hamish et sa Mécanique quantique. Hamish et ses maths. J'avais été pour lui un matériau récalcitrant : il avait essayé de me faire « voir » des choses clairement durant des décennies – depuis que nous étions à l'école ensemble –, et j'avais suivi tant bien que mal, sans prêter beaucoup d'attention, disant oui et oubliant immédiatement.

Je repense à ma vie, mes quatorze lustres et je me dis, oui, j'aimerais qu'il existe un ordre sous-jacent à ces sept décades de réalité. J'aimerais une certaine logique, un certain sens. Mais si je comprends bien Hamish, tout a changé au cours de ce siècle. La recherche de « la vérité » ne pourra plus jamais être la même. La science qui s'efforçait d'énumérer tous les rouages de la Grande Machine a désormais abandonné cette tentative. La vie, à son niveau de base, nous disent les physiciens quantiques, est profondément paradoxale et fondamentalement incertaine. Il n'y a pas de variables cachées, il n'y a pas de programme secret pour l'univers...

Je m'arrête, renifle et regarde au loin sur la mer. Ceci est un tantinet déprimant. Pauvre vieux Hamish. Bon Dieu, ils sont tous morts ou en train de mourir maintenant. Karl-Heinz, mon père, Oonagh, Donald Verulam, Faye, Mungo... et tant d'autres et tant d'autres. Ou perdus. Sonia et mes enfants. Je ne les ai pas vus depuis des dizaines d'années. Ils ont peu à peu cessé de m'écrire. J'ai peu à peu cessé de répondre. Et puis je me suis mis à rêver que l'un d'eux, pris de curiosité à mon égard, viendrait à ma recherche. Emmeline peut-être... une fille maigre et sérieuse, j'imagine, une ressemblance marquée avec ma mère. Qui finissant par suspecter la maussade propagande anti-paternelle de sa mère, et malheureuse de porter le nom de « Devize », serait résolue à découvrir la vérité, à tenter sa propre réconciliation... Mais pourquoi le serait-elle ? Pourquoi Vincent remplirait-il le rôle que je lui souhaitais voir prendre ? Si seulement Hereford... Passons, c'est inutile à présent. Ma peine persiste, un regret obsédant, douloureux. Mais je déborde de « si seulement... ». Nous sommes coincés dans ce jeu de l'être humain. Premier prix : la mortalité. Je donne un coup de pied dans une vieille boîte de plastique. Elle rebondit sèchement sur les galets. Comme des os... Au moins, il fait plus frais maintenant. Peut-être pourrais-je tenter de remonter.

C'est alors que j'entends un bruit de cailloux dans le sentier à travers la pinède et je lève la tête, inquiet. J'aperçois un rapide éclat blanc entre les arbres et puis plus rien. C'est encore très loin. Silence. Calme. Soudain – follement – je pense : SMEE ! *C'est* Smee. Puis : quelle absurdité ! Imagination détraquée. Un peu de maîtrise, que diable ! Ce doit être Emilia. Ou plus vraisemblablement Ulrike et Tobias qui me cherchent pour me remercier de mon cadeau. Je n'appellerai pas. Je vais attendre et voir venir. Qui que cela puisse être, il sera là dans dix minutes.

Je fais les cent pas sur la plage, moins agité à présent. Quelques moucherons ravaudent l'air. Je repense encore à Hamish en observant les petites vagues arriver, se dérouler et mourir. Je quitte l'épais tapis d'algues sèches pour marcher sur la bande de sable et de galets. Je regarde autour de moi. Je regarde les galets à mes pieds. J'ai envie de prendre un caillou pour le faire ricocher sur l'eau. Quel galet vais-je choisir ? La plage déborde d'étonnantes possibilités, chaque caillou foisonnant de tous les destins virtuels d'un galet sur cette plage en particulier. Roulé et ballotté par les vagues, frotté contre ses voisins, drapé d'algues lustrées, recouvert un temps de débris répugnants... Je m'arrête et je choisis. A présent, ce galet plat va être lancé dans la mer.

Je le lance, à l'ouest, vers le soleil couchant. Flocfloc-floc. Floc. Floc. Plouf. Très beau. Un lancer à la trajectoire plate et solide. Le caillou épouse facilement l'air et danse brièvement sur l'eau.

D'autres bruits me parviennent du sentier dans la pinède. Je ne bouge pas. Là-haut, j'entends le cri humain des mouettes revenant au nid à tire-d'aile. Je me retourne et fais face à la mer, et je regarde les vagues arriver. Je me demande quelle direction va prendre ma vie désormais. Elle m'apparaît soudain comme une vague. Les légers mouvements de l'eau qui furent ma naissance, le développement progressif de la lame, puis le rugissement du brisant qui représentent ma course bruyante à travers les décades. Et aujourd'hui me voilà sur la grève et quelqu'un vient vers moi. Je considère les diverses éventualités. Ce ne peut pas être Smee, non ? Est-ce simplement le remords et la paranoïa d'un vieillard ? Plus probablement une Emilia éperdue d'amour. Ou peut-être son mari graisseux et ses frères ? Et puis il y a Ulrike, venue avec des nouvelles à propos de ma rétrospective. Ou, peut-être, l'heureuse idée m'en frappe, le détective privé américain, celui qui pose des questions à mon sujet dans le voisinage, envoyé par Doon pour me retrouver ? Ou encore, moins excitant mais plus plausible, il pourrait simplement s'agir d'un de ces chiens squelettiques errants de l'île, descendant sur le rivage pour y chaparder des bouts de nourriture. Six possibilités, donc. Six routes que ma vie pourrait prendre. Je m'arrête. L'instant se coagule, une stase presque palpable. Cela est ma réalité, absolue, solide, en suspens.

Que va-t-il m'arriver ? La mort, par la main vengeresse de Monroe Smee ? Une rencontre tendue avec une Emilia passionnée ? Une autre rossée infligée par son mari et ses frappes cacochymes ? Gloire et célébrité avec Ulrike et son amateur de cinéma ? Réunion avec mon énigmatique Doon ? Ou bien l'abandon ici, tel que je suis, avec un chien errant pour compagnie ?

Je ne sais pas. Je m'en soucie, je sais ce que j'aimerais qu'il arrive, mais à la fin nous l'ignorons toujours. Je suis incertain, et mon destin l'est aussi. Eh bien, je m'accommoderai de cela, me dis-je, alors que j'attends debout sur la plage. Le monde et ses habitants tournent avec moi, un amas infini d'atomes, tous obéissant au Principe d'Incertitude de Werner Heisenberg. Je repense à ma vie en cet instant chargé d'attente, et je la vois maintenant clairement. Au-dessus de moi, deux mouettes volent haut dans les courants chauds qui les ramènent chez elles. Profondément paradoxal et fondamentalement incertain. C'est ainsi que je résumerais toute l'affaire, mon séjour sur cette petite planète – profondément paradoxal et fondamentalement incertain...

Je réfléchis à toutes les possibilités qui accompagnent le fait d'être un humain. Le bien et le mal, le bonheur et le malheur, le succès et l'échec, l'amour et l'isolement – tout ce qui fait de vous l'individu particulier que vous êtes dans votre environnement social et historique particulier. Ça fait beaucoup, non ? Bon Dieu, quel menu ! Je souris en moi-même, avec une vague fierté, je suppose, mais aussi avec un peu de résignation désabusée. Oui, je me suis acquitté plutôt pleinement de ce rôle d'être humain, merci beaucoup. J'ai participé au drame humain, il n'y a pas à redire. Vous – oui, vous – pouvez témoigner pour moi que j'ai trempé dans l'humus du monde des phénomènes. Oh là là, et comment donc... Mais quoi, vous aussi, j'imagine. Nous le faisons tous, n'est-ce pas ? – chacun de nous. Que ça plaise ou pas.

Et, tandis que là, sur ma modeste plage, j'attends mon avenir en regardant déferler les vagues, j'éprouve une étrange et grisante allégresse. Après tout, nous voici à l'Age de l'Incertitude et de l'Inachevé. John James Todd, me dis-je à moi-même, te voilà enfin en accord avec l'univers.

Table

COMPOSITION : CHARENTE-PHOTOGRAVURE À L'ISLE-D'ESPAGNAC
IMPRESSION : B.C.I. À SAINT-AMAND (CHER)
DÉPÔT LÉGAL : MARS 1995. N° 23923 (4/144)